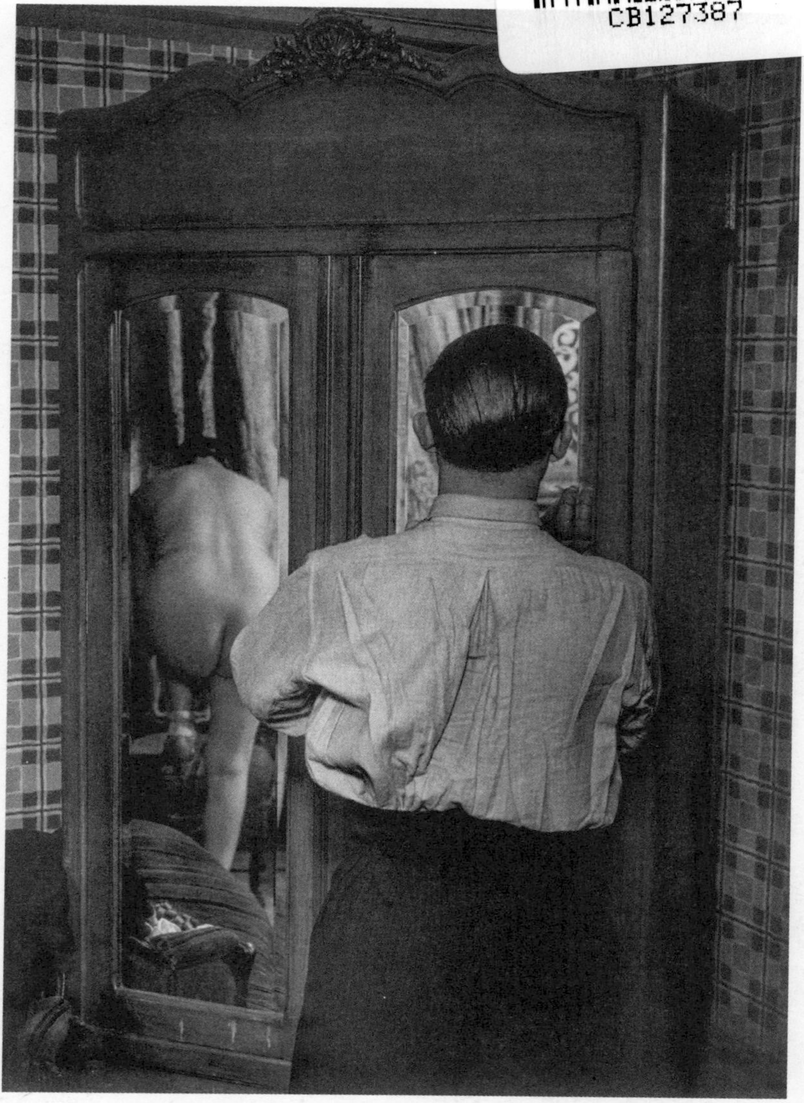

Brassaï, *Toilette dans une maison de passe rue Quincampoix*, c. 1932

SIMENON
ROMANCES
E OUTROS ESCRITOS

VOLUME 2

ENLUAMENTO
O MAL DE TERRA
O NOIVADO DO SENHOR HIRE
A FAMÍLIA DA FRENTE

editora
unesp

Fundação Editora da Unesp (FEU)
Praça da Sé, 108
01001-900 – São Paulo – SP
Tel.: (0xx11) 3242-7171
www.editoraunesp.com.br
www.livrariaunesp.com.br
atendimento.editora@unesp.br

DADOS INTERNACIONAIS DE CATALOGAÇÃO NA PUBLICAÇÃO (CIP) DE ACORDO COM ISBD

S589r Simenon, Georges
Romances e outros escritos, vol. 2 / Georges Simenon; traduzido por Mariana Echalar. – São Paulo: Editora Unesp, 2025.

ISBN: 978-65-5711-316-5

1. Literatura. 2. Literatura em língua francesa. 3. Romance. 4. Literatura belga. 5. Literatura policial. I. Echalar, Mariana. II. Título.

CDD 840
2025-4461 CDU 821.133.1

ELABORADO POR VAGNER RODOLFO DA SILVA – CRB-8/9410

Editora afiliada:

Asociación de Editoriales Universitarias de América Latina y el Caribe

Associação Brasileira de Editoras Universitárias

"Decerto eles preferem que eu não veja certas coisas.
Mas o que não querem, sobretudo, é que eu lhes conte outras."

"– Você dirá tudo?
– E você?
– Tentarei. Se não conseguir, eu me culparei por toda a minha vida."

"Peuples qui ont faim", 1934

GEORGES SIMENON NA RESIDÊNCIA EM LAUSANNE, SUÍÇA, EM FEVEREIRO DE 1983 (FOTO DE LAURENT SOLA, GAMMA-RAPHO VIA GETTY IMAGES)

Sumário

ENLUAMENTO

TRADUÇÃO DE MARIANA ECHALAR

FOTO
Casimir Zagourski, Cartões-postais africanos (arte mangbetu), 1924

Capítulo 1

HAVIA UM ÚNICO MOTIVO SÉRIO para ele se preocupar? Não. Nada de anormal acontecera. Não havia nenhuma ameaça contra ele. Era ridículo perder o sangue-frio e ele sabia disso, de maneira que mais uma vez, em plena festa, tentou reagir. Aliás, não se tratava de preocupação propriamente dita, e ele seria incapaz de dizer em que momento fora invadido por aquela angústia, por aquele desassossego que nasceu de um desequilíbrio quase imperceptível.

Não foi quando partiu da Europa, em todo caso. Ao contrário, Joseph Timar partira cheio de valentia, de entusiasmo.

Foi quando desembarcou em Libreville, no primeiro contato com o Gabão? O paquete ancorou na baía, tão longe que se via do continente apenas a linha branca de areia e, mais acima, a linha negra da floresta. Ondas altas e cinzentas levantavam o bote e o arremessavam contra o casco do navio. Timar estava sozinho na escada de portaló, com o mar debaixo dos pés, vigiando a pequena embarcação que se aproximava por um segundo e se afastava de novo com a subida da água.

Um braço nu, o braço de um negro, agarrou-o. E eles se afastaram, o negro e ele, saltando sobre a crista das ondas. Pouco depois, talvez quinze minutos, talvez mais, quando o navio já apitava, a embarcação aportou num quebra-mar de blocos de concreto jogados desordenadamente uns sobre os outros.

Não havia ali nem sequer um negro. Ninguém esperava ninguém. Apenas Timar no meio de suas malas!

Mas não foi naquele momento que nasceu o desassossego. Ele se virou. Gritou para um caminhão que estava passando e que o deixou no Central, o único hotel de Libreville.

Foi um tempo bom aquele, porque o hotel era bem pitoresco! Bem africano! No café de paredes decoradas com máscaras negras, onde ele punha o fonógrafo para tocar enquanto o *boy* lhe servia uísque, Timar se sentia um verdadeiro colono!

Quanto ao incidente principal, foi mais bizarro do que dramático. Bem colonial, também! Ora, tudo que tivesse o selo colonial encantava Timar.

Graças a um de seus tios, fora contratado pela Sacova. O administrador da companhia na França dissera que ele viveria em plena floresta, lá para os lados de Libreville, cortando madeira e vendendo bugigangas aos nativos.

Mal desembarcou, Timar correu a um armazém de aspecto miserável onde se lia "Sacova". Entrou, estendeu a mão para uma figura melancólica ou entediada que olhava para seu cumprimento e não o tocava.

– O senhor é o gerente?... Prazer! Sou o novo empregado...

– Empregado de quê, de quem, para quê? O que veio fazer aqui? Não preciso de empregado nenhum!

Pois bem: Timar nem se abalou! O gerente é que fora pego de surpresa. Os olhos redondos por trás das lentes, que os faziam parecer enormes, tornaram-se quase gentis. Suas palavras tinham um vago tom de confidência.

Era sempre a mesma história! O escritório na França se intrometendo nos negócios coloniais! Que posto haviam prometido a Timar? Ficava a dez dias de barco, nos confins do rio! Ora, em primeiro lugar, o barco estava avariado, imprestável para qualquer serviço nos próximos trinta dias; em segundo lugar, o posto era ocupado por um velho louco que prometera matar a bala o primeiro que aparecesse para substituí-lo.

– Pois vire-se! Não tenho nada a ver com isso!

Isso fora quatro dias antes, havia quatro dias que Joseph Timar estava na África. Conhecia Libreville melhor do que La Rochelle, onde nascera: um cais comprido de cimento rústico vermelho, uma fileira de coqueiros, o mercado ao ar livre e um entreposto a cada cem metros; mais longe, umas poucas casas elegantes, no meio de jardins, afastadas da rua.

Ele vira o barco com o fundo avariado. Ninguém estava trabalhando nele. Ninguém dera ordens nesse sentido. Não se atrevera a dá-las, ele, um recém-chegado que, de certo modo, estava sobrando.

Tinha 23 anos. Seus modos de mocinho bem-educado divertiam até os *boys* que o serviam à mesa.

Não havia motivo de preocupação? É claro que havia! E ele sabia qual era. Se vinha recapitulando todos os falsos motivos, era para adiar o momento de enfrentar o verdadeiro.

O motivo estava lá, como disperso em torno dele, no hotel. Era o próprio hotel.

Era...

Ele fora seduzido pelo aspecto exterior do Central, uma construção amarela, afastada do cais, a cinquenta metros dos coqueiros, no centro de uma profusão de plantas curiosas.

O salão principal, que servia ao mesmo tempo de café e restaurante, tinha paredes muito claras, em tons pastéis que lembravam a Provença, e um balcão de mogno envernizado, bancos altos e canecas de cobre que davam uma sensação de conforto.

Era lá que os solteiros de Libreville faziam suas refeições. Cada um tinha sua mesa e seu anel de guardanapo.

No andar superior, os quartos nunca estavam ocupados. Cômodos vazios e nus, também de cor pastel, camas com mosquiteiros e, espalhados a esmo, um jarro velho, uma bacia rachada, um baú vazio.

De cima a baixo, persianas fechadas filtravam a luz do sol, de maneira que toda a casa era tomada por raios de luz e sombra.

A bagagem de Timar era a bagagem de um rapaz de boa família e formava um contraste bizarro, largada no chão, no meio do quarto. Ele não tinha o hábito de se lavar numa bacia tão pequena, muitos menos o de enfiar-se numa moita para outras necessidades.

Não tinha o hábito de todo aquele fervilhar de bichos, moscas desconhecidas, escorpiões voadores e aranhas peludas.

E essa foi a primeira crise de sorrateiro desassossego que o perseguiria com a obstinação de uma nuvem de insetos. À noite, já com a vela apagada, ele continuou a ver, apesar da escuridão, a gaiola alvacenta do mosquiteiro. Para além do tule, sentia um vazio imenso, atravessado por roçagares, barulhos quase imperceptíveis, vidas tênues que às vezes pousavam – escorpião, mosquito, aranha? – no tecido transparente.

E ele, deitado no centro daquela gaiola frouxa, tentava acompanhar os sons, os frêmitos no ar, localizar os súbitos silêncios.

Bruscamente, ergueu-se sobre os cotovelos. Já era de manhã. Raios de sol invadiam o quarto e a porta se abrira. A dona do hotel, calma e sorridente, olhava para ele.

Timar estava nu. Deu-se conta de repente. Seus ombros e seu torso emergiam, brancos e úmidos, dos lençóis amarfanhados. Por que estava nu? Fez um esforço para recordar-se.

Sentira calor. Transpirara muito. Procurara em vão os fósforos, porque lhe parecera que insetos invisíveis circulavam sobre a sua pele.

Foi então, sem dúvida de madrugada, que tirou o pijama. De maneira que, agora, a dona do hotel via sua pele branca, suas costelas salientes. Ela fechou a porta com uma tranquilidade assustadora. Perguntou:

– Dormiu bem?

A calça de Timar estava jogada no chão. Ela a apanhou, sacudiu-a para tirar a poeira e colocou-a sobre a cadeira.

Timar não se atrevia a levantar-se da cama. Os lençóis cheiravam a suor. Havia água suja na bacia e o pente tinha os dentes quebrados.

No entanto, ele não queria ver partir a mulher de vestido de seda preta que lhe sorria com um sorriso ao mesmo tempo muito suave e muito irônico.

– Vim perguntar o que prefere de manhã. Café? Chá? Chocolate? Era a sua mãe quem acordava o senhor, na Europa?

Ela afastara o mosquiteiro e caçoava dele. Ela caçoava, sorrindo entredentes, talvez contendo um desejo físico de mordiscar.

Mordiscar porque ele era diferente dos colonos, porque ainda exalava o odor da cama, da adolescência bem cuidada.

Ela não era provocante. Tampouco maternal. E, no entanto, havia nela um pouco de cada coisa. Havia principalmente uma sensualidade silenciosa que impregnava dos pés à cabeça a carne farta da mulher de 35 anos.

Ela não estaria nua sob a seda preta do vestido? Timar, apesar de seu constrangimento, meditava sobre a questão.

Ao mesmo tempo, nascia nele um desejo agudo e as coisas mais alheias a esse desejo só faziam aumentá-lo, como os raios de luz e sombra, o suor animal da cama e até mesmo o sono agitado que tivera, interrompido por medos inconscientes e buscas infrutíferas no escuro.

– Ora, ora! O senhor foi picado.

Sentada na beirada da cama, pôs um dedo no peito nu, um pouco abaixo do mamilo, tocou a pequena mancha vermelha e olhou Timar nos olhos.

Foi isso que aconteceu, e o resto, muito rápido, muito mal, de maneira muito canhestra e desordenada. Ela ficou tão surpresa quanto ele, certamente confusa, e, enquanto ajeitava o cabelo diante do espelho, disse:

– Thomas vai trazer o café.

Thomas era o *boy*. Para Timar, era apenas mais um negro, pois sua chegada na África ainda era muito recente para saber distinguir os negros uns dos outros.

Quando desceu, uma hora depois, a dona do hotel estava sentada atrás do balcão e fazia crochê com um fio de seda de um rosa vulgar. Não havia mais sinal da intimidade brutal e frenética. Ela estava calma, serena. Sorria como sempre.

– A que horas o senhor almoça?

Ele não sabia sequer o nome dela! Estava extremamente nervoso. Tinha uma lembrança agradável e, principalmente, uma sensação de pele macia, de carne farta e, no entanto, saborosa. Uma menina negra trouxe peixes frescos e a dona do hotel, sem dizer uma palavra, escolheu os mais bonitos e jogou umas moedas no cesto.

Do porão surgiu o torso do marido, depois o corpo forte e cansado. Era um colosso de movimentos moles, lábios caídos, olhar colérico.

– O senhor está aqui?

E Timar enrubesceu como um imbecil! Isso se repetia havia três dias.

Entretanto, ela não foi mais ao quarto dele. Da cama, ele escutava seu vaivém no salão, suas ordens a Thomas, suas conversas com os negros que vinham vender mantimentos.

De manhã à noite, ela vestia sempre o mesmo vestido de seda preta, sob o qual ele sabia agora que ela estava nua e esse detalhe o perturbava a ponto de ter, frequentemente, de desviar os olhos.

Ele não tinha nada para fazer na rua. Ficava no hotel quase o dia inteiro, bebendo, lendo jornais de três semanas antes ou jogando bilhar sozinho.

Ela fazia crochê, servia as pessoas que encostavam uns minutos no balcão. O marido cuidava da cerveja e das garrafas, limpava as mesas e, de quando em quando, mandava Timar sentar-se em outro lugar, com cara de que o considerava um trambolho.

Tudo aquilo tinha um quê de exasperação, de rabugice, de lúgubre, apesar do sol, principalmente nas horas mais quentes, quando o corpo se cobria de suor apenas por levantar um braço!

Ao meio-dia e à noite, os frequentadores vinham jantar, jogar bilhar. Timar não os conhecia. Eles o olhavam com curiosidade, sem antipatia nem benevolência. E ele não se atrevia a lhes dirigir a palavra.

E, afinal, houve a festa! Foi animada! Em uma hora, todo mundo estava bêbado, inclusive Timar, que bebia sozinho o seu champanhe!

O artista se chamava Manuelo. Chegara ao hotel provavelmente quando Timar ainda estava na cama ou quando saíra. Fato é que Timar o viu no salão, por volta das onze horas da manhã, sorrindo, íntimo da casa, colando cartazes nas colunas do café para anunciar que Manuelo era a maior dançarina da Espanha.

Um homenzinho ágil e simpático. Entendia-se muito bem com a dona do hotel, não como um homem se entende com uma mulher, mas como mulheres se entendem entre si.

Depois do meio-dia, a disposição das mesas foi mudada para dar espaço suficiente para as danças de Manuelo. Penduraram guirlandas de papel colorido no teto e testaram o fonógrafo.

Durante horas, fechado em seu quarto, o espanhol ensaiou seu número, pisoteando o assoalho e fazendo-o estremecer.

Era por ter sido perturbada a rotina à qual se habituara que Joseph Timar estava mal-humorado? Ele saiu, apesar do sol, e sentiu seu crânio queimar sob o chapéu. As negras o olhavam e riam.

O jantar dos frequentadores foi rápido por causa da festa. Depois vieram pessoas de fora, brancos que Timar jamais havia visto, brancos e brancas, mulheres em vestido de gala e dois ingleses de *smoking*.

O champanhe invadiu todas as mesas. Do lado de fora surgiram de repente, na escuridão do jardim, atrás das portas e das janelas, centenas de negros silenciosos. Manuelo dançava de maneira tão feminina que tudo parecia ainda mais ambíguo. A dona do hotel estava no bar. Agora Timar sabia seu nome: Adèle!

Todo mundo a chamava assim. A maioria dos clientes a tratava por você. Ele devia ser o único a chamá-la por senhora. Ainda de preto, ainda nua sob a seda, ela se aproximou.

– Champanhe? Pode ser Pieper? Tenho só mais uma ou duas garrafas de Mumm e os ingleses só tomam dela.

Aquilo lhe deu prazer, chegou a emocioná-lo. Então por que, minutos depois, ele estava com o rosto tenso, contraído?

Manuelo apresentou algumas danças. O dono do hotel – que todo mundo tratava também por você e chamava de Eugène – foi se sentar num canto, junto do fonógrafo, mais emburrado do que nunca. E, no entanto, vigiava tudo, escutava tudo, chamava os *boys*.

– Não está vendo, idiota, que tem gente pedindo mais bebida lá no fundo?

Depois, com uma suavidade inacreditável, trocava a agulha do fonógrafo. Timar também aguçava os ouvidos, pescava fragmentos de frases, tentava entender. Mas era quase impossível. Por exemplo, na mesa vizinha, chamavam de "senhor procurador" um rapaz alto, de aparência bastante vulgar, que parecia um estudante de terceiro ano e estava no seu décimo copo de uísque. Um madeireiro dizia:

– ... se não marcar, não tem perigo. E é fácil: coloca um pano molhado nas costas. Depois pode bater. O chicote não marca!

As costas do negro, evidentemente!

Timar já havia bebido uma garrafa inteira? Serviam-lhe outra. Enchiam-lhe a taça. Ele podia ver uma parte da cozinha e, naquele exato momento, a dona do hotel dava um murro no rosto de Thomas. O que significava aquilo? O negro não reagiu, recebeu o golpe, imóvel, com os olhos parados.

Os mesmos discos tocavam dez vezes. Alguns casais dançavam. A maioria dos clientes havia tirado o paletó.

No jardim, ainda havia uma fileira de negros silenciosos olhando os brancos se divertirem.

Junto do fonógrafo, o dono do hotel estava tão tenso, com um olhar tão duro, que sua fisionomia era trágica.

O que havia acontecido? Nada, é claro! Timar cometera o erro de beber champanhe demais e, em consequência, todas as suas preocupações comezinhas, todas as suas más impressões dos dias anteriores subiram à superfície.

Tinha vontade de falar com Adèle sobre qualquer coisa, simplesmente para ter contato com ela. Procurou-a com os olhos. Seguiu-a com os olhos. Não conseguiu encontrar os dela. Ela, porém, foi chamada a uma mesa e aproximou-se. Passou muito rente dele e ele ousou pegar entre os dedos uma ponta do seu vestido.

O tempo parou. Um olhar rápido. Uma frase:

– O que está esperando para tirar a mulher do seu patrão para dançar?

Ele seguiu a direção do queixo dela e viu uma dona de casa gorda, vestida de rosa, ao lado do gerente da Sacova. Por que Adèle lhe dissera aquilo? E por que tão nervosa? Estava com ciúme? Ele não nutria esperanças. Mas não olhava para nenhuma outra mulher.

Ela conversou com os clientes com o sorriso habitual. Mas não retornou ao caixa. Dirigiu-se para os fundos do café, à porta que dava para o pátio.

Ninguém notou, exceto Timar, que esvaziou mais uma taça sem perceber.

– Que imbecil que sou! Como se eu tivesse esperança de ser o único!

Ele teria dado tudo, naquele momento, para pegá-la em seus braços, abraçar seu corpo quente, sua carne quase flácida, sua cintura, que por um instante se dobrara inverossimilmente.

Quantos minutos se passaram? Cinco? Dez? O dono do hotel, com ar trágico, colocou de novo o fonógrafo para tocar e Timar notou que ele tinha ao lado dele uma garrafa de água mineral.

Adèle não retornava. Eugène, que não notara sua ausência, procurava alguém com os olhos.

Timar se levantou, cambaleante, surpreso de se sentir tão confuso, atravessou o salão em diagonal. Chegou à porta, ao pátio, à outra porta que dava para o mato, e alguém que vinha em sua direção chocou-se contra ele. Era Adèle.

– Finalmente...! – balbuciou ele.

– Me deixa passar, imbecil!

A escuridão era total. Ouvia-se a música. O vestido preto desapareceu e ele ficou lá, desamparado, humilhado, triste.

O relógio bateu três horas. Manuelo terminara suas danças havia muito tempo e passara o chapéu. Novamente homem, bebia licor de menta sentado a uma mesa e falava dos seus sucessos em Casablanca, Dakar e no Congo Belga.

Adèle enchia os copos no balcão, franzindo o rosto pela atenção que dava à tarefa.

O procurador, sentado entre os dois ingleses, estava bêbado e sarcástico.

Muitas pessoas haviam ido embora. Em duas mesas, os madeireiros comiam sanduíches e bebiam cerveja.

– Chega de música! – berrou um deles. – Larga isso, Eugène. Vem beber com a gente!

O dono do hotel se levantou. Seus lábios formavam uma ruga estranha. Ele olhou o salão sujo, as serpentinas no chão, os copos vazios, as toalhas manchadas, e seus olhos brilharam como se estivessem febris. Quando caminhou para a porta, pareceu zonzo e balbuciou:

– Já volto!

Adèle contava o dinheiro, juntava as cédulas e prendia os maços com elásticos.

Timar, cansado, enfastiado, nauseado, terminava maquinalmente uma garrafa e ninguém pôde dizer depois quanto tempo o dono do hotel se ausentou.

Quando retornou, parecia mais alto, mais volumoso, mas tão mole que era quase farsesco.

Permaneceu de pé na porta, chamou:

– Adèle!

A mulher olhou para ele, continuou a contar o dinheiro.

– O doutor foi embora? Mande chamar de volta. Rápido!

Silêncio. Então a voz:

– Onde Thomas se meteu? Não estou vendo Thomas.

Timar procurou-o com os olhos, os outros também. Estavam lá apenas os dois jovens *boys* contratados para a festa.

– Sua cara não está nada boa – arriscou um madeireiro.

O dono do hotel mirou-o como um homem prestes a estrangular outro.

– Fecha a matraca! – articulou. – Entendeu? Manda vir o doutor, se não estiver bêbado demais. Estou fodido, de todo jeito! Febre biliosa hematúrica!...

Timar não entendeu. Mas os clientes deviam saber do que se tratava, pois se levantaram em desordem.

– Eugène!... Você...

A voz de Eugène saía fraca.

– Me deixa em paz! Fecha a matraca!

E desapareceu no corredor. Uma porta bateu. Ouviu-se o barulho de uma cadeira derrubada por um pontapé.

Adèle, muito pálida, ergueu a cabeça. Escutava alguma coisa, um rumor que se aproximava, que se tornava mais inteligível. Um grupo de quatro ou cinco negros parou na porta.

Timar não compreendeu as palavras que diziam, arrancadas sílaba por sílaba da garganta.

Somente compreendeu quando um dos madeireiros, um caolho, as traduziu:

– Acabaram de encontrar o cadáver do Thomas. Foi morto com um tiro, a duzentos metros daqui.

Alguém batia no assoalho do andar de cima com uma bengala. Era Eugène, que se impacientara e se levantara para abrir a porta do quarto e gritar da escada:

– Diabos, Adèle!... Vai me deixar morrer?...

Capítulo 2

QUANDO TIMAR ACORDOU, estava enrodilhado no mosquiteiro e o sol iluminava o quarto. Mas em Libreville fazia sol todos os dias, e era um sol inclemente.

Sentado na cama, escutou os ruídos da casa. Ouvira quatro ou cinco vezes durante a noite, durante um sono picado, vaivéns, cochichos, barulho de água sendo despejada num jarro de louça.

A dona do hotel o mandou para o quarto, assim como fez todo mundo sair, logo que o médico chegou.

– Se precisar de mim... – balbuciou ele com uma insistência ridícula.

– Sim! Já sei! Vai se deitar!

O marido estava morto, como ele próprio anunciara? De todo modo, alguém estava varrendo o salão do café. Entreabrindo a porta, Timar ouviu a voz de Adèle dizendo:

– Acabou o queijo *gruyère*? Não tem mais no depósito? Abre uma lata de vagem. Espera! De sobremesa, bananas e abricós, os da prateleira da direita. Entendeu, asno?

Ela não levantava a voz. Não ficava de mau humor. Mas era sempre dessa forma que falava com os negros.

Minutos depois, quando Timar desceu, sem se barbear, ela estava na caixa, separando cupons, e, ao redor dela, o salão estava limpo e na ordem habitual. Adèle estava arrumada. Seu vestido estava passado. Seus cabelos estavam bem penteados.

– Que horas são? – murmurou ele, desorientado.

– Nem nove horas.

E a crise de Eugène havia começado às quatro horas da manhã! Naquele momento, o café estava sujo, em desordem. Adèle não dormira e já definira o cardápio do almoço, pensara no queijo e nas frutas!

No entanto, estava mais pálida do que de hábito. Principalmente sob os olhos, havia uma linha muito fina que bastava para mudar o seu olhar. Por outro lado, percebiam-se sob o vestido de seda os seios nus e Timar enrubesceu sem saber por quê.

– Seu marido está melhor?

Ela o olhou surpresa, pareceu se lembrar que ele estava na colônia havia apenas quatro dias.

– Não passa de hoje.

– Onde ele está?

Ela apontou o teto. Ele não se atreveu a perguntar se o moribundo estava sozinho, mas ela adivinhou seu pensamento.

– Começou a delirar. Não se dá conta de nada. A propósito, deixaram um papel para o senhor.

Ela procurou no balcão: um documento oficial, solicitando ao senhor Timar que comparecesse quanto antes ao comissariado de polícia.

Uma negra entrou com uma cesta de ovos. A dona do hotel lhe fez um sinal negativo.

– O senhor devia ir antes que esquente demais.

– O que acha que...

– Já já vai saber!

Ela não estava preocupada. O café, assim como ela, estava igual aos outros dias.

– Passando o quebra-mar, vire à direita, antes da Chargeurs Réunis... Seu chapéu!...

Talvez ele estivesse apenas imaginando coisas. Contudo, podia jurar que, naquela manhã, os negros tiveram atitudes estranhas. No mercado, havia a balbúrdia de sempre na iridescência das tangas. Mas de súbito, no meio da multidão, um olhar pesado fitava o branco, ou então eram três ou quatro nativos que se calavam e lhe viravam as costas.

Joseph Timar apressou o passo, embora suasse em bicas. Errou o caminho e chegou à casa do governador, teve de fazer meia-volta, e finalmente avistou, no alto de uma ladeira mal desenhada, uma biboca onde se lia:

Comissariado de polícia

Estava mal escrito, com tinta branca, e os dois *s* de "comissariado" estavam escritos ao contrário. Negros fardados estavam sentados nos degraus da varanda, descalços. Uma máquina de escrever batucava na escuridão da casa.

– O comissário, por favor?

– A notificação...

Timar procurou a intimação, esperou de pé, na varanda, até ser chamado ao escritório, cujas persianas estavam fechadas.

– Sente-se! O senhor é Joseph Timar?

Na penumbra, ele distinguiu um homem de rosto sanguíneo e olhos esbugalhados, acentuados por pequenas bolsas.

– Quando o senhor chegou a Libreville? Sente-se!

– Cheguei no último barco, na quarta-feira.

– O senhor, por acaso, é parente do conselheiro-geral Timar?

– É meu tio.

Imediatamente o comissário levantou-se e, empurrando a cadeira para trás, estendeu uma mão mole. Repetiu em tom muito diferente:

– Sente-se! Ele ainda mora em Cognac? Fui inspetor lá por cinco anos.

Timar sentiu um alívio. Desde o início, naquela sala escura, mal-ajambrada, tivera veleidades de revolta e abatimento. Havia quinhentos brancos, no total, em Libreville. Pessoas que se obrigaram a uma vida dura, às vezes perigosa, pelo que se chamava enfaticamente, na França, de exploração das colônias. Ora, mal desembarcara, era intimado por um comissário de polícia e destratado como um ser indesejável!

– Um homem de valor, seu tio! Será senador no momento que quiser. Mas o senhor... o que veio fazer aqui?

Era a vez de o comissário se surpreender, tão sinceramente que preocupou Timar.

– Assinei um contrato com a Sacova.

– O gerente foi transferido?

– Não! Teoricamente devo assumir o posto do rio, mas...

Não era mais surpresa. Era um estupor funesto.

– Seu tio sabe?

– Foi quem me conseguiu o posto. Um amigo dele é administrador da...

Timar continuava sentado. O comissário circulava em torno dele, observando-o com interesse. Às vezes um raio de luz o iluminava e percebia-se que seu lábio superior era fendido e seu rosto, assim como seu corpo, era mais másculo do que parecia à primeira vista.

– Que ideia! Enfim, voltaremos a falar sobre isso! O senhor já conhecia os Renaud?

– Os Renaud?

– Os donos do Central... A propósito, ele ainda não morreu?

– Parece que não passa de hoje.

– É claro! E...

Timar percebeu de repente o que o incomodava, apesar da cordialidade do comissário. É que o outro, indo e vindo pelo escritório, olhava para ele de maneira muito semelhante a Adèle. Uma mistura de surpresa, curiosidade e ternura.

– Aceita um uísque?

Sem esperar a resposta, pediu a bebida a um dos *boys* da varanda.

– Naturalmente, o senhor sabe melhor do que ninguém o que aconteceu na noite passada...

Timar enrubesceu e o comissário percebeu. Timar enrubesceu mais ainda. Seu interlocutor pegou a garrafa de uísque das mãos do negro, encheu dois copos, arfando como um homem oprimido pelo calor.

– O senhor soube que mataram um negro a menos de duzentos metros do hotel? Concordo com o governador. É um caso feio, um caso muito feio!

Alguém continuava a bater à máquina no cômodo vizinho e, pela porta entreaberta, Timar constatou que o datilógrafo era negro.

– À sua saúde! O senhor certamente não tem ideia da dimensão do caso! Mas terá nos próximos dias, pouco a pouco. Convoquei o senhor para interrogá-lo, como vou fazer com os outros. Todos vão me dizer a mesma coisa, ou seja, que não viram nada. Um cigarro? Não? O senhor virá almoçar conosco um dia desses, quero apresentá-lo à minha mulher. Ela é do Calvados, mas conheceu seu tio, em Cognac.

Timar relaxou, acabou apreciando a penumbra que lhe causara má impressão no início. O uísque lhe devolveu a confiança em si mesmo. E o comissário, que provavelmente o observara o suficiente, olhava menos para ele. Ele arriscou uma pergunta.

– Os Renaud, de quem o senhor falou há pouco...

– Ninguém lhe contou? Há quinze anos Eugène Renaud está proibido de entrar na França. Tráfico de mulheres brancas, principalmente, e com certeza outros pecados mais. Há outros na mesma situação em Libreville.

– E a mulher dele?

– É mulher dele! Tudo como deve ser. Ela já estava com ele na época. Trabalhavam principalmente no Quartier des Ternes, em Paris. Tome seu uísque!

Timar esvaziou o copo com três ou talvez quatro goles. O comissário o imitou e acabou por se mostrar bastante tagarela. Sem o telefonema do procurador, que o chamava com urgência, a conversa teria se prolongado.

Quando Timar saiu, o sol estava a pino, o calor era tão tórrido que, depois de percorrer uma centena de metros, sentiu medo. Sua nuca queimava. O uísque não lhe caíra bem e ele pensava na febre hematúrica de Eugène Renaud, nas histórias que acabara de ouvir. Pensava sobretudo em Adèle, que, quando ele mesmo estava com os seus sete anos, já ajudava Renaud a aliciar moças e mandá-las para a América do Sul. Ela viera com ele para o Gabão, numa época em que só havia casebres de madeira na costa! Eles se enfiaram na floresta e, únicos brancos a distância de dias e dias de piroga, começaram a derrubar árvores e descer troncos pelo rio!

Na cabeça de Timar, tudo isso se transformava em imagens ingênuas que misturavam pedaços de realidade com ilustrações de Júlio Verne. Seguia pela longa estrada de terra vermelha que acompanhava a orla e via os coqueiros metade contra o céu, metade contra o cinza-chumbo do mar. Não havia uma onda sequer ao longo da praia, apenas marolas, como pregas de um lábio. Tangas coloridas, homens seminus rodeavam as canoas dos pescadores que retornavam do mar.

O rio ficava mais adiante, a pouco mais de um quilômetro de distância, no fundo da baía. Contudo, nos tempos heroicos de Adèle e Eugène, não existiam os telhados vermelhos dos entrepostos, os escritórios do palácio do governo sob as árvores.

Ela devia usar botas, cartucheira, não um vestido de seda sobre a pele nua.

Enquanto caminhava, procurava uma sombra, mas fazia tanto calor na sombra quanto no sol. Era o ar que queimava os objetos, as roupas pareciam arder. Antigamente não havia nem paredes de tijolos nem gelo para refrescar a bebida!

Oito anos depois, Adèle e Eugène Renaud retornaram à França com seiscentos mil francos e, apesar da proibição de estadia no país, gastaram tudo – o comissário disse "torraram" – em poucos meses. Em quê? Que vida levaram? Em que lugares um Timar ainda pubescente os teria encontrado?

Voltaram para o Gabão. Enfiaram-se novamente na floresta. Eugène teve duas crises de febre hematúrica e foi Adèle quem cuidou dele. Compraram o Central havia apenas três anos. E Timar teve aquela mulher em seus braços, uma manhã, à beira da cama úmida.

Não se atrevia a tirar o chapéu para se enxugar. Era meio-dia e ele estava sozinho, rigorosamente sozinho, na estrada abrasadora.

O comissário contou outras histórias, sem nenhum melindre, apenas resmungando que achava que às vezes as pessoas se excediam.

Era o caso de um fazendeiro que, um mês antes, achando que o cozinheiro havia tentado envenená-lo, pendurou-o pelos pés com uma tina de água debaixo dele. De quando em quando, afrouxava a corda e mergulhava a cabeça do negro na tina. No fim das contas, esqueceu-se uns bons quinze minutos de subi-lo e encontrou-o morto.

O processo começou a andar. A Sociedade das Nações interveio. E, agora, um outro nativo era assassinado!

– Não vão se safar! – declarou o comissário.

– Quem?

– Os assassinos.

– E das outras vezes?...

– Sempre conseguem dar um jeito.

O que Adèle fora fazer, na noite da festa, fora de casa? E por que, horas antes, esmurrara o rosto de Thomas?

Timar não tocara no assunto. Nem tocaria. Mas outras pessoas não a teriam visto retornar do jardim?

Errou de novo o caminho, teve de voltar. Afinal chegou ao hotel, onde, naquele meio-dia, o tinido dos garfos não era acompanhado do murmúrio habitual das conversas. Todos o olharam. Ele notou que Adèle não estava no salão e foi se sentar à mesa de sempre.

Havia um novo *boy*, muito jovem ainda. Alguém puxou Timar pela manga e este, ao virar-se, deu com um dos madeireiros, o mais forte, que tinha cara e corpo de açougueiro.

– Acabou.

– O quê?

O madeireiro apontou o teto.

– Passou desta para a melhor. A propósito, o que ele disse?

Tudo estava acontecendo muito rápido, principalmente naquela hora bestificante. Timar não conseguia concatenar as ideias e percebeu que estava sendo ridículo quando perguntou:

– Quem?

– O comissário! Ele convocou você primeiro porque achou que era mais fácil arrancar informações do recém-chegado. À tarde, ou amanhã, é a nossa vez.

Ninguém parou de comer, mas todos os olhares estavam fixos em Timar, que não sabia o que responder, pois ainda pensava no homem morto no andar de cima, provavelmente sendo velado por Adèle, e nas histórias do comissário.

– Ele deu a impressão de que sabe de alguma coisa?

– Não sei dizer. Declarei que não vi nada.

– Ah! Bom!

Ponto positivo para Timar. Olharam-no com mais simpatia. Logo, sabiam que ele sabia de alguma coisa? Logo, também sabiam?

Timar enrubesceu, engoliu uma fatia de salsichão, espantou-se consigo mesmo quando se viu perguntando:

– Ele sofreu?

Percebeu imediatamente que não era pergunta que se fizesse, que provavelmente a agonia fora atroz.

– O pior é que foi acontecer logo depois do caso da tina – disse o madeireiro caolho.

Todos concordaram! Todo mundo concordava! Em suma, todos "estavam na jogada" e todos olhavam Timar com curiosidade e desconfiança, porque ele estava fora.

Ouviram passos no quarto de cima. Uma porta se abriu e se fechou. Alguém vinha descendo a escada.

Era Adèle Renaud, que atravessou o café em silêncio absoluto, dirigiu-se ao balcão, tirou o telefone do gancho.

Era a mesma Adèle de sempre, inclusive os seios minuciosamente delineados pela seda do vestido. A observação era pueril e, no entanto, foi o que mais incomodou Timar, como se o luto consistisse em usar roupas íntimas.

– Alô!... O 25, por favor... Alô!... Oscar está?... Sim, sou eu... Assim que ele chegar, diga que acabou e que ele venha com o necessário... O doutor não quer que o enterro seja depois do meio-dia de amanhã... Não, obrigada! Está tudo bem...

Recolocou o fone no aparelho, permaneceu um bom momento com os cotovelos apoiados no balcão, o queixo nos punhos fechados, olhando para o nada. Quando falou, foi para dizer ao *boy*, mal virando-se para ele:

– O que está esperando para tirar os pratos da mesa do fundo?

Abriu uma gaveta, fechou-a, esteve a ponto de sair, reconsiderou e voltou à pose anterior, apoiando o queixo sobre as mãos cruzadas. Uma voz se ergueu da mesa dos madeireiros:

– O enterro é amanhã?

– É. O doutor disse que não é bom ficar com o corpo por muito tempo.

– Se precisar de uma ajuda...

– Obrigada! Já está tudo arranjado. Vão trazer o caixão daqui a pouco.

Era para Timar que ela olhava. Ele sentia seu olhar e não se atrevia a erguer os olhos.

– Falou com o comissário, senhor Timar? Ele foi desagradável com o senhor?

– Não... Eu... Ele conhece o meu tio, que é conselheiro-geral, e ele...

Calou-se, pois sentiu de novo, em torno dele, aquela curiosidade zombeteira misturada com respeito, que o desorientava. No mesmo momento, no lapso de um segundo, viu passar nos lábios sinuosos de Adèle um sorriso de enternecimento.

– Vou mudar o senhor de quarto. Vou precisar do seu para pôr o corpo esta noite.

Ela se virou para as garrafas alinhadas, escolheu uma de aguardente de sidra e encheu um copo, que bebeu com uma careta. Depois perguntou em tom neutro:

– O que fizeram com o negro?

– Levaram para o hospital. Vão fazer a autópsia esta tarde. Parece que a bala saiu pela omoplata e não foi encontrada.

Essas últimas palavras foram ditas intencionalmente. O madeireiro prosseguiu, encolhendo os ombros e engolindo metade de um abricó amarelo como uma gema de ovo:

– Puseram um policial negro no local para impedir que alguém leve a bala, caso for encontrada. Hum! Se é que vão achá-la! Quem topa uma partida de bilhar?

Ele se levantou, limpou a boca no guardanapo. Diante do silêncio geral, hesitou e resmungou:

– Talvez seja melhor não jogar bilhar hoje. Me dá uma aguardente, Adèle!

E encostou-se no balcão, de frente para ela, enquanto os outros terminavam de almoçar. Timar fervia de raiva. Comia maquinalmente e irritava-se a cada passagem da mosca gorda que o escolhera para o centro das suas circunvoluções.

O ar estava pesado. Não havia nem uma aragem no jardim. Era possível ouvir as ondas quebrando na praia, ali perto.

Nada além do barulho dos pratos na cozinha, atrás do guichê que servia de passagem para as bandejas. O subgerente do banco, um jovem alto cujas maneiras se assemelhavam um pouco às de Timar e que fazia as refeições no hotel, foi o primeiro a sair, depois de ajeitar o chapéu e acender um cigarro.

Os outros não tardariam a se levantar. Alguns tomariam um digestivo no balcão antes de sair. De todo modo, quando o relógio marcasse duas horas, não haveria mais ninguém no café, a não ser Timar e Adèle.

Timar se perguntava se aguentaria até lá. Os quatro uísques da manhã o entorpeceram. Sentia a cabeça vazia, dolorida, mas não tinha coragem de subir e dormir em outro quarto, enquanto carregavam o morto para o seu.

Alguém perguntou, com um copo de álcool na mão:

– Vamos vê-lo antes de fecharem o caixão?

– Acho que não. Às cinco horas já vai ter terminado.

– Pobre velho!

O que falou por último era da mesma idade de Eugène. Havia homens mais jovens ali que já estavam em sua segunda crise. Vários, disse o comissário a Timar, amealharam uma ou duas fortunas e dissiparam tudo na França em menos de um ano. O caolho, que tinha um dente de ouro, certa vez em Bordeaux, numa noite de gala no Teatro de Ópera, alugou todos os táxis da cidade somente para ver as espectadoras e os espectadores trajados a rigor voltando a pé para casa sob a chuva torrencial. Agora, por causa da crise, sobrevivia a duras penas de uma velha caminhonete, de pequenos serviços de transporte e da coleta do lixo da cidade.

O sino de um entreposto soou treze horas e trinta. Havia apenas quatro, depois três pessoas no café. Timar, ainda sentado à mesa, olhava para o chão.

O último consumidor esvaziou o copo, pegou o chapéu no cabideiro, e Timar sentiu seu coração bater mais forte, perguntando-se angustiado que palavras seriam pronunciadas por ele ou por ela.

Os passos se distanciaram. Ele fez um esforço enorme para levantar a cabeça. Decidira pedir uma dose de álcool, mesmo que passasse o restante do dia prostrado. Contudo, no momento em que tomou essa decisão, Adèle suspirou, como alguém sem ânimo para trabalhar. Ele ouviu a gaveta da caixa registradora se fechar. Adèle saiu sem lhe dizer nada, sem lhe dirigir um olhar. Por um segundo, ele ainda a viu através do guichê, na cozinha, dando ordens em voz baixa. Ao fim, enveredou escada acima e seus passos ressoaram sobre a cabeça de Timar.

Capítulo 3

O JANTAR FOI SEMELHANTE AO ALMOÇO, exceto pelo fato de o corpo não estar mais deitado em uma cama, e sim fechado num caixão apoiado sobre duas cadeiras.

Além disso, houve olhares de entendimento entre os frequentadores, como se pretendessem lembrar uns aos outros a decisão tomada, e, terminada a refeição, o madeireiro com cara de açougueiro encostou no balcão.

– Escuta, Adèle, não é melhor fechar?

– É o que pretendo fazer.

– E... suponho... vamos velar o corpo?... Nesse caso, evidentemente, você pode contar com a gente...

Era cômico o contraste entre a cabeça abrutalhada e a expressão infantil de criança pedindo permissão.

– Para quê? Ele não vai se salvar.

Os olhos do madeireiro cintilaram. Teve de se controlar para não rir e, menos de cinco minutos depois, todos estavam no jardim, inclusive Timar. Saíram com uma falsa displicência, uma irresolução mal encenada.

– Vamos dar uma volta antes de dormir!

– Até amanhã, Adèle.

Olhadelas. O madeireiro tocou no ombro de Timar.

– Você vem também. Ela prefere ficar sozinha.

O café estava vazio. Os seis homens estavam na estrada, na escuridão, e um girou a manivela de uma caminhonete. Era noite de luar. O mar rouquejava, prateado, por trás da cortina de coqueiros, exatamente como Timar, ainda na Europa, imaginava as noites nas ilhas.

Ele virou a cabeça para o café, cuja solidão o perturbou. O *boy* limpava as mesas. Adèle, no balcão, dava ordens.

Timar notou que o subgerente do banco estava com eles. Ficaram de pé, lado a lado, na traseira da caminhonete, que arrancou. Alguém murmurou:

– Puxa! Adèle exagerou! Eu não sabia se ia conseguir aguentar até o fim do jantar.

– Espera! Para na minha casa! – fez um outro, inclinando-se para o motorista. – Vou pegar uma garrafa de anisete.

Mal se distinguiam os rostos, ou melhor, a claridade lunar os deformava. Os seis corpos balançavam, chacoalhavam ao gosto da trilha deixada por outras rodas.

– Aonde estamos indo? – perguntou Timar em voz baixa ao subgerente.

– A uma choça, para passar a noite.

E Timar notou que o outro não tinha mais a fisionomia habitual. Era um jovem muito alto, muito magro, de crânio alongado, cabelos loiros, gestos comedidos. Naquela noite, porém, havia um brilho suspeito e uma hesitação estranha em seu olhar.

Enquanto esperavam o anisete, Timar trocou algumas palavras em voz baixa com seu vizinho. Soube que Bouilloux, o homem com cara de açougueiro, nunca fora açougueiro na vida, mas professor de escola primária num vilarejo do Morvan.

No meio de uma frase, o bancário lembrou-se das boas maneiras. Ainda na caminhonete, inclinou-se com a mão direita estendida.

– Permita-me apresentar-me: Gérard Maritain.

– Joseph Timar, da Sacova.

O veículo deu a partida. Seguiram por uma estrada que Timar não conhecia e o ronco do motor não dava chance a conversas. A caminhonete não passava de um precário amontoado de ferragem, mas isso não impedia o motorista de fazer curvas fechadas, jogando os ocupantes uns contra os outros.

Viram luzes dos dois lados do caminho, depois não viram mais nenhuma. Adiante, avistaram uma fogueira e formas cônicas negras que eram, na verdade, as choças dos nativos.

– Na Maria? – perguntou alguém.

– Na Maria!

Naquele momento, Timar entrou abruptamente num pesadelo. Era a primeira vez que vagava à noite em Libreville. A lua dava às coisas uma feição que ele não conhecia. Não sabia onde estava nem aonde ia.

Sombras se enfileiravam à passagem do veículo, negros, com certeza, que imediatamente se fundiam à floresta. Os freios rincharam. Bouilloux desceu primeiro, aproximou-se de uma choça onde reinava uma escuridão absoluta e chutou a porta.

– Maria!... Ô Maria!... Levanta...!

Os outros desceram também. Timar permaneceu ao lado de Maritain, que se parecia cada vez mais com ele.

– Quem é Maria? Uma prostituta?

– Não! É uma negra igual às outras. Do jeito que são, não perdem ocasião de receber os brancos. Como não tem outro café em Libreville, essa noite tivemos de...

Estava quente, embora fosse noite. Nada se mexia nas outras choças. A porta se abriu naquela e uma silhueta nua surgiu, esboçou uma saudação e desapareceu na sombra mais densa do vilarejo.

Timar compreendeu somente mais tarde que era o marido, o marido de Maria, que eles mandaram passear enquanto visitavam a mulher dele.

Um palito de fósforo ardeu, transferiu um clarão para uma lâmpada a petróleo, dentro da choça.

– Entra, cambada! – gritou Bouilloux, dando passagem aos companheiros.

Estava ainda mais quente dentro do que fora da cabana, um calor nauseabundo, humano. Um odor acre pegava na garganta, um odor que até então Timar apenas adivinhara ao passar pelos negros suados.

A mulher, que acabara de acender a lâmpada, amarrava uma canga em volta do corpo nu, mas Bouilloux arrancou-a e jogou-a num canto da choça.

– Vá buscar suas irmãs! Não se esquece da menorzinha, hein!

Os brancos se comportavam como se estivessem em casa, exceto Maritain, que não parecia à vontade. Havia uma mesa, duas espreguiçadeiras velhas, uma cama de campanha na qual ainda se percebiam o oco e a umidade dos corpos. Três homens, no entanto, sentaram-se nela, sobre a colcha barata.

– Senta, rapaziada!

Jamais, nem mesmo ao meio-dia, Timar sentira tanto calor. Tinha a sensação de um calor doentio, um calor febril, de hospital. Sentia uma repugnância física ao tocar nos objetos, nas paredes. E, com os olhos, buscou socorro em Maritain, que também ficara de pé, mais para o interior da choça.

– Não se compara a Adèle! – disse-lhe Bouilloux, de longe.

– Vai! Bebe... Vai te fazer bem...

Um copo passou de mão em mão até Timar, um daqueles três copos que ninguém havia lavado. Bouilloux segurava um. O caolho também.

– À saúde de Adèle!

Era anisete puro. Timar engoliu, não tinha coragem de desafiar os cinco homens. Bebeu tampando o nariz, pois tanto o copo quanto o líquido lhe davam asco.

– É muito fino da sua parte fingir que não entendeu. Mas, já que todos a conhecemos...

Seguramente, naquele momento, teria ocorrido um incidente se a porta não tivesse se aberto. Maria entrou primeiro, com um sorriso dócil nos lábios. Atrás dela vinha uma negra miúda, muito jovem, que o primeiro branco sentado junto da porta agarrou sem perder tempo.

O resto foi mais confuso, pois a choça não era suficiente para todos que ali estavam. Ficaram amontoados.

As negras quase não falavam. Palavras soltas, frases inacabadas. Na maioria das vezes, riam e seus dentes brancos cintilavam. Maria pegou uma garrafa de licor de menta debaixo do colchão e eles a esvaziaram depois do anisete.

Houve somente um momento de constrangimento. Foi quando o madeireiro caolho perguntou:

– O que andam dizendo da morte de Thomas no vilarejo?

O sorriso, a cordialidade e até mesmo a submissão desapareceram dos três rostos negros. As mulheres se calaram, olharam para o chão. Bouilloux trouxe de volta o bom humor, exclamando:

– Muito bem! Muito bem! Não interessa o que aconteceu com aquele preto imundo! Saúde, pessoal! Sabem o que proponho? Vamos todos passear na floresta.

Como no jantar, houve uma troca de olhares que levou Timar a supor que aquelas palavras tinham um significado, que se tratava de um plano preconcebido.

– Um minuto! Escuta, Maria! Cem francos se me arranjar uma garrafa de uísque ou outra coisa!

Ela a encontrou no vilarejo, onde tudo parecia dormir, onde não havia um barulho, uma luz, um sussurro, mas onde certamente se escutava tudo o que acontecia.

Fragmentos de frases na confusão para subir de novo na caminhonete.

Perto do tronco de uma sumaúma havia uma negra, de pé, que eles perceberam quando já estavam de partida.

– Sobe também!

Afora o barulho da partida, do motor e das molas, não se ouvia mais nada.

Timar não queria ver. Olhava insistentemente para a copa das árvores que passavam por ele e cujos detalhes se iluminavam sob o luar. O caminho era de areia, o motorista mudava rapidamente de uma marcha para outra.

Passaram para Timar uma garrafa de uísque meio vazia, quente, babada. Ele foi incapaz de beber. Fingiu que bebia, deixou o álcool escorrer do queixo para o peito.

– *... já que todos a conhecemos...*

Ele fora tomado de uma impaciência dolorosa. Tinha apenas uma ideia em mente: aproximar-se do tal Bouilloux, de aspecto abrutalhado, e exigir explicações. Porque não era verdade! Não era possível! Bouilloux, por exemplo, não podia ter sido amante de Adèle, nem o caolho, nem...

Ele ia sucessivamente da fúria ao desespero. Em certo momento, pensou em mandar parar o veículo para descer. Mas sem sequer saber onde estava, foi obrigado a ir até o fim com seus companheiros.

Calculou que haviam percorrido ao menos 25 quilômetros. O veículo parou onde o próprio caminho parava, na borda de uma clareira às margens de um rio. A algazarra recomeçou. Vozes altas e gargalhadas.

– A garrafa! Não se esqueçam da garrafa! – berrou uma sombra.

Timar ficou sozinho, junto da caminhonete, sem que ninguém o notasse. Em face dele, entre sombras e luzes, passavam silhuetas, às vezes ziguezagueantes, e ouviam-se cochichos, murmúrios, risos nervosos.

A primeira sombra que se juntou a ele foi a da comprida silhueta de Maritain, que o percebeu de súbito, a menos de um metro, e balbuciou, constrangido:

– O senhor está aqui!... Vá se divertir...

Uma silhueta mais curta, mais larga, ia e vinha na clareira. Bruscamente, ela se aproximou.

– Subam! Rápido! Vamos dar boas risadas!

Era Bouilloux. Outra sombra avançou, depois duas, três. Uma negra se aproximou.

– Um minuto, neném! Os brancos primeiro!

Os homens subiram na caminhonete. As três mulheres aguardavam a vez. O motor roncou.

– Upa!

A caminhonete arrancou tão rápido quanto era capaz e as mulheres correram atrás dela, gritando.

– Tirem as patas! Até a vista, meninas!

Elas estavam nuas, uma nudez absoluta de animais na floresta. A lua as engastava de luz prateada. Soltavam gritos estridentes, agitavam os braços.

– Mais rápido, menino! Elas vão nos alcançar!

A caminhonete trepidava alucinadamente. Bateu numa tora e quase tombou. Passou por um triz.

As negras continuavam correndo atrás deles, mas perderam terreno pouco a pouco. As silhuetas tornaram-se menores, mais distantes, os gritos mais inaudíveis.

– Ufa! Feito!

Feito, de fato! Elas haviam ficado para trás!

Houve três ou quatro risadas, não mais que isso. E reflexões:

– Quem era a gorda velha?

Ao lado de Timar, Maritain baixou a cabeça.

Houve também algumas obscenidades. Depois, à medida que avançavam, um silêncio e um acabrunhamento melancólico.

– Fui convocado a comparecer ao comissariado amanhã!

– Eu também!

– E Adèle? A propósito, a gente devia fazer uma vaquinha para comprar uma coroa.

Estava quente e frio. Timar estava encharcado de suor, sua camisa estava molhada. Tinha a impressão de respirar um ar quente demais para os seus pulmões e, no entanto, o vento o gelava.

Ao ouvir o nome de Adèle, sobressaltou-se. A lua estava baixa, atrás das árvores, e ele não via mais seus companheiros. Entretanto, localizou Bouilloux.

– A propósito de Adèle, queria que me dissesse...

Sua voz soou tão desafinada que ele se desconcertou e parou.

– Quer que eu diga o quê? Divirta-se, se tiver vontade, como a gente essa noite! Mas não venha bancar o inocente!

Ele se calou. Desceu na ponta do cais. Apertou apenas uma mão, a mão direita de Maritain, que balbuciou:

– Até amanhã!

Ficou sozinho na escuridão. No hotel, havia luz apenas em uma janela do primeiro andar. Ele tentou abrir, mas a porta estava trancada, e não quis bater para não causar alvoroço, por causa do defunto e também do seu nervosismo, que lhe fazia bambear as pernas e lhe dava um medo irracional.

Contornou a casa para entrar pela porta do pátio. Maldizia o barulho de seus passos. Um gato em fuga o assustou. Ele pressentia que cairia doente, talvez por causa do suor que o cobria e não o impedia de tiritar. Ao menor esforço, suava, sentia-se suar, sentia cada poro da sua pele expelir uma gota de suor.

A porta do pátio estava trancada. Quando retornou à porta principal, esta se entreabriu. Adèle estava lá, com uma vela na mão, ainda com o vestido de seda negra, ainda calma. A fresta mal permitiu a passagem de Timar, e fechou-se. Ele estava no café, que bruxuleava à chama da vela. Procurou alguma coisa para dizer. Estava magoado, furioso consigo mesmo, com ela, com o mundo inteiro, agitado como jamais esteve.

– Não estava dormindo?

Olhava-a dissimuladamente e uma reação inesperada manifestou-se nele. Seria efeito do espetáculo abjeto da noite? Não seria antes um protesto colérico, uma espécie de vingança que exigia satisfação? Em todo caso, ele sentia um desejo perverso, brutal.

– Seu quarto novo é à esquerda.

Ele a seguiu covardemente até a escada que ambos tinham de subir. Sabia que ela pararia para lhe dar passagem e iluminar o caminho.

Nesse momento preciso, ele a agarrou pela cintura e, no entanto, foi incapaz de dizer o que desejava.

Ela não se debateu. Ainda segurava a vela, da qual pingou uma gota de estearina quente na mão de Timar. Apenas curvou o busto para trás, um busto tão musculoso, tão vigoroso, apesar da sua feminilidade, que Timar não pôde mantê-lo contra ele. Ela disse simplesmente:

– Você está bêbado, menino! Vá se deitar!

Ele a fitou com os olhos turvos. Viu o rosto pálido que a chama da vela fazia bruxulear e os lábios sinuosos que, apesar de tudo, pareciam prestes a esboçar um sorriso terno e irônico.

Ele cambaleou pela escada, parou, errou de porta, enquanto ela repetia sem se irritar:

– A porta da esquerda!

Depois que fechou a porta, ouvia-a subir, abrir também uma porta e fechá-la. Enfim, dois sapatos caíram sucessivamente no assoalho.

Capítulo 4

FOI NO CEMITÉRIO QUE UMA VAGA de estranhamento engoliu Timar, arrastando-o, afundando-o, a ponto de ele perder o ar como se uma onda gigantesca houvesse rebentado sobre ele.

Procurou a explicação desse estranhamento no pitoresco, na imponência dos coqueiros, na musicalidade das palavras nativas, no bulício dos corpos negros. Ora, a explicação era outra, era a clara e desesperadora compreensão do significado das palavras:

– Para deixar a África, só de barco. Passa um por mês e leva três semanas para chegar à França!

Eram oito horas da manhã. Eles saíram do hotel às sete, para evitar o calor. Mas não era o sol que era quente: eram o chão, as paredes, os objetos. Eles próprios eram uma fonte de calor!

Timar pegara no sono às quatro horas da madrugada. O mal-estar que sentia desde que despertara fazia-o pensar que bebera mais do que imaginava.

Os madeireiros estavam lá, assim como Maritain e todos os outros clientes. Como em qualquer cidadezinha de província, grupos se formaram a alguns metros da porta. A única diferença é que os trajes eram brancos e todos estavam de chapéu, exceto Adèle, que saiu atrás do caixão trajando seu vestido de seda preta e um chapéu colonial de cortiça.

O rabecão era a caminhonete da noite anterior, que fora coberta com um lençol preto. O cortejo teve início. Eles seguiram ao longo da estrada de terra vermelha e entraram num caminho estreito, em aclive, ladeado de choças. A choça de Maria não seria uma delas?

Andaram rápido, apesar do calor, porque a caminhonete morria quando diminuía a velocidade. Adèle estava sozinha, à frente do cortejo, e suas atitudes eram normais. Olhava ao redor e às vezes se distraía, como alguém preocupado com os afazeres do dia.

Entraram finalmente no cemitério. Era no alto de uma colina que dominava o mar e a cidade. À esquerda, um rio emergia da floresta e um cargueiro vermelho e preto recebia um carregamento de madeira.

Seria por causa do ar puro? Fato é que, apesar da distância, Timar distinguia os mínimos detalhes, via as jangadas atrás do pequeno rebocador e ouvia as batidas do motor pesado movido a óleo. As correntes retiniam quando eram passadas em volta das toras de madeira, os guindastes rangiam.

Mais adiante, o mar. E mais mar, durante vinte dias de navegação a todo vapor até a costa da França!

Eles estavam num cemitério? Percebia-se certa tentativa de respeitar as tradições europeias. Havia dois ou três túmulos de pedra, algumas cruzes de madeira. Não obstante, não era um cemitério! Não havia capela, muro, portão gradeado! Havia somente uma cerca de arbustos extravagantes, com enormes bagas de cor violeta, que, por si sós, anunciavam a distância que estavam da Europa. E a terra era vermelha! E, cem metros adiante, em plena aldeia, alinhavam-se montículos retangulares, sem nada em cima: o cemitério dos nativos! E, no centro da paisagem, um enorme baobá.

Pessoas que não haviam acompanhado o cortejo, entre as quais o governador e o administrador territorial, foram de carro e aguardavam o enterro fumando cigarros. Inclinaram a cabeça para Adèle.

Tinham de terminar logo, pois não havia sombra. Os ruídos da operação de carregamento do cargueiro acompanhavam a cerimônia. O pastor estava incomodado.

Eugène Renaud, durante toda a vida, fora mais católico que outra coisa. Ora, o padre de Libreville havia partido dois dias antes para visitar os vilarejos do interior, de modo que o pastor dos ingleses aceitara oficiar em seu lugar.

Quatro negros deixaram o caixão deslizar para a cova rasa e jogaram terra por cima dela com a ajuda de enxadas.

A ideia de que um dia pudesse ser enterrado daquela maneira fez Timar reviver com uma dor atroz o caminho que percorrera desde La Rochelle. Ele não estava num cemitério! Não estava num enterro! Não estava na terra dele!

Timar estava com sono, com dor de estômago. Tinha medo do calor, que se infiltrava sob o seu chapéu e lhe cravava uma estaca na nuca.

Todo mundo retornava à cidade, desordenadamente. Ele tentou caminhar sozinho, mas viu uma silhueta aproximar-se dele, a comprida silhueta de Maritain, que murmurava, confuso:

– Dormiu bem? A propósito, o senhor também foi intimado? Parece que o governador quer assistir aos interrogatórios.

Timar avistou muito vagamente o mercado, reconheceu a ruela do comissariado. Sua camisa estava molhada sob as axilas. Ele tinha sede.

Não havia sala de espera e o máximo que fizeram foi levar cadeiras para a varanda. Mas a reverberação do sol era tão intensa que não puderam tirar o chapéu.

Policiais negros estavam sentados nos degraus. A porta da sala do comissário estava aberta e o governador e o procurador da República entraram. A máquina de escrever batucava em outra sala. A cada vez que ela parava, ouviam-se fragmentos da conversa.

Adèle foi a primeira. Os madeireiros trocaram olhares entre si, principalmente quando ouviram a voz deferente do governador derramando-se em cortesias.

– ... tristes circunstâncias... peço desculpas... urgência em esclarecer... caso difícil...

Não demorou nem cinco minutos. Cadeiras foram arrastadas. Adèle saiu, serena, desceu os degraus e dirigiu-se para o hotel. O comissário gritou lá de dentro:

– Próximo!

Bouilloux fez uma careta para os seus companheiros e entrou. A máquina de escrever continuava a batucar. Não se ouviu nada. O madeireiro saiu, dando de ombros.

– Próximo!

Timar, sentado na última cadeira da fileira, não se decidia a pedir um copo de água ao policial.

– Ela foi amante do governador! – sussurrou Maritain em sua orelha. – Isso só faz o caso ficar mais interessante!

Timar não respondeu, apenas avançou uma cadeira quando o subgerente do banco entrou na sala do comissário.

– ... tem certeza de que ninguém deixou o salão entre meia-noite e quatro horas da manhã?... Obrigado...

O comissário saiu à porta atrás de Maritain, deu uma olhada na varanda e viu Timar.

– O senhor estava aí? Entre!

Seu crânio redondo brilhava de suor. Timar o seguiu até a sala, onde, por causa do contraste da claridade de fora, viu apenas sombras na sombra. Uma sombra estava sentada, com as pernas abertas, junto de uma mesinha repleta de copos.

– Quero lhe apresentar, governador, o senhor Timar, do qual lhe falei há pouco.

O governador estendeu uma mão úmida.

– Muito prazer! Sente-se... Por coincidência, minha mulher também é de Cognac, ela conhece bem o seu tio...

E, virando-se para um terceiro personagem:

– Senhor Joseph Timar, rapaz de excelente família... Senhor Pollet, nosso procurador... Mais um copo, comissário?...

Timar teve de se habituar à penumbra que as persianas riscavam de luz. O comissário servia-se de uísque, manejando o sifão.

– O que lhe deu para vir ao Gabão?

O governador já havia passado dos sessenta. Era gordo, vermelho. Seus cabelos brancos, contrastando com a pele exantematosa, dava-lhe um ar distinto e bonachão, como o de todo homem de idade que exerce um poder qualquer e não abre mão dele, salvo talvez pelos prazeres da comida e da bebida.

– ... Principalmente para trabalhar na Sacova! Sabe que, se não tivéssemos perdoado as multas que a empresa recebeu, ela teria falido?

– Não sabia. Meu tio...

– Vai candidatar-se finalmente ao Senado?

– Acredito que sim.

– À sua saúde! O senhor deve ter formado uma bela opinião de Libreville! Às vezes passamos dois anos sem incidentes e, de repente, é um escândalo atrás do outro. Parece que, na noite passada, um bando de energúmenos abandonou três mulheres na floresta, o que apenas complica o meu trabalho, num momento em que os negros estão furiosos por causa do assassinato de Thomas.

O procurador era muito mais jovem. Timar já o vira antes, no dia da festa no hotel, bebendo com os ingleses.

– Tem perguntas a fazer, comissário?

– Nada de especial. Tomei a liberdade de convocá-lo primeiro e foi assim que nos conhecemos. A propósito, senhor Timar, se está hospedado no hotel, aconselho que tenha cuidado. A investigação revelou certos fatos...

Ele não sabia se falava, mas o governador prosseguiu, julgando que Timar era digno de confiança:

– Evidentemente, foi aquela mulher que matou Thomas! Temos a prova quase formal. Encontramos a cápsula, que é do mesmo calibre do revólver dos Renaud.

Ele estendeu uma cigarreira.

– O senhor não fuma? É uma maçada que tenha sido ela, mas não podemos fazer nada e, dessa vez, precisamos dar o exemplo. Entende? Estamos de olho nela. Vigiamos cada passo. No primeiro erro...

– A pergunta que me faço – murmurou o procurador, que ainda não havia se manifestado – é o que o *boy* fez! É uma mulher de nervos de aço, ela sabe o que faz!

Timar teria preferido ser interrogado como os outros, secamente, de pé no escritório.

Por que todos teimavam em olhá-lo com curiosidade, em lhe dar um *status* especial na cidade? Até as autoridades, que agora o incluíam em seu círculo íntimo e nos seus segredos!

– Evidentemente o senhor não viu nada, não é? Os madeireiros cerraram fileiras! Nenhum falará, e é natural. Se o momento fosse outro, é provável que o caso fosse abafado. O senhor não viu ninguém sair durante a festa?

– Ninguém.

– O senhor virá jantar uma noite dessas lá em casa. Minha mulher gostará de conhecê-lo. E não se esqueça de que temos um clube, um clube bastante modesto, em frente ao quebra-mar. É melhor do que nada. Quando quiser jogar uma partida de bridge...

Ele se levantou e deu a conversa por encerrada com a naturalidade de um homem habituado às audiências oficiais.

– Até mais ver, meu caro! Se precisar de mim para o que for, não hesite.

Timar cumprimentou-o desajeitadamente, com certo excesso de cerimônia. Na rua, quando viu novamente o mar, liso como um lago, recordou-se de uma imagem que o perseguira durante toda a manhã, um mapa da França, uma França muito pequenina às margens do oceano, um mapa familiar, com rios, cidades, departamentos cujos contornos ele conhecia de cor. O governador era do Havre, sua mulher, de Cognac. Um dos madeireiros era de Limoges, outro de Poitiers, e Bouilloux nascera no Morvan.

Eram todos vizinhos! Timar, que era de La Rochelle, podia visitá-los em poucas horas. E estavam todos reunidos lá, um punhado de franceses, numa estreita faixa de terra desmatada, às margens da floresta equatorial. Barcos iam e vinham, barcos pequenos como aquele que vira de manhã, como moscas carregando guinchos zumbidores nas costas! Lá em cima, dominando a cidade de Libreville, estava o cemitério, o falso cemitério!

Timar passou pela Sacova, avistou o gerente nos fundos, atrás do balcão rodeado de negras, e eles se cumprimentaram com um aceno frouxo.

Naquele instante, não foi somente a angústia da distância que o perturbou: foi a da inutilidade. A inutilidade de estar lá! A inutilidade de lutar contra um sol que o penetrava por cada um de seus poros! A inutilidade do quinino, que lhe dava náuseas e que ele era obrigado a engolir todas as noites! A inutilidade de viver e morrer para ser enterrado num cemitério de mentira por quatro negros seminus!

– O que lhe deu para vir para o Gabão? – perguntara o governador.

E nele? E nos outros? E no funcionário da Sacova que, em plena floresta, ameaçava matar quem tentasse tomar o seu lugar?

Era mês de agosto. Em La Rochelle, perto da entrada do porto, na praia bordejada de tamargueiras, moços e moças estavam estendidos na areia.

– Timar? Foi para o Gabão.

– Sortudo! Que viagem maravilhosa!

Porque era isso que deviam dizer! Enquanto ele vagueava, arrastava as pernas moles na paisagem plúmbea. A ideia de retornar lhe passou pela cabeça, mas ele a afastou, envergonhado.

Era verdade que ele era sobrinho de Gaston Timar, conselheiro-geral e futuro senador. Mas o que não revelara é que seu pai era funcionário da prefeitura, que teve de abandonar a universidade porque não tinha dinheiro e que, também por falta de dinheiro, não podia frequentar o café ou o cassino com seus camaradas.

A lancha que devia conduzi-lo a seu posto continuava na areia, no meio das pirogas. Ninguém estava trabalhando nela, ninguém estava preocupado em consertá-la.

De repente, de maneira tão brusca que ele próprio se assustou, tomou uma decisão e executou-a, espantado com a própria ousadia. Havia, em frente à praia, uma oficina onde se consertavam carros, máquinas e pequenas embarcações. Ele entrou, encontrou um branco que tentava fazer um carro velho pegar no tranco, mandando uns negros o empurrar.

– O senhor poderia consertar a lancha que está parada lá?

– Na conta de quem? Da Sacova?

E, com o dedo indicador, o homem deu a entender que não podia fazer nada.

– Perdão! Por minha própria conta!

– Ah, agora sim! O senhor sabe que custará alguns milhares de francos?

Uma força obscura movia Timar, uma necessidade de ação, de heroísmo. Ele abriu a carteira.

– Aqui estão mil francos para começar. Mas é urgente!

– Preciso de três dias. Bebe alguma coisa?

– Obrigado.

A sorte estava lançada! Em três dias, o barco estaria reparado e Timar partiria para conquistar seu posto, porque seria realmente uma conquista.

Foi com um movimento claro, categórico, que empurrou a porta do hotel. O salão estava vazio, banhado por aquela sombra familiar das casas na África. As mesas já estavam postas para o almoço, mas Adèle estava sozinha no balcão.

Antes mesmo de se sentar, e sem olhar para ela, Timar anunciou:

– Parto em três dias!

– Ah! Para a Europa?

– Para a floresta!

A palavra, que era tão agradável de pronunciar, levou aos lábios de Adèle um sorriso ambíguo e Timar, sentindo-se humilhado, foi se sentar num canto, fingindo ler jornais que já havia lido duas vezes. Ela não lhe deu atenção. Ia e vinha, dava ordens na cozinha, organizava as garrafas, abria o livro-caixa.

Ele ficou com raiva, sentia necessidade de torturá-la. Logo nas primeiras palavras, deu-se conta de que cometia uma gafe, mas já era tarde.

– Sabe que encontraram a cápsula?

– Ah!

– A cápsula da bala que matou Thomas!

– Sei o que é!

– Essa é a sua única reação?

Ela estava de costas para ele, mexia nas garrafas.

– Que reação esperava que eu tivesse?

Eles trocavam réplicas e tréplicas no salão vazio cortado por faixas de luz e sombra, saturado de umidade. E, mais uma vez, Timar sentiu aquele súbito desejo de possuir Adèle, que o humilhava.

– A senhora devia tomar cuidado.

Não queria ameaçá-la. E, no entanto, queria lhe meter medo.

– Émile!

Sua única resposta foi chamar o *boy*, que correu a atendê-la.

– Coloque as jarras de vinho nas mesas.

O *boy* circulava entre os dois, passeando de mesa em mesa a mancha crua do uniforme branco.

Os madeireiros chegaram, depois Maritain, um escrevente de cartório e um representante comercial inglês, e o ambiente era o mesmo de todas as refeições, exceto pelos cochichos e risos abafados, por causa dos acontecimentos da noite anterior.

De todos, Timar era quem parecia mais abatido, de olhos mais cansados.

Até o último minuto ele ficou num canto, fingindo ler. Maritain foi o primeiro a ir embora. Os madeireiros jogaram cartas até as dez horas com o escrevente e partiram cambaleando. O *boy* fechou as portas, as persianas, apagou parte das lâmpadas e, enquanto isso, Timar não dirigia a palavra a Adèle, tampouco a olhava.

Não obstante, saboreava uma viva sensação de intimidade, agora que as portas e as janelas estavam fechadas e só restavam eles dois.

Ela estava no balcão, fechando as gavetas a chave. Será que adivinhara seus pensamentos? Será que o vira? Será que o observara ao menos uma vez?

Ele ouviu quando o *boy* declarou:

– Terminei, senhora!

– Bom! Pode ir se deitar.

Ela acendeu uma vela, pois o motor que gerava a eletricidade ia ser desligado. Timar se levantou, hesitou, dirigiu-se ao balcão. Como ele ia esperá-la, Adèle saiu detrás do balcão com a vela na mão, alcançou a porta, a escada.

– O senhor vem?

Ele tinha apenas de segui-la. Ela subiu na frente e ele viu suas pernas nuas, o vestido abrir-se em pétalas. Quando ela parou, ele balbuciou:

– Que quarto devo...?

– O antigo...

O quarto que ele ocupara nos primeiros dias, aquele onde ela fora encontrá-lo certa manhã e do qual o exilaram para colocar o caixão! Ela lhe estendeu a vela. Ele sabia muito bem que, se a pegasse, seria o fim. Ela entraria no quarto dela. Ele seria obrigado a ir para o dele. Por isso ficou de pé, tímido, hesitante, enquanto ela estendia mais o braço para fazê-lo entender que era para ele pegar a vela.

– Adèle!

Ele não conseguia prosseguir. Não sabia o que queria! Parecia um menino choramingando sem motivo, ou melhor, porque estava insatisfeito, insatisfeito com tudo, mas com nada em especial.

Adèle estava na penumbra. No entanto, ele percebeu o esboço fugidio de um sorriso em seus lábios quando ela deu dois passos na direção do quarto de Timar e abriu a porta. Ela o deixou passar primeiro, fechou novamente a porta atrás deles, colocou a vela sobre o lavatório.

– O que quer?

Era a luz, talvez, que esculpia seu corpo daquela forma sob o vestido preto de reflexos avermelhados.

– Eu queria...

Como na véspera, ele avançou as mãos, tocou-a, sem se atrever a pegá-la em seus braços. Ela não o repeliu. Deu um passo imperceptível para trás.

– Não vê que em três dias vai estar de partida? Vá se deitar.

Enquanto falava, deixava o vestido escorregar. Afastou o mosquiteiro, puxou o lençol, sacudiu os travesseiros, enquanto ele, já de torso nu, hesitava em tirar o resto da roupa.

Ela deitou-se antes dele, como se tivessem dormido juntos a vida inteira, naquela cama, e aguardou sem impaciência.

– Apaga a vela!

Capítulo 5

ELE DESPERTOU MAIS SERENO. Antes de abrir os olhos, sabia que o lugar ao seu lado estava vazio. Tateou o travesseiro e sorriu, aguçou os ouvidos para escutar os barulhos da casa. O *boy* estava varrendo o salão. Adèle devia estar no balcão. Ele se levantou preguiçosamente e seu primeiro pensamento, ao olhar pelas janelas, foi:

– Vai chover!

Como na Europa! Por pouco, também como na Europa, ele não fez uma careta ao pensar que teria de sair com um guarda-chuva. As nuvens estavam baixas, de um cinza escuro. Tinha a impressão de que em cinco minutos cairia um dilúvio e, no entanto, ainda sentia a reverberação quente e mole do sol ausente. Não choveria! Não choveria nos próximos seis meses, no mínimo! Timar estava no Gabão! Esse pensamento o fez esboçar um sorriso resignado e um tanto agressivo, enquanto se aproximava do lavatório. A noite fora agitada. Mais de uma vez, meio desperto, ele entreabriu os olhos e viu a forma alva da mulher deitada ao lado dele, contra ele, com a cabeça apoiada no braço dobrado.

Adèle dormira? Em duas ocasiões ela fizera Timar mudar de lado porque, quando estava deitado do lado direito, ele roncava. A última vez que ele abriu os olhos já era dia, e, de pé junto da porta, Adèle procurava os grampos de cabelo que talvez tivesse deixado cair.

Timar lavou-se, enxugou-se, observou o rosto cansado no espelho. Um problema sem grande importância o perturbava, mas ele não queria pensar naquilo e tinha pouca experiência com mulheres para resolvê-lo. Tivera a impressão, naquela noite, de que Adèle se entregara, sem dúvida, mas entregara-se demais, no sentido estrito da palavra, isto é, o que fazia era por ele e não por ela.

Tinha quase certeza de que ela não dormira, nem sequer fechara os olhos, que passara a noite toda aconchegada a ele, com a cabeça sobre o braço dobrado, olhando para o nada, para a escuridão diante dela. Mas o que isso significava?

Timar não queria mais se preocupar. Tomara uma decisão enquanto se esfregava: deixar o acaso decidir e aceitar as coisas como viessem.

Desceu a escada e compreendeu que fazia mais calor quanto mais enevoado estivesse o dia. Depois de dar dez passos, sentiu-se úmido de suor. Empurrou a porta do café. Adèle estava no balcão, com a ponta de um lápis na boca. Ele não sabia como agir e estendeu a mão direita para ela.

– Bom dia.

Ela respondeu com um rápido piscar de olhos, molhou o grafite na língua e recomeçou a somar.

– *Boy*! O café do senhor Timar!

Em duas ocasiões, ele a pegou observando-o seriamente, mas talvez sem que ela mesma se desse conta.

– Muito cansada?

– Estou bem.

Ela fechou a gaveta da caixa registradora, organizou alguns papéis, contornou o balcão e foi sentar-se à mesa onde Timar tomava o café da manhã. Era a primeira vez que ela agia assim. Antes de falar, olhou-o ainda com uma ponta de indecisão.

– Você tem boas relações com seu tio?

Era talvez o que ela podia dizer de mais desconcertante. Por que diabos também ela estava preocupada com o seu digníssimo tio?

– Excelentes relações, obrigado! Ele é meu padrinho e me despedi dele antes de partir.

– Ele é de esquerda ou de direita?

– É do partido dos democratas populares ou coisa parecida.

– Suponho que já sabe que a Sacova está à beira da falência e que vai fechar mais dia, menos dia.

Timar bebia seu café, aturdido, e perguntava a si mesmo se dormira realmente com aquela mulher que, agora, refletia longamente antes de soltar cada frase. Mas ela era diferente da Adèle que tivera em seus braços?

Era a hora do dia de maior intimidade na casa, a hora da faxina, dos pequenos afazeres domésticos. Ouvia-se o vozerio do mercado, que, no entanto, ficava a quatrocentos metros de lá, e mulheres passavam enroladas em cangas, levando um garrafão na cabeça ou mantimentos embrulhados em folhas de bananeira.

Adèle era pálida. Deve ter tido, desde sempre, aquela pele sem brilho, lisa e uniforme, que parecia nunca ter visto a luz do dia. E na juventude, será que tinha aqueles mesmos olhos de cílios delicadamente curvados?

Aos seis anos, Timar teve um grande amor cuja lembrança ainda o perturbava. Foi por uma professora da escola. Nessa época, ele morava numa cidadezinha onde meninas e meninos estudavam juntos até o fim do primário.

A professora também estava sempre vestida de preto e havia em seu semblante aquela mesma mistura de severidade e ternura e, principalmente, aquela mesma serenidade, tão estranha à personalidade de Timar.

Por exemplo, naquele instante, ele quis pegar a mão de Adèle, olhá-la nos olhos, dizer futilidades, recordar em meias-palavras as cenas da noite anterior. Ao vê-la com a expressão de uma professora que corrigia os deveres, ele perdeu o chão, enrubesceu e, no entanto, desejou-a mais do que nunca.

– Em resumo, você corre o risco de voltar para a França sem um tostão furado!

Essas palavras podiam ser desagradáveis, odiosas. Mas ela conseguia que parecessem afetuosas, sem ele saber como. Ela o envolvia numa espécie de ternura que lhe era própria e que não se manifestava nem por palavras nem por gestos. O *boy* polia a barra de cobre do balcão. Adèle olhava Timar como se olhasse muito além dele.

– Por outro lado, existe uma forma de ganhar um milhão em três anos.

Mais uma vez, dito por outra pessoa, seria inadmissível. Ela se levantou. Falava em termos ainda mais claros, andava de um lado para o outro no café. O barulho dos saltos altos na cerâmica dava cadência às frases precisas, intercaladas por silêncios de duração sempre igual. E a estranha voz de Adèle, que alguns considerariam vulgar e que tinha tanta personalidade, combinava muito bem, ora grave, ora de uma acidez de música barata, com o sorriso em seu rosto.

O que ela estava dizendo? O som de suas palavras confundia-se com outras impressões: as negras passando na estrada, as pernas nervosas do *boy* enfiadas em calções brancos, o ronco de um motor a diesel que alguém regulava em algum lugar. Havia, além do mais, as imagens evocadas pelas palavras. Ela falava dos madeireiros e ele via, imediatamente, o rosto de Bouilloux iluminado pela lâmpada a petróleo na choça de Maria.

– Eles não compram o terreno, mas ganham concessões de três anos do governo.

Por que, ao mesmo tempo que a observava, ele revia a cena da manhã, ela procurando os grampos no chão, enquanto ele fingia dormir?

Ela escolheu uma garrafa na prateleira, levou dois copos para a mesa, encheu-os de aguardente de sidra. Ela era da Normandia? Era a terceira vez que ele a via beber sidra.

– Os primeiros colonos conseguiram concessões de trinta anos ou mais, e até aforamentos bastante vantajosos.

A palavra ficou vibrando em seus ouvidos enquanto ela prosseguia e ele procurava em vão o que ela lhe recordava.

– Em princípio, depois da morte desses colonos, a propriedade volta para o Estado, mas...

Ela jamais usava meias ou roupas de baixo, e poucas vezes ele vira pernas tão brancas. Olhava-as porque sentia que Adèle o observava como se buscasse uma opinião definitiva sobre ele.

Um negro entrou, colocou uns peixes sobre o balcão.

– Está bem! Pago na próxima vez!

Ela bebia a aguardente como quem bebe um medicamento, disfarçando a careta.

– Conheço um homem, um certo Truffaut, que chegou há vinte e oito anos e se brutalizou completamente. Vive com uma negra, com quem tem dez ou doze filhos. Está furioso, porque agora, com os barcos a motor, a concessão dele fica a menos de um dia de Libreville.

Seus olhos se encontraram. Timar percebeu que ela via claramente que ele mal a escutava, mas não havia sombra de impaciência em seu rosto. Ela continuou, imperturbável, como a professora da sua infância, que dava a aula até o fim, mesmo que a criançada não a escutasse.

Era o mesmo ambiente, o mesmo tipo de distração, o mesmo desejo de fazer outra coisa e a mesma resignação. Em sua cabeça, Timar criava uma imagem de Truffaut como um patriarca bíblico entre seus filhos negros.

– Com cem mil francos...

E ele reviu a cena em que entregava mil dos três mil francos que lhe restavam ao mecânico que naquele momento devia estar consertando o barco.

– O filho mais velho dele quer estudar na Europa.

A mão de Adèle tocou a sua. Ela parecia pedir um momento de atenção, um momento apenas.

– Eu entro com o dinheiro. Você entra com a influência do seu tio. O ministro das Colônias é do mesmo partido dele. Seu tio conseguirá que ele faça uma exceção e...

Quando ele a olhou de novo, ela estava molhando a ponta do lápis na língua, como fizera pouco antes no balcão. Soletrava as sílabas à medida que escrevia:

> *Sacova má situação. Stop. Risco ficar sem posto. Stop. Encontrei saída futuro brilhante. Stop. Necessário ir a Paris ver ministro Colônias e obter autorização especial para cessão em meu nome enfiteuse Truffaut. Stop. Urgente pois negócio pode transpirar. Stop. Encontrei capital para exploração terras e conto com sua bondade habitual para trâmites que me trarão fortuna. Stop. Abraço*

Timar sorriu ao ler as últimas palavras. Adèle não podia saber que, na sua família, os homens não se abraçavam e, principalmente, não se falava nesse tom familiar ao tio Timar.

Enquanto ela escrevia, aliás, ele se deu conta da própria superioridade. Sorrira, com terna condescendência, pois a pose de Adèle, a maneira como molhava a ponta do lápis, como soletrava as sílabas, com um empenho exagerado, revelavam involuntariamente tanto a sua pouca instrução quanto a sua classe social.

– É o que você diria?

– Mais ou menos! Algumas palavras precisam ser mudadas.

– Pois mude!

Ela retornou ao balcão, onde tinha coisas a fazer. Quando retornou, ele lia o telegrama corrigido, sem conseguir acreditar. Tempos depois, teria sido incapaz de dizer em que momento preciso a decisão foi tomada. Ao menos foi tomada? Em todo caso, pouco antes do meio-dia, o *boy* levou o telegrama ao correio e foi Adèle, com a maior naturalidade do mundo, que pegou o dinheiro necessário na gaveta do caixa para pagar o envio.

– Agora, um conselho: vá visitar o governador.

Ele não havia saído a manhã inteira. Agarrou a ocasião, mas não com a ideia de ir à casa do governador. Trocou mesmo assim de camisa, pois a sua estava molhada de suor.

A cidade estava mais repulsiva do que nos outros dias, sob a luz baça e o calor pérfido, sem sol, inexplicável. Timar notou que mesmo os negros do mercado tinham rastros luzidios de suor sobre a pele.

Esperava instintivamente uma trovoada. Mas não! Seriam ainda dias, semanas, sob aquela atmosfera enervante de anúncio de tempestade, sem tempestade e sem chuva! E não tinha coragem de tirar o chapéu para se enxugar.

Timar ia passar pela casa do governador, fingindo não a ver, quando o comissário o chamou pelo nome do alto da escadaria.

– Vai entrar?

– E o senhor?

– Estou de saída. Entre, tome um uísque com o governador. Ele ficará contente, me falou muito do senhor.

Tudo estava acontecendo rápido, rápido demais, apesar do ar espesso. Timar viu-se num salão grande, exatamente como seria o salão do prefeito de La Rochelle, Nantes ou Moulins. Apenas duas ou três peles de leopardo davam um toque exótico ao ambiente, contrastando com os tapetes e tapeçarias da Rue du Sentier.

– Ah, meu jovem! É o senhor!

A primeira-dama foi chamada, uma mulher de quarenta anos, nem bonita nem feia. Uma burguesa treinada para servir o chá e escutar em silêncio a conversa dos homens.

– E o senhor é de La Rochelle? Deve conhecer meu cunhado, o arquivista departamental.

– É seu cunhado?

Uísque. O governador sentou-se com as pernas ligeiramente abertas. Olhares entre ele e a esposa. Timar compreendeu por que o governador gostava de receber visitas. Ele era dado à bebida. A mulher o controlava. Assim, quando tinha um convidado, enchia-lhe continuamente o copo para ter ocasião de servir-se também.

– À sua saúde! Enfim, o que pretende fazer? A Sacova vai muito mal das pernas. Digo isso confidencialmente, mas...

A conversa durou quinze minutos. Não disseram uma palavra sobre o negro assassinado nem sobre a investigação. Antes do almoço, de novo, Timar sentiu a cabeça pesada por causa do álcool e achou a sensação agradável, pois a flutuação dos pensamentos tornava os aspectos desagradáveis menos pesados.

No hotel, olharam para ele com nítida curiosidade, mas era, sem dúvida, porque tomara o aperitivo na casa do governador. Os madeireiros continuaram a conversa interrompida:

– ... dei a ele uma nota de cem francos e um pontapé no traseiro. Saiu feliz da vida...

Timar soube depois que falavam do desfecho da noite na floresta. O marido de Maria fizera um escândalo, chegara a dizer que escreveria à Sociedade das Nações. Cem francos e um pontapé no traseiro! Cada um contribuiu com vinte francos, exceto Timar, a quem ninguém se atrevera a pedir nada.

Ele fez a sesta até as cinco horas, desceu, sentiu o estômago embrulhado, recuperou-se com dois copos de uísque.

– O governador não disse nada?

– Nada de interessante.

– Mandei um negro avisar o velho Truffaut que queremos negociar.

– Não sabemos ainda...

– Nosso único trabalho será despachá-lo de volta, se não sair nada.

Ele a olhou com espanto. E, no entanto, era uma mulher, uma mulher real, de pele macia, carne farta, corpo flexível.

Pouco antes do jantar, foi à orla e viu que o conserto da lancha já ia adiantado.

– O senhor vai poder partir em dois dias! – disse o mecânico.

Um sol opaco se pôs atrás das nuvens, o mar e o céu tinham um tom feio de verde. As lâmpadas se acenderam. Jantar. Partida de bilhar e jogo de cartas dos madeireiros e do escrevente, que tinha uma barriga imensa.

Maritain perguntou a Timar:

– O senhor joga xadrez?

– Sim... não... Hoje não...

– Não está se sentindo bem?

– Não sei.

Ele não se sentia bem em lugar nenhum, não sabia aonde ir. Não se sentia em casa em nenhum canto e perguntava a si mesmo como deveria agir com Adèle naquela noite.

Entrariam com naturalidade no mesmo quarto para se deitar na mesma cama? Pareceria uma situação resolvida e isso assustava Timar, principalmente pelo marido, Eugène, que quatro dias antes ainda dormia naquela cama. E, no entanto, ele sofria quando não via Adèle ou um cliente a chamava pelo nome.

Enfim, precisava ter uma conversa com ela, mas era uma conversa que ele não ousava, jamais ousaria ter com ela, a respeito de Thomas. Ela matara o negro? Ele tinha quase certeza de que sim, mas não conseguia ficar indignado. Queria apenas saber como e por quê. Queria saber também a razão de sua serenidade.

O café, iluminado pelas quatro lâmpadas elétricas e animado pelo barulho do bilhar e das vozes dos jogadores de cartas, parecia um café comum de província. Timar bebeu mais duas doses, aproveitou que Adèle estava ocupada no balcão para subir ao quarto.

– Vou me deitar. Boa noite!

Ela ergueu a cabeça. Ele mal distinguiu o terrível sorriso cheio de ironia e ternura. Ela ria dele. Sabia muito bem que ele estava fugindo e por quê! E não se perturbava.

Ao contrário do que imaginava, Timar teve um sono pesado e, quando despertou, já era dia. Adèle estava de pé, vestida de preto, junto da cama.

– Está melhor?

– Como...

Como ela sabia que no dia anterior ele não estava bem? Ela se sentou na borda da cama, como na primeira vez, quando Eugène e Thomas ainda estavam vivos. Ele passeou a mão pelo vestido, puxou-a pouco a pouco para si. Foi breve, mas ele pôde sentir a pele nua e fria, recém-saída do banho, sob a seda macia.

– Preciso descer.

Ele desceu duas horas depois. Demorou-se, encontrou divertimento na arrumação das miudezas que sua mãe e sua irmã haviam incluído na sua bagagem, objetos absurdos e inúteis, como um dedal e uma série de carretéis de linha de diversas cores.

– Você mesmo vai ter de fazer os reparos nas suas roupas!

Mandaram-lhe até mesmo um sortimento de botões! As duas mulheres devem ter corrido todos os armarinhos de La Rochelle e Timar podia ouvi-las dizer:

– É para o meu filho. Ele parte na próxima semana para o Gabão! Lá não terá uma mulher para...

Desceu, almoçou, trocou algumas palavras com Adèle enquanto comia e avisou que passaria pelo comissariado.

– Boa ideia! – retrucou ela.

Ele foi, de fato, e serviram-lhe o tradicional copo de uísque.

– Alguma novidade por lá? Não andam especulando por que a investigação não avança?

– Não soube de nada em especial.

– O pai de Thomas chegou da savana. Um escrevente nativo, trabalhou dois anos para um advogado, entrou em contato com ele e quer levar a coisa longe, exigir não sei quanto por perdas e danos. A propósito, a dona do hotel já arranjou amante?

– Não sei.

– É evidente! O senhor jamais desconfiaria das sujeiras que acontecem por aqui, mesmo que vivesse vinte anos no Gabão!

Almoço. Sesta fatigante. Aperitivo. Jantar. E, de novo, Timar subiu para se deitar antes de Adèle fechar o café. Não conseguiu dormir. Escutou todas as conversas, o barulho das bolas de bilhar, das moedas jogadas no balcão, o *boy* fechando as persianas e as portas, Adèle finalmente subindo as escadas. Hesitou, não teve coragem de se levantar e passou ainda duas horas se revirando nos lençóis úmidos.

Às dez horas da manhã, Timar ainda dormia quando a porta se abriu violentamente. Adèle entrou, agitada, mostrando um papel com a mão direita.

– A resposta do seu tio! Lê! Rápido!

Ele abriu o lacre do telegrama sem se dar conta do que estava fazendo. Era um radiograma de Paris.

Concessão Truffaut facilmente concedida. Stop. Recomendo extrema cautela questão associação e origem do capital. Stop. Peço pedir conselho notário Libreville e não assinar nada sem ele. Stop. Faço votos sucesso eventual. Stop. Gaston Timar

Timar não sabia se estava contente, furioso ou preocupado. Mas constatara um novo fenômeno. Até aquele momento, Adèle o tratara com certa condescendência. Agora o olhava com admiração! Havia uma emoção nela que, finalmente, era exteriorizada. Ela acarinhava Timar com os olhos e, de repente, beijou-o nas duas faces.

– Não se pode negar, você é alguém!

Ela prosseguiu com loquacidade, estendendo-lhe as roupas para que se vestisse:

– O velho Truffaut está lá embaixo. Ele concorda com os cem mil, e mais uma caixa ou duas de uísque. Vejam só...! Outra picada.

Ela tocou o peito de Timar, um pouco acima do mamilo direito, como já fizera uma vez.

– Você tem pele de moça! Vou telefonar para o notário para marcar uma hora.

Ela saiu. Era a primeira vez que se animava daquela maneira. Timar se levantou, olhando gravemente para o nada. Copos tilintavam no bar: sem dúvida o velho Truffaut, que faziam beber para amaciá-lo!

... extrema cautela... origem do capital...

Ele se cortou enquanto se barbeava, procurou em vão a pedra hume e desceu com um fio de sangue escorrendo pela bochecha. Esperava encontrar um matuto sujo e barbudo. Encontrou um senhor grisalho, asseado, trajado com um terno completo e engomado, que se levantou para cumprimentá-lo.

– Soube que o senhor é que...

Timar foi efusivo demais? Foi o fio de sangue ziguezagueando até o seu queixo ou foi a reverberação da luz que, naquela manhã, estava mais intensa do que o normal? Foi invadido por um mal-estar que sentira duas ou três vezes desde que chegara a Libreville, entre outras ocasiões, ao meio-dia, na estrada vermelha: a impressão de que as fibras do chapéu eram muito finas e que, se não escapasse imediatamente do sol, desmaiaria. Sua visão ficou turva. Os objetos oscilavam, mas pouco, como se os visse através do vapor de uma panela.

Ele estava de pé diante do velho, que aguardava para sentar-se, e Adèle, com os cotovelos sobre o balcão, olhava os dois com uma satisfação quase animal. O *boy*, de pé numa cadeira, dava corda no relógio.

Timar sentou-se, enxugando a testa com a mão, pôs os cotovelos sobre a mesa.

– Um uísque, Adèle!

E isso lhe causou espanto, pois era a primeira vez que a chamava daquela maneira no café, em voz alta, no mesmo tom e com a mesma naturalidade dos madeireiros ou do escrevente do cartório.

Capítulo 6

– CONTENTE? – PERGUNTOU ELA com os olhos nos olhos dele, o queixo apoiado nas mãos cruzadas.

– Contente! – repetiu ele, esvaziando a taça de champanhe.

– A essa hora, já estaríamos lá.

Ela pronunciou lentamente as palavras, observando-o, e Timar teve a desagradável impressão de que ela o punha à prova.

– É culpa minha se ainda não partimos? – irritou-se.

– Seja gentil, Jô. Eu não disse isso.

Ele se tornara de uma susceptibilidade doentia. Sentia-se deprimido. Via-se pelo abatimento do seu rosto, pela agitação anormal dos seus olhos.

– Tudo certo, meninos? – veio perguntar o patrão, que naquela noite vestia o uniforme branco dos cozinheiros.

Porque o patrão do Central, agora, era Bouilloux, o madeireiro aposentado, o lixeiro de Libreville. O negócio fora fechado repentinamente, entre risadas, numa das primeiras noites após ele saber da notícia de que Adèle e Timar tinham uma nova concessão na floresta. A partida de cartas se arrastava. Adèle fazia as contas. Bouilloux disse por cima das cartas:

– Escuta, quem vai tocar o negócio agora?

– Ainda não me preocupei com isso.

– Está pedindo caro?

– Em todo caso, você não tem dinheiro para bancar!

Eles debochavam um do outro. Bouilloux aproximou-se do balcão.

– A gente pode negociar. Não sou do ramo, mas acho que me arriscaria!

– Conversamos amanhã de manhã.

No dia seguinte, estava resolvido. Bouilloux pagou cinquenta mil francos à vista e, para o restante, assinou promissórias.

Passaram-se três semanas, mas era a primeira noite que ele assumia o café. De uniforme de cozinheiro, oferecia champanhe aos frequentadores. E também, pela primeira vez desde a morte de Eugène Renaud, o fonógrafo estava funcionando e alguns moradores de Libreville misturaram-se aos pensionistas. Timar e Adèle, sentados a uma mesa, face a face, conversavam pouco. Adèle, a cada instante, olhava profundamente seu companheiro e havia preocupação no leve franzir de sua testa.

Ele não estava doente, apenas cansado, pois acabara de viver um mês tão estranho, um mês em que os acontecimentos foram tão rápidos, tão desconcertantes pela maneira como se sucederam, que ele não se dera conta de sua importância.

Mal chegara a Libreville e já estava sentado no escritório do notário, com Adèle ao seu lado para ler ao mesmo tempo que ele e apontar com o dedo as rasuras ou as correções necessárias. A concessão estava no nome de Timar, mas havia um contrato de associação entre ele e a viúva Renaud, que entraria no negócio com duzentos mil francos: cem mil para a concessão e outros cem mil para a exploração. Tudo fora previsto e era legal, e Timar, que não vira nenhuma objeção a fazer, assinara os documentos que lhe foram apresentados um a um. Desde então, ele resolvera muitas miudezas, mas, sobretudo, impusera-se uma rotina que, para ele, se tornara uma necessidade. Por exemplo, o passeio pelo cais rodeado de coqueiros. Timar fazia uma pausa em frente ao mercado, depois no local onde as canoas chegavam com o peixe e, por último, no quebra-mar, em frente à casa do governador.

Sob o calor, o passeio era desesperador e, no entanto, ele o fazia todos os dias, como um dever, e todos os dias pensava com seus botões com quem tomaria um uísque. Na maioria das vezes, era com o comissário de polícia. Sentava-se e dizia:

– Não quero interrompê-lo!

– Já terminei. Alguma novidade? Uísque?

Conversavam na sombra morna do escritório. Isso durou até os moradores de Libreville ficarem sabendo da história da concessão e da associação de Timar e Adèle. De um dia para o outro, a atitude do comissário mudou. Percebia-se que ficara aborrecido. Fumava seu cachimbo a baforadas curtas, olhando as linhas de sombra e luz.

– O senhor sabe que a investigação não foi concluída e que a nossa opinião não mudou. Vou lhe dizer a verdade: não temos o revólver, Adèle o escondeu! Mas um dia ou outro...

E o comissário se levantou, andou pelo escritório.

– O senhor cometeu, talvez, uma imprudência. Um rapaz como o senhor, com um futuro brilhante...

Timar ficou impassível. Aquiesceu com um sorriso condescendente, irônico, ergueu-se, pegou o chapéu.

– Vamos deixar isso para lá.

Saiu, muito dignamente, e manteve a postura enquanto achou que estava à vista do seu interlocutor, para dar a impressão de que sabia o que estava fazendo.

O mais lógico, já que passara para o outro lado da trincheira, era não frequentar mais as três personalidades que representavam o clã inimigo: o governador, o comissário e o procurador. Ele se encontrava com os três movido por um instinto obscuro, por uma necessidade de confronto ou por uma esperança.

Na casa do governador, foi tudo muito simples. Serviram-lhe três copos de uísque, um atrás do outro, e o anfitrião deu-lhe uma chacoalhada.

– O senhor, meu caro, está cavando a sua própria desgraça. Não é da minha conta. Mas, enfim, recue enquanto é tempo. Adèle é uma bela mulher. Na cama, é um assombro! Mas acabou, acabou! Entendeu?

E Timar viu-se no alto da escadaria, com a sua autoconfiança de fachada.

Na casa do procurador, por outro lado, o choque foi brutal. Enquanto Timar aguardava na antessala, o *boy* entrou no escritório que ele conhecia bem e escutou o procurador dizer sem baixar o tom:

– Diga a esse senhor que estou muito ocupado e não sei quando vou poder recebê-lo.

Salvo por suas orelhas, que ficaram em brasas, Timar não se perturbou. Habituara-se a estampar, mesmo quando não havia ninguém por perto, um sorriso despreocupado no rosto.

Percorreu o cais em sentido inverso, encontrou o hotel mergulhado em sombras, Adèle na caixa, os pensionistas. Continuou a se comportar como um cliente, fazendo as refeições com os outros e jamais, no bar, demonstrava intimidades com a patroa. Gritava, como Bouilloux ou o caolho:

– Adèle! Um anisete.

Pois havia aprendido a beber anisete. Adquirira ainda outros hábitos que se tornaram quase rituais. Ao meio-dia, por exemplo, antes de passar à mesa, faziam uma partida de dados, no bar, para acompanhar a rodada de anisete. À noite, logo após o jantar, organizavam duas mesas de bisca e Timar ficava até o fim. De quando em quando, ele ou outro gritava:

– Adèle! Uma rodada do mesmo!

Até o vocabulário ele aprendeu! Às vezes, os outros trocavam olhares que significavam:

– Fez progressos, o menino!

Às vezes Timar se sentia mal por passar horas na jogatina, numa indolência embrutecedora, o sangue adensado pelo álcool. Nesses momentos, tornava-se irritadiço, melindrava-se à toa, às vezes por um olhar.

Em suma, não era mais do outro clã, não tinha mais nada a ver com as autoridades e com os homens sérios; por outro lado, mesmo depois de vinte anos naquela rotina, jamais seria como os madeireiros ou o escrevente barrigudo, que, para jogar cartas, usava um vocabulário que Timar desconhecia.

O *boy* fechou as portas, as janelas. Adèle subiu primeiro, com a vela na mão, e o motor que gerava a eletricidade parou. No alto da escada, houve a hesitação cotidiana. Adèle virou-se para olhar seu companheiro. Certos dias, ele dizia:

– Boa noite!

E ela respondia o mesmo, estendia-lhe a vela, entrava no quarto sem um beijo, sem um aperto de mão. Outras vezes, ele murmurava:

– Vem!

Era apenas um movimento de lábios, mas ela adivinhava e, com a maior naturalidade, entrava no quarto dele, deixava a vela sobre o lavatório, afastava o mosquiteiro, ajeitava a cama na qual se deitava e o esperava.

– Está cansado?

– Não!

Ele não queria ficar cansado! Na realidade, mal se aguentava em pé, embora não trabalhasse nem fizesse esforço. Era um cansaço que provinha, talvez, de uma fraqueza no sangue e se manifestava, sobretudo, por um vazio na mente e uma angústia difusa que o fazia tremer, às vezes como se estivesse em perigo. Jogava-se sobre Adèle com uma paixão tanto mais furiosa quanto mais extenuado se sentisse. Estreitando-a em seus braços, fazia-se perguntas que ficavam sem resposta. Ela o amava? Que amor podia nutrir por ele? Ela o traía, ou o trairia um dia? Por que matara Thomas? Por que...

Não perguntava nada a ela. Não tinha coragem. Tinha medo das respostas. Pois a amava! Quando perambulava pelo cais, bastava imaginar o seu corpo nu sob o vestido para olhar os homens com raiva.

O que mais o perturbava era o seu olhar. Fazia algum tempo que ela o observava, observava demais! Mesmo na obscuridade do quarto, quando ele a abraçava, sentia o seu olhar fixo na mancha leitosa que seu rosto devia formar. Ela o olhava do balcão, durante as refeições. Ela o observava enquanto ele jogava bisca ou dados. E aquele olhar era um olhar que julgava, talvez com indulgência, mas que julgava! O que ela pensava dele? Era o que gostaria de saber!

– Não devia beber anisete. Faz mal a você.

Ele bebia mesmo assim! Justamente porque ele estava errado e ela, certa!

Tiveram de esperar os documentos oficiais que viriam de Paris para concluir as formalidades. Os papéis haviam chegado de navio, cinco dias antes. Timar não tinha mais vontade de passear no quebra-mar. Foi do seu quarto que avistou, na enseada, o paquete francês, e foi do seu quarto que acompanhou com os olhos a lancha dirigir-se à praia.

– O hotel já foi vendido, nada nos impede de partir amanhã – dissera Adèle. – É só um dia de barco até a concessão.

Mas eles não partiram naquele dia nem no outro, porque Timar mostrava má vontade, procurava pretextos, atrasava os preparativos.

Agora estava furioso porque Adèle o olhava fixamente e ele sabia muito bem o que ela estava pensando. Estava pensando que ele tinha medo, que, chegado o momento de partir de Libreville, ele fora tomado de um pânico irracional e agarrava-se aos pequenos hábitos que se tornaram a sua vida.

E era verdade! A paisagem, que no início lhe parecera hostil e que ele odiara furiosamente, de repente ele começou a ver com outros olhos. Conhecia todos os seus detalhes. Coisas fúteis agora lhe pareciam tocantes, como a máscara moldada pelos negros que estava pendurada na parede cinza-pérola. A máscara era de um branco imaculado, a parede era pintada à têmpera e o contraste entre os tons era de rara delicadeza.

O balcão envernizado era capaz, por si só, de criar uma ilusão de segurança, pois era semelhante ao de qualquer café de província na França, com as mesmas garrafas, as mesmas marcas de aperitivos e licores.

Até o passeio da manhã, a travessia do mercado, a pausa para observar os pescadores puxando as canoas para a areia!

No café, em torno da mesa deles, as conversas formavam um ruído uniforme e, de vez em quando, Adèle respondia a uma frase que lhe era dirigida. Mas, com os cotovelos na mesa, o queixo apoiado nas mãos, continuava a observar Timar, que fumava cigarros e expelia a fumaça em baforadas maldosas.

– Vocês já têm carga para mandar pelo cargueiro alemão, mês que vêm?

– Talvez! – disse Adèle.

E, com a mão, dissipou a nuvem de fumaça que escondia o rosto de Timar.

Bouilloux divertia-se, exagerava o grotesco da touca branca de quarenta centímetros de altura que ele enfeitara com uma roseta tricolor.

– Permita-me servir-lhe um licor de ambrosia, caríssima! A propósito, quanto me custa essa ambrosia? Quando era cliente, pagava oitenta francos a garrafa. E agora?

Riram. Bouilloux se animou, arriscou brincadeiras obscenas.

– Madame pernoitará aqui? Com o jovem senhor? *Boy*, conduza o príncipe e a princesa ao quarto dos espelhos!

Timar foi o único que não riu. E, no entanto, seu mal-estar era mais físico do que moral, como se tivesse sido obrigado a respirar um ar tóxico. Escorria suor de sua testa. Ele já havia observado que suava mais do que os outros e envergonhava-se, como se fosse um degenerado. Na cama, Adèle muitas vezes se inclinara sobre ele para lhe passar uma toalha no peito.

– Como você está quente!

Ela também sentia calor, mas não na mesma intensidade e, principalmente, sua pele continuava fresca.

– Você vai acabar se acostumando com o clima! Quando a gente estiver lá...

Lá era a floresta fechada, mas não era da floresta que ele tinha medo. Desde que desembarcara em Libreville, aprendeu que os animais selvagens não atacam o homem, principalmente o branco, que as cobras matam menos que os raios e que os negros da savana, os que têm a aparência mais selvagem, são também os mais mansos.

Havia leopardos, elefantes, gorilas, gazelas e crocodilos. Todos os dias, ou quase todos, um caçador regressava com peles. Mesmo os insetos, as moscas tsé-tsé que ele via na cidade, não o assustavam tanto quanto no início, tinha apenas um ligeiro sobressalto, puramente instintivo.

Não! Ele não estava com medo. Só que teria de deixar Libreville, o hotel, o quarto raiado de luz e sombra, o cais de terra vermelha e a praia rodeada de coqueiros, em suma, tudo o que ele detestava, inclusive o jogo de dados regado a anisete e as partidas de bisca regadas a aguardente de sidra! Essas coisas acabaram criando ao redor dele um ambiente que ele conhecia e onde se movia sem nenhum esforço, confiando apenas nos próprios reflexos.

O que era imprescindível, pois ele se tornara preguiçoso, muito preguiçoso! Barbeava-se somente duas vezes por semana, às vezes passava horas sentado na mesma poltrona, olhando o nada, sem pensar!

De La Rochelle, cidade que tanto amava, ele partiu com alegria, sentindo quando muito, no momento em que o trem pôs-se em marcha e seus pais acenaram com lenços, um pequeno aperto no coração. Agora, não conseguia desprender-se de Libreville! Estava enviscado. Mesmo quando viu o barco na enseada, não teve vontade de partir, o que não o poupou de uma amargura de quarenta e oito horas.

Tudo lhe causava asco, ele em primeiro lugar. Mas esse asco, essa indolência eram também uma necessidade. Por isso ficava irritado quando sentia o peso do olhar de Adèle. Ela compreendia! E o que não compreendia ela adivinhava! Então por que o amava ou fingia amá-lo?

– Vou me deitar! – disse, levantando-se.

Olhou os pensionistas, que estavam todos bêbados. Não precisava esperar o café fechar. Adèle não era mais a dona. Bouilloux desligaria o motor, fecharia as portas e as janelas e subiria por último, com a vela.

– Boa noite, senhores!

Adèle se levantou ao mesmo tempo que ele e foi a primeira satisfação de Timar naquela noite, pois ela executou aquele movimento como se fosse muito natural subir com ele.

– Até logo, meus amigos!

– Você bem podia se despedir com um beijo! A gente não vai se ver amanhã de manhã, quando vocês forem embora.

Ela foi de um em um, oferecendo a bochecha. O caolho, mais embriagado do que os outros, acariciou seu seio ao beijá-la, mas ela fingiu não perceber.

– Vamos? – disse, aproximando-se de Timar.

Eles subiram a escada. O estardalhaço das vozes continuou no café ruidoso. O quarto deles era o mesmo onde Timar dormira sua primeira noite em terras africanas.

– Você não está com uma cara muito boa. Não está se sentindo bem?

– Eu? Estou ótimo!

Eram os mesmos movimentos de todos os dias, primeiro o mosquiteiro que ela abria, o lençol que ela puxava, os travesseiros que ela sacudia depois de verificar se não havia escorpiões ou cobras na cama. Por último, ela tirava o vestido com um movimento sempre igual.

– Temos de levantar às cinco horas para chegar lá antes do anoitecer.

Enquanto tirava a gravata, Timar olhava seu reflexo no espelho. O espelho era ruim, a vela iluminava mal e a imagem refletida era sinistra, principalmente por causa do inchaço das pálpebras.

Ele se recordou de Eugène, duas vezes mais forte do que ele, que descera para anunciar em plena festa, com uma voz rouca, que ia morrer de febre biliosa hematúrica. Ao virar-se, viu a nudez de Adèle, que se sentara na beirada da cama para tirar os sapatos.

– Não vai tirar a roupa?

Naquele exato momento, ele pensou:

"Eugène morreu, ela ficou!"

Não concluiu. Preferiu permanecer na incerteza. Tinha um pouco de medo, um medo supersticioso, de partir com ela, morrer como Eugène, e ela com outro, talvez naquele mesmo quarto...

Tirou a roupa, deu alguns passos na direção da cama.

– Não vai apagar a vela?

Ele voltou para assoprar a vela.

– Que horas você disse? – perguntou ele, fazendo a cama ranger.

– Cinco.

– Acertou o despertador?

Ele estava de costas para ela, procurou no travesseiro a concavidade familiar, sentiu a pele quente de Adèle contra a dele. Ela não disse nada. Ele tampouco. Para não ser o primeiro a falar, fingiu que estava dormindo, mas seus olhos continuavam abertos, os sentidos atentos. Ele sabia que ela não estava dormindo, que, deitada de costas, olhava o halo cinzento no teto.

Permaneceram assim por longos minutos, tão longos que Timar quase adormeceu. Dormia um sono leve quando ouviu uma voz que dizia:

– Boa noite, Jô.

Ele estremeceu, não se moveu. Teve a impressão de que não era a voz de Adèle. Alguma coisa havia mudado. Passaram-se três minutos talvez, quando sentiu a cama se agitar. Virou-se bruscamente, sentou-se e perscrutou a escuridão.

– Está chorando?

A palavra foi pontuada por um pranto, como se finalmente ele tivesse autorizado a mulher a se manifestar.

– Deita – suplicou ela com uma voz de choro. – Vem!...

Ela o forçou a se deitar. Envolveu seu peito com um braço e balbuciou com certo carinho nas lágrimas:

– Mau! Por que é tão mau?

Capítulo 7

O BARCO DEIXOU O QUEBRA-MAR AO AMANHECER. Foi a caminhonete de Bouilloux que transportou Adèle, Timar e as bagagens. O veículo permaneceu no cais, sob a luz ainda suave, e Bouilloux acenou enquanto a embarcação desaparecia numa primeira onda, ressurgia e desaparecia de novo.

Avançaram mar afora. Para abordar a embocadura do rio, tinham de pegar a correnteza de viés. Um negro usando um velho chapéu colonial manejava o leme. Vestia um jaquetão e um maiô de algodão preto, e seria muito difícil explicar por que ele não parecia ridículo. Olhava para a frente. Tinha feições herméticas, e as mãos sobre a roda do leme eram mais claras do que o resto do corpo.

Adèle ficou de pé enquanto pôde ver Bouilloux e a caminhonete, depois sentou-se na popa. Estava vestida como todos os dias, salvo as pernas, que estavam metidas em botas de cano alto para se proteger dos mosquitos.

Era a pior hora para eles. Levantaram-se muito cedo, ainda na escuridão, e cuidaram nervosamente das bagagens. Agora as ondas os sacudiam, a luminosidade não era ainda a verdadeira luz do dia.

Eles não se falavam nem se olhavam. Eram como dois estranhos, apesar da cena da noite anterior, ou talvez por causa dessa cena, que deixara uma impressão dolorosa em Timar. Ele não saberia descrevê-la, porque perdera todo o sangue-frio, todo o senso da realidade, das coisas positivas.

– Por que está chorando? Diga! Por que está chorando?

Quando Timar a inquiriu, havia já um descompasso entre eles. Ele estava irritado, agressivo, porque estava com sono e pressentia longas explicações.

– Dorme! Já passou!

Ele acendeu a vela, zangou-se, acusou Adèle de não entender nada de nada. Era ele e não ela que tinha motivos para ficar triste! No fim, teve um ataque de fúria e ela, inclinada sobre ele, teve de acalmá-lo. Tudo isso no calor da cama, na umidade das lágrimas e da transpiração. O desfecho foi ainda mais ridículo, porque ele lhe pediu perdão!

– Não pensa nisso, Jô! Dorme! Vai ser um sono agitado.

Ele dormiu amargurado, com a cabeça recostada no seio de Adèle, e, pela manhã, tudo estava esquecido, não houve a menor manifestação de intimidade mas, sim, de frieza.

Eles bordejavam, a meia milha no largo, a linha dos coqueiros. Quando deixaram Libreville para trás, viraram de bordo e, minutos depois, entraram ao mesmo tempo no rio e no sol.

Era o fim daquela noite e tudo o que ela comportava de risível e desastrado. Timar olhou para Adèle com olhos que sorriam e acariciavam os objetos, a paisagem.

– Não é ruim! – disse ele.

– É lindo.

Acendeu um cigarro e, naquele momento, tudo nele era otimismo. Adèle também sorria. Levantou-se para aproximar-se e admirar a paisagem com ele. O negro mirava o horizonte e manobrava o leme com indiferença.

Algumas canoas estavam imóveis na correnteza. Ao passar, eles viram negros pescando, mais imóveis do que as canoas. Era uma calma irreal, exultante. Dava vontade de cantar uma canção lenta e poderosa, um hino religioso que dominasse o zunido das serras e o ronco do barco.

* * *

Trincavam o espaço, suavemente, deixando longas estrias na água. Sentiam as pancadas da hélice. Passaram por uma árvore, depois outra.

Após a primeira curva, não viram mais serrarias à esquerda nem oceano atrás. Viam apenas as duas margens e a floresta, às vezes a um metro deles. Era formada de árvores pitorescas, de mangues cujas raízes buscavam a terra e tinham a altura de um homem, de sumaúmas opacas, de tronco triangular e folhas apenas no topo da copa. Em toda a parte, havia cipós, caniços. E, em toda a parte também, havia sobretudo o silêncio, que o rumorejo regular do motor cortava como uma charrua.

– O rio é profundo? – perguntou Timar, com a simplicidade de quem passeia num domingo pelo Marne.

O negro não considerou que a pergunta fosse dirigida a ele. Adèle respondeu:

– Aqui, talvez trinta metros. Em outros pontos, o barco raspa o fundo do rio.

– Tem crocodilos?

– Às vezes tem alguns.

Somente uma palavra podia definir aquele momento: a palavra "férias". Timar estava de férias! Mesmo o sol lhe parecia mais agradável!

Avistaram uma primeira aldeia negra: quatro ou cinco cabanas entre as árvores, na margem do rio, e meia dúzia de canoas amarradas. Crianças nuas observavam o barco passar. Uma mulher que se banhava no rio enfiou-se até o pescoço na água, gritando.

– Não está com fome, Jô?

– Ainda não.

Ele tinha alma de turista! Observava a paisagem conscienciosamente, sem perder nada.

– Me mostre um ocumê.

Ela procurou, acabou apontando uma árvore.

– Aquela? E vale tanto assim?

– É a única madeira própria para fabricar compensado. É laminada à máquina. Todo o trabalho é mecanizado.

– E o mogno?

– Não tem aqui. Começa a aparecer mais para cima, daqui uma ou duas horas.

– E o ébano?

– Mais para cima também. Perto da foz, as árvores de madeira nobre foram derrubadas há muito tempo.

– Mas nós ainda temos ébano?

Era a primeira vez que ele dizia "nós"!

– Ébano e mogno! O velho Truffaut me deu uma ideia que não é ruim. A concessão está cheia de orquídeas. Ele me deu um livro que fala do assunto. Certas orquídeas são vendidas na Europa por até cinquenta mil francos. Ele encontrou algumas que se parecem com a descrição do livro.

Por que tudo estava tão bonito naquela manhã? Tudo caminhava bem! A paisagem era inspiradora. Estava mais quente do que nos outros dias? Timar não se dava conta!

Estavam navegando havia duas horas. A certa altura, o barco obliquou, apontou direto para a margem e encalhou na areia. O negro, sempre impassível, desligou o motor, jogou uma corda para uma mulher que estava lá, à espera, e cuja única vestimenta era um tufo de mato seco sobre o sexo. Ela tinha seios como Timar jamais havia visto, largos, densos, suntuosamente plenos.

– Por que paramos? – questionou.

O negro se virou.

– Esfriar motor.

Viam-se apenas algumas canoas e uma aldeia com cerca de quinze choças. Timar e Adèle pularam para a terra seca, enquanto a negra ria-se com o mecânico.

No centro da clareira, havia um mercado. Cinco mulheres, quatro das quais muito velhas, estavam acocoradas ao lado de esteiras que lhes serviam de banca. A calma era absoluta. A dimensão das coisas, a dimensão dos seres, todas as proporções naturais pareciam invertidas.

Debaixo de árvores de cinquenta metros de altura, daquela floresta que ninguém sabia até onde ia, havia apenas um punhado de raízes de mandioca, bananas, quatro ou cinco peixes defumados à venda nas esteiras. As velhas estavam nuas. Duas fumavam cachimbo. A terceira amamentava um menino de dois anos que, de quando em quando, virava-se com curiosidade para os brancos.

Não havia nenhum contato entre estes e os nativos. Nem mesmo uma saudação. Adèle andava à frente, olhava os montinhos de mercadoria, desviava-se para dar uma olhada nas choças. Abaixava-se e pegava uma banana, pela qual não pagava.

Também não havia hostilidade! Eles eram brancos! Os negros faziam o que eles queriam, porque eram brancos!

Subitamente, Adèle disse:

– Me espera um minuto.

E caminhou resolutamente em direção a uma cabana maior que as outras, um pouco afastada. Entrou sem hesitação, enquanto Timar ficou olhando o que formava o mercado.

Ela conhecia alguém lá? O que lhe passara pela cabeça?

Timar se cansou de olhar as velhas e os parcos víveres e dirigiu-se para o barco. O negro descera à terra. Timar o viu contra a claridade que resplandecia das folhagens e dos cipós. Estava de pé em face da jovem nua. Estavam muito próximos um do outro, mas tocavam-se apenas com a ponta dos dedos. E riam. Emitiam sílabas longas e graves que não deviam significar nada, a não ser alegria.

Timar, não querendo atrapalhá-los, voltou à clareira. Adèle ainda não havia retornado. Podia ir encontrá-la na cabana, mas não se atreveu. Sem nada que fazer, tirou um maço de cigarros do bolso. Um moleque nu estendeu a mão, fazendo caretas de súplica. A três metros, a mão de uma velha estendeu-se também e, quando ele lhe jogou um cigarro, foi um alvoroço. Todas as negras o rodearam, estenderam os braços, roçaram o corpo no dele, disputaram o tabaco. Gritavam, riam, acotovelavam-se, agachavam-se para procurar na terra poeirenta um cigarro caído. Adèle, que vinha chegando, sorriu ao ver Timar brigando com elas.

– Vamos! – disse ela.

E, ao passar, pegou outra banana. Somente a bordo, já com o motor em marcha, é que ele perguntou:

– Aonde você foi?

– Não se preocupe.

– Conhece alguém na aldeia?

– Não se preocupe com isso.

O barco continuou a subir o rio sob um ar mais quente, mais pesado, e Timar sentiu, de repente, um aperto desagradável no peito.

– Não vai me dizer a verdade?

Ela sorriu. Era um sorriso terno e submisso.

– Juro que não é nada de mais!

Por que ele se recordou de uma história antiga, que acreditava já ter esquecido? Foi uma de suas primeiras aventuras com mulheres. Ele tinha dezessete anos. Passara três dias em Paris e, certa noite, deixara-se conduzir por uma mulher a um hotel da Rue Lepic. Uma vez no corredor, quando já estavam de saída, a mulher disse, como Adèle:

– Me espera aqui!

Ela entrou no escritório do gerente. Ele ouviu um murmúrio de vozes, ela saiu e foi até ele, bastante satisfeita.

– Vamos embora.

– Por que entrou lá?

– Não se preocupe. É coisa de mulher.

Somente três anos depois, ele soube que ela fora receber no escritório a porcentagem que lhe cabia pela diária do quarto.

Por que ali, no rio, ele fazia essa comparação? Não poderia dizer. Observando Adèle, mais animada do que nunca, ele via a outra, da qual nunca soube o nome.

– Era uma choça de negro?

– É óbvio! Não há brancos aqui.

E como ele franziu o cenho:

– Não precisa fazer essa cara, Jô! Juro que não vale a pena!

Indiferente sob o seu chapéu colonial roto e ensebado, o negro olhava para a frente, virando o leme com toques curtos.

* * *

O incidente da choça fora o único responsável? O cansaço, o calor também deviam ter contribuído para o estado de espírito de Timar. O sol estava a pino e a velocidade do barco não era mais suficiente para criar uma sensação de frescor. A paisagem, sempre a mesma, tornara-se opressiva.

Ele havia comido apenas uma lata de patê morno e pão amanhecido. Em compensação, bebera dois copos de uísque.

Era a hora. Por volta do meio da manhã, Timar sentia um vazio no peito e só recuperava a confiança em si mesmo depois de beber um trago ou dois.

Adèle continuava a demonstrar seu bom humor. Mas esse bom humor parecia um pouco exagerado e Timar não acreditava que fosse natural. Normalmente, ela não punha tanto empenho em distraí-lo, fosse como fosse. Ela parecia mais calma, mais espontânea.

O que fora fazer na choça de um negro? E por que, depois, aqueles sorrisos, aquelas denguices?

Timar acabou se sentando no fundo do barco e, enquanto seu olhar deslizava, na velocidade do barco, pela copa irregular das árvores, ele se afligiu de novo.

– Me dê a garrafa!

– Jô!

– Jô o quê? Não tenho mais o direito de ter sede?

Resignada, ela lhe passou o frasco de uísque e balbuciou tão baixo que ele mal a ouviu:

– Toma cuidado!

– Com o quê? Com as negras que eu visito nas cabanas?

Ele sabia que estava sendo injusto. Fazia algum tempo que agia daquela maneira, mas não conseguia se controlar.

Nesses momentos, tinha certeza de que era infeliz, que fora ele que se sacrificara e tinha todo o direito de odiar o mundo.

– E não é você, que ganhou a vida embebedando as pessoas, que vai reclamar!

Havia uma espingarda no fundo do barco, para o caso de encontrarem caça, mas não viram nada além de pássaros. Em compensação, o que não faltava eram mosquitos e eles eram obrigados a ficar abanando o rosto com as mãos para afastá-los. Timar, que sabia que o rio era infestado de moscas tsé-tsé, assustava-se cada vez que um inseto pousava em sua pele. Irritado, levantou-se subitamente e tirou o paletó, sob o qual vestia apenas uma camisa de mangas curtas.

– Não faça isso, Jô. Você vai ser picado.

– E você com isso?

Ele não sentia menos calor sem o paletó, ao contrário! Mas o suor viscoso não lhe empapava mais as axilas e o peito. Era uma sensação diferente, um ardor intenso, quase voluptuoso, da pele.

– Me dê a garrafa.

– Você já bebeu o suficiente.

– Mandei me dar a garrafa!

E teimava, especialmente porque sabia que o negro, apesar da indiferença aparente, escutava tudo e julgava, ela e ele! Para desafiá-la, bebeu com avidez, depois se estirou no banco e deitou a cabeça no paletó embolotado.

– Escuta, Jô, o sol está muito quente...

Ele não respondeu. Estava com sono. Sentia-se aniquilado, capaz de morrer ali mesmo, se necessário, mas não tinha forças para continuar sentado.

Durante uma hora, ou duas, ou três, mergulhou num sono estranho. Dormiu com a boca aberta e seu corpo se transformou num mundo onde sucediam coisas misteriosas.

Ele era uma árvore, uma montanha? Abriu duas ou três vezes os olhos e viu que Adèle tentava cobri-lo com a sua sombra.

De repente, ouviu um estrondo de catástrofe, um baque violento, brusco, que o jogou no fundo do barco. Ele se levantou, desorientado, com os punhos cerrados, os olhos esbugalhados.

– O que você quer de mim?

O barco pendia e a água corria com uma rapidez alucinada pelo casco. Numa espécie de semiconsciência, Timar viu o negro passando as pernas pelo rebordo. Achou que estava sendo atacado, que havia caído numa armadilha, e jogou-se para cima do negro, que caiu na água após um murro em cheio na cara.

– Ah! É assim! Pois vocês vão ver!

A água não chegava nem a cinquenta centímetros de altura. O barco havia encalhado numa corredeira. O negro se erguia penosamente e Timar procurava a espingarda que vira de manhã, no fundo do barco.

– Canalha! Você vai ver, vai...!

Mas tropeçou em alguma coisa, nunca soube dizer o quê, talvez um banco, talvez a espingarda que estava procurando. Estrebuchou. Ao cair, ainda teve tempo de ver, num relâmpago, Adèle olhando-o assustada, mas, principalmente, com terror. Ele bateu a cabeça num objeto duro.

– Canalha! – repetiu.

E tudo girou, tudo se deslocou, objetos subiam, sombras descendiam.

Entretanto, ele ainda teve momentos de semiconsciência. Quando voltou a si, estava sentado no fundo do barco, o negro o escorava enquanto Adèle tentava levantar seus braços e lhe enfiar o paletó. De outra vez, viu o rosto de Adèle inclinado sobre ele. Estava deitado. Sentiu um frescor úmido nas têmporas e um formigamento nas mãos, na nuca e no peito.

Enfim, carregaram-no do barco. Não duas pessoas, mas talvez dez, talvez cem! Uma multidão de negros, cujas pernas se moviam na altura de sua cabeça!

Falavam uma língua que Timar não conhecia, mas que Adèle dominava.

Atrás das pernas dos negros, havia árvores, muitas árvores, e depois a escuridão, que tinha cheiro de terra molhada.

Capítulo 8

O QUE ELE VIU QUANDO SE SENTOU na cama não foi Adèle, que o ajudara a se erguer, mas as paredes ao redor dele. Eram verde-claro. Logo, ele não havia sonhado. Se um detalhe era real, tudo era real.

Timar franziu as sobrancelhas. O olhar desconfiado, os lábios contraídos davam a ele mesmo a impressão de ser um juiz.

– Desde quando estou aqui?

Fitou Adèle como se quisesse pegá-la na mentira.

– Faz quatro dias. Por que está me olhando assim?

Ela ria dele com um sorriso de nervoso, involuntário.

– Me dê um espelho!

Enquanto ela procurava, ele passou a mão pela barba por fazer. Havia emagrecido. Seus olhos estavam irreconhecíveis e, só de se mexer, sentia-se cansado.

– Onde está Bouilloux?

Sabia que parecia assustador e sentia prazer nisso. Intuía que seu olhar fixo e febril causava medo.

– Bouilloux? Não estamos mais em Libreville, Jô! Estamos na nossa casa, na concessão.

– Onde está Bouilloux?

Ele tinha muitas perguntas a fazer! Perguntas? Melhor dizer acusações! Pois, enquanto estava deitado, com quarenta e um graus de febre, viu muito, escutou muito. E se o quarto era verde...

Foi provavelmente no segundo dia, em todo caso foi logo depois que chegaram, que Adèle pôs as coisas em ordem, olhou para as paredes com maus olhos. Ele a ouviu perambular no andar de baixo, dar instruções e, depois, caiar as paredes com cal verde.

Ela não devia saber que ele a observava. Seus olhos estavam bem abertos. Ela havia chamado alguém por cima do tabique.

– Onde ele está?

Ele precisava de respostas, porque tinha outras perguntas reservadas.

– Ele não veio aqui, Jô! Eu juro!

Dane-se! Cuidaria disso depois, se bem que tivesse quase certeza de ter reconhecido a voz de Bouilloux e mesmo de o ter escutado dizer:

– Minha pobre Adèle!

Ela não entreabrira a porta, certa noite, para que o madeireiro aposentado visse Timar?

– E o grego?

Ela não podia negar, porque, esse, ele estava seguro de o ter visto, e visto muito bem, não uma, mas quatro ou cinco vezes! Um rapaz alto, de cabelo seboso, rosto magro e bronzeado, que tinha um tique nervoso: ele piscava o olho direito.

– Constantinesco?

Sim! Quando as paredes foram pintadas, ela o chamou para segurar a escada, enquanto ela caiava o forro, e Timar viu muito bem.

– O que está fazendo aqui?

– É o contramestre. Já trabalhava na concessão e eu o contratei. Você precisa descansar, Jô! Está suando!

Ele precisava falar, questionar, torturar. Recordava-se apavorado de certas coisas.

Por exemplo, sentira um frio que jamais em sua vida imaginara que fosse possível sentir. E, no entanto, suava da cabeça aos pés, tiritava, gritava:

– Mas que diabos! Me tragam mais cobertores! Façam uma fogueira!

Adèle respondia calmamente:

– Você já está com quatro cobertores.

– Mentira! Querem me matar de frio! Onde está o médico? Por que não chamaram o médico?

E tinha pesadelos alucinantes. Timar via Eugène na cama vizinha, olhando-o fleumaticamente.

– Você ainda não se acostumou, garoto! Mas vai se acostumar. Eu estou mais adiantado, sabe?

Mais adiantado em quê? Timar se zangava, urrava, chamava por Adèle, que estava junto dele.

Ah! Se ele pudesse matá-la! Mas não tinha armas! Ela ria dele! Com Constantinesco, que entrava na ponta dos pés e murmurava:

– Ainda quarenta e um?

Agora ia tirar tudo a limpo! Não estava mais com febre! Via nitidamente os objetos. Piscava os olhos para ter certeza da realidade do que via.

– Tive febre hematúrica, não é?

– Claro que não, Jô! A febre hematúrica não é nada disso. Você teve malária, como quase todo mundo que vem para a colônia. Não é nada sério!

Ah! Ah! Não é nada sério!

– Um mosquito deve ter picado você no rio e, por causa do sol, pegou você de jeito. A febre chega a quarenta e um graus, mas ninguém morre disso!

Ele tentava saber se ela havia mudado. Inclinou-se para ver se ela ainda calçava as botas. Estava com elas nos pés.

– Por que está toda equipada?

– Preciso dar uma olhada no serviço, de vez em quando.

– Que serviço?

– Estão consertando as máquinas.

– Quem?

E esse "quem" era uma ameaça.

– Constantinesco. Ele é mecânico.

– Quem mais?

– Nós temos duzentos trabalhadores nativos construindo as choças.

– Nós? *Nós* quem?

– Nós dois, Jô! Você e eu.

– Ah, bom!

Achou por um instante que fossem ela e Constantinesco. Estava já no limite de suas forças. O suor sobre seu corpo esfriara. Adèle segurava uma de suas mãos entre as dela e olhava sem tristeza para ele, ou até mesmo com certa ironia, como se observasse uma criança tola.

– Escuta, Jô! Tenta se acalmar. Amanhã você já vai poder se levantar. A malária derruba num instante, mas vai embora com a mesma rapidez. Amanhã falamos tranquilamente dos nossos negócios. Está indo tudo bem.

– Deite-se aqui perto de mim!

Ela teve um segundo, menos de um segundo de hesitação e ele sentiu vergonha, pois sabia que a cama cheirava a doente.

– Mais perto.

Seus olhos estavam semicerrados. Ele a via através dos cílios e ela parecia desfocada. Ele deixou a mão deslizar pelas suas pernas.

– Não se agite, Jô!

Dane-se! Ele precisava, sem demora, afirmar que ela era dele! Foi o que fez, trêmulo, suarento, com um olhar cruel. Quando ele tombou novamente no travesseiro, exausto, sentindo uma angústia em todo o corpo, ela se levantou tranquilamente, ajeitou o vestido e disse, sem rancor:

– Louco! Você não passa de uma criança, minha criança grande...

Ele não ouvia mais. Escutava apenas as batidas do seu coração, o sangue pulsando nas têmporas.

No dia seguinte, Adèle e Constantinesco o ajudaram a instalar-se na ampla sala do rés do chão. De longe, o grego parecia jovem, graças à magreza e aos cabelos pretos, mas, de perto, via-se um rosto vincado, traços irregulares e sem atração. Era respeitoso, obsequioso até. Enquanto falava, espreitava sinais de aprovação em Timar.

A casa estava vazia. Tiveram de se desfazer de quase tudo que encontraram, móveis e objetos, que formaram um monte de lixo, ao qual puseram fogo. Conservaram apenas algumas peças indispensáveis – mesas, cadeiras, duas camas – e ainda tiveram de desinfetá-las.

Timar foi colocado numa rede em formato de poltrona. A sala, que dava para a varanda por três lados, era ampla e as paredes de tijolos vermelhos, tanto por dentro como por fora, lhe davam um aspecto muito colonial. Do lado de fora, o terreno fazia um declive acentuado até o rio, onde cento e cinquenta negros construíam cabanas. Dos três outros lados, a menos de cinquenta metros da casa, já era a floresta.

– Onde Constantinesco dorme? – perguntou Timar, com um resto de desconfiança.

– Numa choça parecida com as dos nativos, atrás do galpão.

– Com quem ele come?

– Tem uma negra com ele. Eles vivem juntos.

Timar quase não conseguiu reprimir um sorriso e desviou o rosto, pois sentiu que Adèle repararia.

– Está vendo, Jô? O que foi que eu disse? A casa é sólida, prática, a concessão, que já percorri, é a melhor do Gabão e encontrei trabalhadores. Agora, por alguns dias, você vai ficar de repouso. Constantinesco dá conta do serviço.

– Está bem!

Não obstante, ele continuava melancólico. Sabia que não seriam uns dias de repouso que o fariam trabalhar como os outros. Via os homens indo e vindo sob o sol e, só de pensar que teria de enfrentar a reverberação na varanda, sentia um pavor físico.

Qual seria a sua utilidade, se Adèle se sentia tão bem, tão à vontade no vestido de seda preta, de chapéu colonial branco e botas de cano alto? Ela andava no meio dos negros, falava o dialeto deles e lhes dava ordens como se tivesse vivido toda a sua vida entre eles.

Ela havia encontrado alguns livros entre os objetos deixados pelo velho Truffaut. Havia um Maupassant, um Loti e um tratado de química.

Timar foi incapaz de ler os romances. Na Europa, devorava-os. Lá, perguntava-se por que alguém se dera o trabalho de imprimir tantas frases.

Quando Adèle se juntou a ele, encontrou-o mergulhado no tratado de química.

***

Os dias se sucediam iguais para Timar. De manhã, descia sozinho ou apoiado no braço de Adèle. Instalava-se na sala ampla e, de quando em quando, levantava-se e dava alguns passos.

Ao redor dele, todo mundo já estava na lida, pois Constantinesco tocava o sino às seis horas da manhã. Aparecia de botas e chibata na mão para apresentar o relatório diário a Adèle, que não o fazia sentar nem o tratava com familiaridade.

– Deixei vinte homens terminando as cabanas e pus os outros na floresta. As mesas para a casa vão ficar prontas no fim da tarde. Mandei o caçador matar um búfalo para a alimentação dos negros.

Timar estava assustado com o trabalho que fora realizado durante a sua doença. E, no entanto, pelo que se recordava, sempre que abria os olhos, Adèle estava à sua cabeceira. Isso não a impedira de resolver tudo, dirigir tudo! É verdade que estava mais pálida e tinha olheiras profundas.

– Vamos precisar de um galpão para a lancha, senão, no dia que precisarmos dela, o motor não vai funcionar.

– Já pensei nisso. Dois homens estão plantando as estacas, à esquerda da aldeia dos trabalhadores.

Adèle e Timar ficaram sozinhos. Ela continuava ocupada.

– Você vai ver, Jô! Já já você se acostuma. É um dos lugares mais saudáveis. Daqui a três anos, voltamos para a França com o nosso milhão.

Era o que Timar receava! Ele não tinha vontade de retornar à França! Para fazer o quê? Onde se estabeleceria? Voltaria para perto da família? Continuaria com Adèle? Os dois romances que tentara ler revelaram que ele não pertencia mais a lugar nenhum. Jamais conseguiria passar horas com os amigos no terraço do Café de la Paix, em La Rochelle!

Moraria em Paris, com Adèle? Mas Adèle, na França...

Não! Era melhor não pensar! Veria depois! Enquanto isso, tentava aclimatar-se, criava hábitos, familiarizava-se com a paisagem. Em poucos dias, poderia sair. Vigiaria os negros que via burburinhar à beira do rio. Entraria na floresta e seria ele quem apontaria as árvores que seriam derrubadas.

Ainda se sentia muito fraco. Depois de andar cinco minutos na sala, cujo piso era de tijolos vermelhos como as paredes, ele se sentia tonto e tinha de se sentar.

– Tem certeza de que Bouilloux não esteve aqui quando estive de cama?

– Por que essa pergunta?

Ela ria, mas era o mesmo riso de quando ele lhe perguntara sobre a visita à choça na aldeia dos negros, de modo que ele encontrava alternativa de alívio e de desconfiança, ou melhor, de amor e de ódio.

Quando ela não estava por perto, ele ficava nervoso e arrastava-se cem vezes até a varanda para ver se ela ainda não havia voltado. Ficava mais sossegado quando via Constantinesco na direção oposta à que ela havia tomado.

Três dias depois, ele teve uma imensa alegria e, apesar dos conselhos de Adèle, saiu da casa. Sessenta negros, atrelados a uma enorme tora de ocumê, puxavam-na sobre cilindros até a margem do rio.

A primeira árvore! Sua primeira árvore! Cambaleante, rondou os negros quase nus, cujo odor acre lhe invadia as narinas. Atrás deles, Constantinesco, sempre de botas, dava ordens no dialeto indígena. A tora avançava centímetro por centímetro. Os corpos transpiravam. Os trabalhadores ofegavam.

– Quanto vale? – perguntou Timar a Adèle, que se juntara a ele.

– Cerca de oitocentos francos a tonelada, mas tem trezentos francos de transporte. Essa tora deve dar dois mil francos de lucro.

Ele estava admirado que um bloco de madeira monstruoso não valesse mais.

– E se fosse de mogno?

Ela não respondeu. Aguçou os ouvidos.

Ele também percebeu o rumorejo ainda distante de um motor.

– Uma canoa!

A tora continuava a descer na direção do rio e alguns homens se enfiaram na água para amarrá-la. Já era tarde. Em meia hora anoiteceria. Constantinesco, que tinha vinte anos de Gabão, já havia dispensado o chapéu.

No momento exato em que a tora, firmemente amarrada, como uma imensa fera aprisionada, começou a flutuar, uma canoa desembocou na curva do rio e aportou na areia.

Trazia dois negros e um branco que saltou para terra firme e apertou a mão de Adèle.

– Já instalada?

Eram os mantimentos. Uma vez por mês, a mesma canoa subia o rio, abastecendo todos os pequenos entrepostos, entregando correspondência e provisões aos madeireiros.

– O senhor deve estar com sede. Vamos entrar!

O jovem primeiro bebeu um uísque, depois tirou uma carta do bornal.

O selo era da França. A caligrafia era da irmã de Timar. Ele leu apenas algumas palavras, antes de enfiá-la no bolso:

Querido Jô,

Viemos passar o dia em Royan, de onde escrevo. O dia está lindo, mas certamente não tão lindo como no maravilhoso país onde você tem a sorte de viver. Os filhos do casal Germain estão aqui e logo mais sairemos para fazer esqui aquático...

– Nada para mim? – perguntou Adèle.

– Nada. Ah, sim! Imagine a senhora que Bouilloux sofreu uma pane descendo o rio e teve de pernoitar numa aldeia de nativos.

Timar virou-se rapidamente para Adèle, que não enrubesceu nem se perturbou.

– Ah! – exclamou sem convicção.

A partir de então, seu contentamento foi fingido.

– O que andam comentando por lá?

– Nada de mais.

Estavam na sala de tijolos vermelhos, onde havia apenas três espreguiçadeiras e uma mesa. À margem do rio, os negros que haviam arrastado a tora de ocumê lavavam-se e riam. Constantinesco se dirigiu ao sino que anunciava o início e o término do dia de trabalho.

– Afora o caso Thomas...

O jovem não sabia se falava. Parecia um bom rapaz, meio desajeitado, meio tímido. Passava três semanas por mês na canoa com dois negros, subindo e descendo o rio, dormindo no mais das vezes sob uma tenda, na floresta. Na França, era caixeiro-viajante. Especializara-se nos lugarejos afastados, onde vendia enxovais completos pagáveis ao mês. E, no Gabão, exercia a profissão com a mesma falta de jeito, com o mesmo bom humor fácil que nos vilarejos da Normandia e da Bretanha.

– Descobriram o assassino. Foi um negro, obviamente!

Adèle não esboçou reação. Permaneceu calma. Seu olhar ia de Timar ao viajante.

– Foi preso dois dias depois que o senhor partiu, ou melhor, o *capita* da aldeia o entregou. Dali em diante foi uma lenga-lenga que não acabava mais. O *capita* apresentou testemunhas.

Timar, inclinado para o rapaz, respirava ruidosamente.

– E depois?

– O negro se fez de bobo, jurou que não tinha nada com isso! Como todas as conversas são intermediadas por um intérprete, as coisas estão avançando devagar. Mas encontraram o revólver enterrado na choça! As testemunhas afirmam que o acusado cortejava a mesma mulher que Thomas. A propósito, o que vão querer? Tenho uma excelente conserva de lagosta. Se estiverem precisando de combustível, posso deixar uns vinte tambores.

Timar não escutava mais. Olhava Adèle, que respondeu:

– Vamos ficar com os vinte tambores! E dois sacos de arroz para os trabalhadores. Tem cigarros? Aqui posso vender o maço a três francos.

– Posso fazer um franco por pacote de mil.

Anoitecia. Quase não se via mais o rio. Constantinesco ligou o motor que comandava o dínamo e as lâmpadas ficaram vermelhas, depois amarelas.

– Com cinco ou seis pacotes...

– Me diga uma coisa! De que aldeia é o homem que foi preso?

– Esquece isso, Jô!

– Tenho o direito de saber.

– De uma aldeia pequena, a jusante...

Timar se levantou e foi sentar na varanda. Distinguia vagamente os contornos da tora que flutuava como um barco ancorado. Os negros fizeram uma fogueira no centro do círculo de choças. A floresta ao redor da casa estava escura como breu, exceto o tronco baço de uma sumaúma que se lançava reta para o céu.

Estava seguro de ter ouvido, ou melhor, intuído, de tal modo seus sentidos estavam aguçados, uma palavra que Adèle cochichou entre os dentes cerrados, inclinando-se para o caixeiro-viajante:

– Imbecil!

Capítulo 9

– CALA A BOCA, JÔ, PELO AMOR DE DEUS! Tem gente ouvindo!

A voz não era mais do que um sussurro e Timar imaginava o rosto impassível, virado para o teto. Estava escuro. Havia apenas um retângulo de claridade no quarto: a janela aberta. E a sumaúma branca, apesar da noite, dividia o retângulo em duas partes desiguais.

Eles estavam nus na cama. Minutos antes, ainda podiam ouvir o vaivém do caixeiro, que fora alojado no quarto vizinho.

– Diga a verdade!

Timar pronunciava as palavras secamente, sem se mover. Olhava o vazio, ou melhor, a escuridão que formava um dossel sobre a sua cabeça. De Adèle, sentia apenas o cotovelo e o quadril.

– Espera até amanhã. Quando estivermos sozinhos, eu explico...

– Você vai falar hoje!

– O que você quer que eu diga?

– Você matou Thomas!

– Shh!

Ela não se moveu. O quadril não estremeceu. Eles continuaram imóveis, deitados lado a lado.

– Então fale! Você o matou, não é?

Ele esperou, com a respiração suspensa, e ouviu um *sim* calmo, no escuro, ao lado dele.

Ele se virou para ela num repente, agarrou um pulso ao acaso, rosnou:

– Você o matou e condenou outro no lugar dele! Diga! Você o matou e entrou naquela choça para...

– Por favor, Jô! Você está me machucando!

Era um grito de dor física, porque, meio deitado sobre ela, ele a esmagava maldosamente.

– Me ouve! Juro que explico tudo amanhã!

– Não preciso de explicações! Não quero mais olhar na sua cara, entendeu?

Sim, queria...

Ele sentiu um sufocamento. Mais do que nunca, o suor o encharcava e seus membros perdiam as forças. Ele estava tão furioso que sentia que precisava fazer alguma coisa, qualquer coisa, matá-la ou esmurrar a parede. Esmurrou a parede e Adèle tentou inutilmente acalmá-lo.

– Jô! Escuta... Tem gente ouvindo... Vou contar tudo... Mas fica calmo!...

Ele parou, já com os punhos machucados, e olhava para Adèle sem conseguir vê-la. Talvez ele procurasse outra maneira de enganar sua fúria?

Eles estavam de pé e os dois corpos formavam duas manchas pálidas no quarto. Tinham de aguçar os olhos para distinguir os traços um do outro e, não obstante, Adèle passou um lenço no peito molhado de Timar.

– Deita! Você vai acabar tendo outra crise.

Era verdade. Ele a pressentia. E a recordação dos dias de febre o acalmou instantaneamente. Havia uma cadeira na escuridão e ele a puxou para si, sentando-se.

– Fale! Estou ouvindo!

Não queria se aproximar dela para não machucá-la de novo. Forçava-se a permanecer calmo, mas era uma calma exagerada, doentia.

– Quer que que eu diga tudo, assim...?

Ela não sabia onde ficar nem que atitude tomar. Acabou sentando na beira da cama, a um metro de Timar.

– Você não conheceu Eugène. Ele era muito ciumento, principalmente nos últimos tempos, quando soube que estava condenado...

Era apenas um sussurro, por causa da presença invisível no quarto ao lado.

– Muito ciumento? E cumprimentava Bouilloux, o governador, o procurador e todos que se deitaram com você?

Apesar de não a ver, sentiu que ela reteve a respiração, que engoliu em seco. Em dado momento, o silêncio foi tão absoluto que puderam perceber, através da janela, o silêncio vivo da floresta.

Adèle enxugou o nariz, falou em tom monocórdico:

– Você nunca vai entender. Não é a mesma coisa. Fui ao seu quarto como...

Ela não encontrou a palavra. As que vinham aos seus lábios talvez lhe parecessem românticas demais? Como uma amante?...

– Não é a mesma coisa! – repetiu ela. – Thomas me viu sair! Me pediu mil francos. Fazia tempo que queria comprar uma mulher. Recusei. Na noite da festa, ele voltou a insistir e quando...

– Você o matou! – articulou nas sombras a voz devaneante de Timar.

– Ele ia falar!

– E foi por minha causa...

Com uma fria franqueza, ela replicou:

– Não! Eu atirei nele para ter paz. Não podia adivinhar que Eugène ia morrer.

E Timar fez um esforço para manter aquela calma dissimulada que o impedia de enlouquecer. Fitou o retângulo da janela, o tronco da sumaúma, escutou o murmúrio da floresta.

– Vem se deitar, Jô!

Era demais para ele! Sentiu de novo que queria gritar, esmurrar a parede com os dois punhos! Ela havia confessado e agora pedia que ele se deitasse ao lado dela, contra o seu corpo quente e nu!

Era tudo muito simples! Ela matou para ter sossego! E ele, com suas suspeitas, não deixou que ela saboreasse seu sossego como merecia! Ela não negou quando ele falou do governador e dos outros! Só que não era a mesma coisa! Ele nunca entenderia, ao contrário do marido, que, este sim, sabia diferenciar!

Houve momentos em que pensou em se levantar e espancá-la. Espancá-la até perder as forças.

– E o negro que prenderam?

– Prefere que eu seja condenada a dez anos de prisão?

– Não! Chega! Não vou dizer mais nada, não se preocupe!

– Jô!

– Por favor, chega!

Ele foi se apoiar no batente da janela. O ar da noite gelava o suor que escorria pelo seu corpo. Ele viu um reflexo no rio, perto da tora amarrada. Fazia cinco minutos, talvez, que ele estava parado lá, quando uma voz disse atrás dele:

– Não vem se deitar?

Ele não respondeu, continuou onde estava. Mas não pensou o tempo todo em Adèle, muito menos em Thomas. Seu pensamento devaneava. Timar dizia consigo mesmo, por exemplo, que havia leopardos perto dali e que, àquela hora, em todas as praias da Europa, havia gente saindo dos cassinos. E que, talvez, alguns desses cassinos tivessem exibido filmes exóticos, com bananeiras, fazendeiros de bigodes finos e cenas de amor acompanhadas de músicas nativas.

Voltou a pensar na tora de madeira. Na estação chuvosa, ela desceria pela correnteza com todos os troncos que derrubariam. Centenas de toras seriam içadas a bordo de um vapor preto e vermelho atracado no estuário. Mas primeiro passariam pelo lugarejo onde Adèle entrou naquela choça.

Como riam felizes, sem dizer nada, à beira da água, o timoneiro e a bela moça de seios nus!

Em resumo, Eugène tolerava os amantes da esposa, contanto que fossem amantes influentes, que pudessem servir à sua fortuna! Estava claro! Aliás, não era esse o ofício deles, dele e dela?

Ele se virou, percebeu os olhos abertos de Adèle e fingiu retornar aos seus devaneios. Estava com sono. Sentia um pouco de frio também. Acendeu um cigarro, para disfarçar.

O que ia fazer? A concessão estava em seu nome. Ele havia recorrido à influência do tio, às relações da família.

Em face dele, na floresta, devia haver elefantes. Foi o que Constantinesco lhe disse naquela tarde.

Adèle se deitara com Constantinesco também? Percebeu que ela estava respirando mais ruidosamente, num ritmo mais regular, e aproveitou para se meter silenciosamente na cama.

Enganou-se, talvez. Fato é que teve a impressão de que ela não estava mais respirando da mesma maneira. Fingiu que estava dormindo, ou então ele a despertou e agora ela vigiava sua respiração.

Eles não se tocavam, não se viam, mas sentiam-se vivos. A menor vibração era multiplicada por mil.

Ela não compreendia! Enfim, seguira seu instinto e sua educação! Entretanto, nunca dera a impressão de ser de todo mundo! Aquelas relações não a marcaram, não deixaram vestígios nela! Ao mesmo tempo que havia aquela lassidão, aquela flacidez da carne que ele amava, havia nela um frescor inimaginável.

O que será que os elefantes faziam na floresta, à noite? Passeavam, como os pequenos animais? Timar devia estar adormecendo, pois ouvia a própria respiração e era a respiração de alguém adormecido. Adèle estendeu a mão, tocou-o no peito, na altura do coração.

Ele não se moveu, não deixou que ela percebesse que não estava dormindo. Depois não se recordava de mais nada, a não ser do toque do sino e a faixa de sombra e luz em seus olhos.

O dia nascera. Timar moveu as pálpebras. Ouviu passar os trabalhadores que se dirigiam à floresta. Tateou a cama. Adèle não estava mais lá. O lençol estava frio.

Timar demorou ainda quinze minutos para sair da cama, observava o teto, admirava-se com a própria calma, uma calma de homem fraco, de convalescente que empregou todas as suas forças de uma só vez. Seus punhos doíam. A pele estava esfolada nas articulações.

Levantou-se finalmente, vestiu uma calça, uma camisa, jogou o cabelo para trás. Na sala do térreo, encontrou o caixeiro-viajante tomando o café da manhã sozinho, lendo um jornal velho.

– Dormiu bem?

Timar procurou Adèle com os olhos, viu apenas Constantinesco no pátio, dando ordens a seis negros.

– Ela saiu?

Não tinha nada a dizer a Adèle, mas sentia sua falta. Precisava vê-la, ainda que fosse para olhá-la com indiferença.

– Ela deixou um bilhete.

Naquele momento, Timar estava em face de um espelho e via a si mesmo. Admirou-se, orgulhou-se da impassibilidade do seu rosto. E, no entanto, dentro dele, só havia desespero.

– Um bilhete?

O caixeiro lhe estendeu um papel, enquanto Timar pensava que nunca vira nada escrito por Adèle. As letras eram quase retas, grandes demais.

Meu querido Jô,

Não se assuste. Tive de ir a Libreville, mas volto em dois ou três dias, no mais tardar. Cuide-se bem. Constantinesco sabe o que tem de fazer. Acima de tudo, tente ficar calmo, por favor.

Sua Adèle

– Ela pegou o primeiro trem? – perguntou Timar com um sarcasmo corrosivo.

– Deve ter partido de madrugada, na lancha, porque, quando levantei, uma hora atrás, ela não estava mais aqui.

Timar não acrescentou mais nada. Andava de um lado para o outro, com as mãos cruzadas atrás das costas.

– Não é nada sério, sabe? Fui eu que trouxe o recado. O procurador quer falar com ela para acabar de vez com essa história dos negros.

– Ah! Então foi você que...

E Timar mirava o pobre rapaz com um duro menosprezo.

– Está tudo bem! Quando tem um culpado, o caso é encerrado. Mas, por uma questão de formalidade, ela precisa ser ouvida, porque foi o revólver dela que...

– É claro!

– Aonde o senhor vai?

Timar subiu para o quarto, barbeou-se, vestiu-se com movimentos precisos, decididos, de uma frieza inabitual. Em seguida desceu e disse ao caixeiro:

– Quero alugar seu barco.

– Impossível. Minha ronda mal começou.

– Dois mil!

– Juro que...

– Cinco mil!

– Nem por cinquenta mil! O barco não é meu, é da companhia! E ainda tem o correio!...

Timar saiu sem lhe dirigir o olhar. Um ruído de motor vinha do galpão das máquinas, onde Constantinesco estava trabalhando. Ele estava deitado no chão, consertando um dínamo.

– Você sabia? – disse Timar, sem cumprimentá-lo.

– Eu...

– Pois muito bem! Vou precisar de uma canoa e de remadores. E que se aprontem para já.

– Mas...

– Entendeu?

– Ela me disse quando partiu...

– Não sou eu o proprietário?

– Escute, o senhor não vai gostar, mas vou insistir. É para o seu bem que insisto. No estado em que o senhor está...

– E o que mais?

– Vou impedi-lo de todas as formas que puder...

Timar jamais esteve tão calmo. Jamais, porém, teve motivos tão fortes para perder a razão. Sentia-se capaz de matar friamente o grego com um tiro ou partir sozinho numa canoa, se ainda se negassem a conduzi-lo.

– Por favor! Pense bem! Ainda há pouco...

– Para já!

O sol escaldava. Constantinesco enfiou o chapéu, saiu do galpão, dirigiu-se às cabanas perto do rio. O barco do caixeiro-viajante continuava lá e, por um instante, Timar pensou em pegá-lo sem fazer alarde. Mas por que complicar as coisas?

O grego conversou com uns negros agrupados em volta dele. Os trabalhadores olhavam para Timar, depois para as canoas, depois para o rio.

– E então?

– Estão dizendo que é tarde e que vão ter de pernoitar no caminho.

– Não me interessa!

– Também estão dizendo que não poderão voltar antes de três dias, por causa da correnteza.

O grego olhava para Timar com mais pena do que perplexidade. Devia ter visto casos semelhantes e acompanhava a progressão da crise como um médico aguarda a evolução de uma doença.

– Muito bem, então! Vou com o senhor!

– De jeito nenhum! Você fica aqui para cuidar da concessão! Quero que o trabalho continue, entendeu?

Constantinesco deu ainda algumas ordens aos negros e dirigiu-se à casa principal com Timar.

– Me permita alguns conselhos. Primeiro, não deixe os remadores beberem nada e, acredite em mim, não beba nada o senhor também. De barco a motor ainda vem uma brisa, por causa da velocidade, mas, de canoa, o sol é muito mais perigoso. Leve o baú-cama, caso precise dormir no mato. Enfim...

Estava mais nervoso do que o seu companheiro.

– Me deixe ir com o senhor! O senhor não está bem! Pense! Sua chegada vai complicar as coisas! A senhora Adèle, sozinha, está segura de se livrar do caso, mas se...

– Ela lhe fez confidências?

Constantinesco mordeu os lábios.

– Não! Mas conheço essas histórias! Sei como as coisas acontecem. O senhor acabou de chegar da Europa. Tem uma visão diferente da vida. Quando tiver dez anos de Gabão...

– Talvez ache graça em matar negros!

– O senhor será obrigado, mais cedo ou mais tarde.

– Você já matou?

– Cheguei numa época em que o branco era recebido a flechadas.

– E você respondia a tiros!

– Conheci um homem que só se salvou porque jogou dinamite na turba. O senhor comeu? Acredite em mim, é melhor comer. Pense...

–... e não parta! – escarneceu Timar. – Obrigado, meu velho!... Você ainda está aqui?

Era o caixeiro-viajante, que se aprontava para partir e perguntava a Constantinesco:

– Algum recado lá para cima?

Lá para cima era o rio a montante, era a floresta cada vez mais fechada.

– A propósito, vou ver o velhote que o senhor ia substituir. Sabe? O que prometeu receber a tiros de espingarda...

Alguns minutos depois, os três brancos estavam à beira do rio, perto da tora de ocumê. Dois negros punham o barco do caixeiro-viajante em movimento e a embarcação, descrevendo um arco de círculo, avançou contra a correnteza.

Doze nativos aguardavam ao lado de uma canoa que haviam abastecido com bananas, óleo de palma e mandioca. O ar estava quente. Cada sopro de vento era uma carícia abrasadora. Constantinesco olhava nos olhos de Timar como se lhe dissesse:

– Ainda dá tempo de mudar de ideia!

Timar acendeu um cigarro, estendeu o maço para o grego.

– Obrigado, não fumo!

– Você está errado.

Frases inúteis que eles trocavam apenas para preencher o vazio. Timar olhava para o aclive até a casa, as choças novas dos nativos e os telhados de folhas de bananeira, depois a janela de cima, em face da sumaúma: a janela de onde ele observara a floresta, à noite.

– A caminho! – disse repentinamente.

Os remadores, que entenderam, acomodaram-se na canoa, exceto o *capita*, que esperou para ajudar o branco a subir. Constantinesco não sabia se dizia algo mais.

– Me desculpe, mas... O senhor não vai prejudicá-la, não é? Nem complicar a situação dela? É uma mulher admirável!

Timar quase replicou, olhando duramente para o seu interlocutor. Mas não! Para quê? Sentou-se, carrancudo, no fundo da canoa, enquanto doze remos esculpidos se levantavam simultaneamente e afundavam na água.

A casa desapareceu rapidamente. Via-se apenas o telhado de telhas vermelhas e, depois, nada, exceto a copa da sumaúma dominando a floresta. Quando olhou pela última vez o tronco seivoso, de ângulos vivos, Timar estava deitado ao lado de Adèle, que estava nua, ao alcance da sua mão, retendo a respiração e fingindo dormir. E ele teimou em não dizer nada! Talvez uma palavra tivesse bastado, ou apenas um movimento do braço. Mais tarde, ela o tocou furtivamente e ele fingiu não ter percebido.

Agora, ele tinha vontade de chorar de nojo, de desejo, de desespero, de necessidade dela!

Eles estavam no mesmo rio, talvez a trinta quilômetros um do outro, ela a bordo da lancha com o negro, ele encolhido no fundo da canoa instável. Os doze remos saíam juntos da água, espalhavam pérolas líquidas sob o sol, permaneciam um momento suspensos e tornavam a baixar, fazendo subir um gemido do peito dos homens, um gemido de uma canção triste, sempre a mesma, num ritmo grave e poderoso que orquestraria a jornada.

■

Capítulo 10

UM NEGRO DE DENTES ESTRAGADOS RECITAVA com desenvoltura cerca de trinta palavras. Quando todos os remos estavam suspensos, ele se calava repentinamente e havia uma pausa na vida dentro da canoa, que não vibrava mais.

Então doze vozes respondiam ao recitador, formando uma melopeia vigorosa, enquanto os remos mergulhavam duas vezes na água.

E de novo o homem repetia a recitação em falsete.

O ritmo era exatamente de duas batidas de remo. As pausas tinham sempre a mesma duração e a veemência da retomada do coro era sempre a mesma.

Era talvez a milésima vez que o exercício se repetia e Timar, de pescoço esticado e as pálpebras semicerradas, esperava o momento em que o recitante ia salmodiar para distinguir as sílabas. Ora, constatou que havia quase uma hora que o negro pronunciava sempre as mesmas palavras! Apenas uma ou duas mudavam. O homem recitava num tom de indiferença, mas no rosto de seus companheiros passavam expressões diversas, conforme a quadrinha. Eles riam, admiravam-se, comoviam-se ou sorriam.

E sempre, no momento que os doze remos esculpidos estavam suspensos no ar, as doze vozes explodiam com energia.

Timar, de repente, espantou-se consigo mesmo ao dar-se conta de suas preocupações. Pegou-se observando os negros com curiosidade cordial e estava tranquilo, em paz. Sentiu-se contrariado, como se tivesse traído alguém, a ele próprio, ao drama que estava vivendo.

Sem querer, voltou a examinar os nativos, um a um. O rio tinha variações de correnteza, de violenta a calma. Às vezes, apesar da energia dos homens, a canoa enviesava. A cada remada, sentia-se uma pancada, uma vibração que percorria a canoa de uma ponta a outra e, no início, Timar ficou incomodado. Mas habituara-se, como se habituara ao odor dos negros. A maioria usava uma tanga amarrada em volta da cintura, mas três permaneciam completamente nus.

Os negros, de sua parte, estavam virados para a proa e viam o branco de face para eles. Olhavam-no cantando, rindo, quando um verso os fazia rir, e, outras vezes, manejando o remo com um olhar feroz.

Timar pensava com seus botões se o julgavam, se faziam uma ideia dele que não fosse um simples esboço. Por exemplo: era a primeira vez que ele via os negros com alguma coisa mais do que uma simples curiosidade pelo pitoresco, pelas tatuagens, ou melhor, pelas verdadeiras esculturas que faziam na pele, pelos anéis de prata que alguns penduravam nas orelhas, pelo cachimbo de barro que um outro pendurava no cabelo crespo.

Ele os olhava como homens e tentava compreender sua vida de homens, e isso lhe parecia muito simples, graças talvez à floresta, à canoa, à correnteza que os levava, como desde séculos levava canoas idênticas àquela ao mar.

Era muito mais simples compreendê-los do que, por exemplo, aos negros vestidos de Libreville, ou *boys* como Thomas.

Se fosse uma fotografia, a cena seria pitoresca e Timar podia imaginar os gritinhos de sua irmã e de suas amigas, os sorrisos entendidos de seus amigos. Aliás, era a imagem clássica da vida na colônia: a canoa, Timar na frente, de terno branco e o chapéu colonial de cortiça; sem lhes pedir, seus negros haviam construído um telhado de folhas de bananeira que lhe dava, se não majestade, ao menos importância; e, dos dois lados da canoa, os remadores nus ou seminus, de pé um atrás do outro.

Ora, a cena não tinha nada de pitoresco! Era natural, apaziguadora. Timar esquecia-se de pensar em si mesmo, ou simplesmente de pensar. Registrava as imagens, as sensações, os cheiros, os sons, enquanto o calor o entorpecia e a luz o obrigava a manter as pálpebras semicerradas.

No fundo, todos aqueles negros pareciam bons moços, um pouco ingênuos, que soltavam gritos agudos quando a canoa passava por uma aldeia ou uma simples cabana. Nesses momentos, imprimiam uma velocidade vertiginosa à embarcação. Brandiam os remos acima da cabeça e urravam de alegria, de orgulho, enquanto outros gritos respondiam da margem.

A certa altura, moleques se jogaram na água e tentaram uma competição impossível.

Um dos negros, mais atrevido, disse a Timar:

– Cigarro! Dá cigarro!

Completou seu pensamento imitando o gesto de jogar cigarros no rio. Timar jogou um punhado, viu de longe os meninos brigando para conquistar os cigarros molhados, entre fogos de artifício de respingos, e depois correndo gloriosamente para a floresta.

Uma grande paz. Era o que Timar sentia, mas era uma paz triste e ele não sabia por quê. Também havia ternura dentro dele, sem objeto específico, e ele tinha a impressão de que estava a um passo de compreender aquela terra africana que, até aquele dia, apenas lhe provocara um entusiasmo malsão.

Num recanto de águas tranquilas, os negros empurraram a canoa para a margem e a amarraram. Timar, que estava sozinho com eles e não podia se comunicar, não teve receio, nem sequer uma sombra de medo. Ao contrário! Sentia que era protegido, tratado por todos como uma criança que estava sob a sua responsabilidade.

Com água até os joelhos, ou até a cintura, eles molhavam todo o corpo, enchiam a boca de água, gargarejavam e cuspiam. Timar também teve vontade de saborear o contato da água fresca. Levantou-se, mas o mesmo homem de dentes estragados que cantava adivinhou sua intenção e sacudiu a cabeça:

– Não bom branco!

Não era bom para os brancos! Por quê? Timar não sabia, mas confiou. E quando o negro lhe disse para comer, ele comeu uma lata inteira de patê. Os negros apenas beliscaram mandioca, bananas. A floresta era obscura. Uma única vez os homens aguçaram o ouvido, inclinaram-se para olhar e sorriram. Quando Timar os olhou com um olhar interrogativo, um deles fez uma careta, gargalhou e disse:

– Macaco!

Não viram o bicho, puderam apenas ouvi-lo no meio dos galhos. Partiram. O sol estava muito alto no céu. Duas ou três vezes Timar encostou os lábios no gargalo da garrafa de uísque e, logo em seguida, sentiu uma sonolência voluptuosa. Ainda via os remadores e jogava inconscientemente um joguinho que consistia em encontrar semelhanças entre eles e pessoas que conhecia na Europa.

Da França, seu pensamento saltou para Libreville, para o governador, o comissário, Bouilloux e Adèle. Por um bom momento, o encanto se quebrou. Timar não viu mais nada, fechou os olhos, sentiu crescerem dentro dele os primeiros impulsos de uma crise.

Era como um tumor colérico em seu peito. Tinha vontade de beber para ser mau, gritar, causar dor a alguém e a si mesmo. Num desses momentos, entreabriu os olhos e urrou para os negros, que continuavam a cantar a mesma melopeia:

– Silêncio! Calem a boca!

Eles não compreenderam de imediato. Foi o homem de dentes estragados, que devia conhecer algumas palavras de francês, que se virou para os companheiros para traduzir. Não houve protestos. Eles se calaram, simplesmente, sempre olhando para o branco: doze pares de olhos que não expressavam nenhuma emoção, mas que incomodavam Timar, principalmente quando ele queria beber! Era aquela gente que os brancos matavam tranquilamente a tiros de revólver!

Não lhe haviam contado que todos, sem exceção, manipulavam venenos com a mesma inocência?

Ao pensar na palavra "inocência", achou graça. Saboreou-a! Aqui, mata-se com inocência! Simples!

Os brancos matavam os negros e os negros se matavam uns aos outros e, às vezes, mas raramente, atacavam um europeu. Sem maldade! Só porque tinham de sobreviver! E ninguém tinha cara de assassino! Talvez o homenzinho de dentes podres tivesse matado alguns. Com pelos minúsculos, embebidos em veneno, que são misturados à comida e que perfuram os intestinos aos poucos! Ou então semeando espinhos envenenados em frente à choça de quem deve morrer!

Pararam mais uma vez. Timar se perguntou por quê. Era porque o sol mudara de direção e queimava a sua nuca. Dois negros colocaram folhas de bananeira atrás dele, para abrigá-lo do sol. Negros que seguramente haviam envenenado alguém!

Timar bebeu mais, contudo a bebida não tinha o mesmo efeito de outros dias. A raiva não vinha, tampouco o nervosismo. Ele continuava deitado, de olhos fechados, e remoía seus pensamentos com tristeza.

Voltou à realidade somente quando a noite caiu. A escuridão tomou o céu como uma mancha de óleo, sem o repouso prazeroso do crepúsculo. Estavam numa parte do rio sem correnteza. O rio era largo, a água era escura ao redor da canoa e, principalmente, sob as árvores que o margeavam. Em algum lugar, muito longe, tocavam um tambor e os homens, que não se atreviam a cantar porque foram proibidos pelo branco, faziam apenas um "hã" abafado após cada esforço.

Era inútil perguntar onde estavam. Ninguém compreenderia e, de todo modo, Timar não compreenderia a resposta. Onde ele dormiria? O que estava fazendo lá? Adèle prometera retornar em dois ou três dias. Por que não esperou em casa, onde ao menos havia outro branco?

O que ia fazer em Libreville? Não sabia. No fundo, não queria ser tratado como uma criança, tinha medo de ser visto como cúmplice e sentia ciúme! Principalmente ciúme! O que Bouilloux fora fazer na concessão? Por que Adèle mentira?

A inquietação cresceu. Timar bebeu um gole de álcool morno e seu estômago se embrulhou de tal maneira que, um minuto depois, ele passou a cabeça por cima do rebordo.

A noite envolvia a canoa de todos os lados e os homens não remavam mais em conjunto. Punham paixão no movimento. Às vezes dois remos se entrechocavam. E, ao invés de mirar o branco, os olhares vagueavam pela floresta até que a canoa, com um impulso forte, foi empurrada contra a margem e enfiou-se nas moitas.

Foi apenas em terra que Timar reconheceu o lugar. Estavam na mesma aldeia onde, quando subiram o rio, eles viram o mercado, a mesma aldeia onde Adèle entrou na choça de um negro e comeu duas bananas.

Havia uma fogueira no centro da clareira rodeada de cabanas, sombras acocoradas, e Timar não se atreveu a avançar, esperou seus companheiros e, principalmente, o homem de dentes estragados que ele considerava seu guia natural.

Os negros da aldeia não se levantaram, apenas viraram a cabeça para o bulício que perceberam à beira do rio. Desembarcaram o baú-cama e as provisões de Timar. Três remadores carregaram tudo para o centro da aldeia e o homenzinho de dentes estragados fez sinal ao branco para segui-lo.

Houve uma breve troca de palavras. Vinte, no máximo! O negro franzino abria a porta das choças e dava uma olhada no interior, sem que ocorresse aos ocupantes a ideia de protestar. De uma das cabanas, ele mandou sair a velha que, alguns dias antes, estava de cócoras diante de uma esteira no mercado.

Deixaram o baú-cama e as provisões nessa choça. O negro lançou para fora as esteiras indígenas e disse gravemente, apontando para o cenário:

– Bom! Aqui bom!

Dito isso, saiu sem ruído, deixando Timar sozinho no centro da choça iluminada. Só se conseguia ficar de pé no centro dela. Havia um forte cheiro de fumaça, pois provavelmente o fogo ficara aceso o dia todo e as cinzas ainda estavam quentes. Timar teve de lutar uns dez minutos com o baú, cujo mecanismo ele desconhecia, e, por isso, não conseguia montar a cama. Conseguiu finalmente e foi para a entrada da cabana, parado de pé, fumando um cigarro.

Seus remadores haviam se juntado aos moradores da aldeia em volta da fogueira. Eles estavam terminando uma refeição. Não se distinguiam mais do que silhuetas junto dos pratos de barro dos quais todo mundo tirava com as mãos pedaços de mandioca cozida.

Alguém falava sem parar, com a mesma volubilidade que o recitador da canoa. Aliás, talvez fosse ele, pois a voz era idêntica. Ele pronunciava quatro ou cinco frases muito rapidamente, frases que se pareciam entre si. Depois se calava e, no lugar do refrão dos remadores, era uma longa gargalhada que explodia na assembleia.

Era de Timar que falavam? Por um instante achou que sim. Depois observou os rostos mais iluminados pelo fogo e concluiu que provavelmente não estavam falando de nada! Teria jurado que o homem desdentado dizia palavras sem nexo, apenas por dizer, e que todos se inebriavam com a entonação e com o próprio riso. Divertiam-se como crianças que falam freneticamente, sem se preocupar com o sentido das palavras.

Havia um odor bom de madeira queimada, especiarias que Timar não conhecia, e também o odor difuso dos negros. Ora, era esse odor que o perturbava naquele momento.

Não tinha fome. Não queria abrir uma lata de conserva e contentou-se em beber de quando em quando um gole de uísque e, em seguida, fumar um cigarro. Todo mundo devia vê-lo, de branco, destacando-se no buraco negro da choça, mas ninguém o olhava e ele se sentiu humilhado, quase magoado.

– Cigarro? – disse alto, jogando um para o negro mais próximo.

Havia encontrado vinte maços no baú-cama, provavelmente postos ali por Constantinesco. O negro apanhou o cigarro, levantou-se, indeciso, e riu, mostrando o cigarro para os outros. Uma velha se virou também, ainda hesitante, estendeu as duas mãos.

Timar jogou um pacote inteiro e as sombras rastejaram, empurraram-se, enquanto as mais corajosas se ergueram e correram com as mãos estendidas, rindo e soltando gritos. Havia homens e mulheres. Timar sentiu-os rente a ele, roçando nele. Pôs-se na ponta dos pés, ergueu os braços acima das cabeças.

Havia meninas também, de seios pequenos e ainda em formação, na massa movediça que exalava um odor cada vez mais intenso. Timar, porém, olhava somente para uma negra, a linda moça que, no outro dia, ria à beira da água com o piloto da lancha.

Menos atrevida do que as mais jovens, estava muito perto dele e seu olhar suplicava que ele jogasse os cigarros para o lado dela.

Timar jogou-os três vezes seguidas. Em todas as vezes, os cigarros foram agarrados no ar, ou então rolaram na poeira e dez moleques os disputaram entre pernas.

Ela tinha seios largos e firmes. Seus quadris, como os de uma adolescente, eram mais estreitos que o torso, mas o ventre tinha ainda o formato arredondado de um ventre de criança. Eles se olhavam, ela e ele, através daquela efervescência. Ela suplicava e ele não podia fazer mais do que sorrir.

O último pacote de cigarros foi jogado na direção dela. Timar exclamou:

– Acabou! Não tenho mais!

Entretanto, as mãos continuavam estendidas ao redor dele e foi o desdentado que teve de explicar que o branco não tinha mais para dar. Com a mesma rapidez que se aproximou, o grupo recuou. No instante seguinte, todos estavam acocorados em volta da fogueira. Os lábios espessos arredondavam-se em volta dos cigarros e os negros olhavam com orgulho a fumaça que espiravam. O mesmo cigarro podia servir três ou quatro pessoas.

Timar estava sozinho na porta da cabana. Pensava em deitar-se, mas a lembrança da jovem negra o perseguia, não como um desejo brutal, mas como uma necessidade de carinho. Sentou-se num banco muito baixo. Esquecera-se de guardar cigarros para si próprio. Mulheres embalando bebês entravam nas choças, de onde, pouco depois, não se ouvia mais barulho. Ninguém pôs lenha na fogueira e os remadores foram os primeiros a se afastar.

Onde dormiriam? Timar não fazia ideia. Não lhe importava. Procurou com os olhos a moça, que desaparecera, e pensava com seus botões para qual cabana ela se dirigira quando abandonara seus companheiros. Continuava calmo, triste, uma grave tristeza de animal. Restavam cinco ou seis silhuetas perto da fogueira e ninguém falava. Timar olhou à esquerda, à direita.

Subitamente, estremeceu. Sua negra estava lá, de pé nas sombras, apoiada na parede da choça vizinha, olhando para ele. Teria adivinhado seu desejo? Estava apaixonada ou simplesmente se fazia dócil porque ele era branco?

Bouilloux, sem dúvida, não teria feito mais do que apontar a choça com o dedo e segui-la. Timar não tinha coragem, não tinha coragem nem de se aproximar. Sentia-se constrangido e, além do mais, não decidira ainda se a chamava.

Ele se levantou, simplesmente. Ora, nesse momento ela avançou, passo a passo, pronta a recuar, se ele não a quisesse. Ele permaneceu na entrada da choça, deixando espaço suficiente para ela passar e, com um gesto maquinal da mão, indicou o caminho.

Ela entrou rapidamente, parou, arfando, antes que um dos negros ao redor da fogueira se virasse. Ele não sabia se fechava a porta, não se atrevia. E não sabia o que dizer, já que ela não compreenderia nada do que ele pronunciasse!

Ela não olhava mais para ele. Fitava o chão, como uma moça europeia, com os mesmos pudores. A única diferença era que, salvo o pequeno tufo de relva sobre o sexo, ela estava nua.

Ele pôs a mão em seu ombro. Era a primeira vez que tocava voluntariamente um negro. A pele era lisa. Ele sentiu a vida nos músculos.

Fingiu que estava procurando cigarros, sabendo bem que não encontraria nenhum. Queria lhe dar alguma coisa. No baú-cama não havia mais nada, exceto uma garrafa térmica. Tateou os bolsos. Sua mão encontrou o relógio, que fora presente do seu tio. O relógio era preso por uma corrente que ele desprendeu e estendeu para a moça.

– Para você!

Estava angustiado. Virando-se, constatou que não havia mais nenhum negro ao redor da fogueira. O que ele ia fazer? Como ia agir? Queria possuí-la? Ele não sabia! Sua boca estava seca. E a negra continuava lá, com a corrente de ouro na palma da mão.

Ele foi até ela, acariciou de novo seu ombro, deixou deslizar sua mão, muito lentamente, até o seio e o contornou.

Ela não o encorajava nem desencorajava. Olhava a corrente.

– Vem!

Ele a levou para a cama estreita, formada pelo baú aberto e as pernas desdobráveis. Ela o seguiu.

– Você...?

Ele queria perguntar se ela era virgem, pois isso o deteria, mas ela não podia compreender.

– Sente-se!

E empurrando-a pelos ombros, obrigou-a a sentar-se na beirada da cama. Depois, no auge do constrangimento, colou os lábios no gargalo da garrafa de uísque e bebeu.

Com um movimento brutal, bateu a porta sem tranca da choça.

Capítulo 11

UM PRIMEIRO INCIDENTE DEIXOU TIMAR DE MAU HUMOR. Estavam atravessando uma corredeira. Os remadores, superagitados, esforçavam-se ao máximo, as bocas abriam-se tanto num riso mudo como por necessidade de respirar. A velocidade era impressionante. Os homens observavam os redemoinhos que avistavam na curva do rio e tentavam atravessá-los de arrancada.

Ora, no trajeto que deviam seguir, um galho de árvore descia pela correnteza e as folhas pareciam formar uma ilhota. A embarcação ainda podia se desviar. Os negros, ao contrário, por pura diversão, inclinaram-se todos para o mesmo bordo e remaram freneticamente. Doze pares de olhos arregalados brilhavam de alegria infantil, fixando ora o galho de árvore, ora os redemoinhos, ora o homem branco. Os remadores queriam passar rente aos ramos, para que Timar e eles próprios sentissem a emoção.

Uma parte da árvore passou pelo rebordo, mas, antes de chegar ao fim, ouviu-se uma pancada e a canoa foi parcialmente posta para fora da água.

Timar não teve tempo de se levantar nem de se dar conta do que estava acontecendo. Não era nada grave. A embarcação colidira com um ramo submerso e não virou completamente porque os negros, em conjunto, restabeleceram o equilíbrio. Não obstante, o fundo da canoa estava cheio de água, e Timar, sentado no molhado.

Subitamente, enfureceu-se, gritou insultos que os negros não podiam compreender. Irritou-se porque estava num estado lastimável, sujo e molhado.

Não tinha mais cigarros e esse era mais um motivo de mau humor. Enfim, pela manhã, ao despertar na choça, lembrou-se de que havia compartilhado a cama com uma negra. Ela não estava mais lá e ele não podia dizer em que momento ela partira. Acompanhado de seus homens, dirigiu-se à canoa, que aguardava. As velhas da aldeia estavam à beira da água com as crianças e a moça que Timar possuíra estava entre elas, mas não se atrevia a distinguir-se, aproximar-se, dirigir-lhe um aceno.

Ele esteve a ponto de parar, mas mudou de ideia e tomou seu lugar na proa, enquanto os negros se instalavam, de remo nas mãos, uns atrás dos outros.

A moça continuava lá, no meio das folhas claras. Recuou discretamente, para se destacar do grupo. Ela olhava para ele.

Os doze remos mergulharam na água e, de um golpe só, a canoa estava a cinquenta metros, em plena correnteza. Foi então que Timar teve a impressão de que a negra levantou o braço, ou melhor, afastou-o do corpo, não mais do que dez centímetros, num tímido gesto de adeus.

No entanto, eles tinham fendido ligeiramente a canoa durante a colisão, e agora um homem, com as mãos em concha, tratava de tirar a água.

Timar observou a cena por um bom tempo antes de pegar uma lata de conserva que ainda lhe restava, abri-la e despejar o conteúdo no rio para dá-la ao negro.

De súbito, os doze pares de olhos o fitaram com um espanto sem fim. Os negros sabiam que uma lata de patê custava doze francos, mais ou menos o que ganhavam em quinze dias. O negro que se utilizava da lata vazia como vertedouro parecia não se cansar do prazer de agitar o metal brilhante na água irisada pelo sol e os outros o invejavam.

Timar não pensava mais neles. À medida que se aproximavam do destino, ele era tomado por suas preocupações. Adèle devia ter chegado a

Libreville na véspera, provavelmente no meio da tarde, pois a lancha tivera a vantagem da correnteza. Onde dormira? Com quem jantara? O que fizera desde manhã?

Nas primeiras horas de navegação, ele ainda pensou na jovem negra. Quando o Sol chegou à outra metade do céu, seus pensamentos se impregnaram de Adèle e, principalmente, das lembranças de sua última noite juntos, quando estavam deitados lado a lado, na escuridão, ambos olhando para o teto, fingindo dormir, mas com os sentidos aguçados, vigiando-se.

Ele comeu uma banana. Não sabia a que horas chegariam e não conseguiu que o homenzinho desdentado compreendesse a pergunta. As horas eram longas. Duas vezes mandou que parassem a canoa para que ajeitassem seu abrigo de folhagens. Outra vez ralhou:

– O que estão esperando para cantar?

Os negros não compreenderam e ele entoou o canto da véspera. Eles se olharam, aliviados de um grande peso, e o remador franzino começou uma quadrinha mais longa e mais inconstante do que aquelas que Timar conhecia.

Ele não escutava. Após cinco minutos, nem sequer se dava conta de que eles continuavam a cantar. Por que Bouilloux fora à concessão e por que Adèle partira sem avisar?

Timar adormeceu duas ou três vezes, mas muito brevemente. Era antes um entorpecimento esgotante, produzido pelo calor e pela reverberação. Por fim, o sol desapareceu atrás das árvores e houve um curto crepúsculo, um simulacro de frescor, uma luz menos brutal que dava às coisas a sua cor verdadeira. Quinze minutos depois, a noite caíra completamente e eles não haviam chegado ainda a Libreville. Timar estava furioso, e mais furioso ainda porque não conseguia inquirir os homens.

Navegavam havia uma hora na escuridão quando viram surgir uma luz verde e uma vermelha. Mais acima, no céu, havia uma luz que não era a de uma estrela. Ao mesmo tempo, perceberam a música de um fonógrafo e movimentos precipitados num assoalho.

A massa do cargueiro surgiu muito próximo da canoa, que continuou deslizando e alcançou a embocadura do rio, onde Timar havia visto outro barco sendo carregado com toras de madeira. O disco chegara ao fim. Esqueceram-se de mover o mecanismo e ouvia-se o chiado da agulha.

Um farol se acendeu, ofuscante. O pincel de luz fez desenhos na água antes de encontrar a canoa e segui-la. Vinha do convés do capitão. Três homens, recostados na amurada, olhavam a passagem daquela embarcação onde havia um branco.

– Oê! – gritou uma voz.

Timar não respondeu, e não poderia dizer por quê. Continuou no seu canto, emburrado, deu um salto quando a canoa transpôs a barra e começou a jogar. À frente dele era o oceano; à direita, as luzes enfileiradas, um cais igual a todo cais no mundo, um verdadeiro cais europeu, e faróis de carros deslizando na noite.

Acostaram na praia de areia onde todas as manhãs havia o mercado, entre as canoas dos pescadores. No cais passavam negros vestidos como brancos, outros em trajes árabes, e Timar teve a impressão de retornar de uma longa viagem.

A luz elétrica sombreava o vermelho da aleia e, por contraste, o verde das plantas era de um verde de faiança. Toda a paisagem se assemelhava a um cenário de teatro, principalmente os coqueiros, cujas folhas, iluminadas de baixo, destacavam-se no céu escuro, de um negro aveludado.

Além disso, havia ruídos, vozes, passos, marulhos, pessoas que passavam e que ele não fazia ideia de quem fossem, um automóvel cujos ocupantes nem sequer se perguntavam quem era o viajante que surgia assim à noite.

Os três negros que estavam nus fizeram uma espécie de cinto com um pano, enquanto os outros puxavam a canoa para a areia. Timar não conseguia se decidir. Devia dar ordem aos negros de voltar à concessão? Ou os mantinha à disposição? Como ia alimentá-los, alojá-los? Eles sabiam se virar na cidade? Timar aproximou-se do homenzinho desdentado, fez um esforço para se explicar:

– Vocês podem dormir aqui?

E pôs uma mão na bochecha, inclinou a cabeça, fechou os olhos.

O negro sorriu, esboçou um gesto de apaziguamento.

– Ver senhora! – disse.

Ele ia ver a senhora! Sabia que era ela quem mandava! Timar era o passageiro! Na hierarquia dos seres, ele ocupava a posição do protegido da senhora. Não era nem sequer um verdadeiro colono, pois não falava a língua nativa e não atirava nos patos que sobrevoavam a canoa! Ele distribuía cigarros! Não espancava ninguém! Não designava os lugares onde deviam parar! Era um amador, alguém de passagem!

– Eu ver senhora!

Timar virou-lhe as costas, alcançou a estrada iluminada pelas lâmpadas elétricas. Por causa do acidente com a canoa, suas calças estavam sujas, amarrotadas. Além do mais, estava com barba de três dias. Um automóvel passou no exato momento que Timar se encontrava no círculo luminoso de um poste e ouviu o barulho do motor desacelerando. Através do vidro, um rosto se inclinou: ele reconheceu o comissário de polícia, que continuou em frente, mas virou-se duas vezes para trás.

Não eram nem trezentos metros de caminho para chegar ao hotel. Numa esquina escura, uma negra vestida com uma canga azul ria-se enquanto se roçava num nativo muito bem trajado. A mulher era meio gorda, como todas da cidade. Seus cabelos crespos formavam uma estrutura complicada e ela havia perdido o respeito pelos brancos, que era regra na floresta e na savana. Quando Timar passou, ela o olhou sem dizer uma palavra, mas, quando ele estava a uns cinco metros, explodiu novamente em risadas.

Eram detalhes ínfimos, mas que atormentavam Timar, pois se somavam a todos os outros motivos de seu mau humor.

Havia música no hotel. Tocavam um disco havaiano que ele ouvira cinquenta vezes e as bolas de bilhar se entrechocavam.

Timar parou um instante antes de entrar, franziu as sobrancelhas e, maquinalmente, imprimiu ao corpo uma postura de ameaça. Mas ninguém notou. Um madeireiro e o escrevente barrigudo jogavam bilhar e estavam de costas para ele, escondendo parcialmente as quatro pessoas sentadas a uma mesa, perto do fonógrafo, inclinadas umas para as outras, como se tivessem segredos importantes a se dizer. O relógio marcava onze horas. Não havia ninguém atrás do balcão. O escrevente, ao recuar, esbarrou nele, virou-se.

– Ora, ora! É você, rapaz!

E Timar sentiu um embaraço nessa exclamação.

– Ei! Vocês...

Todo mundo olhou para ele, sem espanto exagerado, mas com nítida contrariedade. Ele interpretava o papel do desmancha-prazeres. Houve uma troca de olhares. Bouilloux, que era um dos quatro conversando à mesa, levantou-se, foi até ele e exclamou com uma alegria fingida:

– Essa agora! Que surpresa...

Mas a chegada de Timar era precisamente o que ele previra e mais temia.

– Veio de avião?

– De canoa!

O outro deu um assobiozinho de admiração.

– O que vai beber?

Timar apertou a mão de Bouilloux a contragosto, porque não ousou fingir que não a havia visto estendida. Os jogadores de bilhar continuaram a partida. Alguém mudou o disco no fonógrafo.

– Você jantou?

– Não... Sim... Estou sem fome...

– Em todo caso, aposto que faz dias que não toma quinino, meu velho! Está estampado na sua cara!

O tom era de intimidade, alegria, mas a atitude era insincera. O caolho, da mesa onde agora eram apenas três, olhava para Timar com um ar trágico e, bruscamente, Maritain, que também estava lá, ergueu-se e despediu-se de todos às pressas.

– Vou me deitar. Está tarde.

Parecia uma fuga, como se ele receasse uma tragédia e preferisse não testemunhá-la. Era a primeira vez que Timar se sentia o centro das atenções, numa situação um tanto teatral. Interpretava a personagem que é tratada com deferência porque todos têm medo dela e isso o fez lembrar que trazia um revólver no bolso.

– Vem brindar comigo!

Bouilloux o arrastou para o balcão, passou para o outro lado, encheu dois copos de aguardente de sidra.

– À sua saúde! Senta!

Timar sentou-se numa das banquetas altas, esvaziou o copo de um trago e deixou o olhar pesar sobre seu companheiro. Não conseguiriam ludibriá-lo! Sabia que, atrás das suas costas, o jogo de bilhar era uma encenação e, à direita, junto do fonógrafo, a conversa era um simulacro.

Para todos ali, somente uma coisa interessava: ele e Bouilloux, ou melhor, o combate que se iniciava entre ele e o dono do hotel.

– Mais uma dose do mesmo! – disse, apresentando o copo vazio.

E Bouilloux demonstrou uma ligeira hesitação! Estava receoso! Timar exagerava o ar sombrio, mau, mas exagerava também a secura de sua atitude, fingia uma confiança em si mesmo que não existia.

– Adèle?

E o outro, segurando a garrafa de aguardente, representava toda uma cena para ganhar tempo.

– Ainda apaixonado? Ha! Ha! Como deve ser bom, os dois pombinhos sozinhos, longe dos estraga-prazeres!

Soava falso, arquifalso!

– Onde ela está?

– Onde ela está! É para mim que você pergunta onde ela está?

– Ela não está no hotel?

– Por que estaria no hotel? À sua! Diga lá, quanto tempo demorou para descer o rio de canoa?

– Não interessa! Adèle não veio ao hotel?

– Não foi o que eu disse! Se quer saber se ela veio, ela veio, mas não está aqui.

Timar pegou a garrafa das mãos de Bouilloux e serviu-se uma terceira dose. Virou-se de repente para os jogadores de bilhar, surpreendendo-os paralisados, atentos à conversa.

– Saúde! Bela tacada! – disse às pressas o escrevente.

Timar nunca esteve tão nervoso e ao mesmo tempo tão lúcido. Sentia-se capaz de tudo, até dos atos mais extravagantes, e de executá-los a sangue-frio. Fixou o olhar novamente em Bouilloux, um olhar intenso. Acreditava dar uma impressão ameaçadora, não podia saber que dava a impressão de um doente consumido pela febre. Era essa debilidade, essa perturbação nervosa que assustava os madeireiros, a ponto de Bouilloux pegar os dois copos.

– Vem comigo, garoto! Vamos conversar.

Ele o conduziu a um canto do café onde podiam conversar sem que ninguém os ouvisse, colocou a garrafa e os copos sobre a mesa, apoiou os dois cotovelos na beirada e estendeu uma mão na direção da mão de Timar.

Os clientes que estavam na outra mesa levantaram-se, resmungando:

– Até amanhã, Louis! Boa noite, todo mundo!

Ouviram seus passos no jardim. Ficaram apenas os jogadores de bilhar, que imprimiram uma agilidade frenética ao jogo.

– Fica tranquilo! Não é hora de fazer asneira.

O tom era tão protetor e humano que Timar se recordou da voz dos padres de sua adolescência.

– Não vamos tapar o sol com a peneira. Somos homens, você e eu.

Observou atentamente o rosto de seu companheiro, molhou os lábios no copo, mas pegou de volta a garrafa que Timar havia agarrado.

– Agora não!

As máscaras negras continuavam no mesmo lugar, na parede de tom pastel. Nada mudara no café, exceto que Adèle, séria e vestida de seda negra, não estava mais atrás do balcão, mergulhada em contas, ou com o queixo apoiado nas mãos cruzadas, olhando com indiferença para o nada.

– O caso vai ser julgado amanhã! Está entendendo?

Seu rosto estava muito próximo do de Timar. Um rosto bizarro! Visto daquela maneira, de tão perto, não tinha mais aquele aspecto abrutalhado que costumava evocar e Timar, mais uma vez, recordou-se de um confessor que tinha o hábito de falar naquele tom ríspido.

– Está tudo arranjado! Adèle não precisa se preocupar! Só que, para isso, tivemos de tomar algumas precauções.

– Onde ela está?

– Já disse que não sei! Mas você não deve ser citado no tribunal. É melhor que nem saibam que está em Libreville. Deu para entender? Adèle é uma boa garota, não merece oito ou dez anos de cadeia.

Era alucinante: Timar escutava as palavras, compreendia, mas tinha a impressão de compreender ao mesmo tempo através das palavras, como se fossem um código!

Adèle era uma boa garota! Era assim que falavam dela! E eles se deitaram com ela! Estava na cara! Eram comparsas, eram do mesmo bando, e ele, Timar, era o desmancha-prazeres!

Como uma criança birrenta, que não quer dar ouvidos a nada, repetiu:

– Onde ela está?

Bouilloux não desistiu por pouco. Esvaziou seu copo e esqueceu-se de impedir que Timar enchesse o dele.

– Escuta! Entre brancos, aqui, a gente se apoia. Ela fez o que tinha de fazer. Não adianta nada discutir! E repito que está tudo arranjado, que é só esperar e confiar...

– Será que, quando você era amante dela...

– Não, garoto! Não!

– Você me disse...

– Não é a mesma coisa! Tente entender, porque a situação é séria! Eu disse que me deitei com Adèle! E outros também! Mas uma coisa não tem nada a ver com a outra!

Timar deu uma gargalhada estridente.

– Repito, uma coisa não tem nada a ver com a outra! E é por isso que não vou permitir que agora...

Ele viu o rosto repentinamente pálido do seu interlocutor, os punhos cerrados, e apressou-se em dizer:

– Na vida, existem necessidades. Adèle, naquela época, tinha Eugène atrás dela. Ainda não pescou? A prova de que não é a mesma coisa é que Eugène nunca teve ciúme! Ele sabia o que tinha de fazer.

Timar ria, mas não estava seguro de que não cairia subitamente no choro, de humilhação.

– Nós, os da casa, e os figurões, como o governador e os outros, éramos, para ela, uma espécie de cortesia, uma necessidade da profissão...

Bouilloux se tornara mais duro, quase ameaçador.

– Conheço Adèle há dez anos! Então fique sabendo que, com você, foi a primeira vez. E, se eu tivesse sabido antes, teria feito de tudo para impedir!

O tom era colérico.

– Foi sorte Eugène ter morrido naquela noite, porque tenho certeza de que essa história ia acabar mal. Ainda não pescou? Preciso mesmo pôr os pingos nos is? Acredite em mim: Adèle está em maus lençóis! É um milagre que tenha se safado, ainda não completamente, porque o caso só vai ser decidido amanhã. Então, repito, alguns de nós, aqui, não vamos deixar que...

Ele se calou. Teria percebido que estava indo longe demais? Seria o rosto de Timar que o assustava, um rosto lívido, marcado por uma vermelhidão de febre, olhos brilhantes, lábios roxos? E os dedos muito finos que tremiam sobre a mesa?

– Não adianta fazer mau juízo. Adèle sabe o que está fazendo.

As bolas de bilhar continuavam a se entrechocar e os dois homens circulavam conscienciosamente no tapete verde.

– Enfim... Ela está tratando de salvar a pele! Amanhã à tarde, tudo vai estar resolvido! Ela vai poder voltar com você. Quanto a saber se cometeu um erro deixando Libreville e tudo mais, isso é da conta dela.

– Onde ela está?

– Onde ela está? Sei lá! E ninguém aqui tem o direito de perguntar a ela, entendeu? E você menos do que qualquer outro. Onde ela está? Talvez fazendo amor para salvar o pescoço!

Bouilloux se virou bruscamente para o *boy* parado na extremidade do balcão.

– Fecha tudo!

Depois se dirigiu aos jogadores.

– E vocês sumam daqui!

Foi ele que se zangou. Timar não sabia o que responder. Suas mãos se crisparam, tal era a sua vontade de pegar o revólver. Ouviu o barulho das janelas sendo fechadas, os passos dos dois últimos clientes.

Bouilloux, de pé e quase tão irritado quanto Timar, olhava para ele de cima a baixo, dominando-o pela própria massa.

– Se ela precisa agir assim para salvar a pele, não é você que vai se meter...

Tinha os punhos cerrados, prestes a desfechar um soco, e Timar, de seu lado, pensava seriamente em atirar.

Mas não! O bruto se humanizou, foi cordial, pôs a mão no ombro do rapaz.

– Ouviu, garoto? Não ponha caraminholas na cabeça! Vamos para a cama, gentilmente! E amanhã à noite vai estar tudo resolvido, vocês vão voltar para casa, onde vão poder se amar à vontade...

Timar serviu-se um último copo de uísque, que esvaziou de uma golada. Ainda tinha um olhar perturbado, preocupante, mas, quando Bouilloux o empurrou para a escada, não ofereceu resistência.

– É uma mulher para quem se deve tirar o chapéu! – dizia a voz do madeireiro atrás dele.

Timar nunca soube dizer quem lhe pôs o castiçal na mão nem como chegou ao quarto, onde se jogou completamente vestido na cama, arrancando o mosquiteiro.

Recordava-se apenas de haver chorado convulsivamente, quando acordou sobressaltado porque a vela se apagara, e que, naquele momento, agarrou-se ao travesseiro com os dois braços, como se fosse Adèle.

Capítulo 12

O TRIBUNAL, COMO O CEMITÉRIO, cheirava a improvisação, negligência, desprezo das tradições, e foi por isso, provavelmente, que Timar pensou no enterro de Eugène Renaud.

Não havia nem molduras, nem painéis de madeira escura, nem nada que desse ao cenário a solenidade exigida. A grande sala nua poderia muito bem funcionar como um armazém. As paredes eram pintadas a cal. Quatro vãos davam para a varanda, onde ao menos duzentos negros citadinos vestidos e silvícolas nus espremiam-se uns contra os outros, uns de pé, outros sentados no chão.

Dentro da sala, não havia nem cadeiras nem bancos para a audiência, nem estrado para o acusado, nem nada do que faz que um tribunal seja um tribunal. Uma simples corda separava as autoridades da multidão, mas quase todos os brancos puderam entrar no recinto reservado. Do outro lado da corda, havia os negros, os espanhóis, os portugueses e alguns franceses que, como Timar, eram recém-chegados.

O juiz presidiria o tribunal sentado à mesa coberta com um tapete verde. Eram assessores os que estavam ao lado dele? Ele era juiz único? O sujeito que estava escrevendo era, com toda a certeza, o escrivão. Mas o que o procurador e o comissário de polícia estavam fazendo lá, sentados em cadeiras de palhinha, de pernas esticadas? E todos aqueles que Timar não conhecia e encontraram lugar para se sentar?

As janelas estavam abertas e os negros da varanda perfilavam-se sob a claridade. Todos os brancos vestiam terno completo de algodão e, por medo do sol, a maioria continuava de chapéu.

Fumavam. Punham-se à vontade.

Timar, perdido no meio dos negros, procurava Adèle com os olhos, e demorou a encontrá-la.

Ele só conseguira pegar no sono de manhãzinha. Bouilloux, sem dúvida de caso pensado, não o despertara e, quando Timar abriu os olhos, o relógio dava as dez horas. Timar desceu sem se barbear, encontrou apenas um *boy* na casa e saiu, com as bochechas sujas e o terno amarrotado. Não tomara café da manhã. Enfiou-se na multidão negra, no calor do tribunal, e precisou de um bom tempo para se habituar à atmosfera, ver tudo, compreender tudo.

Os brancos, sem exceção, sentiam-se oprimidos pelo calor. Na primeira fila, diante da corda, um nativo seminu, de rosto grosseiro de silvícola, recitava uma espécie de lamento monótono, às vezes acompanhado de um gesto tímido das mãos de palmas rosadas, enquanto seus pés nus permaneciam em posição de sentido.

Alguém o escutava? Os brancos conversavam entre si. De quando em quando, o presidente olhava pelas janelas, gritava alguma coisa e pencas de negros se afastavam, para pouco depois se aglutinar novamente.

Timar não compreendia as palavras do nativo. Não sabia quem era. Mas agora percebia, não longe do procurador, o vestido preto de Adèle e uma parte do seu perfil. Ela ainda não o havia visto. Fazia sinais de entendimento a alguém.

O negro continuava a arenga, desenrolava as frases com uma voz lamentosa. Havia na parede um relógio grande, descorado, como se vê em todas as repartições públicas. Os ponteiros avançavam aos saltos. Um *boy* conseguiu abrir caminho até o juiz, pôs diante dele uma bandeja com copos, um sifão e uma garrafa. Os homens sentados à mesa ainda bebiam tranquilamente, sem escutar o negro. Adèle acabara de avistar Timar e, tão pálida quanto o relógio, com a respiração suspensa, observava-o de longe, enquanto ele a fitava maldosamente.

O odor dos negros amontoados era forte. Timar ainda nada havia bebido, nada havia comido. Sentia crescer dentro dele uma tontura que parecia mais forte porque não havia onde ele pudesse se sentar e, se quisesse ver alguma coisa, tinha de ficar na ponta dos pés.

– Já basta! – declarou subitamente o juiz, olhando o relógio que marcava dez horas e quarenta e cinco minutos. – Silêncio!

O negro não compreendeu, mas calou-se instintivamente.

– Traduza o que ele contou!

A ordem se dirigia a um negro de calças brancas e paletó preto, colarinho falso de celuloide e óculos. Era o intérprete e sua voz era uma voz grave e abafada como uma trovoada ao longe.

– Ele disse em resumo que nunca viu Thomas, já que não são da mesma aldeia, e que ele nem sabia que Thomas existia.

Essa frase demorou três minutos para sair da garganta do intérprete. O juiz berrou:

– Mais alto!

– Ele disse que veio por causa das cabras que exigiu do sogro, porque a mulher foi embora com um homem de outra aldeia. Era a sua primeira mulher, uma das filhas do *capita*, e ela contava em todo lugar...

Ninguém escutava. E Timar não tinha mais ânimo do que os outros para acompanhar o fio emaranhado do discurso, principalmente porque uma a cada duas palavras lhe escapava. Olhava Adèle. Pensava com seus botões onde ela havia passado a noite.

Será que estava nua sob o vestido? Um homem vira suas coxas surgirem pouco a pouco da seda negra, suas coxas muito brancas, seu ventre macio, seus seios um pouco flácidos?

– ... Não quiseram devolver a cabra e...

Imediatamente, quatro negros começaram a falar juntos, em dialeto, questionavam o nativo, questionavam uns aos outros. Tinham vozes agudas e o réu, vestido com um pano que lhe servia de tapa-sexo, olhava espantado de um para o outro. Essa cena, para quem deixasse de acompanhá-la atentamente por um ou dois segundos, perdia todo o caráter de realidade, tornava-se um pesadelo estapafúrdio, uma paródia insana. Na mesa atapetada havia uísque. Os brancos se ofereciam cigarros, falavam de outra coisa.

Bouilloux estava entre eles, assim como outros três madeireiros e o escrevente. Formavam uma classe à parte entre as autoridades oficiais e os negros, estavam de pé, perto de uma janela, ao lado da corda. Bouilloux foi o primeiro a gritar:

– Chega!

Outros brancos repetiram:

– Chega!

O juiz agitou uma sineta franzina, um brinquedo de criança, mais do que um acessório de tribunal.

– Falta ouvir a mulher de Amami. Onde está a mulher de Amami?

Mãos empurraram-na através da multidão de negros, desde a entrada, onde estava, até a corda. Era uma velha negra. Seus seios pendiam. Tinha tatuagens em relevo no peito e na barriga e sua cabeça era raspada.

Ficou parada onde a deixaram, sem dizer nada, sem ver nada, e uma engrenagem inconsciente começou a rodar na mente de Timar. Ele via a mulher de perfil, depois de meio perfil, e recordou-se da moça que ele possuíra na aldeia, à beira do rio. Os traços não eram os mesmos e também a linha dos ombros e dos quadris? Esta não era a mãe daquela?

Nesse caso, o réu, isto é, o homenzinho que falara para o vazio, era o pai?

Timar comparou a visão gloriosa da moça de corpo liso, formas plenas, com o espetáculo miserável do casal. Eram os menos vestidos. A pele da velha tinha um aspecto terroso.

Eles estavam parados a um metro um do outro. Timar percebeu uma troca de olhares e compreendeu que eles não sabiam mais onde estavam, nem o que faziam, nem por que todo mundo queria mal a eles. O marido, principalmente, que tinha nariz chato e olhos pequenos e avermelhados, lançava ao redor dele, espasmodicamente, um olhar inquieto que beirava a loucura.

Ninguém prestava atenção. No mesmo instante, Timar constatou que Bouilloux o observava, fez um movimento de cabeça que significava, meio como um rogo, meio como uma ameaça:

– Tranquilo, hein!

Era a voz da mulher, agora, que subia, constante, como se todas as sílabas tivessem um peso igual, e, enquanto falava, atava e desatava a tanga estreita. Para se sentir confiante, fixou os olhos num ponto preciso da parede, ao lado do relógio, onde havia uma mosca esmagada.

Numa das janelas, Timar reconheceu o chefe dos remadores, que lhe dirigiu um sorriso largo. O calor se intensificava. Vapor de água emanava de corpos brancos e negros, suor inolente de uns e acre de outros, misturados ao bafo dos cachimbos e dos cigarros.

Às vezes alguém se dirigia em silêncio para a saída, corria ao hotel para matar a sede e retornava pouco depois.

Timar sentia calor, sede e fome, mas aguentava firme, com os músculos completamente retesados. Procurava sem descanso o olhar de Adèle, que fugia do seu, enquanto escutava a história que alguém lá dentro, um branco que ele não conhecia e que murmurava na orelha dela. Ela estava pálida e apresentava olheiras profundas.

Timar sentia raiva e pena. Havia dentro dele sentimentos contraditórios que ele era incapaz de deslindar. Por exemplo, a ideia de que ela tivesse passado a noite com outro dava-lhe ganas de exterminá-la e tomá-la ternamente nos braços, chorando o destino dos dois!

Percebia a voz da negra, à qual permitiram que falasse longamente, talvez por preguiça, talvez para adiar o momento de tomar uma decisão. Via a cabeça raspada da velha, os longos seios caídos. Tinha pernas finas, os joelhos meio virados para dentro.

Ela falava sem tomar fôlego, empacando nas sílabas, engolindo a saliva, com uma vontade feroz de se fazer compreender e convencer. Não empregava os meios dos brancos, não tentava comover. Em nenhum momento sua voz mudou de tom. E, em vez de choros, desmaios, era ponto de honra para ela manter a rigidez de estátua.

De familiar, havia apenas o timbre da voz, a entonação de diácono indiferente, as sílabas que se pareciam e que, quando não se prestava atenção, formavam apenas um murmúrio tão confuso quanto o barulho da chuva batendo numa vidraça.

Timar cerrava os punhos de nervoso. Aquilo lhe fazia mal, como certos lamentos que as amas-secas do interior ainda cantavam. Era um feitiço, uma canção terrível e nostálgica, sempre sem mover uma única linha do rosto e, cada vez mais, através daquele rosto, ele imaginava rever o outro, mais jovem, virado para ele no momento que a canoa deixou a aldeia, depois o movimento do braço, que não ousara se erguer.

Outras imagens lhe vinham aos montes e ele ficou surpreso com sua exatidão. Os doze pares de olhos fixos nele enquanto os remos subiam e desciam, e o canto, que também se assemelhava a um lamento, crescendo no ar denso... E a cara de cachorro que apanhou do dono que os homens fizeram na véspera, quando bateram no galho submerso e Timar se zangou.

Ele sentiu uma dor no peito. Talvez fosse fome ou sede? De tanto ficar na ponta dos pés, seus joelhos tremiam. Ocorreu-lhe a ideia de repente de também gritar:

– Chega! Acabem com isso!

Por coincidência, naquele mesmo instante, o juiz balançou a ridícula sineta. A mulher, que não compreendeu, elevou o tom de voz para que pudessem escutá-la. Ela não queria se calar! O intérprete falava e ela aumentava ainda mais o tom, sem um gesto, mas com desespero na voz.

Parecia o *Parce Domine* que nas igrejas, em dias de tragédia, era recitado três vezes, em tons diferentes, em voz cada vez mais alta.

A voz agora era esganiçada. A velha falava mais rápido. Queria contar tudo! Tudo!

– Tirem ela daqui!

E outros negros, os policiais, vestidos por zelo dos brancos de uniforme azul-escuro e *chéchia* na cabeça, carregaram a mulher através da multidão.

Será que ela sabia por que a mandaram vir e por que subitamente a obrigavam a sair? Ela não se debateu, continuou o discurso, sozinha!

O olhar de Timar cruzou o de Adèle e viu crescer dentro dela um verdadeiro pânico. Ele não podia saber que o motivo era o rosto dele! Todo o cansaço, a doença, o esforço, o calor, tudo, absolutamente tudo, estava estampado no seu rosto conturbado, de uma lividez mórbida. E dois olhos febris, que não se fixavam em nada, iam de um negro a um branco, do relógio à mancha na parede.

O suor que o empapava era frio. Ele respirava com dificuldade e, do mesmo modo que não conseguia fixar o olhar, era incapaz de fixar o pensamento. Ora, sentia que precisava pensar, era urgente, imperioso.

– Repita sucintamente o que ela disse. Sucintamente! Foi magnífico, mas seja sucinto!

– Ela disse que não é verdade.

O intérprete estava seguro de si, imbuído de sua importância. Houve murmúrios atrás das janelas e o juiz gritou, agitando a sineta:

– Silêncio! Ou mando todo mundo para fora!

Dois negros se dirigiram, voluntariamente, ao lugar que as testemunhas costumavam ocupar e o juiz, mais calmo, inclinou-se, apoiou os cotovelos na mesa.

– Você fala francês?

– Sim, senhor!

– Por que acredita que Amami matou Thomas?

– Sim, senhor!

Ele pronunciava: "*Sim... sinhô...*".

Aqueles dois eram as testemunhas de acusação. Timar entendeu tudo. Fez melhor do que entender: reconstituiu, etapa por etapa, os acontecimentos!

Enquanto observava a bela moça nua na aldeia, Adèle entrou na choça do *capita*, ofereceu-lhe uma gorda recompensa se ele encontrasse um culpado entre os seus homens e desse a ele o revólver que ela trazia consigo.

Era tão simples! O *capita* escolheu o sujeito que ele menos apreciava, um negro que se casara com sua filha e que ousara exigir o dote quando ela o abandonou. Havia entre eles uma história de cabras e enxadas! Cinco enxadas! Cinco pedaços de ferro! Dois negros se apresentaram como testemunhas, dois homens a quem prometeram alguma coisa em troca. Eles queriam o dinheiro.

– Sim, senhor!

– Não foi o que perguntei! Quando você se deu conta de que Amami matou Thomas?

– Sim, senhor!

E o juiz, irritado:

– Intérprete, traduza a pergunta.

Eles trocaram frases e mais frases em língua nativa. Foi necessário interrompê-los e o intérprete, imperturbável, traduziu:

– Ele diz que Amami foi sempre considerado um bandido!

Era de arrancar os cabelos de nervoso! Amami permanecera na sala quando fizeram sair a mulher. Ele olhava seus acusadores com estupor, às vezes tentava falar, mas era obrigado a se calar. Ele não compreendia mais nada. Estava perdido.

Fora realmente sua filha que Timar possuíra? Ele enrubescia agora ao pensar que ela era virgem e ele ainda assim a possuíra, furiosamente, com a sensação, por segundos, de que se vingava da África inteira.

– Foi esse revólver que eles encontraram na choça de Amami?

O juiz mostrou o revólver de tambor. Timar sentia o olhar de Adèle e de três outros: o de Bouilloux, o do caolho e o do escrevente adiposo.

Ele não compreendeu, pois não podia ver a si mesmo, por que Bouilloux começou a abrir passagem através da multidão de negros, apesar da gravidade do momento, para ir até ele.

Não sabia que até mesmo os negros ao seu redor o olhavam apreensivos. Sua respiração era sibilante, como a de alguém consumido por uma febre alta. Apertava as mãos uma contra a outra, fazendo estalar os ossos.

– Os dois confirmam que é o revólver que eles encontraram. Todos testemunharam no mesmo sentido. Nenhum branco foi à aldeia depois do crime.

O negro de nariz chato observava o intérprete com uma angústia suplicante. Ele se parecia com a moça e, assim como a mulher, tinha a pele terrosa, pardacenta.

O madeireiro e o escrevente observavam Bouilloux, que ainda atravessava a multidão e se aproximava do alvo. Do outro lado da corda, do lado das autoridades, o procurador inclinou-se para Adèle e eles conversaram em voz baixa, olhando para Timar. A mão de Bouilloux agarrou de repente o braço deste último. Uma voz disse:

– Cuidado!

Cuidado com o quê? Com quem? Foi uma sensação apavorante. Em questão de segundos, Timar incorporou o pobre negro em si próprio, o homem seminu que se debatia no meio da multidão, cercado, perseguido, engolido.

Ele também estava sendo perseguido! Mandaram Bouilloux para pegá-lo! Os dedos potentes do madeireiro cravaram-se em seu braço!

Adèle olhava para ele. O procurador olhava para ele. O próprio juiz ergueu os olhos preocupado, como se pressentisse uma ameaça no ar, mas contentou-se em beber um gole de uísque.

Será que naquele mesmo instante o negro teve os mesmos reflexos, as mesmas angústias? Será que sentiu que tudo estava contra ele, que seria sufocado, como se todos aqueles corpos, negros e brancos, fechassem cada vez mais o cerco até esmagá-lo? Fato é que ele começou a falar no meio do tumulto, a falar para si mesmo, com uma voz aguda, a repetir a história que ninguém quis escutar.

Então, com os nervos à flor da pele, e apesar de Bouilloux, que lhe torcia o braço, apesar do olhar de Adèle, apesar do procurador, que sorria para ele, Timar urrou, urrou literalmente, pondo-se o mais que pôde na ponta dos pés, seu rosto escorrendo de suor, mas exangue, sua garganta tão apertada que as palavras lhe doíam:

– É mentira! É mentira! Ele não matou! Foi...

Dane-se! Aquilo precisava parar! Era mais do que tempo!

Ele chorou:

– Foi ela! E todo mundo sabe muito bem!

Com esforço, Bouilloux torceu seu punho, derrubou-o na multidão de pernas e pés negros, no meio dos quais ele se estatelou.

■

Capítulo 13

ELE RIU, DISSE EM VOZ BAIXA:

– Evidentemente! Isso não existe!

Dois passageiros se viraram e ele olhou-os sem pestanejar, e até deu de ombros, pois eram funcionários públicos. O paquete, que acabara de subir as chalupas, deixava lentamente a enseada de Libreville. Timar estava sentado no bar, na parte traseira da primeira classe. Subitamente, deu um salto. Acabava de se dar conta de que era a última vez que via a linha amarela da praia, a linha mais escura da floresta e os telhados vermelhos, o penacho dos coqueiros.

Seu olhar era penetrante, as feições, perturbadas, mas tornara-se um hábito fazer caretas, apertar os longos dedos, falar baixo, para si mesmo, sem se incomodar com os outros.

– Afinal, me trouxeram à estação?

Ele sabia que dizia uma bobagem, que não existia estação em Libreville e que deixaram que ele embarcasse sozinho, sem ninguém no cais que lhe agitasse um lenço. Mas a palavra "estação" lhe convinha, porque evocava a sua partida, a estação de La Rochelle, sua mãe e sua irmã.

Ele estava muito cansado. Todo mundo lhe dissera. Aconteceu depois da briga. Jamais, até então, Timar fizera escândalo, principalmente em público, pois era bem-educado, de caráter bastante afável.

Só que, no momento em que Bouilloux lhe torcera o braço, no meio de pessoas que se agitavam em pencas, ele entendeu que queriam lhe fazer mal e bateu, ao acaso. Aí está o sucedido. Os negros e os brancos se misturaram. O amontoado buliçoso de gente parou na rua e Timar recebeu pontapés no rosto. Perdeu o chapéu. Sangrou. O sol o queimava.

Ele vira brigas antes, mas nunca participara de uma. Normalmente afastava-se, mas dessa vez ele era o próprio núcleo da confusão. E constatara que os golpes causam menos dor do que se imagina, que não é necessário ter coragem para entrar numa briga. Todos estavam contra ele? Ele batia em todos. Bateu até que, sem saber como, viu-se na penumbra do comissariado de polícia.

Reconheceu as faixas de sombra e luz, a mesa onde se servia o uísque. Estava sentado numa cadeira e o comissário, de pé, olhava para ele de uma maneira diferente, o que surpreendeu Timar, a ponto de ele passar a mão na fronte e balbuciar:

– Peço desculpas. Não sei bem o que aconteceu. Eles queriam me pegar.

E esboçou um sorriso polido. O comissário não sorriu, continuou a observá-lo com uma curiosidade fria.

– Quer uma bebida?

Teria falado do mesmo modo com um negro ou um cão e serviu-lhe apenas água. Recomeçou a andar de um lado para o outro.

Timar quis se levantar.

– Fique!

– O que estamos esperando?

Era tudo ainda um pouco vago. Não faltava muito para que fosse tudo absolutamente irreal.

– Sente-se!

O comissário não se dera o trabalho de responder à pergunta e, de novo, veio a Timar a ideia de um complô tramado contra ele.

– Entre, doutor! Como vai? O senhor soube do sucedido?

O comissário indicou Timar com os olhos. O médico disse a meia-voz:

– O que vamos fazer?

– Vamos ter de prendê-lo. Depois desse escândalo...

O médico, dirigindo-se a Timar, resmungou com a mesma frieza do policial:

– Foi o senhor que provocou aquela confusão?

Ao mesmo tempo levantou uma das pálpebras de Timar, mediu sua pulsação durante menos de cinco segundos, observou o rapaz dos pés à cabeça e grunhiu:

– É...!

Depois virou-se para o comissário:

– Podemos conversar um minuto?

Eles cochicharam na varanda. Quando retornou, o comissário coçou a testa e chamou imediatamente o *boy*:

– Chame o governador ao telefone.

Em seguida, no aparelho:

– Alô! Sim, como imaginávamos! Mando levá-lo? Mesmo se não fosse, não há alternativa, por causa do estado de ânimo dos madeireiros. O senhor estará lá?

Pegou o chapéu, disse a Timar:

– Vamos?

E Timar o seguiu, surpreso com a própria docilidade. Não teve mais nenhuma reação.

Jamais imaginara tamanha lassidão, tamanho vazio de seus membros e de sua cabeça.

Entrou no pátio do hospital atrás do comissário e não pensou por que o levavam para lá. O automóvel do governador já havia chegado. Num quarto muito limpo, muito mais limpo do que aqueles do hotel, estava o governador em pessoa, que evitou apertar a mão que Timar lhe estendeu.

– Não sei se você se dá conta do que fez, rapaz.

Não! Para falar a verdade, ele se dava e não se dava conta. Ele havia brigado! Recordava-se de um negro e de uma negra arengando numa sala abafada e de Adèle olhando de longe para ele, tentando pressioná-lo.

– O senhor tem dinheiro?

– Creio que ainda tenho algum no banco.

– Nesse caso, vou lhe dar um conselho. Há um barco, o *Foucault*, que em dois dias vai partir de volta para a França. Parta com ele!

Timar começou a se agitar. Disse, esforçando-se para agir dignamente:

– Queria falar com o senhor sobre essa história a respeito de Adèle.

– Um outro dia! Deite-se.

Foram embora, o comissário e o governador, um tão frio e desdenhoso quanto o outro. Timar dormiu. Teve febre alta e dores de cabeça insuportáveis. Dizia ao enfermeiro:

– É esse maldito ossinho, bem na base do crânio!

Agora estava a bordo. Não houve transição, por assim dizer. O comissário foi vê-lo duas vezes no quarto. Timar perguntou se podia ver Adèle.

– É melhor não!

– O que ela disse?

– Ela não disse nada!

– E o médico? Ele acha que sou louco, não é?

Isso o incomodava. Ele se dava conta de que parecia louco, mas tinha consciência de que não era. Fazia caretas de louco! Tinha gestos de louco! Às vezes, dentro de sua cabeça, havia um atropelo de pensamentos confusos de louco!

– Isso não existe!

Não! Ele tinha certeza! A prova é que ele estava calmo! Fez as malas sozinho! Notou que haviam sumido com seus ternos brancos e exigiu-os, pois sabia que a bordo, até Tenerife, todo mundo se vestia de branco.

Sozinho no quebra-mar com os carregadores, às sete horas da manhã, ele fez chacota, virou-se para a estrada vermelha rodeada de coqueiros que contrastava com o céu e proferiu:

– Isso não existe!

Aquilo existia, evidentemente, mas ele sabia o que dizia! Da mesma forma que sabia que tudo aquilo era um estado passageiro. Por isso não tinha vergonha.

Tomou assento na embarcação. Bruscamente, o rosto enterrado nas mãos, murmurou:

– Adèle!

Cerrou os dentes. Viu por entre os dedos o sorriso dos negros. O mar estava calmo.

Acabou! Não via mais a África.

O *barman* se aproximou.

– O senhor chamou?

– Uma laranjada!

E, numa breve troca de olhares, Timar percebeu que o *barman* também o considerava louco. Provavelmente haviam prevenido as autoridades de bordo.

– Isso não existe!

Um trem... Que trem?... Ah, sim! O trem de La Rochelle e sua irmã agitando um lenço...

Ele refletia, sentado numa poltrona de vime. Estava vestido de preto, pois não haviam encontrado seus trajes coloniais. No fundo, sentia prazer em ser diferente dos outros passageiros. Havia muitos oficiais, oficiais demais.

– Insígnias demais! – grunhiu.

E funcionários públicos demais! E crianças demais correndo pelo convés!

O que lhe lembrava? Ah, sim! Adèle! Ela estava sempre de preto também! Só que ela não tinha filhos e sempre estava nua sob o vestido. Enquanto a negra sempre estava nua sem vestido!

Lembrava-se muito bem! De tudo! Ele era muito mais finório do que imaginavam!

Queriam condenar o pai da negra! Ele o salvou e todo mundo se juntou para bater nele.

Porque era uma conspiração! Todos estavam envolvidos! O governador, o procurador, os madeireiros! E, claro, todos se deitavam com Adèle!

Gente de branco dava dez voltas, cem voltas no convés para matar o tempo.

– Matar? Isso não existe!

E, subitamente, Timar parou de pensar, ou melhor, de pensar tão rápido. Duvidou um minuto. Viu a si mesmo, vestido de preto, com o chapéu colonial na nuca, encostado no bar do paquete. Estava voltando para a França!

Provavelmente levara pancadas na cabeça. Quase enlouquecera. Acreditavam que ele enlouquecera. Mas aquilo não duraria, ele pressentia! E pressentia tão vivamente que adiou o momento de se curar, de pensar para valer, o tempo todo!

Havia uma pequena artimanha. Ele pensava alto. Semicerrava os olhos e as imagens se misturavam, deformavam-se como num sonho.

Anoitecia. Pessoas na mesa vizinha, funcionários públicos, evidentemente, jogavam bisca e bebiam anisete. Como em Libreville! No hotel de Adèle! Ele aprendera a jogar bisca! Não era difícil!

Depois, numa outra noite... Sim, algumas semanas depois... Pouco antes de ir para a concessão... Na lancha... Pois então! Ele teve uma crise... Ele se debateu... Bateu... Ficou de cama... Adèle estava deitada, nua, ao seu lado. Eles se vigiavam. Os dois fingiam dormir, mas foi Timar que adormeceu e ela aproveitou para escapar. Quando ele despertou, não havia mais Adèle!

A negrinha era virgem.

– Isso não existe!

Pessoas continuavam passando, entre elas um jovem tenente que não tirava o capacete colonial da cabeça, embora já fosse noite. O capitão, que estava jogando bisca, brincou:

– Medo de um enluamento?

Timar virou-se num impulso. Já ouvira aquela expressão em algum lugar, enquanto dormia ou se debatia! Fora pronunciada com a mesma ironia e, por isso, mirou o capitão com um olhar agressivo, como se exigisse explicações ou desculpas.

Houve um breve conciliábulo em voz baixa. Os jogadores se levantaram.

– Vamos nos trocar para o jantar?

E Timar, de pé no convés, seguiu-os com os olhos, desconfiado.

***

No jantar, sozinho à mesa, permaneceu muito calmo. Ria, apenas de vez em quando, porque as pessoas o olhavam com uma curiosidade condoída e ele, de propósito, dizia fragmentos de frase a meia-voz.

Havia uma moça que se divertia com isso, e Timar divertia-se ao ver a moça esconder o rosto atrás do guardanapo para rir.

Não tinha importância! Ele sabia muito bem! Como a maré! A uma hora determinada, o mar fatalmente recua, mesmo que pareça furioso. É matemática pura!

Assim, aos poucos, as imagens se tornavam cada vez menos vagas, menos emaranhadas. Exceto à noite! Por duas vezes ele gritou, sentou-se no beliche, coberto de suor, tremendo, e tateou a cama procurando Adèle.

Mas não era mais a mesma coisa. Era noite! E Adèle não estava lá. Ou melhor, estava lá e ele não podia apalpá-la, abraçá-la, tocar seus seios brancos.

Além do mais, a negra estava na cama, inerte e resignada. Ele precisava resolver aquilo, tomar uma decisão, talvez partir com Adèle, para muito longe...

Para não falarem mais! Nem da África! Nem do Gabão! Nem de toras de ocumê! Deem a tora aos negros e Constantinesco que se arranje!

Somente Adèle interessava, sob as zebruras de sombra e luz, na cama úmida. Depois ele aguçaria os ouvidos, quando ela descesse, e ouviria o *boy* indo e vindo, enquanto varria, e ela faria as contas no bar.

Foi o médico de bordo que o acordou, um jovem estúpido, que achou necessário bancar o simpático.

– Me disseram que somos da mesma região...

– De onde o senhor é?

– De La Pallice!

– Não é a mesma região!

Hein?! Era a três quilômetros de distância, mas três quilômetros são três quilômetros! Sem contar que ele tinha cara de idiota e grandes olhos esbugalhados. O que ele queria saber era o estado de Timar. Pois muito bem! Ele estava calmo.

– O senhor passou bem a noite?

– Muito mal!

– Evidentemente, se precisar de medicação...

– Isso não existe!

Que o deixassem em paz! Era tudo que pedia! Ele não precisava de ninguém! Muito menos de um médico. Ele era mais inteligente do que todos os médicos do mundo!

E até mais inteligente do que ele próprio *antes*! Porque, agora, ele tinha antenas! Adivinhava coisas demasiado sutis para a maioria dos homens. Adivinhava tudo, inclusive o futuro, inclusive a visita que lhe faria, em La Rochelle, na casinha da Rue Chef-de-Ville, o médico da família, que também exibiria um sorriso cordial:

– Então, meu velho Joseph, como vai?

E a mãe, a irmã e todo mundo ficariam preocupados. E o doutor cochicharia no corredor, ao sair:

– Repouso. Vai passar!

É claro que vai passar! E sua mãe e sua irmã o mimariam. Falariam de novo de sua prima Blanche, de Cognac, que apareceria num domingo com um vestido novo cor de rosa!

Estava combinado! Ele se casaria com ela, é claro! Para ter paz! Aceitaria o cargo nas refinarias de petróleo do qual já haviam lhe falado! Era justamente em La Pallice! No bairro onde, a cem metros do mar, ergueram uma fileira horrorosa de casas de operário! Ele, ao contrário, teria uma casa grande, com jardim, do tipo “casa de campo”! E uma motocicleta! Ele seria muito calmo, muito gentil! Jamais ansiou tanto por isso! Talvez até aceitasse fazer filhos.

As pessoas que cruzavam com ele, no convés ou na sala de música, não podiam saber que ele tinha antenas e espantavam-se, desviavam-se, falavam baixo.

– E depois?

O mais lindo de tudo – sim, o mais lindo de tudo – eram os doze remos erguendo-se ao mesmo tempo e, por um décimo de segundo, os doze negros prendendo a respiração, os doze pares de olhos fixos no branco, e depois emitindo um “hã” profundo.

E os doze remos mergulhavam na água, os ventres se retesavam, os músculos se contraíam; pérolas de suor e pérolas de água espirravam ao redor da canoa e escorriam pela pele negra!

Mas não valeria a pena dizer! Ninguém compreenderia!

Principalmente seus colegas de escritório, em La Pallice! Principalmente Blanche, que era uma boa moça.

– Isso não existe!

Ele percebeu o olhar de hilaridade do *barman*, que perguntou:

– Tudo bem, senhor Timar?

– Tudo bem!

– Vai descer à terra, em Cotonu?

– Terra? A terra não existe!

O *barman* sorriu com um sorriso entendido:

– Deseja uma laranjada?

– Sim, uma laranjada. A propósito, não me proibiram tomar uísque? Uísque não existe!

Mas repetiu-se sem convicção. Havia momentos, como aquele, em que estava calmo, imperturbável, e via as coisas de maneira crua.

Não podia! Ainda não! Ou então... Por exemplo, talvez fosse capaz de se jogar de repente sobre a amurada! Mas também não podia!

A roda de proa abria suavemente a seda cinza-azulada do mar. Havia sombra no terraço do bar. Um marinheiro repintava de vermelho a parte interna dos tubos de ventilação.

Timar prometeu a si mesmo que seria amável! Com Blanche e com todos em La Rochelle e La Pallice! Veria os navios de partida para a África. E os jovens! E os funcionários públicos!

Mas não diria nada! Absolutamente nada! Às vezes, somente à noite, teria um aluamento, uma crise, como lhe diriam, que o ajudaria, no vazio da cama, a rememorar o corpo alvíssimo de Adèle e a atmosfera pesada, o gosto de suor, o odor dos remadores negros, enquanto sua esposa, de camisola de dormir, lhe prepararia um chá.

As pessoas ainda se viravam para olhá-lo quando ele passava. Mas ele estava tão calmo, concatenava as ideias tão limpidamente, com tal sangue-frio, que sentiu necessidade de embaralhá-las um pouco, quando mais não fosse pela plateia, e disse em voz alta, espiando os rostos com olhinhos febris e irônicos:

– A África não existe!

Durante quinze minutos, ele percorreu o convés a passos largos, repetindo conscienciosamente:

– A África não existe! A África...

O MAL DE TERRA

TRADUÇÃO DE MARIANA ECHALAR

FOTO
Eugène Atget, da série Petit Intérieur, casa do artista dramático sr. R, Rue Vavin, Paris, 1910

■

Capítulo 1

O MENINO EMPURROU A PORTA E ANUNCIOU, olhando para a empregada doméstica que, com as mãos ensanguentadas, estripava os coelhos:

– A vaca morreu.

Seu olhar vivo de serelepe vasculhou a cozinha à procura de um objeto ou de uma ideia, de alguma coisa para fazer, dizer ou comer, e equilibrava-se numa perna só quando sua irmã, roliça e cacheada como uma boneca, também entrou.

– Vão brincar – disse, impaciente, a senhora Pontreau.

– A vaca morreu!

– Eu sei.

– Não sabe, não, porque ela acabou de morrer.

A senhora Pontreau ergueu-se, enxotou o menino para fora.

– Vá brincar você também – gritou para a menina.

E fechou a porta, enquanto, do lado de fora, as crianças procuravam uma ocupação.

A senhora Pontreau não mentiu. Ela sabia que a vaca estava morta. Estava a par de tudo o que acontecia na propriedade. Pelas janelas da cozinha, via a grande planície e, em primeiro plano, o monte de grãos crescendo, a debulhadora, as carroças, vinte homens atarefados. À direita avistava os estábulos, e minutos antes, quando viu Jean Nalliers sair, não havia necessidade de perguntar se a vaca havia morrido.

Tudo ia mal desde cedo, desde a véspera, desde três dias antes, quando começara a debulha, desde sempre.

– Deixo os corações e os pulmões? – perguntou a empregada.

– É claro que sim! É a melhor parte!

A empregada, a senhora Naquet, estava de costas. Resmungou alguma coisa entredentes.

– Repita – disse a senhora Pontreau, franzindo as sobrancelhas.

– Não preciso repetir.

– Mandei você repetir o que disse.

– Se quer mesmo saber, eu disse que não é a senhora que vai comer os pulmões e os corações!

– Sorte minha que a debulha acaba hoje e não vou mais precisar de você!

– Como se eu quisesse ficar!

Elas brigavam sem parar de trabalhar. A empregada tirou a pele de um terceiro coelho, deixando descoberta a carne azulada. A senhora Pontreau, vestindo um avental de algodão quadriculado, cortava as vagens.

Além das janelas, o calor era sufocante e o ar vibrava como se miríades de moscas o habitassem, e uma vibração mais sutil, que o olho era capaz de distinguir, subia da terra coberta de palha.

Reinava, sobre tudo isso, o ronco da debulhadora, invadindo a paisagem e imprimindo nas pessoas e nas coisas um ritmo arquejante, que fazia tudo parar quando uma vela suja fazia a máquina engasgar.

A cozinha estava mergulhada numa sombra fresca, exceto do lado do fogão a lenha, onde duas mulheres lavavam copos e pratos.

– Acha que três coelhos é comida suficiente, mamãe? – perguntou a mais jovem, que mergulhava os braços nus e roliços na água engordurada, enquanto sua vizinha enxugava a louça.

A senhora Pontreau não respondeu. Olhava para fora.

– Ele está bebendo de novo – suspirou.

Entre os vinte homens que trabalhavam ao redor da máquina, ela identificou um que estava bebendo vinho branco no gargalo. E era, naturalmente, um dos sujeitos que haviam sido contratados em La Pallice e tinham cara de bandido. Não sabiam nem sequer levantar um saco de aveia nas costas. Estavam sempre exigindo vinho. Às quatro horas, já tinham os olhos vermelhos, o olhar insolente, o sorriso irônico.

– Seu marido fez bem em prevenir a polícia.

A jovem que estava com os braços enfiados na água engordurada levantou a cabeça, virou-se para a janela e viu Jean Nalliers gesticulando em cima do monte de grãos.

– Tenho certeza de que ele vai ter um ataque... Tomara que não seja lá em cima! Vou falar com ele...

– Deixe o homem em paz!

E as quatro mulheres continuaram a série de movimentos rituais. Tinham 25 pessoas para alimentar e aquela noite seria a última refeição do rancho. Uma carroça cheia de sacos de trigo passou rente à janela e entrou no pátio. As crianças, que eram filhos de um fazendeiro vizinho, aproximaram-se da máquina e a menina permaneceu prudentemente atrás do irmão.

– Vai chover – suspirou a mulher que estava enxugando a louça.

– Já vão ter recolhido o trigo!

E a senhora Pontreau sacudiu o avental, colocou as vagens debaixo da bomba d'água para lavá-las. Mas ainda olhava pelas janelas. Seguia os movimentos de cada um.

Na véspera, um operário caiu da carroça e quebrou a perna, e todo mundo perdeu mais de uma hora de serviço. O pessoal de La Pallice, uns verdadeiros gatunos, foram pegos na horta e ninguém dormiu, porque o cachorro latiu a noite inteira e com certeza havia alguém rondando a casa.

Era a primeira vez que faziam a debulha na Pré-aux-Bœufs. Alugaram a máquina do vizinho, que estava lá com os dois filhos e dizia-se no comando.

O motor engasgou duas vezes. Chamaram um mecânico de La Rochelle, enquanto os homens descansavam à sombra do monte de grãos. Foi um dia de trabalho perdido! Fazia tanto calor que, das onze da manhã até as quatro da tarde, o pessoal se recusava a trabalhar.

Jean Nalliers ia de um em um, já dando mostras de cansaço. Não fazia mais a barba. Tinha os olhos fundos, um aspecto tão miserável que às vezes dava a impressão de que cairia no choro. A senhora Pontreau podia reconhecê-lo de longe. Era o mais magro, o mais baixo. Teimava em calçar pantufas de feltro, que o faziam parecer mais um doente em convalescência do que um agricultor debulhando a colheita.

E, agora, a vaca estava morta porque ninguém cuidara dela!

– É sua culpa – disse ele à mulher.

– É sua.

Ele não estava bem em lugar nenhum. Os operários sabiam melhor do que ele o que tinham de fazer e não lhe davam a mínima bola. Ele teimava em repreendê-los e todo mundo se irritava.

– Eu disse e repeti que de início não devíamos assumir uma propriedade tão grande – suspirou a mulher.

– Você não sabe o que está dizendo – replicou a senhora Pontreau.

A empregada continuava a falar sozinha, enquanto estripava os coelhos. Ela era suja e atarracada. Era a mulher mais suja de Nieul, mas era a única que fazia faxina e fora contratada por aqueles três dias.

Nalliers aproximou-se do homem que estava bebendo e, provavelmente, repreendeu-o. O outro deu de ombros e continuou a beber, enquanto os trabalhadores faziam uma pausa para assistir à cena.

– Estou sentindo que ele vai ter um ataque...

– É só ele manter a calma – disse simplesmente a irmã, que estava enxugando os pratos.

Eram cinco horas. Calculavam que seriam ainda mais duas horas de trabalho. Depois o jantar, vinte homens comendo e bebendo, partindo bêbados por volta da meia-noite. Mas, pelo menos, a casa seria deles de novo!

Jean Nalliers e a mulher ficariam sozinhos. A senhora Pontreau voltaria para a casa dela, em Nieul, com a filha mais velha.

A senhora Pontreau, sob o avental muito bem passado, usava um vestido de seda preto e um broche de ouro, e os cabelos grisalhos estavam divididos em duas faixas austeras.

Sentia-se que era ela quem mandava lá, na casa da filha e do genro, e em qualquer lugar aonde fosse. Ela não levantava a voz. Não fazia estardalhaço. Mas, friamente, tomava o comando de uma casa como um oficial toma a frente de um batalhão.

– Por que jogou fora esse fígado?

– Não está com uma cara muito católica.

– Recolha e junte aos outros.

Nalliers desceu do monte de grãos e deu a volta na máquina, que havia parado por falta de combustível. Ele não tinha nem trinta anos. Era loiro, de um loiro indefinido, e, embora vivesse ao ar livre, tinha uma pele incolor de doente.

Fazia um ano que se casara com uma das Pontreau, Gilberte, e seu pai lhe comprara a Pré-aux-Bœufs, uma propriedade isolada, à beira-mar, entre Esnandes e La Pallice.

Numa primeira vez, ele caiu de uma carroça de palha. Quando voltou a si, fingiu que a queda o atordoara. Mas, num domingo, aconteceu a mesma coisa na frente de todo mundo, à mesa, e viram que ele era epilético.*

A senhora Pontreau não disse nada. Podia tê-lo repreendido. Desde então, olhava-o duramente e mal lhe dirigia a palavra.

– Onde estão as batatas? – perguntou.

– No armário.

Pois nunca estava ociosa. Sentou-se perto da janela, com uma bacia cheia de água à sua direita e um cesto de batatas à sua esquerda, e trabalhava sem necessidade de olhar para as mãos nem para a faca que fazia voar as cascas. Sua filha mais velha, Hermine, tinha 30 anos e se parecia com ela. Era alta como ela, tinha traços duros, a carne rija, o olhar calmo, enquanto Gilberte Nalliers era mais baixa e quase redonda.

Gilberte fora capaz de unir-se a um Nalliers, tornar-se agricultora, acordar todos os dias às quatro horas da manhã para ordenhar vinte vacas.

---

* A expressão “mal de terra”, presente no título desta tradução, é um dos nomes populares da epilepsia. (N. E.)

A senhora Pontreau jamais se rebaixaria a isso, tampouco Hermine. Elas eram de outra raça.

Ouviram uma gritaria que encobria o ruído da debulhadora, que estava funcionando de novo. Gilberte aproximou-se da janela, ao lado da mãe.

– O que aconteceu?

Nalliers apontava o caminho da aldeia para um dos sujeitos de La Pallice e este, com as mãos enfiadas nos bolsos, o provocava. Os outros os observavam. Não se distinguiam as palavras. Pela atitude de Jean Nalliers, percebia-se que ele estava furioso. Gritava. Teimava em apontar o caminho para o funcionário e este mostrava a palma da mão, como quem diz: "Me pague!".

A empregada, do seu canto, também viu e de novo falou sozinha, sem se preocupar se iam ouvi-la ou não.

– Que antro! Deus me livre!!

– Faça o favor de calar a boca – disse a senhora Pontreau.

– Eu calo a boca se eu quiser!

– Estou mandando calar a boca!

E foi tão categórica que, de fato, a senhora Naquet se calou, depois de um último resmungo que morreu aos poucos.

O funcionário não se deixou intimidar. Sentou-se debaixo de um carvalho, à direita, e começou a enrolar um cigarro, enquanto o fazendeiro gesticulava.

– Ele que pague logo para o outro ir embora! – suspirou a esposa. – Enquanto essa gente estiver aqui, não vou ter sossego.

– Seu marido parece um fantoche.

– Cale-se, mamãe!

– Repito, ele parece um fantoche. Veja! Agora voltou atrás.

No fundo, ele estava com medo... Não teve coragem de se aproximar do homem. Todos riram às suas costas...

Dava pena. Sob o sol quente, Jean Nalliers, de pantufas, rosto sujo e olhar esquivo, dirigiu-se aos armazéns à direita, cabisbaixo, tão sem forças que parecia prestes a tropeçar no cascalho. O funcionário, por sua vez, acendeu o cigarro e puxou para si uma garrafa de vinho meio cheia, soltou um gracejo para os camaradas, que retornaram ao trabalho morosamente.

– Se pelo menos os policiais aparecessem... – suspirou Gilberte.

As coisas estavam cada vez pior. Mais um incidente como aquele e o trabalho não acabaria aquela noite. As duas crianças, que haviam presenciado a discussão, voltaram para contá-la.

– O que ele disse? – perguntou Gilberte.

– Que vai embora quando receber.

A senhora Pontreau colocou a faca com que estava descascando as batatas sobre a mesa, sacudiu o avental e saiu pela porta dos fundos.

No pátio, duas galinhas com seus pintinhos ciscavam o estrume e o cavalo atrelado à carroça aguardava enquanto os sacos de trigo eram descarregados. Os dois homens que deviam fazer esse trabalho estavam sentados à sombra. Quando viram a senhora Pontreau, puseram-se de pé, mas lentamente, sem se inquietar, e dirigiram-se à carroça.

Ela não disse nada. Passou, abriu a cancela da horta e ficou um bom momento parada lá, como se esperasse alguma coisa.

Ela notara que as pernas de seu genro, ao se afastar, estavam bambas. Viu o tremor em seus lábios. E, por fim, fora a única a vê-lo, do lugar onde estava, entrando no estábulo.

Primeiro arrancou algumas cebolas e colocou-as no parapeito do poço, e também tomilho e cebolinha. Não estava com pressa. Aguçou os ouvidos. Moscas zumbiam ao seu redor e não lhe ocorreu espantá-las.

Era possível entrar no estábulo por uma segunda porta. Quando ela entrou, não ouviu ruídos. O estábulo estava fresco, quase sombrio. Os cavalos estavam do lado de fora, exceto a égua tordilha, que fixou nela um grande olho redondo e puxou o cabresto.

– Jean!... – chamou a senhora Pontreau a meia-voz.

Não houve resposta. O ronco da debulhadora chegava fraco. Um pato correu de uma baia, desajeitadamente.

No fundo do estábulo, havia uma escada que dava num alçapão e, por esse alçapão, chegava-se a um celeiro, abarrotado desde a véspera, que chamavam de "celeiro velho". O alçapão estava aberto. A senhora Pontreau subiu a escada e sua cabeça ficou acima do nível do assoalho.

Os grãos amontados ocupavam todo o espaço e chegavam a mais de um metro de altura. À esquerda, uma lucarna estava aberta na altura do assoalho.

– Jean!

Ela sabia que ele estava lá! Ela sabia tudo! Viu uma sombra, a perna de uma calça sobre o trigo, como se o fazendeiro, desmoralizado, tivesse se estendido lá para chorar, com as mãos sobre o rosto.

Mas a perna não se moveu e a senhora Pontreau subiu os últimos degraus, introduziu-se no celeiro e viu o corpo por inteiro, inerte.

Ainda se percebia a vibração monótona da debulhadora e o rangido do mecanismo a cada vez que um saco era fechado. O grão escorria como água debaixo dos pés. Um raio de sol entrava pela lucarna e espalhava-se na face esquerda de Nalliers.

Quando tinha um ataque, ele ficava como morto e a senhora Pontreau olhou em derredor, franzindo o cenho.

Sua filha dissera havia pouco:

– Se ele tiver um ataque em cima do monte!...

Ele cairia numa pancada seca, assim como já havia caído de uma carroça. Ora, lá, a dois metros dele, havia uma lucarna aberta, quase rente ao assoalho.

A senhora Pontreau aproximou-se, ergueu ligeiramente o genro pelos ombros, para avaliar o peso. Depois retirou uma tábua que impedia a passagem. Por último, lentamente, mas sem grande dificuldade, arrastou o corpo do doente sobre os grãos, que deslizaram.

A lucarna dava para o que chamavam de "pátio dos porcos", um pátio calçado e murado onde se guardavam as ferramentas.

Quando o corpo estava perto da janela, a operação se tornou mais complexa. A senhora Pontreau teve de colocá-lo de pé e, por um instante, pareceu segurar uma criança gigante entre os braços.

Ela estava calma. Não se esqueceu de nenhum detalhe. Empurrou o tronco de Nalliers para fora, para o vazio, depois deu uma última espiada no alçapão e no pátio e empurrou as duas pernas.

Não obstante, não quis olhar. A queda não fez muito ruído, e ainda foi um ruído abafado!

Sem muita pressa, remexeu o trigo para apagar o rastro e desceu, atravessou o estábulo, mergulhou novamente no sol que inundava a horta, entre moscas verdes que cintilavam.

A senhora Pontreau não tinha um fio de cabelo desalinhado, uma ruga no avental. Sacudiu-se mesmo assim, para se livrar dos últimos grãos de trigo que tivessem ficado nas dobras do vestido.

Quando entrou na cozinha, trazia cebolas, tomilho e cebolinha.

– Nunca vi uma horta tão malcuidada – disse, colocando tudo na mesa.

– Você não viu Jean? – perguntou Gilberte.

– Ele não estava na horta.

E foi a sua vez de se admirar, não vendo a empregada na cozinha.

– Ela foi embora?

– Imagino que tenha ido ao jardim.

Era a frase habitual para se referirem à cabana fincada não no jardim, mas no fundo do pátio, e pintada de um vermelho feio.

O sol, que se punha no horizonte, brincava na fina nuvem dourada que subia do trigo batido e formou uma auréola ao redor do monte de grãos e da debulhadora.

– Acha que tem batata suficiente?

A senhora Naquet entrou, suja e rabugenta como sempre. Perguntou:

– E agora? O que mais tem para fazer?

– Ponha a sopa no fogo. Em seguida arrume a mesa.

– Vou me arrumar um pouco – disse Hermine, dirigindo-se à escada que levava ao quarto de sua irmã e de seu cunhado.

A senhora Pontreau reparou que o homem que estava fumando sob o carvalho havia desaparecido.

– Ele foi embora?

– Não sei. Não vi.

– Espero que não tenha aprontado – disse ela, lentamente, observando a empregada.

Ela a via de costas. Queria saber se ela estremeceria, viraria o rosto, diria alguma coisa. Mas nada aconteceu. A senhora Naquet continuou a cortar as cebolas e a deixá-las cair na panela que estava no fogo.

– Acho que Viève estava vindo pela estrada.

– Já são seis horas?

Geneviève, que todos chamavam de Viève, era a mais moça das irmãs. Tinha apenas dezoito anos e trabalhava em La Rochelle, numa livraria. Ia e vinha todos os dias de bicicleta.

Normalmente, ia direto para a casa da mãe, em Nieul, mas, como a casa ficava vazia durante a debulha, era obrigada a comer na Pré-aux-Bœufs.

Ela estava vestida de cor clara. Os cabelos encaracolados caíam sobre seus ombros. Parou um instante para observar a máquina em funcionamento e os homens fizeram gracinhas.

– Não gosto que ela se misture com essa gente – disse a sua mãe.

E a empregada resmungou de novo. Gilberte se debruçou na janela.

– Onde será que Jean se meteu? Tomara que não esteja desmaiado em algum canto! Acho que vou dar uma olhada.

A mãe hesitou um segundo.

– Talvez seja bom! – disse.

Viève apoiou na parede, perto da janela, o guidão niquelado da bicicleta, entrou na casa perguntando:

– O que tem para comer? Coelho de novo? Hermine não está aqui?

– Está se lavando, lá em cima.

Com um gesto mecânico, a jovem ofereceu a testa à mãe, que a tocou levemente com os lábios, com um movimento igualmente mecânico.

– Aonde você vai, Gilberte?

– Vou procurar Jean. Não sei onde ele se meteu.

– Vou com você.

– Fique! – ordenou a senhora Pontreau, sem se virar.

Viève obedeceu. Todos tinham o hábito de obedecer. Tirou o chapéu de palha azul-celeste e alisou o vestido amarrotado pela bicicleta.

– Passei pelos policiais, na estrada. Estão vindo aqui?

– Seu cunhado chamou, por causa daquela gente de La Pallice.

– O que eles fizeram?

– Houve outra cena, agora há pouco. Jean tem medo de que eles aprontem alguma coisa, à noite, para se vingar. A propósito, a vaca morreu.

– Coitada da bichinha! Foi aquela de manchas marrons?

No fim do caminho, do qual se via mais de um quilômetro, percebiam-se os dois policiais pedalando vagarosamente, lado a lado. Também se ouvia a voz de Gilberte, que chamava:

– Jean!... Jean!...

Quando retornou, estava preocupada.

– Onde ele se meteu?... Procurei por toda a parte. Entrei no estábulo...

A senhora Pontreau olhou novamente para a empregada, que cortava os alhos-porós para a sopa.

– Sempre foi assim – suspirou. – Não consegue governar uma fazenda nem a si próprio.

Viève sentou-se no parapeito da janela e olhou preguiçosamente a paisagem oprimida pelo sol, os campos de um cinza dourado, as silhuetas em movimento sobre o monte de grãos, a máquina vermelha, o verde sombrio do carvalho e os policiais, cujos quepes tinham os mesmos reflexos do níquel das bicicletas.

– É o moreno alto – anunciou, fazendo a mãe olhá-la com severidade.

O que não a impediu de acrescentar:

– Ele fica vermelho toda vez que me encontra!

– Viève!

– O quê? Não posso dizer que o policial fica vermelho quando me vê? Aliás, ele é casado!...

Ela passou pela janela e, antes que os dois ciclistas chegassem, foi até as crianças e pegou a menina nos braços, talvez para disfarçar sua agitação.

– Fico feliz que tenha terminado – suspirou Gilberte, despejando um jarro de água na sopa. – Pôs bastante cebola na sopa, senhora Naquet?

Quanto à senhora Pontreau, ela tirou o avental, dobrou-o cuidadosamente e foi receber os policiais.

Capítulo 2

ELES BATERAM OS CALCANHARES UMA OU DUAS VEZES na soleira da porta, por simples hábito, para tirar a poeira das botas. Na cozinha, o chefe do posto policial, que era saudável e cheio de carnes, lançou na direção do canto sombrio onde estava a senhora Naquet:

– Está trabalhando aqui, agora?

Foi para as panelas que ela respondeu, resmungona como sempre, enquanto o mais jovem dos policiais passava por Geneviève com um certo acanhamento.

A senhora Pontreau conduziu-os à sala ao lado, onde a mais velha de suas filhas, Hermine, punha a mesa para vinte e tantas pessoas. Não havia toalha sobre a madeira acinzentada, cujas tábuas encurvadas se separavam entre si a espaços largos. Diante de cada prato, Hermine colocava um naco grande de pão.

Os policiais sentaram-se na ponta da mesa e a senhora Pontreau, como se cumprisse um ritual, encheu dois copos de vinho branco.

– A senhora teve problemas com o pessoal do rancho? – perguntou o chefe, que acompanhava maquinalmente os movimentos de Hermine com os olhos.

– Foi meu genro que chamou vocês. Ele chega num minuto.

Ela se virou para a cozinha e gritou:

– Gilberte, vá atrás do seu marido!

– Já fui. Ele não está em lugar nenhum.

Viève, que não tinha nada que fazer na sala, juntou-se às crianças, com quem finge brincar, mas seu olhar continuava a vasculhar a penumbra na qual percebia o acanhado policial.

Nesse momento, o fazendeiro de Mureaux, o que cedera a debulhadora e a comandava, veio na direção da casa, atravessou a cozinha.

– Onde está Nalliers?

Cumprimentou os policiais com um aperto de mão, enxugou a testa suada com o punho da camisa azul.

– É fácil dispensar meus homens com a desculpa de uns goles a mais. Mas então que ponha outro no lugar! Preciso agora de alguém para amarrar os sacos.

– Logo ele estará de volta – fez a senhora Pontreau, como se procurasse lá fora a silhueta de Nalliers.

– Repito que preciso de alguém agora para os sacos. Senão, à noite, não vamos ter acabado!

O fazendeiro suspirou e, virado para os policiais, ergueu os olhos para o céu, depois sorriu ao ouvir a briga que se iniciava. A senhora Pontreau dirigiu-se à empregada.

– Vá você, já que estão precisando de alguém.

A Naquet, com uma faquinha na mão, ficou pasma de indignação.

– É para eu ir trabalhar com o rancho?

– Apenas para amarrar os sacos.

– É para eu ir... eu... com todos aqueles homens...

Ela continuou falando, atiçou o fogo e ninguém entendeu nada. A senhora Pontreau mirou Gilberte:

– Vá ajudá-los.

O fazendeiro saiu com Gilberte e, no caminho, ela amarrou um lenço na cabeça, antes de entrar na nuvem de poeira dourada.

– E então? – perguntou o chefe de polícia, levantando-se.

– Tenha um pouco de paciência, ele já vem. Ele passou há pouco... Tudo o que sei é que ele foi ameaçado por um dos homens de La Pallice. Na noite passada, alguém ficou rondando a casa. Quanto à vaca morta, ninguém me tira da cabeça que foi envenenada.

– A senhora quer dar queixa?

Os policiais apenas molharam os lábios no copo, pois era de praxe. A atitude do chefe de polícia era pouco receptiva, enquanto a senhora Pontreau, encostada no aparador, mantinha as duas mãos cruzadas sobre o ventre e balançava a cabeça.

– Não creio que meu genro queira dar queixa. O que ele quer é que vigiem a Pré-aux-Bœufs por algum tempo.

– A senhora disse que ele foi ameaçado? Sabe por quem?

– Não só por um, mas por vários. Principalmente por aquele que vem vindo não sei de onde. Foi dispensado há pouco e não quis partir...

O homem da garrafa de vinho vinha na direção da casa, sua camisa estava aberta no peito, as mangas puxadas acima do cotovelo e uma correia segurava suas calças na cintura. Ele tinha belos olhos castanhos, o cabelo sujo de palha e ainda trazia uma papoula na mão.

– Sabe seu nome?

– Ele vai lhe dizer. Olhe seu braço.

O homem estava a poucos metros, as tatuagens azuis sobressaíam na pele bronzeada. Ele também bateu duas vezes os calcanhares na soleira de pedra antes de entrar na cozinha.

– Eles estão aqui? – perguntou à empregada.

E entrou na sala, ou melhor, plantou-se no vão da porta. Vendo os policiais, levou um dedo à testa, numa saudação displicente, mas era a senhora Pontreau que ele procurava.

– Escuta, o patrão está morrendo!

A senhora Naquet se agitou na cozinha. Hermine olhou para o homem, depois para os policiais.

– Que história é essa? De onde você está vindo?

Ele apontou os estábulos e os policiais se levantaram.

– Venha conosco.

– Jean deve ter tido um ataque – suspirou Hermine.

Atravessaram a semiobscuridade da cozinha em desordem e, já fora, sob o sol, caminharam rapidamente para os estábulos. O sujeito de La Pallice explicou:

– Ele está no chão, num dos pátios.

A senhora Pontreau, que ouviu, virou-se para trás.

– O que você estava fazendo aqui?

Em vez de responder, ele olhou para ela e encolheu os ombros. À medida que se aproximavam, os passos se aceleravam. Passaram pelo grupo de trabalhadores, no qual se distinguia o lenço vermelho de Gilberte. Atravessaram o estábulo. Foi a senhora Pontreau quem parou para perguntar:

– Onde?

– Por ali!

Faltava transpor somente uma porta. O pequeno pátio de pedras irregulares estava dividido em duas partes, uma banhada de sol, a outra encoberta pela sombra do estábulo.

Nalliers estava deitado de bruços, com um braço sob a cabeça, o outro estendido, com os dedos crispados, segurando um lenço.

O homem, que havia parado, enrolou um cigarro. Os policiais avançaram lentamente, olhando em redor com desconfiança, mas o chefe correu quando, de repente, Nalliers fez um ligeiro movimento.

A senhora Pontreau empalideceu e parou a alguns metros.

Havia grãos de trigo espalhados em volta do corpo, nas dobras da roupa, nos cabelos claros do ferido. O chefe de polícia endireitou-se, depois de erguer a cabeça e apalpar o peito de Nalliers.

– Mande alguém buscar o doutor, agora.

Os quatro se observaram. Por fim, a senhora Pontreau decidiu:

– Vou mandar Viève!

Ela atravessou o estábulo às pressas. Ouviram quando gritou:

– Viève! Corra na casa do doutor Durel. Diga para vir imediatamente.

– É Jean? – perguntou uma voz mais distante.

– Sim! Rápido...

Quando ela retornou, o chefe de polícia estava de pé, olhava o corpo, em seguida a lucarna, acima do estábulo. Às vezes dava uma rápida olhada no sujeito de La Pallice, que estava sentado na mureta do poço.

– Acha que ele vai morrer? – perguntou a sogra.

– Ele sofria de vertigens?

– No último ano, teve três ataques de epilepsia. Hoje não foi um bom dia, com todos esses aborrecimentos.

– Suba no celeiro – disse o chefe de polícia ao seu companheiro.

– Vamos deixá-lo aí?

– Acho melhor. Vamos só fazer sombra. Não me atrevo a removê-lo, ele deve ter fraturado a cabeça.

– Traga o carrinho de mão – ordenou a senhora Pontreau ao homem tatuado. – Está no estábulo.

Pouco depois, ela pegou o carrinho das suas mãos, colocou-o de pé à curta distância da cabeça do ferido para lhe fazer sombra.

Via-se agora uma parte do rosto de Nalliers, porque ele mexera a cabeça de novo. Os olhos estavam abertos, mas provavelmente não viam nada, pois as pupilas permaneciam paradas. A respiração era curta e entrecortada. Escorria baba da boca. Havia longos momentos de imobilidade, silêncio. Parecia que estava morto. Um segundo depois, um braço ou uma perna se mexiam de novo.

O policial apareceu na lucarna.

– O vão é quase no nível do assoalho! – declarou.

Ao mesmo tempo, grãos caíam no mesmo lugar onde caíram aqueles no pátio.

– Não ficou nada aí em cima?

– O chapéu dele.

Ainda se ouvia o zumbido da máquina. Passos se aproximaram. Alguém correu pelo estábulo. Da porta, Gilberte, que segurava o lenço vermelho na mão, gritou sem coragem de se aproximar:

– Está morto?

Não chorava. Estava aterrorizada. Olhou para a mãe, depois para a forma sombria no chão.

– Está morto? – repetiu.

– É claro que não – disse o chefe de polícia, sem paciência. – Não grite desse jeito!

Ela deu alguns passos, não na direção de Nalliers, mas da senhora Pontreau, e viu o sujeito de La Pallice.

– O que ele está fazendo aqui?

– É verdade – disse o chefe de polícia, agarrando a oportunidade. – O que você veio fazer nesse pátio?

De todos, era o vagabundo mais cínico. Esticou-se de uma maneira estranha para enfiar a mão sob a camisa e pegar uma caderneta suja e estendê-la ao policial. Era a sua caderneta militar.

– Perguntei o que veio fazer aqui.

– Nada.

Gilberte fitava o perfil do marido, o olho aberto, que ela conseguia ver, e o lábio inferior, que estremecia de vez em quando.

– Queria roubar, hein?

– Quem sabe? Só que não roubei nada.

Um automóvel pequeno atravessou a propriedade. Ouviram quando se aproximou. O chefe de polícia pôs a caderneta militar no bolso e virou-se para o estábulo, onde pouco depois ressoaram as vozes do médico e de Viève. Ela não foi muito longe. Quando viu o corpo estendido nas pedras, soltou um grito agudo, apoiou os braços na parede, a cabeça nos braços, e começou a chorar.

– É Nalliers?

O doutor Durel não se perturbou, não se preocupou com ninguém. Ajoelhou-se ao lado do corpo e, mal o tocou, ergueu a cabeça, passando os olhos pelas pessoas à sua volta.

– Está morto – declarou.

– Segundos atrás ele...

– Em todo caso, está morto...

De súbito, o ar paralisou no pátio. Gilberte caiu em lágrimas sem avançar nem um passo na direção do marido, que ela via através de uma névoa.

A senhora Pontreau, ainda com as mãos cruzadas no ventre, pendeu a cabeça com um ar dolente.

O chefe de polícia não soube o que fazer por alguns instantes, depois disse ao seu companheiro.

– Leve as mulheres daqui. Lamento, senhoras, mas seu lugar não é aqui, neste momento.

– Venha! – disse a senhora Pontreau à filha.

Os soluços de Viève, que eram os mais ruidosos, morreram no longo caminho pelo estábulo.

Somente o operário continuou sentado na mureta do poço e o chefe de polícia nem ao menos se deu conta.

Quanto ao médico, magro e baixo, usando um terno esporte cinza, ele colocou um pé de cada lado do cadáver e, com um empurrão, virou-o. O corpo não estava rígido e os membros se estenderam sobre as pedras como se ainda tivessem vida.

Toda a parte esquerda do maxilar estava afundada e ensanguentada. O ombro, sob a camisa, parecia esmagado.

– Parece que ele caiu lá de cima – indicou o chefe de polícia.

– Isso ia acontecer mais dia, menos dia. Eu o preveni na última crise. Quem é epilético não sobe escadas e não descarrega carroças de feno... Pobre rapaz!

Disse isso com certa desenvoltura.

– O senhor dá a autorização para o sepultamento?

– Por que não? Está desconfiado de alguma coisa?

O chefe de polícia percebeu o sujeito de La Pallice.

– O que ainda está fazendo aqui?

– Estou esperando a minha caderneta.

Estendeu-a para ele.

– Se manda!

– De jeito nenhum! Estão me devendo três dias de trabalho.

– Pois vá dizer isso na cozinha. Pode acrescentar que aconselho que paguem logo, para se livrarem de você!

O homem afastou-se em silêncio. O mundo parecia mais vazio, porque a debulhadora parara de funcionar.

– Teria sido melhor se tivesse ficado sossegado em casa – explicou o doutor Durel. – O pai tem dinheiro. É um dos maiores fazendeiros de Aigrefeuille. Não era rapaz para se casar, principalmente com uma Pontreau.

– O casamento não ia bem?

– Nada ia bem! Sabe onde mora a sogra? A menos de um quilômetro daqui. Ela se considera a verdadeira dona da Pré-aux-Bœufs. O pobre rapaz fazia o que podia, mas não podia grande coisa. Em um ano, mudou sete ou oito vezes de capataz. Acontecia mais acidente de trabalho aqui do que em toda Nieul. Ainda precisa de mim? Tenho uma visita em Saint-Xandre...

O fazendeiro de Mureaux entrou no pátio, observou atentamente a cena e balançou a cabeça.

– Pode levá-lo para dentro? – soltou o chefe de polícia.

O céu fora tomado pelos tons vermelhos do poente. Em meia hora seria noite.

– É que vou precisar da máquina amanhã, para a debulha em Mureaux!

– E daí?

– Daí que o serviço aqui não terminou. Eu não devia ter concordado com o negócio.

Saiu e voltou com dois homens que carregavam uma espécie de padiola: era uma prancha que servia normalmente para o transporte dos porcos mortos.

Quando chegaram, a casa estava quase às escuras, apenas uma boca redonda brilhava no fogão. Com os cotovelos apoiados na mesa, entre cascas de legumes, Gilberte chorava e sua mãe, de pé atrás dela, alisava seu cabelo. Todos os homens do rancho estavam a pouca distância da casa, em pequenos grupos, e conversavam em voz baixa.

– Preciso de tinta e caneta – disse o médico, entrando na sala sem pedir licença.

Nesse exato momento, um dos homens que transportavam o corpo e tentavam subir pelas escadas resmungou:

– Não passa!

A prancha era muito larga. Tiveram de pegar o cadáver nos braços para carregá-lo até o quarto. A voz ainda disse lá de cima:

– Deito ele na cama?

Ninguém respondeu. A senhora Pontreau entregou ao médico uma garrafinha de tinta violeta e uma pena. Durel afastou os pratos e começou a escrever.

– Quantos anos ele tinha?

– Vinte e oito.

– Vocês avisaram o pai, pelo menos?

– Ainda não.

– Precisam avisá-lo.

– Hoje não é mais possível. São oito horas. O posto telefônico já fechou.

Durel ergueu a cabeça um instante e, na penumbra, fixou o rosto duro da senhora Pontreau. Escreveu de novo.

– Quem vai preparar o corpo? Não foi a tia Naquet que vi há pouco? Ela está acostumada.

– Acabou de sair.

– Apesar do falecimento?

– Pegou a sacola e o guarda-chuva e foi embora sem dizer nada.

Ainda era possível vê-la na estrada.

– Sua caçula tomou todas as ampolas?

– Creio que sim.

Ele falava de Viève, que aparecera com uma anemia e que o doutor tratara com hemoglobina. Alguém, na cozinha, acendeu o lampião a petróleo que estava sobre a lareira.

– O coelho está queimando! – gritou a senhora Pontreau.

– Quer que eu mande alguém para preparar o corpo? A não ser que a senhora e suas filhas...

Ele a olhou mais uma vez com atenção.

– Mande uma mulher amanhã de manhã – respondeu ela.

Ela não olhou para ele. Seus olhos estavam fixos na estrada, onde a silhueta sombria e atarracada da empregada fora alcançada por aquela mais esguia do sujeito de La Pallice.

O doutor atravessou a cozinha. Os policiais esperavam na porta.

– Vou indo.

– Vamos também.

Os homens desceram, deixando o cadáver completamente vestido sobre a colcha da cama. O fazendeiro de Mureaux atrelou a égua à carriola. As duas crianças já estavam sentadas no banquinho traseiro quando a senhora Pontreau se aproximou.

– Aonde pensam que vão?

Ele apontou o sol, que não passava de um semicírculo vermelho morrendo no mar, além dos campos.

– Para casa. Tentaremos acabar amanhã, logo cedo.

– Mas e os outros, os vinte homens à espera debaixo do carvalho? – A senhora Pontreau apontou para eles. – Não pode se encarregar deles? Eu lhe dou os coelhos e o resto. Está tudo pronto. É melhor que o jantar seja na sua casa.

Os policiais se afastaram, pedalando. O médico deu a partida num carro pequeno, cinza. O fazendeiro seguiu a senhora Pontreau arrastando os pés, de má vontade. E ela, sem esforço, pegou o caldeirão que continha os coelhos e a panela com as batatas.

– Cabe na carriola. Espere...

Ela não se esqueceu de nada, nem dos nacos de pão, nem das quatro tortas de ameixa que haviam encomendado ao padeiro.

– Nós nos arranjamos depois – concluiu. – Hermine! Me ajude a levar isso.

Hermine parecia mais pálida por causa dos olhos vermelhos, embora ninguém a tivesse visto chorar. As duas crianças se espremeram na carroça.

– Pagaremos vocês amanhã de manhã – anunciou a senhora Pontreau aos trabalhadores. – Hoje vocês jantam em Mureaux.

Eles fariam o caminho a pé. Podiam avistar, na linha do horizonte, os telhados vermelhos de Mureaux.

Alguém, no entanto, sugeriu:

– Não quer que a gente fique para velar o morto?

– Obrigada. É desnecessário. Todo mundo está cansado e começaremos cedo amanhã.

A debulhadora vermelha estava imóvel, o longo bico suspenso sobre o monte inacabado.

– Finalmente! – suspirou a senhora Pontreau ao entrar na cozinha.

– Foram embora? – perguntou Gilberte.

Ela soluçou de novo e gaguejou:

– Ninguém recolheu as vacas!

– Vá recolhê-las, enquanto preparamos tudo.

– Estou com medo.

– Medo de quê?

– Não sei.

Era um anoitecer claro, de raios esverdeados no céu e uma imobilidade inumana da natureza.

– Vièvе, acompanhe a sua irmã!

Quanto à senhora Pontreau, ela subiu sozinha ao quarto, enquanto a mais velha de suas filhas, no térreo, não sabia o que fazer. Estava tudo em desordem. Ela apanhou os pedaços de um prato quebrado. Maquinalmente, serviu-se de um copo de vinho, mas sentiu enjoo.

– Traga um lampião – gritou a voz, lá de cima.

Ela pegou o da cozinha, mas não tinha coragem nem de entrar no quarto nem de descer para a cozinha, ficou parada, sozinha, no *hall*. Escutou o vaivém da mãe e o rangido das molas da cama, depois o barulho da água sendo despejada na bacia. Uma vaca mugiu a certa distância da casa. O farol de Chassiron exibiu um rápido clarão no céu pálido.

– Não precisa de mim, mamãe?

– Não. Estou quase terminando.

Quando a porta se abriu, a senhora Pontreau estava de pé no vão, com o lampião na mão. Hermine viu a cama branca, o rosto virado para o teto.

– Vamos! Espere... É melhor trancar a porta.

– Não vai acender umas velas?

– Para a fazenda pegar fogo?

Elas desceram em silêncio. A senhora Pontreau colocou o chapéu, procurou as luvas, pois nunca saía sem luvas pretas ou cinza, de linha. As vacas se recolheram depois de parar uns minutos no bebedouro de pedra.

Gilberte e Viève retornaram, tão pálidas uma como a outra, e Gilberte suspirou:

– Não tive ânimo de ordenhá-las!

– Ponha o chapéu e venha.

– Aonde?

– Vamos para casa!

A escuridão era total, sob o azul-escuro do céu, quando as quatro saíram, trancaram as portas. Foi a senhora Pontreau que voltou para verificar se estava tudo em ordem.

– Largaram um saco de trigo para trás – observou ao passar pela debulhadora.

Havia, dos dois lados do caminho, árvores que o vento marítimo inclinara para leste. As quatro mulheres avançavam entre elas, no terreno irregular, e às vezes um pé tropeçava num pedregulho.

Viève, que era a última da fila, virou-se mais uma vez para observar as janelas da casa, às escuras. E então disse, acelerando os passos num surto de pânico:

– Ele está morto mesmo?

– Cale a boca, imbecil! Ande!

O fato era que Viève nunca vira um morto antes.

Capítulo 3

O ENTERRO FOI NA TERÇA-FEIRA E FICOU MARCADO, em Nieul e na região, como uma data memorável, não tanto pelo acontecimento em si, mas pelo calor tórrido. Anos depois, ainda se dizia no Café Louis:

– Você se lembra do cortejo desde Pré-aux-Bœufs, atrás do caixão?

Vinham à lembrança a sobrepeliz branca do padre e os dois coroinhas carregando a cruz de prata, fina e comprida, o cavalo baixo, de carga, que nem preto era, e o caixão na carroça.

Em consequência do calor, havia no ar uma certa crepitação de queimada; e o mar, no fim dos campos, era apenas um reflexo infinito que fazia arder os olhos.

As quatro mulheres cobriram a cabeça com um véu negro de crepe. O velho Nalliers estava de preto, peitilho engomado e punhos redondos caindo sobre as mãos morenas, e caminhava não ao lado delas, mas um pouco à frente, sozinho. Respirava com dificuldade. Olhava ao redor com olhos duros, tão claros como os do filho, e parecia não se dar conta de que seu rosto estava encharcado de suor.

Atrás deles vinham mais pessoas de preto, a aldeia inteira, homens e mulheres que mal conseguiam respirar, os pescoços inchando nos colarinhos duros, e a dona do armarinho, receando desmaiar, teve de se sentar à beira do caminho.

Quando o caixão saiu da casa, a senhora Pontreau olhou para Gilberte.

Era o momento de iniciar o cortejo. E Gilberte, timidamente, obedeceu ao olhar, aproximou-se da porta, trancou-a, guardou a chave, por mais pesada que fosse, na pequena bolsa de fecho de prata.

Era mais de um quilômetro de percurso. As pessoas viraram as costas para a casa vazia, protegida pelo monte de grãos, e, no campo em brasa, não havia nada além do negro cortejo rastejando como uma lagarta.

Em Nieul, a porta da igreja estava aberta. Quem não tivera tempo de ir ao velório aguardava na praça, em frente ao Café Louis e à forja.

O padre recitava versículos em latim. Os coroinhas caminhavam com dificuldade por causa da túnica comprida. A senhora Pontreau via diante dela as costas do velho Nalliers, mas logo atrás, em seus calcanhares, ouvia os passos regulares da senhora Naquet, que chegara com um ridículo chapéu de banda, um casaco largo e o guarda-chuva de todos os dias. A senhora Naquet, como o padre, murmurava palavras incompreensíveis e falou sozinha durante todo o caminho, com o mesmo zelo, com o mesmo olhar obstinado.

Na igreja, as quatro mulheres enlutadas sentaram-se sozinhas na primeira fileira à esquerda, por ordem de altura: a senhora Pontreau, Hermine, Gilberte, que às vezes enxugava os olhos em um lenço, e, por último, Viève, que esmagava o seu nas mãos suadas.

A empregada ajoelhou-se logo atrás delas e continuou num solilóquio incompreensível que podia passar por uma prece.

Alguns homens saíram e foram para a praça aguardar o fim do ofício. A padeira também precisou sair, porque o ônibus estava para chegar. E os coroinhas iam e vinham ao redor do altar, faziam genuflexões, tocavam a sineta, entregavam as galhetas diante da multidão, que se levantava ou se ajoelhava ao seu sinal.

Um ruído de passos na igreja de lajotas cinza anunciou a oferenda e foi somente nesse momento que algo inesperado aconteceu. O velho Nalliers, cumprindo seu papel, era o primeiro da fila que se dirigiu ao altar da comunhão para beijar as relíquias.

Ele era magro como o filho. Os bigodes ásperos, arruivados, tombavam dos dois lados da boca. Ele caminhava lentamente, como se contasse os passos. O padre limpou o espelhinho do relicário antes de oferecê-lo a Nalliers e este o tocou de leve com os bigodes.

O coroinha segurava uma pequena bandeja de prata. Quando chegou a sua vez, o velho Nalliers parou, olhou sem pressa ao seu redor. Aparentava aquela espécie de calma desassossegada que lhe vinha quando pedia a palavra no conselho administrativo da cooperativa leiteira. Suas narinas se dilataram. Seus dedos se crisparam, amassaram duas notas de cem francos novas em folha que ele acabou depositando na bandeja de prata.

E disse com uma voz límpida, que foi ouvida em cada canto da igreja:

– Vamos ver se o bom Deus existe mesmo!

Na saída do cemitério, as Pontreau pararam à direita do portão, ao lado de um teixo, e o velho Nalliers à esquerda, e as pessoas vinham em fila cumprimentá-los com um aperto de mão. O médico chegou de carro, vestido de cinza, e apressou-se em cumprimentar a senhora Pontreau.

– Me desculpe, eu estava em uma cirurgia.

Não havia necessidade de se prolongar, pois três ou quatro pessoas murmuraram ao mesmo tempo suas condolências, quase tão incompreensíveis quanto os monólogos da senhora Naquet.

O médico dirigiu-se em seguida ao velho Nalliers, estendendo-lhe a mão.

– Como eu disse à senhora...

Mas Nalliers ignorou a mão do médico e olhou com certa afetação para o lado.

– Ah!... – murmurou simplesmente o doutor Durel.

Nem todos iam embora. Na praça rodeada de casinhas brancas, formaram-se grupos enlutados, de peitilho engomado e rostos carmesim.

As pessoas abriram caminho para as quatro mulheres, cujos rostos não se distinguiam sob o véu negro de crepe. Exatamente ao meio-dia, elas entraram em casa, a última à direita no caminho para o mar, uma das maiores e mais sólidas da aldeia.

A senhora Pontreau, já no corredor, onde havia um cabideiro, tirou o chapéu e as luvas, enquanto Gilberte entrava na sala de jantar e jogava-se numa cadeira.

Estava mais fresco ali do que na rua, pois as venezianas estavam fechadas e as paredes eram grossas. Os móveis bem encerados reluziam na penumbra e os bibelôs brilhavam na alvura das toalhinhas bordadas, e também as teclas do piano de Hermine, onde sempre havia uma partitura aberta.

– O que ele disse? – perguntou Viève, tirando o véu e exibindo o rosto abatido, marcado por uma pequena espinha na testa.

– É um louco! – retrucou a senhora Pontreau.

E acrescentou, dirigindo-se à mais velha das filhas:

– Acho que tem alguma coisa queimando.

Hermine abriu a porta envidraçada da cozinha, onde deixaram o ragu cozinhando a fogo brando no canto do fogão. Ouviram quando ela levantou a tampa da panela, mexeu a carne com a colher de madeira.

– E você? Não vai se trocar?

Gilberte levantou-se, docilmente. A mãe a ajudou a tirar o chapéu e o véu. Ouviam passos na estrada de quando em quando, e percebiam vozes por alguns segundos.

– Você põe a mesa, Hermine? Viève, ajude a sua irmã.

A senhora Pontreau continuava igual, exceto, talvez, pelos cabelos grisalhos, que estavam mais esticados que de hábito. Foi ao quarto trocar de vestido e, quando desceu, a mesa estava posta e, ao lado de cada prato, havia um saquinho bordado para os guardanapos.

No Café Louis, havia ainda uma dúzia de homens bebendo e dois rapazes jogando bilhar. Nalliers e quatro amigos não estavam no salão principal. Sentaram-se na sala dos fundos, reservada às festas de casamento. Louis servia o almoço.

– Em outras palavras, é roubo – repetia Nalliers, que já havia bebido quatro anisetes.

Não estava embriagado, mas havia uma convicção exagerada em suas palavras, e ele olhava um a um como se tivesse feito uma declaração de suma gravidade.

– Bom, ela se casa com o meu filho! Ela se recusa a morar em Aigrefeuille, onde tem espaço para todo mundo. Bom, eu compro uma fazenda para o rapaz e quem é que manda? A velha, como se fosse dona da fazenda e do rapaz! E, agora, eu tenho o quê? Eu sou o quê? E ainda é bem capaz de eu ter de deixar a Pré-aux-Bœufs para elas!

Ele falava sem parar, sem tirar o charuto da boca. O fazendeiro de Mureaux perguntou:

– Eles não fizeram um contrato de matrimônio?

– Não fizeram nada! Cada um ia contribuir com uma coisa. A velha ia dar os móveis e a roupa de casa. Mas eles não tinham nem lençóis para trocar a cama! Você se dá conta?

Seus olhos estavam úmidos, como se estivessem prestes a se encher de lágrimas, mas isso perdurava desde que ele entrara no café e nenhuma lágrima brotara, a umidade continuava a mesma. Somente gotas de suor rolavam pela face enrugada.

– Eu não me conformo!

Continuou falando da fazenda e, quando soltou uma risadinha de mofa, ninguém entendeu por quê. E, no entanto, era muito simples. No casamento, exatamente um ano antes, enquanto cinquenta pessoas se divertiam à mesa, um gabolas soltou:

– Um brinde ao próximo casamento!

E apontou para a senhora Pontreau, que era viúva, e o velho Nalliers, que perdera a esposa quinze anos antes.

Naquele dia, Nalliers riu, porque ri-se de tudo nos casamentos.

– Por que não procura um advogado?

Mas Louis, que estava servindo de entrada os camarões, os rabanetes e as sardinhas, replicou:

– Não tem o que fazer.

Louis era magro e, apesar do avental azul de dono de albergue, tinha um ar de seminarista, ou estudante.

– Você acha?

– Se não existe um documento dizendo que os bens ficam para o cônjuge, você tem direito à metade e só.

E Louis desapareceu para atender à outra sala, retornando apenas para trazer os linguados. Naquele momento, os cinco homens estavam envolvidos numa longa conversa, tão lenta e solene quanto as conversas na feira para vender uma vaca ou um cavalo.

– Por que não vai lá?

Nalliers balançava a cabeça. Tinha bebido vinho branco e estava mais taxativo do que nunca.

Não, não iria! Jamais dirigiria a palavra àquela mulher nem às filhas! Desde que Jean morrera, quatro dias antes, ele nem sequer olhara na cara delas e, para decidir os detalhes do enterro, chamaram um intermediário.

– Não vou, mas você pode ir no meu lugar. Diga que compro a parte delas. Quero a fazenda!

Bebeu e comeu, enquanto o fazendeiro de Mureaux pegava o caminho do mar e, não muito satisfeito consigo mesmo, puxava o cordão da sineta. Foi Hermine quem abriu a porta, olhou com surpresa para o visitante, sem dizer nada.

– Posso falar com a senhora Pontreau?

Ela o fez entrar, não na sala de jantar, mas na sala de estar, que, como os outros cômodos da casa, estava mergulhada em sombra. Ele não ousou se sentar. Esperou pelo menos cinco minutos, retorcendo o chapéu e olhando os retratos pendurados nas paredes.

Quando retornou ao café, Nalliers o olhou em silêncio, mas puxou a ponta esquerda do bigode.

– Ela não quer.

– O que é que ela não quer?

– Vender a parte dela. Disse que a Pré-aux-Bœufs vai ser leiloada, como é o costume.

Nalliers olhou para Louis, que vinha passando e murmurou:

– É direito dela.

– E não é direito meu comprar uma propriedade que já me pertence? – explodiu o agricultor.

Virou-se para o seu emissário, bateu o punho fechado na mesa.

– Escute! Volte lá. Comprei a fazenda por cento e cinquenta mil um ano atrás. A metade dá setenta e cinco mil. Pois muito bem! Diga a ela que pago oitenta. Ofereça primeiro oitenta. Chegue a oitenta e cinco. Diacho! Eu quero a fazenda!

Ele se levantou num ímpeto de raiva. Dessa vez, acharam realmente que ele explodiria em lágrimas.

– Espere! Se ela não aceitar, diga da parte de Nalliers, do velho Nalliers, que posso talvez arranjar as coisas de outro jeito...

– Devo dizer isso mesmo?

– Pois se estou mandando!

As ruas estavam desertas, embranquecidas pelo sol, todas as janelas fechadas.

O homem de Mureaux percorreu novamente os trezentos metros que o separavam da casa cinza e tocou.

Foi Hermine de novo que abriu a porta e o acompanhou à sala de estar. Dessa vez ele se sentou. E pensou duas vezes antes de se erguer quando a senhora Pontreau entrou e parou na porta.

– Ele oferece oitenta mil.

– É tudo o que tem a dizer?

– Oitenta e dois.

Ainda havia o aroma de ragu no ar, mas também se percebia o aroma mais sutil da casa, o aroma de uma casa no campo bem governada, com cheiro de feno, cera e frutas maduras.

– Oitenta e quatro... Oitenta e cinco... E mandou dizer que pode arranjar as coisas de outro jeito...

Hermine estava atrás da mãe e ambas tinham as mesmas feições, o mesmo rosto oval, a mesma pele branca e uniforme, os mesmos lábios que provavelmente nunca perdiam a dureza.

– A Pré-aux-Bœufs irá a leilão – repetiu a senhora Pontreau. – Espero que ele não insista mais.

O ambiente era outro no café, mais claro, mais vivo, mais vulgar. Os quatro homens estavam bebendo conhaque e Nalliers já estava no terceiro copo.

– Ela não quer.

Nalliers ergueu-se, apoiando-se na mesa. Olhou para os amigos como olhara para as pessoas na igreja.

– Escutem o que estou dizendo... Escutem bem! Palavra de Nalliers! Eu vou ter essa fazenda, porque ela é minha, porque eu a dei ao meu filho, e o meu filho sou eu! Vamos ver se aquelas bruacas...

Virou a cabeça. Sentiu um soluço na garganta. Sentando-se novamente, acrescentou com uma voz diferente, quase chorosa:

– Não tenho nem a chave! E sabem o que elas disseram? Não só a mim, mas a todo mundo? Elas disseram que fui eu que passei para ele essa herança maldita...

– Conforme-se! – disse o seu vizinho de mesa, constrangido ao vê-lo chorar.

– Sim, eu vou me conformar. Mas não antes de tomar a fazenda delas. Eu juro! Vocês são testemunha! E o sujeito lá em cima também!

Aponto o teto, tragicamente. Depois berrou:

– Traz a conta, Louis! Preciso voltar para Aigrefeuille.

O ferreiro, que havia trocado o terno preto pela roupa de trabalho e o avental de couro, estava ferrando um cavalo, em plena praça.

No claro-escuro da casa de pedras cinza, Hermine pegou uma costura e Gilberte, com os cotovelos na mesa, olhou dolorosamente para o vazio.

– Por que você quer leiloar a fazenda? Vai dar no mesmo. Ele vai cobrir a oferta.

A senhora Pontreau, que estava costurando perto do guarda-vento entreaberto, respondeu sem erguer a cabeça:

– Porque não pode parecer que temos medo dele.

– Por que teríamos medo dele?

– Porque é um degenerado! Acha que nos fez um grande favor...

– Mamãe!

– Você escreveu ao tabelião, Hermine?

– Escrevi ontem. Ele virá amanhã, provavelmente.

Viève adormecera no canapé e ressonava tranquilamente. Apesar da distância, o barulho das pancadas na forja chegava até elas.

– Vamos à Pré-aux-Bœufs amanhã de manhã para pegar as suas coisas.

Gilberte olhou docilmente para a mãe, depois murmurou:

– Será que os Mahieu estão cuidando bem das vacas? Eles têm tão pouco espaço para guardá-las e é o menino que sai com elas para o pasto.

Ouviram passos na entrada. Esperaram. Demorou, como se a visita estivesse em dúvida se tocava ou não a campainha. Não tocou, mas elas ouviram batidas na porta.

Era tão inabitual que a senhora Pontreau abriu um pouco mais as venezianas, enquanto Hermine se dirigia ao corredor. Viu a silhueta sombria e atarracada da senhora Naquet, o guarda-chuva.

Ela ainda estava com o minúsculo chapéu de lado sobre a orelha e os sapatos grandes demais para os seus pés que provavelmente ganhara de alguém. Ora, no momento que Hermine estendeu a mão na direção da maçaneta, depois de tirar a corrente da trava, a empregada desceu os degraus da entrada e pegou o caminho para a aldeia.

– Quem é? – perguntou Gilberte, sem se mover.

– A Naquet.

– É verdade! Ela não recebeu! Também estamos devendo para o pessoal de Mureaux e me parece que, dias atrás, veio alguém cobrar o seguro. Jean não pagou. Disse que era para voltar outro dia.

Era coisa demais para Gilberte. A ponto dela não ter mais energia para pensar no assunto, muito menos para falar sobre ele!

– Vou arrumar o meu quarto – disse, levantando-se.

Hermine retornou, perplexa.

– O que será que deu nela? Porque imagino que foi ela quem bateu. Tentei entender o que ela estava resmungando hoje de manhã, mas não consegui.

A senhora Pontreau, que voltou a se sentar, pôs lentamente os óculos.

– Tem certeza de que todas as portas da fazenda estavam trancadas? – perguntou à sua primogênita.

– Foi Gilberte quem verificou.

Ela olhou para Viève, ainda adormecida e com as bochechas coradas.

– Talvez seja bom ela tomar mais uma caixa do medicamento.

O ar estava pesado e parado na casa. Um caminhão de mexilhões passou, vindo da praia.

– Se não fosse tão tarde, eu mesma iria ao tabelião.

– Hoje?

Silêncio. Ouvia-se apenas a respiração tranquila de Viève, o leve tinido das agulhas de tricô.

A senhora Naquet, com o guarda-chuva na mão, atravessou a praça da aldeia no momento em que quatro homens de preto apertavam uma última vez a mão do velho Nalliers, já empoleirado na carriola. No terraço, Louis limpava as mesas.

A empregada continuou seu caminho, balançando o guarda-chuva e falando sozinha, tão distraída que quase foi atropelada pelo ônibus de Charron. Dentro do veículo, todo mundo riu quando ela deu um pulo brusco para o lado, ajudada pelo guarda-chuva.

Capítulo 4

NA LEMBRANÇA DO MÉDICO, no mesmo dia do enterro de Nalliers, o açougueiro de Lauzière apareceu com uma apendicite aguda e parte do ano acabou, pois no dia seguinte chegaria um jovem residente de Lyon que cuidaria dos doentes enquanto Durel desfrutaria de férias na montanha.

Naquela altura, era verão, o mato estava seco, citadinos usando roupas claras invadiam o campo e, à noite, jantava-se sem a necessidade dos lampiões.

Ora, quando Durel retornou, bronzeado, mais alerta do que nunca, teve de acender os faróis do carrinho antes do fim da ronda. O dia amanhecera frio. Ele pusera luvas. E vestira um impermeável, e depois um sobretudo.

Na praça de Nieul, Louis retirava as mesas do terraço e, quando o ônibus passou, mal se distinguiam os rostos através dos vidros embaçados.

Era inverno. A chuva, que lavara a fachada branca das casas, lhes dava um aspecto cinzento e ainda se podia ler num anúncio rosa:

Venda da fazenda Pré-aux-Bœufs

Era o último anúncio nos muros da cidade que não estava completamente esfrangalhado. Através das janelas fechadas, percebiam-se rostos de crianças que não podiam brincar na rua. Ou mulheres cozinhando. Avistava-se no fundo das salas o clarão vermelho das estufas.

Às seis horas e trinta minutos, quando o doutor pegou o caminho para o mar, já estava escuro e os faróis do automóvel iluminavam as flechas oblíquas da chuva. Deviam estar à espera dele, pois, mal chegara ao último degrau da entrada, a porta abriu-se para o corredor de lajotas azuis banhado por uma luz suave.

Ele sorriu ao sentir o aroma da casa, pois conhecia o aroma de todos os lares da região e aquele, embora enfadonho, tinha uma nota grave, austera e, além do mais, revelava um asseio meticuloso.

Hermine, que abrira a porta e o cumprimentara com uma inclinação da cabeça, esperou o médico pendurar o sobretudo e o chapéu no cabideiro para abrir não a porta da sala de estar, mas a da sala de jantar, que era o verdadeiro núcleo da casa. Era ali que elas viviam. Era ali também que trabalhavam e recebiam as visitas. E era ali que Gilberte estava deitada, com a cabeça apoiada num travesseiro que haviam trazido de um dos quartos.

– Não está se sentindo bem?

O doutor se aproximou, fez um desvio para apertar a mão da senhora Pontreau, que estava sentada diante de um jornal aberto sobre a mesa. Ela tirou os óculos e levantou-se.

– Acredito que não seja grave – disse ela. – Nunca tivemos doentes na família. Mas faz mais de um mês que ela não come, fica horas calada, sem ânimo para nada...

Silenciosa, Hermine voltara a se sentar diante da máquina de costura e seu rosto pálido estava virado para o médico.

– Muito bem, senhora Nalliers! Vamos ver isso – disse ele jovialmente.

No mesmo instante, sentiu que havia algo chocante em suas palavras. Ninguém se ofendera e, no entanto, ele sabia que havia cometido uma gafe. Gilberte era realmente a senhora Nalliers. Podia chamá-la de outro modo?

No entanto, o ambiente da casa era tão pessoal, formava um bloco tão coeso, como formavam um bloco as quatro mulheres, que era constrangedor tratar uma delas por um nome diferente das outras.

– Vou auscultá-la primeiro.

Fez as perguntas e os procedimentos usuais. A senhora Pontreau, que era pelo menos uma cabeça mais alta que o médico, estava de pé atrás dele.

Era assustadora a mudança que ocorrera em Gilberte. Ela, que era rija, corada, emagrecera a olhos vistos e via-se que estava sem vigor, sem vontade, sem reação.

– Sente dor em algum lugar?

– Não, doutor.

Foi a mãe que respondeu e prosseguiu:

– É principalmente um grande cansaço. Mas ela não faz nada para se cansar dessa forma.

Durel sabia de muitas coisas e refletia sobre elas, enquanto tirava a temperatura ou colava a orelha no peito coberto com uma toalha desdobrada.

Sabia que, nos últimos quatro anos, as quatro Pontreau eram talvez as criaturas mais pobres de Nieul. Outros também sabiam. Sabiam de tudo, pois o açougueiro e a dona da mercearia não poupavam ninguém.

Pontreau, o pai, era corpulento e largo de ombros como dois homens medianos e fora um dos mais importantes mitilicultores da região. Suas fazendas de mexilhões eram as maiores da costa e ele tinha dois caminhões para transportar os cestos até a estação de La Rochelle.

Depois, de um dia para o outro, enfiou na cabeça que tinha de investir em barcos de pesca. À noite jogava cartas com os armadores e o título lhe causava inveja. Comprou um *sloop*, depois uma traineira. O *sloop* afundou. A traineira, que não dava lucro e que ele não se dera o trabalho de pôr no seguro, colidiu com outra numa noite de inverno, na enseada de La Pallice.

Tiveram de vender tudo para pagar. Pontreau morreu. Quatro anos haviam se passado.

E, desde então, todo mundo se perguntava como as quatro mulheres ainda continuavam na casa, como se sustentavam, qual milagre salvara seu último bem do leilão público.

Nunca se via entrega de vinho na casa. O açougueiro aparecia apenas uma vez por semana. A dona da mercearia esperava até três meses para receber e, às vezes, era o tabelião que aparecia na mercearia, ficava um bom momento e saía de mau humor.

E as Pontreau não perdiam a altivez. Saíam sempre de luva e chapéu, mesmo para ir a cem metros de lá. Era um milagre que Gilberte tivesse se casado.

– Tem saído de vez em quando? – perguntou o médico.

– Nunca.

– Acha sensato da sua parte? Durante um ano, a senhora viveu ao ar livre, sempre em movimento, e quer se sentir bem ficando fechada em casa?

Ele costumava simular essa rispidez familiar. Como a mesa estava posta para o jantar, toalha limpa, saquinhos bordados para os guardanapos, uma jarra de cristal e assentos de talheres de prata, ele aproveitou para dar uma olhada.

– O que come à noite?

– Sopa.

– Uma sopa leve, naturalmente. E ao meio-dia?

Foi a senhora Pontreau quem retrucou:

– O que todo mundo come...

Ouviram um barulho no corredor. Era Viève, que chegou de bicicleta de La Rochelle, encharcada de chuva, e entrou na sala.

– Oh! Me desculpe...

Durel olhou para ela, olhou para a mais velha, para a mãe e, finalmente, para Gilberte.

– Enfim, as senhoras agora têm dinheiro, imagino. A Pré-aux-Bœufs foi vendida por cento e setenta mil...

A senhora Pontreau apenas balançou a cabeça.

– A primeira coisa a fazer, a única, é alimentar-se bem. Isso vale para as quatro, mas principalmente para Geneviève.

Esta o olhou com olhos assustados, ansiosos, tristonhos. Ele se aproximou, levantou uma de suas pálpebras para observar a córnea.

– Ela precisa se alimentar tanto quanto a irmã.

– Então ninguém está doente – disse secamente a senhora Pontreau.

– Ninguém está doente, propriamente dizendo, mas todas precisam se cuidar. Vou passar uma receita que...

– Mais hemoglobina?

– Um fortificante comum. Não há muito que fazer. O resto é com o açougueiro e o merceeiro.

Ele afastou um canto da toalha para escrever a receita. Nesse momento, passou pela sua cabeça que o dinheiro da venda da Pré-aux-Bœufs servira com certeza para pagar todas as hipotecas que ameaçavam a casa. Viu a jarra de água, os assentos de talheres, e pensou na sopa magra sobre o fogão.

– Escute! Aconselho que fique de olho sobretudo em Geneviève. Quanto ela ganha em La Rochelle?

A senhora Pontreau ia responder, mas Viève disse primeiro:

– Quatrocentos francos.

– E gasta duzentos em roupa! Sem contar o caminho debaixo de sol, de chuva...

Ele não podia fazer nada. Colocou a caneta de volta no bolso e dirigiu-se para a porta.

A senhora Pontreau não se moveu. Hermine, cumprindo seu papel, levantou-se para acompanhá-lo à porta.

As Pontreau lhe deviam dois anos de honorários, mas ele não tocou no assunto. Uma voz o chamou:

– Doutor! Quanto estou lhe devendo?

– Vemos isso depois – murmurou ele, enfiando os braços no sobretudo.

A senhora Pontreau pegou uma carteira na gaveta do bufê.

– Não! Faço questão.

– Não sei ao certo. Uns quatrocentos...

– Quatrocentos e cinquenta, pelo que me lembro, além desta última consulta.

Sentia-se inibido. Olhava sobretudo para Viève, cujos cabelos estavam molhados e os pobres lábios nem tinham mais cor. Fizera mal em falar como falara? A insistência da senhora Pontreau não seria um revide? Ela era bem capaz disso.

A senhora Pontreau contou o dinheiro e pegou as notas de menor valor, dos vinte francos da última consulta, num moedeiro velho.

Quando se sentou ao volante, o doutor Durel ainda tinha nas narinas o aroma suave da casa e continuava a sentir o sufocamento provocado pelas janelas fechadas, por aquela vida estranha à vida da aldeia.

– O que a tia Naquet quis dizer?

Foi em 3 de outubro, lembrou-se depois, que, entre jorros de água e lama, sob a escuridão do caminho para o mar, no qual os faróis do pequeno automóvel projetavam um halo pálido de luz, ele pensou pela primeira vez, a sério, na atitude da empregada.

Tudo começou na época do seu substituto. A sala de espera dava diretamente para a rua, de frente para a igreja, e, no verão, a porta ficava aberta, de modo que quem passava podia ver os dois bancos que, da uma às quatro, eram ocupados pelos pacientes.

Ora, uma vez por semana, a senhora Naquet fazia faxina para o velho conde de Charelles, que morava sozinho num casarão em ruínas na estrada de Marsilly. Naquela vez, ela prendeu o dedo numa porta e, dias depois, formou-se um abscesso.

Ela foi ao consultório, toda de preto e guarda-chuva, e sentou-se no banco, sem dizer uma palavra aos que já aguardavam. Era o auge do verão e a sala de espera estava insuportável, principalmente por causa do cheiro dos medicamentos.

Havia um menino com caxumba, uma mãe amamentando seu bebê, um velho que aparecia duas vezes por semana e mais duas mulheres, e todos aguardavam em silêncio. De trás de uma porta, vinha o murmúrio da voz do jovem médico e, às vezes, um barulho de frascos batendo uns nos outros.

A senhora Naquet, naquele dia, calçava uns sapatos grandes de homem que alguém lhe dera. O olhar do velho, sentado diante dela, reparou nos sapatos e observou-os tanto que não pôde deixar de comentar:

– Não estão muito apertados para a senhora?

O caxumbento riu, apesar do lenço em volta da cabeça. Uma das mulheres disfarçou uma risadinha. Todo mundo olhou para os pés da Naquet e esta, chispando de raiva, replicou:

– Se quisesse sapatos iguais aos dos outros, eu comprava!

Foi inesperado. Ela era pobre. Vivia sozinha numa casa de quarto e cozinha, térrea, com duas galinhas e muitos coelhos. Afora o conde, para quem fazia faxina uma vez por semana, vivia de bicos.

– Se eu quisesse mil francos, eu conseguiria na hora!

Ela falava sozinha, como de hábito, mas dessa vez tomou o cuidado de articular muito bem as palavras.

– E até dois!

– Por que não cinco? – retrucou o velho.

Ela o olhou, impressionada com a cifra, refletiu:

– Cinco também!

– Nossa! Acho que vou pedir a senhora em casamento!

– Se eu quisesse me casar, arranjava um moço mais bonito do que você!

O que era estranho é que ela parecia falar a sério. E, enquanto esperou, olhou para o chão como alguém perseguindo uma ideia fixa.

Quando o médico a atendeu, ele perguntou:

– A senhora está inscrita na previdência social?

– Não preciso. Posso conseguir cinco mil francos hoje mesmo.

O substituto não dera atenção ao comentário, porque não era da região, muito menos do campo. Ora, alguns dias depois, na mercearia, a tia Naquet comprou sabão de roupa.

– Só sobraram os de marca superior – anunciou a comerciante.

E a empregada:

– Não tem importância. Quando a senhora quiser, eu pago. Posso conseguir dez mil francos amanhã mesmo, se eu quiser.

– Recebeu uma herança?

– Melhor do que isso!

– Arranjou um marido?

– Posso arranjar um marido também.

Era uma ideia fixa, como sair sempre com o seu ridículo chapéu de banda, que antes ela só usava para ir à missa.

Todo dia ela atravessava a praça da aldeia e pegava o caminho do mar. Não ia muito longe. Quando chegava em frente à casa das Pontreau, parava, hesitava uns minutos, dava meia-volta.

Certa vez, o carteiro a viu na porta da casa, mas ela não bateu e partiu da mesma forma que chegou.

O doutor Durel soube dessas coisas quando retornou e seu substituto fez um relatório dos casos pendentes.

– Ela não está registrada na previdência social. E, como o dedo estava demorando para melhorar, ela exigiu uma radiografia. Eu lhe disse que seria perda de tempo e que custaria duzentos francos. Ela me respondeu que teria vinte mil francos quando bem entendesse.

O conde de Charelles, que recebia visitas periódicas do médico porque tinha 83 anos e podia morrer sem que ninguém se desse conta, relatou uma outra história.

– Acho que a minha faxineira ficou louca. Ela sempre teve o costume de falar sozinha, mas agora ela fala comigo! Outro dia me perguntou à queima-roupa: "O senhor, que já foi rico, quanto dinheiro o senhor tinha? Mais de cem mil francos?".

Era realmente uma obsessão. Ela ainda perguntou ao conde:

– Quanto tempo dá para viver com vinte mil francos?

E continuou a falar sozinha, fez cálculos. Quando ele quis pagá-la, na última faxina, ela respondeu:

– Não vale a pena. Posso ter mais dinheiro que o senhor.

Entretanto, ela não pagava nem a dona da mercearia nem ninguém. Apenas dizia:

– Quando vocês precisarem de dinheiro, eu pago.

Ela nunca foi muito festiva, mas agora andava preocupada, como se um problema terrível lhe perturbasse a cabeça.

As pessoas riam quando a viam. Às vezes faziam piada, mas, ainda assim, tinham medo dela. Havia outra louca na aldeia, mas essa não assustava ninguém.

A Naquet não era tomada pelos mesmos delírios e, principalmente, havia coerência em suas ideias. Ela falava sempre do mesmo assunto. Apenas uma coisa variava e, mesmo assim, em progressão constante: a quantia em questão.

Em agosto, na sala de espera do médico, ela falou em mil e dois mil francos. No casarão do conde de Charelles, em setembro, citou a quantia já mais polpuda de vinte mil francos.

E quase sempre, quando falava em dinheiro, falava também em casamento. Ora, ela era feia e suja. E tinha pernas curtas. Ninguém se lembrava de jamais ter visto um homem arrastando a asa para a Naquet.

Um belo dia, perceberam que ela não estava mentindo. Demorou um tempo, porque foi mais estranho do que o resto.

Cerca de dez dias após o enterro de Nalliers e a morte do açougueiro de Lauzière, um rapaz alto, de cerca de 25 anos e mangas arregaçadas nos braços tatuados, entrou no Café Louis na hora do aperitivo e, quando o salão começou a esvaziar, perguntou se podia almoçar.

Ninguém o conhecia. À tarde, ele passeou pela aldeia e um agricultor o viu pelas bandas da Pré-aux-Bœufs. À noite, ele comeu de novo no café e perguntou se havia quartos para pernoitar.

Às vezes aparecia gente do seu calibre em busca de trabalho, trabalhavam alguns dias e desapareciam. Louis desconfiou que era o que ele procurava e, na manhã seguinte, quando o rapaz desceu sem lavar o rosto, perguntou:

– Está atrás de trabalho?

– Tem por aqui?

– Dá uma sondada no pessoal do forno de cal. Ouvi dizer que eles perderam dois trabalhadores antes de ontem.

Ele foi. Voltou e alugou o quarto para a semana, começou a fazer as refeições no café, mas não se misturava com os moradores de Nieul, que costumavam se reunir para os aperitivos. Comia sempre sozinho, bebia sozinho, sempre vinho branco, observava uma ou duas horas os rapazes jogando bilhar ou acompanhava de longe as conversas. Chamava-se Gérard. Como os outros, via quando a Naquet passava, com o guarda-chuva na mão, e ia na direção do mar.

Ora, certa noite, o vice-prefeito, que era vizinho da Naquet, anunciou aos clientes do café:

– Tenho uma novidade das boas! Sabem o tipo que come sempre na mesma mesa? Pois então! Ele acabou de entrar na casa da Naquet e ela trancou a porta.

Os policiais, que estavam fazendo a ronda, verificaram o registro do albergue e, quando viram o nome de Gérard, cujo sobrenome era Noirhomme, consultaram seus caderninhos.

– Está tudo certo!

– Ele está limpo?

– Por enquanto. Ele trabalhou em La Pallice e foi guarda de paiol num barco de Delmas.

À medida que o outono sucedia ao verão, a rotina se tornou mais íntima no café, o ambiente mais familiar. Louis acendia a estufa, fechava as portas grandes de vidro. A Naquet continuava a passar e, duas vezes por semana, Gérard ia à casa dela, onde ficava mais de uma hora.

Numa tarde chuvosa, às vésperas do dia de São Miguel, todo mundo se reuniu no pátio da Pré-aux-Bœufs para o leilão. Formou-se uma massa negra e luzidia de guarda-chuvas. Todos aguardavam a chegada do tabelião e do leiloeiro oficial. Os móveis estavam amontados num galpão e, no corredor, alguém enfileirou jarros, pratos, bacias, utensílios de cozinha.

O caminho molhado era uma grande linha esverdeada, quase tão reluzente quanto um espelho.

E houve uma gargalhada geral quando, no fim desse caminho, apareceu a silhueta grotesca e atarracada da tia Naquet, que, por causa do vento, empunhava o guarda-chuva com as duas mãos.

Quando ela chegou perto de uma grande poça de água, o carro do tabelião passou e espirrou lama até a altura dos ombros da mulher, que pareceu nem se dar conta do ocorrido.

Ela falou sozinha durante todo o leilão. Ia de grupo em grupo. Escutava. Tocava nos objetos, esgueirava-se para a primeira fileira, repetia as cifras recitadas em sequência.

O doutor Durel não estava presente por causa de um parto, mas sua esposa reparou no homem de braços tatuados passeando despreocupadamente nos pátios e nos armazéns vazios.

A Naquet não comprou nada, mas pôs a mão em tudo. Terminado o leilão, a testa da empregada estava franzida, os olhos cansados, como se ela tivesse feito todos os cálculos, todo o trabalho no lugar do leiloeiro.

No dia seguinte, ela entrou na retrosaria que uma velha solteirona – e organista da igreja – tinha desde sempre numa rua tranquila, atrás da praça. Ficava a cem metros do café. A vitrine era marrom-escura, e também os balcões, e havia uma névoa de crepúsculo na loja que atenuava o rosa, o azul e o verde dos novelos de lã.

A velha também acendera a estufa, uma estufa grande, redonda, dos modelos antigos, e a senhora Naquet ficou de pé, de lado, em silêncio, olhando em redor.

– O que deseja?

A Naquet pareceu despertar, mirou a retroseira com desconfiança e disse afinal:

– Quanto quer pela loja?

– Não está à venda.

– Se fosse para vender, quanto ia querer?

– Não sei. Não penso em vender. Nasci aqui e vou morrer aqui.

– Vale uns cem mil francos, não?

A retroseira preferiu sorrir. Ela tinha um pouco de medo da Naquet e procurou ver, através da vitrine, se havia alguém na rua.

– Não precisa de lã, linha, agulhas?

– E se eu desse cem mil francos?

Percebeu o terror nos olhos da comerciante e caçoou:

– Acha que eu não tenho esse dinheiro? Mas eu posso ter, se eu quiser. E se eu quiser, eu compro a loja...

Era uma ameaça. Com o guarda-chuva na mão, ela saiu num passo decidido, foi até a casa das Pontreau, subiu os quatro degraus de pedra.

Mas não bateu.

■

Capítulo 5

– ESTÁ CHOVENDO MUITO FORTE, Albert. Não precisa me acompanhar.

O jovem, sem dar atenção ao aviso, continuou pedalando lentamente, a um metro de Viève. Na escuridão, eram apenas duas sombras estranhas, precedidas de um halo branco, arrastando atrás delas uma estreita faixa de luz vermelha. Eles mal se enxergavam. Lutavam contra as rajadas de vento e chuva e o barulho dos pneus no asfalto molhado era algo como um sussurro. Às vezes uma das bicicletas se desviava. Ou então, num instante de calmaria, o jovem se aproximava e colocava a mão no ombro de Viève.

Sucedia também que a estrada inteira se iluminasse. Um carro vinha em velocidade na direção contrária e, no clarão dos faróis, eles não enxergavam nada, perdiam o rumo, buscavam desesperadamente a escuridão do acostamento e, quando o automóvel passava, procuravam-se com os olhos.

Um pouco antes da curva de Nieul, viravam à esquerda e, a pé, seguiram o caminho lamacento, mas escuro, que conduzia à casa das Pontreau. Assim, Albert podia passar o braço direito pela cintura de Viève e, às vezes, inclinar-se para ela para beijar o rosto molhado onde se colavam alguns fios de cabelos.

– Você vem dançar no domingo?

– Vou tentar. Com a minha mãe, nunca dá para saber.

Ela ainda estava de preto, porque, tirando o vestido de verão, não tinha outro. Seus olhos estavam muito fundos e parecia que seu rosto se alongara, que ela se tornara mais mulher.

– O que você vai fazer esta noite?

– Nada. Talvez ler um jornal velho até a hora de dormir, ou ficar sentada num canto, com os olhos abertos.

– E suas irmãs?

– Às vezes uma costura. A outra não faz nada.

– Vocês não conversam?

– E dizer o que uma para a outra? Você vai ao café?

– Vou jogar uma partida de bilhar, antes de dormir. Juro que não vou encontrar com mulher!

Caminhavam lentamente, diminuindo os passos à medida que se aproximavam, e o quadril de Viève, colado ao de Albert, movia-se exatamente ao mesmo tempo que ele.

– Viève, você me ama de verdade?

Ele fazia a mesma pergunta todos os dias. Todos os dias queria saber o que ela faria depois, o que havia feito na véspera.

No caminho para o mar, havia somente uma arandela aparafusada numa parede branca, a cerca de dez metros da casa das Pontreau. Um pouco à direita dessa arandela, existia um pequeno recanto que fora adotado por Viève e Albert. Era lá que eles se escondiam, antes de se separar, e apoiavam as bicicletas numa sebe.

Viam tudo, a estrada luzidia, as janelas da casa emolduradas por um filete luminoso e as pessoas que, às vezes, vinham da aldeia. Eles, porém, estavam ao abrigo dos olhares na sombra opaca.

Acontecia de alguém virar a cabeça para o lado deles, porque pressentira um frêmito de vida. O transeunte percebia as duas formas enlaçadas, as bocas coladas, e nada mais.

– Vai sonhar comigo?

Os beijos, naquele dia, tinham gosto de chuva e lã molhada. Viève estava branca e olhava assustada para uma sombra que se aproximava, no meio da estrada, uma forma sombria e atarracada sob um guarda-chuva de homem.

– Em que está pensando?

– Em nada.

Pensava simplesmente:

– Lá vem a tia Naquet de novo. Vai lá em casa e não vai bater. O que será que ela quer?

A tia Naquet não estava sozinha. Em dado momento, outra silhueta apareceu ao lado da sua. Viève não sabia de onde saíra esta última. E lá, a cem metros deles, começou o conciliábulo. Ela não compreendia as palavras. Via apenas as sombras gesticulando.

Viève recebia os beijos de Albert sem se dar conta deles, e sua boca retribuía maquinalmente. Por cima do ombro do namorado, espiava a tia Naquet, que continuou o caminho sozinha até a casa, subiu um degrau, outro, mais outro.

Da sala de jantar, as três Pontreau deviam ter ouvido os passos. Gilberte, ainda jogada no canapé, provavelmente suspirou:

– Deus do céu, o que ela quer? Mamãe, vai lá saber de uma vez por todas o que ela quer!

Mas a senhora Pontreau jamais atendia. Ouvia os passos muito calmamente, sem se levantar, sem abandonar seu trabalho. Quando os passos se afastavam, ela manejava a agulha e suspirava:

– Deve ser louca.

– Ela está tocando a campainha da sua casa – sussurrou Albert a Viève.

Era verdade. A senhora Naquet havia finalmente estendido a mão na direção do cordão de cobre e o puxou, fazendo vibrar a sineta no corredor. Os olhos de Viève iam da silhueta da empregada à silhueta do homem, encolhido contra a sebe, um pouco depois das bicicletas.

– Está com frio, Viève?

A mão da jovem, apoiada no braço do namorado, pediu silêncio e imobilidade. Ouviram distintamente o ruído familiar da corrente correndo pela trava. A porta se abriu, desenhando um retângulo crescente de luz. Viève entreviu o rosto de sua irmã Hermine, que recuou e entrou na sala de jantar, deixando a porta aberta e a senhora Naquet na entrada.

A empregada fechou o guarda-chuva. Estava agora no nível do corredor. O homem, na sebe, não se moveu.

– Espera – disse Viève, quando Albert quis beijá-la.

O tempo passou com uma lentidão assustadora. E, no entanto, foi questão de segundos! Hermine entrou na sala de jantar, onde Gilberte a interrogou com os olhos febris e a senhora Pontreau disse:

– É ela?

A senhora Pontreau tirou o avental e os óculos, alisou as rugas do vestido, ergueu-se e, muito ereta, caminhou até a porta.

– O que foi, Viève?

A Naquet entrara. Havia mais fendas de luz, dessa vez nas janelas da sala.

– Até amanhã, Albert.

– Vai entrar agora?

– Vou... Me solta...

– Só mais um beijo.

Viève o beijou distraidamente, pegou a bicicleta e atravessou a estrada, enquanto ele a via se distanciar. Ela tinha uma chave na bolsa e usou-a, carregou a bicicleta até o último degrau e encostou-a na parede do corredor.

A porta da sala estava fechada. A da sala de jantar ficara entreaberta e Hermine estava parada no vão, de ouvidos bem abertos.

– Shh... Ela está aqui...

Viève fez sinal com a cabeça que sabia, aproximou-se da sala na ponta dos pés e tentou ouvir. Tamanha audácia apavorou a irmã, que lhe fazia gestos para recuar.

A senhora Pontreau era impenetrável e talvez seu olhar jamais houvesse tido tanta firmeza, jamais seus cabelos estiveram tão arrumados, seu corpete tão aprumado, seu vestido tão direito. Ela não convidou a visita a se sentar. Com uma mão no espaldar dourado de uma cadeira, observava a empregada e esta já se atrapalhava, procurava alguma coisa em que se apoiar.

– Suponho que tenha vindo para receber seu pagamento.

Pingos grossos de chuva escorriam do guarda-chuva e caíam no tapete. O vestido da Naquet estava enlameado. Ela respondeu à pergunta, mas para si mesma, em voz baixa e muito depressa, de modo que a senhora Pontreau não podia entender.

– Estou lhe devendo três dias, acredito. A senhora fez seis horas no primeiro dia, nove no segundo e cerca de sete horas no terceiro. São no total vinte e duas horas a dois francos.

Os olhinhos negros da Naquet deslizaram do rosto da senhora Pontreau para o moedeiro que estava na mão desta última.

– Eu disse que era dois francos e vinte e cinco a hora... – resmungou.

– E eu disse que daria dois francos e as refeições.

– Não jantei no último dia.

– Fui eu que lhe neguei comida ou foi a senhora que simplesmente desapareceu?

A senhora Pontreau ouviu um ruído imperceptível atrás da porta e adivinhou que era uma de suas filhas. Mas estava na situação do domador que não pode se distrair um segundo sequer.

– Foram, portanto, vinte e duas horas a dois francos, o que dá quarenta e quatro francos. Aqui tem trinta, quarenta, quarenta e dois... Um minuto...

Ela não tinha moedas suficientes e foi o seu azar. Foi obrigada a virar as costas, ir até a porta. Ouviu movimento no corredor.

– Hermine! Traga dois francos.

A Naquet aproveitou para falar sozinha, envergonhada, como se, dessa vez, tivesse receio de ser compreendida. Hermine teve de ir ao primeiro andar pegar as moedas. A senhora Pontreau a ouviu subir, depois descer a escada.

– Aqui estão seus quarenta e quatro francos.

A senhora Naquet pegou as moedas com um movimento tão rápido, tão colérico, que parecia que ia jogá-las no chão. Faltou coragem, talvez?

– Se eu precisar da senhora numa ocasião ou outra, mando avisar.

Viève e Hermine haviam desaparecido na sala de jantar. O corredor estava deserto, molhado pela água que pingava da bicicleta. A senhora Pontreau apressou-se a abrir a porta da rua, antes mesmo que a visita saísse da sala. De onde estava, podia ver a mulher, o guarda-chuva, o chapéu de lado e, simultaneamente, a estrada escura. Com um movimento furtivo, enxugou o lábio superior, onde brotavam minúsculas gotas de suor.

– Até logo, senhora Naquet.

E a senhora Naquet passou, de cabeça baixa, murmurando sílabas indistinguíveis. Mas quando a porta bateu, quando a estúpida mulher se viu do lado de fora, na chuva gelada, ela subiu o tom e gritou:

– Quando eu quiser, eu vou ter os meus cem mil. E não vai ser essa sua pose de princesa...

Ela andava na chuva, com o guarda-chuva fechado, chapinhando as poças de água com os sapatos enormes. Quando uma silhueta de homem surgiu da escuridão, ela o insultou também:

– E você me deixe! Entendeu, seu zé-ninguém? Vou cuidar de tudo sozinha, quando eu quiser, como eu quiser!

Uma janela se abriu numa casa baixa, pois os moradores ouviram os gritos. A senhora Naquet se virou para eles:

– O que querem comigo, vocês aí? Não tenho o direito de falar? Vocês ainda vão lamber os meus pés! Sim, todos vocês! Como lambem os pés dos ricos...

Ela não parava. Usava o guarda-chuva como uma bengala. Não percebia que a chuva a encharcava e, quando passou pelo café, continuava a falar, para todo mundo ouvir, como os bêbados.

Minutos depois, Gérard entrou no albergue e sentou-se perto da estufa, sem dizer uma palavra.

– Meia garrafinha de vinho? – perguntou Louis, que o serviu sem esperar resposta.

Não havia quase ninguém, apenas dois pedreiros meio adormecidos num canto.

Louis aproveitou para se entender com o seu pensionista.

– Então, arranjou o dinheiro?

Noirhomme devia quinze dias de pensão e, naquelas duas semanas, trabalhara somente três dias no forno de cal. Louis lhe apresentara a conta na véspera. E todo mundo em Nieul sabia da cena violenta que ocorrera no casebre da Naquet. Podia-se ouvir a gritaria da estrada, e até uns barulhos, como se tivessem se atracado. Gérard saiu batendo a porta. Tinha arranhões no rosto.

– Não se preocupe. Você vai ter o seu dinheiro.

– É que amanhã é o último dia do mês.

O outro esvaziou o copo com uma golada e dirigiu-se ao dono do albergue com um olhar estranho:

– Entendido! – disse simplesmente. – Me dê outra coisa para beber. Um *grog*.

Havia serragem espalhada no chão. A mesa de bilhar estava coberta com uma capa oleada. Os dois pedreiros sonolentos esperavam o último ônibus para La Rochelle e não tinham ânimo nem para conversar. O ar estava pesado por causa da estufa e da umidade. As mesas ressudavam.

Passava um pouco das oito horas quando Gérard saiu.

– O que ela queria, mamãe?

Gilberte estava irreconhecível, apesar dos fortificantes que tomava antes das refeições. Não que tivesse emagrecido. Apesar de tudo, continuava mais rechonchuda que as irmãs.

Fisicamente, o que mudara fora o olhar, a cor das faces e dos lábios, as olheiras.

O que impressionava, o que preocupava era a sua languidez, que dava a impressão de que ela estava se apagando pouco a pouco.

Ficava deitada dias inteiros no canapé verde, mal falava, mal respondia às perguntas. Cansava-se com os mínimos movimentos, cansava-se de fato, a ponto de se ver que ela empalidecia.

E jamais fazia alusão ao marido. Não pronunciara o nome de Jean Nalliers nem uma única vez. Não era a prova de que não o tirava do pensamento?

Ela era a primeira a reconhecer os passos da senhora Naquet nos degraus da entrada e agora, finalmente, podia perguntar:

– O que ela queria, mamãe?

– Receber.

Hermine estava pondo a mesa e os dias podiam suceder aos dias que nada era negligenciado em sua organização. Viève trocou os sapatos pelas pantufas.

– Não entendo por que ela não veio antes.

– Porque é louca!

– Ela saiu daqui aos berros.

– Mais uma prova de que é louca! Não vamos mais nos preocupar com ela.

E a senhora Pontreau olhou para as filhas, uma a uma, depois olhou para as paredes, como se quisesse ter certeza de que elas estavam protegidas, abrigadas do frio, na casa trancada. Seus olhos paravam no rosto de Viève e ela franziu as sobrancelhas, pois, confusamente, percebera algo estranho.

– Você pintou a boca de novo? – disse.

Era verdade. Além disso, o batom, por causa dos beijos de Albert, estava borrado. O olhar de Viève brilhava. O que havia de anormal nela? Nada de especial. E, no entanto, senhora Pontreau desconfiava de beijos no escuro, sob a chuva.

Não insistiu. Serviu-se primeiro, conforme o ritual, depois serviu cada uma das filhas, começando pela mais velha.

Quando se levantaram da mesa, Hermine disse que estava com sono e que iria se deitar. Viève tinha um par de meias para remendar e sentou-se perto de uma lâmpada. Gilberte voltou para o seu lugar, no canapé verde. A sala estava quente. Ouvia-se o tamborilar da chuva na estrada e o ronco da estufa a cada rajada de vento.

– Preciso mandar consertar a calha – disse a senhora Pontreau.

E, colocando os óculos, passou quase uma hora consultando seus livros de contas. De vez em quando, erguia a cabeça, aguçava os ouvidos. Pressentia algo anormal na casa. De repente, levantou-se e, sem dizer uma palavra, subiu as escadas, entrando bruscamente no quarto de Hermine.

Esta não teve tempo de esconder o jornal semanal que estava aberto sobre a mesa, nem sequer de fechá-lo. A mãe avançou, debruçou-se sobre a página verde reservada aos anúncios classificados.

No topo da segunda coluna, havia como título, em negrito: *Matrimônios*.

Ora, a garrafinha de tinta violeta estava em cima da mesa, e uma pena molhada.

A senhora Pontreau abriu a gaveta, onde não encontrou nada, puxou o jornal e viu a carta começada.

Prezado senhor,

Esta é a primeira vez que me atrevo a atitude semelhante, mas o texto de seu anúncio faz-me crer que podemos nos entender. Gosto muito de crianças. Tenho trinta anos. Sou alta, tenho boa saúde, um físico agradável, e recebi excelente educação burguesa.

Não vejo inconveniente em mudar de região e morar no leste, onde...

A senhora Pontreau percorreu os anúncios, fazendo correr o dedo pela página. Encontrou:

Vvo. 2 fil. b. sit. hon. resid. reg. leste proc. p/ matr. m. jov. b. fam. Só resp. sérias.

Hermine tirara o vestido e estava de pé, perto da mesa, apenas de combinação branca de algodão, com as pernas nuas e sem cor à mostra.

– Quer nos deixar? – disse simplesmente a mãe.

Essas palavras foram suficientes para fazer Hermine desabar. Ela se jogou nos braços da senhora Pontreau com lágrimas escorrendo pelo rosto, o peito agitado por soluços.

– Não, mamãe!... Mamãe... mamãe...

Elas eram da mesma altura, mas a mãe dava a impressão de ser sólida como uma torre. Seu olhar mirava o vazio, por cima do ombro da filha.

– Não sei o que me deu! Perdão, mamãe...

E os soluços brotavam com violência no quarto mal iluminado.

– Vá para a cama.

– Não! – gritou Hermine, aterrorizada. – Não me deixe sozinha, mamãe! Estou com medo...

A senhora Pontreau afastou lentamente a filha, ergueu sua cabeça.

– Medo de quê?

Viève seria capaz de chorar daquela forma, entregar-se àquela angústia toda. Mas Hermine tinha trinta anos. Ela não era frágil e ninguém nunca imaginaria que sentisse alguma emoção.

As lágrimas não lhe caíam bem, especialmente vestida como estava, com uma combinação simples, sem nenhum adorno, os cabelos meio desgrenhados.

– Estou com medo! Não sei...

A mãe a olhou nos olhos e os soluços cessaram de imediato. Hermine desviou o olhar, envergonhada.

– Medo de quê?

– De nada! Juro!

Ela disse essas palavras com força, como se quisesse escapar de uma acusação terrível.

– Fale baixo. Suas irmãs não precisam ouvir... Ainda está com medo?

– Não...

O quarto era pequeno e as duas mulheres eram grandes. Não pensaram em se sentar. A senhora Pontreau estava tão pálida quanto a filha.

– Tem certeza de que não está mais com medo?

E os olhares eram tão dramáticos que não concordavam com as palavras que eram ditas. Talvez tivessem outro sentido?

– Perto da sua mãe, você não precisa ter medo, está ouvindo?

O semblante de Hermine se fechou.

– Sim, mamãe.

– Não eduquei bem vocês? Não cuidei de tudo depois que o pai de vocês morreu? Alguma vez passaram fome? Alguma vez tiveram de deixar esta casa?

E, quando disse "esta casa", olhou involuntariamente para as paredes, aquelas paredes que constituíam as fronteiras da família, ou, mais do que suas fronteiras, sua fortaleza!

– Vai dormir agora? Vai enviar essa carta?

– Não, mamãe!

– Posso confiar em você?

– Sim, mamãe.

– Então durma! Amanhã teremos uma conversa séria, porque você é a única que pode entender... Alguém terá de se casar, sim, mas é Viève...

Hermine ergueu os olhos, surpresa. Mas a mãe não estava mais disposta a falar.

– Boa noite, Hermine.

Ela a beijou na testa como todas as noites.

– Deite-se...

Quando a filha se deitou sob o lençol, com o rosto ainda úmido, os olhos vermelhos, a senhora Pontreau inclinou-se e, pela primeira vez em anos, prendeu o cobertor sob o colchão.

– Durma...

Ela desceu com calma e as outras filhas, na sala de jantar, interrogaram seu rosto em vão.

– Hermine estava chorando? – perguntou Viève.

– Que ideia!

– Pensei que tinha ouvido...

– Não pense.

E foi tudo. A senhora Pontreau mergulhou nas contas. Viève enfiou linha bege na agulha e Gilberte continuou a olhar para o teto com indiferença.

Capítulo 6

O HOMEM FOI PEGO LITERALMENTE NUM TRIÂNGULO, como se os muros da igreja, do correio e da casa do médico tivessem se deslocado, implacáveis, na solidão noturna da aldeia.

Passava da meia-noite. A chuva cessara, ou melhor, ainda caíam umas gotas, aqui e ali, que o vento carregava horizontalmente. As rajadas vinham pela estrada de La Rochelle, atravessavam a praça, onde a única luz era a do café, depois faziam uma curva, como faziam os carros, para entrar na rua estreita, no coração da aldeia.

Louis fazia pilhas de moedas que ele enrolava em papel, e em cada uma delas escrevia um total. O único barulho era o do vento. A senhora Louis já estava deitada. Faltava apenas fechar as janelas e guardar o bico da bomba de combustível.

Louis tinha o hábito de ser a última pessoa acordada na região e fazia tranquilamente seu trabalho, sem pressa, desfrutando da alegria de estar sozinho.

No entanto, havia movimento na aldeia, perto do triângulo formado pela igreja, pelo correio e pela casa do médico. Uma mulher virou-se pela terceira vez na cama, incomodada, e resolveu levantar-se de uma vez.

– Você ouviu?

O marido resmungou e a funcionária do correio, afastando o cobertor, pôs os pés descalços no piso frio e foi até a janela.

Ela ouvira um ruído anormal em seu sono. Ora, sucedia algo realmente anormal, mas sem nenhuma relação com o ruído.

A agência do correio, que ficava defronte, não tinha venezianas, porque as janelas tinham grades. Atrás da última janela, um raio luminoso moveu-se, apagou-se, ressurgiu, tão suave quanto o luar.

– Jules!... Acorda!... Tem alguém no correio...

A cama rangeu atrás dela e os pés do homem entraram em contato com o assoalho.

Como o vidro estava embaçado, a mulher abriu a janela, lentamente, com a esperança de não fazer barulho.

Houve um estalido, ainda assim. Dentro da agência, o clarão parou, em seguida apagou. Um minuto depois, ouviu-se o estrondo de uma cadeira derrubada, depois os passos nas lajotas da parte reservada ao público, do outro lado dos guichês.

Foi instintivo: a mulher gritou com todas as suas forças:

– Pega ladrão!... Pega ladrão!... Pega!...

Da sua janela, ela via o ângulo da rua onde ficava a saída do correio e a longa silhueta de um homem surgiu de repente.

– Pega ladrão!... Pega!...

Era o escritório dela que estava sendo roubado, era o dinheiro da sua caixa que o homem estava carregando!

– Pega ladrão!

A caminhonete do dono da mercearia de Marsilly, cuja lona traseira voava com a ventania, estava retornando de La Rochelle, deu a volta na praça, como o vento, passou em frente às janelas iluminadas do café e entrou na rua estreita.

– Pega ladrão! Pega!

O merceeiro estava voltando do cinema com a esposa. Ele ouviu os gritos, apesar do barulho do motor, e viu uma forma escura vindo na sua direção. Imaginou talvez impedir a fuga do ladrão, colocando-se na frente dele?

O fato é que ele girou violentamente a direção, bem em frente à igreja, e o para-choque esquerdo da caminhonete bateu num corpo.

O veículo ainda escorregou alguns metros na rua molhada.

A mulher do merceeiro murmurou:

– Será que ele está armado?

O merceeiro ficou uns bons minutos observando o homem estendido, inerte, antes de se aproximar. Louis, que estava fechando as janelas, não ouviu nada, exceto uma voz distante e uma freada brusca. Entretanto, enquanto espiava de longe, o dono da mercearia gritou:

– Me ajuda aqui!

Nas casas baixas, as pessoas dormiam sem imaginar o que estava acontecendo.

Louis chegou ao mesmo tempo que o marido da funcionária do correio. A mulher do merceeiro ficou sozinha na caminhonete, no meio da rua, enquanto o marido batia à porta do médico.

– É Gérard – disse Louis quando viu o homem desmaiado. – Onde ele estava?

A funcionária do correio, que vestira um casaco sobre a camisola, já havia dado uma olhada no correio.

– Ele tentou abrir o cofre-forte – anunciou. – Deixou tudo revirado...

– O que aconteceu com ele? – perguntou o doutor Durel da porta de casa.

– Deve estar ferido...

– Tragam para cá.

Quando ergueram seu corpo, Gérard gemeu, mas não abriu os olhos.

– Levem para a minha sala... Devagar...

O médico havia enfiado apenas uma calça e uma camisa, mas não tinha importância, pois não era um dia normal.

– Alguém acenda o fogareiro e ponha água para ferver!

Foi a funcionária do correio que se encarregou, enquanto Durel examinava o ferido. A calça e o paletó estavam sujos de lama, rasgados, e pedaços de tecido estavam colados com sangue no corpo.

– Eu nem estava muito rápido – afirmou o dono da mercearia, que preferia não olhar.

O marido da funcionária do correio sugeriu telefonar para a polícia de La Rochelle.

– Peça para mandarem uma ambulância – disse o doutor, que, ao despir Gérard, viu que os ferimentos eram bastante feios.

Louis acendeu um cigarro e sentou-se na beirada da mesa. Estava com sono, mas ia ficar até o fim. Viu entrar, timidamente, a mulher do merceeiro, que ficou sozinha na caminhonete e estava com medo. O fogareiro a gás chiava. Saía vapor do recipiente com água.

– Sirva uma dose de rum – disse o doutor a Louis, designando as duas mulheres com a cabeça. – Deve ter em cima da lareira, na sala de jantar...

Reinava uma familiaridade excepcional na casa. Com uma tesoura, o médico cortava lentamente a roupa do ferido, que abrira os olhos e olhava para o teto.

Quando o carro da polícia chegou, meia hora depois, Gérard estava nu, mas Durel cobrira as partes íntimas com uma toalha. O peito era magro, as costelas salientes. Percebia-se num tom mais escuro na pele a marca da abertura da camisa, logo acima de uma tatuagem que representava uma encantadora de serpentes.

A funcionária do correio contou a sua história, na sala de espera, e o dono da mercearia sacudia a cabeça, concordando com ela. O doutor veio em seguida, com as mangas arregaçadas.

– É melhor vocês levarem o rapaz para o hospital. Ele fraturou a perna direita em dois lugares. As costelas afundaram e pode ter complicações.

Duas janelas, se tanto, abriram quando transportaram o ferido para a ambulância. O dono da mercearia prometeu ir à La Rochelle no dia seguinte e deu a partida na caminhonete, e a lona traseira começou a bater de novo com a ventania. A ambulância fez mais estardalhaço ao arrancar e quase não conseguiu fazer a curva. Louis despediu-se e voltou para casa, sem pressa, trancou a gaveta da caixa registrada, que ficara aberta e enfiou-se na cama, ao lado da esposa.

– O que aconteceu? – perguntou ela.

– Nada. Amanhã eu conto. Dorme.

***

Todos que continuaram dormindo sem suspeitar de nada souberam do ocorrido e foram ao correio para ver a fechadura arrombada. Esperavam encontrar a tia Naquet para fazer piada com o seu admirador, mas era dia de faxina no conde de Charelles.

Por volta das dez horas, os policiais foram ao Café Louis e passaram para o salão de festas, onde se trancaram com o albergueiro. Pouco depois, o médico teve de interromper uma consulta para responder às suas perguntas.

Havia uma agitação no ar, mas uma agitação agradável. Viève passara como de hábito às oito e vinte para ir trabalhar em La Rochelle.

E, na casa cinza, não se sabia o que havia acontecido. Hermine reparou que as pessoas estavam na porta das casas e olhavam para a praça. Havia policiais de bicicleta.

– Deve ter sido um acidente – disse simplesmente a senhora Pontreau.

E, na manhã cinzenta que derramava luz pelas janelas, mãe e filha faziam a faxina, como todas as manhãs, enquanto Gilberte ocupava seu lugar no canapé verde.

Já os que, todos os dias, cruzaram com Gérard no café, não conseguiam imaginá-lo tal como realmente era. Tornou-se, subitamente, muito distante deles, muito diferente de todos os homens que eles conheciam. Não sabiam se fora levado para o hospital ou para a enfermaria do presídio. Corria o boato de que era um ladrão profissional, com três condenações cumpridas.

Louis mantinha a discrição. Servia bebidas. Escutava. Respondia, mas não dizia nada sobre as suas confabulações com os policiais.

Eram três horas da tarde e recomeçou a chover quando chegou o carro azul da polícia e, dessa vez, era o capitão em pessoa que estava nele. Ele não parou nem no café nem no correio, mas na casa do médico. Na sala de espera, uma dúzia de pessoas aguardavam a vez.

O capitão aguardou de pé que a consulta terminasse, depois entrou na sala do doutor Durel. Um minuto depois, os dois homens saíram e dirigiram-se aos aposentos do médico, no primeiro andar.

– Termine isso depois – disse Durel à empregada, que estava espanando o piano.

Seu olhar era penetrante. Quis servir um porto ao capitão, mas este recusou com um gesto.

– O senhor estava dizendo?...

O semblante de ambos era sério. A sala, de aspecto banal, de repente se tornara o centro de tudo. A aldeia era uma espécie de quartel-general.

– Fui ao hospital por volta das oito. Ele já estava com a perna engessada e parecia abatido, febril. Me perguntou se ia morrer e respondi o que o cirurgião me disse, que ele tinha noventa por cento de chances de se salvar.

– Não houve perfuração?

– Nada! Confessou espontaneamente que tinha tentado roubar a agência do correio, mas negou que tenha premeditado. Teve a ideia do roubo quando Louis exigiu o pagamento da pensão e ele não tinha dinheiro para pagar. Nesse momento, achei que o caso estava mais ou menos encerrado. Mas, duas horas depois, ele mandou me chamar, dizendo que tinha uma declaração importante a fazer. Levei um escrivão comigo e mandei registrar a confissão. Porque o tal Noirhomme me chamou para confessar outro crime e é aqui que o senhor entra. O senhor se recorda da morte de Nalliers?

O olhar do doutor se aguçou. Durel reviu a Naquet atolando o vestido preto na lama, o chapéu de través e o enorme guarda-chuva. Reviu Gilberte deitada no canapé, a irmã ao lado da janela, Viève voltando molhada de La Rochelle e a senhora Pontreau contando dinheiro.

– Foi o senhor que assinou a permissão de inumação, me parece. Ele morreu mesmo de uma queda causada por um ataque de epilepsia?

– Sem dúvida nenhuma!

– Pois então! O tal Noirhomme afirma que foi ele que matou Nalliers. Ou melhor, afirma que foi cúmplice. Segundo ele, a senhora Pontreau o viu ao lado do estábulo, logo depois que ele discutiu com o fazendeiro. Perguntou se ele queria ganhar cinco mil francos e o levou ao celeiro, onde Nalliers estava deitado, em crise. Eles levantaram o corpo juntos e o jogaram pela janela.

Ninguém estava ouvindo atrás da porta. Ninguém podia ouvi-los do lado de fora. Os dois policiais que estavam investigando na aldeia não sabiam das acusações de Gérard. E, no entanto, naquele exato momento, no Café Louis, um pedreiro disse:

– As Pontreau devem estar com o coração na mão, a essa altura!

Seu interlocutor, o vice-prefeito, balançou a cabeça, sem encontrar inverossimilhanças na afirmação, e um rapaz que estava jogando bilhar acrescentou:

– O caso está longe de ser resolvido!

O capitão acendeu um charuto e aceitou um dedo de porto. A fumaça subia, espiralando, na penumbra da sala.

– Vou me encontrar com o procurador no fim da tarde, mas queria ouvir a sua opinião primeiro. O senhor conhece essas pessoas?

Durel também fumava, fitava os copos onde um reflexo tremulava no vermelho intenso do vinho.

– Suponho que uma autopsia não adiantaria nada.

– Nada – disse o médico, como um eco.

– E interrogar a senhora Pontreau?

Durel moveu os lábios num sorriso imperceptível e o olhar que estava fixo no capitão parecia avaliar, comparar o policial com a mulher da casa cinza.

– O senhor pode tentar.

– Prefiro esperar para ter indícios mais sólidos. No entanto, se Noirhomme mantiver a declaração inicial, sou obrigado a abrir um inquérito.

Os pacientes ainda aguardavam, no andar de baixo, e só ouviam barulho quando um dos dois homens, na sala de cima, mudava um pé de lugar.

– O que acha de tudo isso? – perguntou o capitão, vendo o doutor afundado em pensamentos.

– Acho que tem alguma coisa errada nessa história.

– O que quer dizer?

– Não sei. Tem alguma coisa errada, desde o início. Tive essa sensação quando Nalliers morreu. Mas o que está me contando não faz sentido...

– Por quê? Se a mulher estava realmente em apuros...

– O senhor terá oportunidade de conhecê-la. E me dirá se consegue imaginá-la num estábulo, fazendo propostas a um empregado.

– Gérard Noirhomme matou sozinho?

Não! Durel não podia afirmar. Aliás, seus pensamentos eram vagos demais. Sentia sobretudo um incômodo, uma sensação desagradável de se debater numa matéria frágil, movediça.

– Vou falar com o procurador primeiro – suspirou o capitão, erguendo-se. – É melhor que essa história não vaze.

No entanto, a mulher que estava lavando a louça no café, como todas as tardes, afirmou, naquele mesmo instante:

– Tem alguma coisa entre a senhora Pontreau e a Naquet. Ontem, a Naquet foi na casa das quatro e, quando saiu, dizem que tinha dez mil francos na sacola...

Louis, que ouviu, não disse nada, mas sua mulher protestou:

– Como é que alguém pode dizer isso?

– Provavelmente porque viu o dinheiro. O velho Nalliers sabia muito bem o que estava dizendo, na igreja, no dia do enterro!

O carro do capitão atravessou a praça e pegou a estrada de La Rochelle. O médico retomou as consultas.

Lâmpadas foram acesas, janelas foram fechadas. A porta da igreja estava aberta e percebia-se um grande buraco negro onde quatro velas cintilavam. Sozinha nas sombras, uma velha aguardava diante do confessionário.

Era a hora do fechamento do banco, em La Rochelle, na rua onde já brilhavam as luzes das vitrines. Viève, do balcão da livraria onde acabara de vender um livro de figuras, viu Albert Leloir sair com os colegas e dirigir-lhe um aceno de cabeça.

Ele ia ao café, esperar dar seis horas. Empurrava a bicicleta ao lado dele.

O procurador estava tomando chá na casa de um armador, onde estavam também algumas senhoras, e dizia à guisa de despedida:

– Queiram me desculpar, mas vou me encontrar com o capitão para falar de um caso muito estranho.

– Em La Rochelle?

– Em Nieul.

No hospital, Gérard Noirhomme estava deitado, com o corpo paralisado no gesso, e, quando a enfermeira passou por seu campo de visão, ele seguiu com os olhos a forma branca e gorda, sem poder virar a cabeça.

Estava tranquilo. Tiveram de raspar sua cabeça para cuidar das lesões superficiais que sofrera no couro cabeludo.

Às cinco horas, a tia Naquet entrou em casa, sem ter falado com ninguém, acendeu o lampião e, tirando o chapéu, acendeu a lareira, atravessou o pátio para pegar água no poço.

A chuva fina encharcava tudo, parecia mais penetrante desde que o vento amainara. Sem sair de casa, a Naquet via a mercearia em frente, que também vendia legumes, e três mulheres conversavam.

– Acha mesmo? – disse Hermine com surpresa, respondendo a uma frase da mãe, que se sentou e pôs os óculos.

Falavam de Viève. Como a conversa acabara nela? Elas haviam encerado a sala de jantar. Gilberte reparou que o cheiro da cera lhe recordava os bosques de pinheiros.

E a senhora Pontreau disse:

– Vou mandar Viève fazer um raio X.

– Por quê, mamãe?

– Receio que ela tenha os pulmões fracos.

Uma das sobrinhas da senhora Pontreau morrera de tuberculose e ela se recordava do brilho estranho nos olhos, das bochechas vermelhas, de certa maneira de ser que lembrava Viève.

– Ela não tem tosse! – observou Hermine. – E pega a estrada com chuva, com sol...

A conversa se desviou novamente.

– Talvez não pegue sozinha – suspirou a senhora Pontreau.

Ela não tinha certeza. Notara várias vezes que, ao voltar, à noite, Viève parecia febril, não olhava a mãe nos olhos, enrubescia quando olhavam para ela. E havia ainda os lábios muito vermelhos, como que se tivessem sido machucados por beijos.

Além do mais, nunca chegava sem fôlego, depois de fazer um longo trajeto.

– E eu a proibi de ir dançar no Pérgola e no Café Français.

O rumor das conversas do lado de fora não chegava até elas. Àquela hora, as casas, de portas e janelas fechadas, ficavam vedadas.

Hermine molhou a ponta da linha entre os lábios e ergueu a agulha contra a lâmpada. Gilberte, aparentemente, acompanhava a conversa arrastada e, no entanto, já sem paciência, disse de repente:

– Mas o que será que aconteceu?

Hermine teve um estremecimento e olhou furtivamente para a irmã, como se aquelas palavras refletissem suas preocupações. A senhora Pontreau, sem levantar a cabeça, perguntou calmamente:

– Do que está falando?

– A polícia passou três vezes. Agora há pouco tinha duas mulheres paradas...

– Onde?

– Não sei. Estou com os nervos à flor da pele. Escuto cada mínimo barulho... Me dá um copo de água, Hermine...

Ela estava com calor. Respirava com dificuldade. Não sabia o que queria nem o que a incomodava. Talvez a visão dos policiais, os mesmos que foram à Pré-aux-Bœufs? Ela estava tão abatida, tão deprimida quanto Nalliers, indo e vindo, de testa franzida, boca amarga, irritado, atormentado, doente, os pés enfiados naquelas ridículas pantufas, sem nenhuma autoridade sobre os homens na debulha nem sobre as mulheres na casa, sem ânimo, sem esperança, já quase sem vida.

– Se tivesse realmente vontade – disse sua mãe –, poria a mão na consciência. O que adoece você é não fazer nada!

Gilberte não respondeu. Nem sequer olhava para a mãe, apenas para a irmã, que lhe estendia o copo de água. Teve a impressão de que o olhar de Hermine se esquivava do seu.

– Queria chamar alguém para consertar a janela do meu quarto, ela bate a noite inteira.

– Todas estão precisando de conserto. Bluteau pediu mil francos para consertá-las.

Viève e o namorado pedalavam lado a lado na estrada plana.

– Teve um roubo perto de vocês essa noite – disse.

– Perto de nós?

– Enfim, na sua aldeia. Parece que é um caso complicado.

Viève não disse nada. Não estava interessada. Estava com dor no tornozelo, que resvalara no pedal.

– Você vem amanhã?

– É verdade! Amanhã é domingo! Vou tentar.

– Não conte para a sua mãe que vai ao cinema.

E, por uns cens metros, pedalou com uma mão no ombro da sua companheira.

O procurador olhou instintivamente para o capitão, sentado do outro lado da escrivaninha. Entre eles, havia um abajur verde.

– Evidentemente! – suspirava de vez em quando, como se essa palavra respondesse a todos os seus pensamentos.

Estava aborrecido. O capitão aguardava uma decisão.

– Muito bem! Não temos alternativa. Veja o que há de verdade nisso!

A senhora Pontreau, que estava lendo o jornal, estremeceu, aguçou os ouvidos, correu para a porta. Viève já estava na soleira, carregando a bicicleta, e a mãe espreitou inutilmente a escuridão.

– Está sozinha?

– Por que essa pergunta?

E a porta se fechou.

Capítulo 7

QUANDO VIÈVE SAIU, às oito horas da manhã, a aldeia tinha o seu aspecto habitual. Não estava mais chovendo. O vento soprava do norte e, pela primeira vez, Viève sentiu os arrepios do inverno. As marcas da chuva ainda eram visíveis. Havia poças grandes, irregulares, como uma carta geográfica, em frente ao café.

Na primeira saída para a estrada, Viève viu a filha do padeiro, que estava indo de bicicleta para La Rochelle, onde fazia um curso de estenografia. Ela a alcançou com algumas pedaladas, como de hábito.

– Bom dia, Germaine – disse. – Que frio, não?

Não houve resposta. O rosto de Germaine não se virou para Viève. A bicicleta continuou a uma velocidade desanimadora de tão constante.

– O que foi? Está zangada?

Germaine tinha um nariz grande, redondo, que se destacava no semblante carrancudo.

– Azar o seu! Cara de sapo! – exclamou Viève, erguendo-se para dar impulso na bicicleta, que avançou uma centena de metros.

Por causa disso, chegou cinco minutos mais cedo à livraria e esperou em frente à vitrine fechada, enquanto a Rue du Palais se preparava para o comércio diário.

A porta da casa cinza abriu-se uma segunda vez por volta das nove e quinze e a senhora Pontreau, vestida toda de preto, desceu os degraus e dirigiu-se à praça. Prendera ao corpete seu broche grande de ouro e carregava uma bolsa preta de tecido que lhe servia de sacola.

A aldeia estava mais animada do que na passagem de Viève. Ao lado do café, carroceiros descarregavam cimento em frente a uma casa na qual o proprietário estava levantando um andar. Quatro pessoas aguardavam o ônibus em frente ao albergue.

A senhora Pontreau teria notado o movimento de recuo quando parou? As quatro pessoas, três mulheres e o marido da funcionária do correio, olharam obstinadamente para o lado, depois de dar dois passos para a beira da calçada.

Isso não a impediu de ser a primeira a subir no ônibus, como se fosse direito adquirido. Ocupou o melhor assento, no fundo, e, durante o trajeto, olhou pelo vidro embaçado, atrás do qual mal se distinguiam as costas do motorista. O linóleo do corredor ainda estava molhado.

Nem uma única palavra foi proferida até La Rochelle, onde o ônibus parou na Place d'Armes.

À medida que as horas passavam, o céu se tornava mais límpido e mais frio. A cem metros da praça, a senhora Pontreau entrou no escritório do tabelião e perguntou ao escrevente sentado atrás da balaustrada:

– O senhor Ballu está?

– Vou ver.

Então ele estava lá! Aliás, o escrevente bateu antes de entrar na sala do tabelião. Ausentou-se uns segundos e voltou contrariado.

– Me disseram que ele acabou de sair.

A senhora Pontreau observou-o com olhos duros, lábios contraídos, mas contentou-se em murmurar:

– Muito bem.

Dirigiu-se então à praça do mercado. Era dia dele. E ela não comprava nada em Nieul, pois os vizinhos não precisavam saber o que ela comia. Fora com esse propósito que confeccionara a bolsa grande de tecido preto, mais discreta e mais distinta do que uma sacola comum.

– Quanto está o repolho?

Alguém que ela não conhecia passou ao seu lado e deu meia-volta, enquanto a vendedora, de quem ela comprava legumes todas as semanas, olhava em volta com certo embaraço.

– Émile!... Émile!...

Chamava pelo marido, a quem gritou:

– Atenda aqui!

Uma fileira de cestos adiante, um grupo de seis mulheres conversava em voz baixa e espiava a senhora Pontreau.

– É um repolho o que a senhora vai querer? – perguntou Émile.

– Volto quando vocês tiverem educação!

Ela se afastou e, na esquina da Rue du Minage, entrou na mercearia onde se abastecia havia mais de dez anos. As três vendedoras de avental branco e a patroa, que estava na caixa, a conheciam bem. Mas sua entrada foi o suficiente para que todas, inclusive as duas clientes, perdessem a naturalidade.

– Me dê um quilo de açúcar, um quilo de feijão branco e duas latas de sardinhas, as mesmas da última vez.

A vendedora, que não tinha nem dezoito anos, parecia sem ação e virou-se para a patroa, como se pedisse socorro.

– Volto depois para pegar os pacotes.

Ela não reagira.

Na rua, a senhora Pontreau caminhou a passos regulares, viu algumas pessoas comprando o jornal *La Petite Gironde* numa banca e lendo imediatamente o artigo de primeira página.

– *La Petite Gironde* – pediu também.

Ela não abriu o jornal ali. A jornaleira fizera sinal para os clientes. A senhora Pontreau afastou-se, absolutamente ereta no vestido preto, com a sacola de compras na mão. Caminhou um pouco mais rápido, embora tivesse ainda uma hora pela frente antes da partida do ônibus. Passou reto pela charcutaria onde deveria comprar banha, mas, quando passou, a mulher do charcuteiro foi até a porta para observá-la.

A senhora Pontreau segurava o jornal dobrado na mão. Tentara ler o título e decifrara vagamente:

Caso misterioso perto de La Rochelle

Subitamente, virou à direita, numa rua ladeada de velhos casarões provincianos, atravessou o portão do terceiro casarão e entrou num lindo pátio de chão de cascalho. Havia apenas duas senhoras e uma menina no antigo salão que os guichês haviam transformado em Caixa Econômica. A senhora Pontreau era cliente assídua. Todos a conheciam. Ela trazia sua caderneta com ela.

– Quero retirar o total – disse com a voz mais natural.

Ela colocou o jornal no balcão de apoio, ao lado do guichê, e de novo tentou ler.

– Preciso ver se posso lhe dar todo o dinheiro agora.

A moça da caixa demonstrava uma agitação febril. Cochichou com o diretor, no fundo do salão. Ele estava numa mesa mais afastada, ao lado da estufa.

Após uma tentativa de roubo na agência do correio de Nieul-sur-Mer, um caso de maior envergadura está prestes a vir à tona...

– Vou lhe entregar dez mil francos – anunciou a moça. – Queira assinar aqui, por favor.

Às vezes brilhava um pálido raio de sol, mas era imediatamente absorvido pela brancura do céu. Quando a senhora Pontreau saiu, tinha dez notas de mil francos na bolsa, mas o jornal ficou no balcão.

As ruas se animavam. Era aquela animação especial das manhãs, feita principalmente do vaivém das caminhonetes de entrega e da procissão de donas de casa indo de vitrine em vitrine.

A senhora Pontreau retornou à mercearia, onde a vendedora a olhou aflita.

– Ainda não está pronto?

– Ainda não – disse a patroa, da caixa. – Se puder voltar em quinze minutos...

A senhora Pontreau ainda não comprara nada. No mercado, na Rue Saint-Yon e na Rue du Palais, todo mundo a conhecia. Ela caminhou mais rápido, foi até a ponta do cais, onde ficavam as lojas que ela sempre desprezara. Comprou dois repolhos, banha, uma libra de margarina e sardinhas.

– Me dê mais doze latas de sardinhas – pediu quando já estava de saída.

Refletiu um instante, inspecionando as prateleiras.

– E doze latas de carne!

– Só me sobraram dez.

Seu olhar estava cada vez mais fixo, como se seu cérebro trabalhasse ativamente.

– Espere! Cinco quilos de ervilha seca...

– Como pretende carregar tudo isso?

Era uma loja modesta, que não estava habituada a compras tão grandes.

– Cinco quilos de feijão.

A sacola se encheu como um saco militar, com ângulos retos formados pelas latas de conserva. Estava pesada, mas a senhora Pontreau não parecia se dar conta.

Ela chegou à Place d'Armes a tempo de pegar o ônibus, no qual havia um casal de fora da região. O motorista não virou nem uma única vez a cabeça.

Alguém esquecera no banco um exemplar do *La Petite Gironde*, mas a senhora Pontreau não esboçou nenhum um movimento para pegá-lo.

– Esse ônibus vai para Charron? – perguntou o viajante.

Ela fez sinal que sim e foi só, até Nieul.

A senhora Pontreau quase escorregou ao descer os degraus do ônibus carregando a sacola. Permaneceu um instante parada, tentando descobrir o que havia de anormal ao redor dela.

Era principalmente uma sensação de vazio. A porta grande da ferraria estava aberta, mas não havia ninguém trabalhando no lusco-fusco onde a fumaça verde da forja fazia rodopios. Não havia ninguém entrando nem saindo da padaria. Não havia alma viva na praça e, no entanto, a senhora Pontreau percebia, muito perto dela, um frêmito de vida.

Quando o ônibus se distanciou, a senhora Pontreau contornou a esquina e pegou o caminho do mar, a duzentos metros de sua casa.

Cinquenta pessoas, talvez mais, estavam diante de sua casa e um caminhão jazia contra o muro branco da casa da frente, com as rodas dianteiras retorcidas.

A senhora Pontreau não viu as filhas. A porta estava fechada. A casa cinza era o centro das atenções? Em frente a um casebre, muito perto do caminhão, estava estacionado o carrinho do médico e metade dos curiosos, pelo menos, estava agrupada ao redor dele. Ela avançou, com seus passos regulares, e conseguiu manter os ombros direitos, apesar do peso das compras. Pouco a pouco, todos se viraram para ela, mas ninguém se mexeu. Reinava um silêncio de tragédia.

O que era difícil de entender era o caminhão contra o muro e, principalmente, o carro do médico estacionado na frente do casebre. A senhora Pontreau estava a apenas dez metros de casa e ia atravessar a multidão quando a porta azul se abriu. O doutor Durel parou um minuto na soleira, franziu a testa. Algumas pessoas se aproximaram.

Entretanto, os olhares permaneciam cravados na silhueta sombria que continuava andando. Outra figura apareceu atrás do médico: a Marie, uma moça gorda, casada com um rapaz que trabalhava no forno de cal, e que estava sempre na porta do casebre, sacudindo os seios debaixo da bata larga, de braços nus e tamancos nos pés, lavando, costurando ou descascando legumes.

A Marie tinha o hábito de conversar com as comadres que passavam. Sua risada era sonora, seus movimentos eram enérgicos e grosseiros. Às vezes se descompunha, brigava com uma vizinha que andava fazendo fofoca sobre ela. E, agarradas à barra de suas saias, havia sempre duas crianças lindas, gorduchas, bochechudas, de traseiro de fora, olhos azuis e cabelos loiros.

– Dá licença?... – disse ela, afastando o médico.

A senhora Pontreau escutou e continuou obstinadamente seu caminho.

– Vamos ver se ela vai continuar matando...

Todo mundo se moveu sem propósito, sem razão. As pessoas se afastaram para dar passagem à senhora Pontreau. O doutor deteve a Marie com uma força inesperada.

Ela não chorava, mas seus cabelos estavam tão desgrenhados quanto a crina de um puro-sangue, seus olhos fuzilavam, sua voz rouquejava.

– Me solta, estou mandando! Ela vai se ver comigo!

Restavam apenas alguns metros a percorrer e a senhora Pontreau parecia medir os passos, calcular a velocidade do seu andar.

Ela ultrapassou a porta azul. Agora eram cinco para conter a mulher em fúria.

Ao passar, a senhora Pontreau percebeu, sem ver nitidamente, os rostos pálidos, os olhos fitos e cruéis. Teve de pousar a sacola de mantimentos no quarto degrau para pegar a chave de dentro do corpete.

A mulher urrava. Suas palavras eram incompreensíveis. Debatia-se contra os que a seguravam. Os músculos sobressaíam em seus braços nus.

A chave girou. A senhora Pontreau pegou a sacola, deu dois passos no corredor escuro e fechou a porta, pôs a corrente, sem notar que Hermine estava agachada contra a parede, os lábios trêmulos, os olhos esgazeados.

A Marie havia escapado dos seus guardiões. Correu, subiu os degraus da casa cinza, dava murros violentos na porta e gritava:

– Assassinas!... Assassinas!... Mas eu pego vocês! Eu pego...

Carregaram-na de lá. Era impossível saber ao certo, de dentro da casa, o que estava acontecendo do lado de fora. Foram os policiais de bicicleta que deram dois toques de campainha na praça? O médico devia estar de partida, pois elas reconheceram o barulho da embreagem.

– Mamãe... mamãe... – sussurrava Hermine, batendo os dentes.

Não dizia nada além disso. Parecia incapaz de desprender-se da parede marmorizada à qual colara as costas. E sua garganta se contraía, mas não deixava escapar os soluços.

– Venha!

Era a voz da mãe, a voz calma, um pouco seca, de todos os dias. A senhora Pontreau não se esqueceu da sacola preta, que deixou, como sempre, em cima da mesa da cozinha, antes de passar para a sala de jantar.

– Onde está Gilberte?

Hermine apontou para o teto e, apoiando os cotovelos no mármore da lareira, escondeu a cabeça entre as mãos.

– Quem fechou as venezianas?

– Fui eu... Fiquei com medo. O carro do açougue chegou. Saí para pegar a carne... Um homem que eu nunca vi desceu da bicicleta, perguntou se eu era a senhorita Pontreau e me entregou um papel dobrado. As pessoas ficaram me olhando. Um menino cuspiu no meu vestido. Me virei para ele, mas a mãe dele se aproximou, com as mãos na cintura.

Hermine passou as mãos pela testa. Aconteceu tudo muito rápido. De repente, havia um mundo de gente em volta da caminhonete e, de repente também, por causa da cusparada, a multidão mudou de atitude. Começou o murmurinho.

– Gente assim deveria morrer de fome – rosnou o seleiro.

E Hermine recuou. Uma pedra a antecedeu e quicou na soleira.

Então ela se trancou, correu de quarto em quarto para fechar as janelas.

– Mamãe! O que está fazendo?

A senhora Pontreau, que havia tirado o chapéu e o casaco, estava abrindo as janelas da sala de jantar, empurrou as venezianas e em seguida fechou os vidros, fazendo a luz clara do dia entrar violentamente na casa.

Na rua, as pessoas se amontavam, viam-se entre elas os quepes dos dois policiais.

– Cuidado, mamãe!

A senhora Pontreau, impassível, entrou na sala de estar, empurrou as venezianas e ofereceu a visão de sua pessoa aos manifestantes. Foi o suficiente para impor silêncio, mas um silêncio absoluto demais para durar. Começaram os gritos. Ela ergueu a cabeça e exibiu um rosto sem cor que mantinha a rigidez habitual sob os bandôs grisalhos.

– Onde está Gilberte? – repetiu, voltando à sala de jantar.

– Ela leu o papel e se trancou no quarto.

– Que papel?

Estava em cima da mesa, um papel timbrado, de má qualidade, mal impresso, do Tribunal de Justiça de La Rochelle.

O juiz de instrução Gonnet... intima a comparecer... sexta-feira, dia 12, às quinze horas... de seu interesse...

– E? – fez a senhora Pontreau.

Hermine, atordoada, olhou para a mãe, apontou para o jornal desdobrado que jazia no chão. Havia vinte jornais na caixa de correio abarrotada, todos do mesmo, alguns foram passados por baixo da porta.

... confessou o assassinato de um fazendeiro de Nieul, cometido em circunstâncias particularmente revoltantes... Ele denunciou sua cúmplice, a própria sogra da vítima, que...

Hermine chorou finalmente, sem saber por quê. Na rua, os policiais tentavam dispersar a multidão, dizendo:

– Por favor... Não é da conta de vocês... Deixem a justiça agir...

– Foi horrível... – gemeu Hermine.

– O que foi horrível?

– O menino... Quando o carro...

Ela não tinha coragem de olhar pela janela, ficara chocada com o acidente. Foi logo depois que entrou em casa. Tomada de pânico, estava fechando as janelas às pressas quando o caminhão apareceu, carregado de cestos de mexilhões. O motorista buzinou. As pessoas, em volta da caminhonete do açougue, se afastaram. Mas um dos meninos da Marie, o menorzinho, o mais bochechudo, o mais loiro, teve a ideia maluca, inexplicável, de atravessar a rua correndo.

Uma roda passou por cima dele, apesar da guinada no volante que fez o caminhão bater no muro. Todo mundo gritou ao mesmo tempo. Algumas pessoas viraram o rosto para não ver. E foi a Marie, com os braços ainda sujos de sabão, que se jogou brutalmente sobre o corpo esmagado e o levou às pressas para dentro de casa.

– Morreu? – perguntou a senhora Pontreau, baixando a cabeça.

– Acho que sim. O doutor entrou e saiu.

Um quepe de policial apareceu na janela. Não era uma garantia de segurança?

– Guarde os mantimentos no armário.

– Mas, mamãe...

– Eu disse para guardar.

Ela não precisava dar explicações. Sabia o que estava fazendo. Era importante.

Enquanto Hermine obedecia, segurando as lágrimas, a senhora Pontreau dirigiu-se à escada, chegou ao primeiro andar e tentou abrir a porta do quarto de Gilberte. Estava trancada.

– Gilberte!

Ninguém respondeu. A senhora Pontreau sacudiu a porta.

– Gilberte! Sou eu! Abra essa porta...

Alguma coisa se mexeu dentro do quarto, mas não houve resposta.

– Gilberte!

E a senhora Pontreau esperou, cruzou as mãos sobre o ventre. Segundos, minutos se passaram. Havia movimentos indistintos no quarto.

– Gilberte! Abra...

Uma voz raivosa, cruel, descontrolada, gritou:

– Nunca! Nunca! Nunca!...

A senhora Pontreau ainda permaneceu um momento parada, franziu o cenho. Suspirou, soltou o broche do corpete e entrou em seu próprio quarto para trocar de vestido, como fazia sempre que retornava de La Rochelle. Refletiu e, assim que terminou de vestir a roupa de todos os dias, recontou as dez notas de mil francos, escutou de novo atrás da porta da filha.

O segundo andar da casa era constituído apenas de celeiros e mansardas. Chegava-se por uma escada envernizada, de degraus bastante largos. No fim da escada, havia um alçapão que era preciso erguer com os ombros, como na Pré-aux-Bœufs.

A senhora Pontreau foi até o último celeiro e escolheu a brecha mais profunda que havia entre as vigas. Antes de esconder as dez notas, embrulhou-as em papel e amarrou-as com uma fita rosa que tirou do próprio saiote.

A praça de Nieul continuava deserta. Os curiosos, que os policiais fizeram recuar, formaram uma barreira a cem metros da casa cinza. Às vezes um veículo passava direto pelo café, na direção de Marsilly ou La Rochelle. O médico fora a Lauzière, onde tinha três pacientes.

Era bem possível que geasse, pois o céu embranquecera e todas as cores se intensificaram no ar límpido.

Um único ser atravessava a praça deserta de vez em quando. Era a tia Naquet, de chapéu preto e guarda-chuva, indo até a esquina da estrada que levava ao mar. Lá, esticava um pouco o pescoço para ver sem ser vista. Falava sozinha. Batia em retirada, agitada, como se quisesse voltar para casa, mas dava meia-volta e voltava para olhar de novo.

Louis, que voltara ao seu posto no albergue, viu-a e abriu a porta envidraçada.

– Não quer beber um copo? – propôs à empregada, que nem sequer o viu.

Ela teve um sobressalto, olhou assustada em redor e pôs-se em marcha, mais rápido, quase correndo, e agitando o guarda-chuva.

A Marie não chorava mais, não ameaçava mais. Desabara num canto da sala escura onde, perto da bacia de roupa ainda cheia de água e sabão, o pequeno defunto estava estendido em seu berço. A outra criança estava na casa de uma vizinha. Haviam prevenido o marido no forno de cal. Um guincho fora chamado para levar o caminhão, que continuava com o nariz enfiado no muro. Uma caminhonete estacionara ao lado dele e três homens transferiam os cestos de mexilhões, que deviam estar na estação antes da uma da tarde.

Um único policial permanecera no local. O outro, fechado na cabine telefônica, conversava com o capitão.

Não se ouvia nenhum ruído na casa cinza. Não se percebia nenhum sinal de vida, exceto fumaça subindo pela chaminé.

Pouco a pouco, a contragosto, as pessoas se afastaram, pois era hora do almoço.

Capítulo 8

ÀS ONZE HORAS DA MANHÃ, naquele mesmo dia, Viève empurrou a porta do banco e parou bem no centro do espaço reservado ao público, entre os balcões em L. Um relógio grande, esmaltado, desenhava um disco de um branco irreal sobre o castanho da parede revestida de madeira. Quatro funcionários, do outro lado do balcão, estavam inclinados, de perfil, sobre escrivaninhas que ela não podia ver de onde estava.

Todos os quatro ergueram a cabeça quando Viève, com passos irregulares, dirigiu-se ao terceiro, Albert Leloir, cuja seção era indicada pela palavra *Saques*.

– Pode sair um minuto? – perguntou ela, prendendo-o com o olhar.

Ele estava vestindo um paletó cinza velho, que ela jamais vira, pois ele devia deixá-lo na agência e usá-lo apenas para trabalhar. Após uma olhadela no relógio branco, apontou para a porta dos fundos.

– Me espera na esquina.

Viève esperou uns dez minutos sob os arcos da Rue du Palais. Estava um pouco distante para que pudessem reconhecê-la da livraria. Tivera uma manhã estranha, opressiva como um pesadelo. Não sabia de nada. Não lhe disseram nada. E todo mundo, o livreiro, a mulher do livreiro, as duas vendedoras a olhavam com uma mistura de severidade e pavor.

A ponto de ela achar que a viram com Albert e que seu comportamento escandalizara todo mundo!

Alguém de Nieul entrou e ela quis atendê-lo, mas o cliente, sem lhe dizer uma palavra, passou reto por ela e dirigiu-se à outra vendedora.

– Senhorita Geneviève!

Quando o patrão a chamou no escritório, foi para adverti-la.

– Creio que a senhorita ainda não tirou suas férias este ano.

– Tirei três dias na Páscoa, senhor.

– Então tire o resto.

– Eu queria pedir oito dias no Natal...

– Peço que tire já, imediatamente, quinze dias de férias. Depois veremos.

Ela não entendeu. Viu um jornal aberto na escrivaninha e um artigo marcado a caneta azul, mas não relacionou o *Petite Gironde* ao pedido de férias.

– Posso lhe garantir, senhor, não faço questão de tirar férias agora...

O livreiro perdeu a paciência.

– Leia isso... Vou deixá-la sozinha. Vai entender por si mesma o que deve fazer.

O que ela devia fazer? Correu ao banco. E agora, parada na calçada, com os dedos crispados, segurando a bolsa, esperava Albert. Ela o viu sair, olhar em volta, depois ir até ela e ela se sentiu aliviada quando ele, como de hábito, quando não estavam de bicicleta, pegou no seu braço.

– Preciso explicar uma coisa... – começou ela.

– Vamos ali. Já estou sabendo.

– Albert, não posso mais voltar a Nieul! Não sei o que vou fazer, mas...

Transeuntes esbarravam neles. Eles falavam baixo. Viève dava passos curtos, acelerados, para acompanhar Leloir.

– Você tem alguns minutos? – ocorreu-lhe de repente perguntar.

– Pedi folga no resto do dia.

Chegaram ao cais. Em certo momento, Viève parou e apertou o braço do seu companheiro. Numa rua transversal, a senhora Pontreau saía de uma mercearia pequena, com a sacola cheia de mercadorias. Viève estremeceu. Constrangido, Leloir tentou puxá-la.

– Faço qualquer coisa, mas não volto para casa...

Pescadores estavam desembarcando cestos de peixes. A vida seguia seu curso tranquilo sob o céu uniformemente branco e sem brilho. Ninguém prestava atenção ao casal que perambulava e decidia seu futuro.

Albert caminhou um bom tempo de cabeça baixa, refletindo, antes de pronunciar, sentindo as narinas estremecerem, o olhar se encher de orgulho e inquietação:

– Quer viver comigo?

Ela não sabia. Estava agarrada ao seu braço e, quando o soltasse, não teria mais nenhum apoio.

Caminharam mais rápido. Albert morava com os pais, do outro lado do pontilhão. Deixou Viève perto do pontilhão, de onde ela via os trilhos cintilantes e uma locomotiva fumegante, sozinha, longe da estação.

Quando retornou, meia hora depois, Albert declarou:

– Feito!

Fora pegar dinheiro, exatamente quatrocentos francos, tudo que conseguira de sua mãe, dizendo-lhe que se tratava do futuro de um amigo.

Percorreram em seguida as ruelas vizinhas ao porto e acabaram entrando no hotel mais sórdido da região. Leloir não estava habituado a esse tipo de situação. Fazia rodeios demais, tomava precauções excessivas. Conseguiu, no entanto, um quarto para uma semana e, enquanto Viève subiu, foi comprar frios e pão.

Quando subiu finalmente para o quarto, que dava para um pátio interno, Viève estava dormindo, vestida, sobre a colcha vermelha da cama.

Nesse mesmo momento, a senhora Pontreau batia pela segunda vez à porta de Gilberte, chamando, sem obter resposta.

Ao anoitecer, as venezianas da casa cinza foram fechadas, como de hábito. Não havia mais ajuntamento na rua. O próprio policial se distanciara uns cinquenta metros.

Dez vezes em duas ou três horas, Hermine se jogou contra a parede, chorando desesperada, e agora estava mole como uma boneca de trapos, os olhos apagados, o nariz inchado de tanto assoá-lo.

Ela não perguntou nada à mãe. Não quis saber se as acusações do vagabundo eram verdadeiras. Ia de cômodo em cômodo, cansada e enojada, tentando evitar a senhora Pontreau.

– Não vai preparar o jantar?

– Não posso!

– O que é que você não pode?

– Comer... Ver comida na minha frente...

E Viève, que não voltava! E Gilberte, que continuava trancada! E, na sala de jantar, a senhora Pontreau, que pusera os óculos, abriu um livrinho de capa vermelha, o código penal. Com o auxílio de uma caneta tinteiro, que arranhava e borrava, ela tomava notas com uma letra pequena e uniforme. Às vezes, perguntava:

– Não ouviu nada?

Ela continuava atenta aos ruídos de fora! Devia estar preocupada com a demora de Viève!

– Sua irmã tem um namorado – disse ela, por volta das oito horas, fechando o código e ordenando suas notas.

– Como sabe disso?

– Desconfio há muito tempo.

Ela pôs a mesa com o mesmo cuidado dos outros dias, sem esquecer os pratos de Viève e Gilberte. Subiu mais uma vez e chamou a filha.

– Quer que eu traga alguma coisa para você comer?

Gilberte não respondeu. E, no entanto, ela estava de pé dessa vez, pois havia passos no quarto. O que ela estava fazendo no escuro?

– Não vai abrir para a sua mãe?

Ouviu, à guisa de resposta, o choro convulsivo e o rangido das molas da cama.

Hermine tomou o lugar da irmã no canapé verde. Recusou-se a sentar à mesa. Não conseguia descravar os olhos da mãe, que comeu lentamente, primeiro sardinhas, depois queijo.

– Vá se deitar.

– Não! Não posso.

– Pretende passar a noite inteira acordada?

– Vou ficar aqui. Não consigo entrar no meu quarto.

A senhora Pontreau sentiu que a filha tinha medo dela. Tirou a mesa e foi ouvir atrás da porta da rua. Pessoas conversavam em voz baixa, não muito longe. Não se distinguia o que diziam. A casa estava silenciosa. Ela passou a noite assim, pois Hermine adormeceu no canapé, deixando a lâmpada acesa, e a senhora Pontreau dormiu na própria cama.

Quando desceu pela manhã, tinha olheiras profundas, mas o semblante estava calmo. Fizera uma toalete esmerada como se fosse para uma cerimônia, e a casa se enchera do ruge-ruge sedoso do vestido preto.

– Gilberte!

Gilberte remexeu-se sem responder e a mãe não insistiu. Na cozinha, Hermine preparava maquinalmente o café. Seu vestido estava amarrotado. Parecia suada e febril.

A senhora Pontreau abriu as janelas e um raio de sol penetrou na casa.

– Vai sair? – assustou-se Hermine ao ver a mãe pôr o chapéu.

– Por que não sairia?

Ela saiu, de fato, com um andar altivo, e dirigiu-se à parada do ônibus.

A Marie devia estar dormindo, ou ausente, pois havia somente uma velha na porta do casebre.

Para pegar o primeiro ônibus, em frente ao café, havia somente dois empregados de escritório, uma datilógrafa e um operário. Todos trabalhavam em La Rochelle. A senhora Pontreau ainda não se aproximara do grupo quando um policial se aproximou dela, tímido, inibido.

– Com licença, senhora. Não acha que seria melhor chamar um táxi?

– Por quê?

Ele procurava as palavras. Ela o olhou nos olhos.

– Evitaria, talvez...

– Sempre peguei o ônibus e vou pegá-lo hoje também – declarou ela. – Não tenho medo de ninguém. Não tenho motivo nenhum para ter medo.

E ninguém se opôs! O operário ainda resmungou alguma coisa entre os dentes, expeliu de propósito a fumaça do cachimbo na direção da senhora Pontreau, mas foi só.

Às nove horas, ela entrou no escritório de um advogado de La Rochelle, um senhor baixo, de cabelos brancos e pele rosada, que sempre enfeitava a jaqueta com uma roseta vermelha.

– Sente-se, senhora.

Disse tarde demais, pois a visitante já estava sentada e abria a bolsa para pegar uns papéis cheios de notas manuscritas.

– O senhor sabe quem sou, sem dúvida.

O advogado inclinou a cabeça e limpou as lentes dos óculos num lencinho de camurça.

– Nesse caso, gostaria que o senhor apresente queixa, em meu nome, contra o denominado...

Ela teve de consultar suas notas.

– ... Gérard Noirhomme...

– Por calúnia? – perguntou o advogado.

– Calúnia e falso testemunho. É imperioso que a queixa seja apresentada hoje, antes do meio-dia.

O advogado estava atônito. Não ousava olhá-la de frente, enquanto ela o esmagava tranquilamente com o olhar.

– Suponho que o senhor entende por quê?

– Confesso que não.

– Fui intimada a comparecer diante do juiz esta tarde. Como testemunha, não tenho acesso aos autos. Não tenho nem mesmo o direito à assistência de um advogado. Por outro lado, se processo e me constituo como parte civil...

– Exato. A senhora tem um representante legal?

– Gostaria que o senhor me indicasse um.

– Temos em La Rochelle um homem de primeira linha que...

– Não preciso de um advogado de primeira linha. Prefiro, ao contrário, um principiante. E não é tudo. Também quero apresentar queixa por desvio de menor.

Ela ficou uma hora fechada na sala com o advogado, que, quando a acompanhou à porta, estava com a testa molhada de suor. Ela leu o endereço do advogado, que ele havia escrito num pedaço de papel, e atravessou o centro da cidade com passos firmes.

Até o meio-dia, o advogado e seus funcionários trabalharam apenas para ela, redigindo textos em papel timbrado, indo ao cartório e ao tribunal, fazendo chamadas telefônicas.

Ao meio-dia em ponto, a senhora Pontreau sentou-se no principal restaurante do cais e, quando lhe estenderam o cardápio, disse negligentemente:

– O prato do dia.

Não ignorava que todos olhavam para ela, que a garçonete não tinha coragem de se aproximar para pôr os pratos na mesa, mas seu rosto não mostrava nenhuma agitação.

Por causa dela, o juiz não almoçou, nem o capitão, nem o procurador, nem o advogado. O telefone não parava de tocar. Telefonaram três vezes a Nieul para saber se não acontecera nada de anormal. O juiz em pessoa foi ao hospital para perguntar a Noirhomme se ele mantinha suas declarações.

O acidentado estava melhor, mas ainda era prisioneiro do gesso. Apenas seus olhos transmitiam vida, uma vida alegre, zombeteira, e um tanto amolecida quando passava a enfermeira gorda.

– Mantenho – disse. – O que mais preciso assinar?

Até as dez para as três, a senhora Pontreau permaneceu sentada, sozinha, diante da mesa de mármore do Café de la Paix. Às dez para as três, ela pagou, deixou vinte centavos de gorjeta para o garçom e, às três horas, estava no corredor do tribunal. Um rapaz de cabelo comprido demais correu até ela com uma solicitude estabanada. Era seu representante, o doutor Gleize, que segurava uma pasta debaixo do braço.

– Agora não – disse ela. – Vou entrar sozinha. O senhor se apresentará se eu o chamar.

E, de fato, ela entrou sozinha no gabinete do juiz Gonnet, que pediu que ela se sentasse e fingiu que tinha um trabalho importante para terminar.

Esperava perturbá-la, abalar sua confiança. No entanto, apenas lhe deu tempo para observá-lo e observar o escrevente.

– A senhora é Françoise Anne-Germaine Pontreau, em solteira Dubosc?

O gabinete era banal, os móveis de mogno e o papel de parede listado, azul e prata, lhe davam um falso ar de modernidade.

– Sou a senhora Pontreau.

O juiz, alto, forte, sanguíneo, tinha bigodes ruivos e uma barbicha que revelavam suas origens camponesas. Era um *bon vivant* que, todos os dias, passava duas horas jogando cartas no Café de la Paix e, todos os domingos, ia caçar nas lagoas.

– Suponho que a senhora saiba por que a convoquei?

– Perdão, pensei que o senhor tivesse sido avisado que estou aqui não como testemunha, mas como queixosa. Portanto, antes de responder às suas perguntas, gostaria de ter acesso aos autos.

Ela falava em voz baixa e monocórdica, o que, além do mais, obrigava o juiz a inclinar a cabeça para ela. Ele havia se preparado para aquela entrevista desagradável. Teve uma conversa de uma hora com o procurador. Mas não havia previsto que seria tão difícil! Maquinalmente, encheu o cachimbo de urze que estava sobre a escrivaninha, mas, como o olhar da senhora Pontreau observava todos os seus movimentos, ele não se atreveu a acendê-lo.

– Evidentemente... Evidentemente... – resmungou.

E ela, sem desviar os olhos:

– Gostaria de chamar a sua atenção para o fato de que esse caso, se é que existe um caso, foi conduzido pela justiça com uma leviandade que me obriga a protestar com veemência. O senhor mesmo disse há pouco: meu nome de solteira é Dubosc, da família Dubosc de Saintes, como a sua tia, se não me engano. Ora, bastou a palavra de um vagabundo despedido pelo meu genro para que a polícia se achasse no direito de colocar a aldeia inteira, e até mesmo La Rochelle, em polvorosa. Antes que eu mesma fosse prevenida, os jornais publicaram informações que, aliás, só podem ter saído de fontes oficiais.

– É lamentável, de fato.

– Perdão! É inaceitável! E, como lhe disse há pouco, protesto com veemência contra as consequências que essa indiscrição acarretará.

O escrevente, um homem de cerca de trinta anos, olhou para o juiz como quem diz:

– E é só o começo!

O juiz Gonnet fingiu consultar documentos. A senhora Pontreau, no entanto, cruzou as mãos sobre o fecho de prata da bolsa e prosseguiu:

– Sou viúva e tenho três filhas. Minha família é conhecida em toda a região. Eu esperava mais respeito ou, pelo menos, mais consideração.

– Garanto, senhora, que não tive nenhuma responsabilidade e lamento...

– Conheço as tais declarações desse Noirhomme apenas pelo que li no jornal. E creio que poderia rebatê-las em poucas palavras.

O juiz Gonnet ergueu a cabeça, cheio de esperança.

– É o que eu teria feito, em outras circunstâncias. No caso presente, apresento-me como parte civil, como lhe disse, e peço que entregue quanto antes a cópia dos autos ao meu advogado.

Ela se ergueu. O juiz se perguntou se ela teria o topete de sair assim, mas, ao abrir a porta, ela simplesmente disse ao seu jovem defensor:

– Entre! O senhor juiz vai colocá-lo a par. Suponho que, legalmente, o senhor não tem mais o direito de me interrogar.

Os três homens se consultaram com os olhos.

– A senhora tem todo o direito de se calar – disse o advogado com tanta convicção como se estivesse diante do tribunal do júri.

E o juiz, que não estava tão seguro, preferiu concordar vagamente com a cabeça. Como os dois estavam de pé, ele se ergueu também.

– Lamento pela indiscrição dos jornais – suspirou. – Ainda mais que, pelo que entendi, houve consequências familiares...

– Apresentei queixa contra um desconhecido por sequestro de menor.

– Eu sei. Sou o encarregado desse caso. Se puder me dar mais informações...

– Não tenho mais nada a lhe dizer. Investigue. Faça o seu trabalho.

– A senhora não sabe o nome do jovem rapaz?

– Desconheço. Posso me retirar?

O juiz virou-se para o advogado.

– Não tem nada a dizer, doutor?

– Não tenho nada a acrescentar às declarações da minha cliente.

Eles pareciam brincar de instruir o processo, tamanha era a incompetência e, ao mesmo tempo, a boa vontade. Sentia-se por trás deles, em algum lugar no tribunal, a presença do procurador, que aguardava com impaciência o resultado da entrevista.

– Muito bem! Amanhã enviarei uma cópia dos autos ao doutor Gleize. Como não mora na cidade, farei o possível para que a senhora não tenha de se deslocar. Aliás, pode ser que Noirhomme volte atrás em suas declarações.

Ela ergueu os ombros como se dissesse que lhe era indiferente. O advogado a seguiu pelo corredor e sussurrou-lhe, discretamente:

– Permita-me, talvez, um conselho: um pouco de diplomacia. O juiz é um bom homem, mas gosta de ser tratado com apreço.

Ela o varreu com um olhar indiferente e se foi. Esperou o ônibus na Place d'Armes sem demonstrar impaciência. Avistou o carro do doutor pouco antes de chegar a Nieul. A bicicleta de um policial estava encostada na frente do café.

A senhora Pontreau conseguiu não acelerar quando passou em frente ao casebre da Marie, onde se distinguiam quatro ou cinco pessoas na penumbra. Nada sucedeu. Ela subiu os degraus, girou a chave na fechadura.

Hermine estava na cozinha. Como não havia comido nada desde a véspera, devia estar com dor de estômago, pois beliscava um pedaço de pão amanhecido, com ar de birra.

– Sua irmã não saiu do quarto?

Hermine por pouco não chorou, mas conteve-se por causa do pão que enfiara na boca.

– Vá buscar uma chave de fenda, um alicate e um martelo. Estão na lavanderia.

Quanto a ela, foi até o quarto, despiu-se e vestiu a roupa de todos os dias. No espelho da lareira, viu o reflexo de seu rosto, cujos traços nunca pareceram tão nítidos.

Tinha vontade de se sentar. Seus joelhos estavam moles. Às vezes tinha a impressão de que gastara todas as suas energias e que, de um momento para o outro, não teria mais ímpeto suficiente.

– Não encontrei o alicate – gritou Hermine do andar de baixo. – Levo a torquês?

– Sim.

E dirigiu a si mesma um sorriso apagado. Antes de arregaçar as mangas, abriu o armário de compotas e conservas que ficava no fim do corredor. Havia ali duas garrafas de aguardente da época do pai de seu marido. Ela tirou a rolha de uma, furtivamente, escutando os passos da filha, tomou um gole e colocou a garrafa de volta no lugar.

– Cadê você, mamãe?

Hermine andava tão apática, falava com uma voz tão distante que podia ser confundida com um fantasma.

– Aqui!

A senhora Pontreau teria de se ajoelhar para desmontar a fechadura.

– Me dê um jornal – disse, antes de qualquer coisa.

Ela o colocou no chão, para não sujar o avental de algodão quadriculado, cujas dobras, deixadas pelo ferro, ainda quase estralavam.

Capítulo 9

O ENTERRO DE JEAN NALLIERS ocorreu sob sol e calor tórrido.

Aquele outro seria lembrado por uma tempestade de três dias e pela invasão do mar em parte dos campos da região.

O vento soprava cada vez mais forte do golfo da Gasconha e entranhava-se no estreito de Antioche, cujas águas turvas se encheram de finas linhas de espuma. E, no fundo da baía, massas de água chocavam-se contra a orla de seixos que defendia as terras baixas.

Houve um alerta na primeira noite. Homens saíram com lanternas. Mas não havia nada que pudessem fazer. O dique cedera e mais da metade das terras da Pré-aux-Bœufs e da propriedade vizinha ficaram debaixo de água.

Naquela mesma manhã, dirigiam-se à praia, com galochas penduradas nas costas, todos os que possuíam viveiros de mexilhões, pois as vagas arrancavam e arremessavam na praia as estacas carregadas de moluscos.

Os homens caminhavam com esforço, por causa do vento. O universo parecia mais deserto que de costume. Na praça, em frente ao albergue, havia apenas uma carriola e o cavalo estava amarrado a um anel: era a carriola do velho Nalliers.

E o velho Nalliers, sentado perto da porta de vidro do café, com os cotovelos fincados na mesa, estava já no seu terceiro *grog*. Foi ele quem viu passar a padiola e os quatro homens que costumavam dar uma mão nos enterros. Uns quinze minutos depois, passou o padre de sobrepeliz branca e um coroinha trotando ao seu lado, segurando uma cruz grande demais para ele.

Louis fingiu que não sabia de nada, limpou as mesas molhadas, espalhou serragem no chão. Um veículo buzinou, vindo de La Rochelle, um carro grande, azul, que estacionou perto da igreja.

No céu, as nuvens passavam tão rápido que se tinha a impressão de que era a Terra que estava se movendo, como acontece quando se vê um trem em movimento na via ao lado.

– Mais um, Louis!

O velho Nalliers não estava bêbado, propriamente dizendo, mas seus olhos brilhavam, talvez por ter percorrido trinta quilômetros no vento. Saíra de casa, provavelmente, antes do nascer do sol e, desde que chegara a Nieul, estava sentado lá, num canto, olhando para a praça deserta.

– Aposto que não vai ninguém...

Percebia-se a voz do padre salmodiando na borrasca e dois homens entraram no café para assistir ao espetáculo a distância, longe da passagem do cortejo.

– Olá, Louis! Ora, vejam, se não é o velho Nalliers!...

Eles passaram a mão nos vidros para desembaçá-los e viram os quatro homens carregando o caixão, o padre, cuja batina tremulava como uma bandeira, e as duas mulheres enlutadas, em cujo véu e roupas negras o vento fazia um estranho drapeado.

As rajadas vinham de trás e pareciam empurrar o cortejo para a frente. Eram obrigados a resistir ao vento e andar com corpo teso.

– Bem feito! – resmungou o velho Nalliers, sem sair do lugar. – Traga outro, Louis!

Ele estava de preto, como no enterro do filho, com um colarinho duro, uma camisa engomada e o cabelo pegajoso de pomada. Cortinas se afastaram em algumas janelas, mas ninguém mostrou a cara. E, no entanto, nada fora combinado. Era mais constrangimento do que outra coisa qualquer.

Quem poderia imaginar? Gilberte estava morta. Era ela que os quatro homens carregavam num caixão envergando-se contra a borrasca.

Gilberte se matou pulando da janela de seu quarto no momento em que a senhora Pontreau, após uma hora de trabalho paciente, conseguiu finalmente derrotar a porta.

Viram passar a mãe, alta e ereta, com o rosto invisível sob o véu, e a filha mais velha ao seu lado, tão alta quanto ela.

A Marie também não mostrara a cara. E, nas ruas, somente uma mulher, de preto, guarda-chuva debaixo do braço, ia e vinha furtivamente desde cedo. Parecia procurar alguma coisa. Estava lá quando o sacristão colocou o aviso fúnebre na porta da igreja. Foi duas vezes ao cemitério. E agora, encolhida contra um muro, observava o cortejo que passava pelo carro azul e penetrava na igreja.

– O que foi que eu disse? – articulou Nalliers, olhando o *grog* turvo. – Estão lembrados?

Os outros preferiram não responder. Nalliers sorriu amargamente e deu de ombros.

A igreja estava deserta. Havia quatro velas acesas: duas no altar, duas ao lado do catafalco. A missa baixa foi anunciada pela campainha impaciente do coroinha e o padre atropelou as orações, virou-se com as mãos afastadas para o *Dominus vobiscum* e fez várias genuflexões seguidas.

Do lado dos homens, havia somente uma figura de barbicha ruiva, o juiz de instrução, mas, durante a primeira leitura, o doutor Durel entrou apressado, cumprimentou-o em silêncio e permaneceu de pé, ao seu lado, apoiando as mãos no genuflexório.

Do outro lado do catafalco, as duas mulheres não se moviam.

No café havia cada vez mais pessoas. Os que não estavam na praia vigiando os viveiros entravam no café como quem não quer nada, pegavam um copo e ficavam de pé em volta da estufa.

– É verdade que o juiz veio?

Não falavam muito, porque ninguém sabia de nada. Tinham um pouco de receio de terem feito um julgamento precipitado das Pontreau. Mas também não queriam defendê-las, e nem se compadeciam!

– Preciso ir – disse de repente o velho Nalliers, erguendo-se. – Me dá mais um, Louis.

Seu andar era inseguro e sua voz tropeçava nas palavras. Nalliers olhava para as pessoas ao seu redor com um brilho de vitória no olhar.

Não estavam todos lá para vê-lo? E não observavam com curiosidade cada um de seus movimentos?

– Me prepare um almoço daqueles, hein, Louis!

Saiu como se varresse com as mãos os que estavam no seu caminho e dirigiu-se à igreja. No fim da rua deserta, a tia Naquet vinha em sentido contrário, cautelosamente, como se temesse uma cilada, e, quando avistou o fazendeiro, precipitou-se na direção oposta.

O doutor parecia pequeno ao lado do juiz e era este, com sua tez rosada e sua barbicha ruiva, que parecia um médico do interior.

– O senhor vai participar do ofertório? – perguntou o doutor, erguendo-se na ponta dos pés.

A resposta foi um gesto vago. E alguém sabia o que devia fazer? Na penumbra da igreja, ouviam apenas as orações a galope do padre, esporeadas pela campainha nervosa do coroinha. Entretanto, quando o padre se aproximou do altar para a comunhão, com o cálice e uma toalhinha para enxugá-lo, ouviram-se passos na nave e um homem foi o primeiro a se ajoelhar. O padre se controlou para não recuar.

Era o velho Nalliers! Ele não estava muito seguro de seus movimentos. No entanto, roçou os lábios na relíquia e colocou ostensivamente cem francos na bandeja de prata.

Esse gesto não teria um significado simbólico para ele? A ideia lhe ocorrera depois de vários *grogs*? Fato é que ele se virou, satisfeito, e saiu da igreja, dirigindo-se novamente ao albergue.

– Não encontraram a caçula? – ainda perguntou o médico ao seu companheiro. E este respondeu com um sinal negativo da cabeça. Era o momento dos responsos. *Libera me domine... Pater Noster... E ne nos inducas in tentationem...*

Os versos se encavalavam. Mal largou o turíbulo, o padre contornou o caixão, sacudindo o aspersório.

Amen...

Os quatro homens já estavam lá, erguendo o caixão. A senhora Pontreau não teve tempo de vestir a luva que ela havia tirado para virar as páginas do missal.

Não havia vivalma na rua, mas via-se um aglomerado na praça, observando de longe. Parecia combinado. O coveiro não perdeu tempo. Mas é verdade que a ventania varria o cemitério e, por duas vezes, o juiz quase perdeu o chapéu.

Acabou! O padre se foi. E o magistrado e o médico dirigiram-se à senhora Pontreau, murmuraram seus pêsames, sem ver nada além de uma mancha imprecisa sob o véu.

Quando elas saíram do cemitério, as pessoas que se aglomeraram na praça dispersaram-se e a maioria entrou no café para ver as duas mulheres pelas vidraças.

Nalliers substituíra a série de *grogs* por uma sequência de aperitivos. Explicava a uma rodinha de velhos:

– Eu não sabia, mas tinha certeza... Entendem?... Eu tinha tanta certeza de que tinha alguma coisa errada que era como se o garoto tivesse voltado para me falar...

Para os outros, Jean Nalliers não era mais realidade. Não conseguiam mais imaginá-lo como ele era, indo e vindo como qualquer um, bebendo vinho branco e cumprimentando os amigos com um aperto de mão. Ele tinha realmente feito tudo aquilo?

É por isso que, ao olhar para o pai, eles se sentiam incomodados, porque viam traços do filho, o rosto comprido e ovalado, os olhos claros e aquele ar febril e cansado ao mesmo tempo.

– Vamos entrar um minuto? – propôs o médico ao seu companheiro, apontando para a sua casa, a dois passos dali.

– Com prazer.

Eles se instalaram no primeiro andar, onde sempre havia uma garrafa de porto na mesa.

– Um charuto?

Depois que o acendeu, o juiz suspirou:

– O que o senhor acha disso tudo?

Ora, o médico respondeu exatamente com o mesmo olhar resignado do magistrado.

Por um instante, pareceu que se sondavam mutuamente.

– Evidentemente! – disse o juiz Gonnet.

– Creio que não há nenhuma dúvida.

O vento fazia o fogo estalar na lareira. O tabaco, a lenha queimada, cheiravam a inverno.

– O senhor não a interrogou mais?

– É complicado!

O juiz fazia alusão à morte de Gilberte, aos três dias que a senhora Pontreau e Hermine passaram sozinhas com o corpo.

– Mas ela me enviou uma carta, pedindo que eu perguntasse a Noirhomme que ferramenta ela usou para arrombar o ferrolho do alçapão. O senhor se recorda dos fatos? Jean Nalliers estava no celeiro, no "celeiro velho", como eles diziam, que ficava em cima do estábulo onde teria ocorrido o diálogo entre ela e Noirhomme.

– Eu me lembro.

– Perguntei a Noirhomme. Ele respondeu que a Pontreau usou uma barra de ferro que eles costumavam usar para limpar o casco dos cavalos. Acontece que o alçapão não tem ferrolho. Mandei um policial verificar, antes de ontem. Logo, a senhora Pontreau não pode ter usado ferramenta nenhuma.

O juiz suspirou e se recostou na poltrona.

– Isso é suficiente para invalidar todo o testemunho de Noirhomme. Devo acrescentar que ele não pareceu nervoso quando lhe disse isso. Perguntou simplesmente se ainda ia demorar para se recuperar.

– O que acha?

– Que se algum dia soubermos a verdade, ou melhor, se tivermos alguma prova, será por acaso, daqui um ano ou dez, como quase sempre acontece nesse tipo de crime.

O médico, que havia se aproximado da janela, chamou seu companheiro.

– Está vendo aquela mulher?

A Naquet passou, olhando inquieta ao redor dela. Ia na direção da praça, encurvada, para dar menos chance ao vento, que a todo instante ameaçava abrir o seu velho guarda-chuva.

– Na minha opinião, só ela sabe. Já fazê-la falar, é outra história. Não posso afirmar que seja louca, mas com certeza não compreendemos o mecanismo do seu pensamento.

– Vou convocá-la para ir ao meu gabinete.

– Ela não irá, ou então não dirá nada.

Por que a Naquet voltara a rondar a casa cinza? Não era como antes, quando ia claramente na direção da casa. Dava voltas. Quando alguém lhe dirigia a palavra, ela se apavorava e se afastava rapidamente.

A dona da mercearia perguntou se ela não podia adiantar parte do que estava devendo e ela não respondeu. Não falou mais nos milhares de francos. Evitava a loja.

– Mais um pouco de porto? A propósito, o senhor encontrou a caçula?

– Tenho motivos para acreditar que está em Bordeaux, com o namorado. Transmiti a informação à polícia da cidade, mas ainda não tive notícias.

O velho Nalliers não estava completamente embriagado quando colou o rosto na vidraça, ao ver passar as duas mulheres? A senhora Pontreau andava rápido. Estava sempre um passo à frente da filha. Parecia uma galinha cujos pintinhos tivessem desaparecido um a um e agora conduzia apenas um, com a mesma seriedade, com o mesmo cuidado que teria se ainda conduzisse toda a ninhada atrás dela.

– Sabe qual é a desgraça dessa gente? O orgulho! – trovejou Nalliers. – E não têm um tostão furado no bolso! É graças ao meu dinheiro que elas continuam na casa e têm o que comer. Sim, o meu dinheiro! Meu! O dinheiro que ganhei revirando estrume! Mais um, Louis...

E continuou, apoiado no balcão:

– Outra, no lugar da velha, não teria ido embora? Vocês mesmos viram! Ela não tem vergonha nenhuma de bancar a dona da aldeia...

Na casa cinza, a senhora Pontreau havia tirado o véu e descoberto o rosto cor de pedra calcária. Parou um instante no corredor para olhar Hermine, que estava despindo o casaco e teve de se apoiar na parede.

– Venha.

– Não aguento mais.

– Sente-se. Não pense.

Serviu um copo de aguardente e obrigou a filha a bebê-lo, como se faz como uma criança, segurando o copo entre seus lábios. Hermine, duas vezes, por pouco não vomitou, jogou a cabeça para trás, num movimento de cansaço.

Então a senhora Pontreau, sem trocar de vestido, amarrou um avental na cintura, ajoelhou-se diante da estufa e reavivou as brasas. Era a mesma estufa de mica da época em que as crianças ainda engatinhavam e Pontreau, que gostava de trabalhar com as mãos, construiu uma espécie de barreira de ferro para evitar que as filhas se queimassem.

A barreira, sempre bem polida, continuava lá e não protegia mais ninguém.

Na cozinha, na prateleira de cima daquela onde ficavam os tamancos, havia umas escalfetas. A senhora Pontreau pegou uma, encheu-a de cinza quente, colocou-a diante da filha e pôs, ela própria, os pés de Hermine em cima da escalfeta para aquecê-los.

– Tem certeza de que não se resfriou?

Elas não ouviam mais o tique-taque do relógio de pêndulo que sempre esteve naquele mesmo lugar, mas viam o reflexo do pêndulo de cobre, o mostrador de esmalte de um branco vivo demais, os ponteiros de bronze e, por fim, o buraco negro e a chave para dar corda no mecanismo.

– Você precisa comer alguma coisa.

– Estou sem fome.

A senhora Pontreau já estava na cozinha, acendendo o fogo. Não havia agitação em seus gestos, nem emoção ou afeto aparente em seu rosto de traços duros.

Seus movimentos eram precisos. Um pedaço de manteiga caiu no fundo de uma panela e derreteu lentamente. Em seguida foram as rodelas de cebola, um alho-poró cortado fino, uma cenoura, verdura. Enquanto as cebolas douravam, ela pôs a mesa, na sala de jantar, sem se esquecer dos assentos de talheres nem dos saquinhos dos guardanapos.

– Acho que pegou frio nos pés.

Hermine respondeu com um suspiro. Talvez não visse nada, não ouvisse nada, embora seus olhos estivessem bem abertos para o espetáculo familiar que se desenrolava na sala. Ela estava naquela mesma sala, numa noite de inverno – brincando com uma boneca que se chamava Margot e que tinha cabelos de verdade – quando o doutor, o antecessor de Durel, desceu a escada em silêncio e lhe disse:

– Trouxe uma irmãzinha para a sua mamãe.

Ora, Hermine respondeu:

– Eu pedi um irmãozinho! Se é menina, pode devolver...

A irmãzinha era Viève. O dono da livraria onde ela trabalhava havia escrito na antevéspera para pedir que fossem buscar a bicicleta que ela havia deixado lá.

Era uma carta polida, cujas palavras foram muito bem pesadas.

Aos dez anos, Gilberte era tão gorda que as meninas da escola a chamavam de "bola de farinha".

Ouviram um guincho quase imperceptível atrás do lambril, no canto esquerdo da sala. Tinham certeza de que era um rato. Que outra coisa podia ser? E, no entanto, esse guincho estava lá desde sempre, apesar dos ratos que eram pegos, como se, de geração em geração, houvesse sempre um rato que escapava das armadilhas e ocupava o mesmo buraco.

– Coma a sopa, Hermine.

– Estou sem fome.

– Quero que você coma.

Quando o olhar de Hermine pousou na mãe, ela quase se surpreendeu ao ver os cabelos grisalhos e o rosto de uma mulher de cinquenta anos.

Acabara de se recordar das impressões de sua infância. Sentia-se criança. Ia comer docilmente a sopa, porque a mãe mandou.

– Está com um gosto estranho.

– Gosto de quê?

– Não sei...

Mas ela comeu até a última colherada, enquanto a mãe, sentada à mesa, comia carne em conserva.

Hermine não sabia onde colocar a tigela, pois estava deitada no canapé verde e não tinha força para se erguer. O calor da sopa, com toda a certeza, invadira seu corpo, que estava pesado, e sua cabeça fervia.

Sentiu um arrepio de pânico pensando de repente que estava no lugar que era de Gilberte e viu sua mãe, distante, através de uma nuvem, pegando a tigela de suas mãos.

Dormiu embalada pelo tique-taque do relógio, enquanto a senhora Pontreau terminava sua refeição, lentamente, olhando para o nada.

Mal ouvia as pessoas que retornavam da praia e falavam em voz muito alta sobre um cúter que estava em perigo em alto-mar e que o rebocador de La Pallice estava tentando resgatar.

Quando, após um suspiro, ela se levantou, foi para alimentar a estufa, com movimentos que ela fazia havia mais de trinta anos. Tirou os pratos em silêncio, limpou a mesa de carvalho encerada e pôs no centro o vaso que ganhou no seu casamento.

Sem ter de olhar para Hermine, sentiu que ela não estava bem acomodada. Foi até ela, ajoelhou-se para descalçá-la, enfiou-lhe nos pés umas pantufas de lã azul de florzinhas e, por último, com muito cuidado para não acordá-la, afrouxou seu corpete.

A respiração da jovem era profunda, pois a senhora Pontreau lhe dera algumas gotas de sonífero. À medida que a estufa exalava ondas cada vez maiores de calor, o rosto da jovem corava e, pouco depois, seus lábios se abriam como os lábios de um bebê sonhando.

– Como não! Como não! O senhor fica para almoçar, sim – dizia o doutor Durel ao juiz de instrução.

Mandara subir uma segunda garrafa de porto e os dois homens também estavam com as bochechas rosadas.

– Nesse caso, peço licença para telefonar para a minha casa. Sou solteiro, mas tenho uma velha criada que tem um gênio terrível...

A senhora Durel desceu à cozinha para dar ordens.

Quanto à senhora Pontreau, ela pôs os óculos e espalhou papéis e livros sobre a mesa, ajeitou diante dela a garrafa de tinta verde e a caneta tinteiro, que ainda borrava o papel.

Durante horas, ficou mergulhada no estudo de uma peça dos autos, tomando notas numa folha avulsa, com uma caligrafia uniforme e inclinada.

Depois ergueu a cabeça e olhou para a filha, ainda adormecida, como se fosse um bebê recém-nascido.

Por fim, depois de dar uma olhada na estufa, retomou a leitura e folheou o código penal.

– Já lhe falei do senhor Gonnet, não? – disse o médico à esposa, quando se sentaram à mesa.

– Por favor, me desculpe recebê-lo tão mal. Mas hoje é dia de limpeza e...

Ela se virou para a janela ao ouvir passos na rua. Era a tia Naquet, que passava mais uma vez, nervosa e arisca, como se estivesse continuamente à procura de alguma coisa impossível de encontrar.

Capítulo 10

Às oito horas da noite, Louis, que registrava os pedidos numa lousa à medida que eram feitos, chamou o fazendeiro de Mureaux ao balcão e cochichou:

– Não deixe o velho Nalliers beber mais.

Porque ele estava completamente bêbado. Não parara de beber desde cedo, ora sozinho num canto do café, ora com os clientes que chegavam e que ele convidava para uma dose. Agora mal conseguia pronunciar as palavras.

– Eu ouvi o que você disse, Louis – engrolou o velho Nalliers, ameaçando-o com o dedo. – Não é bonito da sua parte! Porque você... você conheceu o meu filho e hoje é, por assim dizer, a rodada do meu filho.

A conta já chegava a centenas de francos, somando rodadas e mais rodadas de doze e quinze copos. Às nove horas, eram quatro sentados à mesa. Minutos depois, eles carregaram o velho Nalliers, que mal conseguira reagir, para o quarto do primeiro andar, aquele que Gérard Noirhomme havia ocupado.

A égua continuava atrelada à carriola. Louis a desatrelou e levou para o estábulo. Sempre pensava em tudo. Também despiu Nalliers e colocou sua carteira debaixo do travesseiro.

Na manhã seguinte, às sete horas, quando o dia amanheceu, ele estava sozinho no albergue. Enquanto aguardava a mulher que vinha fazer a limpeza, aproveitou para revisar as contas e ouviu passos na escada.

Era Nalliers, sem se lavar, sem se pentear, sem colarinho falso, que olhava desconfiado ao seu redor.

– Um café, Nalliers?

O velho bebeu sentado num canto de mesa, limpou os bigodes e perguntou:

– O que fizeram com a minha égua?

– Está no estábulo.

– Deram aveia para ela, pelo menos?

– Ontem à noite. Hoje ainda não tive tempo.

– Quanto lhe devo, Louis?

Louis trouxe a lousa, fez um traço e somou rapidamente.

– Trezentos e sessenta e oito francos.

O olhar de Nalliers ia da lousa ao dono do albergue, duro e desconfiado.

– Aqueles filhos da mãe beberam trezentos e sessenta e oito francos?

– Pense que às dez horas da manhã você já estava oferecendo rodadas para todos.

Ele se levantou, colocou quatrocentos francos no balcão, conferiu o troco.

– Me mostra onde está a égua.

Estava ocupado atrelando a égua, na praça, quando um policial, vindo de La Rochelle, desceu da bicicleta para perguntar:

– Sabe onde mora uma certa Naquet?

– Lá, à esquerda, a porta verde.

Com o arreio na mão, viu o policial parar no casebre que ele indicara, falar com alguém que devia estar na janela da casa em frente.

De fato, ruídos indistintos haviam respondido às batidas na porta. O policial esperou uns segundos, depois se aproximou da janela. Na escuridão quase completa da casa, ele viu um fogo aceso e, defronte desse fogo, uma silhueta virou-se duas vezes de perfil para ele.

Foi nesse momento que o policial olhou para trás. Um homem estava fazendo a barba perto de uma janela fechada, do outro lado da rua.

– Ô! Tem alguém aí?

A janela se abriu.

– A tia Naquet está em casa, sim. Ela não abriu?

O policial bateu novamente à porta. O homem do outro lado da rua estava barbeando-se no primeiro andar e a casa da Naquet era térrea.

– Olha lá! – anunciou, debruçando-se na janela. – Escapuliu pelo jardim!

– O jardim dá para a rua?

– Dá para o campo. É só pegar a viela à direita.

Enquanto falava, olhava para o campo que começava logo depois da fileira de casas e subia suavemente até onde a vista alcançava. Ora, naquela imensidão de terra cultivada, a silhueta escura da tia Naquet avançava como um inseto grotesco.

O policial deixou a bicicleta encostada na casa e entrou na viela. Enquanto isso, o homem da janela gritava para a sua mulher:

– Vem ver! Está parecendo que vai ser engraçado...

Foi estranho, em todo caso. A Naquet tinha pelo menos trezentos metros de vantagem. Caminhava resoluta pela terra lamacenta, sem se virar, como se tivesse uma tarefa a cumprir.

O policial não queria correr. Tinha receio do ridículo. Após uma centena de metros, virou-se e percebeu umas pessoas aglomeradas no fim da viela.

– Senhora Naquet! – gritou com as mãos em concha.

A velha não ouviu ou fingiu que não ouviu. O policial andou mais rápido, correu, andou de novo, as botas enlameadas até os joelhos. Pouco a pouco, à medida que subia o aclive suave, a figura da Naquet se recortava no céu e ele notou que ela segurava um guarda-chuva.

Atrás dele, as pessoas avançaram o suficiente para não perder nenhum detalhe do espetáculo e, no café, o velho Nalliers declarou:

– Vou ficar mais um pouco para ver o que o vai acontecer. Me traz um *grog*!

A distância diminuiu entre as duas figuras que subiam a colina e, para acabar logo, o policial decidiu correr tão rápido quanto podia. A Naquet, quase instintivamente, correu também. Mas ela não corria rápido e, minutos depois, ele conseguiu agarrar seu braço e risos explodiram perto das casas.

– Me solta! – berrou a empregada. – Não ouviu? Eu disse para me soltar!

– Venha comigo.

– E por que eu iria com você?

– Trouxe uma intimação do juiz de instrução.

– O que ele quer comigo, o juiz de instrução? Por acaso cometi um crime? Por acaso roubei? Hein? Responde, que eu quero ver! E vou repetir, me solta...

Ele não ousava soltá-la, pois temia o ridículo de outra perseguição. Era o policial alto, de cabelo castanho, que enrubescia quando cruzava com Viève na estrada.

– Pois diz ao seu juiz que ele que se abale até aqui, se quer me ver! Só me faltava essa! Ainda vou ter de pagar o ônibus para ir a La Rochelle!

– Escute, senhora Naquet...

– Não tem "senhora Naquet" nem meia "senhora Naquet"!

– As pessoas estão olhando! De todo jeito, a senhora vai ter de vir comigo. Não me obrigue a algemá-la.

Não lhe passava pela cabeça algemá-la, disse aquilo à toa, mas o ardil funcionou. Ela se acalmou de repente e perguntou:

– Você paga o ônibus? Então eu vou! Mas não me empurra. Proíbo você de me tocar.

Ela atravessou orgulhosamente, com o guarda-chuva em riste, os grupos que se formaram na rua. Falava sozinha, seus olhos eram quase ameaçadores, mas ninguém entendeu nada do seu discurso.

O policial, estorvado pela bicicleta, deixou-a no café e subiu no ônibus com a sua companheira, que, sentada num canto, fez a pose mais digna.

O juiz ainda não estava no gabinete e eles tiveram de aguardar até as dez horas. Quando chegou, admirou-se de encontrar o policial.

– Veio com ela?

– Foi o jeito – disse ele, explicando com o olhar que ela nunca viria sozinha.

E o juiz, bonachão, sentou-se à sua mesa e começou:

– Muito bem, tia Naquet! Parece que a senhora tem muito que contar.

Ela o olhou sem responder, enquanto seus lábios se remexiam.

– O que a senhora sabe da morte de Jean Nalliers? Fale sem medo! Naturalmente, se a senhora desejar, ficará apenas entre nós...

Suspirou ao ver que não obteria resposta e tentou outro caminho.

– Seu amigo Gérard me falou muito da senhora. Segundo ele, a senhora contou tudo para ele.

– É mentira!

– O que disse?

Ela pronunciou essas palavras de maneira tão estranha que o juiz não estava seguro de ter entendido.

– Eu disse: é mentira!

– Segundo a senhora, então, ele teria inventado a história da janela do "celeiro velho"?

Após quinze minutos, o juiz Gonnet desistiu e disse, erguendo-se:

– Venha comigo.

– Para a cadeia?

– Não! Para a cadeia, não! Vamos simplesmente fazer uma visita ao seu amigo Gérard.

Ele pegou o chapéu, ao sair. Tinham de percorrer alguns metros na Rue du Palais até a cadeia e a senhora Naquet caminhava, resmungando, ao lado do juiz. No entanto, enquanto o carcereiro girava a chave na fechadura de uma cela, ela aproveitou um segundo de distração do magistrado e quase alcançou a rua. Por acaso, um outro carcereiro estava chegando para assumir o turno e ela trombou com ele.

Aliás, não a incomodou ser trazida de volta pelo braço. Entrou na cela e viu Gérard, que se levantou da cadeira, vestindo uma espécie de pijama de listras azuis finas que o faziam parecer ainda mais alto e mais magro. Seu braço direito passava por cima de uma muleta e seu pé direito, embrulhado no gesso, não tocava o chão.

– Sente-se, Noirhomme – disse o juiz Gonnet. – Trouxe aqui a sua amiga Naquet, que está muito contente de ver você.

– É mentira!

Eles mais adivinharam as palavras do que as compreenderam, pois ela as pronunciara para si mesma.

– Sente-se também, senhora Naquet.

Ela se recusou. Olhava em redor cada vez mais desconfiada, como se farejasse uma cilada.

– Você me disse com todas as letras, Noirhomme, que não ajudou a senhora Pontreau a jogar o genro dela pela janela?

A Naquet estremeceu e olhou atônita para o juiz.

– Você também acrescentou que, naquele dia, você não sabia de nada. Foi no caminho que você cruzou com a senhora Naquet, que estava voltando para casa e estava muito agitada. Exato?

– Exato – respondeu Gérard, que tinha a pele viçosa de um convalescente bem cuidado.

– Falando mais para ela do que para você, ela deu a entender que se vingaria das Pontreau quando quisesse. Ela disse a palavra "guilhotina". Foi o que levou você a querer saber mais...

A empregada doméstica não interrompeu o discurso e continuou a observar o juiz.

– Depois, fragmento por fragmento, você descobriu uma parte da verdade. Ou melhor, você deduziu que a senhora Pontreau ajudou o genro a se atirar pela janela. Por que, quando acusou a senhora Pontreau, você afirmou que foi cúmplice dela?

Gérard sorriu, muito satisfeito consigo mesmo.

– Porque ninguém ia acreditar! E eu podia voltar atrás a qualquer momento.

– Mas por que você fez aquelas declarações?

– Sei lá! Estava com raiva. Tinha medo de morrer. A ideia de que a canalha daquela mulher ia continuar tranquilamente na casa dela, enquanto eu, por causa de um simples roubo...

– Já chega! O que tem a dizer, senhora Naquet?

Ela olhou para um, para o outro, e soltou:

– É mentira!

– O que é mentira?

– É mentira! – repetiu, obstinada.

– A senhora não viu a senhora Pontreau jogar Jean Nalliers pela janela?

– É mentira!

– Então por que disse à aldeia toda que, se quisesse, a senhora teria milhares e milhares de francos?

– Porquê!

– Porque o quê?

– Porque nada!

Noirhomme ergueu os olhos e, já íntimo, deu de ombros.

– A senhora afirma que não viu nada?

Ela fez que sim com a cabeça, secamente.

– A senhora declara sob juramento que não disse nada a Noirhomme?

Ela repetiu o gesto.

– A senhora não teme ser processada por falso testemunho?

Ela examinou com atenção a cela em volta dela, como se quisesse ter uma ideia clara do risco que corria.

– Não – disse ela.

Não arrancariam nada dela. O juiz se levantou.

– E você? – disse virando-se para Gérard. – Mantém as suas declarações?

– Repito que não vi nada e que foram as palavras da Naquet que me fizeram supor que tinha alguma coisa errada.

– Supor?

– Mas é claro! Não tenho certeza de nada, não estava lá!

– Você não acha que tentou me fazer de palhaço?

– Oh, Excelência!

– Vamos!

E a Naquet seguiu o magistrado.

– Vamos passar no meu gabinete para a senhora assinar as suas declarações.

Ela caminhava mais orgulhosa do que nunca ao lado dele.

– Confesse, aqui entre nós... a senhora andou inventando histórias para o rapaz?

Ela não abriu a boca e olhou-o com ironia. O juiz ditou uma declaração curta ao escrevente, resumindo o interrogatório, e estendeu a caneta para a tia Naquet, que assinou.

– A senhora pode ir.

– Não, senhor! O policial prometeu pagar o ônibus.

O juiz Gonnet pegou umas moedas no bolso, estendeu-as para a mulher e rosnou, erguendo-se:

– E agora suma!

Não sobrara nada, absolutamente nada contra as Pontreau. Estava claro que a Naquet não ia falar, que, por um motivo ou outro, empacara. Estava fora de cogitação buscar indícios materiais. Os novos proprietários da Pré-aux-Bœufs haviam reformado toda a fazenda.

O juiz Gonnet telefonou para o capitão.

– Alô! Tem notícias da moça?

Eles perderam o rastro do casal em Bordeaux. Mas qualquer um podia passar meses naquela cidade sem ser descoberto. Um único detalhe ainda lhes dava esperança: sabiam que Albert Leloir tinha apenas quatrocentos francos quando partiu. Os policiais chegaram a verificar suas contas no banco para ter certeza de que ele não havia cometido nenhuma irregularidade.

Em Nieul, a senhora Naquet desceu do ônibus e caminhou lentamente para casa, encarando as pessoas quando passava.

Quanto ao velho Nalliers, o primeiro *grog* que ele bebeu decidiu o resto do seu dia. Depois daquele, pediu um segundo. Depois o novo proprietário da Pré-aux-Bœufs, que era de Charron, passou com um cavalo na direção do ferreiro e Nalliers o chamou.

– Venha beber um trago! É a rodada do meu filho, por assim dizer, já que você ocupou o lugar dele...

A égua continuava cabisbaixa no varal da carriola, adivinhando talvez que não partiria tão cedo. A borrasca cessara. O céu estava mais limpo.

Os homens se dirigiam à praia para reparar os estragos nos viveiros e mulheres passavam de calções bufantes, de linho azul, acima dos joelhos.

– Vamos supor que eu cruze com a velha Pontreau na rua. Eu diria na cara dela...

Louis começou outra lousa.

– ... porque é com o meu dinheiro que elas vivem! É com o meu dinheiro que elas bancam as orgulhosas!

Seu interlocutor não sabia como escapar e foi substituído pelo vice-prefeito, que teve a infelicidade de entrar no albergue no momento em que o velho Nalliers procurava um novo ouvinte.

Louis não se enganou. Aquilo durou o dia todo, mas, dessa vez, Nalliers quis à viva força voltar para casa, pois no dia seguinte havia feira em Aigrefeuille. Quem o viu partir não ficou sossegado. Embora ainda não fosse noite, Louis acendeu as lanternas da carriola, temendo que o velho se esquecesse de acendê-las.

– Deus queira que chegue! – suspirou o vice-prefeito.

– Vai chegar. É osso duro de roer. Se o filho fosse como ele...

Retornou à sala bem aquecida e os clientes falavam dos estragos nos viveiros e de uma petição ao ministério para obter um auxílio extraordinário. O doutor parou o seu carrinho ao lado da bomba de combustível, passou a cabeça pela fresta da janela.

– Dez litros, Louis!

O velho Nalliers seguia pela estrada departamental, que a égua conhecia tão bem quanto ele. Quando anoiteceu, deu-lhe na telha parar, desceu da carriola e resmungou:

– Quem foi o filho da mãe que acendeu as lanternas em plena luz do dia?

Foi trabalhoso voltar a subir, mas ele chegou em casa sem se dar conta da lonjura da viagem.

Era a segunda experiência que tinha desse tipo: a primeira foi no casamento do cunhado e ele só se curou da bebedeira dois dias depois. Mas, daquela vez, ele bebera de graça; dessa, preferia nem pensar no tanto de dinheiro que deixara no café.

Viève e Albert Leloir não estavam em Bordeaux, onde ficaram apenas duas horas, mas em Lyon, onde ninguém cogitara procurá-los. Tanto é que Leloir deu seu nome verdadeiro na casa de penhores, quando pôs o relógio no prego.

Viève estava com febre. Desde que chegaram ao Hôtel des Saints--Pères, ela estava de cama, com as bochechas quentes, as mãos suadas, enquanto Albert percorria a cidade. Não se atrevia a procurar emprego nos bancos, pois sabia que eles se comunicariam imediatamente com La Rochelle. Lia os classificados e corria aos endereços indicados.

Escolheram um quarto com duas camas. À noite, Albert as separava com cadeiras e estendia suas roupas nos encostos para formar uma cortina.

– Está dormindo, Viève?

– Não.

– Em que está pensando?

– Em nada.

– Você confia em mim?

Ela não chorava. Não se desesperava. Mas sofrera um abalo tão grande que necessitava de tempo para se recuperar.

No dia seguinte, ao meio-dia, Albert retornou triunfante, com no mínimo dez francos de presunto cru e cinco francos de doces, sem contar a garrafa de vinho fechada.

– Adivinha!

– Conseguiu emprego.

– Sim, mas como o quê?

– Não sei! É num banco?

Ela se levantara da cama e pusera um pouco de ordem no quarto. Até lavara umas peças de roupa na bacia e as estendera no parapeito da janela.

– Como diretor! – exclamou, mal disfarçando o orgulho.

– Diretor de quê?

– Diretor de um entreposto no Gabão! Partimos daqui a um mês. Assinei o contrato e me deram cinco mil francos para as despesas de viagem.

Ela o olhou, sonhadora.

– Vai me levar com você?

– Mas é claro! Só que tem uma coisa. A companhia paga a minha passagem e a sua, desde que... a gente seja casado...

– Como? – disse ela.

– Você podia, talvez, escrever para a sua mãe?

Os olhos de Viève se arregalaram e ela ficou uns minutos refletindo, ou sonhando, depois suspirou de novo:

– Como?

E ele, depois de tirar o colarinho falso, como se já fosse seu marido, espalhou a comida na mesa.

– Vamos comer antes!

Capítulo 11

O DONO DO RESTAURANTE PÉRGOLA observava os clientes, com as mãos atrás das costas, na varanda do primeiro andar. O mar estava verde. O sol caía a pique no toldo laranja. Era domingo. Era verão.

O que o fez reparar nas pessoas da mesa dois foi o gesto mecânico da mulher, que abriu a bolsa, pegou uma caixinha de papelão e, após entregar um comprimido branco ao marido e aos dois filhos, encheu pela metade os copos de água.

Chegaram num conversível pequeno, que ficou estacionado sob as tamargueiras. Antes de entrar, estudaram o cardápio afixado na entrada e a mulher observou:

– Nossa! Os preços subiram.

Ora, fazia no mínimo seis anos que os preços eram os mesmos. As crianças eram um menino de oito ou nove anos e uma menina de quatro.

– Eles já tomam quinino? – perguntou o dono do restaurante, aproximando-se.

– Duzentos miligramas.

– Estão vindo da África Ocidental?

– De Port-Gentil.

Marido e mulher trocaram um olhar furtivo. Quanto ao dono do Pérgola, ele vasculhava inutilmente sua memória.

– Passei quinze anos no Marrocos – declarou.

Desistira. O rosto da mulher lhe parecia familiar, mas ele era incapaz de se recordar de onde a conhecia. A família continuou almoçando, escutando-o educadamente, mas não lhe dava a réplica e ele se afastou, depois de perguntar:

– Precisam de alguma coisa? O peixe está no ponto?

Albert Leloir, que era tão magro aos dezenove anos, agora tinha certa tendência a engordar. Viève continuava mais ou menos a mesma, porém mais serena. Ela pegou um lenço na bolsa para limpar o nariz da menina e disse ao menino:

– Come direito, Louis!

– Mãe, era aqui que você nadava? – perguntou, apontando para a pequena enseada de areia fina, em frente ao Pérgola.

– Era. Não tem outras praias em La Rochelle.

– Port-Gentil é mais bonito – declarou o menino, que estava apenas nas suas segundas férias na Europa.

Fora o preço do almoço, nada mudara no Pérgola. Como sempre, serviram mariscos, ostras pequenas da região, linguado e o vinho branco meio amargo da ilha de Ré.

Quando a família desceu e atravessou a sala do térreo, Viève olhou furtivamente para o estrado onde estavam alinhados os instrumentos da banda de jazz.

– Aonde vamos, Albert?

Os quatro se dirigiram para o carro. As crianças estavam de mãos dadas. O menino declarou com a autoconfiança de sua idade:

– Não tem cobra na Europa!

E Leloir murmurou baixinho:

– Vamos passar por lá, sem parar.

Eles haviam comprado um automóvel usado para passar os três meses de férias na França. Albert estava ao volante e o filho ao seu lado, enquanto Viève se sentou atrás com a filha.

– Não corre!

O dia estava quente. Os domingueiros ainda não haviam tomado o parque onde os cisnes deslizavam suavemente no lago. Em Fétilly, o automóvel pegou a estrada que os dois ciclistas costumavam percorrer todas as noites, na escuridão. À esquerda, uma casa grande estava em construção.

– Vamos ver a vovó? – perguntou o menino, que nunca ficava mais de dois minutos sem falar.

– Vamos ver a casa dela.

– Ela ainda está zangada?

Ele não sabia exatamente por que ela estava zangada, mas ouviu os pais conversando e, para ele, essa avó desconhecida era uma figura misteriosa e terrível. O automóvel avançava lentamente. Viève via apenas a estrada e as costas do marido.

– Posso tirar a minha boina? – perguntou de novo o menino, que, na África, estava habituado a nunca tirar o chapéu.

O vento desgrenhou imediatamente seus cabelos ruivos e a menina declarou:

– Eu também!

Chegaram à primeira curva de Nieul, depois ao primeiro muro branco, a primeira casa. Viram o albergue, recém-pintado de azul-claro. Moças endomingadas esperavam o ônibus e olharam distraidamente para o automóvel, que pegou o caminho do mar.

– Não acha melhor...? – começou Viève, inclinando para as costas do marido.

Ela entrou em pânico, de repente. Tinha quase vontade de dar meia-volta.

– Se aparecer alguém, eu acelero. Não estou reconhecendo o nosso cantinho.

– Que cantinho, papai?

Mas Viève o reconheceu, o canto no muro onde eles ficavam de pé, na chuva, lábios nos lábios, antes de se separar! Quanto à casa, ela não mudara. As venezianas estavam abertas. As cortinas continuavam muito brancas e a soleira de pedra fora lavada à escova, provavelmente naquela mesma manhã.

– É aqui que a vovó mora?

As crianças tentaram ver o interior da casa, mas, por contraste com o sol estendido como um lençol na estrada, não se via nada.

– Vamos até o mar, Albert.

O caminho atravessava os campos e terminava na praia de seixos. O menino já desembarcara. Leloir desceu em seguida, enquanto Viève continuou imóvel.

– No que está pensando?

– Não sei.

– Está triste?

– Não sei – repetiu.

E era verdade. Não teve a reação que previra. Receava uma crise de choro, uma emoção forte que traria à tona toda a sua revolta e, no entanto, sentia-a aturdida, incomodada, quase constrangida.

– Vão brincar, crianças!

– Podemos tirar o sapato?

– Não! Não entrem na água depois de comer.

Como parecia estranha agora a carta que escrevera à mãe, já no Gabão, para onde fora com Leloir antes de se casarem!

Mamãe, eu suplico, me perdoe. Dê o seu consentimento para eu me casar.
Senão, juro que morrerei. Mas, acima de tudo, perdoe-me! Penso em você todos os dias.
Amo você e minhas irmãs, contudo foi mais forte do que eu... Se soubesse como sofri...

No correio seguinte, dois meses depois, ela recebeu um documento timbrado com o consentimento de sua mãe. Desta, havia apenas a assinatura abaixo das frases datilografadas e dos carimbos: *Viúva Pontreau.*

Nem uma palavra! Nem um bilhete!

– Voltamos para Royan ainda hoje? – propôs Leloir, vendo as horas no seu relógio.

– Aonde mais iríamos?

Era melhor ir embora. As crianças jogavam pedras na água e se sujavam.

– Já para o carro! – gritou o pai.

Eles ouviram o sino da igreja dar as vésperas. Quando estavam a cem metros da casa cinza, Viève se inclinou e apertou forte o ombro do marido, que por pouco não esterçou bruscamente para a direita.

– Para! – disse ela, arquejando.

A porta se abrira e duas mulheres desciam os degraus, enquanto uma terceira girava a chave na fechadura. A terceira era a senhora Pontreau, muito ereta, vestida de preto, os cabelos brancos. Ela segurava seu missal e alcançou Hermine, que usava um *tailleur* cinza e se tornara tão rígida quanto a mãe.

Ao lado delas, a mãe Naquet, com seu guarda-chuva e seus sapatos de homem, parecia ter saído diretamente de um conto de fadas.

Percebia-se que as três tinham o hábito de caminhar juntas. Não tinham necessidade de se falar. Dirigiram-se à praça e à igreja.

– É a vovó? – perguntou o menino.

– Quieto!

As três mulheres estavam a cem metros do automóvel e Hermine se virou, talvez intrigada. Mas a mãe, sem virar a cabeça, disse alguma coisa. Viève achou ter ouvido:

– Olhe para a frente!

Contra a própria vontade, ela abriu os lábios num sorriso no qual não se via quase tristeza. Reparou que Hermine, que estava agora com quarenta anos, tinha as têmporas grisalhas.

– O que fazemos? – perguntou o marido.

– Vamos esperar elas entrarem na igreja. O que não entendo é o que a mãe Naquet...

Ela gostaria de entrar na casa, menos para ver do que para sentir aquele aroma austero e frutado. Em Port-Gentil, a casa deles também tinha um aroma, mas não era o mesmo. Aliás, Viève mal o reconhecia.

– Você morava aqui quando era pequena, mamãe?

A estrada estava deserta. As três mulheres desapareceram na última curva.

Ninguém se virou ao vê-las passar, nem os clientes do café nem as moças que ainda esperavam o ônibus.

As três estavam sempre juntas, a senhora Pontreau e a Naquet de preto, Hermine de *tailleur* cinza, que ela adotara como uniforme. Ninguém falava com elas. Não lhes prestavam atenção. Os jovens sabiam que não eram mulheres iguais às outras, e só. E os que assistiram ao enterro de Nalliers não sabiam se a polícia havia ou não descoberto alguma coisa.

Quanto à Naquet, um belo dia ela tocou a campainha da casa cinza, depois de subir dez vezes os degraus e dar meia-volta. Foi recebida na sala de estar.

– Sente-se – disse a senhora Pontreau.

A outra resmungou entre os dentes, porque precisava tomar coragem:

– Sim, vou me sentar! Tenho tanto direito de me sentar como qualquer outro!

– Estou ouvindo.

A Naquet olhava para o chão e era impossível saber se falava para si mesma ou para sua interlocutora.

– Está todo mundo contra mim na aldeia e a senhora sabe bem por quê. Não é justo que uma aguente toda a amolação e a outra não! Quero vir fazer faxina aqui, não uma vez ou outra, mas todos os dias, e comer aqui, dormir aqui. E quero consideração.

Ela olhou para a senhora Pontreau com um olhar suplicante. Pois não havia outra solução. Ela tinha medo, aonde quer que fosse, e tinha medo em casa, à noite, na cama.

– Suponho que a senhora venha *au pair*? – quis saber a senhora Pontreau.

– O que é *au pair*?

– Sem salário. A senhora seria da casa.

Fazia seis anos que ela era da casa, ou melhor, que se incrustara na casa, sombria e agitada, falando sozinha de manhã à noite.

– As outras são as tias? – perguntou o menino, quando o automóvel arrancou novamente.

– Sim, são as tias.

Era inútil explicar. Viève gostaria de ir ao cemitério, visitar o túmulo de Gilberte, mas tinha medo de ser reconhecida. Entre as moças que esperavam o ônibus, havia a filha do padeiro, que se tornara enorme e usava um chapéu azul-claro de flores vermelhas.

– Podemos ir? – perguntou Leloir, com o pé no acelerador.

– Vamos! Faça as curvas devagar.

As crianças ainda se viraram para ver a aldeia onde morava a avó que estava zangada com eles. Viève não se virou. Olhava para a estrada, na qual via os contornos do marido.

Não havia mais do que dez mulheres nas vésperas, cada uma no seu genuflexório.

A senhora Pontreau nunca se ajoelhava, permanecia de pé, ereta, como os homens que assistiam à missa do fundo da igreja e saíam durante o sermão.

Depois das vésperas, a aldeia ficava ainda mais deserta, pois os jovens iam para La Rochelle, ou para L'Houmeau, onde havia agitação. As casas desenhavam sombras na terra clara. A sombra das três mulheres as precedia no caminho do mar.

– Endireite as costas, Hermine.

Pois Hermine desenvolvera certa tendência a engordar e, desde então, arqueava os ombros. No entanto, seu rosto continuava incolor, talvez mais do que no passado. Não demonstrava nada, exceto uma passividade infinita.

– A senhora pegou o pão, senhora Naquet?

Elas compravam o pão na volta, quando passavam pela padaria, que ainda estava aberta. Em vez de responder, a tia Naquet falou sozinha. Deve ter dito alguma coisa como:

– ... É claro que sou sempre eu que tenho de carregar tudo!...

Porque desde anos atrás ela não dirigia mais a palavra à senhora Pontreau nem a ninguém. Ela caminhava à esquerda de Hermine, a senhora Pontreau à direita, de modo que a mulher de cinza parecia prisioneira das mulheres de preto.

A porta da casa abriu-se. Viam-se as lajotas sempre bem lavadas do corredor, a mesa da sala de jantar já posta para o chá.

– Hermine, você largou de novo seu tricô por aí. E se alguém sentasse nessa cadeira?

Quem sentaria? Cada uma tinha a sua cadeira cativa. E ninguém jamais entrava na casa!

Elas comeram pão com geleia e tomaram café. A senhora Pontreau semicerrou as venezianas, pois os raios do sol poente invadiram a sala.

– Pode subir para trocar de vestido, Hermine.

O relógio marcava os minutos, as horas, os dias de uma existência quieta e monótona.

Há galinhas que teimam em permanecer na sombra quente do ninho, mesmo que suas crias já tenham saído da casca do ovo. Algumas continuam a proteger com suas asas uma cria tão grande quanto elas.

– Quantos pontos você deixa para a cava?

– Oitenta e dois.

– É pouco.

As venezianas deixavam penetrar estreitos raios de sol na sala. Um automóvel pequeno seguia de La Rochelle para Royan, na poeira de um domingo de verão, e um menino perguntou ao pai:

– Estamos zangados com a tia Hermine também?

– Não converse com seu pai enquanto ele está dirigindo – Viève interveio, inclinando-se para ele. – Põe a boina, está muito vento.

– Eu também? – veio a vozinha da menina, ao lado dela.

O NOIVADO DO SENHOR HIRE

TRADUÇÃO DE MARIANA ECHALAR

FOTO

Eugène Atget, *Cabaret de l'Homme Armé, 25 rue des Blancs-Manteaux*, Paris, 1900

■

Capítulo 1

A ZELADORA PIGARREOU ANTES DE BATER. Olhando o catálogo da Belle Jardinière que tinha na mão, disse:

– Correspondência para o senhor, senhor Hire.

E ajeitou o xale sobre o peito. Houve movimento atrás da porta marrom. Ora à esquerda, ora à direita, ora passos, ora um roçar suave de tecido ou um tilintar de louça, e os olhos cinzentos da zeladora pareciam seguir, através da barreira de madeira, o rastro do barulho invisível. Este se aproximou finalmente. A chave girou na fechadura. Um retângulo de luz apareceu, uma tapeçaria de flores amarelas, o mármore de um lavatório. Um homem estendeu a mão, mas a zeladora não a viu ou mal a viu, de todo modo não lhe deu atenção, pois seus olhos bisbilhoteiros estavam interessados em outro objeto: uma toalha ensopada de sangue cujo vermelho-escuro se destacava no frio do mármore.

A batida da porta a fez recuar mansamente. A chave girou novamente e a zeladora desceu os quatro andares, parando de tanto em tanto para pensar. Ela era magra. A roupa pendia dela como dos paus em cruz que formavam o esqueleto dos espantalhos e seu nariz estava úmido, suas pálpebras avermelhadas, suas mãos gretadas de frio.

No *hall* principal, do outro lado de uma porta envidraçada, uma criança pequena, vestindo uma camisola de flanela, estava de pé em frente a uma cadeira onde se equilibrava uma bacia de água. Seu irmão, já vestido, divertia-se espirrando água nela e, ao lado deles, a mesa do café continuava posta.

Houve um barulho inequívoco de porta se abrindo. O menino se virou. A menina exibiu o rosto molhado de lágrimas.

– Você vai ver só...

Uma bofetada no menino, que a mãe pôs para fora.

– Já para a escola! E você, se chorar de novo...

Sacudiu a menina e passou-lhe o vestido pela cabeça, puxando seus braços como se ela fosse uma marionete. Depois guardou a bacia de água suja de sabão no armário, foi até a porta e voltou.

– Vai parar de fungar ou não?

Ela pensava. Hesitava. A testa estava franzida, os olhinhos inquietos. Ela acenou maquinalmente com a cabeça para o inquilino do segundo andar que passou pelo *hall* e, de súbito, cobrindo-se com mais um xale, correu para a rua depois de fechar pela metade o registro da estufa.

Fazia um frio congelante. Na estrada de Fontainebleau, que atravessa Villejuif, os carros passavam lentamente por causa do gelo sobre a pista, e os radiadores exalavam vapor. Cem metros à esquerda ficava o largo, com um bistrô de cada lado, um policial no centro, ruas animadas de periferia até as portas de Paris, bondes, ônibus e automóveis. Mas à direita, duas casas adiante, logo depois da última oficina mecânica, já era estrada aberta, campo, árvores e plantações brancas de gelo.

A zeladora tremia de frio, ainda hesitante. Fez um aceno discreto para chamar um homem de pé no fim da rua, mas ele não a viu e ela correu, puxando-o pelo braço.

– Venha um instante.

Ela entrou em casa sem dar atenção a ele, levantou a filha pelo braço e sentou-se numa cadeira, num canto, para tirá-la do caminho.

– Entre. Não fique aí parado, ele pode ver você.

Ela estava esbaforida ou muito aflita. Seu olhar ia do corredor para o homem de cerca de 30 anos, que não fez menção de tirar o chapéu.

– Ontem eu ainda tinha dúvidas, mas acabei de ver uma coisa e quero que um raio caia na minha cabeça se não foi o sr. Hire.

– Quem?

– Um baixinho meio gordo, de bigode frisado, que está sempre com uma pasta preta debaixo do braço.

– Ele faz o quê?

– Ninguém sabe. Ele sai de manhã e volta à noite. Levei um catálogo para ele e, pela porta entreaberta, notei uma toalha empapada de sangue...

Havia quinze dias o inspetor, com dois colegas, passava o dia e às vezes a noite no bairro, observando as pessoas, e já começava a conhecer algumas de vista.

– E além dessa toalha... – insinuou.

A zeladora estava aflita.

– Desde o primeiro dia, naquele domingo, o senhor se lembra, eu suspeitei dele. Tinham acabado de descobrir a mulher no terreno baldio. Seu colega me interrogou, como fez com todas as zeladoras. Pois então, naquele dia o sr. Hire não saiu! Portanto não almoçou, porque, aos domingos, ele compra o que precisa na charcutaria da Rue Gambetta. À tarde, ele não saiu. Shh...!

Ouviram passos na escada. Do outro lado da porta envidraçada, o corredor estava às escuras, mas via-se um homem de baixa estatura passando com uma pasta debaixo do braço esquerdo. A zeladora e o inspetor se inclinaram, franziram ao mesmo tempo as sobrancelhas, então o policial saiu bruscamente, deu alguns passos apressados até a luz baça da rua e voltou sem pressa.

– Ele está com um curativo grande na bochecha.

– Eu vi.

Os olhos duros da zeladora se fixaram muito longe, mais dentro do que fora.

– Então não foi ele – continuou o homem prestes a sair.

Mas uma mão febril se agarrou ao seu braço. A zeladora estava cada vez mais aflita, talvez pelo esforço que fazia para se recordar.

– Espere! Quero ter certeza... Eu notei principalmente a toalha, mas...

Ela fazia caretas como um médium em transe. Sua voz se tornou lenta e baixa. A criança escorregava lentamente da cadeira.

– Posso jurar que, quando entreguei o catálogo, ele não estava machucado. Não olhei diretamente para ele, mas podia vê-lo, e eu acho que teria chamado a minha atenção...

Ela continuava a revirar o cérebro, desesperadamente. O inspetor franziu a testa.

– Ora! Ora! Ele viu que a senhora estava olhando para a toalha e teve a ideia de...

No cubículo da zeladora, ao lado da mesa coberta com uma toalha de oleado marrom, eles impressionavam um ao outro. Estavam a menos de duzentos metros do terreno baldio onde, quinze dias antes, num domingo de manhã, fora descoberto o cadáver de uma mulher, tão mutilado que não pôde ser identificado.

– A que horas ele volta?

– Às sete e dez.

À direita do largo, perto do terminal do bonde, havia uma fileira de carroças e o sr. Hire, sempre com a pasta debaixo do braço, esgueirou-se, bamboleando entre as donas de casa, passou por uma carroça de carnes, depois de legumes, depois de carnes de novo, depois uma carroça só de couve-flor. O cobrador do bonde apitou e o sr. Hire correu como quem não tem o costume de correr e, como as mulheres, jogando as pernas para os lados. Enquanto corria, fazia:

– Psiu!... Psiu!...

A mão do cobrador o alcançou bem a tempo. De pé, perto do primeiro vagão, um segundo inspetor observava as pessoas, batendo as mãos nos próprios braços para se aquecer. Vendo o curativo do sr. Hire, primeiro ele estreitou e depois arregalou os olhos, fixou um instante o olhar na estrada e, por fim, no momento em que o bonde tomava embalo, saltou no estribo.

Haviam encontrado sangue e fragmentos de pele sob as unhas da morta e, sem outras pistas, a polícia anotou no relatório: "Vigiar especialmente homens com arranhões no rosto".

* * *

O sr. Hire estava sentado no banco que ele ocupava todos os dias, o do fundo do vagão, e, com a pasta sobre os joelhos, lia o jornal. Também como todos os dias, havia separado seu bilhete, que levava na mão, e estendeu-o ao cobrador sem erguer os olhos.

Ele não era alto. Nem gordo. Seu volume não ultrapassava o de um homem comum, mas não se percebiam nele nem ossos nem carnes, apenas uma matéria mole e balofa, tão mole e tão balofa que seus movimentos eram ambíguos.

Em seu rosto rechonchudo, desenhavam-se lábios muito vermelhos, um bigodinho frisado a ferro, como se tivesse sido pintado a nanquim, e, nas maçãs, dois círculos de um rosa de boneca.

Ele não olhava para nada ao seu redor. Não sabia que um inspetor o observava. Na Porte d'Italie, desceu como se o seu instinto o houvesse advertido de que chegara ao destino e esgueirou-se novamente pela multidão barulhenta, saltitando, seguro de si, meneando os ombros. Desceu os degraus do metrô e, na borda da plataforma, retomou a leitura do jornal. Foi lendo que entrou no vagão, assim que este parou, foi lendo que fez a viagem, de pé num canto, mudou de linha na estação République e desceu finalmente na Voltaire.

O inspetor o seguia, sem convicção, mas não estava pior ali do que no largo de Villejuif.

O sr. Hire pegou a Rue Saint-Maur, virou à esquerda e enfiou-se num pátio interno, atulhado de barris, onde desapareceu.

Era um pátio antigo, de uma casa antiga. Placas de cerâmica esmaltada anunciavam uma loja de barris, uma marcenaria e uma tipografia. Ouvia-se o barulho de uma serra e de uma prensa. O inspetor não viu zeladora e hesitou um momento. Um reflexo avermelhado na calçada chamou a sua atenção. Ao se virar, constatou que as janelas gradeadas, no térreo, se haviam iluminado e que o sr. Hire tirava o sobretudo, o cachecol, pendurava-os num armário e dirigia-se a uma mesa de madeira branca.

Não era exatamente um porão nem exatamente um andar térreo. O pátio era rebaixado e a sala onde ia e vinha o sr. Hire ficava, portanto, um metro abaixo do nível da rua. Era estranho, pois a calçada cortava o homenzinho na altura da barriga. Havia apenas uma lâmpada elétrica fraca no teto, sem abajur, o que criava um ambiente amarelado, e não se ouvia nada do que acontecia no interior.

O sr. Hire era calmo e silencioso. Sentado diante de uma pilha de cartas, abria uma a uma com a ajuda de uma espátula, meticulosamente. Não as lia, contentava-se em colocar à sua direita as cartas propriamente ditas e, à esquerda, a ordem de pagamento contida em cada envelope. Ele não fumava. Duas vezes levantou-se para alimentar uma pequena estufa.

O inspetor deu a volta no pátio à procura de uma zeladora, mas o tipógrafo lhe disse que não havia nenhuma. Quando voltou para a calçada, o sr. Hire, atrás da janela gradeada, bem debaixo dela, fazia pacotes com gestos precisos. A bem da verdade, todos os pacotes eram iguais.

O sr. Hire pegava de um lado uma caixinha de madeira branca, de outro uma folha impressa, seis cartões-postais de seis montes diferentes e, num piscar de olhos, embrulhava e amarrava tudo com um fio vermelho cujo novelo estava pendurado na altura da sua cabeça.

O policial foi beber dois runs no bistrô. Quando retornou, havia uns vinte pacotes feitos. Ao meio-dia, havia sessenta.

O sr. Hire vestiu lentamente o sobretudo e o cachecol, surgiu na calçada, dirigiu-se a um restaurante no Boulevard Voltaire, onde se sentou como um frequentador e comeu lendo o jornal. Às duas horas, fazia novamente pacotes. Às três e meia, escreveu endereços em etiquetas e, por volta das quatro horas, começou a colá-las. Com todos os pacotinhos, fez um pacote grande e, às cinco horas em ponto, entrava na agência do correio e tomava lugar na fila dos "impressos registrados".

O encarregado nem se deu o trabalho de pesar. Estava habituado. O sr. Hire pagou e saiu, não tendo mais do que a pasta sob o braço. O inspetor se aborrecia. Por causa do frio, havia bebido, desde manhã, nove ou dez doses de rum.

Ora, o sr. Hire não havia acabado. Com a mesma precisão mecânica, pegou um ônibus, desceu em frente ao *Matin*, estendeu uma folha de papel e trinta francos à encarregada dos classificados, que nem mesmo olhou para ele, sem dúvida de tanto que o vira antes.

Os bulevares estavam mais desertos do que de costume. As pessoas se agrupavam ao redor dos braseiros. O gelo embranquecia o asfalto. O sr. Hire andava bamboleando, sem ver as mulheres que passavam muito rente dele. Pegou a Rue de Richelieu, entrou no *Journal*, depositou no guichê dos classificados uma folha escrita e trinta francos.

O inspetor estava farto. Arriscando-se a perder o homem de vista, precipitou-se no guichê assim que o outro saiu, mostrando sua identificação.

– Me dê o anúncio.

A funcionária estendeu-o com a mesma naturalidade. O texto era de bonita caligrafia.

Oitenta a cem francos por dia sem abandonar emprego para trabalho fácil. Escrever sr. Hire, 67, Rue Saint-Maur, Paris.

Os dois homens se reencontraram na entrada da estação Bourse do metrô, onde entraram um atrás do outro. Ainda um atrás do outro, emergiram do subterrâneo na Porte d'Italie. O sr. Hire lia um jornal vespertino. O inspetor o olhava com raiva.

No bonde, sentaram-se lado a lado. Eram sete horas e cinco minutos quando o sr. Hire desceu no terminal de Villejuif e dirigiu-se para casa, onde entrou o mais inocentemente possível.

O inspetor entrou atrás dele, empurrou a porta envidraçada do cubículo da zeladora, resmungou para o colega, que bebia uma tigela de café quente:

– O que você está fazendo aqui?

– E você?

O menino fazia o dever de casa num canto da mesa. A lâmpada iluminava mal. O carteiro acabara de deixar uma pilha de impressos sobre a toalha de oleado, ao lado do bule de esmalte azul.

– O sr. Hire?

– Você também?

A zeladora olhava um e outro, o rosto dolorosamente tenso.

– Acham que foi ele, não é? Meu Deus!...

Ela ia chorar. Chorou. Eram apenas lágrimas de nervoso, mas suas mãos magras tremiam.

– Estou com medo... Vocês não vão... Faz quinze dias que não sei mais o que é vida...

Seu filho a observava por cima do caderno. A menina estava sentada no chão.

– Uma xícara de café? – propôs o inspetor que chegou primeiro.

E ele serviu o colega.

– O que foi que pôs você na pista?

– A cicatriz... E a profissão... É um desses caras que prometem não sei quanto por dia por um trabalho fácil e que, por cinquenta ou sessenta francos, enviam às pessoas um estojo de aquarela que vale vinte e seis cartões-postais para colorir...

A zeladora estava decepcionada. O primeiro inspetor, de pé, ocupava todo o cubículo com a sua massa.

– Parece que existe uma toalha ensanguentada. O que eu quero saber é se ele se feriu realmente.

Eles não sabiam o que fazer. Um se serviu novamente de café.

– Não me atrevo mais a cruzar com ele na escada – disse a zeladora, respirando com dificuldade. – Aliás, sempre tive medo dele. E todo mundo!...

– Ele não sai?

– Só no domingo. Acho que vai ao cinema.

– Ele não recebe ninguém?

– Ninguém.

– E quem faz a faxina?

– Ele. Nunca consegui entrar no quarto. Com certeza foi por engano que ele recebeu o catálogo, porque foi a primeira vez e aproveitei para dar uma espiada. Avisei pela porta que era uma carta...

Os dois homens se olharam constrangidos.

– Vocês têm de fazer alguma coisa, prendê-lo, sei lá! Não posso mais viver com a ideia de que... Escutem, quando ele passa, costuma passar a mão na cabeça da minha filha. Me dá medo, como se...

Ela chorava cada vez mais, sem enxugar os olhos, pois estava alimentando a estufa. Ouvia-se o barulho dos automóveis passando na estrada, a sineta mais distante dos bondes. Estava quente, mas eles estavam com os pés congelados.

– E se subíssemos com um pretexto?

Eles não estavam seguros.

– Talvez seja melhor fazê-lo descer. Suba e lhe diga que tem alguém querendo falar com ele.

– Eu? Nunca! Não, jamais!...

Ela tremia, chorava sem convicção, alternadamente.

– Não tenho marido para me defender. À noite, aqui, é tudo morto, exceto pelos carros que passam a cem quilômetros por hora...

Pôs a filha de pé, com um único puxão.

– Senta na cadeira.

– A senhora tem certeza de que essa manhã ele não estava machucado?

– Não sei. Eu acho. Mas eu juraria. Pensei tanto o dia inteiro que fiquei com dor de cabeça...

– Subimos, colega?

Não era necessário. Alguém vinha descendo a escada. A zeladora apurou o ouvido, correu para a porta e abriu.

– Senhor Hire!

Ela tiritava, parou atrás da porta aberta, olhou os dois homens como se lhes dissesse:

– Sua vez.

– Perdão...

O sr. Hire se desculpou, parou na soleira, deu dois passos para a frente, surpreso, constrangido.

– O que...?

Ele não via a zeladora, escondida pela porta. Os inspetores cutucavam um ao outro com o cotovelo. A menina, ao olhar para ele, desatou a chorar.

– Me chamou?

– Que coincidência! A minha prima me disse que o senhor se machucou...

O primeiro inspetor foi quem se lançou às cegas na aventura. Estava pálido, engolia a saliva entre as palavras.

– Sou enfermeiro e...

E, para acabar logo com aquilo, estendeu uma mão bruta, desajeitada, pegou o curativo por uma ponta e arrancou-o. Eles estavam comprimidos dentro do estreito cubículo. A menina chorou mais alto.

Quanto ao sr. Hire, ele levou a mão à bochecha e retirou-a pintada de sangue. Havia sangue no colarinho, no ombro. Jorrava, vermelho e fluido, à medida que os lábios da ferida se abriam sob a pressão do líquido.

– O que...

A zeladora cerrou os punhos quase a ponto de quebrar os dedos. O inspetor se apavorou diante do corte nítido e recente da navalha.

– Me desculpe... Eu...

Ele procurava uma torneira, um pano, qualquer coisa que servisse para estancar o sangue, para acabar logo com aquilo.

O sr. Hire tinha olhos redondos, castanhos. Olhava um a um os ocupantes do cubículo e não sabia como fazer para parar todo aquele sangue que caía em gotas grossas no cimento.

O menino continuava sentado à mesa, o lápis no ar, diante do caderno. Sua irmã rolou no chão.

– Foi... foi falta de jeito... se me permite subir com o senhor para fazer um curativo...

O sr. Hire estava desfigurado pelo sangue que maculava a sua bochecha e escorria pelo seu queixo, como se a sua boca tivesse se rasgado. Estava transtornado. Os círculos rosa do seu rosto haviam se apagado.

– Obrigado...

E ainda parecia se desculpar, como um senhor distinto que suja sem querer a casa de seus anfitriões. Chocou-se contra a moldura da porta.

– Fique... Vou...

O inspetor encontrara um pano de prato e o oferecia a ele.

– Obrigado... obrigado... perdão...

Já havia sumido na escuridão fria do corredor. Ouviam-se seus passos pesados, hesitantes, subindo a escada, e imaginavam-se as gotas de sangue caindo nos degraus.

– Cala a boca! – berrou de repente a zeladora, dando uma bofetada na filha.

Ela estava despenteada, com os olhos esgazeados. Sacudiu o menino.

– E você parado aí, sem dizer nada!

Os inspetores não sabiam onde se enfiar.

– Acalme-se, senhora. Amanhã o comissário...

– O senhor acha que vou passar a noite aqui sozinha? Acha?

Sentiram que a crise de nervos era iminente. Era questão de segundos. Ela teve um estremecimento ao passar a mão, por descuido, numa gota de sangue que se esborrachara na mesa.

– Vamos ficar... Enfim, um de nós...

Ela não sabia ainda se ia se acalmar. Olhava para eles e eles tentavam parecer fortes.

– Você vai fazer o relatório.

A água estava fervendo havia quinze minutos. Os vidros estavam embaçados.

– Mas você volta, hein!

A zeladora tirou a chaleira do fogão, remexeu as brasas com a ponta do atiçador.

– Faz quinze dias que não durmo – concluiu. – O senhor viu o homem. Eu não sou louca...

Capítulo 2

QUANDO O SANGUE FINALMENTE ESTANCOU, o sr. Hire foi obrigado a caminhar com cuidado, mantendo a cabeça bem ereta, para não reabrir a ferida. Uma das pontas do seu bigode estava caída e o sangue misturado com água pintava o seu rosto de um rosa pálido.

O sr. Hire esvaziou primeiro a bacia, que ele enxugou com a ajuda de um trapo. Seu olhar se fixou em seguida na estufa de ferro fundido, que estava fria. Afora a imobilidade da cabeça, que ele carregava como um corpo estranho, era o mesmo homem do bonde, do metrô ou do porão da Rue Saint-Maur, calmo e comedido em todos os gestos, que pareciam tão ordenados quanto os sucessivos ritos de uma cerimônia.

Pegou um jornal do bolso do sobretudo e, depois de amassá-lo, enfiou-o no fundo da estufa. Sobre o mármore negro da chaminé, havia um molho de gravetos que ele distribuiu sobre o papel. Ele estava mergulhado em silêncio e frio. O único barulho era o que ele fazia ao mover o atiçador ou o balde de carvão. Ajoelhou-se, sempre com a cabeça ereta, o pescoço duro, para passar um fósforo sob a grade e pôr fogo no papel. Ele tateou. Riscou três fósforos até conseguir acender o fogo e a fumaça jorrar de todas as fissuras da estufa.

Estava mais frio dentro do quarto do que fora. Enquanto esperava o calor do fogo, o sr. Hire vestiu o sobretudo, um sobretudo grande de ratina preta e colarinho de veludo, e abriu o armário que lhe servia de cozinha, acendeu um fogareiro a gás, pôs água numa panela. Sua mão encontrava os objetos sem precisar procurá-los. Pôs uma tigela na mesa, uma faca e um prato, pensou, devolveu o prato ao armário, sem dúvida porque se lembrou de que o incidente na portaria o impedira de sair para fazer suas compras.

Tinha apenas pão e manteiga. Pegou café em pó de uma caixa de biscoitos, franziu o cenho, olhou a estufa, que não estava mais fumegando, não emitia mais o seu ronronado habitual. A lenha queimara e o carvão não pegara fogo. Não havia mais lenha na chaminé. O sr. Hire pestanejou, depois despejou a água fervente do fogareiro no café em pó e aqueceu as mãos.

À direita do quarto, havia uma cama, um lavatório e uma mesa de cabeceira; à esquerda, o armário do fogareiro e uma mesa coberta com uma toalha oleada.

Sentado à mesa, o sr. Hire comia pão com manteiga, bebia café pausadamente, olhando para o nada. Quando terminou, permaneceu ainda um momento imóvel, como encravado no tempo, no espaço. Ruídos nasciam, primeiro débeis e anônimos, estalos, passos, esbarrões e, em pouco tempo, era o mundo inteiro, ao redor do quarto, que se transformava em sons furtivos.

No quarto ao lado, pratos se entrechocavam e pessoas conversavam. Era estranho, porque o barulho dos pratos não estava deformado. Parecia que estavam ali mesmo, ao passo que as vozes se fundiam num murmúrio grave e mecânico.

No andar de baixo, como todas as noites, um menino tocava violino: sempre os mesmos exercícios do método. E, como sempre, um zumbido de zangão ordenou que ele repetisse.

Depois foi a estrada, aquela espécie de sucção progressiva de um automóvel acelerando a distância, explodindo e rapidamente sendo aspirado pelo espaço no outro extremo do horizonte. Apenas os caminhões se moviam com estardalhaço, devagar, tirando o fôlego das pessoas, enquanto faziam a casa inteira vibrar.

Mas tudo isso fervilhava além das paredes. Dentro do quarto, havia um bloco de silêncio bem compacto, bem sólido, bem uniforme, e o sr. Hire, diante da tigela vazia, esperava talvez o fim do bem-estar que o calor do café lhe proporcionava. Então levantou-se, abotoou o sobretudo, enrolou uma echarpe no pescoço. Pegou a tigela em que havia bebido o café e lavou-a sob a torneira, enxugou-a com um pano que pendia de um prego e guardou-a de novo no armário. Com um papelão engordurado pelo uso, juntou as migalhas do pão, jogou-as na estufa, aproximou-se da cama e puxou os cobertores.

O que mais ele tinha a fazer? Dar corda no despertador, que formava uma mancha branca na chaminé e marcava oito e meia.

Era tudo? Ele tirou os sapatos e os engraxou, sentado na beirada da cama, ainda com o pescoço duro e a bochecha esquerda no ar.

Era tudo. O menino repetiu o exercício e o arco derrapou na segunda corda. No quarto ao lado, um homem devia estar lendo o jornal em voz alta, pois o murmúrio era tão monótono quanto o barulho de uma torneira aberta.

O sr. Hire levantou-se da cama, onde estava mal acomodado, sentou-se na poltrona, diante da estufa fria, diante do quadrante do despertador, e não se mexeu mais, exceto para enfiar as mãos nos bolsos, pois estavam congelando sobre os braços da poltrona.

Dez para as nove... Nove horas... Nove e cinco... Ele não fechava os olhos. Não olhava para nada. Estava como num trem que o conduziria a parte alguma. Nem suspirava. Um pouco de calor acabou se condensando debaixo do sobretudo e ele o guardava preciosamente, enquanto os dedos dos seus pés, enfiados nas pantufas, encolhiam-se de frio.

Nove e vinte... vinte e cinco... vinte e seis...

Às vezes uma porta se fechava bruscamente. Pessoas desceram a escada em tal algazarra que pareciam estatelar-se a cada degrau. Pouco a pouco conseguia-se ouvir o apito do policial no largo.

Nove e vinte e sete... O sr. Hire ergueu-se, girou o interruptor elétrico e, na escuridão, encontrou a poltrona, de onde via apenas os ponteiros vagamente luminosos do despertador.

Somente às dez horas perdeu a paciência, no sentido de que seus dedos se remexeram nos bolsos. Os inquilinos do quarto ao lado estavam dormindo, mas em outro um bebê berrava e sua mãe cantava, para adormecê-lo:

– Lá... lá... lá... lá...

O sr. Hire levantou-se, foi até a janela, além da qual só se via escuridão.

Pouco depois, uma luz brilhou a três metros dele, se tanto, uma janela iluminou-se, um quarto do qual se distinguiam os mínimos detalhes.

A mulher empurrou a porta com um coice que deve ter produzido um trovão, mas o barulho não atravessava o pátio. Ela estava com pressa, talvez de mau humor, pois levantou as cobertas da cama com um movimento brusco para colocar debaixo delas o saco de água quente que levava sob o braço.

O sr. Hire não se mexia. Seu quarto estava às escuras. Ele estava de pé, com a testa colada no vidro gelado, e somente as suas pupilas iam e vinham, acompanhando os movimentos da vizinha.

Depois que ela estendeu as cobertas, seu primeiro movimento foi soltar os cabelos, que rolaram, não muito longos, mas abundantes, de um ruivo sedoso, sobre os seus ombros. E friccionou a nuca, as orelhas, numa espécie de relaxamento voluptuoso.

Havia um espelho diante dela, em cima de um toucador de madeira torneada. Era para esse espelho que ela olhava, que continuava a olhar, enquanto puxava de baixo para cima o vestido de lã preta para passá-lo pela cabeça. Depois, vestida apenas com a combinação, sentou-se na beirada da cama para tirar as meias.

Mesmo do quarto do sr. Hire, podia-se ver que estava arrepiada e, quando ficou apenas de calcinha, friccionou longamente, para aquecê-los, os bicos dos seios, que o frio engelhava.

Ela era jovem, vigorosa. Pegou uma camisola longa, branca, e vestiu-a antes de tirar a calcinha, olhou-se mais uma vez no espelho, puxou cigarros da gaveta da mesinha de cabeceira.

Não olhara para a janela. Não olhou para ela. Já estava debaixo dos lençóis, com um cotovelo apoiado no travesseiro, e, antes de abrir o romance que tinha diante de si, acendeu lentamente um cigarro.

Estava de frente para o pátio, de frente para o sr. Hire, atrás do qual o despertador se esforçava em vão para marcar os segundos e mover os ponteiros fosforescentes.

Sobre a cama, havia uma colcha vermelha. A cabeça estava um pouco reclinada e isso acentuava o desenho dos lábios carnudos, diminuía a fronte, aumentava a massa sensual dos cabelos ruivos, intumescia o pescoço, dava a impressão de que a mulher inteira fazia parte de uma polpa abundante, cheia de seiva. Por cima da camisola, a mão, maquinalmente, continuava a acariciar o seio, cujo relevo se via cada vez que ela o abandonava para afastar o cigarro dos lábios.

Um estalido seco do despertador marcou dez e meia, outro onze horas. Não se ouvia nada além do choro do bebê, que talvez ninguém se lembrara de alimentar, e às vezes o assobio agressivo de um automóvel a toda velocidade na estrada.

A moça virava as páginas, assoprava as cinzas que mosqueavam a colcha para dispersá-las, e acendia outro cigarro.

O sr. Hire não se movia, a não ser para raspar o vapor que sua respiração colava no vidro e que congelava.

Acima do pátio, no céu invisível, o silêncio espalhava-se pouco a pouco.

O romance terminou à meia-noite e quinze e a mulher se levantou para apagar a luz.

A zeladora, naquela noite, levantou-se três vezes e, cada vez, afastava a cortina para verificar que o inspetor continuava andando pela calçada embranquecida pelo frio.

Os vidros cobertos de geada pareciam foscos. Com as mãos roxas de frio, o sr. Hire largou duas vezes a escova com que limpava o sobretudo, ajoelhou-se para refazer o laço da botina, olhou o quarto de relance e fechou a porta do armário, que estava entreaberta.

Faltava apenas pegar a pasta e enfiar o chapéu. Com a chave no bolso, começou a descer a escada, que estalava, pois a casa era nova, não muito sólida. Também não era alegre, porque escolheram para a pintura tons de cinza-chumbo e marrom-escuro. O pinho dos degraus não queria se patinar. Era encardido no centro, quase preto, mas nas laterais, onde não se pisava, continuava de um branco pobre. As paredes, em vez de enegrecer, largavam pedaços de gesso.

As portas se enfileiravam, o corrimão de *pitch-pine*, as garrafas de leite em cada andar. Tudo era sonoro. Por toda a parte as pessoas se movimentam atrás das paredes e certos ruídos faziam pensar em esforços titânicos. Mas eram apenas os inquilinos que estavam se vestindo.

Uma corrente de ar mais pérfida anunciou a proximidade do andar térreo e o sr. Hire desceu os últimos degraus, virou à esquerda, parou por um imperceptível instante.

A moça de cabelos ruivos estava lá, apoiada na porta do cubículo da zeladora. Suas bochechas estavam mais vermelhas, porque estava na rua desde as seis horas da manhã, e também por contraste com o avental branco. Ela ainda tinha na mão meia dúzia de garrafas de leite vazias, cujas argolas de metal ela segurava com um dedo só.

Estava com a cabeça ligeiramente virada. Ao ouvir passos, virou-a completamente e continuou a conversa com a zeladora, que estava no cubículo.

O sr. Hire passou sem olhar. Depois de percorrer três metros, ouviu um silêncio atrás dele e a zeladora, febril, correu para o corredor.

O sr. Hire continuou andando. Sob o ar frio, a vida tinha um ritmo acelerado, os tons de branco se tornavam mais brancos, os de cinza mais claros, os de preto mais pretos. Ele pegou o jornal no quiosque e penetrou na massa humana que obstruía a calçada ao redor das carroças.

– Perdão...

Não era articulado. Na realidade, ninguém ouvia nada, nem mesmo ele. Mas era um hábito, um movimento de lábios que ele fazia ao passar entre duas mulheres, empurrando alguém, abalroando o cabeçalho de uma carroça.

– Perdão...

O bonde estava à espera e o sr. Hire apressou o passo, empinou o peito e, com a pasta sob o braço, acabou correndo como corria sempre nos últimos dez metros.

– Perdão...

Ele não via as pessoas. Não distinguia ninguém. Entrava na multidão. Desviava-se, avançava num fervilhar marcado aqui e ali de vazios inesperados, de espaços na calçada, onde caminhava mais rápido.

Sentara-se no lugar de sempre no bonde, com a pasta sobre os joelhos. Ia desdobrar o jornal. Deslizou o olhar um instante pelos ocupantes do vagão, sem detê-lo, mas franziu as sobrancelhas, remexeu-se, subitamente mal acomodado, pouco à vontade, desajeitado para abrir o jornal.

Por pouco não passou a mão sobre a bochecha esquerda, de tal modo a sensação presente lembrava outra, a do curativo arrancado na véspera, dentro do cubículo da zeladora: o homem que estava sentado à sua frente, do outro lado do vagão, era um dos amigos da zeladora.

Ele virou mesmo assim, até a Porte d'Italie, as páginas do jornal. Seguiu, como sempre, a multidão barulhenta que se engolfava no metrô. E, na borda da plataforma, retomou a leitura.

O estardalhaço cada vez mais intenso anunciou a chegada do trem. Um vagão parou na frente dele.

Portas bateram. Pessoas se empurraram.

– Perdão...

Ele deu um passo à frente, um passo atrás. O jornal continuava aberto diante dele. O sr. Hire continuava na plataforma. As portas se fecharam, o trem deslizou. E, num dos vagões que passaram rente ao sr. Hire, um homem tentava em vão abrir a porta e saltar.

O homem do bonde, do cubículo, do curativo!

Por cima do jornal, o sr. Hire viu o trem mergulhar na escuridão, depois deu meia-volta, subiu à superfície e cruzou a praça, entrou num café, onde se sentou perto da janela e pediu um chocolate bem quente. Sentia as pernas bambas, como se tivesse corrido uma longa distância. Dirigiu ao garçom que o serviu um débil sorriso de agradecimento.

Ao meio-dia, continuava lá, no calor, vendo passar gente e mais gente, milhares de pessoas que andavam, corriam, paravam, alcançavam-se, ultrapassavam-se, berravam, cochichavam, enquanto no bar os garçons pareciam fazer questão de entrechocar os pires.

Capítulo 3

ÀS CINCO HORAS, O SR. HIRE entrava num quarto bistrô, sem ter saído da Avenue d'Italie. Do primeiro bar, passou para um restaurante a preços fixos, três casas adiante. Teve uma ligeira hesitação diante do cinema, mas entrou na tabacaria, na esquina do primeiro quarteirão.

Não percorreu nem duzentos metros no total. Agora estava sentado numa grande taverna, na Place d'Italie, no exato momento que alguns músicos tomavam posse do tablado.

– Um café com creme – pediu.

Ele não havia tirado o sobretudo desde manhã. Não ficava à vontade. Mantinha-se na beirada da banqueta, como se fosse ficar apenas uns minutos e, tal qual estava, passava horas sem demonstrar tédio ou impaciência. Mas devia pensar, sem parar, obstinadamente. Às vezes seus olhos cor de avelã fixavam-se num ponto qualquer do espaço e rugas formavam-se em sua testa, seus lábios faziam um movimento imperceptível, suas mãos se crispavam dentro dos bolsos ou sobre o mármore da mesa.

Ele pensara tanto desde manhã que pensava em falso. Ainda havia gente passando, barulhos, fragmentos de conversa. Sobre a mesa, ele encontrou um jornal dobrado em dois e leu de trás para frente: "O caso de Villejuif".

O garçom trouxe o café com creme e o sr. Hire sorriu para ele, bebeu metade do líquido antes de permitir que o seu olhar regressasse ao jornal. Então, ergueu-se e foi ao banheiro, apenas para, ao passar, mover a folha como que por desatenção. Aproveitou para recolar o curativo e ajeitar o bigodinho.

De volta à mesa, contou cinco minutos antes de arriscar uma olhadela no jornal, que trazia um longo artigo.

... há quinze dias... investigação difícil... grandes avanços, graças à identificação do cadáver... provavelmente uma certa Léonide Pacha, conhecida como Lulu, que exercia a profissão de prostituta... hipótese de crime sádico... ainda é possível... mas a bolsa da vítima desapareceu... após verificações, continha, no momento do crime, dois mil francos...
... nova pista... investigação entra em fase conclusiva... discrição necessária...

A orquestra começou a tocar "O belo Danúbio azul". O sr. Hire, ao pegar a xícara, fez o jornal cair no chão. Sua vizinha se abaixou para pegá-lo. Ele disse: "Perdão... perdão..." e colocou o jornal na mesa, virado ao contrário.

– Está sozinho?

Ele não olhava a mulher, mas podia vê-la, sentada na banqueta, diante de um caneco de cerveja. Ela mal se virou para ele, por discrição, abriu uma bolsinha de verniz preto e segurou-a na altura do rosto para retocar o pó de arroz.

– Ficaríamos mais à vontade em outro lugar – acrescentou, sem mover os lábios, observando-o por cima do espelho.

Ele batucou na mesa com uma moeda de cinco centavos, fez sinal para o garçom.

– Quanto é?

– Um franco e cinquenta. A cerveja da senhorita também?

Ele depositou cinco francos sobre o mármore e saiu. Na rua, todas as luzes brilhavam, sobrepunham-se, desenhavam perspectivas verticais e horizontais. As calçadas, os bondes, os ônibus estavam abarrotados de gente. O sr. Hire caminhava na direção da Porte d'Italie, a pasta sob o braço, saltitando, esgueirando-se entre os transeuntes, sem parar, sem ver nada além de fileiras de lâmpadas, vitrines confusas e silhuetas, cabeças indecisas que passavam em sentido contrário.

Ele passou pela Porte d'Italie, pela antiga barreira alfandegária, e era precedido por uma nuvenzinha cinzenta que se formava com a sua respiração. As luzes se tornaram mais raras e, quando virou à direita, não havia mais do que os vaga-lumes dos bicos de gás, de quando em quando. Ele avançava sempre na mesma cadência e o eco da rua vazia devolvia-lhe o barulho de seus passos. Pegou à esquerda e era uma rua inacabada, com apenas algumas casas, muito altas, muito novas, separadas umas das outras por terrenos vagos. As calçadas ainda eram de terra. Aqui e ali havia árvores magricelas vestidas de palha.

Ao longo de um tapume, homens vagavam, isoladamente, sobretudo árabes, e olhavam insistentemente para o mesmo lado, para um clarão que iluminava um retângulo da calçada. Era a única luz da rua e por isso tinha uma aparência feérica. Vinha de uma casa extraordinária, coberta de cima a baixo de tijolos vitrificados, como os das charcutarias. Era branca, de reflexos lunares. Parecia conter algo rosa e comestível. Em todas as janelas, a luz se filtrava, muito intensa, pelas frestas das persianas.

E o sr. Hire continuou caminhando, obliquou, sem diminuir o passo, subiu três degraus e passou pelo capacho, que acionou uma alegre campainha.

Somente então ele parou, um pouco ofegante, enquanto flocos de neve derretiam sobre o seu bigode. Uma porta se abriu sozinha, com um estalido seco, e ele penetrou em plena luz, num verdadeiro banho de luz, tão intensa, tão abundante, tão radiosa que não parecia de verdade.

As paredes eram brancas, de um mesmo branco liso e luzidio. O ar estava saturado de vapor perfumado. Uma mulher vestida de cetim preto, de rosto sereno e bondoso sob a cabeleira prateada, franziu as sobrancelhas, apenas por um segundo, depois sorriu.

– Gisèle, não é?

Ele assentiu. Não precisou dizer mais nada. O dedo da mulher tocou uma campainha. Um som preencheu o espaço. Uma moça muito jovem, de pernas nervosas enfiadas em meias pretas, apenas entreabriu uma porta.

– Leve o senhor ao 16.

E ela sorriu ao cumprimentar o sr. Hire. Outros sons já ressoavam. O sr. Hire seguia a empregada pelo corredor orlado de portas numeradas. O vapor era mais opaco ali. O 7 estava aberto e via-se uma banheira cheia de água quente exalando vapores, cobrindo as vidraças e as paredes de pequeninas gotas.

Do 12 saiu uma mulher de *chemisette* azul, segurando com ambas as mãos seios que dançavam quando ela corria. No 14, alguém bateu à porta e a empregadinha gritou:

– Já vai! Já vai! Um minuto...

O piso era ladrilhado e sentia-se que fora lavado com muita água e sabão. Estava limpo, perfumado. O avental da servente estava duro de goma.

– Já lhe trago o necessário.

O sr. Hire entrou, sentou-se num divã estreito de ratã, em face de uma banheira cujas torneiras a empregada havia aberto antes de sair. A água fazia redemoinhos, um burburinho ensurdecedor. E, dentro da banheira, tornava-se de um verde pálido de pedra preciosa.

E jorrava água em outras cabines, talvez em dez, talvez em vinte ao mesmo tempo.

– Gisèle já vem. Pode ir se lavando.

A mulher fechou a porta. Havia colocado sobre uma mesinha duas toalhas brancas, um pedaço de sabão de um rosa-bombom e um minúsculo frasco de água-de-colônia.

– Já vou! – exclamou ela a alguém que a chamava na outra ponta do corredor.

E uma voz de mulher dizia na cabine vizinha:

– Fazia tempo que você não vinha!

Estava quente na cabine, um calor único, que penetrava os poros, a carne, o cérebro. Os ouvidos começavam imediatamente a zumbir, as orelhas ficavam vermelhas e uma angústia imperceptível subia pela garganta.

O sr. Hire permaneceu sentado, sem se mover, com a pasta de couro sobre os joelhos, observando a água, que continuava a subir na banheira, e teve um sobressalto quando bateram à porta.

– Pronto?

Um rosto surgiu, cabelos muitos escuros, ombros nus.

– Bom! Volto em cinco minutos.

Somente então ele se despiu, lentamente. Havia espelhos em duas das paredes, de modo que ele via três ou quatro vezes a imagem do seu corpo, que aparecia pouco a pouco, muito branco, muito redondo, tão liso e tão suave de contornos quanto um corpo de mulher. Mas ele desviou os olhos e apressou-se em entrar na banheira, onde se deitou com um suspiro.

Do lado de fora, pessoas andavam, corriam, campainhas tocavam incessantemente e nomes de mulher eram chamados de uma ponta a outra do corredor. O que dominava, porém, era o barulho da água, o perfume do sabão, da água-de-colônia, a umidade dos banhos. Era uma verdadeira estufa. De um minuto a outro, os espelhos perdiam a sua transparência. Às vezes um jato de vapor, vindo não se sabe de onde, tornava o ar opaco e as pessoas se moviam dentro de uma nuvem. Lembrava um lavadouro público. Tinha a alegria vulgar de um lavadouro público.

E, no entanto, por trás daquele rebuliço, daqueles barulhos, havia tênues, envergonhados, abafados sussurros, suspiros, estranhos beijos excessivamente molhados.

De pé na banheira, o sr. Hire estava ensaboando o corpo quando a porta se abriu com um empurrão. Uma mulher entrou:

– É você? Boa noite...

E, mal a porta se fechou, ela tirou o penhoar, apareceu nua, mais nua sob aquela atmosfera de banho do que poderia aparecer em qualquer outro lugar.

Era gorda, rosa, lavada e relavada, embebida de vapor, sabão, perfume. Respirava saúde, vigor. Com um dedo, fez jorrar água da ducha e o sr. Hire viu o sabão escorrer pelo seu corpo, cobrir a água da banheira com uma espuma acinzentada.

– Vem.

Ela abriu o penhoar para ele. Friccionou-o. Seus seios balançavam a cada movimento e roçavam a omoplata do homem.

– Você brigou?

Ela fazia alusão ao corte e continuava a friccionar, enxugava o próprio peito, que se molhara.

– Me barbeando... – disse timidamente o sr. Hire.

Ele estava da cor do carmim por causa da fricção, do calor. Suas pernas ainda estavam trêmulas quando a mulher se deitou no divã, com as costas bem estiradas e os joelhos dobrados.

– Vem.

Ele esteve a ponto de obedecer, mas faltou-lhe coragem e ele se sentou na beirada do divã.

– Isso não...

– Como quiser.

Ela se ergueu, sentou-se ao lado dele, fez correr seus dedos pelos peitorais do homem, que eram flácidos. Ao mesmo tempo, olhou para a frente e disse:

– Você me passa a água-de-colônia?

Ele balbuciou um sim mole, inclinando a cabeça e deixando-a deslizar sobre o seio de sua companheira. Fechou os olhos. No canto dos lábios, no fundo das comissuras, havia a sombra de um sorriso e um traço de sofrimento.

– Assim?

Ela se moveu um pouco porque ele estava esmagando seus seios e a cabeça do sr. Hire acompanhou o movimento como a cabeça de um bebê. Por fim, a mulher se ergueu, enquanto ele se endireitava com esforço, escondendo os olhos.

– Depressa, se veste logo.

Ela envolveu os quadris com o penhoar enrolado, como uma canga, e saiu assim, de seios nus, dardejando os bicos de um rosa agressivo. Lentamente, o sr. Hire pôs a ceroula, a calça. Alguém já batia à porta.

– Posso começar?

Era a camareira com panos, balde, escova. Enquanto ele se vestia, ela lavava a banheira, enxugava o ladrilho, trocava o lençol do divã de ratã.

– Ficou satisfeito?

Ele não disse nada, procurou uns trocados e, com a pasta debaixo do braço, fez o mesmo caminho em sentido oposto, cruzando com um negro que seguia outra empregada.

Na rua, sentiu frio, um frio doentio por causa da umidade que impregnara sua carne. Ainda havia sombras ao longo dos tapumes, talvez pessoas que hesitavam em entrar, talvez agentes da delegacia de costumes.

Na última rua antes das luzes, a menos de cinquenta metros das lojas, um casal estava apoiado numa porta, tão estreitamente enlaçado, uma mancha leitosa de rostos confundindo-se, que se tinha a impressão de sentir o gosto dos seus beijos. A moça usava um avental branco. Era provavelmente empregada de um açougue ou leiteria.

Eram oito horas. O sr. Hire chegou à Porte d'Italie e por pouco não se dirigiu ao bonde parado. Num bar, tocavam acordeão. Três jovens com flores vermelhas de papel na lapela lhe deram um encontrão.

Andou até um restaurante e jantou, sozinho numa mesa, escolhendo pratos macios e adocicados. Não obstante, quase não comeu. Às nove e meia estava na rua e, numa via transversal, parou em frente a um hotel.

Ainda ponderava e, de tanto ponderar, tinha o olhar turvo e sobressaltos, quando alguém passava repentinamente, um automóvel buzinava, uma mulher o tocava de leve.

Voltou para a Avenue d'Italie. A maioria das lojas estava fechada, mas havia ainda muita luz e, no fim da avenida, já na praça, via-se rodopiar no céu o brilho colorido de um carrossel de cavalinhos de madeira.

Em certo momento, como um transeunte esbarrasse nele, o sr. Hire soltou a pasta e teve de se abaixar para apanhá-la. Ergueu-se suspirando de cansaço e, dessa vez, dirigiu-se para o bonde; viu que seu lugar estava ocupado e permaneceu de pé na plataforma traseira.

Desceu no terminal de Villejuif às dez e quinze. O largo estava deserto. Apenas os dois cafés estavam cheios e os automóveis passavam reto pela pista luzidia.

A porta da casa estava trancada. Ele tocou a campainha. A zeladora acionou o mecanismo, acendeu a luz. Ele passou sem olhar para o cubículo, mas distinguiu um homem, talvez dois, escarranchado numa cadeira perto da estufa. Ele sabia que era o homem que arrancara seu curativo e que o seguira de manhã.

Subiu a escada penosamente e a luz se apagou quando ele ainda tinha um lance de escadas para subir. Mas estava habituado. Encontrou a fechadura, enfiou a chave, recebeu o hálito frio do quarto. Quando fechou a porta e acendeu a luz, tinha a testa franzida, um ar angustiado. Seu olhar procurava alguma coisa ao redor.

O sr. Hire não fumava e, no entanto, havia um vago odor de tabaco amanhecido no ar.

Foi imediatamente até a gaveta onde guardava a roupa suja e fechou-a com lassidão. Jogou a pasta de couro na cama, pendurou o chapéu no cabideiro. A toalha ensanguentada desaparecera.

Ele apagara a luz e estava de pé em frente à janela, de sobretudo, com as mãos nos bolsos. A empregada da leiteria deitara-se antes da sua chegada, mas não dormia. Lia outro romance. Estava com os dois braços nus para fora dos lençóis e um cigarro na boca.

Não havia mais barulho na casa, a não ser, bem em cima do sr. Hire, o de um moedor de café. Provavelmente um doente, senão ninguém faria café àquelas horas.

A empregada, antes de se deitar, não havia soltado o cabelo. Percebia-se até que havia passado pó de arroz e um leve ruge na face. Às vezes levantava a cabeça. Seu olhar abandonava as linhas impressas, atravessava a cama, alcançava a janela de cortinas transparentes de musseline.

O que olhava? A parede escura do outro lado do pátio? Ela fez um vago movimento de cabeça, como quando se quer chamar discretamente alguém. Mas não seria talvez porque sua nuca estivesse dormente?

O sr. Hire permanecia imóvel. Via muito distintamente os lábios carnudos da mulher se entreabrirem num sorriso. Mas para quem? Por quê? Ela afastou um pouco os lençóis, espreguiçou-se empinando o peito, que intumesceu o tecido branco da camisola. E continuava a sorrir, um sorriso pleno de beatitude carnal.

Talvez porque seu corpo estivesse quente sob os lençóis? Talvez sorrisse a algum herói do livro?

Ela dobrou os joelhos sob as cobertas e a testa do sr. Hire colou-se um pouco mais no vidro gelado.

Ela o chamava! Não havia dúvida! Ela repetiu o movimento de cabeça! Sorriu nitidamente para a janela! Ele não se moveu e ela se ergueu, descobriu um instante as coxas rosadas. Quando ficou de pé, contra a lâmpada atrás dela, ele viu seu corpo sob a transparência da camisola.

Ela fez sinal para ele! Apontou para a porta! Deslizou o ferrolho e deitou-se novamente com um movimento voluptuoso, insinuante, espreguiçou-se mais uma vez, dessa vez com as mãos nos seios.

O sr. Hire recuou. Ainda a via, mas agora mais distante. Esbarrou na mesa, procurou numa gaveta, sem acender a luz, alguma coisa branca, qualquer coisa, e encontrou um lenço.

A empregada não olhava mais para a janela. Sem dúvida pensou que ele estava descendo as escadas e ajeitou o cabelo diante de um espelhinho de bolsa, passou batom.

O sr. Hire não fazia barulho. Um estrado rangeu acima da sua cabeça e uma voz murmurou frases lamuriosas. Com o cabo da vassoura, ele equilibrou o lenço contra a vidraça, no lugar em que antes estava seu rosto, e foi abrir a porta. Escutou.

Apesar das pantufas de feltro, os degraus estalaram. Uma voz, atrás de uma porta, perguntou:

– É você?

Ele passou sem responder. Era o apartamento de um casal com três filhos.

Não havia mais luz no cubículo e o sr. Hire avançou, desviando-se por um triz das lixeiras, e saiu para o pátio.

O pátio tinha três metros de comprimento por dois de largura e, de alto a baixo, havia janelas das quais somente três ainda estavam iluminadas, entre outras, no alto, a do apartamento onde alguém estava fazendo café. A janela do sr. Hire era a debaixo. Ele a via em perspectiva, completamente escura. No meio daquela escuridão, ele procurou a mancha do lenço, achou-a fantasmagórica, mas visível, como era visível seu rosto, todas as noites.

Em face dele havia uma porta, a da escada B, que conduzia ao quarto da empregada da leiteria. O sr. Hire contemplou-a, hesitou, fugiu em direção à sua própria escada, respirando com esforço.

Houve tempo para que alguma coisa mudasse no corredor do andar térreo. Estava iluminado. Alguém havia acionado a minuteria. Ora, ninguém tocara a campainha. Não se ouviram passos.

O sr. Hire avançava com o corpo inclinado, na ponta dos pés. Chegou até a porta envidraçada da zeladora, parou.

Na penumbra atrás dos quadrados de vidro, um homem estava de pé e olhava-o tranquilamente, fumando um cachimbo. Não tinha o semblante trágico, ameaçador ou irônico. Não tinha semblante nenhum! Fumava o cachimbo como se fosse muito natural fumar àquelas horas, de pé no cubículo da zeladora, na escuridão, iluminado apenas pelo reflexo das lâmpadas do corredor.

Não demonstrou surpresa ao ver o sr. Hire, que o fixava com os olhos arregalados. O outro se mexeu. Foi para erguer o braço, tirar o cachimbo da boca e lançar uma nuvem de fumaça que, comprimida contra o vidro, apagou por um instante seu rosto como teria feito uma borracha.

O sr. Hire estendeu a mão na direção da maçaneta, deixou-a cair e, desprendendo-se do chão, subiu a escada amparando-se no corrimão.

No quarto, sentou-se, mas via a janela da frente, a empregada ferrolhando a porta e, com um gesto colérico, soltando o cabelo, esmagando o cigarro contra o esmalte da bacia para apagá-lo.

Por fim, olhando na direção do pátio, da janela, ela mostrou a língua e girou o interruptor elétrico.

■

Capítulo 4

FOI PELA TSF QUE, ÀS CINCO PARA AS OITO, o sr. Hire soube que era domingo, pois, todos os domingos pela manhã, a rádio tocava, falava, sibilava num canto impreciso da casa. Pela janela, ele viu que o quarto da empregada não estava arrumado, e isso também era característico do domingo. A uma hora, a moça entraria no quarto como uma ventania, esticaria mal e mal os lençóis da cama e as cobertas e se vestiria às pressas.

Ainda não havia lenha no quarto do sr. Hire. A água do jarro estava coberta por uma película de gelo, e ele, sem o colarinho falso, de pantufas, desceu a escada. Lá fora, tinha-se a impressão de que estava fazendo mais frio do que na véspera, mas era talvez porque havia menos pessoas na rua. A estrada estava quase vazia. Pela atitude do bonde, via-se que não partiria em menos de quinze minutos. As pessoas que enfrentavam o ar pálido e cortante eram sobretudo pessoas enlutadas, que caminhavam de cabeça baixa e flores na mão e iam para o cemitério novo. Era a hora delas.

Passando pelo cubículo da zeladora, o sr. Hire viu apenas a menina, que se lavava só de calcinha branca. Mas, da porta, avistou o inspetor no largo, batendo os pés no chão para se aquecer e conversando com o guarda de trânsito. O inspetor também o viu, mas não esboçou reação e o sr. Hire virou à esquerda para entrar na mercearia. Apesar do colarinho do sobretudo levantado sobre o pijama, ele parecia demasiado arrumado para a hora, quase solene. Esperou sua vez dignamente, pacientemente, depois apontou para as mercadorias.

– Uma dúzia... Meia libra... Quanto é?

Conheciam-no de longa data e, no entanto, olharam-no curiosos e constrangidos. Ele precisava de lenha miúda para acender a estufa, queijo, manteiga e legumes cozidos. Na charcutaria, comprou uma costeleta fria e pepinos em conserva. Seus braços estavam carregados de pacotinhos brancos e tinha de andar com a barriga para a frente para não os deixar cair.

Do meio do largo, o inspetor, perto do guarda fardado, olhava-o ir e vir como um professor de primário que, no pátio da escola, vigia os alunos enquanto conversa com o diretor.

A menos de duzentos metros, via-se um grupo de pessoas diante de um tapume em que resplandecia em vermelho e amarelo um anúncio de engraxate. Era na rua em frente, uma rua que começava com casas, como todas as ruas, mas que, um pouco mais adiante, era apenas uma sequência de canteiros de obras e terrenos baldios.

Quando se passava por lá, à noite, havia sempre uma mulher para pegar os homens pelo braço e apontar para as obras desertas. Foi lá que, dois domingos antes, fora encontrado o corpo mutilado de uma delas.

Agora as pessoas aproveitavam o domingo para ver o local exato e as manchas marrom de sangue que ficaram sobre uma pedra de cantaria.

Carregado de pacotes, o sr. Hire passou em frente à leiteria no exato momento em que a empregada saía com as garrafas de leite. Ela parou, sorriu, enquanto ele se precipitava pela porta e esbarrava na zeladora, que estava de costas e se virou assustada.

Cada vez mais rápido, ele seguiu seu caminho, tropeçou no primeiro degrau da escada e um pacotinho caiu, ele não sabia qual. Não parou para apanhá-lo, contentou-se em comprimir mais os outros contra o peito e, quando chegou ofegando ao quarto andar, mais corria do que andava. Ele não parou, evitou mirar-se no espelho. Ajoelhado no chão, começou a acender a estufa, que imediatamente emitiu um ronronado vivo. Em seguida tirou o sobretudo, amarrou um pano na cintura à guisa de avental e começou a faxinar o quarto.

A casa estava barulhenta, com muito mais vozes de homens do que durante a semana, e murmúrios de água, gritos de crianças levando palmadas. A TSF continuava a falar, talvez no quarto dos operários no quinto andar, talvez no terceiro, era impossível saber, pois o som se difundia uniformemente pelo espaço.

Às dez e meia, o sr. Hire contemplou o quarto limpo, a cama feita, a estufa quente, polida com pasta de polir, o fogareiro a gás sobre o qual a água cantava.

Barbeou-se e vestiu-se, salvo o colarinho falso e a gravata, que ele costumava vestir no último minuto.

E era tudo. Não lhe restava mais do que sentar e pensar. De quando em quando, olhava a janela do quarto em frente, onde imaginava a água suja de sabão na bacia. Desdobrando o jornal, soube de pronto o que a empregada faria à tarde, pois haveria uma grande partida de futebol. À uma e meia, ela esperaria no segundo ponto de ônibus especial de domingo e, pouco depois, seu namorado chegaria. Se o jogo não fosse interessante, eles iriam a Paris, ao Cine Splendid. Era sempre um ou outro.

Ouviu a sirene ininterrupta de uma ambulância. Era assim todos os domingos. No mesmo instante, o violino do menino se sobrepôs à TSF.

O sr. Hire deu corda no despertador, engraxou uma segunda vez os sapatos que já havia engraxado, arrumou a comida sobre a mesa e sentou-se para comer. Isso o entreteve ao menos uma hora. Ele pegava um pedaço e mastigava lentamente, olhando a janela em frente com o pensamento tão distante que se esquecia cinco minutos de pegar outro pedaço. Preparou café e o bebê do quarto de cima teve uma crise interminável de desespero, soltou gritos agudos que no fim das contas foram contidos pelo seio da mãe.

Não passava do meio-dia. E ao meio-dia e quinze a mesa já estava limpa, a toalha oleada já havia sido lavada em água limpa, as sobras de comida já estavam guardadas no armário.

A empregada da leiteria subiu à uma hora, mas, de dia, via-se apenas a sua sombra jogando pelo quarto os sapatos de trabalho, o avental e a saia, para se plantar, de combinação e calcinha, em frente ao espelho.

O sr. Hire não se aproximou da janela. Olhava de longe, enquanto colocava a gravata e as botinas de botão. Sabia que, quando ela estivesse pronta, ouviria um estrondo, o da janela abrindo-se para arejar o quarto.

Aliás, ele não esperou. Saiu, passou tão depressa pelo cubículo da zeladora que ela teve de correr para ver se era ele. Na calçada ainda havia gente indo ao cemitério: era a maré montante que vinha de Paris e dirigia-se ao largo. Mas a maré vazante era mais forte, os moradores de Juvisy, Corbeil e mais longe invadiam Paris em caminhonetes, ônibus especiais, bicicletas e a pé.

O inspetor estava lá, a menos de dez metros da casa, e o sr. Hire passou muito perto dele, bamboleando, saltitando, com o torso empinado, como tinha o hábito de andar. Não fazia de propósito. Era a sua conformação. O corpo rechonchudo saltitava por si mesmo sobre as duas perninhas ligeiras.

Havia cem metros de fila perto dos bondes e o sr. Hire atravessou a rua, parou duas vezes por causa dos automóveis e foi destratado pelo guarda.

– Passe... Depressa...

Ele respirava com dificuldade. Estava tenso. Não subiu na outra calçada de propósito. Ouvia os barulhos, distinguia o inspetor à paisana a trinta passos dele.

Finalmente houve um estrondo de motor, uma sineta agitada com toda a força, a do ônibus especial de Juvisy, que partia completamente lotado.

Os maxilares do sr. Hire estavam cerrados. Ele virou ligeiramente a cabeça, viu a frente do ônibus e precipitou-se com toda a sua força, buscando com a mão direita a barra de apoio, enquanto duas mãos se estendiam para içá-lo.

Não pôde deixar de sorrir com uma emoção que o tornava enternecedor e grotesco. O cobrador, no meio do carro, não o vira. As pessoas de pé na plataforma traseira, já comprimidas, comprimiram-se ainda mais, olhando-o com muda reprovação. Quanto ao inspetor, ficou para trás, sobre as pernas inúteis, quase invisível na multidão.

Uma mulher cujas costelas estavam sendo pressionadas pelo cotovelo de alguém resmungou e o sr. Hire apressou-se a balbuciar:

– Vou descer no próximo...

O ônibus parou e o sr. Hire instalou-se no estribo, de frente para o ônibus, e desceu. Doze pessoas de pé na plataforma traseira olhavam-no com curiosidade, sozinho na estrada, levado por um impulso que o fez caminhar uma dúzia de passos curtos.

Era uma e quinze. Ele caminhava rápido, não na rua principal de Villejuif, mas numa rua paralela, e voltou ao largo, sem se arriscar a aproximar-se demais.

Emboscou-se num canto de rua, escondido contra um muro, sombrio e grave como um vigia em serviço.

A empregada chegou primeiro, torneada pelo casaco verde, o colarinho levantado, as bochechas gretadas. Logo em seguida aproximou-se um rapaz de chapéu cinza e ela se ergueu na ponta dos pés para lhe beijar o rosto, enquanto se agarrava ao seu braço.

Eles conversavam, mas não se distinguiam as palavras. O ônibus para Colombes parou e o sr. Hire viu a empregada se virar antes de subir, como se procurasse alguém.

Então ele subiu também. Não havia mais espaço, mas todo mundo pôde entrar. Não conseguiam mover os braços nem as pernas. Os rostos balançavam com os solavancos do ônibus a uma altura mais ou menos igual e, embaixo, era uma massa anônima.

O casal estava a dois metros do sr. Hire. Às vezes os olhares se cruzavam, como os olhares de todos ali, neutros, vazios, indiferentes. O ônibus saltou sobre os paralelepípedos, atravessou a Porte d'Italie e embarcou mais gente.

O namorado era magro, achacadiço. Fixava o olhar no sr. Hire sempre com ironia, mas era ele quem desviava primeiro os olhos, porque o sr. Hire podia fitar alguém demoradamente, sem propósito, sem curiosidade, sem nada, como se fita uma parede ou o céu.

Então o jovem cutucava a namorada, murmurava-lhe algumas palavras ao ouvido, fingindo rir, e o sr. Hire enrubescia um pouco. Mas era raro. Havia cabeças demais entre eles. O cobrador, abrindo caminho com os cotovelos, enfiava-se na massa e exigia o pagamento.

O ônibus atravessava ruas vazias, praças vazias, onde apenas algumas silhuetas perdidas andavam pelas calçadas, pálidas de frio, e o vento norte soprava a poeira. E, subitamente, multidão, algazarra, música, um impulso violento que carregou o sr. Hire, arrancou-o do ônibus. Ainda custou a frear, olhar para trás para se certificar de que o casal estava no amontoado de gente.

Havia talvez dez guichês, talvez vinte. Estendiam-lhe folhetos coloridos em plena multidão, gritavam-lhe nos ouvidos:

– Tribunas reservadas... Vinte e cinco francos...

O rosto do sr. Hire exprimiu uma angústia infantil quando ele perdeu o casal de vista e girou sobre si mesmo como um pião, abrindo a boca de alegria ao avistar ao longe o chapéu verde da empregada.

– Com licença... Com licença...

Ele alcançou o guichê quase ao mesmo tempo que ela e comprou um ingresso de dez francos. Ela comprou duas laranjas, que o seu acompanhante pagou com ares desdenhosos, as pessoas iam em todas as direções, berravam coisas diferentes, enquanto, além dos muros, ouvia-se o martelar dos pés impacientes nas tribunas.

Um raio de sol brilhava ácido como as laranjas, mas, para lá dos portões, o vento que soprava do campo congelado levantava os chapéus, retesava a pele do rosto. Os dois namorados esconderam as mãos nos bolsos do sobretudo aberto. E a empregada pendurou-se no braço do rapaz como uma criança com medo de se perder. Penetraram de lado nas fileiras apertadas de bancos, seguidos pelo sr. Hire, de chapéu-coco e casaco preto de colarinho de veludo.

– Perdão... Perdão...

Havia sobretudo pessoas de gorro, majoritariamente comendo alguma coisa, amendoins, laranjas ou castanhas assadas. De longe, interpelavam-se umas às outras. O sr. Hire atravessava as fileiras parecendo desculpar-se e sorrir.

– Perdão...

Encontrou um lugar numa fileira bem atrás do casal e, como os bancos não tinham encosto, seus joelhos tocam as costas da mulher.

Todo mundo batia os pés em cadência, enquanto uma fanfarra lutava contra o vento, que levava a música para o lado oposto ao das tribunas.

Finalmente, no campo imenso, homenzinhos se agitaram, uns de listras amarelas e azuis, outros de listras vermelhas e verdes. Trocaram algumas palavras no meio do campo, depois soou o apito e a multidão urrou.

O sr. Hire encolheu os ombros para dar menos vantagem ao frio e, principalmente, evitava mexer os joelhos um milímetro que fosse, pois a empregada apoiava-se, recostava-se neles como se fossem realmente o encosto de uma cadeira, enquanto sua mão em luva de camurça permanecia agarrada ao antebraço de seu companheiro.

Os homenzinhos multicoloridos corriam pelo campo, parando de quando em quando ao sinal do apito, e o sr. Hire via a quarenta centímetros dele uma nuca vivaz, coberta por uma penugem dourada. A mulher não se virava, mas devia sentir o olhar colado à sua pele, pois às vezes precisava perguntar, como que divertindo-se, após um apito:

– O que aconteceu?

Ela acompanhava o jogo sem entender. Seu companheiro dava de ombros. As tribunas vibravam como um tambor, estremeciam, oscilavam quando milhares de pessoas se erguiam ao mesmo tempo para urrar.

O sr. Hire permanecia sentado. No intervalo, parecia um sonâmbulo despertado em sobressalto pela multidão, repentinamente calma e fluida, que de novo começava a comer. A mulher comia uma laranja lustrosa que ela descascava com as unhas. O suco escorria, adstringente. Os dentinhos pontiagudos mordiscavam a polpa, a língua rígida penetrava, os lábios aspiravam, o odor da fruta espalhava-se vários metros.

– Está ácida... – disse a empregada, com satisfação. – Me dê um cigarro.

Ela fumou, arredondando os lábios em torno do rolo de tabaco, como os que fumam pelo gozo pitoresco e não pelo gosto do tabaco. Os odores se misturavam. Era ao mesmo tempo acre e insípido e parecia emanar daquela nuca ruiva, roliça e reta como uma coluna.

– Quem ganhou?

O homem lia um jornal esportivo sem ver a mãozinha repousada sobre o seu punho. O intervalo estava acabando. Os jogadores invadiram o campo. O apito parava ou provocava brigas.

Era quase noite quando a partida terminou e os espectadores bateram os pés para se aquecer. Alguns flocos de neve permaneciam suspensos no ar cinzento e um veio pousar no chapéu verde, apesar da cobertura da tribuna, e derreteu.

Foi uma luta para sair e, sem dúvida, o sr. Hire teria perdido o casal se o rapaz não tivesse encontrado amigos no caminho.

Estavam parados perto de uma das saídas e ninguém dava atenção à empregada, que permanecia um pouco afastada.

Ela viu o sr. Hire saindo, olhou-o demoradamente, com um olhar mais sério do que de costume. Os rapazes falavam alto. O namorado virou-se para ela, disse-lhe algumas palavras, tirou uma nota de cinco francos do bolso e, estendendo-a, beijou-lhe a testa.

Os homens meteram-se num táxi, que se afastou em direção a Paris. Quanto à empregada, ela caminhou lentamente, meio desorientada por estar sozinha. O sr. Hire permanecia imóvel, para deixar que ela tomasse a dianteira. Ela não se dirigiu nem para os bondes nem para os ônibus. Seguia a mesma rua que o táxi, sem se apressar, sem olhar para trás. Sabia que o sr. Hire estava lá. Escutava seus passos, reconhecíveis pelo saltitar e pelas solas finíssimas dos sapatos que mal tocavam o chão.

Estava escuro. As lojas estavam fechadas. Apenas os cafés continuavam iluminados e casais voltavam para casa, endomingados, as crianças andando na frente.

Não havia nem dez metros entre o sr. Hire e a empregada. Depois cinco. Depois ele deu três passos rápidos, mas parou para manter a distância.

Eles caminharam assim um quarto de hora e, de quando em quando, ela virava ligeiramente a cabeça, muito pouco para vê-lo bem, o suficiente para saber que ele continuava lá.

Ela entrou finalmente num pequeno bistrô, onde havia apenas um metro livre em volta do balcão em ferradura.

– Um diabolo.

Ela apoiou os cotovelos no balcão e contemplou o sr. Hire, que sentou do lado oposto e murmurou, envergonhado:

– Um diabolo.

Dois homens, ao fundo, observaram a cena e chegaram a interromper a conversa, até que o patrão se aproximou para continuar o jogo de dados já começado.

A empregada contava as moedas que tinha na bolsa. Suas bochechas estavam vermelhas, os olhos muito brilhantes por causa do ar frio, e os lábios entreabertos pareciam sangrar.

– Quanto é?

Decepcionada, ela evitava olhar o sr. Hire.

– Quatorze centavos.

O sr. Hire pôs um franco sobre o balcão, saiu com ela, sem esperar o troco, e desviou-se para deixar que ela passasse primeiro.

Ela achou que ele ia falar. Sorriu com a mão pronta para cumprimentá-lo, os lábios prestes a murmurar:

– Boa noite...

Mas ele não disse nada e ela continuou a caminhar pela calçada, rebolando ainda mais os quadris cheios, que repuxavam a saia a cada passo.

Nos arredores de Paris havia mais luzes, mais pessoas. A moça continuava andando, um pouco cansada, mas no mesmo ritmo, obstinadamente. Numa praça pegou um bonde sem nem olhar para trás para saber se ainda era seguida. Talvez lhe fosse indiferente?

O sr. Hire sentou-se três bancos atrás. O bonde atravessou as ruas centrais, cheias de gente, com muitos cafés, barraquinhas onde se vendiam bibelôs, casais caminhando abraçados. O sr. Hire estava pálido, provavelmente de cansaço. Às vezes seu rosto se tingia de uma cor cinzenta, olheiras profundas se formavam sob seus olhos e ele parecia murchar. Tinha um semblante menos angelical, menos gorducho, menos estranho. Seus olhos perdiam a insensibilidade e, como olhos de cães, dos quais tinham a cor, pareciam pedir socorro.

A empregada estava sentada diante dele. Representava seu papel. Fingia não vê-lo, estar à vontade, indiferente. Retocou o pó e passou batom duas vezes. E duas vezes puxou a saia, como se tivesse surpreendido o sr. Hire olhando seus joelhos.

O cenário tornou-se familiar. Sem nem olhar pelas janelas, reconheciam os letreiros luminosos da Place d'Italie, os cafés da avenida, a porta.

– Terminal! Todo mundo desce!

Ela desceu primeiro e parou um instante à beira da calçada. A vinte metros, outros bondes esperavam para Villejuif. No restante do caminho, a estrada era escura e os transeuntes eram raros.

No entanto, ela começou a caminhar. Antes, comprou castanhas assadas por vinte centavos e as comeu pelo caminho, desacelerando o passo quando era mais difícil tirar a casca. Percorreu quinhentos metros quando estremeceu, como se lhe faltasse alguma coisa. Virou-se e viu apenas o vazio atrás dela.

O sr. Hire não estava mais lá. Um bonde passou do outro lado da estrada e ela o percebeu através do vidro, sentado sob a luz avermelhada.

Para alcançar o ponto seguinte, ela tinha ainda quinhentos metros a percorrer. Quando chegou, não vinha bonde. Ela alcançou o ponto seguinte, de maneira que, de ponto em ponto, chegou a pé a Villejuif. Comprou mais castanhas no largo. Estava cansada. Os saltos lhe moíam os pés, as plantas estavam doloridas por causa da curvatura dos sapatos. Apesar da temperatura, ela sentia tanto calor que puxou o chapéu verde para trás e assim entrou em casa, com um saquinho de castanhas na mão.

Por hábito, deu uma espiada no cubículo. Viu a zeladora de óculos, com os cotovelos apoiados na mesa, lendo o jornal. Diante dela, o inspetor aquecia as mãos na estufa. A moça entrou.

– Incomodo? Querem uma castanha?...

Falava assoprando, porque a castanha que tinha na boca estava quente.

O inspetor pegou duas. Via-se que estava cansado, desanimado.

– Evidentemente, a senhorita não sabe por onde anda o sr. Hire.

– Eu? Como saberia?

– Ela sai todos os domingos à tarde com o namorado – explicou a zeladora, sem interromper a leitura. – O jogo foi bom?

O inspetor olhou entediado a estufa.

– Ele fez de propósito!

– O quê?

– Saltar no ônibus em movimento. Achei que ele fosse pegar o bonde, como sempre. Ele estava indo a algum lugar e não queria ser seguido.

– Essa informação lhe interessa?

– E como!

– Talvez eu possa subir para lhe dizer umas palavrinhas.

A zeladora levantou a cabeça. Os óculos mudavam sua expressão, envelheciam-na, mas ao mesmo tempo lhe davam certa distinção.

– Está louca?

A moça riu. Viam-se pedaços de castanha em sua boca.

– Duvido que não me conte! – exclamou, ao abrir a porta.

E correu para a escada B, subiu até o seu quarto, viu a janela iluminada e o sr. Hire despejando água fervente numa cafeteira pequena. Ela não havia acendido a luz. Às cegas, aproximou-se do toucador, encontrou o frasco de água-de-colônia e aspergiu o vestido e o cabelo com algumas gotas. Ainda na escuridão, penteou o cabelo, ajeitou as meias de seda artificial, que estavam enroladas acima dos joelhos e presas com um elástico.

O sr. Hire punha a mesa: uma xícara, um prato, um pires com a manteiga, um naco de pão e presunto.

Ao sair, a empregada hesitou um instante, olhou a cama e a janela iluminada. Ela não precisava passar pelo cubículo da zeladora. O frio no pátio a surpreendeu, pois todo aquele vaivém a fazia suar por todos os poros. As escadas eram iguais, exceto pelo fato de as portas daquela serem pintadas de marrom-escuro, e as da outra, de azul-marinho.

Ela teve de esperar, porque uma família subia penosamente os degraus, as crianças na frente e a mãe ofegante, carregando os pacotes, atrás.

Finalmente ela chegou à porta que correspondia à sua. Mais uma vez ajeitou o cabelo acobreado com os dedos, puxou a meia mal esticada e bateu.

Houve um barulho de xícara sendo colocada sobre um pires, uma cadeira sendo violentamente arrastada. A empregada sorriu ao escutar os passos feltrados aproximando-se da porta. Baixou os olhos. Ainda por um segundo, o buraco da fechadura permaneceu iluminado, depois alguma coisa se interpôs entre a porta e a luz.

Ela imaginou um olho e sorriu, recuou uns passos para entrar no campo de visão e empinou orgulhosamente o peito exuberante.

Capítulo 5

O SR. HIRE ESTAVA IMÓVEL. A empregada via o olho e esforçou-se para sorrir. Depois de se certificar de que não havia ninguém na escada, sussurrou:

– Sou eu...

O olho desapareceu, uma cortina passou por trás da fechadura, provavelmente a silhueta do homem, mas sem nenhum barulho, nenhuma ação. A empregada ardia em impaciência e, como a fechadura se iluminou novamente, inclinou-se por sua vez. O sr. Hire já estava longe, a três metros, apoiado na mesa e olhando fixamente a porta. Tinha o rosto contorcido de um doente à espera da crise. Ele também via o olho por trás da fechadura?

A empregada teve de ir embora, porque alguém descia a escada. Quando entrou no cubículo, teve tempo de sorrir, mas não conseguiu que seus lábios carnudos parecessem indiferentes.

– É você, Alice?

A zeladora estava de costas, ocupada em despir a filha. O inspetor, sentado perto da estufa, com um moedor de café entre os joelhos, olhou interrogativamente a empregada.

– Conseguiu falar com ele?

Ela se sentou na beirada da mesa e deu de ombros. Percebia-se a carne das coxas acima das meias enroladas.

– Aposto que é louco – disse.

E a zeladora, sem se virar, segurando um alfinete de fralda entre os dentes:

– Um louco que sabe o que faz!... Vá se deitar – acrescentou, empurrando a filha para o fundo do cubículo.

Ela estava cansada. Pegou o moedor das mãos do inspetor.

– Obrigada. O senhor é muito gentil.

Eles haviam se acostumado um com o outro. O policial, que vigiava o bairro havia quinze dias, adotara o cubículo da zeladora como refúgio. Sempre havia café quente num canto do fogão. Ele mesmo trazia às vezes uma garrafa de vinho ou doces.

Alice balançava uma perna forte e olhava para o chão de mau humor.

– Minha patroa já voltou?

– Há uma hora, com a cunhada de Conflans.

E a zeladora sentou-se, retomou a conversa do ponto em que a deixara com o inspetor. Voltou a pôr os óculos e seu rosto tomou uma expressão pensativa.

– Veja, eu juraria, mas não posso afirmar que não estou enganada... Naquele sábado, ele voltou na mesma hora de sempre. Só na primeira segunda-feira do mês é que ele volta tarde. Eu não o vi descer de novo, mas, naquela noite, eu puxei o cordão da porta para ele.

– Para sair?

– Não, para entrar! Aí é que está!

Pensar dessa maneira a refinava. Alice continuava a balançar a perna, que o inspetor seguia maquinalmente com os olhos. Estava quente no cubículo. O café pingava gota a gota do filtro. Tinha cheiro de domingo à noite, cansaço que não deve nada ao trabalho, ócio preguiçoso e minutos que passam mais devagar do que nos outros dias.

A empregada sentia dor nas costas, os pés lhe doíam nos sapatos apertados demais. Os inquilinos passavam pelo cubículo e subiam a escada com um andar pachorrento. Uma mulher abriu a porta.

– A sogra não veio?

– Às três horas. Disse que ia ao cemitério.

Alice, que observava o inspetor, perguntou com um cigarro apagado entre os lábios:

– O senhor não vai prendê-lo?

Os olhinhos da zeladora cravaram-se nela.

– Você não tem moral – afirmou.

E não estava brincando. Ela reprovava a silhueta carnuda da empregada, os braços nus, a covinha no queixo.

– Ainda não sabemos – suspirou o policial, oferecendo-lhe um fósforo. – Precisamos de uma prova.

A testa da zeladora se franziu, como se aquelas palavras se dirigissem a ela, como se ela estivesse encarregada de descobrir a prova em questão.

– Se ele continuar solto, vai fazer de novo. É óbvio. Eu não me aproximaria dele nem por todo o dinheiro do mundo. Não me atrevo nem a tocar na roupa suja que ele traz todas as quartas-feiras para a lavadeira.

O inspetor jogou o cigarro no balde de carvão. Também estava cansado de não fazer nada, de esperar, de dividir seus dias entre aquela cozinha e o largo de Villejuif.

– Dê isso a ele – disse, tirando um envelope do bolso.

– O que é?

– Uma intimação do comissário para quarta-feira. Talvez isso o decida a tentar alguma coisa.

– Preciso mesmo ir?

Ela estava com medo e, no entanto, parecia ameaçadora com a carta na mão.

– Eu vou!

A empregada pulou da mesa e se dirigiu para a porta. O inspetor a olhou de maneira insistente, apontou para a zeladora, que já estendia a mão nervosa. Ele queria ficar sozinho com ela, mas ela fingiu não entender e atravessou o pátio às pressas, pois o ar estava congelante e o quadrado de céu lá em cima estava prateado, apesar da escuridão.

***

No quarto escuro, de joelhos sobre a cama para ver melhor, Alice não ouviu as batidas da zeladora na porta do apartamento da frente, mas adivinhou-as pelo estremecimento do sr. Hire. Ele estava ocupado, cortando com uma tesoura folhas grandes de papel pardo abertas sobre a mesa. Tinha tirado o colarinho falso e as botinas.

Com a tesoura na mão, virou-se para a porta trancada e recuou. Depois, na ponta dos pés, foi até a fechadura e olhou.

No *hall*, a zeladora deve ter perdido a paciência, dito alguma coisa. Com efeito, o sr. Hire se ergueu, abotoou o paletó e entreabriu a porta, apenas alguns centímetros, e estendeu a mão de tal maneira que não podia ser visto. Ouvia-se o violino do terceiro andar, a TSF nos rádios que as pessoas ligaram ao voltar para casa.

Com a porta fechada, o sr. Hire olhou o envelope, virou-o de todos os lados, depois pegou uma faca no armário do fogareiro e cortou lentamente o papel, desdobrando a folha.

Não fez nenhum gesto. Seu rosto não se alterou. Ele se sentou simplesmente à mesa, olhando fixamente para as folhas de papel pardo que estava cortando. Não ouvia nem os automóveis na estrada, nem o violino, nem a TSF. Percebia um ruído vago, um zumbido que era talvez da estufa ou do seu pulso.

Alice saiu do quarto na ponta dos pés. Ora, subitamente, o sr. Hire ergueu a cabeça, fixou, do outro lado do pátio, o quarto de empregada que acabara de se iluminar. Nunca distinguira tão nitidamente os detalhes. A moça entrou, bateu a porta com força e, no instante seguinte, jogava-se na cama, vestida, com cabeça apoiada no braço dobrado.

O sr. Hire continuou imóvel. Ela estava deitada de costas. Todo seu corpo se agitava, os quadris subiam e desciam eroticamente. Mas eram sobretudo os ombros que se sacudiam convulsivamente, enquanto os pés batiam com raiva no edredom rosa.

Ela chorava. Soluçava. O sr. Hire, aborrecido com a incongruência, pegou uma das folhas de papel pardo e, com a ajuda de quatro percevejos, prendeu-a em um dos três vidros da janela. Mas ainda via a moça através dos outros dois. Trabalhava lentamente. Seus lábios se entreabriam, como se fosse falar consigo mesmo.

Alice reuniu toda a sua energia, ergueu-se num salto e, irritada, arrancou o corpete de seda verde, descobrindo a camisola branca sobre os seios fartos.

Seus cabelos estavam despenteados. Ela ia e vinha. Foi da cama até o toucador, pegou um pente e arremessou-o contra a parede, e duas vezes olhou na direção do sr. Hire.

Ele pegara um segundo papel pardo, quatro outros percevejos. Dois já estavam presos. Alice revirou febrilmente a bolsa, com medo de perder um segundo que fosse, achou um lápis, arrancou um pedaço grande do papel rendado que forrava uma prateleira.

O sr. Hire recuou para perto da mesa, de onde não via nada. Mal avançou um passo, esticou o pescoço para olhar pelo terceiro vidro, o único que ainda não tampara.

Ela já havia acabado de escrever e, de joelhos na cama, colava o papel no vidro, espiando angustiada a janela em frente. Viu quando o sr. Hire tentou se esconder. Ela estalava os dedos como uma colegial impaciente.

Não imaginava que o sr. Hire não pudesse ler o que ela havia escrito, porque havia luz atrás da folha e ele via apenas um quadrado escuro.

Cada vez mais nervosa, ela deu umas pancadinhas no vidro e ele avançou um passo, desconfiado, permaneceu um bom momento imóvel. Afinal, fez um sinal negativo com a mão, pegou um papel pardo, recuou e colocou-o contra a lâmpada pendurada no teto.

Ela não entendia. Apontava para a sua própria folha e o sr. Hire mostrava a lâmpada com um gesto curto e ainda hesitante. Como ela enxugava os olhos com a mão livre, ele foi até a janela, colocou o papel como o de Alice, recuou e colocou-o novamente contra a lâmpada.

Ela entendeu. Pulou da cama, levantou a folha com as duas mãos.

O sr. Hire tinha gotas de suor na testa e principalmente sobre o lábio superior, debaixo do bigode. Ele franziu as grossas sobrancelhas escuras para ler: *Preciso muito falar com você.*

Ela ainda brandia a folha e seus seios se agitavam, parecendo ainda mais pesados, viam-se pelos ruivos sob as suas axilas.

Como o sr. Hire recuou, ela se precipitou, suplicante, fazendo sinais com a cabeça:

– Sim... sim... sim...

Ele havia quase desaparecido, pois, quando ia para o fundo do quarto, ela não podia mais vê-lo. Ele retornou, recuou de novo e, muito circunspecto, apontou para o quarto em frente, com um dedo.

– Não... – fez ela com a cabeça.

E apontou para o quarto do sr. Hire. Não esperou a resposta. Saltando da cama, apanhou o corpete e vestiu-o enquanto se dirigia para a porta. Entretanto, recuou uns passos para se olhar no espelho e, depois de enxugar o rosto numa toalha, passou um pouco de pó de arroz e juntou os lábios para se certificar de que o batom não se diluíra.

O sr. Hire, tenso de nervoso, enfiou dois percevejos na terceira folha de papel, correu ao lavatório, esvaziou a bacia, fechou o armário, precipitou-se na direção da cama e estendeu a colcha. Ainda não se ouvia nada na escada. Parou diante do espelho, penteou o cabelo, passou os dedos sobre a cicatriz e ajeitou o bigode. Ia pôr o colarinho falso e a gravata quando passos ressoaram no *hall*.

Ele respirou tão fundo que era possível ver os pelos ásperos do seu bigode vibrando. Ele não via nada. Sentia toda a dificuldade do mundo para dizer:

– Entre!

E aspirou de muito perto o odor da empregada, o mesmo odor que, nas tribunas de Bois-Colombes, ele apenas podia imaginar quando o vento soprava. Era um odor cálido, ao qual se misturavam a insipidez do pó de arroz e a nota mais ácida do perfume, mas principalmente o odor dela, o odor da sua pele, da sua mucosa, da sua transpiração.

Ela respirava com esforço. Farejou o ar, vasculhou o quarto com os olhos e, afinal, encontrou o sr. Hire junto da porta, que acabara de se fechar.

Não sabia o que dizer. Primeiro tentou sorrir, pensou até mesmo em lhe estender a mão, mas era impossível estender a mão a um homem tão imóvel, tão distante.

– Está quente aqui.

E olhou para a janela, agora tapada pelas folhas de papel pardo. Aproximou-se, levantou uma delas, viu seu quarto, sobretudo sua cama, que parecia ao alcance da mão. Quando se virou novamente, encontrou enfim o olhar do sr. Hire e enrubesceu violentamente, enquanto ele desviava o olhar.

Minutos antes, ela fingira chorar, mas agora seus olhos lacrimejam de verdade, suas pupilas se embaciavam. Ele não a socorreu, deixou-a debater-se sozinha no vazio do quarto onde os sons mais ínfimos ressoavam mais do que em qualquer outro lugar. Ele foi até a estufa, abaixou-se para pegar o atiçador.

Alice não podia mais esperar. Chorou e, como estava perto da cama, sentou-se e depois deslizou para apoiar a cabeça no travesseiro.

– Estou muito envergonhada – gaguejou. – Se você soubesse!

Inclinado para a frente, com o atiçador na mão, ele a contemplou e a pouca cor que ainda lhe restava nas bochechas desapareceu. Ela continuava a chorar. Não se via o seu rosto. Ela balbuciava entre soluços:

– O senhor não viu, não é? É horrível! Eu não sabia. Eu estava dormindo.

Entre os dedos, ela o viu pendurar o atiçador e endireitar-se, ainda hesitante.

Ela transpirava. O suor molhava a seda do corpete.

– Dá para ver tudo! E eu, todos os dias, me despia e...

Ela chorava cada vez mais, não escondia o rosto congestionado, a boca retorcida, esforçando-se para falar.

– Por mim, não me importa! Pode olhar. Mas aquela coisa horrível...

Lentamente, tão lentamente que a progressão era quase imperceptível, o rosto de cera do sr. Hire animava-se, tornava-se humano, ansioso, infeliz.

– Sente-se perto mim. Seria mais fácil...

Mas ele continuava duro como um manequim ao lado da cama. Não conseguiu afastar a mão a tempo. Ela a agarrou.

– O que pensou de mim? O senhor sabe melhor do que ninguém que foi a primeira vez que ele veio, não sabe?

Ela não tinha lenço e enxugou o nariz na colcha. Seu corpo pesado, carnudo, emanava um calor intenso e estava lá, no quarto, na cama do sr.

Hire, como uma chama de vida exuberante. O sr. Hire olhava para o teto. Tinha a impressão de que toda a casa ouvia os ecos, sentia as palpitações daquela vida. Alguém andava de um lado para o outro no quarto de cima, com passos iguais, obstinados, provavelmente embalando o bebê para fazê-lo dormir.

– Sente-se aqui, perto de mim.

Era muito cedo. Ele ainda resistia, tentava escapar do domínio do corpo que ora se encolhia, ora se esticava, desafogando-se em soluços como num espasmo.

Mais calma, disse, com a voz entrecortada:

– É só um amigo, para sair aos domingos...

O sr. Hire sabia, pois os seguia ao futebol ou ao velódromo, quando o tempo estava bom, e ao cinema da Place d'Italie, quando chovia. Via quando se encontravam à uma e meia, sempre no mesmo ponto de ônibus. Alice se agarrava ao braço de seu acompanhante. Depois, à noite, eles paravam de quando em quando sob um pórtico e a mancha clara dos rostos se misturava.

– E agora eu o odeio! – exclamou.

O sr. Hire observava o lavatório, o despertador sobre a chaminé, a estufa, todas aquelas coisas que apenas ele manipulava, como se pedisse socorro. Amolecia-se. Não conseguia mais se deter no declive em que se metera e, no entanto, ainda tinha uma pulga atrás da orelha, conservava a capacidade de olhar para si mesmo e estava descontente com o sr. Hire que via.

Alice também o estudava furtivamente, com olhos que, num lapso de segundo, tornavam-se frios e lúcidos.

– Confesse que estava aqui!

A janela, coberta com papel pardo, parecia maldosa. A lâmpada continuava acesa no quarto em frente, mas, por cima do papel, distinguia-se apenas um halo fraco.

– Muitas vezes pego no sono e me esqueço de trancar a porta e apagar a luz...

Agora que ela não lhe pedia mais, o sr. Hire sentou-se na beirada da cama. Alice ainda segurava sua mão. Era verdade: naquele sábado, ela adormeceu e o livro tombou no assoalho. O sr. Hire estava sem sono. O vidro estava frio contra a sua testa.

Então o homem entrou, não tão bem vestido como aos domingos, mas usando um gorro sujo, uma echarpe no pescoço à guisa de colarinho falso. Alice se ergueu sobre os cotovelos. Ele fez sinal para que ela se calasse e lhe disse frases secas, em voz baixa, enquanto lavava as mãos na bacia. Depois, examinou-se lentamente, dos pés à cabeça, como para apagar algum rastro. Estava agitado. Seus gestos eram bruscos. Quando se aproximou da cama, tirou uma bolsa de mulher do paletó e enfiou-a sob o colchão. Não se ouviam as palavras que dizia. Alice estava assustada, não gritou, não se moveu quando o homem de repente, com um sorriso de escárnio, arrancou a coberta e descobriu a nudez úmida das suas pernas, das suas coxas.

– Foi horrível! – disse ela. – E o senhor viu! O senhor viu tudo, tudo!

Sim, tudo! Um ato vil de homem que quer a todo custo satisfazer os seus desejos.

O sr. Hire mirava as flores da tapeçaria. Os pequenos círculos vermelhos ressurgiram em suas faces. Alice sentiu a mão dele estremecer e ela tinha uma frouxidão equívoca de mão de doente.

– De repente, pensei no senhor – acrescentou. – Sim, naquele momento! Mas tive medo de me mexer, tive medo de dizer alguma coisa. Só virei a cabeça e vi. Ele disse que me mataria se eu falasse. Mataria o senhor também. Foi por isso que continuei saindo com ele.

Sua voz soava menos dramática.

– Não sei por que ele fez aquilo. Ele trabalha numa oficina mecânica. Ganha bem. Vai ver, foi influenciado pelos amigos! Agora não tem coragem de gastar os dois mil francos, porque está com medo de que a polícia tenha a numeração das notas.

O sr. Hire fez um movimento para se erguer, mas ela o reteve.

– Por favor, diga! O senhor acredita em mim? Juro que foi a primeira vez, e nem senti prazer.

A coxa dela roçava na dele. Ela tremia. Todo o seu ser tremia, tudo nela era vivo e quente, e seu rosto, depois das lágrimas, estava mais corado, seus lábios mais vermelhos, o olhar úmido. O bebê chorava alto. Para acalmá-lo, alguém batia o pé compassadamente no assoalho. O sr. Hire, pela primeira vez, não ouvia mais o galope do despertador.

– O senhor me odeia?

Ela estava perdendo a paciência. Receava um gesto, uma palavra que bastasse para romper o encanto.

– Venha mais perto... mais perto...

Ela o atraía. O cotovelo do sr. Hire pesava sobre o seu seio.

– Eu estou sozinha! – ainda conseguiu dizer entre as lágrimas.

E ele a olhou de perto, com o cenho franzido. Sentia seu hálito. Estava quase deitado sobre ela e ela se movia como se quisesse envolvê-lo com a sua carne.

– Eu sei que Émile fará o que disse!

Ela estava perdendo o ânimo, era difícil não deixar transparecer sua impaciência, que pouco a pouco se transformava em ódio.

– Me ajuda?

Ela o segurava pelos ombros. Era sua última cartada. Envolveu-lhe o pescoço com o braço, encostou o rosto ardente no dele.

– Diga... diga...

Ela tremia realmente, mas de ansiedade. Então ele sussurrou no seu ouvido:

– Sofri muito!

Ele não se aproveitou do corpo a corpo, não pareceu sentir o ventre comprimido contra o seu, nem a perna enlaçada na sua. Fechou os olhos. Ele a aspirava.

– Não se mexa! – suplicou.

Ela aproveitou para abrandar a fisionomia, que por um instante demonstrou tédio e fadiga. Quando ele entreabriu as pálpebras, ela murmurou com um sorriso:

– É tão agradável aqui.

Era brutal, talvez porque faltasse um abajur elétrico. As linhas eram acentuadas. As cores contrastavam umas com as outras. A toalha de oleado transformava a mesa num retângulo duro e frio como uma lápide.

– O senhor é sozinho?

Ele quis se levantar, mas ela o reteve, aproximou-se mais.

– Não. Fique. Me sinto tão aconchegada! Parece...

E, subitamente, como uma criança:

– O senhor me deixa vir de vez em quando para arrumar seu quarto?

Teria preferido mais. Obstinava-se em conseguir outro laço entre os dois, mas ele não parecia compreender e ela receava intimidá-lo com um excesso de clareza.

– O senhor vai me salvar, não vai?

Mudava de atitude conforme a inspiração do momento e aquilo, por exemplo, era um pretexto para lhe oferecer os lábios úmidos. Ele apenas os roçou. Acariciava-lhe a cabeça com o olhar distante.

– O senhor é solteiro? Viúvo?

– Sim.

Ela não sabia se o sim era para o solteiro ou para o viúvo. E precisava falar. Um segundo de silêncio e a situação pareceria absurda, ambos deitados naquele quarto, sem nenhuma intimidade, perto da janela tampada com papel pardo.

– O senhor trabalha num escritório?

– Sim.

Ela tinha tanto medo de que ele se levantasse e recuperasse o olhar distante de sempre que se aconchegou ainda mais, com um movimento cuja precisão podia parecer involuntária.

Ele não disse nada. Isso a encorajou. Todo o seu corpo se agitou, parecia querer apropriar-se do homem enquanto sua boca se colava à dele, sob o bigode rígido.

As pálpebras do sr. Hire bateram. Delicadamente se desvencilhou. Delicadamente, também, colou sua bochecha contra a bochecha de Alice, de tal maneira que os dois rostos se viraram para o teto.

– Não se mexa.

Suplicou num sussurro, apertando a mão de Alice e respirando com dificuldade. Seus lábios estremeceram e, de repente, ele se levantou, no mesmo instante em que seus olhos iam se molhar de lágrimas.

– Não direi nada – balbuciou.

Seu paletó continuava enroscado em seus quadris gordos. Ele foi até a estufa, enquanto Alice se sentava na beirada da cama, sem se preocupar com a desordem de sua roupa.

– Não podem fazer nada contra o senhor! E ganhamos tempo.

Ela falava calmamente, apoiando o queixo nas mãos, os cotovelos nos joelhos.

– Para o senhor, tanto faz ser suspeito ou não.

O sr. Hire dava corda no despertador.

– Quando o caso esfriar, ele vai embora e ficamos tranquilos.

O sr. Hire ouvia apenas o tom surdo e monótono da voz dela. Estava cansado, de um cansaço ao mesmo tempo físico e moral. Ela não se deu conta de imediato e continuou a falar, agora de pé, indo e vindo pelo quarto. Quando constatou que ele se tornara novamente de cera, ela lhe estendeu a mão, sorrindo.

– Boa noite. Preciso ir.

Ele pôs uma mão mole na dela.

– O senhor gosta um pouquinho de mim, não gosta? – insistiu.

Em vez de responder, o sr. Hire abriu a porta e fechou-a à chave quando ela saiu.

Alice desceu às pressas a escada, atravessou o pátio sob o bafo frio e entrou no quarto ainda animada. Viu de imediato as três folhas de papel pardo que agora escondiam o sr. Hire, esboçou um sorriso de satisfação e, de novo, despiu o corpete, a saia, esticou-se e arrancou a camisola. Examinava a si mesma no espelho. Imaginava um buraco minúsculo no papel pardo e o olho do sr. Hire emboscado, como se emboscara atrás da fechadura.

Passeou pelo quarto, chegou a pensar em se lavar da cabeça aos pés para passear nua sob a luz da lâmpada. De vez em quando, porém, exibia um olhar frio, rancoroso, e resmungava como uma ameaça:

– Imbecil!

Mas o imbecil não estava escondido atrás do papel pardo. Estava de pé, ainda com a mão na chave, apoiado na porta, e o que ele olhava era o seu quarto, o despertador branco sobre a chaminé negra, a estufa de três pés, o armário, a toalha oleada e a cafeteira, a cama por fim, onde havia um oco anormal.

Sua mão largou finalmente a chave. Seu braço pendeu ao lado do corpo. O sr. Hire suspirou e isso foi tudo naquela noite.

■

Capítulo 6

Excelentíssimo senhor procurador da República, excelentíssimo senhor procurador da República, excelentíssimo senhor procurador República, excelentíssimo senhor pro...

O sr. Hire rasgou o mata-borrão rosa em pedacinhos, jogou-os na estufa e ficou um momento olhando as chamas. Havia trabalhado muito. Como todas as segundas-feiras, as respostas aos seus anúncios eram muitas, pois as pessoas comuns aproveitam a manhã do domingo para escrever. E, além do mais, havia a correspondência do sábado, que ele não havia aberto.

Sozinho no subsolo, ele amarrara 120 pacotes que só conseguira levar ao correio em três viagens. O exercício lhe fizera bem. Na terceira viagem, ele quase sorrira ao ver numa vitrine o reflexo desalentado do inspetor que o seguia. Não era mais o de costume, mas um baixinho barbudo de dentes podres que tiritara de frio o dia inteiro, com o colarinho do casaco levantado, em frente ao número 67 da rua. *Excelentíssimo senhor procurador da República, excelentíssimo...*

Duas horas após terminar o trabalho, o sr. Hire desenhava no mata-borrão, escrevia, rasurava e, afinal, desistiu de achar uma ideia, uma coisa engenhosa, sutil, que desviasse as suspeitas da casa de Villejuif.

Pouco antes das sete horas, certificou-se de que a estufa se apagaria lentamente, girou o interruptor elétrico e saiu com a pasta preta debaixo do braço. O homenzinho estava de pé num canto da rua e deu-se o trabalho de bancar o senhor distinto que tem compromisso marcado. Caminhou ao longo do Boulevard Voltaire, junto ao muro das casas, ocultando-se atrás de um transeunte quando o sr. Hire se virava para trás. Ninguém se lembrou de dizer-lhe que não fazia a mínima diferença.

Com certeza era casado, pai de família e infeliz – notava-se por um quê indefinível. Quando o sr. Hire entrou no restaurante onde tinha mesa cativa, o policial ficou do lado de fora, passou duas ou três vezes, apagado como um fantasma, por trás dos vidros embaçados.

As toalhas eram de papel, as mesas, muito pequenas, e garçonetes vestidas de preto e branco atendiam os clientes. O menu estava escrito a giz numa lousa grande.

Enquanto comia morcela e batatas, o sr. Hire continuava a pensar e, quando ergueu a cabeça, foi para dizer com uma voz que pareceu anormal:

– Vinho tinto.

Nunca fez isso antes. Jamais bebeu nada que não fosse água ou café com leite.

– Uma jarra?

Ela formava uma mancha rubi, com reflexos, no papel branco da mesa.

O sr. Hire pôs um pouco de vinho no copo e depois derramou água até obter um tom rosado. No momento em que bebia, notou a troca de olhares entre as garçonetes e continuou a beber, mas perdera o elã, o prazer se estragara. Sorriu ironicamente.

Quando saiu, o policial estava na calçada em frente, num bistrô mal iluminado, comendo um *croissant* mergulhado no café, e o sr. Hire o viu empurrar meio *croissant* na boca, enfiar as mãos nos bolsos e jogar umas moedas no balcão.

Um ônibus passou rente à calçada. O sr. Hire podia ter saltado no estribo e deixado o inspetor em pane. Não o fez. Caminhava com a barriga estufada, pois havia comido demais e, sobretudo, porque tinha consciência da importância de cada um de seus gestos.

Não ia longe. Perto da Place Voltaire, um grande café iluminava quase cem metros do bulevar. O sr. Hire entrou e, à medida que penetrava no tumulto, estufou ainda mais o peito, segurou a pasta sob o braço com ainda mais firmeza, enquanto um sorriso começava a ondular em seus lábios.

À esquerda do café, havia um cinema que pertencia ao mesmo proprietário e anunciava as sessões com um toque de campainha ininterrupto. Era ouvido por toda parte.

O salão era imenso. De um lado, pessoas comendo. De outro, mesas cobertas de tapetes vermelhos ocupadas por jogadores de cartas. No fundo, seis mesas de bilhar eram iluminadas por refletores verdes e homens andavam ao redor delas, cerimoniosos, em mangas de camisa.

Havia mulheres e crianças aguardando o fim da partida do pai. Quarenta garçons corriam entre as fileiras de mesas gritando:

– Atenção à passagem!

E, em cima de um estrado, um pianista, um violinista e uma violoncelista anunciavam o trecho que iam tocar, equilibrando a partitura na estante de cobre.

O sr. Hire atravessou tudo aquilo saltitando. Quando passou pelo caixa, no fundo, o gerente lhe fez uma discreta saudação amigável.

Ali ainda se ouviam o toque do cinema, os músicos afinando seus instrumentos, as batidas das bolas de bilhar, mas de uma porta aberta vinham outros ruídos: eram sons de alguma coisa rolando, seguidos de uma espécie de trovão.

O sr. Hire caminhou na direção dos trovões. Transpôs a porta além da qual havia uma profusão de luzes brilhantes, mas era uma luminosidade sisuda e incomum de fábrica ou laboratório. Tirou o chapéu, o sobretudo, entregou a pasta ao garçom e entrou no banheiro, onde passou um pente nos cabelos e lavou as mãos.

Quando saiu, o policial já havia decidido entrar. Estava sentado num canto, sem se atrever a tirar o sobretudo. Devia se sentir pouco à vontade, perguntando-se se estava num lugar público ou privado.

O salão era quadrado e tinha um vitral no teto. Havia apenas algumas mesas com canecas de cerveja, mas não havia ninguém sentado.

As pessoas estavam mais adiante, agrupadas ao redor das quatro pistas de boliche. Na parede havia uma placa:

Bowling Voltaire Club

E o sr. Hire se adiantou com uma agilidade de dançarino, estendeu uma mão, que todos apertaram. Sim, todos cumprimentaram o sr. Hire, mesmo os jogadores que seguravam a bola de ferro pelos três buracos e que interromperam a partida por uns instantes. Todos conheciam o sr. Hire. Todos falavam com ele.

– Estávamos à sua espera.

– O senhor ficou com o número quatro.

Os homens estavam sem paletó e o sr. Hire despiu o seu, colocando-o sobre o assento de uma cadeira, corretamente dobrado, mas não sem antes dirigir um olhar ao policial sozinho no fundo da sala, sentado diante de uma das mesinhas de pé de galo.

– O que deseja beber, senhor Hire?

Era o garçom, que também o conhecia.

– Me traga um *kümmel*!

Dane-se! Ele estava decidido. Enquanto aguardava a sua vez, acompanhava as jogadas com um certo olhar de desdém e, em dado momento, o policial o ouviu cantarolar a valsa que a orquestra estava tocando no salão.

– À vossa!

O sr. Hire se virou para o inspetor e suspirou de satisfação. Disse ao seu parceiro:

– Comece o senhor, por favor.

Procurava, entre as pesadas bolas de ferro, a sua habitual, que ele identificou, suspendeu e balançou três ou quatro vezes, antes de tomar lugar bem longe da pista sobre a qual a bola deslizaria para derrubar os nove pinos. Seu adversário acertara cinco.

O sr. Hire, inclinado para a frente, oscilando o braço, aguardava que os pinos fossem colocados de volta em seus lugares, semicerrando os olhos e tateando o piso com o pé direito como um corredor tomando impulso.

Vinte pessoas o observavam. As maçãs do seu rosto estavam rosadas, e os lábios, entreabertos.

Partiu subitamente, dando passos curtos e acelerados. A pesada bola de ferro parecia arrastá-lo, mas, em certo momento, ela se desprendeu dele e rolou pela pista, não muito rápido, impulsionada por um movimento de rotação sobre si mesma. Atingiu um primeiro pino e, a partir daí, comportou-se como um pião, ou melhor, como se tivesse inteligência própria. Podia-se jurar que mudara de rota, decidida a derrubar tudo.

Apenas um pino permaneceu de pé. O sr. Hire franziu a testa, enxugou as mãos úmidas no lenço.

O garçom lhe serviu o licor de *kümmel*, que ele bebeu negligentemente, em goles pequenos, antes de pegar de novo a bola. Seus olhos mediam, calculavam, combinavam. Franziu a testa, disparou, arremessou a bola e bateu o pé no chão, porque, de novo, um pino permaneceu de pé.

– O senhor está perdendo a calma – disse o secretário do clube, que era também subchefe de gabinete num ministério.

O sr. Hire não respondeu. Não tinha tempo de responder. Enxugou de novo as mãos, os dedos, cuidadosamente, aproveitando para limpar a testa e a nuca.

– Hã! – fez, no momento em que a bola se separou do seu corpo.

Não precisava segui-la com os olhos. Seus companheiros o aplaudiam. E ele, sem dizer uma palavra, retirou a bola da canaleta pela qual ela lhe foi devolvida, abaixou-se, correu a passos curtos.

– Nove!

Os nove pinos tombando produziram um estampido absolutamente glorioso, porque houve uns segundos de suspense nos quais o último pino vacilou como se ele se negasse a cair.

– E nove de novo!

Nove pinos derrubados cinco vezes seguidas! Ele estava ofegante. Até seu queixo estava coberto de suor. O cabelo estava colado em suas têmporas.

Ele havia terminado. Sorria enquanto enfiava o paletó com medo de se resfriar, caminhou até seus companheiros.

– Tenho mais alguma partida?

– Daqui a pouco, contra Godard.

Ele não estendeu a conversa. Desenvolto, enxugando as mãos suadas no lenço, ia de pista em pista e observava o arremesso da bola, aprovava gentilmente jogadas de quatro ou cinco pinos derrubados.

A luz, a temperatura, a aridez do ambiente, a seriedade daqueles homens, lembravam uma sala de armas, ou um picadeiro. Era circunspecto. Não havia uma mulher sequer. Do outro lado da porta, os jogadores de bilhar jogavam no reboliço do salão comum, da música, da criançada correndo em volta do tapete verde. Mais adiante, nas mesas de carteado, as esposas sentadas ao lado dos maridos diziam:

– Por que você não bate?

E, no fundo, o cinema. Entre aquelas paredes, havia talvez três mil pessoas bebendo, comendo, jogando, fumando, e os barulhos se sobrepunham, sem se misturar, sem se abafar, nem mesmo o da fina campainha de serviço que soava cada vez que uma taça era servida, ou o da máquina registradora, precedido do som da manivela.

Onde estava o policial? Não havia mais ninguém sentado diante da mesa pé de galo. Apenas um chapéu continuava sobre o assento da cadeira.

O sr. Hire andava de um lado para o outro com as mãos nos bolsos quando distinguiu, do outro lado da porta aberta, o inspetor de conversa com o garçom. Ele sorriu, olhou a hora no relógio.

– Quer dizer que ele vem toda primeira segunda-feira do mês?

– É o dia do clube. Alguns vêm treinar nos outros dias também, ele não.

O garçom estava surpreso, observava o inspetor com certa desconfiança.

– Se o senhor é policial, devia saber, porque ele também é da polícia, e deve ser alguém de cargo alto.

– Ah, é? Ele diz que é da polícia?

– Todo mundo achava, mesmo sem ele dizer. Ele tem toda a pinta.

– Faz tempo que ele é do clube?

– Dois anos, talvez. Eu me lembro bem, porque eu já atendia o *bowling*. Ele entrou assim como o senhor, discretamente, uma noite, e me perguntou se era público. Sentou lá no fundo com a pasta nos joelhos e pediu um café com creme. Ficou duas horas sentado lá, fascinado pelo jogo. Quando todo mundo foi embora, ele pôs os pinos no lugar e tentou jogar, sozinho. Ficou envergonhado quando me viu, e fui eu quem o aconselhou a se inscrever no clube, já que custa só trinta francos por ano...

O sr. Hire os observava de longe.

– E foi ele que falou da polícia?

– Ficamos meses tentando adivinhar o que ele fazia. Ele não fala muito. Nem agora que é o melhor jogador do clube, ele não se encontra com nenhum membro fora daqui. Aí, um dia, o tesoureiro apostou que descobria e perguntou a queima-roupa.

– O quê?

– "O senhor é do alto comando da polícia, não é?"

– O sr. Hire ficou vermelho. Era a prova! A gente achava que o pessoal da polícia às vezes recebia ingressos de teatro e pedimos para ele. Ele traz quase sempre...

Quando o inspetor retornou à sala do *bowling*, o sr. Hire estava terminado a sua segunda partida e, como era a que decidiria a competição do mês, todo mundo estava em volta dele. O prêmio, dessa vez, era um peru, que o tesoureiro havia colocado sobre uma mesa, perto das pistas. Algumas pessoas abandonaram o bilhar para assistir ao fim do embate. O sr. Hire ia e vinha, em mangas de camisa e com o bigode bem retorcido, os lábios vermelhos. Todos os seus movimentos demonstravam uma naturalidade sobrenatural. Seus pés pisavam no ponto preciso em que deveriam pisar. Seu braço fazia a bola descrever um arco de círculo de uma pureza geométrica.

A mulher do presidente do clube aguardava o marido abotoando as luvas de linha cinza e mirando o peru, cuja carne amarela ela havia apalpado.

– Nove!

Era de uma precisão mecânica. O sr. Hire não via ninguém. As pessoas eram somente peças de decoração, um afresco nos dois lados da pista. Ele arriscou, enquanto aguardava que os pinos fossem recolocados em seus lugares, lançar a bola no ar com um gesto indiferente e agarrá-la pelos buracos, com três dedos. O inspetor era um dos espectadores mais próximos da pista e, talvez pensando nele, o sr. Hire resolveu improvisar, fazendo um triplo molinete antes de arremessar a bola.

– Nove!

Nesse momento ele levantou a mão para a multidão.

– Uma echarpe – disse com uma vozinha débil.

Deram-lhe um cachecol cinza, que ele enrolou em volta da cabeça a fim de esconder os olhos. Estendeu de novo a mão e, tateando, encontrou a bola.

– Oito!

A plateia explodiu em aplausos, enquanto ele desenrolava o cachecol e murmurava, hesitante:

– De quem é a vez?

Ele ainda tinha um arremesso e imaginava fazer alguma coisa extraordinária, qualquer coisa. E era bem capaz de conseguir! Ele não saltitava. Dava pulos, leve como um balão.

– Mais três pontos e o senhor vence a partida – anunciou-lhe o secretário.

Ele ficou imóvel, como se lhe faltasse coragem, depois caminhou até o início da pista, de onde a bola seria arremessada, virou-se de costas e afastou as pernas. Via o pobre inspetor diante dele. Ergueu a bola à altura de sua cabeça e arremessou-a para trás, entre os joelhos.

– Sete!

Todo mundo falava ao mesmo tempo. Vestiam seus paletós, seus sobretudos. Partiam. O sr. Hire aproximou-se da mulher do presidente.

– Permita-me oferecer...

Apontou para o prêmio.

– Com uma condição: o senhor virá jantar conosco.

– Desculpe, é impossível. Meu trabalho...

Acabara-se. Ninguém mais dava-lhe atenção. Mãos distraídas cumprimentavam outras mãos distraídas.

– Nós nos vemos amanhã?

E o barulho das mesas de bilhar voltou a imperar. O garçom havia apagado metade das luzes, como no circo após a última apresentação, e era a mesma luminosidade poeirenta, o mesmo vazio. Todavia, o sr. Hire não esgotara toda a vida que ele absorvera. Andava de um lado para o outro, inútil, despercebido. Suas bochechas estavam vermelhas, os olhos brilhantes, e, subitamente, parou diante do inspetor, que contava o troco que o garçom acabara de lhe dar.

– Então, meu velho!

As palavras simplesmente brotaram da sua boca, enfáticas, e o sr. Hire tinha um olhar bondoso.

– Estou obrigando o senhor a fazer um trabalho bastante bizarro, hein!

Não obstante, seus lábios tremiam, mais de excitação do que de medo. O policial talvez não se sentisse mais à vontade, pois balbuciou, depois de tossir na mão:

– Falou comigo?

– Meu sobretudo, Joseph! – preferiu dizer o sr. Hire.

O presidente do clube o chamou à parte.

– Minha mulher me disse... O senhor não quer mesmo o prêmio? Poderia compartilhar com alguém...

– De forma alguma... – afirmou, com um sorriso frio.

Ninguém saberia explicar por que aquelas partidas sempre terminavam em debandada. Não havia na sala mais do que quatro ou cinco membros do comitê discutindo os novos estatutos do clube. Contentaram-se em despedir-se de longe do sr. Hire e, assim que ele virou as costas, cutucaram-se com os cotovelos, baixaram o tom, fizeram sinal para o garçom.

– Quem era o sujeito?

– O barbudinho de sobretudo puído? Um inspetor de polícia.

Eles se entreolharam, satisfeitíssimos.

– O que foi que eu lhe disse?

O sr. Hire atravessava a grande sala com a pasta debaixo do braço, lutando contra a multidão.

Era o intervalo do cinema, que despejava seu público no café. O sr. Hire foi empurrado, ficou preso entre cotovelos. Seu chapéu foi arrancado e ele o encontrou um metro adiante, em equilíbrio sobre um ombro.

Parou hesitante à beira da calçada, sob o clarão alaranjado da placa luminosa. O bulevar estava deserto, afora os espectadores do cinema que não queriam beber e esperavam de pé o fim do intervalo, na penumbra da rua, fumando um cigarro.

Dois metros à frente, à beira da calçada, o inspetor batia os pés e levantava o colarinho do seu sobretudo, pois começava a cair uma garoa fria.

Excelentíssimo senhor procurador da República, excelentíssimo senhor pro...

A silhueta do sr. Hire exibia hesitação. À esquerda, o barulho de um motor de automóvel em marcha aproximou-se e o sr. Hire viu o presidente e a presidenta do clube no pequeno habitáculo trepidante. O peru, mal embrulhado numa folha de jornal, estava sobre os joelhos da mulher.

Passando pelo sr. Hire, o presidente acenou, mas sua esposa nem sequer o viu.

No meio do bulevar, cinco táxis aguardavam em fila e o sr. Hire ergueu o braço. O primeiro taxista desceu para girar a manivela. A cara do inspetor se fechou numa carranca.

– Villejuif, pouco depois do largo. Eu aviso.

O táxi cheirava a pó de arroz e havia um cravo murcho no banco. Através do vidro, o sr. Hire viu o policial barbudo ainda indeciso, para depois partir a pé em direção ao metrô.

O licor de *kümmel* lhe queimava o estômago. Seus joelhos tremiam como em toda primeira segunda-feira do mês, quando jogava boliche.

Ele se resfriava lentamente. Pouco a pouco, caía à temperatura ambiente. O nervosismo, a excitação, o entusiasmo se evaporaram e ele enfiou o nariz no colarinho do casaco. Sem se virar, sem desacelerar, o taxista deslizou a janela interior com uma mão e gritou, inclinando um pouco:

– Vou pela Porte d'Italie?

– Por onde preferir.

A janela se fechou com um estampido. O vidro da janela do passageiro desceu dois centímetros e se formou uma corrente de ar glacial.

Excelentíssimo senhor procurador da República...

Eles passaram pelo terreno onde a mulher havia sido morta. O taxista devia saber, porque desacelerou para olhar o tapume. Na esquina, havia uma prostituta, como sempre, que seguiu o táxi com um olhar indiferente.

A zeladora demorou a acordar. Quando o sr. Hire disse seu nome ao passar pelo cubículo, ouviu alguém se revirar na cama. Lentamente, subiu os quatro andares e alcançou o *hall* quando a minuteria já havia desligado as lâmpadas.

Ao abrir a porta do quarto, franziu a testa, surpreendido por algo inabitual. A escuridão não era total. Havia um reflexo avermelhado no assoalho, um leve ronronado, um bafo de calor.

Acendendo a lâmpada, viu que havia fogo e a cafeteira fumegava sobre a estufa. As cobertas da cama estavam puxadas. No centro da mesa, dentro de um copo, havia quatro ou cinco flores, flores bastantes tristes, é verdade, pois em Villejuif só se vendiam flores de cemitério.

O sr. Hire fechou a porta e, mesmo antes de tirar o casaco, foi até a janela, ergueu uma das folhas de papel pardo pelas pontas. A lâmpada estava acesa no quarto em frente. Mas Alice adormecera. O livro estava sobre o cobertor. Os olhos fechados, a respiração regular fazendo seu peito subir e descer, a cabeça repousada sobre o braço dobrado, descobrindo os pelos ruivos de suas axilas.

Excelentíssimo senhor procurador da República...

Ele quase pateava, de impaciência, de impotência.

Excelentíssimo senhor pro...

Com um gesto irritado, desgrenhou os cabelos e começou a se despir, olhando ora as flores, ora a cama, ora a estufa acesa.

Depois voltou à janela. Alice havia desdobrado o braço. Estava de costas e descobrira-se. Seus seios amplos, fartos, despontavam sob a camisola de algodão.

Na véspera, era na cama do sr. Hire que ela estava estendida. Ele se sentou para tirar os sapatos, atravessou o quarto descalço, girou o registro da estufa pela metade e afastou a cafeteira fervente.

Por fim, baixou o papel pardo que havia erguido, lançou um último olhar oblíquo para o quarto. A lâmpada se apagou. A cama rangeu. Uma barulheira percorreu o espaço vindo da estrada: era o caminhão de entrega rápida de Lyon, passando a cem quilômetros por hora com oito toneladas de carga. A xícara ainda vibrava no pires quando o barulho se extinguiu.

Somente uma hora depois a respiração do sr. Hire voltou ao seu ritmo normal. Sua mão pendia da cama. A cada expiração, seus lábios se entreabriam e faziam: *pfff*... e os pelos inferiores do seu bigode estremeciam.

Ele ainda dormia, como nas outras manhãs, quando, às seis horas, a empregada acordou, desarmou a campainha do despertador e se vestiu sem se lavar, com os olhos inchados de sono e a boca pastosa, para limpar a loja e deixar as garrafas de leite nas portas.

Capítulo 7

– OUSADIA! – REPETIA O SR. HIRE.

E balbuciava, esgueirando-se:

– Perdão... Perdão...

Chovia torrencialmente e o problema não era mais atravessar a multidão, mas manobrar o guarda-chuva na massa de guarda-chuvas. No bonde, o sr. Hire teve de segurá-lo com o braço afastado do corpo, de tão encharcado que estava o pano.

– Ousadia!

O inspetor estava sentado na frente dele, não o barbudinho, mas o que estava sempre na casa da zeladora, e o sr. Hire o olhou impassível. A sineta soou, o bonde pôs-se em movimento rumo a Paris. O sr. Hire, apesar do tempo feio e dos rostos carrancudos, estufava o peito como na noite anterior, quando estava jogando *bowling*, e mantinha-se muito ereto no banco. Sob as sobrancelhas grossas, de um preto de nanquim, seu olhar lembrava aquele que se mostra às crianças bagunceiras para intimidá-las. Quando o cobrador passou, ele fez movimentos lentos, solenes, para despir a luva, tirar a carteira do bolso e pegar o bloco de *tickets*.

– Ousadia!

Na Porte d'Italie, desprezou o metrô e instalou-se num ônibus, na primeira classe, enquanto o inspetor permaneceu de pé, na plataforma traseira. À medida que se aproximava de seu destino, impacientava-se, sentia-se tonto. Na Place du Châtelet, despencou literalmente do ônibus e correu pelo Quai des Orfèvres.

– Ousadia!

Somente na escada ampla e poeirenta da Polícia Judiciária desdobrou a carta que o convocava para o dia seguinte e leu o nome do comissário.

– Comissário Godet, por favor – disse no instante seguinte ao contínuo.

E fuzilou-o com o olhar, suspirou, deu alguns passos à maneira de um senhor distinto e muito apressado que será recebido em breve.

– O senhor foi intimado?

– Sim... Não... Entregue minha carta a ele...

Uma hora se passou. No fundo de um corredor sonoro como um tambor, onde continuamente pessoas passavam, paravam, abriam portas e voltavam a passar, havia de início cinco visitantes numa sala envidraçada, mobiliada com poltronas verdes. Depois foram sete, depois somente seis, depois três, depois cinco de novo.

O contínuo, de quando em quando, vinha chamar alguém, mas nunca o sr. Hire.

– O senhor se esqueceu de mim?

Não! O contínuo fez sinal que não e aproximou-se de uma mulher jovem, a última a chegar.

– Foi o senhor que pediu para falar com o sr. Godet? Queira me acompanhar, por favor.

O sr. Hire atravessou a sala de espera ainda com ares de importância, segurando a pasta sob o braço, instalando-se sob o quadro dos policiais mortos pela pátria. O contínuo retornou, fez um movimento com o queixo e percorreu o corredor sem tentar saber se era seguido. Abriu uma porta, eclipsou-se. Um homem, debruçado sobre uma escrivaninha de acaju e ocupado assinando documentos, nem sequer ergueu a cabeça para dizer:

– Feche a porta. Sente-se.

Continuou a assinar, enquanto o sr. Hire, com a pasta sobre os joelhos, tentava estufar uma última vez o peito.

– O que o senhor deseja?

– Fui intimado a comparecer amanhã.

– Eu sei. E...?

Ainda assinava. Não ergueu os olhos nem uma vez e não devia saber de que era feito o seu interlocutor.

– Achei que o melhor era tentar uma conversa franca e leal...

O comissário lançou sobre ele um olhar de um décimo de segundo, um olhar indiferente, com um nada de estupefação.

– O senhor confessa? – disse simplesmente, recomeçando a escrever.

O sr. Hire fez um esforço sobre-humano e falou, seguro de si.

– Foi para falar de homem para homem que vim de livre e espontânea vontade e, de homem para homem, eu lhe dou a minha palavra de honra que sou inocente, que jamais vi a mulher que foi assassinada. Não percamos tempo, o senhor e eu. Há três dias seus inspetores me seguem, vasculham minhas gavetas e...

– Um minuto!

O comissário ergueu a cabeça, seus olhos ainda estavam concentrados no trabalho precedente.

– Quer que o seu interrogatório seja hoje?

– Eu estava dizendo...

– Nesse caso, deseja a presença de um advogado?

– Sou inocente e, como pretendo explicar...

O comissário pressionou a campainha. O sr. Hire abriu a boca, mas o comissário fez sinal para que se calasse. A porta se abriu.

– Entre, Lamy. Sente-se aqui e tome nota.

A escrivaninha estava cheia de papéis e, de vez em quando, o comissário pegava um, como por acaso, e lia-o com atenção, o que não o impedia de falar.

– Diga, senhor Hire, o que o senhor fez na noite do crime?

– Eu estava em casa, no meu quarto, como todas as noites. Eu me deitei e...

– O senhor pode provar?

– A zeladora confirmará.

– Justamente, a zeladora diz que o senhor voltou por volta das sete e dez, como de costume, mas que o senhor deve ter saído de novo, porque tocou a campainha durante a noite, vindo de fora.

– Impossível!

Ele ainda sorria.

– Eu não tinha nenhum motivo para sair. E quanto a matar uma mulher...

Ele olhou preocupado o rapaz que continuava a escrever.

– Portanto, ninguém pode testemunhar que o senhor estava em casa?

– Quer dizer... Não!

Já estava transtornado, o rosto subitamente vermelho, e exclamou:

– Quero ser franco com o senhor! Foi para isso que vim. Eu não matei. Eu sei quem cometeu o crime, mas não posso dizer. O senhor compreende a situação? De homem para homem, eu queria...

– Não compliquemos as coisas, senhor Hire. Aliás, o senhor não se chama Hire.

Puxou outro papel.

– Seu nome é Hirovitch.

– Hirovitch. Hire é apelido. Meu pai já era conhecido como Hire.

– Ele era polonês, pelo que estou vendo. Nascido em Vilna.

– Russo. Judeu russo! Naquela época, Vilna pertencia à Rússia.

Acabara a ousadia, acabaram-se as explicações de homem para homem. Ele respondia às perguntas com uma humildade assustada de criança de escola.

– Muito bem, senhor Hirovitch, que ainda há pouco falava de palavra de honra, vejo que, em primeiro lugar, seu pai era alfaiate, na Rue des Francs-Bourgeois, e faliu. O senhor nasceu na Rue des Francs-Bourgeois, não é? E sua mãe era de origem... um minuto...

– Armênia.

Tudo era falso, não obstante fosse verdadeiro. O sr. Hire angustiava-se por não poder explicar.

– A análise contábil mostrou que seu honrado pai, além de alfaiate, dedicava-se, ocasionalmente, à usura.

Como fazer para descrever a lojinha da Rue des Francs-Bourgeois, que cheirava a tecido e giz de alfaiate, o cômodo dos fundos onde moravam, o gás aceso o dia inteiro e o senhor Hire pai, sempre tão corajoso, tão digno, que obedecia escrupulosamente aos ritos da religião judaica? Não era francês, tampouco russo. Falava iídiche, e a gorda mamãe armênia, branca como cera, jamais conseguiu entendê-lo completamente.

Falência? Usura? O velho sr. Hire nunca costurou nem uma peça de roupa em tecido novo. Ele aproveitava roupas velhas. Fazia roupas de criança com pernas de calças velhas. E muitas vezes aceitou como pagamento recibos de penhora.

Nos últimos anos, a mãe estava tão obsesa que não conseguia mais se mexer e, toda noite, o jovem Hire e seu pai tinham de carregá-la para deitá-la na cama.

– Posso lhe garantir, comissário...

– Um instante. O senhor optou pela França. Logo é francês. Mas o senhor se aposentou por insuficiência cardíaca.

Deu-lhe uma espiada que parecia querer medir a largura de seus ombros, avaliar a capacidade de seus pulmões, determinar a flacidez de seus músculos.

– O senhor já esteve doente?

– Não exatamente, mas...

– O que o senhor fez depois da falência, quando seu pai morreu?

O comissário parecia entediado e continuava a folhear papéis que depois ele lia durante as respostas.

– Era vendedor numa confecção da Rue Saint-Antoine.

– Anunciante, exatamente. Ou aliciador. O senhor parava os transeuntes na calçada para convencê-los a entrar. Pode me dizer por que abandonou a profissão, que, afinal de contas, é bastante digna?

O sr. Hire empalideceu como se fora obrigado a confessar um crime.

– No inverno, eu sentia frio e...

– Outras pessoas sentem frio e continuam honestas.

– Eu...

– O senhor está se esquecendo, senhor Hire, que passou seis meses na prisão por atentado ao pudor.

Ele não disse nada. Não podia dizer nada. Não valia a pena. Mas seu olhar não se desviava do comissário. Ao contrário, continuava fixo nele, como o de um animal maltratado que se pergunta por que os homens são tão maus.

– E seis anos depois o senhor é editor na Rue Notre-Dame-de-Lorette. E quando digo editor... A especialidade do senhor são os livrinhos galantes e também o que, no seu jargão, os senhores chamam de obras sadomaso. Por causa de um desses livros o senhor passou pelo tribunal correcional e pegou seis meses de prisão. Mas não é isso que me interessa. A editora já existia antes. O senhor comprou o negócio por trinta mil francos. Pode me dizer de onde vieram esses trinta mil francos?

Ele não se mexeu, não tentou falar.

– Oito dias antes, o senhor estava gelando na calçada da Rue Saint--Antoine e mal ganhava para comer. O negócio foi fechado em dinheiro vivo.

– Eu estava representando alguém.

– Quem?

– Não posso dizer. Alguém me pediu para administrar o negócio por ele. Eu era o gerente.

– E foi o senhor que foi para a prisão. Perfeito! Aliás, o senhor foi solto um mês antes do fim da pena por bom comportamento. E o que o senhor fez depois?

Outro papel surgiu sob os olhos do comissário.

– Um golpezinho sujo, totalmente legal. O golpe dos cem francos por dia sem precisar sair do emprego e o estojo de aquarela. O senhor seduz os simplórios por meio de anúncios de jornal e, como envia alguma coisa a eles, o senhor não pode ser denunciado. Diga-me, senhor Hire, ou Hirovitch, o senhor não veio até aqui para me dar a sua palavra de honra?

– Eu não matei. O senhor precisa entender que eu não matei. Eu não preciso de dinheiro e...

– Devagar! Nada prova que a coitada da mulher foi assassinada por causa do dinheiro. E sabemos que, de vez em quando, certos senhores solitários de repente...

O sr. Hire levantou-se num salto, branco, arfante.

– Sente-se. Ainda não vou prendê-lo. Uma pergunta: o senhor costuma frequentar mulheres? Pode me indicar duas ou três? Ou uma?

Ele fez que não com a cabeça.

– O senhor compreende? Durante anos, o senhor publicou pornografia para velhos tarados. O senhor não tem esposa, amante. Eu sei o que vai me dizer. Eu conheço a casa aonde o senhor vai de vez em quando. Mas as damas dessa casa acham o senhor bizarro, assustador. Os inquilinos do seu imóvel repreendem suas filhas, e mesmo seus filhos, se brincam muito perto do senhor. E se o senhor abrisse o jogo, senhor Hire? Um conselho: procure um advogado. Conte toda a sua história. Ele conseguirá um exame de insanidade mental e...

De boca aberta, o sr. Hire tentou em vão protestar.

– O senhor não tem mais nada a dizer, não é? Assine o depoimento. Pode ler.

O comissário pressionou a campainha, pediu que chamassem o contínuo:

– Ainda tem gente querendo falar comigo?

– Não.

Ele foi o primeiro a sair. O jovem inspetor estendeu a caneta para o sr. Hire com uma indiferença total.

– Seu chapéu está na cadeira.

– Obrigado... Com licença...

Em seu escritório na Rue Saint-Maur, havia um espelho pequeno e o sr. Hire se olhou, sob a lâmpada, com medo de descobrir alguma coisa anormal. Mas não! Ele tinha o cabelo preto muito escuro, quase azul, da sua mãe. O bigode era finamente retorcido a ferro, os lábios bem delineados, de um rosa vivo. Ele era um pouco gordo, mas isso não impedia que fosse flexível e o melhor jogador do clube de *bowling*.

Pensou em seu pai, sentado à noite na entrada da loja, na Rue des Francs-Bourgeois, alisando a longa barba branca com mãos muito finas. Ele era magro e pálido como um profeta, sempre vagaroso e circunspecto, capaz de falar sozinho durante horas, em voz baixa, sentado diante da sua mesa de alfaiate.

Ele, um homem desonesto? Se não conseguiam entender isso, o que entenderiam?

E o sr. Hire, que se sentia cansado, com a alma vazia, fez maquinalmente 42 pacotes, com as etiquetas e os formulários para expedi-los.

Quando voltou para casa, às sete e dez, a zeladora, que estava no corredor, entrou precipitadamente no seu cubículo, sem cumprimentá-lo. Um menino que estava subindo a escada à frente dele correu e bateu à porta dos pais aos murros.

O sr. Hire acendeu o fogo, deu corda no despertador e, um a um, ordenadamente, repetiu todos os seus gestos cotidianos. Enquanto a água esquentava para o café, pôs a mesa, recolheu as migalhas da véspera que ficaram no assoalho e até procurou um prego velho para tirar duas sujeirinhas que haviam se incrustado entre as tábuas.

Os barulhos eram os mesmos de todos os dias, somados ao da chuva que escorria por um condutor perto da janela. O bebê do quarto de cima devia estar doente, pois houve a visita do doutor, cochichos no *hall* e na escada. O pai, para saber a verdade, agarrou-se no médico e acompanhou-o até embaixo.

O sr. Hire lavou a louça e afiou as suas duas facas numa pedra de amolar. Dez vezes passou pelo lavatório. Dez vezes olhou-se no espelho, desconfiado, forçando-se a sorrir para estudar seu sorriso, depois mirando gravemente o espaço.

Finalmente, sentou-se, cansado como se tivesse jogado *bowling* o dia todo. Mas também não podia ficar sentado. Dirigiu-se ao guarda-roupa, pegou uma caixa de sapatos e despejou o conteúdo sobre a mesa.

Eram papéis velhos, fotos antigas e, numa carteira presa com um elástico vermelho, títulos do Tesouro.

Bateram à porta. Uma voz de mulher disse imediatamente:

– Sou eu!

Ela acabara de fazer a faxina na casa dos patrões e ainda estava com as mãos vermelhas e úmidas.

– Vim dizer boa-noite.

Ela cobrira os ombros com um casaco para atravessar o pátio e deixou-o deslizar sobre a cadeira.

– Aborreceram o senhor de novo, hoje?

Ela era simples e espontânea. Ao aproximar-se da mesa, viu as fotografias e pegou uma, ergueu os olhos para ele.

– Quem são?

– Minha turma na escola comunal.

– Mas cadê o senhor?

Havia cinquenta alunos em quatro fileiras emolduradas de folhagens. Todos estavam endomingados. Alguns estavam muito eretos, com o queixo para cima; outros olhavam molemente para a máquina, como se estivessem desconfiados.

– Aqui – disse o sr. Hire, apontando com o dedo.

Ela riu.

– Esse é o senhor?

Com um riso nervoso, Alice não pôde se impedir de comparar a fotografia ao sr. Hire.

– Quantos anos tinha?

– Onze.

Onze anos! Não era um menino! Também não era um homem! Distinguia-se dos outros ao primeiro golpe de vista.

Não era maior do que os outros, mas era tão gordo que não tinha mais nada de infantil. Suas pernas nuas eram enormes, um pouco em X, e os joelhos desapareciam na gordura. Tinha queixo duplo e os olhos, naquele rosto pesado, eram parados e tristes. Era impossível para ele brincar com os outros garotos no pátio ou no alpendre, era impossível até mesmo relacionar-se com eles, pois já era um homenzinho idoso, circunspecto e arquejante.

– Como o senhor emagreceu!

Era verdade. Com a idade, o sr. Hire adquiriu uma corpulência normal e, do retrato, restava apenas a flacidez bizarra, as curvas ambíguas, os lábios bem delineados num rosto indefinido.

– O senhor era doente?

– Não. Herdei da minha mãe.

Ele não olhava a empregada. Não olhava mais o espelho. Estendeu duas vezes a mão para pegar de volta a fotografia.

– Tem outras?

Ele tinha outras, mas escondeu-as, deslizou-as rapidamente para dentro do envelope, deixou na mesa apenas a carteira presa com o elástico. Via muito de perto a nuca ruiva de Alice quando disse subitamente:

– Andei pensando. Só existe uma solução: quer ir embora comigo?

Ela virou lentamente a cabeça, atônita, olhou-o sem dizer nada. E ele, com os dedos nervosos, puxava o elástico, abria a carteira, alinhava sobre a mesa os títulos do Tesouro.

– São quase oitenta mil francos. E vou continuar ganhando...

Saíra-lhe espontaneamente, de maneira tão inesperada que ele mesmo se surpreendera, pois era o momento mais extraordinário, o ponto culminante da sua vida. E, no entanto, sucedia sem emoção, sem solenidade. Alice sentou-se à beira da mesa e colocou as duas mãos sobre os ombros dele.

– Meu pobre bobinho!

– Quê?

– Nada! Eu adoraria! Não que eu goste de viver aqui, mas...

– Mas?...

– Tudo!

E ela andou pelo quarto, mudou o despertador de lugar.

– Primeiro, Émile não ia deixar. Acabaria nos encontrando. Não pensaria duas vezes, ele...

– Também pensei nisso. Não vamos ter de nos preocupar com ele.

Ela arregalou os olhos, ficou imóvel à espera do resto. E o sr. Hire, que guardava os títulos de volta na carteira, explicou com uma voz titubeante:

– Suponhamos que vamos primeiro para a Suíça, um de cada vez. Uma vez do outro lado da fronteira, mandaríamos um telegrama.

– Para a polícia! – exclamou ela, sobressaltada.

E ele, num tom absolutamente natural:

– Sim. Ele é preso. Depois do processo, nós voltamos e...

Alice conteve-se. Furiosa, mirava o assoalho, esforçando-se para respirar calmamente. Via o par de pantufas, a barra da calça do sr. Hire. Engoliu em seco duas vezes e, por fim, pôde erguer a cabeça e exibir um sorriso amarelo.

– Não sei – disse, da boca para fora.

– É a única solução. Pensei muito. Pense também.

Deu um passo, pegou a mão dela entre as suas, que estavam quentes e úmidas.

– Não confia em mim? Acho que posso fazer você feliz.

Ela não conseguia falar. Sua mão estava morta, as pupilas dilatadas.

– Poderíamos morar no campo...

As mãos subiram pelo braço nu, chegaram à dobra do cotovelo. O sr. Hire se aproximou inteiro.

– Pense até amanhã...

E, subitamente, apoiou a bochecha no ombro da empregada. Ela o via no espelho, de olhos cerrados, um discreto sorriso nos lábios entreabertos.

– Não diga não sem antes pensar!

Era a parte mais quente do seu rosto, a que tinha um círculo rosa, que tocava a pele de Alice.

Capítulo 8

ENQUANTO SE DESPIA COM MOVIMENTOS QUE O HÁBITO tornava hieráticos e que a esculpiam pouco a pouco, até a camisola de algodão branco se desdobrar sobre ela, a empregada evitou expor o rosto ao olhar invisível atrás das folhas de papel pardo. Podia exibir os seios, as costas. Podia colar as próprias coxas e o ventre nos do sr. Hire e sua pele não teria estremecido se ele houvesse respondido à insinuação, em vez de fechar os olhos com ternura.

Ela não podia deixar que ele visse seu rosto, que estava simplesmente preocupado e aborrecido.

Já de camisola, apagou a luz e, por via das dúvidas, deitou-se um instante, esperando a luz em frente apagar-se também. Sentia uma dor aguda na cabeça, de tanto pensar. Levantou-se em silêncio, procurou seus sapatos, nos quais enfiou os pés nus, depois o casaco verde, que vestiu sobre a camisola. Já havia aberto a porta quando voltou e pegou no toucador uma garrafa vazia cujo conteúdo fora água oxigenada.

Quando a zeladora meio adormecida acionou o mecanismo da porta, Alice foi recebida por uma borrasca que a molhou dos pés à cabeça. A estrada estava nua e luzidia. O último bonde estava parado no ponto, mergulhado na luz amarela do largo. Um dos cafés continuava aberto.

Junto dela, na soleira, a empregada viu uma sombra e adiou o momento de arriscar-se pela calçada molhada.

– Ainda está aí? – disse, com indiferença.

Era o mais jovem dos inspetores, que levantara o colarinho do sobretudo e se encolhera no canto da porta.

– Que bela profissão a sua! Não estou me sentindo bem. Me resfriei. Levantei para comprar rum.

Mostrou a garrafinha.

– Quer que eu vá?

– E se o sujeito sair nesse meio-tempo?

Falava com naturalidade. Caminhou colada aos muros, de cabeça baixa, os pés batendo nas poças de água, e ele a viu entrar no bistrô da esquina, cuja porta envidraçada acionou uma campainha. Quatro homens ainda jogavam cartas e a mulher de um deles aguardava o fim da partida.

– Me dá um pouco de rum.

E, enquanto o patrão enchia de rum um copo de estanho:

– Émile não veio?

– Foi embora menos de uma hora atrás.

– Sozinho?

– Sozinho – respondeu com uma piscadela.

– Pago amanhã. Não trouxe a bolsa. Quando Émile aparecer, diga que preciso falar com ele.

Ela tinha o semblante lúgubre e tenso de quem está preocupado, mas a voz estava calma, a atitude era normal. Saiu com a garrafa na mão e, sem olhar para o largo deserto que o bonde deixara para trás com um estrondo, colou-se novamente aos muros, enquanto seus ombros se ensopavam um pouco mais e seus cabelos se encrespavam por causa da umidade.

O inspetor a esperava, agora ereto. Colocara decentemente o chapéu, que minutos antes estava enfiado até as orelhas e, quando Alice estendeu o braço, ele a segurou.

– Está com pressa?

Ela parou, virou-se para o homem e ele, espichando os olhos para a abertura do casaco, exclamou:

– Está de camisola!

– É claro.

– Sem nada por baixo?

Ele sorriu, avançou a mão, tocou a borda da camisola branca.

– Seus dedos estão gelados.

– E assim?

O inspetor comprimiu o seio farto por sobre a camisola e disse:

– Quem diria que é tão grande!

Alice esperou, sem largar a garrafa, e apoiou os ombros na porta enquanto o homem se aproximava, de pé na chuva, ocultando a estrada, falando tão perto dela que ela sentia a respiração dele contra o seu rosto.

– Quando penso que você vai voltar para a cama quentinha, enquanto eu vou passar a noite aqui...!

Ele ainda comprimia o seio de Alice, que nem sequer estremecia, e respirava na sua nuca, cheirando-a, às vezes roçando os lábios na carne onde nasciam os cabelos.

– Você está me fazendo cócegas! Quer dizer então que vocês ainda não concluíram a investigação?

Gotas grossas de água fria caíam do chapéu na mão de Alice.

– Infelizmente não! Mas estamos perto. E não vou ter mais a oportunidade de apreciar essas coisas lindas...

Ela sorria de maneira neutra.

– Vão prendê-lo?

– Não falta muito. Só mais um pequeno indício. Ele está sentindo o cerco se fechar. Nessas horas, eles sempre acabam fazendo besteira.

– Você está me machucando – disse ela, quando ele lhe comprimiu o peito.

– Não gosta?

Ela disse um “sim” sem muita convicção. Ele sorria a três centímetros de seus lábios.

– Confesse que essa história de sátiro excita você! É claro que sim! Eu vi! As mulheres são todas iguais...

Ela estava com as pernas geladas, os pés molhados dentro dos sapatos e as carícias do homem, sempre no mesmo seio, acabaram produzindo uma sensação de calor.

– Acha que ele pode ser preso amanhã?

– Se dependesse de mim, ele nunca seria preso, só para eu...

E, inclinando-se, colou sua boca na dela, endireitou-se radiante.

– Mas a gente podia se encontrar em outro lugar...

– Podia – aproveitando a trégua para tocar a campainha.

– Vai sonhar comigo?

– Talvez.

Quando a porta se abriu, ele segurou-a com o pé, entrou atrás de Alice, pegou-a em seus braços, na escuridão do corredor. Ela via a noite mais clara pela abertura da porta, sentia o hálito da noite fria e chuvosa, o cheiro de cigarro que a boca do homem exalava. Sem descolar-se de seus lábios, ele a triturava com as duas mãos, desde as coxas até a nuca, e seus joelhos começaram a bambear.

– Cuidado!... – sussurrou.

E enfiou-se no pátio, enquanto ele, satisfeito, fechou a porta, encolheu-se no seu canto, levantou de novo o colarinho do sobretudo, olhando e sorrindo para o largo tranquilo, para o café da esquina, cujas janelas se fechavam e os últimos clientes se despediam na porta e desapareciam nas ruas.

Sentada na cama, Alice aquecia os pés lentamente entre as mãos.

De chapéu na cabeça, o sr. Hire ergueu uma ponta do papel pardo e, através da cortina de chuva, olhou com agradável nostalgia o quarto vazio, a cama desarrumada, na qual se distinguia o arabesco de um pente de cabelo.

Todavia, quando estava prestes a sair, com a pasta debaixo do braço, voltou, puxou do guarda-roupa a caixa de papelão e pegou a carteira do elástico vermelho. Quando finalmente abriu a porta, os títulos do Tesouro estavam dentro da sua pasta e, além do mais, ele havia rasgado a fotografia da escola comunal.

Era a hora dos múltiplos barulhos na casa, das crianças saindo para a escola, dos homens vestindo-se sem encontrar aquilo de que necessitavam e do carvoeiro que precisava de toda a largura da escada para subir com o saco de carvão nas costas.

O sr. Hire descia dignamente a escada quando, no segundo andar, uma porta abriu-se e ele se viu face a face com o inspetor saindo do alojamento.

Não disse nada. O inspetor tampouco. Mas por um segundo seus olhares se cruzaram e o sr. Hire se sentiu quase enjoado, como se o café da manhã lhe pesasse no estômago.

Continuou descendo. Uma mão de mulher puxou de volta para dentro uma criança que estava de saída e, no *hall* de entrada, por onde escorriam filetes de água, havia cinco ou seis inquilinos diante do cubículo, rodeando a zeladora.

Todo mundo se calou quando o sr. Hire passou. Por hábito, tocou na aba do chapéu-coco, estufou o peito e saltitou mais do que de costume.

O vento apoderou-se dele, molhado e pesado, como na noite anterior havia se apoderado de Alice.

Em frente à leiteria, puseram para fora apenas as abóboras e os latões de leite. O sr. Hire virou ligeiramente a cabeça, mas pôde ver, perto do balcão, a face corada de Alice, seu avental branco, os braços nus. Ela o seguiu com os olhos até o bonde.

Ele olhava para o outro lado. Havia apenas uma casa em frente à dele, uma empresa de mudanças, e quatro homens estavam parados na porta, entre eles o inspetor baixinho e barbudo, observando-o de longe.

Ele caminhou mais rápido. Esquecera-se de abrir o guarda-chuva. Precisamente no largo, virou-se ostensivamente e percebeu um grupo de pessoas na porta da sua casa. O barbudinho correu. Subiram quase juntos no bonde e, nesse momento, um homem juntou-se ao policial. Eram, portanto, ao menos três em Villejuif. O sr. Hire adivinhou a troca de palavras:

– O que o chefe disse?

Ele suspendeu em vão a respiração: não ouviu a sequência. O bonde estava partindo. Os dois homens permaneceram de pé na plataforma traseira e, ainda conversando, de quando em quando um deles se virava para o sr. Hire.

Apenas um o seguiu no metrô, o que era muito preocupante. Na Rue Saint-Maur, o fogo não queria pegar e o sr. Hire passou quase vinte minutos ajoelhado diante da estufa, assoprando para atiçar as brasas.

Ele não precisava se aproximar do respiradouro para ver o inspetor. Este havia descoberto o pequeno bistrô ao lado, instalara-se perto das janelas e conversava com a garçonete, enquanto ela lustrava o balcão de zinco e a máquina de café.

No entanto, ele podia sair a qualquer momento. No ponto em que estavam, era bem capaz de se pôr de cócoras para olhar pela abertura gradeada.

O sr. Hire começou a trabalhar. Carregou centenas de caixas de aquarela que estavam empilhadas no fundo do porão e construiu uma espécie de barreira no meio do escritório. Não se afobou. Trabalhou no seu ritmo habitual, lento, mas ininterrupto.

Quando pôde se sentar, sem que suas mãos fossem visíveis de fora, pegou seu sobretudo, uma tesoura e uma caixa metálica que estava guardada num arquivo.

Passou duas horas descosturando e recosturando a cetineta listrada das mangas, que era mais grossa que o restante do forro. Trabalhava com um dedal, como um verdadeiro alfaiate, e mordiscava o lábio inferior. Finalmente, os títulos do Tesouro estavam em segurança e, com a mesma lentidão obstinada, o sr. Hire demoliu sua muralha de caixas.

O fogo se apagara. Não havia mais lenha. Ele enfiou o sobretudo e saiu para ir ao carvoeiro. Quando passou em frente ao bistrô, viu o inspetor sentado diante de um *grog*, risonho, discursando para o patrão e a garçonete. O policial levou um susto ao percebê-lo, correu para a porta, mas não precisou abandonar seu refúgio, pois o sr. Hire já entrava na loja do carvoeiro.

Quando o sr. Hire retornou com uma dúzia de gravetos para acender a estufa, o bistrô não havia mudado. As três figuras continuavam estáticas. Contudo, mal ele passou pela vitrine, o patrão e a garçonete correram para a porta, chegando a avançar para a calçada, para vê-lo melhor.

Isso não o impediu de fazer 23 pacotes, com suas etiquetas, formulários de expedição e tudo. Agora o fogo lhe cozinhava as costas, a lâmpada iluminava sua mesa, o respiradouro desenhava à direita um retângulo cinza por onde passavam pés e pernas, às vezes as rodas estreitas de um carrinho de bebê.

Quando a última etiqueta foi escrita, o sr. Hire havia redigido simultaneamente duas cartas, com tanta cautela que o inspetor não se deu conta de nada, mesmo observando todos os seus movimentos. A primeira carta era para Victor, o garçom do *bowling*.

Caro Victor,
Somente você pode me fazer o seguinte favor. Ao receber este bilhete, pegue um táxi e peça que o deixem no largo de Villejuif. Você verá, à direita, uma leiteria. Entre e compre alguma coisa. Com toda a certeza, você verá a empregada, uma moça ruiva. Dê um jeito de lhe entregar discretamente a carta aqui anexada.
Conto com você. Explicarei tudo mais tarde. Desde já, eu lhe agradeço.

Separou uma nota de cem francos nova em folha e releu a carta destinada a Alice.

Espero você às 5h40 na Gare de Lyon. Tome precauções. Desnecessário levar bagagem.
Amo você.

As duas cartas, juntas, não eram mais do que um envelope pequeno de papelão ondulado, como os envelopes destinados aos clientes. O sr. Hire ficou um longo momento olhando para elas, derreado como se houvesse executado um esforço físico de várias horas.

Afinal, vestiu-se, pegou todos os pacotinhos e dirigiu-se ao correio debaixo de chuva. O inspetor barbudinho o seguiu sem convicção. O sr. Hire, como de costume, monopolizou o guichê uns bons cinco minutos e, quando se retirou, a mensagem para Victor já se encaminhava pelo sistema de tubos pneumáticos rumo ao seu destino.

A agência estava praticamente vazia e lembrava uma estação de trem, com cartazes desbotados, um relógio oficial e rastros de água no chão. O sr. Hire não tinha pressa de partir. Não havia mais motivo para estar num lugar e não noutro. Ele tinha horas de espera diante dele. O escritório da

Rue Saint-Maur não era mais seu escritório. Seu quarto em Villejuif não era mais seu quarto. A casa dele, agora, era o sobretudo preto de colarinho de veludo, cujas mangas e ombros estavam recheados de papel áspero.

O inspetor se aborrecia enquanto o sr. Hire lia os cartazes de propósito, um a um.

Fora uma tarde atípica. A chuva caía cada vez mais forte. Os transeuntes pensavam duas vezes antes de atravessar as ruas, como se fossem corredeiras. Os táxis rodavam lentamente, temendo derrapar. Os jornais nos quiosques dissolviam-se pouco a pouco.

Então, enquanto toda Paris arqueava as costas sob o aguaceiro, os rostos se fechavam em carrancas, dez pessoas se amontoavam numa soleira de porta ou se acotovelavam num bar, esperando que a chuva amainasse, o sr. Hire se sentia transfigurado pela alegria.

Segurando o guarda-chuva bem reto, ia e vinha ao capricho da sua imaginação, sem medo de se sujar nem de chegar atrasado. Parava em frente às vitrines. Comprou bombons numa doceria e enfiou-os no bolso, de onde tirava um, de vez em quando, e o mastigava lentamente.

Era como se as portas do espaço e do tempo tivessem se aberto para ele. Não tinha nada para fazer. Não ia a lugar algum.

E o mais extraordinário é que as férias terminariam em breve. Às cinco horas da manhã, precisamente às cinco horas e quarenta minutos, elas acabariam. Ele se sentaria numa cabine de trem, diante de uma mulher. Ele se inclinaria para falar com ela. Diria ao garçom do vagão-restaurante, entregando-lhe os bilhetes:

– Dois!

Dois! Ele saltitava. Enroscava seu guarda-chuva em outros guarda-chuvas. Perambulava por ruas onde jamais lhe ocorrera pôr os pés, agora que tinha toda uma vida diante dele, todos os dias e todas as horas de uma vida. Só faltavam onze horas, dez horas! As luzes de Paris brilhavam e, nos Grands Boulevards, ele parou numa joalheria. Havia milhares de anéis furiosamente iluminados, mas o sr. Hire se lembrou da Rue des Francs-Bourgeois, onde as joias eram mais baratas porque vinham, em sua maioria, das casas de penhor.

Não pegou ônibus nem bonde. Era melhor caminhar no deslumbramento de todas as vitrines, depois nas ruas mais sombrias, onde somente as pedras da calçada luziam.

Não existia mais a alfaiataria na casa onde ele nasceu, mas uma loja de fonógrafos. Não obstante, as janelas do andar térreo – cujo teto era tão baixo que mal se podia ficar de pé – eram exatamente as mesmas, e com as mesmas cortinas, parecia. E por que não? Quem as tiraria?

O inspetor caminhava sem vontade naquele pesadelo. O sr. Hire entrou numa joalheria, passou uns quinze minutos olhando, pegando anéis. Comprou um de turquesa, pelo qual lhe deram um bom desconto porque a pedra estava um pouco arranhada. Do interior iluminado da loja, ele viu o pobre nariz, a pobre barba do inspetor colados à vitrine.

O vendedor, um homem magro e cheio de energia, olhava o sr. Hire com atenção, mas esperou que ele pagasse para perguntar:

– O senhor não é o filho do Hirovitch?

– Sim! – disse com entusiasmo.

O joalheiro, batendo a máquina registradora, fez simplesmente:

– Ah!

E o sr. Hire continuou a ouvir aquele "ah" enquanto andava pelas ruas. Aquele "ah" o incomodou, magoou. Por que ele dissera: "Ah"?

Virando-se, viu mais uma vez o inspetor esbaforido em seu encalço e não achou mais graça. Ao contrário! Sentiu raiva e começou a andar exatamente na beirada da calçada, espreitando o barulho dos ônibus que vinham de trás.

A estratégia foi bem-sucedida na Place de la République. Os automóveis estavam tão espremidos uns contra os outros que ninguém passava. O guarda apitava. Os táxis buzinavam. No mesmo instante em que, milagrosamente, aquele magma se desagregou, o sr. Hire saltou na plataforma traseira de um ônibus, enquanto o inspetor, prensado entre os táxis, estava completamente impossibilitado de correr.

O sr. Hire desceu na Porte Saint-Martin, tomou um ônibus que o deixou na Gare du Nord e, de lá, desceu a pé na direção da Ópera, pela Rue La Fayette.

A vida fluía, negra e líquida, nas ruas iluminadas. As pessoas seguiam o movimento, mesmo a contragosto.

Ainda nove horas!

Mas por que o judeu da Rue des Francs-Bourgeois disse: "Ah"?

O sr. Hire sentiu-se cansado de súbito e entrou num cinema, pilotado na obscuridade pelo lanterninha.

Havia alguém à sua esquerda, alguém à sua direita e, em todas as fileiras, rostos que o brilho da tela subtraía em partes da escuridão. Estava quente. Uma voz de mulher, amplificada, sobre-humana, dizia frases longas e às vezes, entre uma palavra e outra, podia-se ouvir a sua respiração, como se o seu hálito resvalasse em centenas de espectadores, enquanto na tela uma cabeça gigantesca mexia os lábios.

O sr. Hire suspirou, afundou-se na poltrona, esticou as pernas curtas.

Não era extraordinário, milagroso, que ele, que era procurado pela polícia e que os moradores de Villejuif acusavam de ser um assassino, estivesse lá?

E ele estava lá apenas matando o tempo! Em menos de oito horas, atravessaria a plataforma da Gare de Lyon, entraria num vagão onde havia reservado dois lugares. Dois! Alice chegaria no último minuto, porque as mulheres sempre chegam atrasadas. Ele lhe faria sinal para se apressar. Ele a içaria para o degrau. Então eles se olhariam, enquanto o trem, sob seus pés, começaria a deslizar, renteando as últimas ruas de Paris, os sobrados de periferia, as casas entre as árvores, o campo.

Ele estremeceu sem saber por quê, olhou à sua esquerda e viu um rosto surpreso, virado para ele. À direita, uma senhora o olhava da mesma maneira, recuando um pouco. Seria talvez porque ele estava suspirando? Ele se acalmou. Olhou para a tela. Até mesmo fez um esforço para compreender o filme.

Não obstante, suspirou de novo, um suspiro profundo, de satisfação e de impaciência misturadas, pois há momentos em que é muito difícil esperar, a ponto de os dedos se crisparem, como se tivessem cãibras, os joelhos vacilarem e sentir-se vontade de rir e gemer.

■

Capítulo 9

NAQUELE MESMO DIA, por volta das dez horas da manhã, a zeladora espantou-se ao ver uma vizinha com quem ela nem mesmo conversava chegar com a sua filha da escola maternal. A menina estava com o pescoço duro e esticado por causa da faixa que a mãe lhe enrolara no pescoço porque ela estava com dor de garganta. Seus olhos estavam brilhantes, sua expressão era de dor.

– Me pediram para trazer a menina e entregar isto.

Era um bilhete da professora.

Sua filha está com placas de pus na garganta, é importante colocá-la de cama o quanto antes. Aconselho fortemente que a senhora chame o médico.

A zeladora levantou a filha pelo braço para fazê-la passar pelo balde e pelo pano que estavam na soleira e perguntou aos seus botões onde colocá-la. Por fim, sentou-a numa cadeira, que ela empurrou para perto da estufa.

– Fica aí!

Nunca chovera tanto. Cansava os olhos ver a chuva cair, trepidar, escorrer pelo chão e infiltrar-se em tudo, sujar tudo, liquefazer tudo. No pátio, não havia mais por onde a água escoar e o charco crescia minuto a minuto. A zeladora estava terminando de lavar a soleira para fechar a porta quando ouviu os passos de dois homens atrás dela.

Era o comissário que chegara de táxi e, quinze minutos depois, confabulava com o inspetor. Ela lhes oferecera o cubículo, mas eles recusaram. Iam e vinham, da rua ao pátio, com o colarinho do sobretudo levantado e as mãos nos bolsos, e havia longos silêncios entre uma frase e outra. Por fim, o comissário atravessou a calçada e entrou no táxi. Alguns minutos depois, o inspetor entrava no cubículo para aquecer as mãos na estufa.

– Ele vai voltar daqui a pouco com o juiz e um mandado de busca.

E a zeladora, que estava de joelhos no chão molhado, ergueu a cabeça, ainda manuseando o pano.

– Quer fazer o favor de ficar quieta aí! – berrou com voz aguda para a menina, que deslizava da cadeira.

O guarda de trânsito havia enfiado a capa de chuva e levantado o capuz pontudo. Ao redor dele, caminhões passavam com as caçambas cobertas com lonas reluzentes, os transeuntes hesitavam antes de atravessar. As vendedoras ambulantes, em suas banquinhas, tinham um saco na cabeça e outro nos ombros.

A leiteria ficava um degrau abaixo do nível da calçada e, desde manhã, perdia-se tempo puxando a água que escorria da calçada. A leiteira estava de tamancos, Alice também. Estavam exasperadas. Os clientes paravam na porta, viam a água e iam embora.

– Um minuto! – berrava a leiteira. – Já vamos enxugar. Alice! Alice!...

E, quanto mais o tempo passava, mais irritado ficava o berro.

– Você nunca foi tão lerda como hoje! Ah! Escolheu o dia a dedo...

A leiteira era baixinha, redonda, viçosa e ácida como uma maçã. Estava de tocaia na porta.

– Não se preocupe! Atendo a senhora aqui.

Alice estava realmente lenta, decerto distraída, com um olhar estranho, ausente e sem vida, que ela não tinha habitualmente. A todo instante a leiteira a pegava contemplando a vitrine embaçada, por trás da qual os transeuntes pareciam inconsistentes, um reflexo num espelho de má qualidade.

– Alice!

Ela despertava num sobressalto, arrastava os tamancos pelo chão, pesava queijo ou manteiga.

– Vinte e nove centavos.

Às dez e meia, o inspetor, que se aquecera no cubículo da zeladora e abotoara a gabardine até o pescoço, andava de novo de um lado para o outro e, cada vez que passava pela leiteria, olhava insistentemente para Alice. A chuva escorria pelo seu rosto, mas isso parecia diverti-lo, estimulá-lo.

Às dez para as onze, a empregada saiu de repente pela porta dos fundos, que dava para o pátio.

– Alice! Aonde é que você vai?

– À casinha – berrou.

E quando retornou, dez minutos depois, estava ofegante.

– Não podia ter escolhido outra hora? Vai! Atende a senhora Rorive.

Um ciclista foi atropelado por um caminhão, a poucos metros do guarda. Alguns transeuntes o levaram para o café, a bicicleta retorcida ficou jogada no meio da rua. Entre duas pesagens, Alice observava. Pouco depois o ciclista apareceu mancando, com o olhar aparvalhado e as roupas sujas de lama. Aproximou-se da bicicleta com um andar de bêbado, colocou-a de pé e desapareceu, empurrando-a pela estrada.

Émile estava na porta do café.

– Vou buscar a carne? – perguntou Alice.

– Ficou louca? Com seis pessoas para atender?

E o tempo passava, a chuva caía, os automóveis sucediam aos automóveis na estrada. Émile entrou de novo no bistrô e, de vez em quando, limpava a janela embaçada para verificar se Alice não havia saído.

– Posso ir agora? Pego três costeletas?

Ela jogou o casaco verde sobre os ombros, saiu apressada e trombou com o inspetor, que a esperava na esquina.

– Aqui não! – disse ela.

Ele virou a esquina com ela.

– Vou ver você esta noite? Talvez seja meu último dia aqui.

– Sim! – murmurou ela com impaciência, olhando para o café.

– A que horas?

– Não sei. Eu aviso você.

E apressou-se pela estreita rua comercial, entrou no açougue, esperou pelas costeletas, virou-se para sair. Quando saiu, Émile estava lá, mas ela viu o inspetor na esquina da rua principal.

– Ele está de olho.

Ela parou em frente à vitrine da papelaria e, sem olhar para o companheiro, disse rapidamente:

– Pus tudo no quarto dele! Ele queria ir embora comigo e denunciar você.

Ela se afastou, pois tinha a impressão de que o inspetor a observava. Sorriu para ele quando passou e entrou na leiteria, pendurou o casaco no cabide, guardou o troco na gaveta.

– Quanto foi? – perguntou a patroa.

– Sete francos e vinte e cinco centavos.

A menina estava finalmente deitada num canto do cubículo e, agora que estava de cama, seu rosto parecia muito vermelho, seus olhos estavam febris e seu peito chiava.

Após o almoço, seu irmão não retornou à escola.

– Tente distrair a sua irmã!

A zeladora estava exasperada. Tudo estava dando errado. Os inquilinos atravessavam o pátio pisando em tábuas equilibradas sobre caixas e o encanador não dera as caras. E cobradores e funcionários da companhia de gás ou de eletricidade se sucediam como se tivessem combinado.

E então, às três horas, um carro parou em frente à casa. O comissário que aparecera de manhã desceu na companhia de um senhor magro que usava um colarinho falso de sete centímetros de altura. O inspetor correu para recebê-los. E eles conversaram no cubículo. A conversa parecia não ter fim. Afinal o comissário abriu a porta envidraçada.

– A senhora tem a chave?

– Não. O sr. Hire sempre leva consigo.

O comissário fechou novamente a porta e, um instante depois, o inspetor levantou o colarinho da sua gabardine e saiu para a rua.

Os dois homens que ficaram não sabiam o que fazer nem aonde ir. Andavam, paravam, andavam de novo, pronunciando de vez em quando uma frase, examinando o cubículo com curiosidade, depois o pátio inundado, o prédio dos fundos. Foi o magricelo de colarinho alto que bateu à porta uma segunda vez.

– Com licença, senhora. A senhora tem certeza absoluta, não é?, de que na noite do crime a senhora puxou duas vezes o cordão da porta para abrir para o sr. Hire? Pense. É muito importante.

Ela estava ocupada colocando uma compressa no pescoço da filha.

– Eu acho que tenho certeza.

– Não se trata de achar.

– Está certo! Eu tenho certeza de que gritaram duas vezes o nome do sr. Hire.

Ele parecia incomodado. O comissário estava de mau humor. Talvez fosse efeito do mau tempo, porque todo mundo parecia irritado. Ouviu-se barulho na porta. Era o inspetor voltando com um serralheiro e os quatro homens se dirigiram para a escada.

– Me dê um pouco de sossego, você! – berrou a zeladora, dando uma bofetada no filho, que abrira a boca para falar.

Ela ouviu um barulho inabitual. Saiu do cubículo e viu quatro ou cinco pessoas olhando pela porta de entrada como se estivessem à espera de alguma coisa.

– O que vocês querem?

Mas ela não podia fechar a porta. A leiteira, íntima da casa, estava chegando.

– É verdade que veio um juiz de instrução e que vão prendê-lo?

– Não sei! – guinchou a zeladora, que tinha vontade de chorar. – Se acham que eles me contam tudo, estão muito enganados! Jojô, não deixa a sua irmã sair da cama.

Eles demoraram lá em cima, e duas senhoras idosas que moravam no terceiro andar desceram ansiosas para saber o que estava acontecendo. Foi interminável e impressionante, como quando um médico se fecha com um doente e ouve-se o seu vaivém sem se conseguir adivinhar o que ele está fazendo.

Alice não apareceu. Estava na leiteria. O motorista, do banco do carro, olhava as pessoas com desdém.

Afinal o inspetor desceu, mas não era mais o bom moço que ajudava a zeladora a fazer café. Ele estava ocupado, não via ninguém.

– Onde tem um telefone?

– No bar da esquina. É o mais perto.

Ele saiu, imponente, deixando para trás um rastro de mistério. Passou por Émile para entrar na cabine e pediu:

– Um rum! E rápido.

Não se ouvia o que ele dizia. O comissário e o juiz continuavam lá em cima, o serralheiro saiu carregando a caixa de ferramentas nas costas.

Os lampiões a gás haviam acabado de se iluminar na rua. Os automóveis rodavam com os faróis acesos, mas ainda havia um pouco de luz do dia. A zeladora deixava entrar no cubículo apenas os inquilinos: três mulheres estavam de pé ao lado da estufa, na penumbra.

Nada acontecia. Continuava a chover. As luzes desenhavam longos zigue-zagues que surgiam como feras no solo molhado. Foi nesse momento que o encanador resolveu aparecer e a zeladora teve de levá-lo ao pátio, mostrar onde ficava o ralo, trazer uma cadeira e depois ganchos e um lampião. Ele não conseguia fazer nada sozinho. A zeladora mal entrava no cubículo e ele a chamava.

Às cinco horas, um outro automóvel parou em frente à porta e quatro homens desceram, dirigindo-se ao cubículo da zeladora.

O comissário, que vinha descendo a escada, conduziu os quatro para fora, sem dizer nada.

Era a hora em que os inquilinos começavam a voltar para casa e, como as mulheres estavam conversando no corredor ou no cubículo, eles paravam por ali e depois iam dar uma espiada na estrada.

O comissário colocou dois homens no terminal do bonde, porque era por lá que o sr. Hire chegava normalmente, um outro mais acima na rua e outro na esquina. Mandou que estacionassem os carros a cem metros da casa para não chamar a atenção.

– Por favor – disse, ao entrar na casa –, não fiquem parados aí, ajam como costumam agir normalmente.

Não olhava para ninguém. Subiu a escada a passos lentos e pesados. No bar da esquina, Émile bebia rum, aproximava-se de quando em quando do vidro, limpava-o com a mão e colava a testa nele.

Todo mundo aguardava a mesma coisa. Apesar da chuva, havia uns dez curiosos na calçada. Os moradores iam ver de perto os inspetores à paisana que o comissário havia destacado e que lhes viravam as costas furiosamente. Até mesmo o guarda de trânsito, que se aproximou, levou dois dedos ao capuz e deu uma piscadela.

– Pegaram? Foi o gordinho de bigode frisado? Ele nunca volta antes das sete, viu?

Os bondes, quase vazios pouco tempo antes, agora chegavam lotados e os dois inspetores, dividindo a tarefa, encaravam os passageiros. Às sete horas, o comissário desceu e deu a volta no largo, dispersou um grupo que se formou novamente dez metros adiante.

Cinco, seis bondes chegaram. As pessoas que desciam dos vagões corriam sob a chuva. Deu sete e quinze, sete e vinte, sete e vinte e cinco.

Humilhado e cabisbaixo, o inspetor barbudinho entrou no prédio da Polícia Judiciária e perguntou ao contínuo:

– O chefe está no escritório?

– Foi fazer uma detenção em Villejuif.

Às oito horas, o bonde estava quase vazio, mas o barbudinho desceu e perguntou apreensivo aos seus colegas:

– O comissário?

– Acabou de subir.

Ele não andava, corria, soltava os bofes pela boca e movia os lábios como se quisesse falar. Passou pela penca humana grudada na porta do cubículo da zeladora, tropeçou no primeiro degrau, endireitou-se e correu a valer. Portas se entreabriram. Embora fosse pequeno, fazia um estardalhaço. Finalmente bateu à porta do quarto. O comissário em pessoa abriu.

Eles estavam aguardando tranquilamente no quarto frio e não haviam tirado os sobretudos. O juiz sentara na única poltrona do alojamento e esticara os pés para perto da estufa morta.

O outro inspetor, apoiado no canto da mesa, limpava as unhas.

– Então?

– Perdi o homem de vista. Ele passou um dia muito esquisito. Primeiro foi ao escritório, mas depois que foi ao correio, como faz todos os dias, ele...

Na leiteria, Alice estava abaixada para enxugar a água com um pano de chão. Estava com a cabeça virada para a porta aberta e seu corpete, que se desabotoara, mostrava o vale de sombra entre seus seios.

Ela se ergueu sobressaltada. Alguém a observava. Um homem estava muito perto dela, vestindo um sobretudo preto sob o qual se percebia um *plastron* branco e um pequeno nó preto.

– Me dê...

Indicou um queijo enquanto ela enxugava as mãos no avental.

– Quanto é?

Ao pagar, estendeu a mão, pôs na de Alice o dinheiro e um envelope e saiu. Flanou um pouco pela rua, tentou ouvir o que diziam as pessoas nos grupos, mas, como um bonde estava prestes a partir, correu e alcançou-o por um triz.

O comissário e o juiz atravessaram a calçada e o carro se aproximou. O juiz entrou sozinho e o comissário, atarefado, dirigiu-se às pressas ao bistrô, trancou-se na cabine telefônica. Uma inquilina da casa estava lá, justamente, para chamar o doutor, porque a menina da zeladora estava respirando mal, com um chiado preocupante no peito.

– Você fecha? – berrou a leiteira da porta.

Alice desceu as persianas, foi buscar as barras de ferro nos fundos da loja.

Os curiosos resolveram voltar para casa para jantar, mas logo retornariam. A estrada estava quase deserta, tão reluzente que refletia os poucos carros que passavam. Ouvia-se a cigarra elétrica do cinema situado a mais de trezentos metros e algumas pessoas que não estavam sabendo de nada passavam reto.

No momento de entrar em casa, Alice encontrou o inspetor, que lhe disse rapidamente, muito baixo:

– Vou tentar subir no seu quarto daqui a pouco. Não tranque a porta.

E sorriu gentilmente.

O sr. Hire não tinha sono. Aliás, estava impaciente demais para entrar num quarto, despir-se e enfiar-se numa cama. Saiu do cinema com a multidão quente que o envolvia e seguiu-a, andava na luz e no barulho, parava com os outros à beira de uma calçada, andava apressado quando todos andavam.

Mas, pouco a pouco, a vaga humana perdeu força e formaram-se ocos à medida que as pessoas desapareciam na escuridão de outras ruas ou nas estações de metrô. Também havia buracos na fila de luminosos. Ele caminhou mais rápido, com tanta pressa de que chegasse o dia seguinte, de chegar à estação de trem, que quase corria, agitando os bracinhos curtos.

Não tinha fome nem sede. O que queria era não deixar morrer aquela agitação que nascera nele, aquele calor, aquele ímpeto que o conduzia. Transpôs um pórtico onde se ouvia uma música abafada e empurrou a porta almofadada de um *dancing*.

Suas narinas arderam de alegria, volúpia, vitória. A luz era intensa. As paredes, o teto, as cabines, tudo era vermelho, e havia corpos nus pintados de cores cintilantes.

Havia barulho; não exatamente barulho, mas um murmúrio alto como o marulho das ondas, acentuado pela batida alegre da orquestra.

O sr. Hire sentou-se sorridente, tão arrebatado quanto uma dançarina que valsou demais. Precisava recuperar a respiração. Olhava vagamente ao seu redor e via mulheres, principalmente mulheres jovens, vendedoras, operárias, datilógrafas, que trepidavam de emoção como ele, falavam com entusiasmo, levantavam-se, sentavam-se, dançavam, corriam.

– Um... um *kümmel*! – disse ao garçom.

Ele estava enternecido, amolecido por aquela baforada de bondade sem limites. Olhava tudo sem se dar conta de que olhava uma mulher miúda, graciosa, sentada com uma amiga a alguns metros dele. Era magra. Tinha o rosto comprido, lábios finos, olhos verdes, cabelos de um loiro pálido. Usava uma blusa de tricô de listas azuis e vermelhas sob a qual se viam dois seios pequenos, muito separados, mais longos que largos, como peras verdes.

Ela tinha um faro especial para adivinhar de longe, às vezes do outro lado do salão, quem queria dançar com ela, e se levantava imediatamente, ia ao encontro da pessoa e erguia os dois braços ao mesmo tempo, enquanto suas pernas, que pareciam dois palitos de fósforo, acompanhavam o ritmo. Passando pela amiga, nunca deixava de lhe mostrar a língua por cima do ombro do dançarino.

O sr. Hire sorria espontaneamente. Era um sorriso não apenas nos lábios, mas que fazia todo o seu rosto resplandecer. Sorria ao olhá-la e ela, uma vez que tornou a se sentar, encarou-o franzindo as sobrancelhas e chamou a atenção de sua amiga com uma cotovelada.

Elas não riram. Por mais que ele desviasse o rosto, sentia nele o olhar severo, desconfiado, das duas mulheres. Ele não havia feito nada. Não havia dito nada. Estava apenas participando da alegria ambiente.

E agora, enquanto dançava, a moça mostrava o sr. Hire ao seu parceiro, que o examinava com desprezo!

Ele não sabia mais para onde olhar. Não havia nem sequer tocado em seu *kümmel*. Fez um sinal ao garçom, que se aproximou em silêncio.

– Quanto é?

Estufou o peito. Deu-se ares de importância para tirar a carteira do bolso. Enquanto esperava o troco, enrolou as pontas do bigode e, já de pé, esvaziou o copo de um trago só, sentindo náusea.

A calçada estava deserta. Um pouco adiante começavam as luzes de Montmartre. O sr. Hire sacudiu os ombros, não para afastar a chuva que os encharcava, mas para dissipar o estranho mal-estar que lhe amargava a boca. Recordou-se claramente da moça de blusa de tricô. Que mal ele lhe havia feito? E por que, já que sorria para todo mundo, não sorriu para ele?

Um porteiro de libré, com um guarda-chuva vermelho na mão, parou o sr. Hire, conduzindo-o sutilmente para a entrada de um cabaré.

– Por aqui! O lugar mais divertido de Montmartre. O champanhe não é obrigatório.

O sr. Hire não ousava entrar nem ousava se rebelar. Já lhe tiravam o sobretudo quando se lembrou dos títulos do Tesouro, pegou-o rapidamente das mãos do porteiro e declarou, categórico:

– Prefiro não tirar.

– Está quente lá dentro. Enfim, se o senhor prefere...

Era uma hora da manhã. O comissário dormia, completamente vestido, na cama do sr. Hire, enquanto o inspetor, de pé na janela, fazia sinais a Alice que queriam dizer:

– Até daqui a pouco!

Ela não entendia. De pé no meio do quarto, erguia os ombros para manifestar sua incompreensão, depois, cansada daquelas macaquices, puxou o vestido pela cabeça, tirou a combinação, as meias molhadas, friccionou os pés nus com uma toalha para aquecê-los.

Capítulo 10

A CHUVA PAROU ÀS QUATRO HORAS DA MANHÃ e um vento violento de oeste varreu as ruas vazias. O comissário, sentado na cama do sr. Hire, esfregava os olhos e despertava a contragosto.

– Meu turno – disse ao inspetor. – Que horas são?

Movimentava todos os músculos para acordá-los. Seu paletó estava amarrotado nas costas. Enquanto seu colega se acomodava na cama, ele abriu maquinalmente a caixa de papelão que haviam encontrado no fundo do guarda-roupa e que continha a bolsa da mulher assassinada, uma bolsa comum, decorada com uma cabeça de cervo e forro de seda puído e manchado de pó.

– O senhor me acorda?

O comissário examinou a bolsa com os olhos inchados de sono, revistou o seu interior, as cédulas, a esponja de maquiagem, o batom vermelho e um maço de cigarros quase cheio.

– Ou o cara é muito esperto ou é um idiota completo! – resmungou, guardando a bolsa na caixa.

Encheu o cachimbo, olhou o céu, onde nuvens brancas e cinzentas corriam num campo lunar.

O sr. Hire, sentado diante de uma garrafa de champanhe, repetia obstinadamente:

– Não. Por favor, não insista!

Sua vizinha não desistia e fumava, apoiando-se em seu ombro e comprimindo um seio contra ele.

– Você não é diferente dos outros!

– Eu estou noivo!

Era a primeira vez que pronunciava a palavra. Ficou tão emocionado que não compreendia a insistência de sua companheira.

– E o que tem de mais?

– Não!

Ela se levantou, afinal, enfadada e desdenhosa.

– Se acha que a sua noiva não faz você de corno, está muito enganado!

Ele não reagiu. O cabaré estava quase vazio. O sr. Hire estava aninhado num canto e os músicos o olhavam com um ar cansado, perguntando-se quando finalmente ele iria embora.

– Garçom!

Houve um segundo de esperança.

– Me traga papel e tinta.

– Não sei se posso... – resmungou o outro, afastando-se.

Falou com o gerente, olhando de longe o sr. Hire. As duas mulheres que haviam esperado até aquele momento vestiram-se, cumprimentaram os músicos e foram embora. Afinal o garçom trouxe um frasquinho de tinta violeta, um porta-penas barato e uma folha de papel quadriculada com um envelope.

– Vamos fechar em cinco minutos – anunciou.

O saxofonista interrogou o gerente com os olhos e este lhe respondeu com um sinal negativo. Não valia a pena continuar tocando. Os músicos podiam guardar os instrumentos e ir embora.

A caneta-tinteiro borrava, emperrava no papel poroso.

Excelentíssimo senhor procurador da República,

Tenho a honra de informá-lo que o autor do assassinato de Villejuif é um jovem dessa mesma localidade que exerce a profissão de mecânico e cujo nome é Émile. Desconheço seu sobrenome e endereço, mas sei que vai todos os domingos ao estádio de Colombes. É de estatura mediana e usa normalmente um chapéu de feltro de cor marrom rosado.

Apresento-lhe, senhor procurador, protestos de alta estima e consideração.

Não assinou, escreveu o endereço e pediu um selo. Quando a carta chegasse ao seu destino, ele estaria longe, em companhia de Alice.

– Cento e cinquenta francos! – disse o garçom, a ponto de perder a paciência.

Aqui e ali já havia ruas secas e podia-se ouvir a cantiga do vento nos telhados. De tempos em tempos, uma carroça desatava uma barulhada persistente e escutavam-se os passos de um transeunte pelo quarteirão inteiro.

Havia cerca de dez pessoas aglomeradas na porta da Gare de Lyon. Algumas estavam sentadas em suas malas e cochilavam. Atrás delas, na estação vazia e fechada, um trem apitou.

Estava muito frio. Um barzinho se iluminou na rua. Um homem circulava pelas salas com uma lanterna, abriu portas, fechou outras, moveu objetos sonoros.

O sr. Hire estava cansado, sentia-se zonzo, mas faltava pouco, o pior momento, a transição da noite para o dia. Fechou os olhos um minuto ou dois e foi um deleite, pois seus olhos ardiam de sono. Sorriu vagamente com seus pensamentos.

Os passos no interior da estação aproximaram-se da porta. Uma chave rangeu. As barras de ferro foram retiradas e as pessoas adormecidas se ergueram, amarrotadas, e enfiaram-se no saguão aberto e profundo como um sino. Apenas um guichê estava aberto. O sr. Hire foi o primeiro a vê-lo, teve de esperar que o funcionário trocasse o paletó e recarregasse a caneta-tinteiro.

– Dois bilhetes de segunda classe para Genebra.

– Ida e volta?

– Só ida.

Sentiu-se trêmulo de repente. Seus dedos tremiam enquanto vasculhava a carteira.

– Sai às cincos e quarenta e quatro, não é?

– Quarenta e três.

E o funcionário o olhava ostensivamente, observava seu bigode, suas mãos, sua carteira. Chegou a inclinar-se para vê-lo afastar-se aos saltinhos e entrar no bar. A estação se enchia de gente. Um garçom arrumava *croissants* em cestinhas e outro desenhava semicírculos no assoalho com serragem de madeira.

Às cinco e dez, dois homens estavam sentados num canto do bar e um murmurou para o outro, relendo a ficha que tinha na mão:

– É ele.

O sr. Hire olhava o relógio da estação, depois a porta, depois o relógio de novo, depois o seu relógio de pulso.

– Quanto é?

Falou num tom seco e categórico.

– Suponho que o trem para Genebra já está na estação.

– Plataforma 3.

Antes de tudo, porém, ele foi dar uma espiada na rua. Ainda estava escuro. O dia nem sequer se anunciava e, no entanto, o céu estava mais pálido, talvez por causa da Lua, e os primeiros bondes, os táxis que convergiam para a estação, os bares já iluminados faziam que não parecesse noite.

Também nas outras estações, homens que tinham no bolso a descrição física do sr. Hire encaravam os viajantes.

O trem era comprido. Uma parte não alcançava o *hall* envidraçado, no fim da via, onde estava mais fresco. O sr. Hire havia escolhido o vagão, os dois lugares. E agora estava de pé na plataforma, aterrorizado pela solenidade do momento.

O ponteiro do relógio da estação avançava aos saltos, minuto por minuto, com um ruído de mecanismo em movimento. A plataforma se enchia de gente. Os empregados do trem circulavam, e também o vendedor de jornais, o carrinho de chocolate e limonada.

Às cinco e quarenta, quando o trem deu um solavanco como se testasse a própria força antes de partir, o sr. Hire sentiu os joelhos bambearem e ergueu-se na ponta dos pés para ver melhor por cima das cabeças. Subitamente, correu de alegria, ofegando, falando sozinho, pois havia avistado um chapéu verde. Mas, a dez metros dele, viu que era uma senhorinha rechonchuda, com uma criança nos braços, que alguns passageiros ajudavam a subir no vagão de terceira classe.

Os dois inspetores estavam de prontidão para impedi-lo de partir. Como ele, espicharam o pescoço para ver a outra ponta da plataforma, estavam curiosos para saber quem ia aparecer.

Ninguém apareceu. O trem apitou. Um funcionário correu para fechar as portinholas.

O sr. Hire ainda tinha esperanças. Estava tenso, sentia dores pelo corpo. Não foi dessa maneira que ele havia imaginado a partida? Sempre imaginou Alice chegando no último segundo e precisando de ajuda para saltar para o estribo, enquanto o trem arrancava. Ele batia os pés. Amarrava a cara e sorria simultaneamente, com uma lágrima de impaciência nos olhos.

E eis que ele teve a impressão de que a plataforma se movia. Não era a plataforma. Era o trem que se punha em movimento, ganhando velocidade pouco a pouco. As portinholas passavam exibindo rostos, lenços agitados.

Com as mãos nos bolsos, o sr. Hire caminhou sacudindo os ombros, como se quisesse afastar seu desespero.

– Bilhete!

Ele estendeu o seu e o chamaram:

– Não é o bilhete do trem. É o...

– Deixe para lá!

E o funcionário ficou olhando com curiosidade as costas do sobretudo preto, o colarinho de veludo, as perninhas trêmulas que se afastavam.

O sr. Hire teria gostado muito de chorar. Permaneceu de pé no alto da escada da entrada principal, olhando a praça cujas pedras embranqueciam imperceptivelmente.

Ele não sabia o que sentia. Era complexo. Sentia frio, um frio estranho, traiçoeiro, que lhe penetrava a carne às agulhadas, mas a pele estava úmida. Sentia medo. Pensou na carta que havia deixado na caixa do correio, em Émile, nos policiais que de novo iam persegui-lo, no comissário, que desferia frases cruéis como socos. Sentia fome. Fome ou sede, ele não sabia. E calor também. Não se sentia bem sobre as suas pernas, mas também não tinha coragem para sentar-se no bar.

Talvez Alice estivesse atrasada? Talvez Émile a tivesse impedido de partir? Talvez ela fosse chegar de um segundo a outro?

Ele olhava as pessoas saindo dos táxis que paravam a poucos metros dele. E as pessoas o olhavam de volta, pois ele parecia realmente um policial de vigia.

Seis horas. O céu ainda clareava. Os ônibus tomavam as ruas e ele não tinha coragem de ir embora. Dava alguns passos, descia alguns degraus e subia de novo.

– Talvez ela não tenha conseguido um táxi!

E calculava o tempo que demoraria para vir de bonde de Villejuif.

Do peito, do estômago, a impaciência desceu para a bexiga e ele teve de se isolar num canto, senão, depois, seria obrigado a procurar pela estação inteira, porque Alice poderia entrar naquele meio-tempo.

Às seis e meia, todas as luzes de Paris se apagaram. Era dia claro. O vento carregava pedaços de papel nas calçadas desertas, onde se viam poças congeladas de chuva.

O sr. Hire andou, entrou num bar. Escolheu o menor, o mais moncoso, o de paredes ladrilhadas. Tomou café com um cotovelo apoiado no balcão, tentou comer um *croissant*, mas somente o mordiscou. Quando se virou para sair para a rua, viu dois homens estacionados à beira da calçada. Percorreu uma centena de metros e, dando meia-volta, avistou os dois homens atrás dele. Andava com tanta pressa, sem ele mesmo saber por quê, que as pessoas se viravam curiosas quando ele passava. Era desassossego, pânico. Enfiou-se na primeira estação de metrô e os dois homens o seguiram.

A carta fora expedida. Ao meio-dia, ela chegaria ao seu destino. Se Alice não veio, é porque estava ocupada, entregando as garrafas de leite. Ela usava tamancos de manhã, mas deixava-os nos primeiros degraus da escada para não fazer barulho e andava de sapatilhas de ourela verde. Não se lavara ainda. Subia para o quarto por volta das oito horas para fazer a sua toilete, depois de servir o café da manhã aos patrões. De dia, porém, era quase impossível vê-la pelos vidros sujos, por causa da claridade frouxa do pátio.

O metrô parava, partia. O sr. Hire se esquecia de olhar o nome das estações. No entanto, quando chegou à Porte d'Italie, desceu automaticamente, por puro hábito.

A vida de Paris tivera tempo de nascer enquanto ele estava debaixo da terra. Caminhões e automóveis formavam filas a perder de vista para entrar na cidade e os bondes lotados despejavam operários e colarinhos-brancos, mas principalmente operários, pois os colarinhos-brancos começavam o expediente mais tarde.

O que ele faria? Alice não viera! Ele chegou a se perguntar se afinal ela o amava ou não. Jamais se fizera tal pergunta. Perguntara-se somente se ele a teria. E mostrara-lhe os oitenta mil francos. Não era cinismo, era humildade. Ora, ela não aparecera, apesar dos títulos do Tesouro, e ele não compreendia nada, perdera o chão. Recordou-se, sem saber por quê, da moça de tricô azul e vermelho que o olhara primeiro com desconfiança e depois com uma certa raiva. Por quê?

Estava à espera do bonde para Villejuif e avistou os seus dois perseguidores. Sentiu-se triste de novo, não impaciente, mas triste, uma tristeza cálida e íntima como as lágrimas. Era naquela hora que, na Rue Saint-Antoine, ele começava a pendurar as roupas da confecção nas araras e parar os transeuntes na calçada. Na prisão, onde eram obrigados se levantar cedo, era o momento da caminhada no pátio, em fila, em silêncio, aguçando os ouvidos para os rumores de Paris, que nascia do outro lado dos muros.

Seu sobretudo ainda estava encharcado nos ombros e o gelava. Um bonde chegou. Estava vazio como normalmente estavam os bondes que iam logo cedo para a periferia. O cobrador reconheceu o sr. Hire, depois olhou os dois homens que se sentaram um pouco mais adiante.

A paisagem desfilava pelas janelas do bonde, sempre igual: a casa de produtos farmacêuticos à esquerda, o anúncio gigantesco de sabão, a ladeira que estava sempre em obras.

O sr. Hire não se sentia bem. Seus olhos ardiam, mas ele não se atrevia a fechá-los, como se corresse o risco de adormecer. E, apesar de não ter comido nada, tinha vontade de vomitar.

Viu a rua que tomava para chegar à casa de tijolos vitrificados onde o vapor das banheiras reinava nos corredores. Aquilo não lhe despertou nenhum desejo. Sentiu até mesmo uma espécie de repulsa.

– Bilhete, por favor?

Ele tinha sempre um talão no bolso, e um talão de bilhetes de metrô. Sabia o preço de cada percurso.

– Obrigado.

Faltava-lhe alguma coisa. Olhou para os seus joelhos e compreendeu que estava sem a sua pasta de couro preto. Aquilo o desconcertou. E o que mais o desconcertou foi não conseguir se recordar, ele que tinha uma memória prodigiosa, onde a deixara.

Não tinha importância. Não havia nada de importante dentro dela. Mas ele fixou o pensamento naquilo, aplicou todas as suas faculdades naquela direção.

Onde a deixara? Por que não estava deitada sobre as suas coxas, como sempre estava?

No princípio, teve de fazer certo esforço para pensar nela, mas em pouco tempo tornou-se uma verdadeira obsessão. Ele queria saber! Franzia a fronte! Franzia as sobrancelhas! Mordia os lábios e olhava para frente com um olhar raivoso!

Alice foi a primeira a descer e ajudou a patroa a verter o leite dos três latões nas garrafas e tampá-las com um círculo de papel azul. Àquela hora, a leiteria ainda estava fechada, as persianas baixadas e o piso estava meio tomado pela água da chuva.

– Dê um jeito de limpar tudo antes das sete horas.

Havia dois homens de sentinela na rua e o bistrô da esquina, à direita, já estava iluminado. De longe, Alice reconheceu Émile no balcão. Ele parecia não ter dormido e havia um copo de rum ao lado do seu café.

O vestido de Alice não havia secado desde a véspera e caía pesadamente em suas panturrilhas. Caminhões vazios retornavam dos mercados centrais. No campo, o ar era mais úmido do que em Paris, porque a terra demora mais para secar do que os paralelepípedos, e as árvores levam horas para pingar toda a água.

Uma porta se abriu no primeiro andar no momento em que ela deixava um litro de leite na porta e um homem perguntou, com uma navalha na mão:

– Prenderam?

– Ainda não.

A zeladora a chamou quando ela desceu. Passara uma noite de pesadelo, pois a todo instante tinha a impressão de que sua filha não respirava mais. Então acendia a luz, observava o rosto congestionado da criança, as narinas inchadas. Apagava a luz, escutava a respiração da menina, mas pouco depois acordava assustada e aguçava os ouvidos inutilmente.

Estava pálida. Penteara-se de qualquer jeito.

– Eles ainda estão lá? – perguntou, apontando para os andares superiores.

– Vi luz.

– Ainda está chovendo?

– Não. Mas está ventando.

E Alice dirigiu-se às casas vizinhas, levou de volta para a leiteria, cujas persianas já estavam levantadas, todas as garrafas vazias.

O inspetor acabara de descer e a olhava através do vidro como se a esperasse.

– Eles ainda estão lá! – disse a patroa, tal como fizera a zeladora.

O inspetor sorria, acenava de uma maneira que a empregada não compreendia. Ele queria explicar que não havia podido ir ao quarto dela, iria logo mais. Suas bochechas estavam cinzentas de barba. Subitamente, o dono do bistrô, vestindo o avental azul da manhã, alcançou-o e puxou-o com ele.

– Já pode apagar a luz! – gritou a leiteira dos fundos da loja.

O dia clareara um pouco mais. Apenas o bistrô e os bondes permaneciam iluminados. De longe, Émile percebia Alice atrás da vitrine e ela, por sua vez, viu-o pedir um segundo café batizado.

Depois foi o inspetor que retornou às pressas, encontrou a empregada na porta e disse:

– Ele está para chegar!

– O que foi que ele disse? – guinchou a leiteira.

– O sr. Hire está para chegar!

A zeladora, de olhos inquietos e curta sobre as próprias pernas, saiu à porta em busca de Alice.

– Acho que vão prendê-lo! E eu esperando o doutor!

Portas abriam e fechavam dentro da casa. O inquilino do primeiro andar espreitava a rua, dos dois lados.

– É verdade que ele está chegando?

– Me espera, Georges! – gritou uma voz do andar de cima.

E o açougueiro saiu do bistrô, conversou com um homem que lhe oferecia um cigarro, aproximou-se da casa com ele e parou a poucos passos da porta. A zeladora o olhou preocupada.

– O que aconteceu?

– Vão prendê-lo!

Ele fez sinal para uma caminhonete que passava, conduzida por um amigo seu.

– Vem ver!

Uma mulher desceu, depois outra.

– É verdade?

– O quê?

– A polícia tem a prova. Encontraram a bolsa. Vão prender o homem!

Via-se da porta um policial no terminal dos bondes e outro que parecia querer obstruir a passagem para a rua transversal.

– Alice, enxuga essa água!

– Já vou.

Alice entrou de má vontade na loja, pegou um pano atrás da porta dos fundos e mergulhou as mãos, que logo ficaram vermelhas, na água gelada. O inspetor, que havia subido para falar com o comissário, desceu tão rápido quanto subiu.

– Sem aglomerações, por favor! Não tem nada para ver aqui. Absolutamente nada!

Havia dez pessoas quando ele subiu, depois doze, e agora chegavam mais, vindas do bistrô e dos arredores. Émile aproximou-se fumando um cigarro, mas permaneceu atrás do grupo, como se não quisesse ser visto.

Os motoristas, ao passar, viraram a cabeça e pensavam com seus botões o que teria atraído aquela multidão, pois não havia nenhum sinal de acidente. O guarda de trânsito fazia o seu serviço, mas tinha os olhos fixos na casa.

– Por favor! – gritou o inspetor, que não conseguia que lhe dessem ouvidos. – Vocês vão pôr tudo a perder.

O comissário estava sozinho no quarto do sr. Hire. A bolsa estava sobre a mesa. De lá, ouvia-se apenas o barulho dos automóveis passando na estrada e uma mulher xingando os filhos porque demoravam a se vestir.

– Dispersem! Vocês estão comprometendo o trabalho da polícia.

Um bonde chegou. O policial de sentinela fez um aceno de mão que todo mundo entendeu ao mesmo tempo que o inspetor.

– Lá vem ele!

Alice estava lavando a entrada da loja e continuou a passar o pano molhado pela pedra azul.

Capítulo 11

O INSPETOR CORREU PARA PREVENIR SEU CHEFE quando viu o sr. Hire contornar o bonde. De longe, ele parecia todo baixo, todo redondo, todo preto, e o rosto era de uma palidez quase doentia, cortado por bigodes muito escuros.

Dois homens caminhavam atrás dele, tão colados nele que pareciam escorá-lo. E o sr. Hire, como se quisesse escapar, apressava as perninhas curtas.

Ele percebeu a aglomeração. Seria impossível não tê-la percebido àquela hora, quando os transeuntes eram sempre muito poucos. Paralisou-se à beira da calçada. Apenas ele queria atravessar, com os dois policiais nos seus calcanhares, e, no entanto, o guarda de trânsito apitou e parou a fila de veículos.

O sr. Hire avançou. Caminhou dentro de uma nuvem, de uma matéria mole, impalpável, invisível. Havia em sua retina apenas o reflexo da porta da casa e um aglomerado de pessoas olhando todas para o mesmo lado. E ele ouvia somente os passos dos dois homens atrás dele.

As pessoas na calçada se avolumaram de repente. Vinham de dentro e de fora, homens e mulheres, e até mesmo crianças, que eram empurradas para trás dos adultos.

– Fique aí, ouviu?

E o sr. Hire continuou andando, sem coragem de olhar para a leiteria, o que não o impediu de notar a silhueta inclinada de Alice passando o pano na porta. Ele estufou o peito. Ia se explicar. Uma de suas narinas estava entupida e ele respirava com dificuldade, mas não tinha importância.

O que ele tinha de fazer era passar, e havia uma passagem estreita entre as pessoas e a porta. Precisava apenas apressar os passos.

Deu dez, quinze passos. E, de súbito, percebeu um movimento perto dele e seu chapéu-coco voou de sua cabeça, enquanto risadas irrompiam no grupo.

Ele cometeu um erro. Mas foi sem pensar, foi por instinto que ele tentou apanhar o chapéu do chão. Nesse momento, um pé chutou o chapéu para longe e, casualmente, atingiu o rosto do sr. Hire, que se sujou e ficou ferido.

Foi um choque para os campos adversários, um choque para o sr. Hire, que se reergueu olhando para as pessoas com o olhar perdido, um choque, ou melhor, um sinal para a multidão.

O sr. Hire desequilibrou-se e quase esbarrou o cotovelo numa mulher. O homem que estava mais próximo aproveitou para lhe dar um murro.

Ora, os socos faziam um barulho estranho no corpo do sr. Hire, um barulho tão excitante que todos quiseram escutá-lo.

Ele havia perdido o equilíbrio, o senso de orientação. Tentava erguer-se na ponta dos pés, porque eram quase todos mais altos que ele, e protegia o rosto com o braço dobrado.

– Parem! Dispersem! – interveio um policial.

Mas eram ao menos trinta pessoas impedindo que ele avançasse. O sr. Hire estava de costas contra as pedras que formavam o batente da porta. Levou uma pedrada na mão e sangrou. Um pé chutou violentamente sua tíbia.

Um zum-zum crescia da multidão, contra a qual ele escondia o rosto com a manga negra do sobretudo.

Ele não via nada. Se recuou, foi porque alguma coisa o empurrou, com socos ou pontapés. Sentiu o batente da porta sob as suas mãos, as pedras do corredor sob os seus pés.

Correu com toda a velocidade das suas pernas, saltou os degraus da escada, quis empurrar uma porta meio aberta, que se fechou diante dos seus olhos.

O vozerio o perseguia. As pessoas subiam atrás dele e ele corria, arquejando, com um olhar desvairado. As paredes, o corrimão, as portas tinham um aspecto inabitual. O que ele procurava era uma saída e já não sabia quantos andares havia subido.

Uma porta se abriu e ele não reconheceu nem mesmo que era a dele. Um homem tentou impedir a passagem, mas ele se esgueirou pelas pernas do outro, sem saber como. Continuou subindo, o cenário era novo para ele. Jamais havia subido tanto. Uma senhora tremia no *hall*, inclinada para a escada, juntando as mãos.

Ele a empurrou, entrou no quarto dela. A escada terminava ali. Havia um fogareiro, uma mesa, uma cama desarrumada.

– Mata!

Era o que diziam. As pessoas gritavam um monte de coisas. A algazarra era infernal e uma voz forte tentava dominá-la:

– Chega! Deixem a polícia agir!

O que lhe ocorreu então ele jamais tentaria de cabeça fria. Havia uma claraboia no teto inclinado. Ele se agarrou a ela. O zinco lhe arranhou as mãos, mas ele tomou impulso, balançou as pernas, pendurou-se no rebordo. Ele já se achava no telhado quando a turba invadiu a mansarda e a velha esbravejou para que o matassem.

O telhado era estranho! O sr. Hire arregalou os olhos. Estava com medo. As telhas de ardósia estavam secas em alguns pontos e molhadas em outros. O telhado era assustadoramente inclinado e só se via um terreno baldio, muito longe, muito além da beirada.

Durante um bom momento, ele permaneceu parado, em equilíbrio, com os braços afastados e as pupilas em desespero. Uma mão passou pela claraboia e tentou agarrá-lo pela perna. Ele recuou um passo? Em todo caso, cambaleou e caiu, deslizou, deslizou, agarrou-se com as duas mãos em alguma coisa que balançou.

Nesse momento, ele soltou, com todas as suas forças vivas, um grito que não era mais um grito de homem e que lhe rasgou a garganta. Seus pés, seu corpo, balançavam no vazio. Suas mãos doíam. Alguém o puxava pelos braços.

Ele moveu as pernas. Queria encontrar um apoio. E seus pés não encontraram nada, seu corpo se repuxava, seus braços iam quebrar.

Ele não gritou mais. Prendeu a respiração. Olhou, a centímetros dele, a parede de tijolo e, um pouco acima, a calha de zinco que cortava seus dedos.

A calha estava cedendo! Encurvou-se! Desceu alguns milímetros. E havia vozes lá em cima, sem dúvida na claraboia aberta.

Não o ameaçavam mais. Eram vozes baixas, aflitas.

Tudo ia rebentar! Ele não tinha coragem de olhar para baixo. E suas mãos estavam tão viscosas que podiam escorregar de um segundo a outro. Todo o seu sangue se paralisara. Ele não se mexia mais. Via apenas suas próprias mãos, inchadas, irreconhecíveis, pois as veias se dilataram, e o ar parecia lhe queimar as narinas.

Para ver melhor, os curiosos recuaram até o terreno em frente e os automóveis continuaram a passar na pista, entre eles e a casa. Distinguiam o telhado íngreme, as placas de gelo, as cabeças na claraboia e o torso de um policial fardado emergindo dela.

A fachada de tijolo era nova, sem reentrâncias. Parte da calha havia cedido, pendia como uma guirlanda e, no centro dela, o corpo do sr. Hire estava tão rígido que parecia morto.

O comissário estava no meio de uma multidão que ele nem sequer enxergava. Do alto do telhado, o policial fazia sinal para o chefe e este, com os braços levantados, fazendo movimentos de semáforo, respondia que não.

O policial não poderia sair para o telhado sem rolar também e acabar na calha, que cederia de vez.

Era um verdadeiro entra e sai da casa. Havia um grupo ativo na mansarda da velha senhora, outro grupo no terreno baldio.

Um automóvel parou ao ver o corpo vestido de negro pendurado no vazio. Depois outros.

– Chamem os bombeiros – ordenou o comissário.

Uma janela se abriu logo abaixo do corpo. O sr. Hire deve ter visto um homem a dois metros dele, mas esse homem não podia fazer nada e lhe disse, vacilante:

– Aguente firme!

Encontraram uma corda em algum lugar. O policial, com a ajuda do encanador que viera no dia anterior, a fazia descer pelo telhado. Com acenos, o comissário o orientava de longe:

– À esquerda!... Mais!... Não tanto. Aí!...

E a corda se esticou como um animal, chegou à calha, passou pelo rosto do sr. Hire. Mas ele não a agarrou. Talvez receasse soltar a calha? Teria medo de não conseguir se segurar, ainda que por um segundo, com uma mão só?

A vida no largo parou. Os automóveis obstruíram a passagem. O guarda de trânsito olhava para cima, como os outros, e às vezes, de muito longe, motoristas que não sabiam o que estava acontecendo buzinavam de impaciência.

Não obstante, de cima, viam-se apenas manchas escuras, grupos compactos com pontos isolados circulando no vazio.

– Os bombeiros vêm?

– Em três minutos.

Na calçada, embaixo do sr. Hire, não havia ninguém.

O doutor, que acabara de chegar, estava na esquina, onde a zeladora foi ter com ele.

– Alguém podia imaginar uma coisa dessa?

Alice estava no terreno baldio, a dois metros do inspetor, que de vez em quando achava uma maneira de sorrir para ela.

– Ah!... – fez a multidão quando o sobretudo do sr. Hire subiu mais para a sua nuca.

Parecia que ele ia se soltar. Seu corpo tremia, encolhia-se, distendia-se. Às vezes suas pernas se abriam, depois seus joelhos se fechavam convulsivamente e a corda continuava pendurada a dez centímetros do seu nariz.

Não se via seu rosto: somente as costas e as pernas, principalmente as pernas, que não paravam de se mexer e procuravam desesperadamente um apoio.

Perto de Alice também estava Émile, com as mãos nos bolsos e o semblante frio e doentio. Ela o olhava, mas ele não a via. Havia certa excitação em seus olhos. Ele estava com dor no pescoço de tanto olhar para cima, enquanto ela observava as pessoas.

Alguém citava números.

– A casa tem 23 metros de altura.

E jamais as paredes pareceram tão altas, tão nuas, tão lisas, e a calçada tão sólida. Um barulho de sinos atravessou a massa de carros parados, mas era a ambulância que estava chegando antes dos bombeiros e parou bem em frente à porta da casa, a menos de cinco metros de onde o sr. Hire deveria cair.

A multidão sentiu-se aliviada quando finalmente reconheceu o sino dos bombeiros. E depois tensa, pois sabia que seria o fim. Talvez algumas pessoas até desejassem secretamente que sucedesse uma tragédia.

O sr. Hire, inerte, balançava-se imperceptivelmente, como por ação do vento.

Sem prestar atenção aos espectadores nem à polícia, os bombeiros tomaram conta do largo. Eram vinte, trinta homens atarefados em volta de uma máquina vermelha e uma escada surgiu dela, subiu, alcançou o terceiro, o quarto andar.

Lívido, Émile continuava olhando para cima, sua mão tremia dentro do bolso e apertava um isqueiro.

Alice o observava, depois observava o inspetor e às vezes, raramente, arriscava uma espiadela no céu baço, cuja crueza fazia doer os olhos, e na fachada de tijolos.

Um bombeiro de capacete de cobre subiu pela escada antes mesmo que toda ela fosse estendida. Ela curvava sob seu peso, como num número circense. O último lance apareceu e os pés do sr. Hire afastaram-se, aproximaram-se, sua cabeça virou e mostrou parte dos bigodes.

A multidão se calou, salvo um carro grande que teimava em se esgueirar pelo engarrafamento. Os que estavam na claraboia não viam nada e faziam sinais para saber o que estava acontecendo. O bombeiro se aproximou. Dois metros. Um metro. Três degraus. Dois. Um...

Ele passou o braço em torno da cintura do sr. Hire e percebeu que teria de forçá-lo a soltar as mãos. Enquanto descia os primeiros degraus, o corpo ainda se mexia, parecia se revoltar, depois amoleceu.

A escada oscilava menos nos últimos lances. No fim, parecia tão firme quanto uma escada de tijolos e a multidão correu para ver, enquanto os policiais davam-se os braços para formar uma barreira.

Dois degraus. Um degrau. O bombeiro estava na calçada com o fardo sobre os ombros. A cabeça pendia. A mão de Alice alcançou o pulso de Émile no meio da multidão. As pessoas agora ousavam murmurar e depois falar. O vozerio aumentou.

– Silêncio!

E os bombeiros estendiam no chão, à beira da calçada, o corpo inerte do sr. Hire, enquanto o médico abria caminho na multidão. O rosto estava cor de cera. O colete subira e deixara à mostra a camisa listrada e os suspensórios.

O único som que se ouvia era o do cabrestante puxando os lances da escada uns dentro dos outros.

– Está morto. Parada cardíaca... – disse o médico ao erguer-se.

Apenas o comissário o ouviu. As pessoas se espichavam para ver. Não havia mais sr. Hire. Era um defunto do qual se fecharam os olhos. Ainda havia manchas de sangue em suas mãos abertas.

– Circulando! Tragam a ambulância!

Esta buzinou e a multidão se afastou de má vontade. A zeladora estava atrás de todo mundo e não sabia o que fazer. Ia e vinha, sem coragem de se aproximar. Émile avançou pouco a pouco, chegou à terceira, à segunda fileira de pessoas, e seus olhinhos vivos eram dois buracos perfurados no rosto magro.

Às vezes a mão de Alice o agarrava pelo braço. Ele não reagia. Olhava. Queria ver tudo. Deitaram o corpo numa padiola e dois homens a içaram.

– Émile! – sussurrou a empregada.

Ele a mirou, friamente, surpreso que ela estivesse lá.

– O que deu em você?

Ele desviou a cabeça.

– Está com ciúme? Acha que...

E veementemente:

– É mentira! Não fiz nada, Émile, eu juro!

Ela encostou o seio contra o braço dele.

– Não acredita em mim? Acha que estou mentindo?

Ele se desvencilhou para pegar um cigarro e acendê-lo. As pessoas se afastaram. A ambulância buzinou antes de arrancar. O rio de carros retomou o seu curso.

– Eu juro! – repetia ela.

E via a três passos a vitrine da leiteria, a patroa esperando por ela.

O inspetor orientava a debandada da multidão e Alice passou perto dele, mas ele não sorriu. A pele do seu rosto estava baça; as sobrancelhas, franzidas.

A multidão partia envergonhada! A zeladora, que correu até o médico, dizia:

– Será que não é crupe e...

– Pronto! – exclamou Alice, entrando na loja e pegando o balde e o pano que deixara na porta. – Não posso estar em dois lugares ao mesmo tempo!

O bombeiro explicava, a bordo do caminhão vermelho que acelerava na direção de Paris:

– Ele desfaleceu nos meus braços, lá em cima, como se tivesse tido uma vertigem de repente. Logo vi que estava acabado.

E havia pressa em Villejuif, porque um pequeno mundo de pessoas estava pelo menos duas horas atrasado.

A FAMÍLIA DA FRENTE

TRADUÇÃO DE MARIANA ECHALAR

FOTO
Aleksander Rodchenko, *Varandas*, da série Casa na Rua Miasnitskaia, Moscou, 1925

Jamais escrevi um prefácio, porque me considero um operário, e um objeto ou um romance é bem-feito ou malfeito.

Infelizmente, a idade vem e, com ela, a experiência, de maneira que hoje, depois de certos personagens meus se rebelarem contra mim e me arrastarem aos tribunais, tomo alguns cuidados antes de dar outros a lume.

A família da frente *mora em Batum, um porto petrolífero russo. Não apenas estou retornando de lá, como também, depois de semanas de opressão soviética, ainda me restam certas manias, como me assegurar, antes de fazer uma lauta refeição, de que não há ninguém me espiando do lado de fora.*

*Os membros d'*A família da frente *existem todos, sem exceção, pois nunca fui capaz de inventar nem personagens, nem cenários, nem aventuras.*

O apartamento de Adil Bey existe, bem como o quarto de Sonia, a mansão dos Pendelli, a praia dividida com arame farpado, o Lênin de bronze e a central dos clubes.

John existe... Nejla também...

Como os milhares de personagens que arrasto comigo em não sei quantos livros. Sinceramente, a menos que fosse Deus pai, como eu poderia ter criado toda essa gente?

No entanto, eles não existem tal e qual eu os apresento nas minhas histórias, na posição em que os coloco, com tal profissão, com tal nacionalidade, ou mesmo com tal nariz ou tal chapéu.

No meu romance, Adil Bey é turco, Amar é persa, Pendelli é italiano. Gosto muito dos turcos – passei recentemente algumas semanas na Turquia –, não desgosto dos *persas e meus melhores amigos vivem na Itália.*

Em Istambul, me perguntaram: "Mas por que você escolheu um turco?".

Por quê? Bem, primeiro porque um cônsul tem de ser cônsul de algum país. Segundo porque no norte da Rússia eu conheci o cônsul da Turquia, ou quase. E terceiro porque...

Porque sim. Compreende? Não discuto comigo mesmo. Não pergunto a mim mesmo: "Ele vai ser turco, grego ou romeno?".

Ele nasce turco na minha cabeça, com nome, rosto, identidade, como alguém nasce turco em Ancara. O problema é que dez Adis Bey se reconhecem nele, todos aqueles de quem peguei alguma coisa e outros ainda que nunca vi na vida.

Eu escrevi um romance. Batum é real. As pessoas são reais. A história é real.

Ou melhor, cada detalhe é real, mas o conjunto é falso...

Não! O conjunto é real e cada detalhe é falso...

Ainda não é bem isso que quero dizer. Este é um romance, e ponto final! Essas palavras deveriam bastar, não?

E, de minha parte, prefiro escrever a explicar.

*Georges Simenon**

* Prefácio escrito para a revista *Les Annales*, na qual o romance foi serializado, de 1º de setembro a 13 de outubro de 1933, antes de sua publicação em livro. (N. E.)

■

Capítulo 1

– COMO ASSIM?! O SENHOR TEM PÃO BRANCO!

Os dois persas entraram no salão, o cônsul e sua esposa, e foi ela que se extasiou diante da mesa repleta de sanduíches, perfeitamente arranjados.

Ora, não fazia nem um minuto que alguém dissera a Adil Bey:

– Há somente três consulados em Batum: o seu, o da Pérsia e o nosso. Mas os persas são infrequentáveis.

Fora a senhora Pendelli que se manifestara dessa forma, a esposa do cônsul da Itália, e este, refestelado numa poltrona, fumava um cigarro fino de boquilha rosa. As duas mulheres se cumprimentaram sorrindo, no centro do salão, no exato momento em que sons, que até então eram apenas um vago ruído na cidade ensolarada, se amplificaram e, de repente, na esquina, retumbou a fanfarra.

Todo mundo se dirigiu à varanda para ver passar o cortejo.

O único novato ali era Adil Bey, tão novato que chegara a Batum naquela manhã. No consulado da Turquia, encontrara um funcionário que viera de Tbilisi para assumir o cargo interinamente.

Esse funcionário, que partiria naquela noite, levou Adil Bey à casa dos italianos para apresentá-lo a seus dois colegas.

O som continuou a se intensificar. Viam-se os metais desfilando sob o sol. Os músicos não tocavam um trecho alegre, mas ainda assim era um trecho jovial, que fazia que vibrassem o ar, as casas, a cidade.

Adil Bey observou que o cônsul da Pérsia se reunira, perto da lareira, com o funcionário de Tbilisi e que os dois conversavam em voz baixa. Depois voltou a observar a fanfarra, pois distinguia, no fim do cortejo, um caixão vermelho vivo, que seis homens transportavam sobre os ombros.

– É um enterro? – perguntou ingenuamente à senhora Pendelli.

E esta cerrou os lábios para não rir, tal era o pasmo de Adil Bey.

Era um enterro, o primeiro enterro que Adil Bey via na URSS. Os homens estavam vestidos como membros de um clube de ginástica, de branco, com sapatilhas nos pés e uma larga roseta vermelha no peito. O caixão era malfeito, mal pintado, mas de um vermelho vibrante.

Quanto às pessoas no fim do cortejo, elas o acompanhavam como se acompanhassem uma banda de música. Havia pessoas em mangas de camisa, de pulôver, mulheres de vestidos de algodão branco e pernas de fora, dois homens de paletó e gravata, seguramente chefes, muitos de cabeça raspada e, na última fileira, um rapaz montado numa bela bicicleta tinindo de nova que ziguezagueava para não perder o equilíbrio e que, de vez em quando, se apoiava no ombro de uma moça.

Ao passar pelo consulado, todos levantaram a cabeça e olharam para os estrangeiros na varanda.

– O que será que estão pensando? – murmurou Adil Bey.

A esposa do cônsul persa, que o ouviu, replicou cinicamente:

– Que vamos comer pão branco!

Ela riu. Os homens que desfilavam na rua viram-na rir. Os rostos não mudaram de expressão. Eles acompanhavam a música e o caixão vermelho. Ninguém poderia dizer se estavam alegres ou tristes e Adil Bey, constrangido, entrou para o salão.

– O senhor já deu uma volta pela cidade?

Era a persa, que viera atrás dele.

– Não vi nada até o momento.

– É um buraco!

Ela o olhava no fundo dos olhos com duas pupilas negras que eram a coisa mais insolente que o turco jamais vira no mundo. Jamais ninguém o observara daquela maneira, como um objeto que não se tem certeza de querer comprar. E o pior é que ela deixava suas impressões transparecerem em seu rosto. Percebia muito claramente que ela pensava:

– Não é mau, talvez um pouco bobinho.

Por fim, disse em voz alta:

– O senhor sabe bem que estamos condenados a viver juntos por meses, ou anos. Somos seis ao todo, incluindo John, da Standard, mas ele está sempre bêbado. A propósito, querida, John não vem?

Todos entraram quando o cortejo desapareceu no fim da rua. O ar ainda vibrava. O calor era pesado.

– Já está de saída? – surpreendeu-se a senhora Pendelli.

O funcionário de Tbilisi se despedia.

– Meu trem parte em uma hora.

– O senhor também? – prosseguiu a italiana, dirigindo-se ao cônsul da Pérsia.

– Perdoe-me um minuto. Volto logo. Preciso discutir algumas coisas com ele...

Adil Bey era realmente novato demais para participar minimamente da atividade que o circundava. Viu-se com uma xícara de chá na mão, sentado numa poltrona entre a italiana e a persa, enquanto, diante dele, Pendelli respirava lentamente, pois era gordo e o calor o incomodava.

O salão era grande, com tapetes, quadros nas paredes, móveis iguais aos de todos os salões. Na bandeja, havia sanduíches, doces e uma garrafa de vodca. A janela dava para o terraço inundado de sol e entravam bafos ardentes com uma espécie de emanação, de sensação de rua deserta.

A xícara da senhora Pendelli tiniu ao pousar no pires e Pendelli murmurou, num suspiro:

– Fala russo?

Ele parecia não se dirigir a ninguém, pois olhava para os sanduíches, mas Adil Bey respondeu:

– Nem uma palavra.

– Melhor assim.

– Por quê?

– Porque eles preferem os cônsules que não entendem russo. É uma vantagem para o senhor.

Pendelli falava com condescendência, como um homem que se considera muito generoso por se dar tanto trabalho. A persa continuava a examinar Adil Bey. A senhora Pendelli exibia um sorriso vago de dona de casa.

– Naturalmente sua farinha vem de barco, não?

Adil Bey teve a impressão de que a música se aproximava de novo, mas dessa vez atrás da casa. A persa prosseguiu no mesmo tom com que teria dito uma maldade:

– Nem todo mundo pode ser cônsul da Itália e receber um carregamento por semana! Sem contar que é sempre uma distração jantar a bordo, receber oficiais...

– Acaba sendo cansativo – disse a senhora Pendelli, servindo chá a Adil Bey.

Ora, este cometeu a imprudência de perguntar:

– Também vêm navios turcos?

Pendelli remexeu-se na poltrona. Remexeu-se sem propósito, de uma maneira quase imperceptível, mas via-se que ia dizer alguma coisa.

– Existem navios turcos?

Ele não ria. Seus lábios estavam entreabertos, as pálpebras semicerradas.

Adil Bey não sabia o que ia acontecer, mas sentia os olhos fuzilando, as bochechas ardendo.

– O que o senhor quer dizer com isso?

A senhora Pendelli pôs dois cubos de açúcar na xícara. Pendelli se dava ares bonachões.

– Não se zangue. Mas a ideia de um navio conduzido por um turco...

– Somos selvagens, por acaso?

Tudo começou de repente. Adil Bey estava de pé. Não via mais os objetos nem os rostos com a mesma nitidez.

– É claro que não! Sente-se. Faz quase dez anos que vocês não cortam uma cabeça...

A senhora Pendelli sorria com condescendência.

– Seu chá, Adil Bey.

– Obrigado, senhora.

– Meu marido está brincando, não se preocupe.

– É possível, mas eu não. Somos uma república jovem, eu sei. Provavelmente conservamos alguns maus hábitos, porém...

– Porém querem ser tratados como a maior nação do mundo!

Ninguém conseguiria dizer como tudo começou. O cônsul da Pérsia entrou em silêncio.

– Achegue-se, Amar! Nosso novo amigo não entendeu a piada e é divertidíssimo quando se irrita. A propósito, Adil Bey, o senhor joga bridge?

– Não.

Acrescentou duramente:

– É um jogo refinado demais para um turco!

A senhora Pendelli tentou acalmá-lo.

– Juro que meu marido...

– Seu marido acha que a Itália é o centro do mundo! Imagine a Turquia, com seus haréns, eunucos, cimitarras e barretes vermelhos!

– Quantos anos o senhor tem? – perguntou sorrindo a persa.

E ele, ainda mal-humorado:

– Trinta e dois. Combati pelo meu país em Dardanelos, depois pela República na Ásia Menor. Não permitirei nunca que digam, na minha frente...

– Onde o senhor nasceu? – perguntou Pendelli, que acabara de acender outro cigarro.

– Em Salonica.

– Não é mais Turquia. Parece que os gregos a transformaram numa bela cidade...

Adil Bey sufocava. Esqueceu-se de que lado era a porta e caminhou direto para a porta de um armário. A senhora Amar não pôde reprimir a gargalhada e ele a olhou com tamanha fúria que ela teve de enxugar os olhos num lenço.

Até chegar à rua, Adil Bey estava inconsciente de tudo. Mal notara a presença da senhora Pendelli, que o seguira e que, no corredor, segurara-o pelo ombro, dizendo com um muxoxo:

– Não leve a sério tudo que diz o meu marido. Ele é muito gozador.

Ele pegou seu chapéu e saiu para o sol. As ruas estavam um forno. Durante uns bons quinze minutos, ele caminhou sem rumo, sem enxergar nada, remoendo seu rancor. Tentou reconstituir as fases sucessivas da discussão. Era impossível. Em contrapartida, revia imagens, sobretudo de Pendelli, gordo, adiposo, esparramado na poltrona e fumando ridículos cigarros de mulher. Não exalava empáfia por todos os poros? Ele tinha uma bela casa com terraço, salão e até um piano de cauda, que sua esposa devia tocar. Servia sanduíches requintados, como na Europa. E tinha pão branco.

– E considera os persas infrequentáveis – rosnou Adil Bey.

E ele também, no fundo. Ele não gostou dos persas. A senhora Amar o irritou pela maneira insolente como o examinou da cabeça aos pés. Quanto ao cônsul, ele não abrira a boca. Era magro, de tipo insignificante, tinha bigodinhos castanhos, vestia um terno mal cortado e sapatos de verniz.

– Fizeram questão de me receber dessa forma!

Era dia de descanso, que, na Rússia, sucedia ao quinto dia de trabalho. À medida que se aproximava do porto, Adil Bey encontrava pessoas caminhando pelas ruas e, pouco a pouco, apesar da raiva que sentia, passou a olhar ao redor.

Mas eram principalmente os transeuntes que o olhavam. Quando passava, as pessoas se viraram e seguiam-no com os olhos. O que havia de extraordinário nele?

O céu se tornou mais rosado, as sombras mais azuladas. Devia ser no mínimo oito horas da noite. A multidão se dirigia para o mesmo lado e Adil Bey, que a seguia, desembocou no porto. Toda a cidade, por conseguinte, se dispersara pelo cais e uma impressão de vida tumultuada se sucedeu à sensação de vazio que ele sentira andando pelas ruas. Ainda havia música em algum lugar. Um barco chegara de Odessa. Centenas de pessoas desembarcavam e centenas de outras as viam passar.

O céu e o mar tinham um tom vermelho-escuro. Mastros se destacavam em negro. Pequenas embarcações oscilavam em silêncio.

E homens, mulheres, infindos, esbarravam em Adil Bey e o encaravam sem nenhuma vergonha. E crianças o seguiam para vê-lo melhor.

Por alguns instantes, esqueceu-se do cônsul da Itália e tentou se localizar no espaço.

À direita e à esquerda da baía, o horizonte era limitado pelas montanhas e, ao fundo, havia um longo cais onde as pessoas se entulhavam. Na baía, sete ou oito barcos, talvez mais, estavam enviscados nas águas tranquilas.

Quanto à cidade, atrás do porto, eram ruas estreitas, infinitas, mal pavimentadas ou sem pavimento nenhum, rodeadas de casas malconservadas.

Adil Bey estava com sede. Viu uma espécie de café-dançante ao ar livre, à beira do mar, e sentou-se a uma mesa. Um garçom circulava entre as mesas, servia limonada e cerveja. As pessoas pagavam com rublos e Adil Bey, que se lembrou de que ainda não tinha dinheiro russo, saiu.

Os bicos de gás se iluminaram, assim como os faróis verdes e vermelhos dos navios ancorados. Marinheiros italianos passavam em companhia de mulheres de chinelos. O moço da bicicleta passeava lentamente na sua máquina, com uma moça sentada no quadro. Por causa da multidão, ele dava voltas e mais voltas.

O ar estava fresco. Uma névoa fina descia das montanhas.

A música pareceu mais forte, como no momento em que a fanfarra despontou na rua, mas não era mais um enterro.

Adil Bey viu uma casa grande, nova, com muitas janelas. Portas e janelas estavam abertas. Rapazes e moças estavam sentados nos peitoris e, dentro da casa, percebiam-se guirlandas de papel, retratos de Lênin e Stálin, cartazes de propaganda.

Era dessa casa que vinha a música, enquanto num dos cômodos do térreo, cujas paredes estavam cobertas de gráficos, homens sem paletó escutavam um camarada que falava e batia os punhos na mesa.

Não foi somente por causa da música que Adil Bey se recordou do enterro. Havia alguma coisa em comum na atitude das pessoas, tanto dos que acompanhavam o caixão como dos que estavam nas janelas ou escutavam o orador, alguma coisa que fazia Adil Bey achar que jamais entenderia.

Mas o quê? Não eram as roupas, que podiam ser de um clube ou de um patrocínio. A maioria estava de branco, com o colarinho aberto. Muitos tinham a cabeça raspada. As mulheres não usavam meias compridas e, sim, meias curtas, enroladas nas canelas, e vestidos de algodão claro.

Por que todos lhe pareciam tão estranhos, mesmo as pessoas nas ruas, que davam meia-volta diante da estátua de Lênin, um Lênin de bronze, baixo, atarracado, de calças largas, sobre um globo que representava o mundo?

Havia um contraste violento entre o homem moreno, pequeno, e aqueles jovens altos, aquelas moças de roupas claras, que passavam uma, duas vezes, e encaravam Adil Bey às gargalhadas.

– Como começou a discussão? – perguntou-se mais uma vez.

Estava triste. Sentiu-se sozinho. Fikret, o funcionário que assumira interinamente o cargo, regressara a Tbilisi e, aliás, não fora muito simpático. Mal dera as boas-vindas ao cônsul.

– O senhor encontrará tudo no estado em que eu mesmo encontrei, um mês atrás, quando faleceu o seu antecessor – dissera.

– Ele morreu de quê?

O funcionário não tinha vontade de falar no assunto.

– A secretária virá amanhã de manhã. Ela está a par. Naturalmente, é uma russa.

– Devo me precaver?

Seu interlocutor deu de ombros. Ele não deveria ter lhe dado mais explicações, como costuma acontecer entre conterrâneos? E também ajudar Adil Bey a organizar o seu cotidiano?

Deu-se conta de repente que não sabia sequer onde podia comer! Notou uma servente na cozinha e também um homem cujas funções ele desconhecia. Eram criados da casa?

A quem poderia recorrer? Ele se indispusera com os italianos e, provavelmente, com os persas também.

Continuou a seguir a multidão, da estátua de Lênin à refinaria de petróleo. Nas cercanias do porto pesqueiro, havia algumas casas novas, rodeadas de terrenos baldios, e, lá, homens, mulheres e crianças estavam sentados ou deitados no chão. Não eram iguais às pessoas do cortejo, da casa ou da multidão em movimento. Eram sujos e moles. Adil Bey ouviu frases em turco e constatou que vinham das pessoas mais miseráveis, mais andrajosas, espojadas na terra como ciganos.

Ele passou, mas deu meia-volta e, de pé junto deles, perguntou:

– Vocês são turcos?

Cabeças se ergueram, indiferentes. Olharam-no de cima a baixo. Depois, com a mesma lentidão, os rostos se viraram. E, no entanto, aquelas pessoas falavam a língua dele!

Devia parecer um imbecil, de pé no meio deles, e sentiu raiva e vergonha ao mesmo tempo.

Seis ou sete vezes, ao menos, percorreu o cais de ponta a ponta. A multidão se tornara menos densa. Já passava das dez horas da noite. Num recanto, havia algumas mulheres e uma delas deu dois passos para atravessar sua passagem, depois se juntou às outras.

– A senhora Pendelli deve ser mais inteligente que o marido – pensou ele.

Mas de que adiantava? Ela não podia ajudá-lo. Ele passou novamente diante das janelas ocupadas por moças e rapazes. Por alguns minutos, caminhou numa nuvem de música.

Pensou com seus botões de que teria morrido seu antecessor. Quem era? Quanto anos tinha?

Errou duas vezes o caminho tentando voltar para o consulado. As ruas eram todas parecidas: calçamento esburacado pela chuva e pela água suja, montes de pedras abandonadas, portas abertas que davam para átrios escuros.

Afinal reconheceu a casa da qual ele ocupava o primeiro andar. A escada não era iluminada. Trombou com um casal enlaçado e balbuciou desculpas.

Ele tinha uma chave. Logo na entrada, compreendeu que o apartamento estava vazio e aquilo lhe causou certo mal-estar. No consulado da

Itália, conversava-se comodamente no salão iluminado, ao redor de sanduíches e copos de vodca. O perfume da senhora Amar fora suficiente para impregnar o ambiente de feminilidade.

– Tem alguém?... – gritou na escuridão, tentando encontrar o interruptor elétrico.

De uma lâmpada nua suspensa no teto tombou uma luz triste e ele viu a antessala, com dois bancos, paredes decoradas com cartazes oficiais e cheiro de miséria.

O cômodo seguinte era o seu escritório. À esquerda, havia uma espécie de sala de jantar. Uma mesa lateral chamou sua atenção, mas ele não soube dizer de pronto por quê. A lembrança lhe veio depois. Pela manhã, ele percebera, sobre a mesa, um fonógrafo e discos. Ora, o fonógrafo desaparecera. Desaparecera também o tapete turco que cobria o divã!

– Tem alguém? – repetiu com uma voz indecisa.

Ninguém, nem no quarto, nem na cozinha, onde havia uma torneira plantada acima da pia suja.

Tudo estava sujo: as paredes, o teto, os móveis, os papéis. Sujo daquela sujeira lúgubre que se vê nas casernas e em certas repartições públicas. Não havia nada para comer no aparador e os pratos do almoço não haviam sido lavados.

– Por que também ele fez questão de desprezar a Turquia? – resmungou, enquanto procurava um lugar para se sentar.

Lembrou-se da bonita mão da senhora Pendelli segurando a pinça de açúcar sobre a sua xícara. Era muito bonita, a senhora Pendelli. O vestido de seda azul destacava suas formas cheias, pois ela era carnuda. Carnudos também eram seus lábios, que revelavam dentes branquíssimos. Mas, acima de tudo, ela se movia pelo salão com a naturalidade de uma mulher da sociedade.

– Não como aquela persa de pele escura!

Uma mulherzinha insolente, de carne dura como uma azeitona, que devia se atirar aos braços de qualquer um!

Adil Bey nem sequer sabia onde era a cama. Não lhe deram tempo de desfazer as malas. Ele bebeu água da torneira e achou que tinha gosto de remédio. Alguém estava andando no andar de cima. Ele olhou pela janela de vidro e viu pessoas debruçadas no peitoril em frente, na escuridão, tomando a fresca, em silêncio.

Como não havia cortinas no consulado, elas viam tudo que Adil Bey fazia. Havia cortinas nas janelas de manhã? Ele não conseguia se lembrar. E estava tentando se instalar em algum lugar quando todas as lâmpadas se apagaram simultaneamente, não apenas no apartamento, mas também na rua.

O casal em frente continuava debruçado na janela, pois não se via nenhum movimento. Aliás, Adil Bey acabou distinguindo o branco da camisa do homem, depois a mancha leitosa dos rostos.

As lâmpadas não voltaram a se iluminar. Não era pane, mas a corrente elétrica, que era desligada todos os dias, à meia-noite. Havia passos numa rua próxima. Um animal gritou, talvez um gato ou um cachorro.

O consulado da Itália também estava sem energia elétrica? Nesse caso, ao menos, haveria lampiões preparados! Adil Bey, que não fumava, não tinha nem sequer fósforos!

Desconsolado, olhava em redor enquanto um vago clarão impregnava pouco a pouco a escuridão, vindo do céu onde passeavam nuvens brancas.

Só lhe restava dormir. Deitou-se completamente vestido no divã, teve um sobressalto quando o luar o atingiu. Pegara no sono nesse meio-tempo? Não sabia. Correu à janela. Procurou a janela em frente e viu primeiro um ponto incandescente, o de um cigarro, depois uma manga de camisa, um braço dobrado, a cabeça de um homem e, muito perto dele, a mulher, que soltara os cabelos sobre os ombros.

A claridade da lua infiltrava-se na própria sombra e, por trás do casal, Adil Bey adivinhou o retângulo branco de uma cama.

– Eles me veem – pensou. – Eles não podem não me ver!

Por bravata, colou a cabeça no vidro, sem pensar se, com o nariz esmagado no contato, ele parecia ameaçador ou cômico.

■

Capítulo 2

ADIL BEY ACORDOU BANHADO DE SOL, com a pele suada, as pálpebras quentes e, sem se levantar do divã, sem nem sequer erguer a cabeça, começou a olhar a casa em frente, que estava mergulhada na sombra.

Pôs-se imediatamente de pé, envergonhado, e seu primeiro gesto foi ajeitar o cabelo desgrenhado. A janela estava aberta do outro lado da rua. Uma mulher estava arrumando o quarto e a maneira como olhou para Adil Bey indicava que não era a primeira vez que o observava.

Na cozinha, ao menos, ela não poderia vê-lo. Ele foi para lá. Como não havia toalhas, molhou seu lenço e passou-o no rosto, bebeu um gole de água, ajustou o nó da gravata e voltou para a janela, mole e desconfiado, com o peito tão vazio e a boca tão amarga como após uma noite de orgia.

A mulher estava inclinada sobre a cama do casal, estendendo os lençóis. Havia dois travesseiros e Adil Bey notou, à direita do quarto, uma segunda cama, mais estreita.

A vizinha se virou mais uma vez para ele, mas, encontrando seu olhar, não insistiu. Era jovem, fornida, de traços georgianos pronunciados. Não tendo um penhoar, talvez, ou outra roupa de casa, passou sobre o corpo nu um vestido de jersey de seda. E esse vestido, de um amarelo violento, colava-se à carne a cada movimento e trazia a Adil Bey uma espécie de lufada familiar.

O quarto constituía o alojamento inteiro das pessoas da casa em frente, pois se percebiam estantes de livros, uma mesa cheia de xícaras e pratos, uma espiriteira na qual se cozinhava alguma coisa. Roupas estavam penduradas no comprimento de uma parede e Adil Bey acabou não vendo nada além do círculo verde, o casquete verde que se tornou imediatamente o centro do cenário: o casquete de agente do GPU.*

Ele ainda não dera atenção ao ruído indistinto que subia da rua e abaixou a cabeça. No mínimo duzentas pessoas faziam fila na calçada estreita, algumas sentadas no chão, outras de pé, e o começo da fila era justamente a porta da casa da frente. Devia ser uma cooperativa. Adil Bey não conseguiu ler o que estava escrito a giz nos vidros.

Olhou para o andar de cima. A mulher de vestido amarelo estava fechando as cortinas da janela de vidro e soltava a cabeleira com uma das mãos.

Por que ele estava tão cansado? Sem nenhum motivo, empurrou a porta do escritório e permaneceu um bom momento imóvel, estupefato. Havia, dentro do apartamento, mais de vinte pessoas, nas cadeiras, no canapé, apoiadas na janela aberta e, na antessala, havia o mesmo tanto de gente. Aquelas pessoas olhavam tranquilamente para ele, sem cumprimentá-lo, mas um camponês em trajes montanheses, que fora talvez o primeiro a chegar, colocou um passaporte aberto sobre a sua mesa.

Apenas uma moça se ergueu, uma loira vestida de preto, que estava sentada diante da mesa lateral e aguardou, após uma ligeira reverência.

Adil Bey não podia continuar parado na porta. Com vinte pares de olhos fixos nele, caminhou até a poltrona canelada e sentou-se com o semblante mais solene possível, enquanto o montanhês aproveitava para empurrar o passaporte na direção da sua mão.

O que era estranho, impressionante, é que todo aquele aglomerado de gente estava mudo. E não era por respeito, já que alguns estavam fumando e o assoalho sujo estava juncado de escarros! Quanto tempo aguardavam? O que queriam?

---

* GPU (Gossudártsvenoe Politítcheskoe Upravlénie – Diretório Político do Estado) era a polícia política da URSS. (N. E.)

– Senhorita?... – balbuciou Adil Bey em francês.

– Sonia – respondeu a jovem de negro, que se sentou do outro lado da mesa.

– Suponho que seja a minha secretária.

– Sim, sou a secretária do consulado.

– Fala turco?

– Um pouco.

Ela era muito jovem, mas não se intimidava. Já tinha uma caneta na mão e olhava para o passaporte como alguém pronto a arregaçar as mangas.

Adil Bey também olhou para o passaporte, mas não entendeu nada, porque era um passaporte soviético. Demorou-se. Fingiu ler. Olhou disfarçadamente ao seu redor. Foi assim que percebeu que havia um aparelho telefônico na sua mesa. Também constatou que seus visitantes eram pessoas pobres, vestidas com roupas estranhas. Uma mulher, parada diante dele, amamentava um bebê e o velho sentado ao lado dela, com um gorro de astracã na cabeça, estava descalço.

– Senhorita Sonia...

Ela se contentou em erguer a cabeça.

– Venha aqui um minuto, por favor.

Ele entrou no quarto. A janela em frente continuava fechada. A jovem, ao entrar, notou que a cama não estava desfeita.

– Senhorita Sonia, não vou ter tempo de atender essas pessoas hoje. Elas estão esperando há muito tempo?

– Algumas chegaram às seis horas da manhã. Agora são dez.

– Poderia lhes dizer...

– O consulado vai abrir amanhã?

– Amanhã, sim, amanhã! – respondeu ele solicitamente.

A tal Sonia parecia ter no máximo dezoito anos. Era miúda, de rosto pequeno e pálido, olhos claros, cabelos loiros e, no entanto, havia nela uma força tranquila, categórica, que atordoava o cônsul. A porta permanecera entreaberta e ele deu dois passos para vê-la despachar a multidão.

Ela estava de pé no centro da sala, muito ereta, com a caneta na mão, e falava em russo, sem elevar a voz, com gestos que enfatizavam sua vontade.

Como a mulher que estava amamentando continuava sentada no seu canto, Sonia caminhou até ela, separou a criança do seu seio, fechou ela mesma o corpete da outra.

Os passos simultâneos faziam um barulho de manada em movimento. Alguns visitantes ficaram para trás, com a esperança de que ele mudasse de ideia no último minuto. Quando a porta finalmente se fechou, ainda pairava no escritório um ranço de miséria e sujeira.

Sonia, ao retornar ao escritório, encontrou Adil Bey sentado na sua poltrona, com os cotovelos apoiados na mesa, o olhar desacorçoado.

– O senhor tomou seu chá? – perguntou.

– Que chá?

E, não se aguentando mais:

– Onde viu chá nessa casa? Onde estão os criados? Onde está o fonógrafo? Onde...

Parecia ridículo mencionar o fonógrafo, mas ele considerava seu desaparecimento uma maldade contra ele.

– É verdade, os criados foram embora – disse ela.

– Por quê?

– Porque o senhor Fikret os despediu.

– Ele despediu os criados? Com que direito? Por que motivo?

Sonia não sorriu. Permaneceu séria, impassível.

– Devia ter seus motivos. Talvez o senhor encontre uma empregada doméstica.

– Como "talvez"? Está me dizendo que corro o risco de ficar sem empregada?

– Não, espero encontrar.

– E até lá?

– É uma situação difícil. O senhor poderia comer num restaurante de cooperativa, mas...

Ele a escutava como se seu futuro dependesse somente dela.

– O senhor tem *valuta*? – perguntou.

– Tenho o quê?

– *Valuta*, quer dizer, dinheiro estrangeiro. Se tiver, posso comprar tudo na Torgsin. É uma loja para estrangeiros, onde se paga em moeda estrangeira. Tem tudo o que se encontra nas lojas da Europa. Tem uma em cada cidade.

Ele abriu a carteira e sacou liras turcas, que a jovem olhou, franzindo as sobrancelhas.

– Não sei se aceitam. Vou tentar.

– Como? Não...

Mas calou-se. Não repetiria a história do consulado italiano. E, no entanto, suas orelhas ardiam só de pensar que liras turcas podiam não ser aceitas numa loja que aceitava moedas estrangeiras!

– O que deseja comer?

– O que a senhorita quiser. Não estou com fome.

Era verdade. Ele não tinha fome. Não tinha vontade de nada. Ou melhor, sim: tinha vontade de explicações, mas de um responsável. Queria saber por que Fikret levara o fonógrafo e despedira os criados, por que o cônsul da Pérsia o conduzira à estação, por que os italianos foram tão agressivos com ele, por que as pessoas da frente ficaram na janela até as duas horas da manhã e por que...

Enfim, tudo! Até as suas liras turcas, que talvez fossem recusadas!

– Volto em uma hora – disse Sonia, ajeitando o chapeuzinho preto e enfiando as cédulas turcas na bolsa.

Ele não se deu o trabalho de responder. Um minuto depois, foi à janela e debruçou-se, no exato momento em que uma mulher de avental branco saía da cooperativa e pendurava um cartaz na porta. Ele não conseguiu ler. As pessoas que esperavam do lado de fora leram, ficaram um bom momento paradas, duvidando que fosse verdade, como os visitantes que Adil Bey despachara, depois saíram andando pela calçada.

Era pão que estava em falta ou batatas? Apesar do cartaz, Sonia entrou na loja no mesmo instante que a janela do primeiro andar se abriu.

A moça de amarelo trocara de roupa. Continuava de amarelo, mas, desta vez, percebia-se que usava roupas de baixo e se penteara, passara batom nos lábios, pusera cílios postiços. Terminava de lixar as unhas sob a luz quando se virou para a porta, acompanhou com os olhos alguém que Adil Bey não conseguiu ver de imediato. Ela falou alguma coisa. Ele viu o movimento de seus lábios. Ouviu o barulho de objetos sendo deslocados. Depois, no lapso de um segundo, percebeu Sonia atravessando um ângulo descoberto no fundo do cômodo.

E foi tudo. Um minuto depois, Sonia, encerrada no vestido preto, de ombros retos e ancas estreitas, caminhava apressada na rua.

O que mais Adil Bey podia fazer? Abriu as malas desajeitadamente e procurou um lugar para as roupas e tudo o que havia trazido. Isso o fez voltar a pensar no cônsul da Itália, que ainda era quem ele mais odiava e só conseguia imaginá-lo refestelado na poltrona, símbolo do bem-estar e do sossego, remexendo-se, ou, melhor dizendo, estremecendo antes de destilar suas frases venenosas. Mas a senhora Amar não era da mesma laia?

Mal pensara nela quando ouviu passos no escritório. Com uma pilha de camisas nos braços, abriu a porta.

A persa estava lá, sorridente, como uma mulher que faz uma deliciosa surpresa a alguém. Ela lhe estendeu a mão com um gesto exagerado de criança.

– Bom dia para o senhor!

Ele colocou as camisas numa cadeira e andou meio aparvalhado até ela.

– Sabe que o senhor é um tipo fabuloso? É a primeira vez que alguém diz umas verdades na cara daquela gente, mas com um autocontrole extraordinário!

– Sente-se, por favor.

Ele não sabia o que dizer. Ela não se sentou. Estava agitada, ia e vinha, pegava um objeto aqui para colocar acolá.

– Ela, principalmente, é insuportável, com aquela pose de grande dama! E o senhor não conheceu a filha, que aos dez anos já é o retrato escritinho da mãe.

Ela não pareceu se dar inteiramente conta do vazio dos cômodos.

– O senhor fechou o consulado? Pelo que faz, seria melhor fechá-lo todos os dias. É o que vivo dizendo a Amar. É uma dificuldade dos diabos, por exemplo, conseguir um visto para um conterrâneo. Quando acha que conseguiu, descobre no último minuto que falta uma assinatura de Moscou ou alguma coisa desse tipo e é obrigado a fazer tudo de novo.

Seu olhar se deparou com a janela em frente e ela exclamou:

– Ora, vejam! É Nadia se arrumando!

– A senhora a conhece?

– É a mulher do chefe do GPU marítimo, quase uma conterrânea, porque é da fronteira e sua mãe era persa. Quando chegamos, fomos apresentadas e eu a convidei para um chá. Ela aceitou. Depois telefonou para adiar a visita. Telefonou duas vezes, três vezes. Agora, quando me encontra na rua, apenas faz um aceno com a cabeça. Compreende?

– Não.

– Somos estrangeiros. É comprometedor falar conosco. Ah, é verdade! O senhor acabou de chegar! Logo verá!...

Ela não conseguia ficar parada, sublinhava todas as frases com sorrisos, caretas.

– O senhor só terá a nós com quem falar. Já que corajosamente fechou a porta dos italianos... Arrependeu-se?

– De maneira nenhuma.

No entanto, ele tinha medo dela. Ela agitava demais o ar. Não parava quieta, não se calava. E, além do mais, ele não gostava da maneira insistente com que olhava para ele!

– Sabe por que vim tão cedo?

– Não.

– O senhor é de uma falta de delicadeza adorável. Pois bem! Vim para ajudá-lo a se instalar. Sei como são os homens solteiros. A prova são essas camisas na cadeira do escritório...

Ela as pegou sem pedir autorização e entrou no quarto.

– Não chega aos pés da casa dos Pendelli, não é? Eles mandaram construir dois banheiros na casa. Por que não três, logo de uma vez?

Ela tirou o chapéu e, como estava com um vestido sem mangas, quando levantava os braços, exibia escancaradamente as axilas.

– Acredite em mim, a primeira coisa que deve fazer é comprar cortinas. Principalmente por essa gente aí da frente!

Adil Bey se virou para a janela. A moça de amarelo ainda fazia as unhas. Como a senhora Amar lhe fez um aceno espalhafatoso, ela fez um sinal de cabeça tão discreto que se podia duvidar que fosse espontâneo.

Alguns instantes depois, quando Adil Bey se virou de novo, a janela estava fechada.

– O senhor tem lindas camisas. São de Istambul?

– Comprei em Viena.

Ouviram passos na sala ao lado. Adil Bey abriu a porta e viu Sonia carregada de pacotes.

– Comprei álcool para a espiriteira – disse ela.

No mesmo momento, ela sentiu o perfume da persa, olhou em redor franzindo as sobrancelhas e o cônsul enrubesceu.

Sonia tinha de atravessar o quarto para chegar à cozinha, que era no fundo do apartamento. Ela viu a senhora Amar inclinada sobre as malas abertas. Pouco depois, ouviu-se o barulho de pratos e bandejas.

– Já são assim tão íntimos os dois?

– Os criados foram despedidos e ela se propôs...

A senhora Amar o pegou pelo braço e o conduziu sem ruído ao escritório, fechou a porta.

– O senhor sabe quem ela é? – sussurrou no seu ouvido.

E, apontando a casa da frente:

– É a irmã de Koline, o chefe do GPU marítimo. E o senhor sabe do que morreu o seu antecessor? Ninguém sabe. Ele morreu em questão de horas, mas nunca ficou doente.

Ele deve ter empalidecido, porque ela riu e pôs amigavelmente as duas mãos nos seus ombros.

– O senhor vai ver, logo se acostumará! Mas tenha cuidado com tudo o que diz, com tudo o que faz.

Uma campainha que Adil Bey não conhecia retiniu no apartamento. Uma porta se abriu. Sonia quis pegar o telefone.

– Atenda – disse a senhora Amar ao cônsul.

Ele pegou o fone, tentou em vão compreender. As duas mulheres estavam de pé ao lado dele.

– É russo – suspirou, entregando o fone para Sonia.

A senhora Amar foi mais ligeira. Ela disse algumas palavras em russo, enquanto Sonia dava um passo para trás.

– Estão lhe passando uma ligação do consulado de Tbilisi. Aqui! Agora é turco...

Adil Bey pegou novamente o fone, exclamou em sua própria língua, com uma alegria infantil:

– Alô!... Estou ouvindo... É o cônsul da Turquia?...

Ele ouvia mal. A voz estava distante, cortada por um chiado. Por fim, compreendeu:

– Alô... Aviso para todos os fins úteis que Fikret Effendi foi preso ao chegar a Tbilisi...

– Alô!... O que disse?... Eu queria saber...

Mas já haviam desligado e era de novo em russo que lhe falavam. Adil Bey se virou, hesitando, para as duas mulheres. Sonia o olhava com indiferença, como uma secretária que aguarda um comando. A persa, de sua parte, dava ordens. Seu olhar insistente parecia querer lhe dizer:

– Lembre-se do que eu lhe disse: mande-a sair!

– Pode ir – suspirou Adil Bey. – Não era nada.

– O senhor quer ovos?

– Sim, por favor.

Eles esperaram a porta da cozinha ser fechada.

– Não entendi nada – suspirou. – Era Tbilisi me avisando que Fikret foi preso.

Ela estalou os dedos com raiva.

– Pedi detalhes, mas já não havia ninguém na linha. O que posso fazer?

Ela estava mais transtornada que ele. Começou tirando o fone do gancho, mas, quando ia falar, mudou de ideia e repôs o fone no lugar.

– Não acha que uma medida oficial junto às autoridades...

– Não existe medida nenhuma – disse ela secamente.

Ela não estava mais preocupada com ele. Refletia, seus traços se endureceram e aquilo bastou para torná-la quase feia.

– Sabe se apreenderam as bagagens dele?

– Não me disseram nada. Nem sequer me escutaram.

– É claro!

– Por que é claro?

– Por nada. Quando penso que entregamos nas mãos dele três magníficos samovares de prata!

Adil Bey compreendia cada vez menos.

– Não me olhe assim! – impacientou-se ela. – Sim, três samovares! Ainda se encontram samovares, bem escondidos na casa dos camponeses, e é possível comprá-los por um naco de pão, podemos dizer, já que o pagamento é em farinha. O imbecil do Fikret nos garantiu que conseguiria enviá-los para a Pérsia. Preciso avisar meu marido.

Ela procurou o chapéu ao redor dela, lembrou-se que o deixara no quarto e lá percebeu as valises que começara a desfazer. Mudou imediatamente de atitude, pareceu esquecer as próprias preocupações, estendeu as duas mãos e segurou as de Adil Bey entre as dela.

– Não ficará zangado comigo?

– Por quê?

– Porque o estou abandonando dessa forma. Tenho certeza de que nos tornaremos bons, muito bons amigos...

Suas mãos nervosas ainda seguravam as mãos do homem e a pressão de seus dedos se tornou mais insistente.

– Promete?

Ele disse que sim, porque não podia dizer outra coisa e, no mesmo instante, os lábios da persa roçaram os seus.

– Shh!... Não precisa me acompanhar...

Ele entrou na cozinha, de cabeça baixa, e ouviu os ovos sendo fritos na frigideira. Sonia estava de chapéu e com a bolsa na mão.

– O senhor vai encontrar todo o necessário no armário. Mas não há toalhas de mesa, nem de banho, nem lençóis na casa.

– Antes havia?

– Com certeza.

– A quem pertenciam?

– Não sei. O senhor pode comprar na Torgsin. Vou almoçar. A que horas devo voltar?

E ele sabia?

– A que horas costuma voltar?

– Às três horas.

Ele não a olhava de frente, mas lançava olhares de soslaio.

– Quantos anos tem a senhorita?

– Vinte.

– É da região?

– De Moscou.

– Onde aprendeu turco?

Com a mesma naturalidade, ela respondeu:

– Antes da revolução, meu pai era zelador na embaixada da Turquia. Seus ovos vão queimar. Preciso ir.

O almoço lhe recordou a guerra, mas sem o clima da guerra. Sentou-se sozinho diante de uma mesa pequena de madeira, comeu os ovos na própria frigideira, abriu uma lata de atum e bebeu uma garrafa de cerveja.

Não estava com fome. Comeu por comer e, como seu olhar tinha de pousar em alguma coisa, ele fitou a janela da frente, que não se abriu. Quando muito, percebeu uma sombra, talvez duas, que se moviam atrás das cortinas de musseline.

A rua estava deserta. Fazia calor. Adil Bey tinha vontade de dormir, ou fazer alguma coisa, mas nada que fosse objetivo, nada como tirar a louça suja da mesa, na qual apoiara os cotovelos e segurava a cabeça entre as mãos.

■

Capítulo 3

ADIL BEY E SONIA SE ESGUEIRARAM entre as dezenas de homens que estavam acampados nos degraus da escada, atravessaram salas tão abarrotadas de humanidade que esta formava uma massa anônima e, no fim de um corredor, empurraram uma porta.

Era a terceira vez que vinham juntos ao departamento de estrangeiros. Como nas duas outras vezes, o cônsul segurava a pasta de couro preta que a secretária tomou dele no momento em que começou a trabalhar.

Adil Bey já tinha seus hábitos. Estendeu a mão para o homem de camisa russa e cabeça raspada que estava sentado diante de uma mesa apinhada de papéis, depois se inclinou na direção de uma mulher que ocupava uma segunda mesa.

O escritório era muito iluminado, muito quente. As paredes brancas estavam cobertas de prateleiras de pinho. Sonia, sentada na ponta da mesa, abriu a pasta diante dela.

O ambiente era simples e cordial. Adil Bey estava sentado numa cadeira de assento de palha, perto da janela.

– Primeiro pergunte sobre o armênio cujo dossiê entreguei a ele na nossa primeira visita.

O chefe do departamento de estrangeiros não falava nem turco nem francês. Beirava os quarenta anos e a cabeça raspada, a camisa à maneira de Tolstói lhe davam um aspecto ascético que acentuava o sorriso muito suave, muito sutil, e o olhar tranquilo de seus olhos azuis.

Quando Adil Bey falou, ele o olhou sorrindo, como se concordasse, embora não o compreendesse.

Sonia repetiu a frase em russo. O homem bebeu um gole de chá do qual sempre tinha copo cheio ao alcance da mão e pronunciou quatro ou cinco palavras.

– Estão aguardando ordens de Moscou – traduziu Sonia.

– Faz quinze dias que essas ordens estão para chegar, por telégrafo!

Sonia, sem dizer uma palavra, fez cara de que não podia fazer nada, que era preciso aguardar.

– E a mulher cujos móveis foram confiscados?

Quando não falavam russo, o funcionário olhava ora para Adil Bey, ora para os dossiês que a secretária trouxera e seu rosto exprimia uma paciência sem fim, uma boa vontade sem limite.

– Talvez seja melhor passar primeiro os casos novos – sugeriu Sonia.

– Está bem! Pergunte a ele por que prenderam o pobre sujeito que estava saindo do consulado antes de ontem.

E Adil Bey a observou com mais atenção do que de hábito, como se fosse capaz de adivinhar se ela estava traduzindo exatamente o que ele dissera.

– O que ele respondeu?

– Que nunca ouviu falar nisso.

– Outros devem ter ouvido. Ele que se informe!

Adil Bey se tornara rabugento. Durante manhãs inteiras, sentado à sua mesa diante de Sonia, que tomava notas, ele espiara seus visitantes e escutara suas queixas monótonas.

Aquelas pessoas eram as mesmas que, nas cercanias do porto pesqueiro, amontoavam-se na poeira. Eram as mesmas que ele vira no barco de Odessa, comprimidas no convés, com uma trouxa de roupas velhas na cabeça, ou então passando dias e noites na estação, à espera de um lugar no trem.

– Cúlaques – disse Sonia com uma fria indiferença.

Camponeses! Eles vinham de longe, às vezes do Turquestão, porque lhes disseram que, em Batum, teriam trabalho e pão. Vagavam dias e dias pelas ruas da cidade, depois um outro cúlaque lhes dizia que o consulado da Turquia podia ajudá-los.

– Você é turco?

– Não sei.

Muitos eram turcos, antes da guerra, e tornaram-se russos sem saber.

– O que quer?

– Não sei. Ninguém nos dá nem trabalho nem pão.

– Gostaria de voltar para a Turquia?

– Tem comida lá?

Alguns haviam perdido uma criança ou duas na estrada e pediam informações ao cônsul. Ou ainda, numa estação de trem, um funcionário tomara tudo o que eles possuíam e os mandara para a prisão.

Eles não sabiam o motivo. Nem se davam o trabalho de perguntar. Mas exigiam de volta suas trouxas com mansa obstinação.

Para os que tinham nacionalidade turca, Adil Bey constituía um dossiê e o apresentava, com Sonia, no departamento de estrangeiros, onde era recebido sempre com o mesmo sorriso pelo funcionário de camisa bordada.

– O que ele disse?

O homem falava devagar, olhando para as mãos de unhas sujas.

Na antevéspera, um casal de camponeses saiu do consulado e, minutos depois, a mulher retornou sozinha, aflita, explicando que agentes de casquete verde haviam levado seu marido e que haviam dado socos nela para impedir que os seguisse.

– Ele disse – recitou Sonia – que fará o possível para dar uma resposta na próxima visita.

– Mas a mulher não tem um rublo no bolso! Toda a fortuna do casal estava no bolso do marido.

– Como eles ganharam essa fortuna?

– Não era uma grande quantia. A mulher está sem sustento.

– Ela que trabalhe!

– Ninguém quer contratá-la. Ela passa a noite numa soleira.

O funcionário fez um gesto vago, disse algumas palavras.

– O que ele respondeu?

E Sonia, indiferente:

– Que não é da competência dele. Ele emitirá uma nota.

– Ele pode telefonar ao GPU.

O aparelho telefônico estava sobre a mesa.

– O telefone não funciona.

O homem bebeu um gole de chá.

Adil Bey quase se levantou e saiu. O sol lhe queimava as costas. Tudo no escritório era imobilidade, uma imobilidade proposital, que lhe esmagava os ombros.

Aquilo se arrastava havia três semanas. Ele entregara cinquenta dossiês, no mínimo, e o resultado era o mesmo que se os tivesse queimado. Os funcionários recebiam os documentos com um sorriso. Alguns dias depois respondiam:

– Estamos aguardando ordens de Moscou.

Alguém entrou no escritório e o funcionário, virando a cadeira, iniciou um lento diálogo. Sonia não se impacientou. Era sempre a mesma pessoa, ali ou no consulado, sempre de preto, chapéu, cabelos loiros, ar compenetrado.

Em outra mesa, uma funcionária fazia contas num ábaco, interrompendo-se de quando em quando para também beber um gole de chá.

O visitante partiu. Sonia entregou os dossiês um a um, com uma frase para cada um.

– Não se esqueceu de dizer que é urgente, não é? – suspirou Adil Bey, sem esperanças.

– Eu disse. O camarada diretor afirma que será rápido.

– Ele ainda não me arranjou uma empregada doméstica?

Pois Adil Bey não tinha ninguém para a faxina da casa.

– O que ele respondeu?

– Que continua procurando.

– Mas se o que mais se vê na rua é gente mendigando...!

– É que esses não querem trabalhar.

– E se disserem a eles que estou disposto a pagar bem?

– Já devem ter dito.

– Traduza mesmo assim...

Ela traduziu a contragosto e o homem encolheu os ombros, com ar de impotência.

– É inadmissível que, numa cidade de trinta mil habitantes, não se encontre ninguém para fazer uma faxina!

– Com certeza encontrarão.

– Pergunte a ele por que o fonógrafo que encomendei em Istambul chegou, mas não os discos.

O diretor compreendeu a palavra fonógrafo, pois respondeu imediatamente com três ou quatro palavras.

– O que ele disse?

– Que teve de enviá-los a Moscou, porque alguns são em espanhol.

– E daí?

– Ninguém no departamento de Batum fala espanhol.

Adil Bey se levantou, rangeu os dentes e teve de se esforçar para estender a mão ao seu interlocutor.

– Vamos! – disse à secretária.

Nos corredores tiveram de passar por cima de pessoas que estavam dormindo no chão, à espera de serem atendidas em algum escritório. Havia, sobre o assoalho, montes de andrajos indistintos e não se ouvia nem sequer um grunhido quando se pisava num monte. Na rua, eles caminhavam lado a lado, mas Adil Bey se esquecera da pasta de couro. Era a hora mais tórrida do dia. O calor estagnava entre as montanhas e não havia a brisa do mar Negro.

Em frente ao consulado da Itália estava estacionado um belíssimo automóvel que pertencia ao cônsul e que atraía todas as atenções, pois, na cidade, existiam apenas três. No primeiro andar, na sombra do terraço, a senhora Pendelli estava de penhoar e servia de professora à filha. Notavam-se os cadernos brancos, o tinteiro e as limonadas geladas sobre a mesa de ratã.

– Acha que os italianos têm mais sucesso que eu? – perguntou Adil Bey num tom desconfiado.

– Não há motivo para achar isso.

Era sempre a mesma coisa: respostas de uma lógica rigorosa, mas que não respondiam nada!

Havia pouca gente nas ruas, não havia lojas nem tráfego, que é o que faz que uma cidade seja uma cidade.

Antigamente, aquelas ruelas deviam fervilhar como em Istambul, Samsun ou Trebizonda, como em todas as cidadelas orientais. Ainda se viam biroscas, mas estavam vazias, de portas fechadas ou vitrines quebradas. Havia cartazes meio apagados, não somente em russo, mas também em armênio, turco, georgiano e hebraico.

Onde estavam os espetos de carneiro girando na brasa na entrada dos restaurantes? E as bigornas dos ferreiros, as bancas dos traficantes de moedas? E aquela gente vestida de trajes diversos que, antigamente, parava os transeuntes para oferecer suas mercadorias?

Viam-se sombras lentas, resignadas, sob o sol, ou então formas estendidas sob os pórticos.

Batum reduzira-se ao porto, aos poucos barcos estrangeiros que se amontoavam ao redor dos oleodutos que, lá longe, perto das montanhas, transportavam o petróleo de Baku através do Cáucaso. E também a estátua de Lênin, que, embora de tamanho natural, parecia um velho baixinho. E também a central dos sindicatos e dos clubes.

Sonia caminhava em silêncio, sem olhar em redor. Não se impacientou quando Adil Bey parou perto de uma velha que, sentada na beira da calçada, vasculhava um balde de lixo e comia o que encontrava. Suas pernas estavam inchadas, suas bochechas gordas eram flácidas e brancas.

– Não lhe dão comida? – perguntou o cônsul, que estava irritado com a secretária.

– Todos que trabalham têm comida.

– Nesse caso, como a senhorita explica que...

– Existe trabalho para todo mundo – prosseguiu, impassível.

– E se ela é incapaz de trabalhar?

– Existem asilos especiais.

Ela recitava as frases com uma voz monocórdica. Era invariável. Quando Adil Bey fazia uma pergunta, havia uma resposta pronta, mas essas respostas eram tão vazias que ele tinha a impressão de vagar num mundo sem consistência.

– O que o senhor quer para o almoço?

Eles haviam chegado ao consulado. Como não havia criados, Sonia se habituara a comprar, todos os dias, a comida do cônsul.

– O que preferir. Por exemplo, diga ao médico que venha me ver.

– Não está se sentindo bem?

Ele quis responder como ela.

– Se estou pedindo para chamar o médico, é porque estou me sentindo mal.

E passou sob a abóbada. Talvez não estivesse doente. Mas tampouco estava bem. É verdade que bastava abrir a porta do apartamento para sentir um mal-estar. A antessala e o escritório fediam. Por duas vezes, logo cedo, ele mesmo começou a lavar o assoalho com água limpa, mas, quando quis encher um terceiro balde de água na torneira que ficava no *hall*, as pessoas o impediram, dizendo alguma coisa em russo.

Porque sempre tinha gente usando a torneira. Os inquilinos não se lavavam em casa, mas no corredor, e eram em quantidades inacreditáveis. Alguns cômodos deviam abrigar pelo menos dez pessoas.

Adil Bey entrou no quarto, olhou para a casa da frente, por hábito. A janela estava aberta. Koline, que acabara de chegar, jogara o casquete verde sobre a cama e estava comendo, em *tête à tête* com a esposa. Havia na mesa fatias de pão escuro, maçãs, chá e açúcar.

– Tomara que seja o mesmo médico – pensou Adil Bey.

Ele queria ver o médico que havia tratado seu antecessor. Estava sem apetite. As conservas que ele comia, sozinho na cozinha, lhe davam azia. E Sonia, quando preparava as refeições, nunca lavava as xícaras nem os pratos, e também não arrumava o quarto de dormir.

Ela vinha chegando com seus pacotinhos na mão. Devia ter visto o irmão e a cunhada almoçando, o pão escuro, as três maçãs, o chá. Abriu uma lata de lagosta, colocou arenques defumados num prato e queijo em outro. Aquilo não lhe causava nada? Não invejava Adil Bey, que ia se abancar, sozinho, diante daquela comida? E ele nem tinha fome! Olhava o vaivém da secretária. Já se perguntara se, em sua ausência, ela não fazia visitas ao guarda-comida. Para ele, aliás, era indiferente. Mas não! Ao contrário, ela deixava a comida estragar. Coisas que apodreciam, que eram jogadas fora e que velhas senhoras deviam devorar da lixeira.

– O médico vem?

– Em alguns minutos.

O que ela pensava dele? De vez em quando, surpreendia seu olhar fixo nele, mas era o mesmo olhar neutro que ela concedia a tudo.

– A senhorita pode ir almoçar.

Ele sabia que a veria entrar no quarto, do outro lado da rua, tirar o chapéu e se sentar de costas para a janela. Era o lugar dela.

Será que falava dele? Contava o que ele havia dito, o que havia feito? Os outros dois, em todo caso, não pareciam ouvir uma conversa muito interessante. Comeram devagar, naco por naco. Koline colocou um cubo de açúcar na boca antes de beber o chá quente. Em seguida, debruçou-se na janela quinze minutos e as mangas da sua camisa formaram uma mancha ofuscante sob a luz do sol, que, por volta da uma hora da tarde, tomou todo o quarteirão.

Será que ele tinha outras distrações? Às vezes, à noite, saía com a esposa, que usava sempre o mesmo vestido amarelo, da mesma forma que Sonia usava sempre o mesmo vestido preto. Mas, à meia-noite, debruçavam-se na janela, tomavam a fresca em silêncio. Não acendiam a lâmpada para se despir.

Era por causa da jovem, que já estava deitada? Porque ela se deitava cedo, também no escuro. De manhã, quando as janelas se abriam, já estava pronta, de chapéu na cabeça e a cama arrumada. Apenas a cunhada andava de *négligé* pelo quarto e, algumas vezes, tornava a se deitar para ler na cama durante parte da manhã.

– Entre!

Era o médico. Ele colocou a maleta e o casquete sobre a mesa, virou-se para Adil Bey com um olhar interrogativo.

– O senhor fala francês?

– Um pouco.

– Não estou me sentido bem. Sinto náuseas, não tenho apetite, não consigo dormir.

Disse num tom ríspido, como se achasse que o médico era o culpado.

– Dispa-se.

Adil Bey fracassara, desde o início. Esperava conversar, tranquilizar-se, obter informações e, sem nenhum motivo, tratavam-se como adversários.

Por causa da janela, Adil Bey fora para o canto mais escuro do quarto e tirou o paletó.

– A camisa também.

O médico olhava com indiferença a carne nua, o torso já um pouco volumoso, os ombros caídos.

– Já teve alguma doença?

– Nunca.

– Inspire... expire... inspire...

Adil Bey ainda conseguia ver as costas de Sonia, o perfil de seu irmão, os cabelos negros e pesados da georgiana.

– Sente-se.

Era para verificar os reflexos dos joelhos. Em seguida, o doutor mediu a pressão arterial, enquanto Adil Bey sentia o braço dilatar dentro do aparelho.

– De que morreu o meu colega? – perguntou com a voz mais natural possível.

– Não me lembro. Precisaria consultar os meus prontuários.

E o médico o olhou, pensando no que mais devia examinar.

– Deite-se.

Apalpou o baço, o fígado. E só. Pôs ordem em sua maleta.

– Então?

– O senhor está nervoso, deprimido. Tome um pouco de brometo, antes de se deitar.

– Onde posso comprar?

– É melhor escrever a Moscou. Alimentação leve.

– Qual o problema comigo?

– Nenhum... E um pouco de tudo...

O médico saiu, indiferente a Adil Bey, que correu atrás dele, de torso nu e com os suspensórios nas coxas.

– Acha que é grave?

– Nunca se sabe. Em relação ao brometo, já que o senhor é estrangeiro, talvez seja mais rápido mandar vir de barco. Os medicamentos são escassos por aqui.

Adil Bey queria lhe perguntar se não tinha nenhum problema no coração, mas era tarde demais. O médico já estava no *hall*. O telefone tocou e pareceu ao cônsul que as costas de Sonia, do outro lado da rua, estremeceram.

– Alô! Sim, sou eu!

Era a senhora Amar, que telefonava quase todos os dias, mas que Adil Bey encontrara apenas uma vez, na praia, quando ela estava indo ao setor das damas. Antes de se mudar para a Rússia, ele sabia que as pessoas nadavam nuas e imaginava um tumulto de corpos bronzeados sob o sol e o brilho das ondas. Ora, na imensa praia de seixos, havia dois lados separados por arames farpados que lembravam dois campos de concentração. Pagavam 25 copeques para entrar, homens de um lado, mulheres de outro.

– Peguei você rondando por aqui! – dissera Nejla Amar com sua voz exageradamente vibrante.

E, para dizer a verdade, pouco depois, ele dera a volta na cerca de arame, com o semblante falsamente preocupado, tentando avistá-la. Agora, no telefone, ela flertava com ele:

– Adivinhe a boa notícia que tenho para você!

– Não sei.

– Adivinhe!

– Meu governo está me chamando de volta a Ancara?

– Malvado! Amar viajou esta manhã para Teerã e ficará fora dez dias.

– Ah!

– Essa é a sua única reação?

– Eu não sabia.

Ele continuava de torso nu.

– Já que é assim, não vou tomar chá com você, como era a minha intenção.

– Venha!

– Acha? Não tenho certeza. Principalmente se corro o risco de me encontrar com o seu anjo da guarda!

– Prometo que...

– Promete que vai dispensá-la? Nesse caso, talvez!

Houve um barulho desagradável que talvez fosse um beijo. Koline estava na janela, em frente, e a fumaça de seu cigarro subia em linha reta no ar parado.

Quando, por volta das onze horas da noite, o chefe do GPU marítimo, ou seja, a polícia do porto, abriu sua janela, ao voltar do clube, a janela do consulado também estava aberta e uma forma clara estava debruçada no peitoril.

Koline mergulhou um instante na escuridão do quarto para tirar os sapatos e pôr as pantufas, e também para pegar um maço de cigarros no casaco.

Diante dele, Adil Bey não se movia. Estava envolvido nas sombras e sentia, através do tecido fino da camisa, o frio da pedra nos seus braços.

Não passava ninguém na rua, mas ouviam-se passos muito longe, a várias ruas de distância. Como o vento soprava de noroeste, percebia-se até mesmo a música do bar ainda aberto no cais para os marinheiros estrangeiros.

Koline acendeu um cigarro e Adil Bey fixou os olhos na pequena chama bruxuleante. Pouco depois, a georgiana também veio se debruçar na janela, ao lado do marido e, durante alguns minutos, houve uma conversa sussurrada.

Sonia já estava dormindo na cama de ferro que, mesmo sem vê-la, Adil Bey sabia que ficava contra a parede da direita?

O ar estava suave, fresco, sem dúvida porque cruzara a vegetação tropical das montanhas. A mulher se aconchegou em Koline e deduzia-se que seu corpo também estava suave e quente da cama onde estivera deitada.

Houve um barulho atrás de Adil Bey, que se virou. Era Nejla Amar, que, com um suspiro, afastava o lençol e mudava de posição.

O ar do quarto estava tão impregnado de seu perfume que Adil Bey se perguntava às vezes se não chegavam baforadas dele na casa da frente. Era um perfume intenso, que a persa devia ter escolhido porque sua própria pele tinha um odor forte.

– Venha se deitar – suspirou, meio adormecida.

Será que eles ouviram? Estavam tão perto. A rua não era larga.

Koline passou um braço em torno da cintura da mulher.

Adil Bey não tinha vontade de dormir ou de se deitar ao lado do corpo ardente de Nejla. Não era nem sequer nela que estava pensando. Pensava se, atrás do casal à frente, Sonia estava dormindo e se, quando dormia, seu rosto continuava impassível. Teria adivinhado a verdade quando Adil Bey lhe dissera para tirar a tarde de folga? Pouco depois, ela saíra de casa com um roupão de banho no braço, mas, na esquina, dera de cara com a senhora Amar.

– Venha, Adil!

– Shh!

Ele não queria fechar a janela, pois se sentia sufocado. Desde que o doutor medira sua pressão, sentia o sangue martelando suas artérias e esse martelar o assustava.

Ele não havia almoçado. Sentia-se mal. Contou a Nejla, logo que ela chegou, e durante cinco minutos ela brincou de cuidar dele.

Se ao menos ela tivesse voltado para casa! A empregada não seria capaz de contar tudo ao marido, quando ele retornasse?

– Ele é ciumento?

– Como um tigre! – respondeu, com uma risada.

Ela estava sempre rindo, um riso nervoso, forçado, e ele nunca sabia se era de alegria ou de irritação, ou se era provocação.

Por que ela não foi embora? Aliás, por que viera? Ela girou duas vezes o interruptor para acender as luzes e Adil Bey teve de lutar para apagá-las. Literalmente lutar! Até torcer seu punho!

– Está com medo da espiãzinha? – caçoou ela. – Amo você, seu bruto!

Adil Bey, que não suportava o tabaco, quase sentia desejo de fumar ao olhar para a ponta em brasa do cigarro diante dele, porque era como um símbolo de paz voluptuosa. Cairia uma tempestade em breve, com toda a certeza, talvez antes do fim da noite, mas era justamente sua iminência que dava graça ao devaneio na janela. Adil Bey não ouvia mais a respiração regular de Nejla. Não pensava mais. Era o estado desejado. Ele se aniquilou na noite. Não olhava para nada em especial.

E eis que alguma coisa envolveu seu pescoço, esfregou-se em seu corpo, dos pés à cabeça.

Ele deu um salto, pestanejou três ou quatro vezes antes de recuperar o sangue-frio. Era a persa, que se colara a ele, como o casal à frente, e murmurava com um cigarro entre os lábios:

– Tem fogo?

Ele não tinha fogo. E nem sabia se queria lhe dar fogo. Os Koline não se moveram. Adil Bey não enxergava seus olhos, mas o casal talvez estivesse olhando para a frente, talvez distinguisse o peito mais do que seminu de Nejla! É verdade que ela tinha a pele cor de avelã! Sua carne era tão rija que ela apoiou um seio no batente da janela e ele não se deformou.

– Me arranje fogo!

Ele foi pegar a caixa de fósforos na mesa. Uma pequena chama bailou, como havia bailado do outro lado da rua. Eles se debruçaram na janela, como o outro casal.

O tempo passava. A música no bar cessou. Não havia mais passos na cidade.

Havia talvez uma hora que estavam lá quando pingos grossos de chuva atravessaram o espaço e rebentaram no chão. Só então os Koline entraram. A janela se fechou. Uma gota de água estalou no braço de Nejla, que suspirou:

– Não acha engraçado que eles sejam do GPU?

Não se via mais do que a janela escura, sobre a qual as cortinas desenhavam filigranas pálidas.

Capítulo 4

A PRIMEIRA VEZ QUE A VIU, acompanhando a correnteza preguiçosa da multidão, Sonia caminhava de braços dados com duas amigas, uma de branco e outra de azul-claro. As pernas estavam nuas, os cabelos soltos. Talvez Sonia as tenha advertido com uma leve pressão dos dedos, pois, a dez metros, elas olharam para ele, não rindo, como costumavam fazer as outras, mas com uma curiosidade circunspecta.

Adil Bey passou e não ousou se virar. A chuva parara havia pouco, logo antes de o pôr do sol pintar as poças de água de vermelho. Todo mundo estava na rua, como todas as noites, andando nos dois sentidos do cais, de modo que, alguns minutos depois, viam-se os mesmos rostos. O moço da bicicleta também estava lá, deslizando entre os grupos com a mesma garota sentada no quadro.

Quando viu Sonia e suas amigas novamente, de longe, Adil Bey pensou com seus botões se estariam falando dele. Ainda não havia chegado perto delas quando um jovem de camisa aberta aproximou-se e cumprimentou--as com um aperto de mão.

Os quatro formaram uma ilhota no meio da multidão que passava lentamente. Adil Bey não podia parar. Passou. Viu de longe a ilhota no mesmo lugar. O jovem ria. Dirigia-se mais a Sonia do que às outras duas.

Na véspera, talvez Adil Bey não tivesse se preocupado, mas sucedera uma coisa naquela manhã, uma coisa insignificante, mas que deixara marcas.

Por volta das oito horas, quando Nejla Amar abriu os olhos para a janela molhada de chuva, ela suspirou:

– Me traz café.

Adil Bey, impaciente, preparou o café. Espreitando o relógio, confiou até o fim.

Em vão! Às nove horas, Sonia já havia chegado e a persa continuava lá, disposta a voltar a dormir. A secretária, como de hábito, trouxe comida e quis deixá-la na cozinha.

Foi preciso que Adil Bey, com um olhar esquivo, barrasse a passagem.

– Pode deixar! Eu mesmo levo.

A manhã inteira foi de embaraço e perturbação. Escutava os visitantes com um ouvido e, com o outro, prestava atenção aos barulhos do quarto, buscava pretextos para ir lá.

– Não tem nada para ler?

Nejla continuava na cama, quente e preguiçosa. Não fazia menção de ir embora. No escritório, um estranho homenzinho barbudo, encardido, cheio de cicatrizes, contava pacientemente sua história, que apenas Sonia acompanhava com atenção.

Era turco, turco de verdade, nascido em Escútaros. Fora feito prisioneiro durante a guerra, mandado para a Sibéria e lá, como todos os outros, misturara-se aos camponeses e trabalhara nas estepes. Casara-se. Tinha uma filha de 17 anos. E eis que, de repente, depois de tanto tempo, pôs o pé na estrada, sem dinheiro, sem documentos. Estava diantede Adil Bey e repetia obstinadamente:

– Quero voltar para a minha terra. Quero rever a minha primeira mulher e meus outros filhos.

Ele não arredava. Zangou-se quando lhe disseram que seria demorado, talvez impossível. Foi Sonia que, já impaciente, conseguiu que ele fosse embora.

O aguaceiro continuava. Era, como sempre em Batum, uma sequência de chuvas tropicais, verdadeiras cortinas de água que se desfraldavam sobre a cidade e tornavam as ruas intransitáveis.

– Você precisa ir embora – dizia, não obstante, Adil Bey a Nejla.

Era uma ideia fixa. Sentia-se angustiado só de saber que ela estava em sua cama.

– Escute! Vou mandar a minha secretária à cidade e nesse meio-tempo...

Era meio-dia quando disse a Sonia:

– Leve essa carta ao correio.

Ela o olhou, levantou-se em silêncio, pôs o chapeuzinho, enfiou a carta na bolsa. Quando retornou, quinze minutos depois, Adil Bey estava saindo do quarto e a viu encharcada, o vestido colado ao corpo como as penas de um pássaro, o cabelo escorrido.

Ela o olhou, sem rancor. E, no mesmo instante, enquanto ele procurava alguma coisa para lhe dizer, a porta se abriu e a senhora Amar apareceu, despenteada, perguntando:

– Onde está o pente, Adil?

Ela fez de propósito? Sonia nem sequer sorriu! Sentou-se e retomou o trabalho.

Foi só. Agora, depois de dar a volta em Lênin e no globo terrestre, Adil Bey procurava o grupo de jovens com os olhos. Não estavam mais no mesmo lugar. Mais adiante, no entanto, viu as companheiras de Sonia com dois rapazes.

O sol se punha nas poças de água e na imensa poça do mar. O jazz começou a tocar no bar dos estrangeiros onde Adil Bey ainda não pusera os pés.

– É interessante? – perguntara à secretária, que respondera com uma careta de desdém.

Era a terceira vez que percorria o cais sem a ver. Por acaso, virou a cabeça para o prédio dos sindicatos e dos clubes e avistou-a, sentada numa das janelas do primeiro andar, diante do jovem rapaz.

Lá de cima, o casal dominava a multidão e a baía. Via-se pelos olhos muito claros de Sonia, que passeavam um olhar distraído pelo espaço.

O jovem falava com ela, um pouco inclinado para a frente, e com certeza ela o ouvia, mas sem olhar para ele, ou talvez sem compreender as palavras, com uma sutil fisionomia de bem-estar.

Os cargueiros, na enseada, balançavam as longas listras vermelhas de zarcão. Um veleiro grego chegara na noite anterior e seus três mastros se destacavam contra o verde da montanha.

A multidão caminhava em duas filas, produzindo um ruído monótono de passos arrastados, e Adil Bey olhava as pessoas de baixo para cima, furtivamente, como se tivesse medo delas.

O restante da cidade estava deserto. Via-se, de passagem, o começo das ruas negras e lamacentas como canais de esgoto. O vento, que soprava das refinarias, cheirava a petróleo. Os rapazes, as moças, as cabeças raspadas e as camisas abertas eram todos do mundo do petróleo. Os operários que conversavam na sala do térreo acompanhavam com os olhos o bastão que o orador passeava por um diagrama azul e vermelho: o diagrama da produção de petróleo!

Como tinha uma bicicleta, o rapagão que passava com a namorada devia ser um especialista.

Adil Bey tentara comer no restaurante dos operários. Sonia o enviara com um bilhete em russo. Era caiado, como os escritórios. As mesas eram de madeira natural. As pessoas comiam em mangas de camisa, com os cotovelos na mesa, sem conversar, como se estivessem trabalhando: uma sopa, uma porção pequena de carne picada com grãos de trigo cozido e uma fatia de pão escuro. Uma atendente contava de relance os pratos que passavam. Outra espetava num porta-comandas os tíquetes verdes que os garçons entregavam ao passar. Devia haver outros na cozinha.

Adil Bey compreendera tanto quanto compreendera o passeio noturno. Sentiu-se aliviado quando viu algumas pessoas jogando gamão numa casa e um idoso fumando narguilé.

Mas quase não havia idosos. Ou melhor, todos se pareciam com os visitantes do consulado. E embora estivessem no meio da multidão, não tinham contato com ela. Passavam como fantasmas sórdidos, que as pessoas não pareciam nem mesmo notar, e se houvesse algum caído no chão, elas o contornavam, como se fosse um objeto qualquer.

Adil Bey percorreu todo o comprimento do cais ainda mais duas, três vezes e a noite caiu. A maioria das janelas da central dos sindicatos estava iluminada. Alguém tocava escalas num saxofone.

Sonia não se mexera. Continuava nas sombras e o rapaz lhe falava em voz baixa.

Agora Adil Bey sabia: em toda a cidade, em todas as casas, havia uma ou duas famílias por quarto, sem contar os cúlaques e seus filhos, que dormiam na rua. De manhã, faziam fila na porta das cooperativas, até um cartaz anunciar que não havia mais batata, farinha ou fécula.

E eis que, de repente, como em qualquer cidade, brilhou, luminosa, a metros de altura, a palavra *Bar*. Quando se empurrava a porta do estabelecimento, um empregado de libré se apresentava para pegar os chapéus e percebiam-se casais pela fresta de uma cortina.

Adil Bey sentou-se à primeira mesa e olhou. Para o tango, as lâmpadas a gás haviam sido apagadas e a claridade vinha de uma caixa grande dentro da qual havia lâmpadas elétricas. Formou-se uma imensa lua avermelhada diante da qual os casais dançavam. Adil Bey ouvira o mesmo tango em Viena e Istambul, sob a mesma luz mortiça, com as mesmas silhuetas corroídas pelas sombras.

Em Istambul também havia marinheiros estrangeiros, mulheres com vestidos de seda mal cortados, risos, cochichos, o bafo das bebidas e dos perfumes, garçons vestidos de branco indo de mesa em mesa.

– O que deseja beber?

Dirigiam-se a ele em francês. Estenderam-lhe uma carta de vinhos aberta na página dos champanhes. No mesmo instante, da mesa vizinha, alguém lhe fez sinal. Era a mesa mais barulhenta. Umas seis pessoas estavam sentadas em torno de garrafas de champanhe e uísque. Um homem de terno branco e camisa desabotoada juntou a palavra ao gesto, mas não se levantou da cadeira, que parecia prestes a desabar.

– Aqui, amigo!

Adil Bey se ergueu, relutante. Uma mão rechonchuda apertou a sua.

– John, da Standard. Você é o novo cônsul? Me falaram de você na casa dos Pendelli. Um copo, garçom!

E, apontando os oficiais que estavam à mesa:

– Camaradas! Aqui são todos camaradas. Uísque? Champanhe?

Estava embriagado. Estava sempre embriagado, e sempre vestido de branco, com a camisa aberta no pescoço espesso. Também costumava dirigir a toda velocidade pelas ruas, dobrar as esquinas sem frear, parar bruscamente, quase em cima de uma criança ou de uma idosa.

– E aquela ordinária da Nejla? – perguntou, após esvaziar o copo.

Seu olhar examinava Adil Bey através da embriaguez. Seu rosto rechonchudo era flácido, tinha bolsas sob as pálpebras. Na maior parte do tempo, os olhos molhados e luzidios não se fixavam em nada, mas, quando se cravavam num objeto, a boca se tornava mais firme, a postura mais altiva.

– Tudo certo? – perguntou.

Deu de ombros ao ver que seu interlocutor ficara constrangido, procurava uma resposta.

– Idiota!

– Como?

John não lhe deu tempo de se zangar. Não o chamou de idiota como faria um outro qualquer.

– Se acha que foi o único a cair na esparrela! *Barman*, ponha outra garrafa no gelo.

Os casais passavam pelo halo da caixa de luz.

– Você não lhe disse nada de comprometedor, pelo menos?

– Perdão, não entendi.

Um belga, que se levantara, retornou pouco depois com uma mulher que se sentou ao seu lado. Ele não conseguia se comunicar com ela e passou o resto da noite apenas sorrindo e olhando-a, enquanto acariciava seu braço.

– Está na cidade há muito tempo? – perguntou Adil Bey ao americano.

– Quatro anos.

– Gosta daqui?

John riu, ou melhor, expeliu o excesso de ar dos pulmões e ao mesmo tempo uma porção de tabaco que ficara preso nos seus lábios. Mas era indiferente para ele. Não tentava ser amável nem polido.

– À sua saúde! Enquanto o álcool não nos mata!

Ele bebia uísque numa caneca de cerveja sem medir o progresso da embriaguez. Não havia mais conversa coerente. De vez em quando, os oficiais conversavam entre si ou um se levantava para dançar. John fixou o olhar no cônsul, um olhar ora vago, ora cortante.

– Já melancólico?

– Não. Estou um pouco confuso.

– Se algum dia tiver problemas, vá à minha casa. Sabe onde é? No limite da cidade, perto dos oleodutos.

– Posso lhe fazer uma pergunta? Você mencionou a senhora Amar. Acha que ela é do GPU?

Dessa vez, John pareceu perder a paciência.

– Quer um bom conselho? Não fale jamais dessas coisas com ninguém. Olhe bem! O garçom que está nos servindo é do GPU. E todas as mulheres que estão aqui! E o porteiro! E os empregados!

Ele não baixou a voz. Os músicos, que estavam atrás dele, o observavam impassíveis.

– Não faça perguntas, entendeu? Se as suas encomendas chegarem com a metade dos produtos que deveriam ter, cale-se! Se alguém o roubar, cale-se! Se alguém o atacar na rua, à noite, e levar a sua carteira, volte tranquilamente para casa! Se alguém morrer no seu escritório, espere que venham transportá-lo! E tenha a certeza de que, se o seu telefone não funcionar, é porque ele não deve funcionar.

– Prenderam em Tbilisi o funcionário que assumiu interinamente o meu posto.

– E você com isso?

– E o cônsul anterior, me disseram que...

John o fez calar-se, empurrando o copo para ele.

– Beba! Deixe passar as horas, os dias, as semanas, os meses. Talvez algum dia o seu governo se lembre de você e mande alguém para substituí-lo.

Disse isso num tom impertinente de palhaço.

– Não venha aqui muito seguidamente. Fale o mínimo possível com os oficiais estrangeiros.

– Mas e você?

– Eu, meu velho, eu sou da Standard!

No fundo, ao dizer essas palavras, ele demonstrava a mesma soberba que Pendelli quando falava da Itália.

– Outra garrafa, garçom!

E dirigiu-se em inglês ao comandante que cochilava ao seu lado.

Adil Bey bebeu três copos grandes de uísque. Os objetos flutuavam ligeiramente no espaço. Ele olhava com despeito para o americano, que não lhe dava atenção e ele tinha vontade de fazer confidências.

Não estava seguro do que diria, mas conduziria a conversa para a secretária, que John talvez conhecesse. Estava aborrecido. Pensava consigo mesmo se ela ainda estaria na janela da central dos sindicatos. Agora compreendia o muxoxo que fizera quando ele lhe falara do bar, onde havia mulheres de traços grosseiros de camponesas ou operárias, de rostos maquiados, de risos e poses desengonçadas, dançando.

Alguns casais desapareceram. Um outro fazia uma grande balbúrdia atrás de uma cortina que protegia um recanto dos olhares.

– Você vem com frequência? – perguntou Adil Bey ao capitão belga que estava ao seu lado.

– Uma viagem para cá, uma viagem para o Texas.

– Petróleo?

– Petróleo.

– É mais divertido nos Estados Unidos?

– A mesma coisa, ou nem tanto. A *pipe* fica longe da cidade e o carregamento termina em seis horas. Mal dá tempo de ir ao cinema!

– Faz escalas?

– Jamais.

Em face dele, o chefe-mecânico tentava contar uma história a uma mulher, com palavras em alemão, palavras em inglês e, principalmente, gestos. Ela ria sem entender nada. Ele ria mais ainda.

Um oficial muito jovem dançava com uma mulher bem bonita, de vestido verde, que tinha uma cabeça a mais que ele de altura, e assustou-se quando John o segurou pela barra do casaco.

– Essa não! – disse ele em italiano.

– Por quê?

– Eu avisei que não era para pegar essa!

E John olhou para outra coisa, enquanto Adil Bey murmurava timidamente:

– Posso oferecer uma rodada?

– Vá dormir! Lembre-se do que eu lhe disse: moro perto dos oleodutos. Boa noite!

Adil Bey se sentia distante da central dos clubes, do cais, das pessoas andando em volta da estátua de Lênin. Não queria abandonar o círculo de luz opaca, a música e, principalmente, o som confuso produzido pelas conversas em três ou quatro línguas, acompanhado do tinido familiar de copos e pratos.

E, no entanto, mesmo naquela atmosfera copiada de todos os cabarés do mundo, o mal-estar o acompanhava. Ele espiava os homens, oficiais estrangeiros ou garçons, o próprio John, os músicos. Habituara-se a olhar seus semelhantes de uma maneira dissimulada que o incomodava. Era culpa sua?

Havia algumas mulheres do lado de fora. Ficou indeciso por um segundo. A música, o calor do cabaré, ainda impregnavam seu corpo e ele olhava vagamente para o cais escuro, os reflexos na água parada, os barcos enviscados.

Um clarão vermelho atravessou o espaço. Adil Bey permaneceu um instante sem compreender. Pessoas correram. Houve uma breve gritaria e as mulheres deram dois ou três passos adiante. Não avançaram mais. Ele deu-se conta da cena que presenciara, que presenciava, pois fora tão breve que não tinha nem passado nem presente.

Um homem correu. Outro, de casquete verde, atirou nele. O primeiro ainda deu alguns passos, inclinou-se para a frente, estatelou-se com um ruído seco.

Os passos do atirador ainda ecoavam. Uma mulher, com o braço estendido, impediu que Adil Bey avançasse.

E, no entanto, eles estavam a menos de cinquenta metros. O agente do GPU se curvou sobre a forma estendida no chão. Duas sombras vieram de algum lugar e, sem uma palavra, sem um movimento inútil, ergueram o ferido ou o morto e o arrastaram, de pé, com as pernas inertes.

– O que aconteceu?

As mulheres não compreenderam. Ele falara em turco, sem perceber. Elas já começavam a sorrir para ele.

Foi quando se pôs a caminho que sentiu pelo tremor dos seus joelhos que estava bêbado. A central dos sindicatos, um pouco mais adiante, estava fechada. Fora do halo de luz do bar, as ruas estavam desertas e escuras. Ele patinhou nas poças de água. Assustou-se duas vezes, pois pensou ter visto silhuetas contra os muros.

Percorreu quase correndo os últimos dez metros que o separavam de casa e sua mão tremia quando procurou a fechadura com a chave.

Fazia horas que a energia elétrica fora cortada. O cabaré devia ter uma ligação especial com a rede, ou então gerava a própria energia. Não tinha nada a ver com a vida da cidade. Gente entrava e saía, mas eram principalmente marinheiros que haviam chegado na véspera, ou pela manhã, e que partiriam no dia seguinte, e ouviam-se seus passos pesados perdendo-se na direção dos barcos.

– As mulheres são todas do GPU – dissera John.

As de dentro e as de fora! As de dentro vestiam-se melhor. Aonde iam os casais? Não fora com eles que Adil Bey trombara duas vezes ao passar rente aos muros?

A noite estava mais quente, por causa do vapor que subia do solo depois da chuva. Adil Bey abriu as janelas do quarto, tirou o paletó e teve uma sensação angustiante de vazio.

Não era apenas o quarto que era vazio, mas a cidade, onde apenas o pontinho quente e luminoso do bar permanecia vivo.

Será que todo mundo estava dormindo? Será que não havia, entre todas aquelas pessoas que passeavam pelo cais havia pouco, casais cochichando, um homem lendo antes de pegar no sono, uma mulher sob uma lâmpada cuidando de uma criança doente, ou qualquer coisa, qualquer sinal de vida, de pulsação da cidade?

O perfume de Nejla, que persistia no quarto, recordou-lhe John, depois a primeira noite na casa dos italianos e, principalmente, os bigodinhos e os sapatos de verniz de Amar, que se apoiara na lareira e falara em voz baixa com Fikret, antes de acompanhá-lo à estação.

As janelas da frente estavam escancaradas e era a primeira vez que coincidia de ambas estarem abertas à noite. Havia luar. Os olhos se habituaram à claridade difusa, que dava um realce espantoso às manchas brancas.

Adil Bey viu o travesseiro da senhora Koline e a onda negra dos seus cabelos soltos. O lençol de cor clara tombara no carpete.

Bastou a Adil Bey virar um pouquinho a cabeça, esticar ligeiramente o pescoço, para ver a cama de ferro de Sonia. Era um retângulo branco, inteiramente branco, sem uma nódoa, sem uma irregularidade.

A cama não estava desfeita! Sonia não voltara para casa! A senhora Koline se mexeu na cama, tão perto que Adil Bey ouviu o rangido das molas.

Alguém, portanto, não estava dormindo na sombra imensa da cidade, num ponto qualquer do horizonte, num dos milhares de quartos construídos pelos tijolos das casas. E era Sonia, de rosto pálido e compenetrado!

Capítulo 5

POR QUE, POR EXEMPLO, cortaram a sua água? Ele tinha uma torneira só para ele, na cozinha. E essa torneira funcionou um par de dias e, depois, de uma hora para outra, secou.

– Talvez tenham diminuído a pressão para fazer um conserto – disse Sonia. – É só ter paciência.

Em seguida, ela mudou a explicação.

– O encanamento deve estar velho. Vou chamar o encanador.

Evidentemente, o encanador não apareceu. Sempre estava para vir, mas não vinha jamais, jamais!

– Ele errou o endereço – sugeriu Sonia.

Ou então:

– Hoje é dia de descanso, ele virá amanhã.

Então, quando se levantava, Adil Bey enfiava uma calça e agarrava um jarro. Raramente havia menos de seis pessoas na torneira do *hall*. A espera era longa, principalmente quando havia mulheres lavando a cabeça. Ele permanecia imóvel, atrás dos outros. Ninguém lhe dizia nada. Ninguém nem mesmo olhava para ele. Ora, ele sabia que aquelas pessoas faziam parte do comitê de administração do imóvel e que foram elas que cortaram sua água!

Quando ele voltava com o jarro, já havia gente na porta do consulado. E ele, despenteado e de chinelos velhos nos pés. Mas que diferença fazia?

Ele não preparava mais o chá pela manhã. Era muito demorado. Fazia dois buracos com um abridor de latas numa lata de leite evaporado e o bebia assim mesmo.

Vestiu a última camisa que ainda fora lavada na Turquia. Todas as outras estavam sujas e ele não sabia se alguém aceitaria lavá-las.

As janelas da frente estavam fechadas. O sol estava toldado por um vapor imperceptível, o que anunciava um dia abafado e talvez uma tempestade, como acontecia a cada dois dias.

Adil Bey inundou a cabeça de água-de-colônia, penteou-se e vestiu o paletó, antes de entrar no escritório, onde já se ouvia barulho.

E foi um novo dia que começou, depois de outros e, sem dúvida, antes de outros! Sonia estava sentada em seu lugar, tranquila, com os cabelos bem repuxados, o rosto bem-disposto, e disse como de hábito:

– Bom dia, Adil Bey.

O sol chegaria ao fundo do escritório e brincaria nos documentos até ultrapassar a janela da esquerda.

– Mande entrar!

Ele já sentia uma pontada na cabeça. A sala foi invadida por pessoas tão miseráveis, tão obtusas, tão ariscas, que ele se perguntou de onde saíam tantas todos os dias. De novo, errou ao tentar adivinhar de onde eram, algumas falavam um dialeto que ninguém compreendia, de modo que, após esforços inúteis para se explicar, desanimaram e foram embora.

Desciam das montanhas, dos lados da Armênia e da Pérsia, ou então, sabe-se lá por quê, pegavam a estrada desde os confins do Turquestão ou até mesmo da Sibéria.

E contavam histórias intermináveis, de uma complicação desconcertante!

– Mas, afinal, o que é que você quer? – explodia Adil Bey.

– Quero que me paguem outro jumento.

Ora, o jumento era a única coisa que o homem não havia mencionado.

Naquela manhã, Adil Bey nem sequer escutava. Sentia náuseas. De que adiantava aquele circo todo se no fim das contas, mesmo nos casos mais sérios, ele não conseguia nada das autoridades? Surpreendeu-se ao ver que a janela da frente continuava fechada. Em pleno choramingo de um montanhês, perguntou a Sonia:

– Sua cunhada está doente?

Ela deu uma olhada na direção da rua, compreendeu o pensamento do cônsul e replicou, com o lápis na mão:

– Não. Está trabalhando.

Isso não impediu o homem de continuar a falar, um tom mais alto.

– É a primeira vez?

– Sim. Começou hoje, como contadora na refinaria do Estado.

Nada mais descomplicado do que a conversa dos dois, em comparação com a choradeira do camponês, cujos olhos negros não desgrudavam de Adil Bey, que, por sua vez, tinha os nervos à flor da pele.

– Fez muito calor essa noite.

Ela assentiu com a cabeça, sem parecer se incomodar.

– As duas janelas ficaram abertas no seu apartamento.

– Eu não estava.

– Eu sei.

O camponês terminou num tom agudo de diácono e o desânimo transparecia em seu rosto de terracota.

– Estou ouvindo – suspirou Adil Bey para lhe dar corda.

Pois, sem o ruído das vozes, ele não teria coragem de fazer as mesmas perguntas.

– Dormiu à luz das estrelas?

– Não, na casa de um amigo.

– O rapaz que vi com você?

– Sim.

Foi um sim franco e categórico, tão categórico que ele se perguntou se havia alguma coisa entre ela e o rapaz.

– Gosta dele? É seu noivo?

– Não. É um amigo.

Adil Bey se virou para o montanhês e disse que retornasse outro dia. Uma velha se aproximou. Queria se divorciar, mas não sabia dizer por quê. E ainda havia quinze ou vinte pessoas na sala! Adil Bey os deixava falar e olhava ora para a mão de Sonia, ora para seus cabelos pálidos, ora para seu vestido preto e seus ombros magros de mulher jovem.

Estava quente. Os andrajos exalavam um odor rançoso e a água-de--colônia de Adil Bey o tornava mais nauseabundo.

Todavia, eram as melhores horas do dia, ou as menos ruins. O tempo passava. Ele calculava que, quando chegasse a vez do último visitante, seria mais ou menos uma hora.

Mas e depois? O que ele ia fazer depois? Estendia-se na cama e não dormia, porque já dormia pouco à noite. À tarde, as ruas eram uma verdadeira estufa, algumas sombrias, outras escaldantes, e ele não podia vagar infinitamente, sozinho, entre os muros.

Podia somente esperar, hora após hora, o momento de passear no cais, com a multidão que não reparava mais nele. Depois voltar e se deitar e, no dia seguinte, fazer dois buracos na lata de leite evaporado e fazer fila no *hall*.

– Sua cunhada está contente de trabalhar?

– Por que estaria descontente?

– Era o que ela queria?

Sonia fingiu que não escutou e escreveu mais rápido. Foi então que, sem motivo claro, Adil Bey se levantou, olhando com desprezo em redor.

– O consulado está fechado! – declarou. – Os que desejarem retornem amanhã.

Sonia ergueu a cabeça, hesitou, esteve a ponto talvez de protestar. Mas ele, sem esperar resposta, entrou no quarto e olhou-se no espelho do lavatório.

Estava com bolsas sob os olhos. Sua pele não tinha cor e o conjunto de sua pessoa aparentava tristeza e indecisão.

Ele espreitava os barulhos na sala ao lado. Passos se arrastavam na direção do corredor. Ainda se ouviam vozes, porém mais distantes.

Ele abriu de novo a porta do escritório e andou pela sala, ao acaso, sem saber aonde ia, sem olhar para Sonia, que voltou ao seu lugar.

– Não está se sentindo bem? – perguntou ela com sua voz monocórdica.

– Estou me sentindo muito mal!

– Quer que eu chame o doutor?

– Não quero ser envenenado.

Teve a impressão de que ela sorriu e virou-se vivamente para ela, mas ela estava como sempre.

– Quanto tempo meu antecessor durou?

– Dois anos, eu acho. Só o conheci no segundo ano.

Ele sentou-se, levantou-se, afastou os documentos.

– Quem vai arrumar a casa do seu irmão?

– Cada um fará a sua parte.

– Confesse: exigiram que a mulher dele trabalhasse? Ela levava uma vida muito burguesa, fechada em casa.

– Não é natural?

– E se ela tivesse um filho?

– Teria direito a três meses de licença paga e depois meia hora, três vezes por dia, para amamentar.

– E se você também tivesse um filho?

Ele esperou um estremecimento, que não veio.

– Seria exatamente a mesma coisa.

– Ainda que não seja casada?

– Por que não?

O que ele estava dizendo? Qual era a necessidade de falar daquelas coisas? E, no entanto, ele continuou. Era mais forte do que ele. De pé em frente à janela, chamou Sonia.

– Venha ver.

Apontou para as pessoas que aguardavam na calçada, em pleno sol, em frente à cooperativa. Acabara de chegar um carregamento de biscoitos e migalhas quase imperceptíveis caíam das caixas. Ora, cinco ou seis mulheres se ajoelharam nos paralelepípedos da rua para apanhá-las.

– E? – perguntou Sonia.

– Tem coragem de dizer que essas pessoas não estão mortas de fome?

– Elas não estão mortas, estão vivas. Não existem pobres no seu país? E não existem milhões de desempregados nos Estados Unidos, na Alemanha e em outros países?

Ele a via novamente na janela do clube, na noite anterior, ao lado daquele rapaz; via novamente os operários assistindo à palestra. Ouvia as escalas do saxofone, enquanto perambulava sozinho pelas ruas.

– O que a senhorita compra com os quatrocentos rublos que ganha?

– O que está querendo insinuar? Compro o que é necessário para mim.

– Já me disse isso antes. Mas agora eu sei os preços. Um par de sapatos como os seus custa trezentos e cinquenta rublos. Seu vestido custa no mínimo trezentos rublos. Um pedaço de carne...

– Não como carne.

– Nem seu irmão?

– Apenas quando come no restaurante da cooperativa.

– Quanto ele ganha?

– Quatrocentos rublos também. Os membros do partido não aceitam ganhar mais.

Atiçou-o perceber o estremecimento de sua voz quando acrescentou:

– Nós não somos infelizes.

– E se tivesse de fazer fila, como essas pessoas?

– Eu faria.

Procurou mentalmente. Agarrou a primeira ideia que lhe passou pela cabeça, não sem uma ligeira apreensão.

– Admita que a senhorita é do GPU!

– Sou do Partido.

Ele não tinha nenhum plano em mente quando despachara seus visitantes e, em todo caso, não previra aquela discussão ridícula. Mas ele precisava ver o rosto de Sonia sem aquela eterna expressão de autoconfiança.

– Que idade a senhorita tem?

– O senhor sabe. Vinte anos.

– Por que saiu com aquele homem ontem?

– Por que não sairia?

– A senhorita o ama?

– O senhor ama a...

Ela não pronunciou o nome, mas seu olhar se dirigiu para o quarto.

– Não é a mesma coisa.

Ele estava sendo ridículo, odioso, e perturbava-se com isso, a ponto de rolar uma gota de suor de cada poro de sua testa. Suas sobrancelhas estavam franzidas, seus olhos se esquivavam dos dela.

Passando por atrás de Sonia, por pouco não a agarrou à força, estreitou-a contra seu peito, sussurrando uma bobagem qualquer.

Não teve coragem. Era impossível e ele olhou com ódio as duas janelas fechadas da casa em frente, a rua escaldante, o fragmento de céu baço e seu escritório vazio, morto.

Então, mudando de tom, deixou escapar:

– Desistiu de encontrar uma empregada doméstica para mim?

– Continuo procurando.

– A senhorita sabe muito bem que não encontrará.

– É muito difícil.

– Porque sou estrangeiro, não é? E o russo que trabalha na casa de um estrangeiro é malvisto! Corre o risco de se tornar suspeito e ser perseguido pelo GPU!

Ela sorriu.

– Admita que é verdade!

Aquilo era justamente o contrário do que desejava. Tinha vontade de chorar.

– Escute, Sonia...

– Estou escutando.

Ela não deveria ajudá-lo? Não precisava falar, não precisava tomar atitudes. Bastava ser um pouco menos calma, menos segura de si, menos como sempre. Não foi para escapar do perigo que voltou ao seu lugar diante da escrivaninha?

– A senhorita me odeia!

– Não – disse ela. – Por que eu o odiaria?

– O que pensa de mim?

– Penso que seria melhor voltar para o seu país.

Ele ofegou.

– Está insinuando que sou incapaz de viver aqui, que me deixo impressionar pelas suas instituições e pelo mistério em volta delas? Sei que é isso que pensa de mim! Acredite, vivi coisas muito piores! Já ouviu falar de Dardanelos? Passei três anos em trincheiras mal construídas, onde às vezes tínhamos de caminhar sobre pilhas de cadáveres! Eu também não tinha empregados lá, nem leite evaporado...

Ela o olhava com seu eterno olhar compenetrado. Podia ter zombado daquela soberba dele que viera à tona tão repentinamente. Mas não! Ela o observava com curiosidade.

– Ainda tenho uma bala na base do crânio que os médicos nunca poderão extrair. E sabe como me juntei a Mustafá Kemal na Ásia Menor, durante a revolução? Me enfiei com mais dois num caiaque de seis metros de comprimento e passamos semanas sendo arremessados pelas ondas do mar Negro. Era o auge do inverno.

Ele precisava contar aquelas coisas porque sabia que sua pele estava acinzentada, que seus ombros não tinham força. Só que perdera o ímpeto e não sabia mais o que dizer.

Por que ela não dizia nada?

Foi até a janela para recuperar o fôlego e deixar que seu sangue se acalmasse. Quando retornou, a secretária estava classificando as notas que tomara pela manhã.

– Sonia!

– Sim.

– Fiquei muito triste essa noite.

– Por quê?

– Porque a sua cama estava vazia. Não entendi.

– O que o senhor não entendeu?

– Que tivesse saído com aquele homem. Com quantos já saiu?

– Não sei.

– Desde quando?

– Cerca de dois anos.

Ele a via de perfil e pensava num monte de coisas ao mesmo tempo, nos quatrocentos rublos que ela ganhava, na refeição de pão escuro e chá, na cama de ferro no quarto do irmão e da cunhada, na água que ela também tinha de ir buscar no corredor pela manhã, no...

E, no entanto, seu vestido era bem cortado, seu rosto era calmo e decidido!

O dia seria como na semana anterior: esperariam horas até a tempestade cair. O céu não tinha mais cor. Um vapor quente cobria a cidade e os pulmões respiravam um ar denso.

– O que foi, Adil Bey?

Ele arrancou o colarinho falso e a gravata e parou no meio do escritório, com um olhar estranho.

– Devia se sentar.

Era justamente o que ele não queria fazer, porque ainda não havia desistido de pegá-la em seus braços. Às vezes, aproximava-se dela, decidido, e afastava-se em seguida.

O telefone tocou. Sonia escutou, estendeu o fone a Adil Bey.

– Não... Não... – ele resmungou no aparelho. – Não posso... Não estou bem... Não, não quero ver ninguém!... Eu disse que não! Quero ficar no meu canto, como um animal ferido... Até logo...

Era Nejla!

– Está realmente doente? – perguntou Sonia, sem nenhuma compaixão.

– Não sei.

Ele não se sentia bem em lugar nenhum. Estava com calor. Não estava com fome e, no entanto, sentia o estômago roncar.

– Sabe o que devia fazer? Ir à praia e tomar um banho de mar. Depois caminhar sem pressa pelo jardim botânico, que o senhor ainda não conhece e que, segundo dizem os estrangeiros, é um dos mais bonitos do mundo. Pegando um atalho, não são nem seis quilômetros.

– E mais o quê?

– Vai se cansar e dormir.

– A senhorita já fez esse programa?

– Sim.

– Sozinha?

– Por que não?

Teve vontade de esbofeteá-la. Fazer doze quilômetros, sozinho, no sol, para visitar o jardim botânico!...

– Naturalmente, a senhorita se recusaria a me acompanhar?

– Sim, eu seria obrigada a recusar.

– Porque se entediaria?

– Não especialmente.

– Sempre a mesma coisa, em resumo! Porque sou estrangeiro! Seria suspeito! Ah! Agora entendi! Aquelas mulheres no bar, elas não saem com os marinheiros! Mas sei também que elas pertencem ao GPU. Admita!

– Por que não? Às vezes elas são interrogadas pela polícia.

– A senhorita também?

– Eu não disse isso.

– Mas não teria coragem de afirmar o contrário! Ontem mataram um homem, a cinquenta metros de mim.

Ela o olhou com curiosidade.

– Quem atirou nele estava com um casquete verde.

– No seu país a polícia não atira?

– Talvez. Em todo caso, existe uma diferença. Os espectadores reagem, procuram saber o que aconteceu. Ontem, as pessoas que presenciaram a cena não deram nem um passo.

– Porque não era da conta delas.

Havia, no entanto, um leve sorriso em seus olhos claros e aquilo lhe pareceu uma repreensão. Pelo menos tinha o mérito de atenuar a simplicidade desconcertante da resposta.

– Sonia...

– É a terceira vez que o senhor me chama sem dizer nada.

– Gostaria que eu dissesse alguma coisa?

– Não.

Ele também sorriu. Era a primeira vez que relaxava. Teve a impressão, de repente, de que eles não eram tão distantes um do outro como imaginava.

Ouviram o barulho de uma janela batendo. Era na cooperativa, cujo estoque se esgotara. Adil Bey viu umas quarenta pessoas, como todos os dias, indo embora de sacola vazia.

– Me esqueci de falar da roupa suja – disse a moça, erguendo-se.

A janela da frente abriu-se. Koline foi o primeiro a chegar e seu casquete verde já estava pendurado no cabideiro. Ele acendeu um cigarro, penetrou na sombra do quarto, desfez os pacotes de mantimentos e arrumou-os na mesa. Não olhou nem uma vez sequer para as janelas do consulado.

– A senhorita o viu esta manhã? – perguntou Adil Bey.

– É claro.

– Ele não disse nada?

– O que teria para dizer? A propósito da roupa suja, é só me dar que eu mando para a lavanderia junto com a nossa. Hoje é dia. Onde ela está?

A porta estava aberta entre o escritório e o quarto. A cama estava por fazer e o pijama de Adil Bey estava jogado no chão. Sonia o pegou.

– No armário?

– Sim... Sonia... Eu queria fazer uma pergunta...

– Ainda sobre a noite passada? Não entendo. O senhor dá importância demais a coisas que não têm importância nenhuma.

– Não é sobre o rapaz.

– É sobre o que então?

– É sobre mim... Se eu lhe pedisse...

Ele falava em voz baixa, porque as janelas estavam abertas e ele tinha a impressão de que podiam ouvi-lo na casa em frente. Sonia estava segurando o monte de roupa suja. Adil Bey estava entre ela e a rua. Ele ouviu a senhora Koline chegar e percebeu o barulho dos pratos.

– Diga logo, já já vamos almoçar.

Era o fim. Ela estava de saída. Mais alguns segundos e seria tarde demais.

– Se eu lhe pedisse, uma noite...

Ela não o deixou terminar.

– Seria muito complicado! – suspirou, já se dirigindo para a porta.

Ela não disse não. Não se ofendeu. Não riu. Entre as janelas do quarto e a primeira janela do escritório, havia uma parede. Sonia entendeu por que ele havia parado naquele lugar, por onde ela devia passar e de onde eles não eram visíveis, mas não se afastou.

– Sonia!

Ele a pegou em seus braços. Estava tão perturbado que não lhe ocorreu beijá-la. Abraçou-a pelos ombros. Eram magros. A carne era macia. Ele se inclinou sobre o seu pescoço, roçou de leve a sua pele, afastando ligeiramente os cabelos loiros, e ficou surpreso que ela se entregasse.

– Sonia...

Ele beijou seus lábios. Pressionou-os contra os seus e quase perdeu o equilíbrio, porque ela se inclinou para trás. Quando ela se endireitou, ele ficou parado, aturdido. Ela não soltara o monte de roupa. Sorria de uma maneira estranha, arrumando os cabelos com a mão.

– Por que usa perfume? – perguntou ela.

– É água-de-colônia. Não gosta?

– Não sei. Comprei peixe defumado e queijo de ovelha.

Ela não estava mais escondida pela parede. Através da janela, viu o irmão e a cunhada, que já estavam almoçando.

– Até mais.

Adil Bey, agora sozinho, não estava feliz, nem sequer alegre. Abriu os pacotes que ela havia deixado na mesa, mas a visão da comida não lhe abriu o apetite.

Ouviu os passos de Sonia na rua e não se debruçou na janela para vê-la.

Koline passava manteiga numa fatia de pão escuro, bebia chá com um ruído forte de aspiração e sua mulher falava rápido, sem dúvida contava os detalhes de sua primeira manhã de trabalho.

Sonia entrou no quarto, largou a roupa suja num canto, jogou o chapéu preto na cama e foi sentar-se em seu lugar habitual, de costas para a janela.

Devem ter falado de Adil Bey, pois Koline se virou várias vezes para o consulado, mas não se percebia o mínimo interesse em seu rosto.

Por que a senhora Koline estava rindo? Ela não sorria. Ela ria! De quê? Do que sucedera pouco antes?

E por que seu marido, em vez de comer, estava escrevendo num caderninho?

Estavam os três no frescor do quarto, ao redor da mesa. Eles devoravam com apetite a magra refeição, ao lado das duas camas e do lavatório que ficava junto da estante de livros. Koline tinha o hábito de, entre um pão e outro, tirar umas baforadas do cigarro de boquilha de papelão e colocá-lo no peitoril da janela.

Será que Sonia não se viraria também? Adil Bey a espiava. Esperava. Emboscara-se no fundo da sala e um leve tremor na nuca da moça, que ele notou, apesar da distância, avisou que ela faria um movimento.

Ela virou-se, de fato. Estava com a boca cheia. Ficou um instante sem vê-lo, fitou a mesa com os mantimentos e arregalou os olhos, como quem diz:

– Não vai comer?

Foram dois segundos. Depois foi o irmão que olhou e, de novo, a cunhada riu, e Adil Bey, saindo finalmente do seu esconderijo, foi fechar a janela.

Sentia-se humilhado. Sentia-se menos que nada. Angustiado, como se fosse outra pessoa, olhou novamente sua imagem no espelho e teve a impressão de que estava realmente doente.

No mesmo instante, escreveu uma carta a Istambul para encomendar uma quantidade ridícula de brometo.

Capítulo 6

ADIL BEY VOLTARIA A PENSAR MUITAS VEZES naquele momento, em Sonia virando-se para procurá-lo com os olhos sem parar de comer, enquanto o irmão e a cunhada o olhavam também, ele impassível e ela dando risada.

Foi o último instante de toda uma época, o primeiro de outra, mas ele não sabia disso e resmungou porque a tempestade demorava a cair.

Não estava com vontade de trabalhar. Quando Sonia retornou, ele se enfurnou no quarto, sentou-se na beira da cama e esperou que ela viesse lhe pedir alguma informação. Isso não aconteceu e, por volta das quatro horas, ele penteou o cabelo e entrou no escritório.

– O senhor dormiu? – perguntou ela.

– Não.

Ele sentiu de imediato que havia alguma coisa anormal, mas não sabia o quê. Quando se sentou diante de sua mesa, viu-a trabalhando e perguntou a si mesmo por que ele era tão ranzinza.

Porque Sonia era alegre, muito alegre. Mas era uma alegria discreta. Quando estava escrevendo, parecia uma criança aplicada. Eram os seus olhos que riam e, quando ela ergueu a cabeça, ele viu um brilho dourado neles.

Ele não conhecia aquela alegria, que brotava de muito fundo. Sonia não ria das coisas e das pessoas: ela sorria para elas, inclusive para Adil Bey, que retornou ao quarto para mudar a expressão de seu rosto.

Três ou quatro vezes, ele entrou e saiu do escritório, ora observando o pescoço branco e delicado de Sonia que emergia do vestido preto, ora as suas mãos, ora procurando rever as faíscas douradas no fundo de suas pupilas.

Às cinco horas, ela se ergueu para colocar os papéis em ordem e eles ainda não haviam trocado mais do que três frases. Às cinco e meia, como de hábito, ela pegou o chapéu e, antes de sair, virou-se firmemente, diretamente, para Adil.

Ela sabia o que esperar. Ele avançou decidido, envergonhado, infeliz. Queria pegá-la pelos ombros, levá-la para o mesmo lugar daquela manhã.

– Escute, Sonia...

Ela estava ereta, as duas mãos no fecho da bolsa, e parecia mais frágil, mais menina.

– Faz mesmo questão?

Depois, ainda no mesmo tom, estendeu a mão direita para a maçaneta:

– Me espere esta noite. Deixe as luzes apagadas.

Ele a viu em seguida no apartamento dela, voltando da praia, comendo com o irmão e a cunhada. Eles acenderam as luzes e fecharam as janelas.

No consulado, Adil Bey andava no escuro, sentava-se, mas por pouco tempo, erguia-se e andava de novo.

E Sonia veio. Ele reconheceu seus passos. Ela abriu a porta e, ao fechá-la, inclinou-se para fora para espiar o corredor. Ele via apenas a mancha de seu rosto e de seu pescoço, e a de suas mãos. Ainda havia a claridade da casa em frente. Gotas de chuva caíram, finalmente livres, do céu. Adil Bey não disse nada, não fez nenhum gesto e Sonia colocou a bolsa na mesa do escritório, tirou o chapéu, aproximou-se dele, dizendo:

– Estou aqui!

Quantas vezes ela viera em quinze dias? Dez, talvez? Adil Bey habituara-se a espiá-la quando ela estava para sair, à noite. Ela respondia que sim com um sinal de cabeça, sempre com o mesmo sorriso, ou então dizia:

– Não.

E, quando dizia não, ela não ouvia seus rogos. Era não!

Ela chegava logo que caía a noite. Ia embora quando seu irmão saía da janela, onde ele tinha o hábito de fumar, antes de ir para a cama.

Na primeira noite, alguém bateu à porta e ambos ficaram imóveis na escuridão, esperando os passos se afastarem. Pouco depois, o telefone tocou e Sonia impediu seu companheiro de atender.

Apesar da chuva, as janelas da casa da frente se abriram quando a senhora Koline foi se deitar e Koline ficou sozinho, respirando o ar fresco.

Estavam todos muito próximos uns dos outros. Sonia estava tranquila, tão tranquila que Adil Bey se perguntou por que ela viera.

Ele estremeceu quando a pegou em seus braços, fazendo o vestido negro escorregar, descobrindo aquele corpo ainda em formação que não demonstrava nem paixão nem sedução.

– Por que está tão emocionado?

Ele viu seus olhos a alguns centímetros dos seus, olhos que o olhavam com curiosidade e pareciam refletir.

– O senhor é estranho!

Ela disse isso tarde da noite, calçando os sapatos, enquanto ele sentia necessidade de colar o rosto no vidro da janela.

Três semanas depois, ele a conhecia mais do que antes? Estava mais feliz ou mais infeliz? Ele a olhava várias vezes durante o dia, calma e aplicada, e nenhum contato se estabelecia entre eles.

Ele a observava, principalmente quando estava sentada à mesa, do outro lado da rua; observava Koline e sua mulher, e era o que mais o intrigava. Eles podiam não saber? E, se Koline sabia, por que continuava a olhar o consulado com indiferença?

Adil Bey tentava tratar Sonia com intimidade, mas era impossível. Muitas vezes ele a tinha em seus braços e seu rosto exprimia de repente a angústia que sentia.

– O que foi? – ela perguntava, sorrindo.

O que foi? Ele sofria por tê-la ali, dele, e tentar inutilmente uma intimidade real!

– Você não me ama.

– Depende do que você considera amar.

Ela era terna, às vezes carinhosa! Ele quase não saía mais. Em contrapartida, Nejla Amar apareceu certo dia, por volta das dez horas da manhã, e exclamou:

– É assim que o senhor vem me ver?

O escritório estava cheio. Adil Bey, constrangido, olhou para Sonia, que, com o lápis apontado para os seus papéis, indicou com o olhar a visitante e, em seguida, a porta do quarto.

– Sabe que o meu marido volta na semana que vem?

– Você não tentou me telefonar?

– Não. Confesse que era meu direito esperar notícias suas!

Então quem havia telefonado naquela primeira noite? Quem havia batido à porta?

– Não sei o que você tem, Adil, mas parece muito mudado.

Ela tirou o chapéu, as luvas, olhou-se no espelho.

– O que fez depois daquele dia?

– Nada.

– Não vai me dar um beijo?

Do outro lado da porta, Sonia atendia os visitantes. A persa saiu duas horas depois, descontente. O casal quase brigou.

– Confesse que lhe contaram histórias maldosas a meu respeito! – exclamou em dado momento.

– Juro que...

– Com quem esteve?

– Com ninguém.

– Mas viram você no bar!

– Fui lá uma vez.

Quando Nejla atravessou o escritório, Sonia nem sequer olhou para ela. Adil Bey retornou à sua cadeira. A secretária apontou um homem com cara e roupas ridículas de pirata que estava sentado num canto.

– Ele quer falar pessoalmente com o senhor.

– Você! – disse o cônsul.

– Quando tiver terminado com os outros.

Sonia tomava notas, como de hábito.

– Sua vez.

Mas o homem olhou para a jovem de uma forma significativa, murmurou em turco:

– Acha que podemos falar?

Sonia compreendeu. Esperou uma ordem, fez menção de se levantar.

– Você fica. Pode falar.

O homem lhe estendeu uns papéis imundos que ele guardava entre a camisa e o corpo.

– É o seu passaporte?

– Não. Do homem que morreu. Ele me pediu que, se acontecesse o pior, que eu trouxesse seus documentos e alguém avisasse sua irmã. Ela mora em Esmirna.

Sonia compreendeu que não devia tomar notas e aproveitou a pausa para classificar uns documentos.

– Explique.

O homem foi até a porta para se assegurar de que não havia ninguém escutando no corredor.

– Atravessei seis para a Anatólia, por uma trilha na montanha. Quando estava quase no fim, atiraram em nós e um dos seis ficou.

– Você atravessa muitos?

O outro não respondeu, apanhou o gorro de pele e saiu, dizendo entre os dentes:

– Vai fazer o que é necessário com os papéis?

A manhã terminou. O escritório estava sujo e deserto. Sonia pôs o chapéu.

– Não está zangada? – perguntou Adil Bey.

– Por quê?

– Por causa da outra.

– Você não podia fazer diferente. Peço licença para não voltar à tarde. Tem o desfile da esquadra.

– Está bem.

Era possível beijá-la, ou dizer alguma coisa carinhosa, com ela assim, direta e objetiva, diante dele? Além do mais, ele ainda estava pensando no homem que acabara de sair e também em Nejla, cujo perfume ele farejava de mau humor.

– Até amanhã, Adil Bey.

– Até amanhã.

Durante toda a tarde, ele foi literalmente empurrado de uma rua para a outra como um objeto estranho. Ele não sabia nada a respeito das festas que estavam acontecendo. Logo no primeiro cruzamento, quando saiu de casa, topou com dois policiais a cavalo que barravam a passagem.

Pegou outro caminho. Nas calçadas e na rua principal, havia uma fileira dupla de curiosos e de todas as janelas pendiam bandeiras vermelhas. Bandeirinhas enfeitadas com dizeres foram estendidas entre as casas. Em determinado ponto, um pano de vários metros, com uma imagem monstruosamente ampliada de Stálin, tremulava na altura dos telhados.

No momento em que se pôde distinguir alguma coisa que devia ser o princípio de um cortejo, soldados a cavalo empurraram o público, sem uma palavra e com a chibata na mão, e Adil Bey viu-se encurralado na entrada de um pórtico.

Ele não viu quase nada: pessoas marchando em fila, segurando faixas, bandeiras e bandeirolas com o retrato de Lênin. Houve música, depois desfilaram os marinheiros, de uniforme branco, colarinho azul e as longas fitas da boina pendendo em suas costas.

Ninguém urrava. Ninguém falava. Apenas a música rompia o vasto silêncio.

O desfile terminou, houve certa movimentação. Os curiosos seguiram todos na mesma direção. De muito longe, Adil Bey avistou um palanque forrado de veludo vermelho, mas de novo foi empurrado e viu-se à beira-mar.

Cinco navios de guerra estavam ancorados na enseada, entre os cargueiros estrangeiros. Lanchas zuniam na água reluzente. Na fachada da central dos sindicatos, os jovens estavam instalando as lâmpadas elétricas que faltavam para formar umas letras gigantescas.

Adil Bey assustou-se ao ouvir uma buzina a menos de um metro dele. Chegou a dar um pulo para o lado, enquanto John, ao volante do carro que freara, ria tolamente do seu medo.

– Tudo bem?

Ele estava vermelho, desalinhado.

– Vai para esses lados? Suba...

Ele já havia aberto a porta e Adil Bey não teve coragem de recusar.

– Não foi convidado para o banquete? Estão dando um grande jantar dançante esta noite, em homenagem aos oficiais da armada.

Ele nunca sabia se John estava caçoando dos outros ou de si mesmo, ou se falava a sério.

– Para começar, acabaram de fuzilar um!

– Um o quê?

– Um sujeito! Eles fazem os fuzilamentos perto da minha casa, no pátio da caserna do GPU. Trouxeram o homem por volta das duas. Ele parecia atordoado. Foi prensado contra o muro e levou um balaço no peito. Parece que era um montanhês que atravessava gente pela fronteira...

Eles estavam nos arredores da refinaria.

– Onde eu deixo você?

– Aqui.

Adil Bey estava branco. Ficou um segundo indeciso, ao lado do estribo.

– Ele tinha bigode? – conseguiu perguntar a muito custo.

– Um belo bigode preto, como os camponeses da sua terra.

– Obrigado.

– E Nejla?

Mas Adil Bey não estava mais escutando. Caminhava apressado, em pleno sol, sentindo a cabeça zumbir como se tivesse passado por uma nuvem de mosquitos. Uma barreira impediu sua passagem, mas, depois de muitos desvios, chegou finalmente ao edifício onde costumava ver o chefe do departamento de estrangeiros. A porta estava aberta. E todas as portas internas. Contudo, por mais que tenha procurado, chamado, entrado em dez ou doze escritórios, não encontrou ninguém.

Quando saiu para a rua, a cerimônia já havia acabado, pois a multidão se dispersava, dessa vez entremeada de marinheiros de nuca raspada, rosto corado e aspecto de jovens bem nutridos que passeavam em trios ou quartetos. Todos eram loiros, altos, espadaúdos, meio gordos. Eram homens do Norte, das margens do Báltico, mas sorriam para a cidade, para o sol, para as bandeiras vermelhas e as bandeirolas.

Era festa! Alguns já caminhavam ao lado de moças de vestido branco e sapatilha que trabalhavam no porto ou na refinaria.

Adil Bey procurou Sonia. Voltou ao consulado para se certificar de que ela não estava em casa, mas as janelas dos Koline estavam fechadas.

De súbito, tomou uma decisão e, minutos depois, batia à porta do consulado italiano.

– Por favor, diga ao senhor Pendelli que gostaria de vê-lo.

Ouviu uma movimentação no terraço. O criado pediu que ele subisse e a senhora Pendelli em pessoa foi recebê-lo, afável e cordial, como se não houvesse nenhum mal-entendido entre eles. Pendelli, vestindo um terno de linho creme, levantou-se da poltrona onde estava refestelado. Uma voz brincou:

– E eu? Não mereço um boa-tarde?

Era Nejla, que mordiscava um *petit four*.

– O senhor ficou muito tempo emburrado conosco – murmurou Pendelli, sem ironia aparente.

O terraço estava iluminado. O chá fora servido como da primeira vez. Adil Bey notou que a bandeira soviética estava ao lado da bandeira italiana, na sacada.

– O senhor também? – espantou-se.

– É uma necessidade. Desde que os nossos governos reconheceram os sovietes...! E o senhor?

– Não sei. Vim pedir...

– Uma xícara de chá? Uma laranjada? – ofereceu a senhora Pendelli, cujos ombros estavam bronzeados.

– Obrigado. Parece que fuzilaram um homem. É um conterrâneo meu. Ele esteve no meu escritório esta manhã.

Pendelli acendeu um cigarro fino e soprou a fumaça com um ar de indiferença.

– O que quer saber?

– Em primeiro lugar, se é verdade. E...

Pendelli apertou uma campainha. Entrou um empregado de óculos de casco de tartaruga e o cônsul falou com ele em italiano. O empregado, depois de uma rápida olhada em Adil Bey, balançou a cabeça, positivamente.

– É verdade – disse o cônsul. – Foi preso na estação, enquanto esperava trem para Tbilisi.

– Sente-se, por favor – insistiu a senhora Pendelli.

Adil Bey sentou-se maquinalmente. Mas não podia ficar parado. Precisava ter certeza. Quando o empregado saiu, ele confessou, após olhar ansiosamente em redor:

– Esta manhã, ele me confidenciou que atravessava pessoas que queriam ir para a Turquia.

– E?

– Ele disse isso a mim, no meu escritório.

– O senhor estava sozinho?

– Sim. Quer dizer, minha secretária estava lá...

Nejla deu uma gargalhada.

– A irmã do chefe do GPU marítimo! – lançou-lhe na cara.

Pendelli deu de ombros.

– O que quer que eu diga?

– O homem podia estar sendo seguido, não acha?

– Não.

– Por quê?

– Porque não teriam deixado que ele fosse até o senhor.

– Não quer um biscoito, Adil Bey?

– Não, senhora. Me desculpe. É a primeira vez que...

– Que ouve falar de um fuzilamento? – suspirou Pendelli. – Pessoas desaparecem de circulação todos os meses, meu caro amigo. Acha que alguém se preocupa? Ora, convenhamos! Um pai que vê seu filho ser preso não tem coragem nem sequer de perguntar por quê!

– O que o senhor faria no meu lugar?

– Nada. O homem está morto, não está? Seja o mais amável possível com a sua secretária e não toque nesse assunto com ela.

Nejla observava Adil Bey com atenção havia alguns minutos.

– Nosso amigo foi, talvez, mais do que amável com ela – articulou com um sorriso maldoso.

– O que quer dizer?

– Que ela é bastante bonita e que é a primeira vez que vejo uma datilógrafa russa cuidar da casa do patrão.

Pendelli sorriu para o seu cigarro.

– Não arreliem Adil Bey – disse a senhora Pendelli. – Sabem muito bem que ele não gosta dessas brincadeiras.

– Em todo caso – concluiu Nejla –, se não é um passatempo, ele ainda não terminou com ela!

– Sabe o que deveria fazer, em primeiro lugar?

Pendelli, dessa vez, falou sem ironia. Percebia-se que era sério.

– Vá para casa e hasteie a bandeira vermelha.

– Agradeço o conselho. Me desculpem a intrusão...

– Não precisa se desculpar! Esta casa estará sempre aberta para o senhor.

Não obstante, da calçada, Adil Bey ouviu as gargalhadas de Nejla, depois a voz abafada do cônsul:

– Shh! Ele pode ouvir.

– E o que me importa? – retrucou ela.

Policiais a cavalo retornavam da manifestação. Trotavam na rua estreita, que vibrava de ponta a ponta sob as batidas dos cascos. E marujos de colarinho azul, moças de branco, uma multidão inteira desembocou no porto, em pleno sol, uma multidão que Adil Bey teve de cortar de viés para ir para casa, para hastear a bandeira soviética.

Dessa vez a janela da casa em frente estava aberta. Sonia estava de pé diante do espelho, num vestido novo no qual sua cunhada, de joelhos e com alfinetes na boca, fazia os últimos ajustes. O vestido era de cetim preto, de babados.

Ouvindo barulho quando ele hasteou a bandeira, Sonia virou a cabeça e sorriu, mas pouco, rápido, um sorriso furtivo que logo se apagou, e disse algo à cunhada, que se ergueu e fechou a janela.

Ainda havia uma fanfarra na rua e Adil Bey por pouco não ouviu a campainha do telefone. Quando atendeu, não havia ninguém do outro lado da linha.

Capítulo 7

ADIL BEY NÃO REAGIU, não teve nem a veleidade de sorrir quando a senhora Pendelli, que guardava o baralho num cofrinho de madeira, disse:

– Sabe que o senhor está se tornando um excelente jogador de bridge?

Pendelli afastou a poltrona, recostou-se e acendeu um cigarro de boquilha rosa. Era o momento em que, de hábito, ele semicerrava os olhos, bocejava e suspirava até que alguém fizesse menção de partir. Dessa vez, ao contrário, ele disse a John, que estava com o colarinho da camisa aberto:

– Sirva-se de mais um uísque.

Havia fogo na imensa estufa de cerâmica. Ouvia-se o murmúrio da chuva e, às vezes, o estalido de uma calha esvaziando-se. O salão era iluminado por lampiões a petróleo, porque àquela hora não havia mais energia elétrica.

– Despacharam nosso amigo persa no trem matutino? – perguntou John, servindo-se de uísque.

– Com dois homens na mesma cabine – respondeu Pendelli com um sorriso de satisfação. – Sabe quantos tapetes de valor ele conseguiu passar pela fronteira em menos de um ano? Cento e oitenta! Sem contar os samovares, os ícones, os objetos de arte de todos os tipos.

Virou-se para Adil Bey.

– Foi ajudando Amar que seu funcionário, Fikret, foi preso. Eles combinaram o negócio neste salão, junto da lareira. Lembra-se? No dia seguinte, sem alarde, mandaram Fikret para o xadrez e nunca mais se ouviu falar nele. Quanto a Amar, os sovietes pediram ao governo persa que fizesse a gentileza de chamá-lo com urgência e ele partiu esta manhã, com escolta.

– É verdade que a esposa dele ficou? – quis saber a senhora Pendelli.

– Ela não é esposa dele, mas uma criatura que ele recolheu em Moscou quando era secretário da legação diplomática. Ela não pôde ir para Pérsia com ele.

O ar estava morno e agradável. Havia nele um bafo de sono e os dois quebra-luzes eram de um rosa cremoso, de sorvete. Pendelli esticou as pernas, espreguiçando-se.

– Mais um dia! – rejubilou-se.

– Vão à Itália para o Natal?

– O *Aventino* aporta em Gênova no dia 22 e estaremos em Roma no dia 23.

Era para Gênova, para Roma, para sua casa que ele sorria. Teria férias de dois meses e isso era o suficiente para não sentir sono e pensar com indiferença nos problemas da Rússia. Sentia até certa necessidade de comentá-los, para aumentar ainda mais a alegria de partir.

– Foi recentemente a Novorossiysk, John? É verdade que comeram crianças por lá, na semana passada?

– Na verdade – esclareceu John –, a polícia recebeu uma denúncia. Foi ao endereço indicado e encontrou um homem num porão, sentado ao lado das salgadeiras, que tinham restos de sua mulher e de sua filha. Tiveram de matá-lo, porque ele protegeu furiosamente o que considerava um bem seu. Estava louco.

– O que lhe parece, Adil Bey?

– Não sei.

– Nosso amigo Adil mudou muito nesses três meses – admirou-se a senhora Pendelli. – Nos primeiros dias, achei que ele não aguentaria. Mas ele se adaptou. E me parece que até engordou.

Era verdade. Ele engordara. Mas não era um sinal de boa saúde. Ele ganhara uma carne espessa e mole que o envelhecia e tornava seu olhar mais pesado, mais nebuloso.

– Em resumo, Adil Bey estará sozinho para representar o corpo consular!

Ele esboçou um sorriso educado. Desde que começara a participar, toda semana, da noite do bridge na casa dos italianos, a senhora Pendelli fora sempre muito gentil. Parecia que o tomara sob a sua proteção e era ela que proibia o marido de arreliá-lo.

– Vamos deixá-los – disse John, esvaziando o copo. – Suponho que ainda nos veremos antes da partida. Aliás, estarei a bordo. Vamos, Adil?

Como sempre, ele estava meio embriagado. Enfiaram galochas e impermeáveis e chafurdaram os pés na lama, enquanto a chuva lhes lavava o rosto. Desde o início do outono, chovia todos os dias, sem trégua, sem um raio de sol, e algumas ruas haviam se transformado em verdadeiras torrentes.

– Me diga uma coisa, Adil...

De quando em quando, os dois vultos se esbarravam, porque ambos tentavam evitar uma poça de água, ou porque um dos dois escorregava.

– Sim?

– Você anda bebendo?

– Não! Por que a pergunta?

– Por nada. Damos uma passada no bar?

Adil Bey sabia muito bem o que passou pela cabeça de John. Como a própria senhora Pendelli dissera, ele mudou e o americano achou que fosse por causa do álcool.

Não era nada disso. O próprio Adil não saberia dizer exatamente como aconteceu. Começou no dia da morte do turco. Adil Bey ficou extremamente perturbado, mas, depois, subitamente, acalmou-se, como se uma engrenagem dentro dele tivesse engripado.

No dia seguinte, não comentou nada com Sonia. Não falou com ela o dia todo. Durante quinze dias, não pediu nenhuma vez que ela fosse vê-lo.

E seu rosto, naquela solidão absoluta, adquiriu pouco a pouco aquela impassibilidade mole que John confundira com uma certa embriaguez.

Era outra coisa, mas também não era indiferença nem escolha.

Assim que chegou a Batum, foi à casa dos Pendelli com intenção de compartilhar uma pequena parte de sua vida e deparou-se com um ambiente hostil. Vagou pelas ruas, misturou-se à multidão e a multidão se afastava para deixá-lo passar, para evitar qualquer contato. Agarrou-se a Sonia, desesperadamente, furiosamente. E jamais a sentiu tão distante como depois que ela se tornou sua amante.

Era porque era turco e eles, russos ou italianos? Até o persa desconfiava dele!

Ou era simplesmente porque ele era Adil Bey?

Em todo caso, sempre que tentou viver o que sempre chamou viver, ele bateu violentamente contra um muro.

Então, mesmo sem querer, tornou-se apático, tanto ou mais, talvez, do que aqueles com quem convivia. Foi fácil! Conseguiu sozinho! Era só levar sua solidão aonde quer que fosse, inclusive à casa dos outros, aos Pendelli, ao escritório do departamento de estrangeiros.

Era uma nuvem de proteção dentro da qual ele se trancava.

Como pôde não compreender, desde o primeiro dia, que todos ali se trancavam? John se trancou no álcool. Os Pendelli se trancaram com duas voltas de chave no conforto burguês, e seriam capazes de transportá-lo até o deserto.

E Sonia! E Koline! Será que Koline, quando voltava para casa, tinha alguma intimidade com a mulher?

No restaurante da cooperativa, cada um comia no seu canto e guardava seus pensamentos muito bem guardados. E a multidão? Será que era somente uma multidão que saía para dar a meia-volta diante do homenzinho sombrio e do globo terrestre?

Ele era igual aos outros, só isso! Também tinha seu canto e, de lá, observava as pessoas com a desconfiança de um animal solitário.

Eles continuavam chafurdando na lama, John e ele, na noite molhada e, quando chegaram ao bar, havia ainda três prostitutas encolhidas na soleira de uma porta. O americano acenou para elas.

– Conhece?

Eles ainda podiam conversar, e até mesmo jogar bridge, mas cada um por si, sem acreditar em nada daquilo.

Era um cenário bonito, bem lúgubre, como Adil Bey aprendera a gostar: o luminoso que aclarava um trecho da rua lamacenta, o tracejado da chuva, as três prostitutas de galocha e maquiagem borrada, depois o porto escuro, o clarão dos barcos, e John, que parava antes de transpor a entrada e olhava com ironia para ele.

Deviam estar ambos com uma bela aparência, àquela hora da noite, molhados, abatidos, o corpo doente de tédio, com a sensação, no fundo, de uma lenta e fatal degringolada! Ambos se espiavam. Ambos se desprezavam. John olhou para as prostitutas, depois para Adil Bey.

– Conheço todas – declarou.

Parecia que ele queria ver através das paredes da cidade para poder apontar os milhares de quartos invisíveis.

– Centenas, Adil Bey! Faça os cálculos! Uma por dia durante quatro anos...

Ele empurrou a porta e deixou o empregado de libré tirar seu impermeável. Adil Bey nunca havia pensado naquilo. Observou seu companheiro. Tentou imaginá-lo de braços dados com uma prostituta, enfiando-se pelas ruelas.

– Você paga em rublos?

– Elas preferem dólares, porque, com dólares, podem comprar na Torgsin, que não aceita moeda russa. Eles sempre têm pão, sempre têm de tudo.

– Centenas! – repetiu Adil Bey, que viu apenas algumas prostitutas no bar e o grupinho na rua.

Ficaram de pé, junto da cortina vermelha, indiferentes à sala onde estavam alguns marinheiros.

Por que John, como Pendelli, falava com Adil Bey naquele tom condescendente?

– E há centenas de outras que não conheço, um monte de moças de família, como a sua secretária, que mal ganham para viver e passam batom vermelho nos lábios. Na época do seu antecessor, nós dois perambulávamos pela noite. Às vezes nos encontrávamos, os dois acompanhados, na mesma rua, na mesma casa, no mesmo corredor. Duvido que a sua mocinha não tenha caído na rede!

A sala era iluminada pelo disco amarelo da caixa. Apenas as toalhas brancas sobressaíam no ambiente mal iluminado e, quando as mulheres passavam pelas luzes, o azul ou o vermelho dos vestidos se tornavam irreais, como as cores de um vitral.

– Uísque?

– Como quiser.

John o olhou com uma satisfação irônica e Adil Bey nem lhe deu bola, absorveu-se na contemplação do disco de luz.

Ele também não poderia correr atrás das mulheres, como o americano? Ou ter um apartamento confortável como o dos Pendelli? As duas coisas eram fáceis de conseguir. Por que, então, ele não se mexia?

Uma voz familiar exclamou ao lado dele:

– Boa noite, Adil querido!

Era Nejla, que ria de seu espanto e lhe estendia a mão.

– Posso me sentar, não é? Está na farra, maroto? Um benedictine, garçom! Vou precisar dos seus serviços, Adil Bey. Oficialmente, como representante da Turquia!

John tinha um sorriso feroz no rosto e Nejla o usou de testemunha com a intimidade de uma velha amiga ou cúmplice.

– Ele lhe contou?... O caso é o seguinte, Adil. Você sempre achou que eu fosse persa, mas, na verdade, apesar de ter nascido na Rússia, sou turca. Meu avô era de Ancara e chamava-se Ahmed. Preciso que você me ajude a reunir os documentos necessários e me consiga um passaporte...

– Veremos – disse ele, esvaziando o copo.

Olhou indolentemente para eles, John e ela, e pensou se, por exemplo, teria coragem de dançar. Menos de um ano antes, em Viena, onde a música era a mesma, com uma banda de jazz igualmente luminosa, ele era capaz de dançar a noite inteira.

Não tinha mais vontades. Nem de Nejla, por exemplo, com quem podia fazer o que quisesse! Nem das mulheres que estavam lá – e, no entanto, ao menos duas eram bastante bonitas.

Será que, no fundo, era apenas um enorme cansaço?

– Quando posso ir vê-lo?

– Quando quiser.

– Continua com a sua ratinha branca?

Ele não entendeu, olhou-a com espanto.

– A jovem russa! – esclareceu ela, olhando de novo para John.

– Sim.

– Contente?

– Com quê?

– Com ela!

Ele deu de ombros com fleuma igual à do próprio John. Nada daquilo tinha importância. Ela falava por falar e ele nem sequer tinha vontade de conversar. Estava entorpecido pelo álcool e pela música. Poderia ficar horas assim, mas os garçons já estavam limpando as mesas.

Eles se levantaram. Nejla quis dar o braço ao cônsul, mas ele se desvencilhou calmamente.

– Você me leva em casa?

– Não.

– E você, John? Está de carro?

– Não.

Só lhes restava partir, cada qual para um lado. Não havia mais prostitutas na rua. As lâmpadas do luminoso estavam apagadas.

Adil Bey deixou a chuva lhe escorrer pelo rosto. Não olhava onde pisava e suas calças estavam molhadas e enlameadas até os joelhos. O mar rugia à sua direita, mas não se via nada, nem sequer um reflexo na água.

Agora ele conhecia cada rua, cada pórtico da cidade onde os vagabundos dormiam à noite, uns apoiados nos outros, deitados diretamente na pedra do chão.

Também conhecia cada vagabundo. Conhecia tudo! Entrara nas cooperativas, nas biroscas, nos escritórios do governo.

Nada daquilo era da sua conta. Ele era cônsul da Turquia e devia cuidar o melhor que pudesse das questões relativas aos cidadãos do seu país.

E, no entanto, tornara-se uma necessidade, uma paixão. A cidade, para ele, era uma coisa viva, um ser que se negou a acolhê-lo, ou melhor, que o ignorou, que o deixou vagar sozinho, como um cão sarnento.

Ele a odiava como se odeia uma mulher que, em vão, se tenta conquistar. E insistia em descobrir suas taras. Era uma paixão triste, sem a contrapartida das alegrias.

– Todos podem trabalhar. Todos podem comer – dizia Sonia.

E Sonia era a própria encarnação da cidade! Era fria e misteriosa como ela! Aceitava as carícias de Adil Bey da mesma forma que a multidão deixava que ele perambulasse à noite, da estátua de Lênin à refinaria.

Então, desconfiado, Adil Bey foi passear no mercado. Viu debaixo de chuva uma velha andrajosa que, horas a fio, oferecia a quem passava três peixinhos meio podres. Ela não desanimava. Por outro lado, teria alguma vez tido esperanças?

– Quanto é? – perguntou ele.

Pois arranjara uma gramática e um dicionário e colocou-os em sua mesa, com a intenção de se desafiar. Aprendera algumas palavras em russo.

– Cinco rublos, camarada.

Um homem de quarenta anos tentava vender, durante um dia inteiro, uma a uma, as vinte unidades de um maço de cigarros.

Adil Bey sorria de uma maneira sardônica, porque pensava nos marinheiros bem nutridos, no clube de Sonia, no vestido de cetim preto para o baile da esquadra e nas respostas tranquilas que ela lhe dava, no turco que fora fuzilado. Voltou às pressas para casa. Disse, sem se virar para a jovem secretária:

– Há muito peixe no mar Negro, não? Imagino que o peixe seja barato.

– Muito barato.

– Quanto?

– Um rublo ou dois o quilo.

– Curioso! No mercado, vi três peixinhos por cinco rublos.

Adil Bey sabia que ela lhe dera uma olhada apreensiva. Ele a ouviu amassar um papel.

– Porque é no mercado livre e nós queremos eliminar o comércio – disse ela. – Mas na cooperativa...

– Na cooperativa não tem peixe! Estou de saída.

– Muitas vezes tem.

– Uma vez a cada quinze dias, no máximo.

– Depende muito da pesca.

Pela primeira vez, teve esperança de que a veria chorar. Sentiria um alívio, não sabia bem por quê. Experimentou pedir que ela viesse naquela noite e ela foi, calma e dócil.

Por que ela foi? Para descobrir com mais facilidade outras pessoas para mandar fuzilar? Para encontrar motivos, talvez, para mandar ele próprio ser fuzilado?

Que diferença fazia para ela estar nos braços dele ou de outro? Ela não amava ninguém! Andava ereta, altiva, orgulhosa, com seus olhos claros de menina inocente, ou sumamente perversa, que se fixava em tudo, coisas e pessoas, sem demonstrar nada além de curiosidade.

Ele fizera muitas descobertas nos dias intermináveis que vagara pela cidade. Aquilo o cansava, principalmente porque não havia um café, uma casa que o acolhesse. Diante de suas perguntas, as pessoas afastavam-se assustadas. Outras respondiam brevemente e iam embora. Um menino, a quem ele dera um rublo, levou uma bofetada de um transeunte que viu e jogou o rublo na valeta.

Às vezes, como naquela ocasião, Adil Bey sentira medo; em geral, porém, tinha a impressão de ser um homem que procurava satisfazer uma paixão vergonhosa.

Por que mentiam a ele?

Voltava rabugento, com um novo butim.

– Há três semanas ninguém come batata em Batum. Enquanto isso, no Hotel Lênin, onde os altos funcionários ficam hospedados, servem caviar fresco, champanhe francês, *chachlik*.

– Isso é para os estrangeiros.

– Só vêm dois estrangeiros por ano a Batum!

– E os seus ministros? Eles também não comem melhor do que os carregadores de água?

Ele tentava se recordar, inutilmente, como aquilo começara. Em todo caso, o fuzilamento no GPU fora o ponto de partida. O drama quase acontecera no consulado. O homem não sabia se podia falar na frente de Sonia! Fora ele, Adil Bey, que impedira a russa de sair!

Ele deveria, talvez, tê-la mandado para o olho da rua. Mas o que teria acontecido?

Desde então, ele vivia ao redor dela, agoniado, rancoroso, desanimado, às vezes com surtos de pânico torturantes. Porque ela acabaria por odiá-lo! E era esse ódio que ele procurava em seus olhos, que ele tentava provocar nela, contra a sua própria vontade.

John achava que ele bebia! A senhora Pendelli lhe deu os parabéns por seu bom aspecto e pelos progressos que fizera no bridge!

Adil Bey empurrou a porta do apartamento e acendeu uma vela; em seguida, fez o mesmo que fazia todos os dias, na mesma ordem. Não era essa rotina que criava uma espécie de intimidade para ele mesmo, às vezes até um fascínio?

Primeiro sentou-se na poltrona e tirou as galochas e os sapatos. Depois ficou alguns minutos só de meias, olhando as sombras do quarto, a chama da vela, a fachada da frente.

Sonia dormia. Seu irmão também. Sua cunhada também.

No dia seguinte, ele falaria do homem de Novorossiysk e a secretária, esquálida, teria de lutar contra as evidências. O que foi que a senhora Pendelli havia dito, pouco antes da chegada de John?

Ah, sim! Ela estava falando de suas férias na Itália. E observou:

– Nesses quatro anos que mora aqui, John nunca saiu da Rússia. Não acham estranho?

Depois, olhando para o nada:

– Ele é mais bem informado do que nós sobre tudo que acontece aqui e nunca foi incomodado.

Será que John era um deles também? Por que não? Se Nejla não era esposa de Amar, mas uma prostituta de Moscou, tudo era possível!

Que diferença fazia, afinal? Bastava imitar os outros, as pessoas na rua, os funcionários nos escritórios e até Koline e sua mulher: não abrir a boca! Cada um faz a sua toca, cria os seus hábitos, chega ao cúmulo de pensar aos pedaços, vagamente, como num sonho.

Por que será que, quinze dias antes, quando foi ao departamento de estrangeiros, anunciaram-lhe, de repente, "conseguimos uma empregada doméstica para o senhor"?

Adil Bey compreendeu antes que Sonia traduzisse. Ele não reagiu.

– Obrigado – contentou-se em dizer.

Quanto à empregada, ele não lhe dirigia a palavra. Ela chegava de manhã, fingia que limpava o escritório e enchia o jarro de água. Até o almoço, ficava no quarto e na cozinha, que continuavam tão sujos quanto antes.

À tarde, quando ele chegava de improviso, sempre a encontrava no apartamento com outras mulheres, ou com um homem, e ele fingia que não notava. Acharam que Sonia não era suficiente para vigiá-lo?

Ainda sentado na poltrona, tirando a gravata e o colarinho falso, calculou que fazia exatamente três semanas que não pedia a Sonia para vir à noite.

Melhor assim! Da primeira vez, aguentou apenas quinze dias. Mas, quando ela apareceu, talvez com a esperança de um sorriso, ele não se comoveu. Após um encontro ruim, ele anunciou:

– Preciso sair!

E, semana após semana, aprendeu a jogar bridge na casa dos Pendelli. A senhora Pendelli gostava dele. Vivia dizendo:

– Vocês, turcos, são misteriosos.

Se ele ao menos tivesse recebido o brometo, teria dormido noites inteiras. Enviaram-lhe o que pedira de Istambul. Chamaram-no ao escritório e mostraram-lhe o pacote de cem gramas com a marca de uma grande farmácia ao lado da qual ele morara dois anos.

– O que pretende fazer com tudo isso?

– Sofro de insônia. Foi o médico de vocês que me indicou o brometo.

– E se o senhor fizesse exercícios, uma longa caminhada antes de se deitar?

– Repito que foi receitado pelo médico.

– Ele não lhe receitou cem gramas.

– De fato, mas eu mandei vir uma provisão.

– Nesse caso, vamos entregar o pacote ao médico e ele lhe dará doses pequenas, à medida que o senhor precisar.

Ele não protestou. No entanto, quando o médico lhe trouxe os sachês contendo um pó branco, ele os queimou na estufa. Era mais prudente!

Adil Bey sabia que ficaria até as duas ou três horas da manhã na poltrona. Deixava queimar meia vela. Quando ela chegava à metade, levantava-se e ia para a cama. Pela manhã, despejava na pia o chá que a empregada havia preparado, abria ele mesmo uma lata de leite evaporado, como fazia desde o princípio, e bebia.

Passeava durante horas ao acaso. Um dia, viu cargueiros sendo descarregados e, quando não estava sendo observado, fez uma pergunta, em russo, a uma das mulheres que estavam fazendo o trabalho.

– Quanto ganha uma estivadora? – perguntou a Sonia, logo que retornou.

– Pelo menos dez rublos por dia.

– É possível viver com isso?

– Mas é claro! Principalmente porque elas não têm gasto com roupas.

– E com três rublos?

Ela hesitou antes de responder.

– É mais difícil, não é? Mesmo usando um vestido de algodão e um tapa-sexo, como é o caso daquelas mulheres! Pois então! Elas ganham três rublos!

– Quem lhe disse isso?

Ele se calou, andou em círculos pelo escritório. Às vezes, olhava às escondidas para ela e via que estava pálida, magra. Ele não tinha ciência de que, se suas carnes estavam flácidas, era porque ela também estava mal alimentada?

Certo dia, ela lhe disse num tom pouco firme:

– Adil Bey, me permita lhe dar um conselho. Todos os dias, você abre uma lata de conserva. Come uma sardinha, uns pedaços de atum ou nem toca neles. Isso causa má impressão.

– E se estou sem fome?

– Esconda. Jogue no lixo.

Daquela vez, ela desviou os olhos e ele quase se comoveu.

– É o que eles compartilham entre si, quando não estou aqui? – grunhiu, ainda assim.

– Quem?

– As pessoas que encontro no apartamento quando volto sem avisar.

– É claro que não! Com certeza são parentes da empregada. Sei que ela tem um filho adulto.

– Um filho adulto que vasculha meus dossiês!

– Como pode saber?

– Eu vi.

Ela tinha apenas uma desculpa, sempre a mesma.

– Os empregados não são curiosos no seu país?

Ela era naturalmente pálida, mas ele estava seguro de que empalidecera mais. A última vez em que ele pediu que ela viesse à noite, depois de rodeá-la durante horas, tentando resistir, ela balbuciou:

– Quer mesmo?

Ele respondeu não. Isso fora três semanas antes.

A vela chegou à metade e Adil Bey se levantou, sem um suspiro. Entrou no quarto e começou a se despir. Não mandara pôr cortinas. Viu escorrer gotas opacas nos vidros escuros. Um riacho corria pelo meio da rua, com o mesmo murmulho de um riacho de floresta. Na casa em frente, a janela estava apenas entreaberta.

Ele se deitou e apagou a vela. Permaneceu de olhos abertos, como todas as noites. Reviu a imagem de Pendelli, exultante a ponto de não bocejar para dar sinal de que era hora de partir, exultante porque partiria no dia seguinte, a bordo do *Aventino*.

Foi com as feições de Pendelli que ele imaginou o homem de Novorossiysk sentado, raivoso, ao lado das salgadeiras, defendendo-as dos intrusos.

Não podia se esquecer de falar dele a Sonia, mas tinha certeza de que ela teria uma resposta. O quê? Que existe fome em outros lugares também? Nesse caso, ele lhe mostraria fotografias dos bazares de Istambul, com milhares de bancas abarrotadas de comida... Ela nunca vira cordeiros inteiros girando, em plena rua, sobre brasas? Por algumas piastras, podia-se comer um prato cheio!

Quantas vezes por mês será que ela comia carne? E ela estava na idade de formação da mulher! Seus seios eram pequenos e já tinham tendência a cair. Sua pele era macilenta.

Por que ela tinha aquela atitude categórica? Por que o desafiava? Teria sido tão simples serem bons amigos, falar francamente, de peito aberto!

E por que ela o olhava com curiosidade, e até mesmo, às vezes lhe parecia, com uma piedade mal disfarçada, quando ele a estreitava em seus braços?

Seus olhos chegavam a se encher de lágrimas de emoção quando pensava nos dois juntos, aninhados um no outro, e ela lhe perguntava friamente:

– O que foi, Adil Bey?

Pior para ela, pois tudo aquilo terminaria em breve!

Ela não era mais a mesma. Tinha olheiras profundas. Sobressaltava-se quando o ouvia de repente atrás dela. No inverno, usava o mesmo vestido preto que usava no verão, o mesmo chapéu, com um fino casaco de cheviote que datava do ano anterior. Duas ou três vezes ele a pegou tricotando luvas de lã no consulado.

As mulheres do bar eram mais bem nutridas. Mas John não lhe dissera que, após dois ou três meses de serviço, elas eram enviadas de volta a Moscou para evitar que fizessem amigos?

Haviam matado uma, a bala – foi John que contou –, porque fizera confidências a um oficial da marinha belga. Adil Bey se esqueceu de comentar o caso com Sonia. Ela devia saber. Ela sabia tudo. Mas ele queria obrigá-la a ouvir aquelas coisas da boca dele!

Havia momentos em que, de uma hora para outra, a chuva aumentava e caía em cataratas. O barulho do riacho se intensificava com a mesma rapidez. O toró durava alguns minutos, quinze, no máximo, e voltava aquela chuva monótona.

A casa da frente estava iluminada, com o buraco escuro de meia janela que Adil Bey percebia de sua cama.

Sonia estava nesse buraco. John lhe falara dela. Nejla também. Todos lhe falaram dela, como se houvesse apenas uma moça pálida na cidade.

Na verdade, havia centenas! Isso ele também sabia agora.

Quanto a Sonia, era nítido que estava esgotada! Ela fraquejaria antes dele.

Ele mudou de lado no momento que teve a impressão de que escorregaria pela escarpa e cairia no sono. No entanto, o murmúrio da chuva o perseguia e tornou-se o murmúrio da máquina de escrever e da secretária, que, de olhos fundos, terminava de datilografar uma frase e virava-se ligeiramente, à espera da continuação do ditado.

Ele não podia se esquecer de falar do homem de Novorossiysk!

Capítulo 8

NO DIA SEGUINTE, ADIL BEY não disse nada do que prometera dizer a Sonia e não lhe falou do homem de Novorossiysk.

Transpirara muito durante a noite, embora mal tivesse se coberto, e isso vinha acontecendo com cada vez mais frequência. Às vezes se perguntava se sempre transpirara assim. Procurava em suas lembranças, mas não se recordava de despertar suado no lençol molhado.

O que não se recordava, em absoluto, era de já haver se levantado mais cansado do que na véspera. Agora era rotineiro. Ficava vários minutos olhando para o nada, até reunir forças para viver. Tinha aparência ruim. Sentia a boca amarga, um amargor que ele não conhecia.

Naquela manhã, suou na testa e nas têmporas somente por se levantar e ir até o lavatório. Continuava a chover. O ar que se infiltrava por uma abertura na janela cheirava a umidade. Ele percebeu a senhora Koline, vestindo-se atrás das cortinas, na casa em frente.

Adil Bey se observou no espelho, enquanto esperava que lhe trouxessem o jarro para despejar a água na bacia. Notou também que sua barba estava crescendo mais densa, depois disse a si mesmo que era impossível e, afinal, lembrou-se de que a barba dos mortos cresce a uma velocidade vertiginosa.

Assoou-se, cuspiu num lenço. Foi então, brutalmente, que tudo mudou, que o pânico o tomou até a medula dos ossos, torceu-lhe o estômago, deu-lhe náuseas.

Não tinha coragem de olhar novamente o lenço manchado de vermelho. Olhou-se no espelho, com medo. Ouviu a empregada no escritório. Sonia entrou pouco depois e as duas conversaram em russo, mas ele não conseguia entender nada, pois falavam muito rápido. Imaginou a bolsa sendo colocada sobre a lareira, o chapéu preto sendo pendurado, as galochas sendo descalçadas.

Quando entrou no escritório, com o pijama amarrotado e os pés nus nos chinelos, Sonia assustou-se, ele percebeu, e deu-lhe prazer pensar que ele lhe causava medo.

– Vá imediatamente chamar o médico.

– Está doente, Adil Bey?

– Não sei.

Ele não se barbeou, não se vestiu nem lavou o rosto e, cada vez que passava pelo lavatório, observava-se discretamente. Disfarçou o pânico por um bom momento. Deu cerca de dez passos balançando a cabeça, com as mãos atrás das costas e, de repente, foi invadido pelo mesmo pânico que sentiu quando viu o lenço ensanguentado. Seus maxilares se contraíram, fitou a porta como se tivesse o poder de fazer o médico entrar por ela.

– Mas o médico é russo! – rosnou.

Pouco depois, disse em voz alta:

– Veremos!

E continuou a falar sozinho.

– Ele próprio tem de descobrir a minha doença.

O doutor chegou com Sonia, que o encontrou no hospital. Adil Bey o fez entrar no quarto, fechou a porta a chave e disse:

– Me examine.

Tinha um sorriso amargo no rosto ao dizer aquilo, como se pregasse uma peça em seu interlocutor.

– O senhor não está se sentindo bem?

– Estou muito mal.

– Onde dói?

– Tudo.

– Mostre a língua... Hum!... Tire a camisa...

Enquanto a orelha do médico se colava ao peito de Adil Bey, este achou que ia urrar de nervoso.

– Inspire... Expire... Mais forte...

O rosto do médico estava sério, porém não mais do que de costume.

– Tem certeza de que não está abusando do brometo?

Adil Bey riu, mas não confessou que nunca o tomou.

– Todos os órgãos estão cansados, como se...

– Como se?

– Como se o senhor andasse abusando de alguma substância, de uma droga ou mesmo do álcool. O senhor bebe?

– Nunca. Que outra coisa poderia ser?

– Não me ocorre nada. Sente alguma dor localizada?

Adil Bey, com desdém, mostrou o lenço.

– É isso que tenho! – lançou.

Ao contrário do que esperava, o médico olhou o lenço sem grande interesse.

– Foi a primeira vez que aconteceu? É curioso, mas isso não prova que o senhor está tuberculoso. Na auscultação, não encontrei nada nos pulmões, mas, se quiser a confirmação, passe no hospital para fazer uma radiografia.

Por que o doutor pegou o copo de água que estava na mesinha de cabeceira? Ele o examinou, cheirou, virou-se para Adil Bey, que continuava de torso nu, encolheu os ombros.

– O que me aconselha?

– Antes de tudo, suspenda o brometo. O senhor faz as suas refeições em casa? É a sua empregada doméstica que vi ao passar?

E olhava de um lado para o outro com um ar intrigado, descontente. Adil Bey não tirava mais os olhos dele. Intuía tudo. Esperou uma explicação que não veio.

– Acredita que é a comida?

– Eu não disse isso. Não existe motivo para que seja a comida.

– O que é, então?

– Me procure no hospital. Vou poder examiná-lo mais seriamente.

– Não quer me dizer o que está pensando?

– Ainda não estou pensando nada.

Era mentira. A prova é que ele saiu tão apressado que sua mão não encontrou a maçaneta. E, no entanto, no escritório, ele parou para observar Sonia e a empregada.

– Vá ao hospital!... – repetiu a Adil Bey, que o seguira.

Visitantes já o esperavam. Sonia ergueu a cabeça e perguntou:

– Vai receber hoje?

– Sim.

Ele disse sim como se proferisse uma ameaça. Vestiu-se com movimentos intencionalmente precisos, sempre espiando-se no espelho. Pouco depois, sentou-se diante da escrivaninha e chamou:

– O primeiro!

Nunca fora tão categórico.

– Afirma que sua filha desapareceu e acha que foi um turco que a levou? Não posso fazer nada, minha senhora. Não estou aqui para procurar meninas levadas. Próximo!

Ao mesmo tempo, ouvia os ruídos que a empregada fazia no quarto e seu olhar se fixou em Sonia. Nada lhe escapava. Parecia que tinha antenas. Observou a pele da secretária, que estava tão lívida quanto a sua. Mas não era a mesma lividez! Aliás, a pele dela estava seca, ao passo que a de Adil Bey, ao menor movimento, mesmo quando não estava calor, estava sempre suada.

Sonia estava escrevendo. Ergueu a cabeça duas ou três vezes para olhá-lo e ele sentiu que o movimento não era natural, que era precedido de um esforço.

Como ele fazia para pensar, observar e escutar, apesar de tudo o que as pessoas lhe contavam? Ele interrompia as longas explicações.

– Em poucas palavras, por favor!

De modo que, às onze horas, o escritório já estava vazio.

– O que fez ontem à noite? – perguntou a Sonia, bruscamente.

Ela hesitou, talvez surpresa com o tom da pergunta.

– Fui ao clube.

– E depois?

– O que quer dizer?

– Onde dormiu? Em casa ou na casa de um camarada, como vocês dizem?

– Na casa de um camarada.

Ela o fitou, disposta a sustentar seu olhar, mas esse olhar escorreu como água e se perdeu no cinza monótono da janela.

– Pode ir embora.

– Ainda não deu a hora.

– Eu disse que você pode ir embora! – gritou. – E não vou precisar de você à tarde.

Ele entrou no quarto, retornou um minuto depois, quando ela estava colocando o chapéu.

– Ainda não foi embora?

Ela não respondeu. Ele a viu sair, viu os ombros magros, a silhueta deformada pelas botas de borracha.

– Se precisar de mim... – disse da porta, mas calou-se ao ver que não valia a pena falar.

Adil Bey procurou a palavra "veneno" no dicionário, depois a palavra "envenenamento", depois "intoxicação" e, cada vez que encontrava, repetia com ódio:

– Imbecil!

Imbecil era o dicionário, ou quem o fizera, pois os verbetes "veneno" e "envenenamento" não explicavam nada.

Adil Bey procurou "estricnina", "arsênico" e, a partir daí, tentou definir o gosto amargo que sentia quase sempre na boca. Não era esse amargor que o dicionário mencionava?

Não havia dúvida que estava sendo envenenado lentamente. Desde quando? Ele não sabia, talvez desde que chegara! Seu antecessor também havia sido envenenado?

Detalhes lhe vieram à memória. Lembrou-se das náuseas, cuja culpa atribuíra às conservas. Mas ele viveu de conservas durante a guerra, às vezes estragadas, e nunca se sentiu mal!

Ele não estava doente! Era pior! Ele estava perdendo a energia, pouco a pouco. Estava fraco e sem vigor. De manhã, quando se olhava no espelho, sentia nojo de si mesmo.

Era arsênico! Ou outra coisa, mas era um veneno! O médico sabia, tanto que pensou logo de cara no brometo e cheirou o copo.

Adil Bey cheirou-o também, não notou nada, ou melhor, não confiou no próprio olfato. Porque agora lhe acontecia de sentir muito mais cheiros do que habitualmente. Sentia o cheiro de sua própria pele e notava, acreditava ele, uma emanação acre.

– É isso! – rosnou. – É melhor assim.

Ao menos agora ele sabia! Podia agir! Andava pelo apartamento deixando escapar fragmentos de frases. De quando em quando, olhava para a janela em frente com um ar desafiador. Seu olhar se fixou no telefone.

A quem poderia telefonar? Os Pendelli estavam ocupados fazendo as malas e, em uma hora, a casa estaria deserta.

John? O americano o escutaria observando-o com olhos turvos e bebendo uísque. Por que, como dizia a senhora Pendelli, ele estava em Batum havia quatro anos e nunca tirava uma única folga e nunca falava em partir? Por que os sovietes o deixavam tão livre, se vigiavam cada passo dos estrangeiros?

– Alô! Me ligue com o hospital!

Ele telefonou ao médico, sem pensar, apenas para ver.

– É o senhor? Aqui é Adil Bey. Não, não piorei. Diga, eu mencionei esta manhã a transpiração abundante? Não me recordei na hora. Vem acontecendo há algumas semanas. E também uma espécie de angústia permanente, como se o meu coração fosse parar de uma hora para outra. Me deixe terminar! Eu sei o que estou dizendo. Meu antecessor morreu de uma parada cardíaca, não é? O senhor pode afirmar que não foi consequência de um lento envenenamento por arsênico?

Ele não entendeu nada da resposta. O médico estava agitado, do outro lado da linha, e ouviam-se outras vozes, além da sua, ao fundo. Sem dúvida aconselhava Adil Bey a não se preocupar, a esperar a radiografia, ou alguma coisa desse tipo, mas era uma voz que não lhe era habitual.

Adil Bey desligou, satisfeito, com a impressão de que o pegara. Porque, agora, ele ia pegá-los! Quem? Todos!

Antes de tudo, devia manter a calma. Ele estava calmo! Chegou a admirar sua calma diante do espelho, depois abriu lentamente uma lata de leite evaporado, que constituía seu café da manhã.

– Resta eliminar o veneno!

Ele não sabia exatamente como. Ar fresco devia ajudar, e exercícios. Vestiu o impermeável, as galochas e saiu. Caminhou três horas. Caminhava com atenção, num ritmo regular, apesar do cansaço. Continuava a transpirar.

Sua pulsação estava acelerada. De vez em quando, parava onde estivesse, no meio da rua, para recuperar o fôlego, e as pessoas o olhavam com curiosidade.

Para ele, era completamente indiferente! Podiam olhá-lo. Ele sabia o que estava fazendo.

Continuava a chover. A água escura corria pelas ruas de terra, onde havia buracos, montes de areia ou cascalho e, às vezes, uma carroça abandonada, um barril vazio ou tábuas velhas.

Adil Bey teve de contornar um cavalo morto, sob cuja pele molhada, luzidia, sobressaía cada osso da carcaça.

No cais, ainda havia gente, mas ninguém estava trabalhando e os barcos pareciam abandonados para sempre na névoa úmida que os envolvia.

Ele viu os Pendelli de longe, subindo a escada de embarque do *Aventino*, um navio pequeno, preto e branco. O capitão carregava a pequena Pendelli no colo; o cônsul subia por último, com esforço, e sua mão gorda agarrava-se ao corrimão molhado.

Quanto ao mar, nem sequer se parecia mar. Era uma névoa sem fim, um vazio que exalava um bafo úmido. Não havia nem ondas na praia nem marulhos na enseada. Parecia um charco, com milhares de pequenos círculos desenhados pelas gotas de chuva, milhares de milhares, até o horizonte, até a Turquia e talvez ainda mais longe.

O impermeável retinha o calor. As galochas pesavam nos pés. Numa poça, um filete de água espirrou, infiltrou-se e molhou a meia.

O bar estava fechado, como sempre àquela hora. As janelas da central dos sindicatos estavam abertas, percebiam-se duas ou três silhuetas andando pelas salas vazias. Às vezes uma mulher, uma das que trabalhavam na estiva, passava descalça, com um saco na cabeça à guisa de chapéu.

As ruas continuavam desertas. Eram talvez cinquenta, emaranhadas, cujo nome Adil Bey não sabia. Eram ruas estreitas, sem pavimentação, sem calçada, rodeadas de casas grandes que pareciam abandonadas, porque nunca eram repintadas, não havia vidros nas janelas, as cornijas pendiam e a água despencava das calhas podres.

Cada casa tinha um pórtico aberto, molhado.

Adil Bey imaginava pessoas dentro das casas. Mas o que faziam lá? Sim, o que faziam naqueles quartos todos, entre camas e colchões estendidos no chão? As mulheres não cozinhavam, porque não havia nada para cozinhar. Também não costuravam, ou o faziam pouco, pois estavam sempre com o mesmo vestido.

Esperavam? Mas o quê? Que as horas passassem, como Adil Bey quando estava sozinho no quarto?

– Não posso mais beber água.

Disse isso em voz alta, depois deu de ombros, porque lera que o arsênico tem um gosto amargo, mesmo em doses mínimas. Não poderiam colocá-lo na água sem que ele notasse. Ora, ele nunca bebia o chá preparado pela empregada e nunca tomava café.

Estava de novo na rua do cavalo morto. Adil Bey o olhou com espanto. Nem sabia que estava naquele quarteirão.

Não era o suficiente por aquele dia? Tinha de poupar forças. E, principalmente, tinha de manter o sangue-frio. Esse era o segredo! E sangue-frio ele tinha. Durante a caminhada, apenas três vezes teve uma sensação de pânico. Fora involuntário. Era uma reação física. Tinha a mesma sensação quando pensava em outra coisa qualquer, por exemplo, uma dor, mas sem ser uma dor, no fundo dele, num ponto indeterminado, e imediatamente seus nervos, como se respondessem a um chamado misterioso, contraíam-se, inclusive os das mãos, das narinas, dos pés.

– Ora essa!... – dizia.

A sensação passou. Ele falou para si mesmo.

– Sonia deve estar preocupada...

Ele lhe dera folga pelo resto do dia, sem nenhuma explicação. Após a visita do médico, não lhe dissera nada, nem uma palavra sobre seu estado de saúde. Será que fora ela que envenenara o cônsul anterior?

– Preciso saber se, em algum momento, ele teve a mesma empregada doméstica que eu.

Era assim que pensava, com calma, e caminhava num ritmo regular. A senhora Pendelli tinha razão quando dizia que ele se tornaria um excelente jogador de bridge.

E, no entanto, ele estava sozinho! Sozinho em casa! Sozinho na cidade! Sozinho em toda a parte! O consulado da Itália estava vazio! O consulado da Pérsia estava vazio!

Ele, Adil Bey, estava sozinho no meio da cidade molhada, com gente escondida atrás de janelas tapadas por pedaços de papelão, à guisa de vidros.

– Primeiro, fazer uma inspeção minuciosa do apartamento e anotar o lugar exato de cada objeto, se necessário com pontos de referência...

Ele não tinha problema de coração, como imaginou durante algum tempo. Foi o arsênico que desarranjou o organismo. Desde que não morresse, eliminaria todo aquele arsênico! Era só não ingerir mais.

Adil Bey subiu a escada sem muito esforço, viu a empregada no corredor, ao lado da torneira, na companhia de duas comadres, e todas as três o olharam sem uma palavra, sem um cumprimento, sem manifestar de alguma forma que eram todos vizinhos. Exatamente como ocorre entre os animais! E, ainda assim, os animais se farejam!

Era assim em todo canto. A empregada não lhe dizia bom-dia pela manhã e, à noite, ele não sabia quando ela ia embora. Ela estava na casa dele. Trabalhava para ele, ele a pagava. Mas isso não tinha a mínima importância! Ela vinha, fazia o que queria no apartamento e ia embora.

Vizinhos que ele encontrara centenas de vezes passavam por ele, amorfos, esbarravam nele, trombavam com ele, sem um sinal de reconhecimento!

Cada um no seu canto, tanto ele como os outros, mas ele num canto mais isolado do que os outros, de frente para outro canto em que ele observava os Koline vivendo, como observaria peixes num aquário!

Só que, sutilmente, alguém estava introduzindo arsênico no seu canto, alguém que vivia em algum lugar da cidade, que andava, respirava, entrava em sua casa e decidira que ele morreria em um tempo determinado.

A propósito, que prazo lhe teriam dado? Porque a coisa era dosada! O dono do arsênico sabia a respeito dele alguma coisa que ele desconhecia, a coisa mais misteriosa que existe no mundo: a data de sua morte!

E essa pessoa o viu engordar, mas era uma gordura mole, doente. Foi a senhora Pendelli que notou que ele havia engordado. Ora, na casa dos Pendelli, ele tomava café turco todas as semanas. Era preparado especialmente para ele.

Ele não podia suspeitar da senhora Pendelli, mas, pela lógica, nada impedia que fosse ela.

... E ela podia muito bem ir para a Itália para não estar lá quando ele morresse!

Mas por que envenenariam apenas o cônsul da Turquia? Por que não envenenavam Pendelli também? E por que não envenenaram Amar, que roubava os russos?

Adil Bey entrou no escritório e olhou para Sonia, que estava de pé, com os olhos distraídos com tantos pensamentos que ele perguntou a si mesmo o que havia de estranho no ar.

É claro! O fato de ela estar lá! Ele havia dito que ela não precisava retornar à tarde. Ela estava inquieta! Observava-o apreensiva!

– Você está molhado – disse.

Ela estava com um casaco nas costas e suas galochas refletiam a luz. Não tirara o chapéu.

– O que está fazendo aqui?

Ela hesitou, sem despregar os olhos claros dos dele.

– Queria saber se você não tinha piorado.

– É mesmo?

Seu olhar tinha uma intensidade incômoda. Ela nunca o olhara daquela maneira. Ele achou por um instante que ela ia se jogar em seus braços, tamanho era o seu nervosismo.

– Pois muito bem! Se era isso, já pode ir embora.

Ela permaneceu uns segundos parada. Suas mãos seguravam o fecho da bolsa. Seu pescoço magro contrastava com o negro de sua roupa.

Ele ia passar, entrar no quarto. Sonia relaxou, ia dirigir-se para a porta. Os dois movimentos se iniciaram. Não havia nada que devesse interrompê-los, mas Adil Bey fez um movimento tão brusco, tão rápido, que ambos ficaram paralisados de estupor.

Adil Bey olhava, em suas mãos inchadas, a bolsa que acabara de arrancar das mãos de Sonia. Ela também olhava para a bolsa. Esperou. Embora ele ainda tivesse os olhos fixos na bolsa, viu os seios, o peito de Sonia palpitando acelerado sob o vestido. Adil Bey se lembrou do faisão que ele acertara com uma pedrada, na Albânia, e que também pulsara daquela maneira em suas mãos: um tique-taque assustado de relógio sob as penas.

Ele abriu a bolsa, canhestramente.

Capítulo 9

NO FORRO GASTO DE SEDA, ele encontrou uma caneta de má qualidade, um lenço, uma esponja de maquiagem, duas chaves, algumas notas de rublos.

Sonia estava de pé, junto de uma cadeira, e, enquanto Adil Bey remexia nesses objetos, sentou-se com um movimento tão imperceptível que pareceu deslizar.

Ele estava examinando uma fotografia dele mesmo da qual não se recordava. Fora tirada em Viena, perto do clube de tênis. Estava vestindo um terno de flanela cinza, tinha uma raquete na mão e estava apoiado num carro esportivo pilotado pela filha de um funcionário do Ministério dos Negócios Estrangeiros. Ambos estavam felizes e olhavam para a objetiva com um leve sorriso.

Havia tulipas num canteiro no qual se projetava a sombra do irmão da moça, que manejava a câmera fotográfica. A foto era tão expressiva que se podia imaginar, pela sombra, pelo sorriso, a frase:

– Olhem o passarinho!

Depois do clique, as risadas, o automóvel em movimento, a partida de tênis no saibro vermelho.

Sonia aguardava. E Adil Bey, sem uma palavra, após colocar a fotografia sobre a mesa, tirou da bolsa um tubinho de vidro e o pôs ao lado dela.

Por que, maquinalmente, ele fechou a bolsa e a estendeu para a moça? Ele não sabia. Respirava profundamente, ruidosamente. Caminhou duas vezes até a janela antes de se plantar na frente de Sonia, ainda sentada.

– Então?

Ela o seguia com os olhos, as pupilas contraídas, o rosto branco, tenso.

Ele não sabia o que fazer. Dizia: "Então?", mas não esperava resposta.

Pegou o tubo de cima da mesa. Não precisava cheirar o conteúdo para saber o que era.

Ele podia se zangar, gritar, gemer, ameaçar? Ela não reagia. Também não chorava. Continuava imóvel, dócil, talvez indiferente, com as fuças brancas e as pupilas formando dois pontos escuros.

Dez vezes ele abriu a boca para falar e dez vezes desistiu, porque as palavras não estavam à altura das circunstâncias. Ele precisava liberar a tensão. Tinha de fazer alguma coisa. Inconscientemente, procurou uma inspiração e foi o tinteiro que ele jogou longe.

– Quanto tempo de vida me resta? – conseguiu articular, por fim.

Essas palavras condensaram sua emoção, fizeram vir à sua memória que ele quase havia morrido e ele mirou Sonia com mais desespero do que ódio, como uma pessoa doente ou gravemente ferida.

– Responda!

O olhar da jovem estava fixo em Adil Bey, enquanto todo o seu ser mantinha-se em total imobilidade.

– Foi você que envenenou meu antecessor, confesse! Vou morrer como ele, a qualquer momento.

Ele ofegava, cerrava os punhos, enfurecia-se sobretudo por vê-la impassível.

– Fale! Diga alguma coisa, qualquer coisa! Está me ouvindo? Eu disse para falar!

Ele estava a um passo de sacudi-la, talvez socá-la. A porta se abriu. A empregada atravessou o escritório para ir à cozinha.

– Mande-a embora. Não quero mais vê-la por aqui, hoje.

E Sonia falou. Virou-se para a empregada, repetiu a ordem em russo, com a sua voz habitual.

Eles tiveram de esperar que a empregada fosse embora. Sonia voltou a sua impassibilidade. Adil Bey viu as gotas de chuva escorrendo pelas janelas e sentiu-se sem forças.

– Sonia...

Ela se virou para ele. Era alucinante ser olhado daquela maneira. E ela não respondeu nem com os lábios nem com um tremor, um simples frêmito de vida que provasse que ela estava lá, com ele, que o escutava, que pensava no que ele dizia. Ela o olhou como se ele existisse em outro mundo, ou como se ela o visse imenso, ou minúsculo, em todo caso desproporcional a ela.

– Você me odeia tanto assim?

Essas palavras, que ele disse contra a própria vontade, lhe deram vontade de chorar. Ele virou a cabeça, empurrou lentamente uma pilha de dossiês para a beirada da mesa, deixou-a cair. Os papéis se espalharam no chão.

– Escute, Sonia! Temos de tomar uma decisão.

Virou-se de repente, desconfiado, achando que ela estremecera. Mas não! Ela não se mexera.

– Eu posso entregá-la para a polícia.

Calou-se. Foi até a janela. Na casa em frente, viu Koline, que acabara de chegar e aparava um lápis. Um velho, usando duas bengalas, andava tão lentamente na rua que era inimaginável que conseguisse chegar ao seu destino.

Adil Bey não havia mencionado a polícia? O que diria à polícia? Que quiseram envenená-lo?

Afastou-se da janela e seu estado de espírito havia mudado.

Plantado diante de Sonia, com uma mão em seu ombro – e esse contato lhe causou uma emoção intensa –, ele a olhou nos olhos com tristeza.

– O que você fez, minha querida? Não leve em conta o que eu disse. Você sabe que sou incapaz de denunciá-la. Mas você precisa falar, explicar o que...

Ela apertava tão fortemente um lábio contra o outro que eles haviam perdido a cor e, por instantes, davam a impressão de um sorriso contido, de uma risada prestes a explodir.

– Não quer dizer? Vai continuar calada?

Ele a soltou. Sua voz subiu um tom, dois tons.

– É claro que não! Pelo que tem a me dizer! Quando penso que você vinha me ver à noite, que eu a pegava nos meus braços, que eu a chamava de minha Sonia querida... Porque eu amava você, agora posso admitir! Não era o ato que eu queria. Pobre de mim! Eu não entendia e me perguntava em vão por quê, enquanto você, semana a semana, dia a dia, você apressava a minha morte...

Ele sufocava. Precisava de movimento, de barulho e, passando rente à parede, desferiu um soco violento.

– Era isso que você fazia, enquanto toda a minha vida girava ao seu redor!

Jamais percebera isso tão claramente. Aliás, jamais se dera conta. E, no entanto, era verdade, uma verdade ofuscante!

O que fez desde que desembarcara na Rússia, senão girar à volta de Sonia, tentar compreender Sonia, aproximar-se de Sonia?

E também, às vezes, odiá-la! Fazê-la sofrer! Isso era amor! Ele decidira assim! Quando perambulava pelas ruas, rancoroso, investigativo, era para voltar e lhe dizer:

– Vi de novo gente comendo lixo no mesmo riacho.

E ela não o fazia sofrer quando passava a noite na central dos sindicatos, onde ele sabia que todos, moças e rapazes, conviviam intimamente e se inflamavam? Mesmo quando ela voltava para casa, ele se enfurecia. E quando ela ia nadar, nua como as suas companheiras!

Ele riu:

– Passei horas observando você para tentar compreender. Fiz melhor: cheguei a olhar pela fechadura do quarto, feito um moleque, para ter certeza de ver você como você realmente é! A propósito, onde colocava o arsênico? Porque é arsênico, suponho.

Ele pegou o tubo, destampou-o, tampou-o, por pouco não o arremessou na estufa, e Sonia continuava a seguir seus mínimos movimentos com o olhar.

– Foi por ordem de alguém? Responda! Não quer me dizer? Tem medo dos seus colegas do GPU? Oh! Eu sei que você denunciou o turco! Nunca toquei no assunto porque pensei que, no fundo, era seu dever...

Ele alternava força e cansaço, mas o cansaço vencia, um cansaço tão grande que ele tinha vontade de deitar no chão. Falava num tom choroso. Não perdia a esperança. Dizia a si mesmo:

– Ela vai desmoronar. Ela vai falar...

Depois, decepcionado, gritava, andava, chutava longe os papéis que juncavam o chão.

– Fiz tantos planos... Disse tantas vezes a mim mesmo que levaria você para a Turquia e imaginava nós dois às margens do Bósforo...

Seus olhos ardiam, mas ele não queria chorar.

– Acho que faria pior... Ficaria aqui, se fosse necessário... Faria... não sei o que faria...

Com o punho fechado diante do nariz de Sonia, urrou:

– Imunda!

E como ela recuou imperceptivelmente:

– Ora, vejam! Ela tem medo de apanhar?

Com as duas patas sobre os ombros de jovem, ele a sacudiu, repetindo:

– Imunda! Imunda!

Ela não reagiu. Sua cabeça ia da esquerda para a direita, para a frente e para trás, conforme as sacudidas que ele lhe impingia nos ombros, mas os olhos permaneciam fixos, os lábios cerrados.

– Sonia... Diz alguma coisa!... Do contrário, sou eu que vou acabar matando você... Está me ouvindo?... Sou capaz de matar você... Não aguento mais...

Ele chorava ao falar. Aquilo era chorar? Ele sentia que seu peito ia explodir e sua garganta se estreitava, seus lábios tremiam, fazendo transparecer a amargura que sentia.

Ele não tinha mais forças para sacudi-la. Soltou-a. Deu um passo para trás. E eis que seus olhos se arregalaram ao ver, no rosto de Sonia, um traço luzidio. Ele não acreditava. Queria ter certeza. Foi quando seus olhos se marejaram, lentamente, e uma gota surgiu, hesitante, e escorreu no rastro da primeira.

– Sonia!

Ele estava transtornado. Queria pegá-la novamente pelos ombros. Mas, quando ele se aproximou, ela se ergueu com uma expressão de terror nos olhos.

– Me deixe!

Ela buscava a saída. Precipitou-se para a porta, conseguiu abri-la antes que ele a alcançasse.

– Sonia!

Ela correu pelo corredor. Ele correu mais rápido, segurou-a no momento que ela alcançou a escada.

– Me deixe! – repetiu.

– Venha... Não vou largá-la...

Alguém os viu do alto da escada, mas era indiferente para eles. Adil Bey empurrou a jovem para dentro do escritório, fechou a porta a chave.

– Por que está chorando?

– Não estou chorando.

Era uma meia verdade. Ela recobrou a calma, mas o traço luzidio continuava lá.

– Você chorou. E continua com vontade de chorar. Quero que me diga...

– Não tenho nada a dizer...

– Então é isso! Você envenena meu antecessor. Tenta me matar da mesma maneira e, enquanto isso, é minha amante. E quando peço explicações, você não tem nada a dizer! É admirável! É um monumento à inconsciência ou ao cinismo! É... é...

Ele devia parecer ridículo, agitado daquela maneira, gritando bobagens, dizendo tudo o que lhe vinha à cabeça. Ela sorriu. Os cantos de seus lábios se contraíram um quarto de segundo, depois ela afundou na poltrona, segurou a cabeça entre as mãos e seus ombros se sacudiram.

Estava rindo? Estava chorando? Adil Bey a olhava com desconfiança, evitava aproximar-se.

– Sonia! Levante a cabeça! Quero ver seu rosto...

A noite caía, espalhava fuligem no ar.

– Eu sei! Sou um idiota! Sempre fui um idiota, não é? Idiota por amar você! Idiota por abraçar você e me comover a ponto de meus olhos se encherem de lágrimas! Idiota por ter ciúme! E idiota por me olhar no espelho, preocupado por não me sentir com energia suficiente...

– Cale-se! – suplicou ela através das mãos unidas.

– Porque estou dizendo a verdade? Quase me calei para sempre e posso ver você nitidamente, neste mesmo escritório, com o meu sucessor e depois, à noite, no meu quarto.

Ela mostrou o rosto, com um movimento tão inesperado que ele ficou aturdido.

– Eu disse para você se calar!

Ele nunca imaginou que alguém pudesse empalidecer a tal ponto e, sobretudo, não achava que um rosto pudesse mudar tanto em tão poucos segundos.

Não era mais Sonia. Os olhos estavam inchados, as pálpebras molhadas. O nariz perdera a forma, as narinas se intumesceram e os lábios, tão tensos, tão esticados pouco antes, formavam duas pregas vermelhas, sangrentas.

Ela perdera a beleza e, no entanto, ele gemeu, envergonhado:

– Sonia...

– Não. Me deixe ir.

Ela não teve a vaidade de esconder o rosto. Mal conseguia respirar.

Maquinalmente, ela procurou a bolsa para pegar um lenço e, maquinalmente também, Adil Bey lhe estendeu o seu.

– Obrigada.

– Vamos conversar, Sonia. Mas primeiro você precisa se acalmar.

Ela não se acalmou. Ao contrário, teve outra crise de choro. Chorava como uma criança, contraindo todos os músculos do rosto e, de quando em quando, sua boca tentava sorver o ar. Ela sufocava. Doía vê-la assim. Adil Bey tentou pegar sua mão, depois outra, acariciar sua cabeça.

Ela o repeliu. Balbuciou, com a boca deformada:

– Me deixe!

Em certo momento, comprimiu as próprias mãos com tanta força que seus dedos ficaram sem cor.

– Por favor, Sonia!

Ele tinha medo de que ela adoecesse. Suas lágrimas não eram como as dele nem como as que ele já havia visto. Eram mais trágicas, seu corpo tremia, retesava-se, encolhia-se.

Ela não queria ser consolada. Repelia-o, às vezes com ódio nos olhos.

– Você não pode continuar assim, Sonia! Precisa se acalmar. Vai lhe fazer bem desabafar.

Ele tremia de nervoso. Na casa em frente, a senhora Koline puxou as cortinas, provavelmente porque pretendia acender a lâmpada.

– Talvez eu tenha dito coisas mesquinhas, Sonia, coisas injustas. Você não tentou me envenenar, eu devia saber, não devia duvidar de você...

De novo, um princípio de sorriso apareceu no fundo das lágrimas. Sonia se acalmou um pouco, olhou-o com uma expressão estranha, na qual havia especialmente dó.

– É isso? Me equivoquei? Fale! Vou acreditar em você! Juro que vou acreditar em tudo o que me disser! Amo você demais, Sonia! Você não compreende... Eu parecia vagar sozinho no nada... Você também pensou... Na realidade, era ao seu redor que eu girava... Você era o centro, o núcleo...

– Cale-se – disse ela com uma voz mudada.

Ela estava melhor. Estava abatida, é claro. Falava em voz baixa, uma voz calma de doente.

– Por que quer que eu me cale? Estou errado?

– Sim.

– Errado em amá-la?

– Sim.

Suas pálpebras estavam inchadas e vermelhas, e vermelho também, quase roxo, estava o seu rosto.

Para ficar mais junto dela, Adil Bey ajoelhou-se e apoiou as mãos nas pernas dela. Dessa forma, ela o olhava de muito longe, de muito alto, de outra esfera, podia-se dizer.

– Você não fez isso, Sonia!

– Fiz – ela murmurou.

– Mas por quê?

– Você não vai entender.

– Eu lhe asseguro que sim. Você não pode mais guardar isso para você. Deixe que eu faça as perguntas. Meu antecessor?...

Ela baixou as pálpebras afirmativamente, com um pálido sorriso em que havia, no entanto, uma ponta de zombaria.

– E eu? Começou logo que cheguei? Não? Quando você se tornou minha amante? Por que aceitou? Você não me amava?

Ela balançou a cabeça, respirou profundamente, ergueu os braços, desconsolada:

– Não adianta – suspirou.

– O quê?

– Conversar. Me deixe ir. Pense o que quiser. Volte para o seu país.

Ela viu o olhar de Adil Bey fixo, irado, de novo. Pressentiu que ele ia gritar, andar, quebrar coisas e pôs a mão na testa dele, suplicando:

– Não, fique calmo!

– Estou ouvindo.

– Sente-se de frente para mim. Não tente me tocar.

Eles mal se viam, pois a escuridão era quase completa, mas havia o reflexo das janelas da casa em frente, que estavam iluminadas. Ouviam a água escoando de uma calha. E também os pingos mais grossos que caíam a intervalos regulares no alpendre de zinco.

– Então, Sonia?

– Você não entendeu?

Ele ainda sentia que ela estava à beira de uma crise, mas ela se sentou ereta, forçou um sorriso.

– Você saiu com John, imagino.

– Não vejo a relação.

– Seu antecessor passava as noites mais ou menos do mesmo jeito que ele. Bebia no bar. Depois, na rua ou em outro lugar, escolhia uma mulher, qualquer uma, operária, empregada, menina ou mãe de família.

Ele a olhava com um espanto consternado.

– Um dólar, umas liras, uns francos valem muito para nós! Podemos comprar mantimentos na Torgsin, onde tem tudo, sempre, mesmo quando as cooperativas estão vazias!

Ele podia ouvir sua respiração entre as sílabas.

– Você mesmo disse, repetiu várias vezes: tem gente, aqui, morrendo de fome! Mas há também os que acreditam, os que querem acreditar em alguma coisa...

Ela levantou o tom. Inclinou-se para Adil Bey, com o pescoço tenso, e sua voz se encheu rancor e soluços.

– Ainda não entendeu? Sabe quantas horas um russo precisa trabalhar para comprar uma lata de sardinha como aquelas que você abre todos os dias e deixa estragar no armário? Um dia inteiro! Seu antecessor, como você diz, tinha os bolsos cheios de latas de sardinhas, açúcar, biscoitos. Ele dava tudo. Em troca, as mulheres o recebiam em casa, às vezes com o consentimento do marido. Ele me quis também. Quando se sentava para comer, dizia: "Leve para você, menina! Vai lhe fazer bem. Na sua idade, você precisa de energia!".

Adil Bey olhava para ela, uma mancha pálida na sombra, depois olhava para as duas janelas iluminadas, do outro lado da rua.

– Sim, ele dizia para eu comer. E sempre tinha o cuidado de acrescentar que, para ele, era tão pouco! No seu país... No seu país... Sempre no seu país!... Você também fala do seu país... No país de vocês, as pessoas não morrem de fome... No país de vocês, tem pão de sobra... No país de vocês...

"Mas eu não quero!... Não quero!... Tenho mais de vinte anos e não quero que a minha vida seja um desperdício... Minha mãe morreu de miséria... Sim, como você viu, aqui, as pessoas morrem na rua... Você fala demais da nossa miséria..."

– Eu estava com ciúme – disse Adil Bey na penumbra.

Ela respondeu com uma risada diferente, agressiva.

– Não havia motivo, porque, naquele momento, já era tarde!

– Tarde por quê?

– Tarde para mim! Você quis saber! O outro eu matei com fé, de certa forma. Cada segundo, cada respiração, ele me feria profundamente. A primeira vez que ele me mandou vir, à noite...

Ela percebeu a agitação de Adil Bey.

– Sim, eu vinha à noite – disse com indiferença. – Não há muitas formas de se encontrar. Ele mesmo tinha preparado o jantar. Estava orgulhoso da mesa posta. Me mostrou os pratos e disse:

"– Aposto que você não faz ideia do que é.

"E ficou surpreso que não avancei nos pratos. Imagine! Ele estava contando com isso!

"Não me obrigue a relembrar essas coisas. Eu nunca tinha convivido com um estrangeiro. Nunca tinha lido um jornal que não fosse russo.

"Tinha quase a impressão de que, eliminando aquele homem, eu ia salvar a Rússia..."

– E eu? – disse ele, lugubremente, diante dela.

– Você!

Os pingos de chuva rebentavam no zinco sempre na mesma cadência. A janela da frente abriu-se e Koline olhou a rua, nos dois sentidos, surpreso de que a irmã ainda não tivesse voltado. Ouviram as duas folhas da janela fechando-se novamente.

– Você me odeia também?

Ela se calou.

– Por quê?

– É engraçado como você não entende nada! Parece uma criança inconsciente. Talvez por isso...

– Por isso o quê?

– Nada! Me deixe ir. Algumas coisas você vai entender depois.

"Você quer saber por que o odiei, por que tentei envenená-lo como fiz com o outro, mas não fui até o fim? O outro podia viver! Só agora me dou conta. Eu o odiava. Não queria acreditar no que ele dizia. Você... você destruiu tudo, tudo que restava... E agora..."

– Agora?

Ele não ousou se mexer, tinha medo de romper o fio tão tênue.

– Não vamos mais falar sobre isso. Preciso ir. Você viu, meu irmão está preocupado.

– Você teria me matado?

– Não sei. Na primeira vez, coloquei arsênico no óleo do peixe...

– Qual vez?

– Quando ela veio.

– Nejla?

Ela não podia ver seu sorriso na escuridão, um sorriso feliz.

– Eu não estava com ciúme – disse ela friamente. – Quase desisti. Mas você passou pelo cais quando eu estava na janela do clube.

– E então...?

– Por que me obriga a dar detalhes? Se você fosse mulher, ou simplesmente russo, compreenderia! Eu não acreditava mais no clube, nas nossas conversas, nas nossas discussões, no nosso júbilo, nas nossas leituras. Você me falou do mercado onde se vende peixe pobre. E eu via você cada vez mais pálido, mais fraco, por causa do arsênico, quase tão amorfo quanto as pessoas famintas...

Ela se levantou num impulso, gritou com a voz rouca:

– Me deixe ir! Você é um covarde! Covarde! Covarde! Me obrigou a falar e agora está feliz! Porque sentiu prazer com tudo que eu disse! Você destruiu uma pobre coitada que só queria viver e...

Ela agarrou a bolsa com um gesto brusco. Ele percebeu que ela enxugava o rosto.

Lentamente, em silêncio, ele se ergueu. Ela se dirigia à porta, sentiu-o atrás dela. Deu dois ou três passos mais rápido, mas teria realmente a esperança ou o desejo de fugir?

No momento que ela agarrou a maçaneta, ele a envolveu por inteiro. Não a beijou. Não disse nada. Apenas ficou assim, sem se mexer, abraçado a ela, enquanto lentamente os dedos que comprimiam a maçaneta da porta se soltaram.

Pela segunda vez, na casa em frente, Koline abriu a janela e inclinou-se para a rua deserta e luzidia como um canal.

Capítulo 10

– MESMO QUE O MINISTRO EXIJA A MINHA DEMISSÃO, encontro em qualquer lugar um cargo a cem liras turcas por mês.

– Isso dá quanto em rublos?

Ele sorriu. Ela fez a pergunta com seriedade, não porque estivesse interessada, mas porque era a primeira vez que podia falar sobre esses assuntos.

E Adil Bey, que fora educado pelos Irmãos das Escolas Cristãs, dizia consigo mesmo que finalmente havia descoberto o sentido da expressão que sempre foi um mistério para ele, que era muçulmano: estado de graça.

Ele estava em estado de graça! Não sabia explicar por que nem como, mas tinha a íntima convicção. Tudo se tornou simples e fácil, claro e limpo.

– Hoje não! – murmurou ela com um sorriso contrafeito quando ele a conduziu ao quarto.

– Shh!

Ele também sorriu. Deitou-a como teria feito com uma irmã. Pensou até mesmo em molhar um canto de toalha para limpar seus olhos.

– Coloque na testa... Vai lhe fazer bem...

Depois, seu olhar procurou as janelas da casa em frente e havia preocupação em seu semblante. Foi então que Adil Bey pegou no escritório folhas grandes de papel pardo e colou-os nos vidros.

– Pronto! Estamos em casa.

Ambos estavam esgotados. Seus olhos ainda brilhavam com uma ponta de febre. Sorriam como pessoas que tremem depois de sobreviver a uma catástrofe.

Era isso o estado de graça! Adil Bey não vigiava mais Sonia para saber o que ela pensava. Não pensava mais nisso. Ela sorria para ele e isso era suficiente para fazê-lo feliz.

Ela estava com sono. Fechou os olhos, mas, quando ele se calou, fez sinal para ele falar mais.

– Não adianta converter em rublos. Com cem liras, podemos morar num belo apartamento no bairro mais moderno de Istambul, comer à vontade, ir ao teatro todas as semanas ou você pode comprar lindos vestidos.

– É verdade que se pode ler nas ruas, de tão iluminadas que são?

– A noite inteira. Nas margens do Bósforo, há cafés-dançantes onde se pode ouvir música turca, beber *raki* e comer *mèzet*.

–*Mèzet*?

– É um pouco de tudo, peixe frito, azeitona, pepino, defumados para petiscar, ouvindo música e observando os caiaques...

Do que mais falaram naquela noite? Sonia dormiu. Era a primeira vez que ele a via dormir e inclinou-se para vê-la melhor. Ora, quando ela dormia, ela dormia, recuperava a palidez e a inocência. Por que aquele rostinho o preocupara tanto? E por que se confrontaram, durante meses, se tudo era tão simples?

Ele lhe dissera, perto da porta:

– Vamos embora juntos, Sonia!

E ela respondeu com um rápido aperto das duas mãos. Naquele momento, pouco importava o barulho da água na rua úmida e escura. Em breve, eles não veriam mais aquela rua! De vez em quando, a janela em frente ainda se abria. Koline, que não conseguia dormir, ficou alguns minutos olhando para fora, depois foi juntar-se à mulher, que já estava deitada.

A primeira vez que Sonia abriu os olhos, demorou alguns segundos para reatar o fio das ideias, olhando com atenção o rosto de Adil Bey.

– Não está dormindo? – murmurou.

– Vou dormir.

– É verdade que estava com ciúme de mim?

– A ponto de odiar tudo a sua volta, até o seu irmão, a calma dele, a maneira como ele fica na janela, à noite.

– Ele trabalha muito – disse ela.

– E ele acredita no que faz?

– Ele quer acreditar. São coisas que não se comentam, nem entre irmão e irmã, entre marido e mulher. São coisas que não se confessa nem para si mesmo...

E, mudando de assunto:

– Tem muitos bondes em Istambul?

– Nas ruas principais, passa pelo menos um a cada meio minuto.

Ela sorriu, incrédula.

– Você tem amigos?

– Tinha, mas não quero revê-los.

– Por quê?

– Porque você teria ciúme deles, como eu tive ciúme do clube, e até do retrato de Stálin na parede.

Ele estava seguro de si. Não tinha mais desconfianças. A chuva continuava a cair e era maravilhoso imaginar a cidade fria e lamacenta do lado de fora e estar ali, abrigado de tudo, longe de tudo.

No entanto, quando eles adormeceram, houve batidas na porta e ambos levantaram a cabeça ao mesmo tempo. Não podiam responder. Não podiam, principalmente, fazer barulho. O desconhecido bateu de novo, tentou abrir, mas em vão.

Não tentaria forçar a fechadura? Adil Bey abraçou Sonia e, quando os passos se distanciaram, ele olhou para ela e soltou um longo suspiro.

– Estou com medo – ela disse.

Seu corpo transpirava. Adil Bey a acariciou. Era a primeira vez que a tinha em seus braços. Os outros não contavam. Já havia se esquecido deles.

– Durma!

Ela tinha um jeito engraçado de se encolher e esconder a cabeça entre os ombros.

Depois veio a luz cinzenta da manhã, que mal se percebia por causa do papel colado nos vidros. A casa estava viva. No corredor, algumas pessoas já estavam se lavando.

Adil Bey estava acordado havia alguns minutos quando notou que Sonia estava com os olhos bem abertos. Seu rosto, sua atitude, denotavam cansaço.

– Seria tão bom! – suspirou ela.

– O quê?

– A vida em Istambul, ou em qualquer lugar, uma vida como a da fotografia!

Ele não raciocinou logo em seguida. Ou melhor, confuso, achou que ela estivesse com ciúme e afirmou:

– *Vai ser* bom.

– Sim. *Vai ser*! Como você vai fazer?

– Ainda não sei, mas vou descobrir um jeito.

Inocentemente, quase lhe disse que era uma pena que tivessem fuzilado o turco. Mas era melhor não tocar no assunto. Não estava zangado com Sonia. Achava natural a sua conduta.

– Preciso me vestir.

Antes, ela se vestia diante dele, mas naquele dia pediu que ele esperasse no escritório. Ele passeou, de pijama, pela sala. Viu o tinteiro quebrado, os documentos espalhados no chão e espreguiçou-se de contentamento, bocejou, sorriu ao olhar para a senhora Koline, que, atrás da cortina transparente, escovava os longos cabelos.

Ouviu o vaivém de Sonia. Imaginou seus movimentos e emocionou-se, como raramente se emocionava, quando ela apareceu, de vestido preto e chapéu, no vão da porta.

– É pena ter de ir – disse ela, com o semblante preocupado.

– Por que está indo?

– Preciso.

– E se nos casássemos na Rússia?

A ideia lhe viera de repente e ele se apressou em manifestá-la.

– Não simplificaria as coisas. Eu continuaria sendo russa e meu passaporte continuaria a ser negado.

– O que vai fazer?

– Tentar sair sem ser vista. Depois vou para casa. Tomar o café da manhã. Volto às nove.

Ele se esquecera do consulado. Olhou de novo para os dossiês espalhados e pensou que nada daquilo tinha importância.

– Vou cuidar da nossa partida. Você tem razão, é melhor abrir o consulado.

Ele se deu conta de que não tinha nada arranjado, que não tinham pensado nas questões práticas.

– Até daqui a pouco, Adil Bey.

Ela estava indo embora como de costume e, sem nenhum motivo, ele sentiu medo, balbuciou como fazia quando estava perturbado:

– Sonia...

– Quê? Volto às nove horas.

– Sim... Eu sei...

Ele não largava sua mão. Não se resolvia a deixá-la ir.

– E se você ficasse?

– Não posso.

Ela apontou a casa em frente. Escapou. Virou-se para lhe dirigir um breve sorriso.

– Às nove!

Adil Bey barbeou-se lentamente, ouviu os passos da empregada, na qual já nem pensava mais.

Quando, finalmente vestido, entrou no escritório, ele viu a empregada com a bolsa de Sonia na mão, imperturbável.

– A secretária se esqueceu disso.

– Obrigado. Ela vai vir.

Quanto a ele, preferiu sair antes da chegada dos visitantes. Tinha um plano vago, ou melhor, sabia quem procuraria primeiro.

O ar estava frio. A chuva virou névoa e, do cais, mal se percebia a água parada do mar. Um vapor apitou na entrada do porto. Pessoas caminhavam rápido.

Adil Bey entrou no prédio de tijolos vermelhos ocupado pelos escritórios da Standard. Russos trabalhando no esquema americano.

– O senhor John está?

Apontaram o teto e ele se dirigiu ao primeiro andar. Eram várias portas. Bateu numa delas. Uma voz confusa gritou alguma coisa e ele entrou.

John ainda estava deitado, com as cortinas puxadas. No claro-escuro da sala, ele reconheceu o visitante e esfregou os olhos, coçou a cabeça.

– Vim lhe pedir um favor. É muito importante e muito urgente – disse Adil Bey, sem tomar fôlego.

O americano bebeu um copo grande de água mineral.

– Preciso a todo custo tirar uma moça da Rússia. Naturalmente, ela não tem passaporte.

– A garota? – perguntou John, sem se perturbar.

– Qual garota?

– A ratinha da sua secretária?

– Sim. Peço segredo absoluto. Você sabe tão bem quanto eu o risco que ela corre.

– Uma bala no peito! Escute, é melhor eu falar com um capitão belga conhecido meu. Volte à noite.

John tirou as pernas para fora da cama e falava com uma voz mole, olhando de mau humor ao redor.

– Não consegue se encontrar mais cedo com o tal capitão?

– Me diga uma coisa, Adil Bey. Você tem certeza de que a menina quer realmente partir? Porque, entenda, não me importa a mínima o que acontecer com ela, mas com o belga, sim, que pode se meter numa bela enrascada!

– Eu respondo por Sonia.

– Naturalmente!

– Por que "naturalmente"?

– Ainda tem fios loiros no seu paletó. Onde estão as minhas pantufas?

Ele abriu as cortinas, tomou uma ducha, vestiu-se, ainda calmo e de mau humor.

– Eu preveni você.

– Do quê?

– Eu avisei que não ficaria muito tempo. O que está fazendo é uma grande burrada, mas não é da minha conta. Se está querendo cair fora, seria melhor ir sozinho...

À guisa de café da manhã, John entornou um copo de uísque, sem dar atenção ao seu companheiro, que enrubesceu.

– Você é bem capaz de fazer uma besteira. Se ficar solto na cidade, tenho certeza de que vai dar um jeito de ser preso. Onde está o meu paletó? A propósito, os Pendelli me encarregaram de lhe mandar lembranças. A essa hora, devem estar na costa de Samsun, na sua terra. Você vem?

Eles mergulharam nas ruas molhadas, depois de John dar uma olhada entendida nos escritórios. Aquele canto do porto cheirava a petróleo. A cada cinquenta metros, encontravam uma sentinela de casquete verde que cumprimentava o americano.

– É esse barco?

– Não, o de trás. Vai ser carregado esta tarde e partirá, provavelmente, à noite. Tem uma cabine de passageiros. Você tem um salvo-conduto?

– Que salvo-conduto?

– Para circular no porto e subir a bordo dos navios.

– Não.

– Espere aqui!

John foi conversar com umas pessoas de uniforme, numa guarita. Adil Bey pensou tê-lo visto distribuindo charutos.

– Vamos! – disse ele ao voltar. – Não podemos demorar mais do que meia hora, vai ter troca de turno.

Encontraram o capitão, em mangas de camisa, escrevendo cartas na sua cabine, no topo das superestruturas. John sentou-se, apresentando:

– Esse é o cônsul da Turquia! Diga a ele, sem rodeios, se pode fazer alguma coisa para sua glória ou desgraça.

O barco estava engastado na neblina, escorriam gotículas das divisórias de metal.

O capitão escutou, acariciando a nuca e observando o cônsul.

– Ele se enrabichou por uma russinha e quer tirá-la do país.

– É possível? – perguntou Adil Bey.

– Tudo é possível – suspirou o capitão. – Mas é complicado!

– Por quê?

– Acha que é fácil embarcar alguém de contrabando e escondê-lo da revista?

– Já fez alguma vez?

– É óbvio!

Ele se levantou, abriu um armário que continha diversos uniformes, capas, impermeáveis pendurados em cabides.

– Aqui! É só não deixar os pés à vista.

– Como?

– Penduramos o indivíduo pelos braços, na altura dos cabides, e ele se encolhe o máximo que pode. Geralmente os russos não tocam nas minhas roupas. Dão só uma olhada por cima.

– E se vasculharem o armário?

O capitão deu de ombros.

– Quanto tempo leva?

– A espera aí dentro? Pode levar uma hora ou um dia inteiro. Na última vez, os russos ficaram a bordo do meio-dia às nove horas da noite.

– Tem ar suficiente?

Adil Bey sabia que aborrecia seus companheiros com tantas perguntas, mas como não fazê-las?

– A senhorita em questão consegue não desmaiar, pelo menos?

– Eu respondo por ela.

John, que pegara uma garrafa de cerveja num armário e se servira, olhava-o com pena.

– É o que todo mundo diz!

– Juro! Ela não é como as outras.

– Evidentemente! Um copo de cerveja? É Pilsen de verdade!

Adil Bey não estava interessado. Estava em plena ação e precisava tomar uma decisão.

– Supõe que o navio faça escala em Istambul?

– Passamos pelo Bósforo, como sempre. Ficamos uma hora. Ancoramos na enseada, mas não podemos desembarcar ninguém, porque estamos em trânsito.

– Onde é possível desembarcar?

– Em Antuérpia. Chegamos em vinte dias.

Dane-se! Adil Bey teria ido até São Francisco!

– Está de acordo? Se seus documentos estiverem em ordem, pode ficar na cabine de passageiros. É ao lado.

– E para embarcar a moça?

– Isso é outra história, e depende principalmente dela. Ela sabe nadar?

Adil Bey não tinha certeza, mas sabia que ela ia com frequência à praia.

– Sim – disse com confiança.

– Nesse caso, é melhor ela entrar na água longe daqui, assim que escurecer, e nadar sem fazer barulho. Vamos deixar um cabo solto a bombordo. Quando ela se agarrar a ele, nós a içamos. Mas se ela for vista da praia, ou se ouvirem alguma coisa, vão atirar nela sem hesitar.

– Estamos combinados para esta noite – disse Adil Bey, erguendo-se.

O capitão e John trocaram um olhar. Nem ocorreu a Adil Bey agradecer, tamanha era a sua pressa para contar a novidade a Sonia. John o acompanhou até o cais.

– Acha que é muito perigoso?

– É perigoso.

– Deu certo uma vez em quantas?

Ele precisava desse tipo de informação, mas John apenas desviou o olhar.

– Você vai estar a bordo? – ainda perguntou Adil Bey.

– Não sei.

Por que as pessoas ao seu redor eram tão indiferentes? Ele tinha vontade de sacudi-las, de gritar na cara delas:

– Não entende como isso é importante? É a vida de uma mulher, a minha vida, que está em jogo!

Não se davam conta! Só pensavam na própria vida! Tratavam-no como um louco em surto!

– Não demonstre demais o estado em que está – aconselhou John no momento de deixá-lo, na entrada das refinarias. – Vão suspeitar. Se, daqui até a noite, der alguma coisa errado, vou estar no escritório. Senão, depois das dez horas, no bar.

Adil Bey caminhou rápido na névoa úmida que depositava pérolas brancas em seu casaco. O cais lhe parecia interminável, tinha a impressão de que nunca chegaria em casa, que aquele dia seria o mais longo de sua vida. O que ainda precisava providenciar? Pedir o visto, que seriam obrigados a lhe conceder com urgência. Diria que teria de passar por uma cirurgia de emergência na Turquia.

Quanto a Sonia, ela não precisava levar nada. Era melhor não complicar as coisas. Agiriam rápido! Acabariam logo com aquilo! E, quando ouvisse o rangido do cabo da âncora...

Subiu a escada correndo, ficou um instante sem coragem de atravessar a porta.

– Sonia!

O escritório estava vazio. Havia pessoas aguardando nas cadeiras. O primeiro que chegou levantou-se, com uma papelada na mão.

Adil Bey foi direto para o quarto, onde a empregada arrumava a cama.

– Minha secretária?

– Ela ainda não chegou.

Eram onze horas. Ela prometera voltar às nove!

Adil Bey ficou paralisado, de pé no quarto, e lentamente seu olhar procurou as janelas da casa em frente, que estavam fechadas, e nos vidros escuros desenhavam-se as flores cor de creme das cortinas.

Capítulo 11

AS HORAS PASSAVAM SEM QUE NADA MUDASSE o mau humor do céu e, ao meio-dia, ainda reinava um alvorecer cinzento de tragédia que fazia pensar num descarrilamento de trem ou na descoberta matutina de um assassinato num bairro pobre.

Adil Bey saiu da casa em frente como entrou, sem nenhuma informação. No primeiro andar, bateu à porta tão apavorado com a ideia de que pudessem atendê-lo quanto com a de que não houvesse ninguém. Ninguém atendeu e ele perambulou pela rua, agitado, pensando, certificando-se de que não era seguido.

– É melhor ver primeiro o visto e depois, discretamente, procurar informações.

A grande casa aonde ia normalmente com Sonia estava cheia de gente molhada, aguardando, mas Adil Bey, frequentador habitual, empurrou a porta do escritório. O funcionário de cabeça raspada estava no lugar de sempre. Na frente dele, havia um visitante.

Devia entrar ou sair? Fizeram sinal para que esperasse.

Isso nunca havia acontecido! Nunca houve um intruso naquele escritório! E Adil Bey teve de aguardar no *hall*, entre pessoas sentadas no chão, contando os minutos! Uns quinze minutos depois, ainda esperava, angustiado, com os nervos tão à flor da pele que estava prestes a empurrar a porta quando esta se abriu por conta própria. O visitante saiu. O funcionário olhou para Adil Bey com um meio sorriso, apontou a cadeira vazia.

Sonia fazia falta como tradutora. O cônsul pôs seu passaporte sobre a mesa, explicou num russo de pé quebrado por que desejava um visto.

Esperava estranheza, perguntas. Seu interlocutor apenas virou as páginas do passaporte e leu tudo, enquanto bebia chá. Depois estendeu a mão na direção do carimbo e marcou a última folha.

Era a garantia da partida e Adil Bey enfiou o passaporte prontamente no bolso.

Falar de Sonia era mais difícil, tão difícil que, envergonhado, encadeava palavras que não queriam dizer nada. Desculpou-se. Queria saber... Não tinha certeza... Talvez apenas...

– *Sprechen Sie Deutsch?* – perguntou o funcionário, que o observava com curiosidade.

– *Jawohl!*

Por que o homem não lhe dissera antes que entendia alemão?

Durante meses, Sonia teve de traduzir suas conversas, palavra por palavra, e eles tinham uma língua em comum!

Adil Bey desatou a falar, em abundância, explicou que sua secretária não aparecera pela manhã, que precisava encontrá-la, que...

– O senhor está de partida ou não?

– Estou... Quer dizer...

– Vou reformular a pergunta. Quer que eu lhe procure outra secretária para amanhã de manhã?

– Preciso saber o que aconteceu com a minha. Sou cônsul. E as regras internacionais...

Não sabia se podia ir mais longe. Um sorriso ondulou nos lábios do chefe do departamento, que abriu as mãos num gesto de impotência.

– O que posso lhe dizer? Desapareceram documentos do seu escritório? Sua secretária tinha motivos para abandonar o emprego? Eu cuido apenas dos estrangeiros...

– Nesse caso, me leve até uma pessoa que possa me informar.

O chefe se levantou, desapareceu por uma porta e ausentou-se mais de quinze minutos, enquanto Adil Bey roía as unhas de nervoso e às vezes tateava o passaporte dentro do bolso.

E se, nesse meio-tempo, Sonia tivesse aparecido? Ele não havia tomado uma atitude inutilmente combativa? A funcionária atrás dele fazia contas num ábaco.

Afinal o chefe reapareceu, como sempre, hermético.

– O camarada Rabinovitch vai recebê-lo em alguns minutos. Permite?

Sentou-se, folheou dossiês, assinou aqui e ali. Trouxeram-lhe outro copo de chá. Ele o ofereceu a Adil Bey, que recusou. Enfim, levantou-se, olhou um instante pela janela, acendeu um cigarro.

– Vamos?

Por que naquele momento preciso? Não houve nenhum toque de campainha. Ele não consultara o relógio. Logo, fez o cônsul esperar apenas por fazê-lo esperar!

No escritório vizinho estava sentado, sozinho, um judeu franzino, de óculos de metal, barbicha e unhas sujas.

– O senhor prefere falar francês? – perguntou.

Até então, deixaram Adil Bey acreditar que ninguém falava francês na cidade! Era o dia das descobertas. Mas não havia tempo para pensar. Repetiu:

– Quero saber o que aconteceu com a minha secretária, que desapareceu esta manhã.

– Por que quer saber?

Os óculos aumentavam desproporcionalmente os olhos que olhavam para ele, davam uma expressão alucinante de candura.

– Porque ela... é minha secretária... e...

– Soube que o senhor viaja esta noite ou amanhã.

– Eu queria, na verdade...

– O senhor está de partida?

Adil Bey teve medo. Os olhos enormes continuavam a olhá-lo.

– Sim, claro, estou de partida!

– Nesse caso, o senhor não precisa da sua secretária. A não ser que queira levá-la com o senhor, mas antes teria de nos informar.

– Eu lhe asseguro que... Não é o caso de levá-la comigo...

– Então está tudo em ordem, não é? Deseja mais alguma coisa?

Eles sabiam, estava na cara! Além do mais, o chefe do departamento de estrangeiros ficou na porta, acompanhando toda a conversa, apesar de ter sido em francês.

– A propósito, em que barco vai viajar?

– Ainda não sei.

– Teremos o prazer de revê-lo em Batum?

A monstruosa inocência dos olhos era assustadora. Pareciam olhos de animal.

Rabinovitch de um lado; o homem de cabeça raspada de outro. E eis que, ao se virar, Adil Bey viu que um terceiro personagem assistira à conversa. Por um segundo, ocorreu-lhe a ideia insensata de que os três o cercariam, que o impediriam de sair.

– Até logo, senhores.

– Boa viagem.

Eles o deixaram passar, mas não o acompanharam. Ficaram os três no escritório, para falar dele.

Na escada, Adil Bey empurrou pessoas, que não protestaram. Andou o mais rápido que pôde, voltou para casa para ter certeza de que Sonia não estava lá. As janelas da frente continuavam fechadas. Ele sentia aquela mesma dor difusa que se sente, em sonho, quando se corre inutilmente atrás de um trem ou se desce uma escada sem pisar nos degraus.

Se encontrasse Sonia, teriam tempo de organizar a partida? Ele tinha de partir! Não podia permanecer em Batum, especialmente após a visita a Rabinovitch. Não fizera nada de mais e, no entanto, comportava-se como culpado. Tinha de tomar uma decisão. Ainda faltavam horas para a partida e ele não podia passar o dia sem fazer nada.

Saiu de novo, caminhou fazendo espirrar água das poças, percorreu o cais, resfolegando, sem diminuir o passo, e chegou aos escritórios da Standard.

– O senhor John está?

– Lá em cima, almoçando.

Jamais vira a sala de jantar de John e surpreendeu-se ao vê-lo num cômodo confortável, sendo servido por um empregado doméstico de paletó branco e peitilho engomado.

John havia dobrado as mangas da camisa e, com olhos enturvados, estendeu a mão para o visitante.

– Tudo bem?

– Sonia desapareceu.

– Mais um prato – disse John ao empregado.

– Estou sem fome.

– Não tem importância.

– Preciso saber o que aconteceu com ela. Para você, eu posso dizer a verdade. Ela passou a noite no meu apartamento. Esta manhã, quando saiu, prometeu voltar às nove horas. Me receberam no departamento de estrangeiros de maneira estranha, debochada e ao mesmo tempo ameaçadora.

Adil Bey falava rápido, perdia o fôlego, enquanto John continuava a comer. Depois, ainda com a boca cheia, levantou-se e chamou o visitante para perto de uma janela para lhe mostrar um pátio de terra preta, atrás de um muro cercado com três voltas de arame farpado.

– O que é?

Não se via ninguém no pátio rodeado de prédios de tijolos. Adil Bey não compreendeu no primeiro momento. Lembrou-se de repente do turco.

– Foi aí?

Estava transtornado, mas não como achou que estaria. Em resumo, a razão de toda aquela correria, desde cedo, era Sonia. Era por ela que ele estava correndo! E, no entanto, ao olhar para aquele pátio funesto, tentou rememorar seu rosto e sentiu-se incapaz de reconstituí-lo. As feições eram vagas, sem expressão, como se a jovem russa estivesse longe, muito longe dele.

– Foi fuzilada?

– Não ouvi tiros esta manhã. Está vendo aquele prédio menor, à esquerda do pátio? É lá.

Era realmente, sob a luz crua, um cenário igual ao que se vê nas fotos dos jornais e Adil Bey recordou-se de uma foto que ele tirou na guerra, ao amanhecer, os buracos das bombas, as botas de um cadáver em primeiro plano.

– O que vamos fazer?

– Coma primeiro.

Quanto a John, ele pegou da mesa uma fatia de carne assada e mastigou-a enquanto se dirigia ao telefone, pediu um número que Adil Bey não conhecia, parlamentou longamente num russo castiço e fluente.

Ele jamais dissera que falava russo. Tinha maneiras polidas ao aparelho. Talvez perguntasse pela saúde do interlocutor. Enquanto ouvia a resposta, serviu-se de uma bela dose de uísque e, somente pouco a pouco, tornou-se mais sério, balançou a cabeça, disse:

– *Da!... Da!...* Sim!... Sim!...

Quando desligou, esvaziou o copo com uma lentidão inabitual.

– Com quem estava falando?

– Com o chefe do GPU, o chefão.

– O que ele disse?

– Por que não come? Ele me aconselhou a não me envolver. Insisti. Pedi que me dissesse a verdade.

– E?

– E nada. Acho que o melhor que você faz é pegar aquele barco esta noite.

– Então eles mataram Sonia!

– Acho que não. Não vi nenhum vaivém suspeito no pátio.

– Me diga sinceramente, John, você acha que ainda posso fazer alguma coisa por ela? Fale com franqueza. Estou disposto a tudo...

Ele estava encharcado de suor e o outro, como resposta, apenas lhe serviu um copo cheio de uísque.

– Beba isso.

– Não posso abandoná-la. Preciso confessar! Há meses ela é minha amante...

– Beba!

John comia a marmelada com os cotovelos na mesa, o olhar fixo no desenho da toalha.

– Seria covardia partir sem ela. Você tem de entender. Ou então preciso ter certeza...

Ele repetiu dez vezes a mesma coisa, com outras palavras, e, sem dar por si, começou a comer. John o escutava? Adil Bey falava, falava, como não pudera falar no escritório dos russos. Às vezes olhava o relógio, que estava longe da meia-noite.

– O que eu preciso saber é a quem devo recorrer...

John acendeu um charuto, encheu de novo o copo do seu companheiro e recostou-se na cadeira. Quando Adil Bey, com a testa suada e os olhos suplicantes, finalmente parou de falar, disse:

– Escute bem o que você vai fazer. Volte para casa e faça as malas. Mande alguém embarcá-las e apresente-se na aduana. O barco zarpa à meia-noite. Por volta das dez, eu estarei com o capitão no bar. Venha ter conosco e lhe direi se há novidades.

– Acha que conseguirá informações?

– Não sei. Vou fazer o que puder.

– Mas o quê? A quem vai recorrer?

– Não se preocupe com isso.

E empurrou a caixa de charutos na direção de Adil Bey.

Finalmente, quando viu as luzes do bar através da névoa, quando ouviu a música, Adil Bey desacelerou os passos, aliviado, como um nadador que se aproxima da boia.

Estava uma pilha de nervos. Durante horas, caminhara sozinho, agitado, febril, impaciente, numa cidade onde não se sentia mais em segurança. Era fato. O próprio John reconhecia. Adil Bey estava sob ameaça.

Não apenas Sonia não retornara, como a empregada doméstica fora embora, sem razão aparente, e as janelas da casa em frente não se abriram o dia todo.

Havia, em torno dele, a firme decisão de silêncio e vazio. Por exemplo, procurara na rua um carregador para as suas bagagens. Andou um bom tempo sob a chuva fina. Ninguém lhe deu atenção!

Teve de carregar as malas e as valises. Virar a escada foi difícil. Um vizinho podia tê-lo ajudado. Ninguém deu as caras.

O que podia fazer, com a bagagem amontoada à beira da calçada? Não apareceu um táxi, um carro! Estava cercado de vazio, encerrado, queriam asfixiá-lo no vazio!

Ele mesmo encontrou um carrinho de mão num canteiro de obras e foi ele, completamente lívido, que o empurrou pelo cais!

Não podia perder a aduana. Não podia de jeito nenhum passar mais um dia na cidade.

Foi com o carrinho de mão que passou pelo Lênin de bronze, depois em frente à central dos sindicatos, onde não se via ninguém. Tentou imaginar Sonia na janela onde a vira, mas a imagem se esquivou mais uma vez. Ele tinha muitas providências a tomar, muito em que pensar.

Foi mandado de guichê em guichê. Ninguém o ajudava. Se pudesse, permaneceria no porto, perto do barco, em vez de se enfiar nas ruas úmidas, rodeadas de casas obscuras que fervilhavam de sombras, e também dos escritórios onde os funcionários tinham um sorriso ameaçador.

Acabaram a errância e a correria. Adil Bey penetrou na música. Alguém lhe pegou o chapéu e o casaco, perto do disco luminoso da banda de jazz. Três pessoas o esperavam numa mesa. De um lado, John, do outro, o capitão belga e, no meio, uma mulher de costas. Era Nejla!

– Uísque? – perguntou John.

Acrescentou imediatamente, para não dar chance a perguntas tediosas:

– Nenhuma novidade!

O relógio atrás dos músicos marcava dez horas. Nejla demonstrava uma alegria nervosa.

– Soube que está de partida, Adil Bey – disse, virando-se para ele.

– Ainda não sei.

– Não diga bobagem! Sua bagagem já está a bordo.

Nejla dirigiu uma rápida olhada para o capitão, outra para John, que se ergueu, andou na direção dos banheiros fazendo sinal para o turco segui-lo.

– Não há mais nada que possamos tentar? – disse Adil Bey quando ficaram sozinhos.

– Nada.

– E depois? Amanhã, depois de amanhã?

– Nada.

– Como pode ter certeza?

– A caminhonete apareceu esta tarde.

– Que caminhonete?

Ele não compreendia e, no entanto, sabia que era de mau agouro.

– A da carroceria fechada, com uns furos de ventilação...

Ele a vira duas ou três vezes. Quando aparecia, sabia-se que era para recolher um cadáver.

– Quando a caminhonete vem à caserna e estaciona no pátio... Fique calmo, meu velho!

John lhe dava tapinhas nas costas, gentilmente. Adil Bey ficou parado, sem chorar, sem se mover, apenas com uma sensação de frio entre as omoplatas.

– Tem certeza de que foi por isso?

Sua voz estava normal, seu olhar estava mais firme do que durante aquele dia.

– Venha. As pessoas vão querer saber o que estamos fazendo aqui.

John voltou para o seu assento e continuou a observar Adil Bey, que interrompeu a conversa animada do capitão e de Nejla.

– Quando partimos?

– Por volta da uma hora. Devemos estar a bordo antes da meia-noite.

Faltava ainda uma hora e John viu o olhar esquivo de Adil Bey ir de um em um, espreitar a cortina que separava parte da sala.

– Beba! Vai lhe fazer bem!

– Acha mesmo?

Nejla também o olhava preocupada e, cutucando a perna do capitão com o pé, sussurrou:

– Já contou a ele?

– Ainda não.

Uma hora demora muito a passar! E, se haviam matado Sonia, cujo irmão era do GPU, não havia por que...

– A propósito... – murmurou o capitão, um pouco constrangido, inclinando-se para Adil Bey.

O belga havia bebido. Suas bochechas estavam rosadas. Adil Bey notou que ele estava de braços dados com Nejla.

– Já que a pessoa que você sabe quem é não vai vir e tudo está arranjado...

Verificou se as mesas vizinhas o escutavam. John tamborilava os dedos no ritmo do jazz.

– ... decidi levar a senhorita Nejla no lugar dela... É melhor embarcarmos... Ela nos encontrará em meia hora... Garçom!...

Ele queria pagar, mas John segurou seu braço, disse ao garçom em russo:

– Ponha na minha conta.

Não estava mais chovendo. As mulheres esperavam na calçada como todas as noites, mas não dirigiram nem um sorriso aos três homens. John apoiou-se no ombro de Adil Bey. Enfiaram os pés na lama mais viscosa do cais e sentiram o fedor do petróleo.

A polícia marítima ainda não havia embarcado. Adil Bey ouviu alguém informar. Deixou que o conduzissem. Foram para a cabine do capitão, onde ficou sozinho com John.

– Está mais tranquilo agora, hein!

Ele concordou docilmente. Bebeu a cerveja que lhe serviram. Depois pensou onde estaria o capitão, mas quase imediatamente passou a outra coisa.

Pouco depois, ouviram barulho no passadiço e a porta se abriu. Nejla entrou, molhada, com o vestido colado ao corpo, e o capitão fechou a porta.

– Quer se trocar no banheiro?

Tudo aconteceu como num filme mudo, sem trilha sonora. Adil Bey estava completamente fora da cena e, quando sentiu o olhar de John, tentou sorrir para tranquilizá-lo. Tudo estava terminado sem ter terminado. Ou melhor, parecia que estava terminado, mas não era certeza, pois a polícia ainda não fizera a revista.

O capitão entrou com Nejla na cabine vizinha. Ela saiu vestindo apenas um penhoar e ajeitou-se no armário de roupas.

O segundo oficial entrou.

– Estão lá embaixo!

Por que Adil Bey não conseguia se recordar nem ao menos de uma das expressões de Sonia? Via sua silhueta escura, seu pescoço fino e alvo, o formato de seu chapéu e até a mancha leitosa de seu rosto. Mas só! Por quê?

No compartimento dos oficiais, três homens de casquete verde estavam sentados diante da mesa. Serviram-lhes cerveja também. Sobre a mesa, havia uma pilha de passaportes e os trinta e dois homens da tripulação estavam de pé contra a parede. Estavam fazendo a chamada, como na caserna. Era Koline quem folheava os passaportes, conferia a fotografia e o homem que dava um passo à frente.

– Peeters...

– Presente!

Koline fazia a verificação devagar, conscienciosamente. Adil Bey, no fim da fila, mirava a fita preta, de dois dedos de largura, que ornava a lapela do oficial do GPU como uma condecoração.

– Van Rompen...

– Presente!

Devolvia o passaporte a cada um.

– Nielsen...

– Presente!

– Adil Zeki Bey.

Ninguém respondeu e Koline ergueu a cabeça para o rosto inchado do turco, que olhava obstinadamente para a lapela em luto e não se movia, não respirava.

– Capitão Cauwelaert...

– Presente!

Acabou. Devolveram-lhe o passaporte. Seus dedos quase tocaram os de Koline e nada aconteceu! A inspeção ia começar, a tripulação permaneceria no compartimento dos oficiais. Koline saiu com seus homens, acompanhado pelo capitão. Os marinheiros se sentaram. Um deles bebeu o resto da garrafa de cerveja.

– Então, meu velho?

John o olhava com pesar.

– Então nada!

E sorriu de uma maneira lamentável.

– Viu a fita preta?

– Sim! E também os olhos. No lugar dele, eu teria matado você...

Como John adivinhara? A janela da frente, Koline fumando ao entardecer... O papel pardo que Adil Bey colou nos vidros... E o russo que se debruçou dez vezes na janela para espiar a rua...

– Está na hora de descer. Boa sorte!

– Ainda fica muito tempo em Batum?

John fitou-o como só ele sabia fazer, com uma estranha agudeza em sua apatia.

– Provavelmente para sempre.

– Por quê?

A porta estava aberta. Via-se o cais molhado, a claridade do bar, ao longe, e o emaranhado de ruelas sórdidas.

John disse simplesmente:

– Hábito... Adeus!...

Koline e seus homens desceram a escada. Koline estava com uma pasta debaixo do braço. O capitão olhou para Adil Bey ao passar por ele.

Depois houve idas e vindas, manobras, uma gritaria de ordens, o barulho do cabrestante, do jorro de água no cabo da âncora.

Será que Koline, ao voltar para casa, se debruçaria na janela para olhar as janelas escuras da casa em frente?

Adil Bey estava em algum lugar da ponte, apoiado na amurada. O universo se moveu. As luzes mudaram de lugar. Marinheiros passaram rente a ele, correndo. De quando em quando, as batidas do telégrafo ressoavam, transmitindo ordens para as máquinas.

Está chovendo ou era neblina? A pele estava úmida, a ponte molhada. O resfolegar do motor se intensificou.

Passaram muito perto de uma luz verde, depois de uma vermelha. O navio deu três grandes toques de sirene antes de aumentar a velocidade.

Batum? Não estava mais à vista. O navio transpôs o cabo e a parte mais escura do céu já eram as montanhas da Ásia Menor.

– O capitão pediu que o senhor vá à cabine dele.

O *steward* afastou-se. Adil Bey subiu a escada, ouviu vozes.

– Entre!

A luz era intensa. Nejla, de pijama rosa, ria às gargalhadas, enquanto colocava uma agulha nova no fonógrafo. O capitão havia desabotoado a túnica. O *steward* trouxe champanhe.

– Pensei que gostaria de tomar uma taça conosco...

A agulha fez soar um tango que se ouvia todas as noites no bar. Nejla cantava trechos, imitava passos de dança e olhava os dois homens com os olhos brilhantes.

Depois sentou-se no braço da poltrona do capitão. Depois...

Trouxeram mais champanhe. Nejla ria muito. Dançava. Beijava o capitão, depois Adil Bey. Obrigava-o a dançar. De vez em quando, piscava para ele, especialmente quando adulava o belga. Às vezes um seio escapava do pijama e ela não se dava conta.

O barco vibrava. Balançava muito levemente e, no entanto, Adil Bey sentia um mal-estar.

Como podia pensar em Sonia? Vinha-lhe à memória apenas um vestido preto, botas, um chapéu...

O capitão estava feliz. Já era tarde quando se levantou.

– Vamos dormir!

Apertou a mão úmida de Adil Bey. Nejla não saiu da cabine, a porta se fechou e houve risos novamente. Pouco depois, puxaram as cortinas da escotilha e Adil Bey, que estava nauseado, correu para a amurada, vomitou com espasmos tão violentos que teve de segurar o abdômen com as duas mãos.

As superestruturas eram brancas como leite, apesar da chuva fina. Todo o resto era escuridão.

O que o ministro poderia dizer? Qualquer médico encontraria traços de arsênico nele! John, que conhecia o país, aconselhou-o formalmente a partir.

Além disso, ele combatera no Dardanelos e, mais tarde, ao lado de Mustafá Kemal. E também dissera umas verdades aos Pendelli.

Ainda havia risos na cabine do capitão quando Adil Bey se recolheu, girou o interruptor elétrico e olhou instintivamente a escotilha, para se certificar de que não havia janelas na frente.

SOBRE O LIVRO

FORMATO
13,5 x 20 cm

MANCHA
24,3 x 37,1 paicas

TIPOLOGIA
Baskerville 10/14

PAPEL
Off-white Bold 80 g/m² (miolo)
Cartão Triplex 250 g/m² (capa)

1ª EDIÇÃO EDITORA UNESP
2025

EQUIPE DE REALIZAÇÃO

EDIÇÃO DE TEXTO
Jorge Pereira Filho (Copidesque)
Tulio Kawata (Revisão)

PROJETO GRÁFICO E CAPA
Marcos Keith Takahashi (Quadratim)

IMAGEM DE CAPA
Brassaï, *Toilette dans une maison de passe rue Quincampoix*, Paris, c. 1932
Acervo Centre Pompidou, Musée national d'art moderne, Centre de création industrielle

PESQUISA ICONOGRÁFICA
Marcos Keith Takahashi
Augusto Lins Soares

EDITORAÇÃO ELETRÔNICA
Arte Final

ASSISTENTE DE PRODUÇÃO
Erick Abreu

ASSISTÊNCIA EDITORIAL
Alberto Bononi
Gabriel Joppert